禁地猎人

幽冥面具

猎鹰◎著

四川文艺出版社

图书在版编目（CIP）数据

禁地猎人．幽冥面具 / 猎鹰著．— 成都：四川文艺出版社，2019.9
ISBN 978-7-5411-4755-5

Ⅰ．①禁… Ⅱ．①猎… Ⅲ．①长篇小说—中国—当代
Ⅳ．① I247.5

中国版本图书馆 CIP 数据核字（2017）第 183932 号

JIN DI LIE REN YOU MING MIAN JU

禁地猎人．幽冥面具

猎鹰　著

责任编辑　周　铁
责任校对　汪　平

出版发行　四川文艺出版社（成都市槐树街 2 号）
网　　址　www.scwys.com
电　　话　028-86259287（发行部）　028-86259303（编辑部）
传　　真　028-86259306

邮购地址　成都市槐树街 2 号四川文艺出版社邮购部　610031
印　　刷　三河市文通印刷包装有限公司
成品尺寸　166mm × 235mm　　开　　本　16 开
印　　张　25　　字　　数　430 千
版　　次　2019 年 9 月第一版　　印　　次　2019 年 9 月第一次印刷
书　　号　ISBN 978-7-5411-4755-5
定　　价　48.00 元

目　录

禁地猎人

楔子

陈八岱蹲在那不到二十平方米的小小铺面里，整理着新进的货——这批货掏空了他和他发小口袋里最后一毛钱，但终于把铺面塞得满满当当的了，让这个刚开张不久的小店有了那么一点有实力的感觉。

汪兴国外出谈一笔买卖，但陈八岱并不指望汪兴国那榆木脑袋能谈成，货整理得差不多了，那些看似做工精细的山寨冲锋衣全部挂上了货架，包装袋、纸箱和废纸壳铺了一地让人无法下脚。

陈八岱低着头用手扒拉着满地的垃圾，一只脚出现在眼前。

“您好，你们这儿做荒野求生吗？”脑袋上传来很礼貌的声音。

陈八岱抬起头，仰望着声音传来的方向，屋顶悬挂的LED灯白色的灯光晃着眼，逆光处看不清来者的容貌，但一枚别在衣领上熠熠发光的别致徽章吸引了陈八岱的目光。

“这是第一笔定金。”“上帝”从包里拿出了三沓钞票整齐地摆在陈八岱小小的茶几上：“出发之前再付一笔，我看到了死人走路之后，会付清剩下的。”

客户就是上帝，况且这还是一个有钱的上帝！

“没问题！”陈八岱所有的疑虑在这三沓钞票面前灰飞烟灭，他急忙伸手把钞票拿到了自己面前：“我们有最好的荒野求生领队，他是一个特种兵！”

第1章

无人之地

云开不知处，但现棺材山，死人会走路，魂魄飘四方，勾我生死簿，后人还债忙，填满前人数，阴阳不还乡！

但凡特别的地方，必有特别的歌谣，这里在地图上叫作开云山脉，当地人称之为棺材山，这绵延几百里的山脉并不算雄伟，但地形复杂极难通行，连当地的药农和猎户都避之唯恐不及，而那个方形如棺材般的山顶和令人毛骨悚然的死人会走路的传说以及千百年来封山禁入的禁忌更使得这儿人迹不至，显得神秘莫测。

神秘对人类有着天然的吸引力，或者说对于某些人，例如闵先生，所以他愿意花一个可观的价钱雇汪兴国和陈八岱来这个特别的地方。

汪兴国摊开地图，摆上指北针，闵先生凑过来一看，等高线在地图上以一道一道的曲线呈现，看得他有些眼花，让他分辨不出自己到底在哪，而一身热汗的陈八岱，利用这难得的休息时间，拿出水壶喝几口水，刚刚爬过的那段距离真是够惊险的。

汪兴国很快确定了方位，把地图收起来，指了指一个方向："已经不远了，就在前面。"

"你确定？"闵先生有些不相信。

"确定！"

闵先生的户外运动品味很刁钻，他与常人浅尝辄止地到一个湖光山色之地扎营徒步就算完成一次户外运动不一样，他希望到达极限之地，认为每个人都应该体验一次濒临死亡的感觉，有什么比亲眼看到死人走路更让人接近死亡的呢？他坚信这儿不会让他失望。

至少他对陈八岱和汪兴国是这么说的。

当然，一个有如此刁钻品味的人，如果不是《极盗者》那类疯狂的极限运动拥趸，那就是有更高的追求，闵先生绝对不是疯狂运动拥趸。这里的死人是不是像电影中的僵尸或者丧尸一样走路谁也没见过，但传说肯定有一定的现实基础，在他们一路过来的村镇上，一座坟都没有，棺材山附近的人们上千年来都遵循着古训，人过世之后抬到那个叫作鬼门关的地方，然后死去的人会自己走到那个巨大的棺材里，去填一个曾经大闹阎王殿的祖宗留下来的死人债。

汪兴国是特种部队转业军官，接受过严格的野外求生训练，而陈八岱是A市有名的户外运动十大金刚之一，带人探险是他们的职业，至于这样一个中年事业有成的钻石王老五为什么要去看棺材山里的死人走路，陈八岱可不关心。

但不管是特种部队还是十大金刚，都无法逾越当地的民俗，那条抬死人上山的路叫阴阳路，这条路是通往棺材山唯一的路，相传这条路沟通阴阳，活人只有抬死人上山的时候才能通过，并且只能到鬼门关止步，平时封山封路，绝不能让活人进入，否则死人会念及阳间，跑回了家事儿小，要是阎王爷因此发怒可就不得了了。

传说有穿越时空的能力，就因为有些事情至今科学解释不了，在多年以来祖辈的以讹传讹中，大家都延续着祖训这么过日子，所以汪兴国不得不另外找一条路，一条能到达鬼门关和棺材山的路。

汪兴国打头，闵先生在中间，陈八岱断后，他们或许是第一批涉足这个区域的人，这儿根本没有路，刚才还是一片令人心旷神怡的高山草甸，转过一个弯就是暗无天日的丛林，这儿还是艳阳高照的天气，但下一个峡谷可能就是浓雾弥漫伸手不见五指，恶劣的地形也在考验着敢于挑战这儿的所有人的能力。

刚刚翻过的那道山梁让闵先生热汗淋漓，可是钻进了一条峡谷之后，闵先生却感觉到刺骨的寒冷。

把这条峡谷称为峡谷已经太抬举它了，实际上它应该是山脉中的一条缝隙，最宽之处大约五六米，窄的地方只能侧身勉强穿过，闵先生非常有理由怀疑汪兴国并不确定这条峡谷能通往要去的地方，他更愿意认同这是一条死胡同！

在这条缝隙里穿行了两三百米，闵先生已经完全丧失了方向感，峡谷里沉积的浓重雾气让他根本看不见天空，这种压抑让他感觉到有些不适，但同时又对未知的前方充满期待。

“你们闻到了吗？”汪兴国问道，声音在缝隙中反弹，跟在后面稍远一些的陈八岱觉得这声音有些失真。

“嗯……腐烂的味道。”汪兴国的提醒让闵先生想起来，不久前有一阵阵腐臭的味道，而现在这股难闻的味道越来越浓。死亡的气息让闵先生非常不适，他似乎听到亡灵在他耳边低语。

“我们应该快到猴子跳崖了。”汪兴国很有把握地说。

汪兴国话音刚落，听到头顶上传来一阵“哗啦啦”的声音，汪兴国叫道：“落石！”

闵先生和陈八岱本能地抬头，可是昏暗的光线下什么都看不到，等看到一个黑影的时候，那个黑影已经“噗”地掉在了闵先生的跟前，“啪”的一下，闵先生脸上好像被什么东西溅到，闵先生用手一摸，满手的血！闵先生心跳瞬间冲上了180的峰值，“不不不……我不可能死在这儿。”内心的一个声音惶恐地叫着。

半晌，闵先生叫道：“有血！”

“小心落石！”后面的陈八岱看到那个黑影离闵先生很近，他根本没有躲避的时间，那东西掉落之后他看到闵先生还站着没被砸到，心刚刚放下，眼看着他傻站着好像情况不对，听说到“血”字，三步并作两步冲上前。

若是有人在野外受伤，那可不得了！

但闵先生一点都没觉得疼，汪兴国转回头的时候，赫然发现闵先生脚下躺着一具猴子的尸体，它已经摔得粉身碎骨，闵先生脸上的血是被它溅到的。

这个发现让大家悬着的心往下放了放，汪兴国蹲下来看了看这具猴子的尸体，觉得有些奇怪，它坠落的时候好像一块石头一样，竟然没有发出惨叫声。

峡谷里透着一丝诡异，汪兴国催促两人加快脚步。

猴子跳崖是当地人传说的一处悬崖，据传这里险要无比，猴子都不能爬过去，但这儿却是除了阴阳路之外，能到达鬼门关和棺材山的地方。

在峡谷里转了两个弯，大家发现猴子的尸骨越来越多，那些龇牙咧嘴的森森白骨让闵先生心底觉得有些发寒，不过这儿光线比刚才好多了，也比刚才宽敞了许多，闵先生捂着鼻子从那些猴子的尸骨边走过，一抬眼，眼前豁然开朗，一片崖壁出现在眼前。

可能是峡谷里通风不畅的原因，这儿虽然猴子的尸骨更多，有些还尚未腐烂完，可是尸臭味反而淡了许多。

这儿三面环绕着一片大约一百米高的崖壁，只有这条窄窄的峡谷通往这里，从这里遍布的尸骨来看，这儿是当地人说的猴子跳崖没错了。

闵先生兴奋起来，他曾经挑战过9A的攀岩线路，但从未在无人区攀岩，9A难度是公认的极限攀岩的分水岭，虽然上一次闵先生挑战这个难度的时候功亏一篑，但他觉得自己是可以完成的。

汪兴国和陈八岱在做器械的准备，安全带上挂满了绳索和岩塞等物，闵先生不需要带这么多的器械，他很快穿戴好了安全带，趁着这个时间，闵先生仔细地端详着那些摔死的猴子。

“你们说，它们为什么要跳崖呢？”闵先生提出了一个问题。

“当地人说这里太高太险，猴子都爬不过去。”陈八岱检查好了自己的安全带，随口说道。

“猴子这么擅长攀爬都无法征服这里。”闵先生感慨道。

“我觉得并非它们爬不过去，它们摔下来的时候应该都不是清醒状态。”汪兴国想起刚才摔死的猴子，动物从高空坠落通常都会本能地发出惊叫，但那猴子却闷不作声，这让他觉得很奇怪。

“那是为什么？”闵先生对此非常感兴趣，面对死亡的恐惧，任何生物都会挣扎，可这儿的猴子似乎毫无反抗地接受了死神的安排，这点让闵先生百思不得其解。

“不知道。”汪兴国耸了耸肩，现在可不是研究猴子怎么坠崖的时候，他把身上的小背包收紧，攀岩的时候任何一点钩挂都可能导致坠落的严重后果，但他们又必须要从这里穿越到棺材山，背包不可能落下。

“检查装备！”汪兴国对大家说，从头盔开始，三人互相检查，确保不会遗漏安全隐患。

闵先生兴奋地搓搓手，这片从未有人征服过的崖壁将要证明自己是一个优秀的攀岩者！岩壁的那边是一个等待解开的秘密！

闵先生姓闵，单名一个睿字，从名字上看他是一个灵活敏捷的人，用年轻有为来形容他毫不过分，大学毕业就接手了父母留给他的金融贸易公司，再加上他还做一些其他的生意，是众多女人热烈追求的钻石王老五！但至今未婚让所有人都有些想不通。

在别人看来，闵先生根本不存在生存危机，更不需要用冒险来证明自己，陈八岱曾问过闵先生这个问题，闵先生说这是他的职业习惯，他会让自己时刻保持着危机感，而有什么比“濒临死亡”更让人肾上腺素迸发、无论如何也要挣扎求生更有危机感的事儿呢？更何况，只有死亡是世间绝对平等的事情！

陈八岱觉得这个解释更像是打太极，不过客户的需求就是自己赚钱的基础，只要他出足够的钱，把他搬上珠穆朗玛峰都是可以的。

一切准备完毕，闵先生深吸了一口带着一丝腐败的空气，稍显担心地问：“这能过得去吗？”

汪兴国一直在抬头看着崖壁，计算攀爬的线路，他需要找到一条安全的线路，其实攀爬这片崖壁难度并不算太高，它主要考验的是人的心理，只是大约80米高的地方那片岩棚挡住了继续攀爬的路线，翻越岩棚是最考验能力的时候。

汪兴国在思考的时候并不爱说话，这让闵先生觉得有些无趣，他没有回答闵先生的话，只是正了正头盔，开始作为先锋攀试探线路。

不同于双人攀岩法，为了保护这个重要的客户，汪兴国决定用绳索将三人连接起来，自己首先攀爬寻找线路，一路还要用岩塞做固定点，闵先生顺着探过的线路跟随攀爬，而陈八岱则在最后负责加强固定点或者回收岩塞。

闵先生打开了头盔上的运动摄像机，准备录下自己征服这片崖壁的精彩镜头。

一路上来闵先生有些失望，这看起来很高的岩壁攀爬难度远不到9A的级别，通常，随着攀爬越来越高，人对高度的恐惧会在心里面放大，进而影响身体的发挥，可是闵先生并没有太多这样的感觉，这得益于汪兴国一路稳扎稳打，他抬头看了看在他头顶上几米的汪兴国，速度虽然不快，但一直保持着匀速，而他一路所做的固定点非常专业。

这让闵先生很放心，自己的这笔钱花得很值得。

几个人爬到了岩棚之下，岩棚像一个屋檐一样正好挡住了向上的去路，对于攀岩而言，这并非不能越过，只需要身体腾空，做一个翻身动作就行了，可是要做这一系列动作除了需要力量和身体协调能力之外，还需要有一个很重要的东西——固定点，也就是一个能提供足够摩擦力的地方，哪怕它是一个小坑或者岩石的凸起！但这儿没有！汪兴国只好停下来仔细观察岩棚，他认为可以从左边做一个横贯线路，大约横贯五六米的距离，岩棚上有一个缺口，虽然很小，但是应该可以翻越过去。

但五六米的距离则很危险，这一段岩石几乎是光滑的，没有岩缝打岩塞做保护，能提供保护的只有汪兴国现在所处位置的岩塞，如果失手，理论上汪兴国冲坠的距离不会超过十米，可是汪兴国觉得冲坠距离超过3米，这个已经风化的岩缝就会崩裂！

理论上是不允许使用风化的岩石来打岩塞的，但野外的实际情况并不会按照教科书标准设置，为了保障安全，汪兴国在这个唯一能提供保护的岩缝里打下了三个岩塞，几乎将岩缝塞满，但他也无法保证这儿是绝对安全的。

汪兴国到了岩棚下，双手抠着岩缝，伸直，用脚撑着岩壁，去观察那个横贯的线路有没有固定点，但最后还是气馁地发现一路上无法使用岩塞做保护点。

如果翻越不过这片岩棚，这次活动到此就结束了，只能顺着原路返回，闵先生看汪兴国停了很久，有些着急："我们今天傍晚前必须赶到鬼门关。"

汪兴国没有说话，他在评估横贯过这段距离的风险。

几米的横贯面虽然说不远，但是这儿不能有任何一点失误，前面的两三米汪兴国很顺利地横贯过去了，接下来汪兴国要凌空一跳，攀上岩棚边缘，这凌空一跳说起来简单，但是在狭小的崖壁上的落脚点，一旦计算失误冲坠是不可避免的，汪兴国需要计算得很精确，否则一旦那三个岩塞抵御不了冲坠力，那么后果就是连锁反应，汪兴国会把所有人都拉下去，坠入几十米深的地面和那些死去的猴子为伴！

陈八岱看到汪兴国在试探着距离，心提到了嗓子眼，不由得将身体又靠近了崖壁，死死地抠着一道岩缝，心里祈祷汪兴国一下成功，闵先生倒还算镇定，还从腰包里掏出了照相机，"咔嚓"，给汪兴国拍了一张侧脸照。

汪兴国身体略略蹲了蹲，将所有的力量积蓄在大腿，深吸了一口气，腾空跃了起来，身体在半空划过一个弧度，闵先生看到他尽力地将右手伸长，如果汪兴国的右手抓不住或者抓不稳，那么等待他的就是向下坠落。

"啪"的一下，汪兴国的右手堪堪够到了岩棚某处，但接着往下一滑，还好汪兴国反应够快，赶紧用手指抠着岩棚上的一小块凸起，两根手指现在承受着整个人的重量，脚下已经悬空，汪兴国往下看了一眼，山崖下一个个面目狰狞的猴子尸骨那空洞的眼眶正定定地看着他，希望他掉下来。

两根手指能支撑的时间不会太久，汪兴国这时候顾不得再看那些猴子，左手赶紧扒上了岩棚，调整了一下姿势，一个引体向上，将身体拉了上去。

闵先生看到这一幕，觉得这个人算是找对了，20年来闵先生一直在寻找一个能帮助自己的人，他觉得这时候找到了。

刚才汪兴国起跳的一瞬间，闵先生算是部分体验到了"濒临死亡边缘"的感觉，正想着，汪兴国在岩棚上找到了固定点，塞进了几个岩塞。

汪兴国做好了固定点，他会帮助闵先生通过这段危险距离。

但闵先生另有打算，他觉得汪兴国的线路太过于中规中矩了，而线路上有一个岩石凸起他竟然没有利用。如果利用那个岩石凸起，只需要一个漂亮的鹞子翻身动作，就能抠到岩棚，然后使用快速攀爬技巧，这个动作绝对很帅。

闵先生深吸了一口气，把手伸了过去。

“不能抓。”汪兴国看到闵先生没有遵循自己探过的线路而是另辟蹊径，刚想阻止他，但还是晚了。

第2章

猴子跳崖

汪兴国之所以不抓那块石头是因为它的基部已经风化，但闵先生却没有仔细观察，当他抓到石头用大臂的力量将自己提起来，准备完成那个漂亮的鹞子翻身的时候，手上却一下子失去了支撑。

“哎呀！”闵先生一声惊叫，觉得自己整个身体腾空了，接着感觉到身体好像被什么力量狠狠地往下一拽！本能让他试图伸手去抓住任何一个可以救命的东西，但却让他身体失去了平衡，而他腰间的相机腰包被崖壁挂了一下，更加剧了他的失衡，只见他一个后仰向下坠去，相机腰包的拉链被挂开，相机从包里滑脱出来，越过了闵先生的下坠速度，几秒钟后“啪嚓”砸在了崖底的一个猴子头骨上，和它一起化为齑粉！

电光石火间汪兴国和陈八岱完全帮不上任何忙，这时候给闵先生任何指令都是没有用的，闵先生选择的这个攀爬线路造成他的下坠距离超过了安全标准，“嘣”的一声，一个岩塞被绷脱，接着第二个，而第三个岩塞也几乎承受不了这么大的冲坠力，差点松了出来，还好汪兴国死死地拉着绳子，这才减缓了冲坠速度。

“倒挂！”岩棚上的汪兴国没办法看到闵先生的状态，陈八岱叫道，让他知道现在情况有多么危险。

闵先生现在处于在攀岩中最棘手的状态——倒挂！他还在挣扎试图脱困，却让自己的脚又缠绕进了绳索里，汪兴国看到第三个岩塞缓慢地被拉了出来，如果不尽快控制局势，仅靠汪兴国抓着绳子，两人都不可能坚持太久！汪兴国将绳索往手腕上一缠用力往上提了一截，把松脱的岩塞重新塞了回去，这样才能腾出手来帮助他。

闵先生使用的坐式安全带没有肩带，倒挂的时候全靠套在腰部以上的腰带卡着胯部支撑所有的重量，一旦他从安全带里滑脱，后果不堪设想，但现在汪兴国更担心的是他进入倒挂状态之后血液冲到脑部，很快他就会红视，接着进入休克状态——如果他继续这么胡乱挣扎的话！

“别乱动！保持冷静！”汪兴国叫道，“光蛋！你能不能靠过去？”

“我在努力！”陈八岱心里咒骂着这个不知好歹的闵先生，手里拿着的岩塞却不知道该往哪里塞！这儿连个岩缝都没有！

闵先生努力地想调整姿势，无论怎么尽力都没办法变成脑袋朝上的正常状态，求生的本能让他一只手抓着绳索，可是这样根本没办法调整姿势，他想利用腰部力量仰起身子，试图脱困，可是悬空的时候做这个动作并不容易，反而让他失去了平衡，他的脚被绳索越缠越紧，缠绕的绳索将血液压迫进躯干里，更加速了他的脑袋充血，这时候他已经觉得眼前一阵阵发红。

此时闵先生也有些后悔，岩石松脱的一瞬间那求生的本能让他丧失了冷静的思考能力，反倒让自己陷入了更大的困境。

腰部的安全带和缠绕着的绳索勒住了血管，更加速了血液往大脑倒灌的速度，现在仅凭他已经无法脱困，若没有人救他，最多10分钟后他就会进入休克状态，接下来就会挂在这片无人区的崖壁上等待死亡。

闵先生往下一看，一个猴子空洞的眼眶似乎在嘲笑自己，他用力闭了闭眼睛，试图让自己冷静下来，但那个猴子的景象却在脑海中挥之不去。

“我不能准备了20年，出门就倒下了！”闵先生在心里念叨着这句话，强迫自己冷静下来。

但此时闵先生无法自救，他只能希望汪兴国和陈八岱能施以援手。

“光蛋！你快点！”汪兴国手脚不停地重新将固定点做好，现在离闵先生最近的就是陈八岱，只要有人帮助闵先生恢复正确的姿势，那就好办多了。

“我过不去！”陈八岱着急地叫道，他看不见岩棚上的汪兴国，他现在是手里拿着岩塞却不知道往哪塞。

“闵先生你怎么样？”汪兴国又叫道，他的目光无法越过岩棚看到闵先生，只能通过手上的绳索来判断情况，刚才绳索剧烈地抖动应该是他在挣扎，现在绳索抖动停止了，他需要确定闵先生的情况。

“不太好，我看东西是红色的。”闵先生说道。

“你这是大脑充血，不要挣扎，我下来救你。”闵先生还能说话，那证明至少在5分钟内他还不会休克。

汪兴国在固定点上挂上了备用绳，转换了下降器，越过岩棚的时候，汪兴国看了一眼处于倒挂状态下的闵先生，他的右脚被缠绕得很严重，汪兴国怀疑这到底是怎么缠上去的。汪兴国的目光收回的时候，发现了另一个更严重的危机——闵先生坠落的时候，绳索卡在了一块尖锐的石壁上，加上刚才他为了求生挣扎，绳索已经被严重磨损，露出了白色的绳芯！这个发现让汪兴国冒出一头冷汗，谁也不知道这磨损的绳索还能支撑多久，汪兴国加快下滑速度，通过磨损部分的时候，汪兴国可以看到绳芯正在一根根断裂开。

闵先生看到有人来救自己，试图调整姿势配合救援。

“别动！绳索已经磨损了！”汪兴国叫道，这时候任何活动都会加剧绳索磨损。闵先生被这句话吓了一跳，他的动作僵在半空，不敢有任何举动。

“现在我要给你做半空转换。”汪兴国加快下滑速度，到了闵先生身边锁死了下降器，抬头一看，绳索已经断裂得剩下不到三分之一。汪兴国快速地从装备环上取下D形锁，眼角注意着就要断裂的绳索，当他把锁伸过去刚要挂上闵先生的安全带的时候，那根不堪重负的绳索终于绷断了最后一根绳芯。闵先生再次感觉到身子被什么力量往下一拉，张口刚要惊叫，汪兴国眼疾手快，一把扔开了D形锁，抓住了闵先生的安全带。断裂的绳索坠落下来，绳梢抽打在闵先生的脸上，在他脸上留下一道深红的印记。

汪兴国右手控制绳索和平衡，左手抓着闵先生，甩开的D形锁悬吊在安全带下，晃晃悠悠，这时候汪兴国不可能腾出手来挂锁了。

“我抓稳你了！不要紧张，把锁挂进承重环里。”汪兴国尽量地用平和的语调说道，这时候必须让闵先生冷静下来，按照正确的方法处理。

倒吊着的闵先生一头大汗，他已经感觉到头盔里已经积满了自己脑门流下的汗水，他伸手抓住了在自己眼前晃悠的D形锁，摸索着将它扣进了承重环里。

“我现在头很晕。”闵先生扣好了锁，说道，他现在还是倒挂状态，接下来汪兴国要帮他调整姿势。

费了好大劲，在汪兴国的帮助下，闵先生终于回归了头上脚下的姿势，刚才冲到脑袋里的血一下子哗啦啦回流，闵先生刚想说声谢谢，只觉得眼前一黑，脑部这时候变成了缺血状态，好不容易等血液重新分配平衡，黑视消失了，他感觉到刚才倒灌进头盔里的汗水这时候全流到了脸上、脖子里，右脚因为缠绕太久已经麻木了。

这儿离岩棚大约十米远，闵先生的这个冲坠让刚才的十几分钟的努力化为乌有，但至少现在最大的危机解决了。

在汪兴国的帮助下，闵先生好不容易回到了岩棚上，或许有了这次冲坠的教训，接下来闵先生不敢再冒险，中规中矩地遵循着安全线路，当他攀到岩壁之上的时候，一屁股坐下来感慨了一句："看来我的确有些高估了自己的能力。"

"其实你已经很强了，只是有些时候不能出错，否则就没有下次了。"汪兴国的语气虽然很平淡，但闵先生听出了他有些不满，预计在中午之前找到阴阳路，但此时进度已经大大低于预期，他需要每个人的团结合作，刚才闵先生的危险举动非常有可能让所有的努力最后变成灾难收场！闵先生有些尴尬，自己的鲁莽举动的确给大家造成了麻烦，他想开口缓解这个尴尬的局面："嗯，我听陈八岱说，你原来是特种部队中尉，怎么不继续在部队干下去呢？"

汪兴国眼神很复杂，没有搭话，过了一会儿，叹了一口气："哎……"

说话间，断后的陈八岱出现在了崖顶边缘，两人过去帮忙把他拉了上来。

陈八岱甩着手，放松一下因为攀爬而绷紧的手部肌肉，嘟哝道："刚才差点没被你吓死。"

闵先生只好报以一个抱歉的微笑，坐在悬崖边，闵先生放眼看去，远处层叠的群山，犹如一幅无人能临摹出来的水墨画。

"能看到这么美的景色，不枉刚才那一摔啊！"闵先生感慨道。

"老板，要是刚才再差一点，你就什么都看不到了！"陈八岱嘟哝道。

顾客是上帝，但在野外，必须要确定领队的权威，不能由着客户的性子胡来，陈八岱这句话并非抱怨，而是让闵先生以后注意，因此他也没有继续说下去，坐下来歇会，从包里拿出了水壶，问道："离阴阳路还有多远？"

"穿过这片森林就应该差不多了。"汪兴国答道。

刚才的挣扎让闵先生身上那身冲锋衣皱巴巴的，闵先生整理了一下身上的衣服，小心翼翼地摘下了领口上的那个白金徽章，仔细地擦拭着。

闵先生所有的装备都是定制的，随着户外运动的发展，不少国外的顶级装备也陆续进入中国，对于大多数户外运动爱好者而言，花上好几万配备一身装备已经是遥不可及，但在一次交谈中，闵先生随口说了一句他穿着的这身定制冲锋衣就已经价值5万！

对于这样的土豪，陈八岱充满了羡慕和嫉妒，自己累死累活，一年估计也就能买到闵先生身上那件冲锋衣，陈八岱估算了一下闵先生的定制装备，他就这么随随便便地把30万穿在了身上！这还没算他携带的手表、相机这些贵重物品！

身上穿着一台“中档轿车”，想必也是压力不小的，陈八岱自我安慰道，但这些东西和那枚拇指头大小的徽章比起来，似乎都不算什么。

徽章是一个漂亮女人的侧脸，头戴花环，圆形的徽章下部是用碎钻组成的麦穗，在这直径2厘米的方寸之间，所有图案制作得非常精美，一看就知道价值不菲。

“这个值多少钱？”陈八岱问道。

“它？无价之宝。”闵先生笑道，小心地把徽章别回了左边的领口上，白金的徽章和碎钻在阳光下熠熠发光。

闵先生看到陈八岱的眼睛直勾勾地盯着徽章，又笑了笑：“这是泊尔塞福涅，她是春之女神，象征着欣欣向荣和希望！”

“它是不是有故事？”陈八岱仍问。

“嗯，有很长的故事。”闵先生笑了笑。

“我能看看吗？”陈八岱伸出手。

“不！”闵先生拒绝了，轻轻地用手遮在了徽章前。

伸着手的陈八岱有些尴尬，只好没话找话：“闵先生你的户外口味很刁钻。”

“人这一辈子总得追求点什么。”闵先生笑道，“我可不想这辈子碌碌无为，我要干一件大事，能让我千古流芳的大事！”

“来这儿？！”陈八岱哑然失笑，要干大事就得在大城市里，这穷乡僻壤能有什么大事干？！

“楼兰！你们知道楼兰吗？消失了2000年的楼兰！”闵先生的眼睛光彩熠熠，就好像他衣领上的徽章。

汪兴国插了一句：“丝绸之路上的楼兰？据说楼兰改名叫鄯善，大约在南北朝时期消失，至今1500年左右吧。”

“我可不认为鄯善就是楼兰，嗯……鄯善只是继承了楼兰的土地而已，但已经不是楼兰人了，2000年前，楼兰王朝就消失了……”闵先生说道，“而这里的人，可能就是楼兰人的后代！”

看着闵先生一本正经的样子，陈八岱不合时宜地补了一句：“那他们为什么不回老家？”

陈八岱这么一句，让闵先生有些尴尬，这的确是一个难以解释的问题——因为他们的老家已经消失在沙漠里了。

汪兴国觉得陈八岱该补习一下历史，他看了看手表，打破了尴尬："时间差不多，我们该出发了。"

"你觉得我们能看到死人走路吗？"闵先生对这个一直念念不忘。

"嗯，如果运气好的话。"汪兴国站起来，刚才在悬崖上花费的时间有些太久了，现在已经过了午后了，应该加快速度赶路了。

"死人走路和楼兰的大事又有什么关系？"陈八岱低声地嘀咕着收拾东西。

这儿的森林都是参天大树，刚走进去没多久，闵先生觉得自己进入了一种"幽暗的冰冷"中，他抬头看去，阳光被层层叠叠的树叶遮挡殆尽，偶尔有几丝顽强的阳光透过树叶的缝隙投送到地面上，一脚踩下去，落叶没过了脚踝，森林里死气沉沉的，完全没有别处森林里虫鸣鸟叫的热闹，只有汪兴国等人走在落叶上的沙沙声。

闵先生觉得有一种从心底涌起来的寒意，为了打破沉默，他开口问道："我们还有多远？"

"穿过这片鬼闹林，应该就可以看到草甸区了。"汪兴国答道。

"鬼闹林？！"

"对，就是你现在站着的地方。"

"当地人说的那个闹鬼的地方？"虽然传说并不一定是真的，可是身处在这个幽暗阴冷的森林里，闵先生试图用轻松点的语气来活跃气氛，可陈八岱明显听出了他声音里带着一丝颤音。

在当地传说中，人总会迷路的，死人当然也不例外，有些死人迷了路，没有走进棺材山里，就会跑到这片林子里，那样的话就变成了孤魂野鬼，在林子里游荡。

"难怪这儿这么阴冷。"闵先生自嘲道，今天的阳光很猛烈，但这片丛林的树冠隔绝了阳光的热量，刚才攀岩的一身热汗刚钻进林子里就变成了冷汗，再走了没多远，闵先生感觉到鸡皮疙瘩铺了一身，大半个小时过去了，一点回暖的迹象都没有。

"从地图上看，这片林子并不大，穿越大约需要一个小时。"汪兴国的话让闵先生略略安心，转念一想，就算孤魂野鬼，大白天也不会出现吧。

闵先生掏出GPS，想确定一下自己的方位，可是他惊讶地发现，这台定制的号称能在世界任何角落使用的GPS界面卡住了，重启了两次仍旧无法定位。

"GPS失灵了！"闵先生说道。

“狗蛋儿！指北针也失灵了！”陈八岱拿出价值30块的指北针一看，指针在跳动，却始终不能静止下来。

汪兴国瞥了一眼，一缕阳光斜射下来，只要有阳光，确定方位并不难，他掀起衣袖，准备用手表定位。

“见鬼！”汪兴国嘟哝道，进入林子的时候是下午的一点三十分左右，可是现在指针却停在了一点四十一分，自己估算进入林子已经有大半个小时了，怎么可能才十来分钟？！

第3章

鬼门关口

“鬼打墙？！”闵先生有些气馁，问道。

“距离上出现了错误，方向没错。”汪兴国很肯定地说。他收起了指北针，抬头看了看太阳，估算时间。

鬼打墙是民间对绕圈迷路的俗称，因为地形复杂地标不明，或者被地形带偏，走着走着走回了原处，若指北针给出的方向是正确的，那此时汪兴国和陈八岱应该是在猴子跳崖附近，这绝对不可能，汪兴国回想了一下自己走过的路，过了猴子跳崖之后是往东边走，翻过了一个小山，然后顺着山脊线一直折往东北——这条山脊线正好横插过去，从地图上的距离来看，大约一个小时就可以走出这片丛林，看到草甸区。

草甸区那边有一条蜿蜒的山路，这条山路就是唯一通往鬼门关的阴阳路。

但现在草甸在哪？汪兴国狐疑地抬头看了看四周，如果是顺着山脉走，方向肯定没有错，难道是距离出错了？可是现在丛林遮挡了汪兴国的视线，他最远能看到的地方不过20米，在密林中最怕的就是丢失了地标和方向，现在汪兴国两样都丢失了。

若是普通的驴友，此时已经六神无主了，但汪兴国曾经在雅江求生的时候迷路一星期，同时还断水断粮，现在这个情况简直就是不值一提，汪兴国的淡定给闵先生吃了一颗定心丸。或许是进了鬼闹林之后精神有些紧张，这时候停下来了闵先生觉得可以松懈一下了，他找了一棵树靠着，打算休息一下。

汪兴国准备挑一棵大树爬上去，只要能看到丛林外的情况，他就可以定位。

“狗蛋儿。”汪兴国选定一棵大树准备爬的时候，听到陈八岱叫他小名。

“怎么了？”

“你听，有声音。”陈八岱努力地支起耳朵。

“风？”

“不是，是人声。”陈八岱有些迷惑。

“人？！”汪兴国把耳朵侧过来，捕捉陈八岱说的声音，但灌进耳朵的是风吹过树林的哗哗声。

陈八岱的话让闵先生刚松懈下来的神经又绷紧了，他进了鬼闹林没多久，不知道是不是心理原因，总觉得在看不见的地方有眼睛在盯着自己，虽然他知道鬼魂是不存在的，可是从古至今太多关于鬼魂的传说，这种传说或多或少都在人们的心里打下了烙印。

“你听到了吗？现在没了，好像是有人说话的声音。”陈八岱疑惑地说，刚才他明明听到有人低声呢喃的声音，还夹杂着哭泣的声音。

“嘘，我在听。”汪兴国又扭了扭头，将一只手拢在耳边，侧着头，这个姿势可以最大限度地收集声波将它们送进耳蜗里。

闵先生也有样学样，似乎还真有些效果，他听到低声的哭泣声。

“哎呀！闹鬼？！”陈八岱低声叫道！

闵先生听到“闹鬼”两个字，身上的冷汗似乎凝固成了一层冰铺在身上，但自己毕竟是一个有身份的人，此时他想微笑一下说句什么，可是却想不出该说什么，脑子里存储的各种鬼故事争先恐后地冒了出来。

这时候占据闵先生脑海的主要画面是一群看不清楚脸的人，他们在对着自己指指点点窃窃私语，似乎在讨论怎么把自己吃掉。

幻化的图像进一步在脑子里清晰起来，闵先生好像看到一群2000年前消失的楼兰人，正躲在大树背后，用冷漠的眼神看着他。

从进入林子没多久，闵先生就觉得哪都有些不对劲，可是又说不出来，他用力地晃了晃脑袋，提醒自己：“巫蛊，楼兰的巫蛊，他们在用巫蛊守护着棺材山！”

但似乎效果并不好，闵先生感觉到头越来越晕。

“光蛋，愣着干吗？”汪兴国已经走了十几米，可是看到陈八岱没跟上来，回头叫道。

陈八岱敲了敲头，不知道为什么，进入这片丛林之后没多久，陈八岱就觉得自己的头有些晕沉沉的。

“狗蛋儿，你没觉得头晕？”陈八岱问。

“头晕？！”汪兴国一直都是精神很专注地对付着这难缠的林子，并没有觉得头晕。

“我也是有些头晕。”闵先生说道，刚才一路过来，闵先生开始觉得有些胸闷，本以为是爬猴子跳崖的时候体能消耗过大导致的，听陈八岱一说，觉得应该是别的原因。

“树林里不透风，闷着的！”听到陈八岱说头晕，汪兴国觉得应该快点离开，或许是从林里腐烂的气息让陈八岱有些不适，只要到通风的地方就好了。

汪兴国对这种气息很熟悉，当年在特种部队野外生存训练的时候，他没少被扔到这种叫天天不应叫地地不灵的地方求生，所以不管什么时候，他都能良好地控制心率和呼吸节奏，但陈八岱和闵先生毕竟没有受过专业训练，呼哧呼哧地喘气看似能给自己带来更多的氧气，实际上会消耗他们大量的体能。

闵先生虽然觉得汪兴国说的不一定是真的，但这时候赶紧离开这儿肯定没错，他强打起精神跟在了汪兴国身后，但这片林子给他的感觉就是不舒服——相当地不舒服，但又说不出来。

“楼兰，我准备了20年，不会刚开始就倒下。”闵先生自己给自己打气，深吸了两口气，试图给昏沉沉的脑袋供氧，让它清醒过来，但他感觉更晕了，闵先生靠在了一棵大树上，在汪兴国再三催促下，才重新挪动脚步。

又往前走了一段，那个声音却没有再出现，汪兴国估摸着如果是树林里的声音，这时候已经找到了，难不成还会是树林反射和放大了外界的声音？

汪兴国正疑惑着，突然听到了两声“哐……哐……”的声音。

“什么情况？”陈八岱正仰头喝水，这突如其来的两声让他大惊失色，水灌进了鼻子里。

“先人走一路，不要回头咯……”过了一会儿，那个方向幽幽地传来这么一句，声音被树林和风声分割得支离破碎，但这句话隐隐传进耳朵里，让陈八岱头发一下竖了起来——这树林还真是闹鬼了！

“我就说我没走错方向嘛！”汪兴国反倒轻松起来了，回头说道，“快，我们就要到了！”

在树林里又走了十分钟，那隐隐的哭泣声似乎越来越大了，汪兴国脚下不停，两人哪敢落后，汪兴国在前面探路，闵先生居中，陈八岱断后，时间有些赶，能不休息就不要休息了。

“快点，出林子了！”闵先生正努力地绕过一块林间的巨石，听到汪兴国在前面的叫声，抬头一看，汪兴国已经没影了，但一听快出林子了，两人不由得脚下生风，手脚并用翻过这块巨石。

一片茂密的灌木挡住了视线，但是他已经可以看到这儿的光线亮多了，有灌木就证明已经到了树林边缘，陈八岱看到灌木下汪兴国爬过去留下的一串痕迹，低下身子钻了进去。

“有阳光真好啊。”陈八岱撅着屁股爬了一段，感觉身上暖洋洋的，下午的阳光照射在身上，感觉真不错，汪兴国扭头看了一眼跟上的两人，指了指对面的山：“刚才是送葬的队伍的声音。”

陈八岱顺着汪兴国的手指看过去，不到100米外的山路上，蜿蜒着一队人马，果然是送葬的队伍。

汪兴国这小子的水平还真不是盖的，这都能找到了！

呼吸到了新鲜空气，有了阳光的照耀，刚才在树林里的不适消失了，闵先生也觉得轻松起来。

汪兴国收起地图，拿出GPS看了一眼，惊讶地发现GPS恢复正常了，但现在没时间思考这到底是怎么回事，要赶在天黑之前到山路上去。

“哐……哐……先人走一路，不要回头咯……”说话间，那群送葬的队伍已经走出蛮远了，领头的道公每到一个拐弯的地方就敲两下锣，嚷上这么一句，告诉死人别回家吓着活人了。

陈八岱看了看，那个巨大的像棺材一样的山顶就在东边不远的地方，目测距离不会超过5公里。

不过俗话说望山跑死马，若是在平地上，这5公里距离也就只是散步一个小时的距离，但在山地里，可能是走一天也走不到的距离。汪兴国顺着山脉线慢慢地找线路斜切下峡谷，下了峡谷才能想办法爬到对面高山草甸的山上去，只要越过了这个峡谷那就容易多了，高山草甸地势比较平缓且视野开阔，并且现在找到了那个巨大的地标——棺材顶，对于汪兴国而言，迷路的可能性已经几乎不存在了。

鬼门关在离棺材顶大约3公里的地方，那儿是一个天然的山隘口，当地人相传把人抬到了这儿活人就速速回头，不能转身看，走得越快越好，如果转身看了，那死去的人就会留恋阳世生活，跟着活人回家，那就要倒大霉了！

在汪兴国和陈八岱的帮助下，闵先生好不容易越过了峡谷，转上这片草甸区的时候已经是下午五点多，闵先生看到了这条山路蜿蜒绕过了一个小山包，那个小山包之后不远处就是传说中的鬼门关了，大家刚坐下来想休息休息，就听到一阵杂乱的脚步声和呼朋唤友的声音，陈八岱奇怪地想迎过去看看究竟，被汪兴国一把拉住，摁趴在山路边的草丛里。

“快点快点，天要黑了。”陈八岱趴在草丛里，但是还是忍不住抬头看看到底发生了什么，只见小山包的山路上冒出一个穿着黄色道袍的道公，手里拎着他的家伙——锣，道袍下摆胡乱地扎在身上以免妨碍行动，这个装扮显得很滑稽，他一路小跑催促着，前面几个年轻人体能好跑得快，可是身后还有几个用尽吃奶的力气在跟随。

“阿公啊，跑不动啊。”一个中年妇女弯着腰，这一路小跑让她快站不稳了。

“哎呀！快点跑，天黑不过三道弯，不带病来也有灾！”道公这句话好似给她吞下了一颗大力丸，顿时脚下虎虎生风。

一群人等急匆匆地从汪兴国和陈八岱旁边跑过，根本就没有注意到这儿竟然还趴着三个好奇的外人，那杂乱的脚步和混乱的模样，好像他们身后有鬼在追似的。

道公嘴里说的三道弯就在离山口不远的地方，那儿的山路顺着地形拐成一个S形，三道弯在当地也叫作落门锁，是锁住鬼魂不让回去的地方，但如果天黑还有活人通过，那鬼魂就会跟着出门了，今天这支送葬的队伍不知道是不是路上耽搁了，从鬼门关到三道弯，一路小跑也要一个多小时，现在太阳已经偏西，七点前就要天黑，难怪这么急匆匆地往回跑。

陈八岱看到一群人等乱哄哄地跑过身边，好似逃难一般，跑到山下的一片草坡的时候，好几个瘫倒在地上喘着粗气，刚才还说跑不动的那个中年妇女这时候扶着一棵树弯着腰在呕吐，不由得发出了一句感慨：“这小老头挣点钱也不容易啊！”

估摸着有60岁的道公虽然也累得够呛，几乎站不稳，可还是连声催促大家赶紧走，一群人没喘上几口气又迈开了步子，他们必须在天黑前到达“安全”的地方。

山上一下子冷清了下来，闵先生远远看着那群送葬的人跌跌撞撞地越跑越远，心不知道为什么一下子沉了下来，回头看了看汪兴国，汪兴国好像没事人一般，送葬的人离开之后接下来就是封山，若没有过世的人是不会有人上山了。闵先生又抬头看了一眼远处那个巨大的犹如棺材一般的山顶，它犹如磁石一般吸引了闵先生的目光。

汪兴国确认没有东西落下，站了起来：“走吧！”话音刚落，天空中传来“呱呱”的声音，几人抬头一看，天空中不知道什么时候有几只乌鸦在盘旋。

乌鸦无论在哪个地方都是让人不舒服的鸟，这时候出现在这个地方，不由得让人把它们和死亡联系了起来。

闵先生用手搭在眉上，皱着眉头看着这些不受欢迎的鸟，在很多民族的传说中，乌鸦代表着死亡和无可挽回的没落，这么多的乌鸦聚集，令闵先生非常不舒服但又无可奈何。

绕过小山包，那个传说的鬼门关就在几百米外，这座山好像被一刀劈开一样在中间有一道裂口，五点过后天色开始迅速暗淡，黑色的山石映衬在天空下显得有些诡异，而四周的峡谷、树林这时候好像也突然沉默下来，空气中没有一丝声音，似乎连风都惧怕鬼魂的威力，从这儿绕道而行，天空中聚集盘旋的乌鸦却越来越多，发出混乱且瘆人的“呱呱”叫声，但它们却不敢落地。

秋高气爽的季节，又是夜间，气温本应急剧降低才对，但是大家却感觉一阵阵闷热，顺着草甸上的山路，几人靠近了鬼门关，这一段比较陡峭的山坡顶部就是鬼门关的关口，令人奇怪的是，正好是从这儿开始，鬼门关外是石土混合的山体，而鬼门关后却主要是岩石山体，鬼门关这一道岩石山体犹如一道分界线，将两旁的山分得泾渭分明！或许这儿是当地人关乎生死大事的重要地方，这段陡峭的石头地段凿出了台阶，死去的人通过台阶被抬到鬼门关，活人就完成了自己的任务，接下来就是死人的事情了。

汪兴国等人爬上了这段陡峭的台阶，看到了鬼门关前的平地，天已经完全黑了，鬼门关宽大约30米，长也不过几十米，好像一条幽黑的通往地府的通道，活人把尸体放在通道的正中，也不需要烧什么香烛纸钱，也就是拜几下就赶紧回头，一刻也不敢耽搁！

此时闵先生看到几十米外那个白布包裹的尸体正安安静静地躺在地上，天空中的乌鸦已经聚集了好几百只，似乎在觊觎这尸体，但却始终下不了决心落地大快朵颐，有几只大胆的乌鸦俯冲下来，也是脚一沾地就好像被惊吓一般马上展翅飞上高空。

左边的石壁之上刻着“鬼门关”三个繁体字，关口一左一右还刻着一副对联：“地府通灵生人勿进　阳世转生百无禁忌”，在其他的一些石头上还刻着一些字符，看起来好像是一些符文。

“佉卢文。”闵先生觉得自己来对了地方。

第4章

消失的尸体

六点多的时候，偏西的太阳好像被一只大手拽了一下，消失在群山之下，闵先生仔细地查看了石壁和石块上那些散乱的佉卢文，这些佉卢文经历了千年的风霜雪雨，很多已经模糊不清，闵先生只能认出极少的部分，此时他站在一串文字前发愣，他认得这串字符，它代表的是“楼兰”两个字。

那些乌鸦并没有离开，还在天空盘旋着，但令人奇怪的是它们再也没有发出任何声音，只是沉默地在鬼门关上盘旋着。闵先生看了看那具尸体，这时候只能模糊地看到一块白色的东西。

“这些乌鸦怎么回事？”闵先生总觉得有些心里不安，问道。

汪兴国抬头看了一眼盘旋的乌鸦，说道：“乌鸦是食腐鸟类之一，应该是尸体吸引它们了。”

“或许它们还代表着一些别的什么……”闵先生说道。

“神话传说？”汪兴国耸了耸肩，“我们要相信科学。”

“科学……”闵先生微微一笑，科学可以解释很多事情，但楼兰的秘密似乎用科学现在还解释不了。

一个有着文字，如此重要的文明，为什么消失在了历史的长河中？他们的后辈迁徙到了哪里？离楼兰千里之外的棺材山，怎么会有佉卢文的存在？

汪兴国的冷静让闵先生产生了兴趣，一路上陈八岱虽然从外表看起来也并不害怕的样子，但闵先生看得出他是在极力地掩饰内心偶尔的慌乱，可汪兴国是真冷静，趁着现在到达了目的地，可以好好交流一下增进一下了解。

陈八岱在呆呆地看着那具白布包裹的尸体，汪兴国打开背包，把防水布铺在一块石头下，半靠着石头，从包里掏吃的东西分给大家，闵先生接过一块牛肉干，装作随口问道："汪兴国，你觉得会不会是乌鸦把尸体叼走了？"

"不会。"汪兴国很肯定地说，"如果是被乌鸦叼走了，肯定会有散落的尸骨，可是这附近干干净净，刚才我到通道里看过了，地面非常光滑，应该是经常有人走动磨出来的。"

"这么说，它们真的会走路？"闵先生很诧异。

"那我就不清楚了，因为死人会走路的传说其实并不少，最有名的就是湘西的赶尸人。"

这更勾引起了闵先生的兴趣，湘西赶尸人确有其事，相传还和蚩尤有关系，蚩尤领兵作战，战死的士兵就是用这种方法带回家乡，后来一代一代流传，随着交通的发达，赶尸人如今也没有了，赶尸人如何让尸体行走至今也是众说纷纭，可是至少人家还有一个赶尸人，犹如队长一般指挥尸体行动，但这儿是谁来指挥尸体呢？

闵先生从不知道楼兰人也有赶尸的传说，而从已经发掘的楼兰遗物来看，楼兰人似乎也讲究"入土为安"，这儿为什么如此"粗暴"地处理死去的人，正是闵先生要探寻的秘密。

"那你觉得呢？"闵先生追问道。

"在自然界，尸体消失一般有几个途径，腐败、食腐动物、掩埋、搬运，可这里似乎哪个都对不上号。"汪兴国摇了摇头，"我觉得搬运的可能性比较大，但是又有些说不通。"

"为什么？"

"自然界中能搬运人类尸体这么重的生物并不多，食肉和食腐动物是不会搬运尸体的，有搬运习惯的昆虫力量太小。"汪兴国说道。

"难道尸体真的会自己站起来走路？"闵先生忍不住看了看几十米外的白布，它还安安静静地躺在那儿，但脑海里想象到它突然站起来迈开了脚步，且不论现在是晚上，就算是白天想到就已经让人毛骨悚然。

"会不会有别的原因？类似超自然之类的，巫蛊？"闵先生又提出了一个想法。

"要不咱们去问问他？"陈八岱觉得这个话题有些沉重，这让他感觉很不舒服，打了个岔。

闵先生下意识耸了耸肩，觉得陈八岱的提议也并不怎么样。

汪兴国随口回了一句："光蛋你去呗。"

"我才不去，不够害怕的。"陈八岱嘟哝了一句。

“你们俩小名怎么都带个蛋字？”闵先生趁着这个机会，把话题岔开。

“咱俩？这说起来就话长了。”每次有人问起陈八岱和汪兴国的关系，都能让陈八岱大说特说一把。

这陈八岱和汪兴国也算是传奇组合了，陈八岱唾沫横飞地从小时候说起，闵先生已经听得云里雾里。

“简单说，咱俩同一天出生，他家住村头，我家住村尾，那天差点没跑死接生婆，我们老家周围有八座山，他爹没啥文化，就给他起名陈八峰，上初中的时候老师给他改成了八岱，说这个名字大气，小名嘛……老家穷，都说贱名好养活，他家三个姐姐，本来够穷了，再添他这张嘴吃饭更穷了，所以就叫光蛋了……”汪兴国一开口，说得就比较简单明了了。

“你们一起长大，一起考到城里，你去了军校进了特种部队，怎么突然就转业了呢？”闵先生对这事儿很好奇。

“脑子进水了呗……”陈八岱听到闵先生提起这茬，愤愤不平。

“哎！算了！”汪兴国打断了陈八岱的话。

“你后悔不？跑回来了，人没了，钱也没了，我说你这就是作！”陈八岱还想说下去，可一想到闵先生毕竟是外人，把后半截话咽了回去。

“好了，从现在开始，轮流休息，每三个小时换一班。”谈话间，大家都吃了东西，汪兴国检查了一下水壶，还足够用。

“值夜？”闵先生问，闵先生所参加过的所有野外活动，大家都没有值夜的习惯。

“对呀，这是特种部队的习惯。”汪兴国说道。

“可是，我们又不打仗，有必要吗？”

“你不是想看尸体怎么走路吗？要是睡着了他走了你怎么看？”汪兴国半开玩笑地说道，“我第一班，光蛋第二班，你第三班，有什么问题马上叫醒睡着的人。”

汪兴国说得的确没有错，虽然闵先生是冲着死人走路来的，可是想到死人站起来走动，心底还是有些发毛。

“你放心，我们都在，只要一叫就能起来了。”汪兴国看穿了闵先生的想法，这让闵先生有些不好意思。

“闵先生，你怎么会对死人走路感兴趣？”陈八岱问道。

“人总是好奇的嘛。”闵先生并不想正面回答这个问题。

“这死人走路和你说的楼兰有什么关系？”陈八岱想起闵先生在猴子跳崖提到过的楼兰。

“我也不知道，所以我想来看看。”闵先生笑道。

陈八岱并不想深究下去，铺开了防潮垫，准备休息。

几人在鬼门关前的平台上，依托着石头各自找到了休息的地方，这里一抬眼就可以看到那具摆放在鬼门关通道的尸体，太阳下山之后，天色迅速地暗淡下来，鬼门关在他们眼前就好像一条通往地府的幽暗通道，那些刚才还在头顶上聒噪的乌鸦已经不知道什么时候离开了，无声无息地消失得无影无踪。暗蓝色的夜幕下，这座山好像被一刀劈开一样在中间有一道裂口，黑色的山石映衬在夜幕下显得有些诡异，而四周的峡谷、树林在黑幕中显现出凝重的气氛，完全没有其他地方应有的“丛林交响曲”，安静得让人觉得奇怪，空气中没有一丝声音，似乎连风都惧怕鬼魂的威力，从这儿绕道而行，秋高气爽的季节，又是夜间，气温本应急剧降低才对，但是陈八岱却感觉有一阵阵闷热，那在丛林里的头晕感觉又向他袭来。

陈八岱觉得可能是今天有些累了，他和衣说了句：“等会叫我！”就半靠着一块石头闭上了眼睛，还没等汪兴国等人搭话，就听到他响起了轻微的鼾声。

“真羡慕想睡就能倒头睡的人。”闵先生说道，可能是职业原因，闵先生睡眠比较少，而且难以入睡，这时候他虽然觉得困倦，可是大脑却没有按照自己的意志降低转速，他躺在地上，想和汪兴国聊聊。

两人闲聊了小半个小时，汪兴国看到峡谷里腾起了一股薄雾，薄雾慢慢地变浓，好像有生命一般顺着山坡爬上来。

“嗯？这是什么？”闵先生觉得有些不安。

“传说中的瘴气。”汪兴国说道。

“正常的时候，夜间不应该是冷空气下沉，雾气从上漫下来才对吗？”闵先生说道。

“理论上是的，可是有些地方的地形风会让雾气夜间从峡谷腾起。”汪兴国觉得这并没有什么奇怪的，他走过的地方太多了，见过很多令人匪夷所思的事情。

闵先生想想也是，这儿并没有夜间的降温，反而还显得闷热，雾气探头探脑地攀上鬼门关前的台阶，闵先生突然问：“汪兴国，你有没有头晕的感觉？”

“头晕？”

“就是一种让人困倦，让人提不起精神的感觉，好像……嗯，打了轻量麻醉剂……”闵先生形容了一下那种难以名状的感觉。

“没有，”汪兴国说道，“是不是今天太累了。”

“可能是吧，那我先休息。”闵先生看了看手表，惊奇地发现手表不知道什么时候又正常地走动了，可是现在的时间却是下午六点多……

“我们丢了在鬼闹林里的时间，出来就正常了。”汪兴国说道，“按照估计，现在是晚上八点半左右，误差不会超过15分钟。”

“你怎么知道？”

“计算和训练。”汪兴国笑了。

闵先生虽然对这个很好奇，这应该是汪兴国从特种部队里学到的特殊技能，但困倦让他难于思考，他把小包垫在头下，不多时也睡着了。

汪兴国靠在石头边坐着，看着那具白布裹着的尸体，也百思不得其解，这儿怎么会如此地干净？难道棺材山的野兽都是环保爱好者，将尸体处理得干干净净？

或许是闵先生嘴里提的某种巫蛊，让死人重新站起来，走进棺材山里去填祖先曾经犯下的罪孽。

雾气慢慢地变浓，不多时汪兴国就只能勉强看到通道中模糊的白色，但雾气好像就到此为止，并没有继续浓厚下去，汪兴国抬头看看天空，天空中刚才的满天繁星也不见了。

三小时后，汪兴国换陈八岱守夜，交代了几句，汪兴国就要补充睡眠，陈八岱哪敢像汪兴国那样盯着尸体看。只好像雾里看花一般，过几分钟瞥上一眼，心里祈祷着时间快走，好不容易三个小时过去了，他把闵先生叫醒，又去补觉去了。

闵先生睡意正浓，被叫醒的时候还有些发蒙，他看到尸体还好好地摆在那儿，瞌睡虫又轮番轰炸，他寻思着闭眼小眯一会应该不会耽误事，这里很安静，要是有动静应该能听到的，不想一眯眼，再睁开眼睛的时候已经过了快三个小时，闵先生自嘲着自己终于能睡死一次了，伸了个懒腰，目光顺着鬼门关看去，突然脑袋炸开了——那个在雾气中熟悉的白色不见了！

一时间闵先生有些慌乱，他没有叫醒汪兴国和陈八岱，他想或许是雾气太浓了，他爬起来跑过去，凑近一看，那个原来裹着白布躺着尸体的地方果然空空如也！一股恐惧袭上心头，闵先生差点没站稳，神经质般地四周乱看，感觉好像尸体就藏在自己身边的某个地方。

“汪兴国……陈八岱……尸体……尸体不见了……”慌乱过后闵先生记起自己

还有伙伴，他急忙跑出了通道叫道。

“嗯……什么不见了……啊？”陈八岱还睡得迷迷糊糊的，嘟哝问道。汪兴国一下子就醒了过来，抬眼一看，尸体果然不见了……

“哎呀！哎呀！哎呀！”等陈八岱醒过来的时候，连用了三个“哎呀！”来表达内心的惶恐！

“收拾东西，他没走多久，至多不过两三个小时。”汪兴国蹲在地上，用电筒照着地板，肯定地说，“这时候追应该还能追上。”

“真的要去追？”虽然闵先生是为了死人走路而来的，可是当尸体真的“走”了的时候，却有些犹豫了。

“你是老板，你决定。”汪兴国站起来说道。

闵先生无数次在脑海里思考过当真的看到了死人走路该怎么应对，但那具尸体真的消失的时候，他反而开始踌躇和害怕了。

20年前的覆辙会不会重蹈？闵先生闭上了眼睛。

汪兴国和陈八岱在等候闵先生的决定。

“还是去看看吧……”闵先生抑制内心的恐惧，说道。

第5章

迷雾遗迹1

“轻装，只带上足够的干粮和水，看痕迹尸体是往鬼门关里去的，不像是走，应该是爬。”汪兴国边说边往口袋里装东西，绳索之类的负重暂时不需要了，他看到两人有些忙乱，这儿最冷静的就是自己了。

“爬？！”陈八岱停下了手里的动作，惊愕地问道。

陈八岱脑子里出现影视里的一些恐怖镜头。若是一个人正常地走着，哪怕知道是死人，最起码这个动作还正常一点，可是一个爬着的死人……嗯！陈八岱不敢再想下去。

“地面有细微的划痕，刚才是没有的，看到死人走路我们就回，不要久留。”

“难道你还想和他谈人生？”陈八岱嘟哝道。

闵先生暗暗自责自己刚才睡过去了没有看到尸体离开的一幕，默不作声把东西准备好，看到汪兴国把一小壶油塞进口袋里问道：“带这个干吗？”

“雾气太重，有必要用它生火。”汪兴国看到大家都准备好了，说道，“我在前打头寻找痕迹，闵先生居中，光蛋你断后，记住距离不能拉开超过5米，必须保证所有人在目视范围内，一旦看不到人马上呼叫。”

“明白了……”闵先生有些心不在焉，满脑子都在想着若真的看到了尸体在走路自己会做出一些什么样的举动。

“我没开玩笑，闵先生，你付钱是让我来保障安全的，所以你必须要听从指令！”汪兴国提高了声调。

“军队作风……”陈八岱在心里暗暗说，在关键时刻进行严格管控是件好事，只是汪兴国说话太生硬了，还好陈八岱已经习惯了。

汪兴国再次回到了尸体原来摆放的地方，打开手电，闵先生和陈八岱把脑袋凑过去，试图从这光滑的地面找到蛛丝马迹。

汪兴国用手摸了摸地面说道：“你看……有细微的划痕，刚才没有。”

在电筒的帮助下看着光滑的地面，地面上似乎有一层薄薄的蜡，找到一个合适的角度的时候，的确可以看到轻微的划痕，不是一道两道，而是一片，感觉就像是一个人从这里爬过。

“爬得还真够直的！”汪兴国顺着痕迹蹲着往前走，感慨了一句。

“颇有特种部队的专业是吧。”陈八岱补了一句。

汪兴国没有说话，这会儿已经过了鬼门关了，这关内和关外的地形还真是不太一样，关外是一片陡峭的石壁，若不是有台阶要爬到这里还真不容易，但关内则平缓许多，是一个大缓坡往内延伸。

汪兴国大概确认了一下方位，虽然在大雾中看不见棺材顶那个巨大的地标，但是汪兴国确定它就在自己的左侧大约30° 的地方。

汪兴国就是有这个本事，他只要确定一次地标，无论在山路上怎么转，就算看不见地标，他也能转若干个圈之后找到它的位置。

几人顺着缓坡，跟着痕迹往下，走出了大概几百米，石头山开始混杂着泥土，不少地方石缝中顽强地生长着野草。

“奇怪了……怎么没了？”汪兴国狐疑地看着眼前，不可思议地说道。

“怎么了？”跟在后头的闵先生自从进了鬼门关之后心里就一直七上八下，听到汪兴国这么一说，心里咯噔了一下，举起电筒四下照了照，平时在能见度好的时候，手上这支强光电筒能轻松照射到100米外，可是在这儿连20米外什么情况都看不清楚。

汪兴国跟随着痕迹走，这痕迹基本是保持着直线行进，但行进的速度超乎了汪兴国的想象，如果是一个人，爬行速度不会很快，这时候应该能追上了，一路摸索走到这儿痕迹已经消失了，什么都没有看到，这儿的乱石已经不多，杂草丛生，在雾气下那些狰狞的乱石显得很怪异，让人感觉到异常的压抑，空气因为湿度太大，闻起来有一丝丝的甜味，又夹杂着一丝腐败的气息，这种气味汪兴国从来没有遇见过。

汪兴国回头叫了句：“光蛋，上来一下。”却没有听到回应，陈八岱不知道什么时候已经落后了一些，现在在闵先生十几米开外站着，闵先生的电筒光照过去的时候，只能依稀看到一点影子。

“光蛋……”汪兴国又提高声调叫了一声。

“啊？！”陈八岱好像刚醒悟过来一样，应了一句，赶紧跟上。

“我们再往前走一段，如果没有发现，就停下休整。”汪兴国说道，说着拿出了指北针，准备确定自己的方向。

可是指北针又失灵了，汪兴国看了看手表，不出所料，手表也停下了。

但汪兴国没有声张，闵先生一路过来虽然都在尽力地掩饰，但汪兴国看出他的紧张，如果这时候说迷路了，会让他更加紧张，按照一路过来的线路，汪兴国虽然看不到棺材山那个巨大的地标，但这时候他很肯定它还在自己的左边，只要仍旧保持直线，方向丢失得不会太离谱。他决定再走一小会就停下建立营地，只要到天亮能见度高了就好办了。

往前走了一小段，汪兴国下令停下，建立营地，他们找到两块大石头，又找了些柴草，这时候雾气更重了，十米之内什么都看不见，闵先生终于知道汪兴国带了小小一壶油的重要，有了油的帮助，那些潮湿的柴草很快点燃了，几人靠着大石头，围拢在火堆边，火驱散了潮湿的空气，闻到带着柴火味的空气，闵先生和陈八岱晕沉沉的脑袋开始清醒起来。

“几点了？”闵先生有些担心地问。

“嗯……五点一刻了。”汪兴国其实是预估的时间，手表又停下了，可是他对于时间的感知还是非常准确，“你们先休息一会，晚上无论如何不能单独行动，不能超过营地范围20米。”

汪兴国之所以不告诉大家实际情况是为了避免引起不必要的恐慌，可以看出来自从进了鬼门关之后，闵先生一直都精神紧绷，闵先生虽然声称自己酷爱探险，面对这个从未有人涉足的地方、人并不害怕已知的威胁，却对潜在的危险提心吊胆，而这个地方20年前曾经发生的事情，让闵先生更紧张。

七点过后太阳才会升起，阳光会驱散雾气，能见度提高了更容易进行下一步的打算。

闵先生觉得特别累，昨日在鬼闹林的那种感觉又出现了，并且更加厉害了，他躺在火堆边几乎是倒头就睡，一直到汪兴国拍醒他。

“几点了？”闵先生敲了敲晕沉沉的头问道。

“现在大概是8点。”汪兴国答道，7点多的时候天其实已经大亮了，可是雾气迟迟不散，这时候有了阳光，雾气才加速散去，昨晚不到十米的能见度提高到了几十米。

“不管什么情况，我们下午三点前必须外撤。”汪兴国看着雾气散去的速度，觉得中午之前雾气可能都不会完全散完，而如果到了下午三点后阳光开始减弱，雾气会慢慢又浓厚起来，所以他决定无论如何在那之前要撤离，天黑前要出鬼门关。

闵先生似乎没有听见一般，动作有些机械地站了起来。

几人顺着缓坡又往下走了一段路，这儿的小路好像蜘蛛网一样，三人好似走进了一个巨大的迷宫，有些地方的草高过人头，有些又不到齐膝。

“真是见鬼了……”陈八岱嘟哝道，他的头又开始晕了。

汪兴国觉得这个巨大的盆地似乎没有底，越往下走空气中的甜味越重，酸腐气息也开始浓厚起来。

虽然汪兴国在尽力维持前进线路，可是还无法避免地在迷宫里兜兜转转，几个小时过去了，实际上他们根本没有走多远，雾气虽然在阳光的照射下慢慢消散，但并没有汪兴国想象地那样能见度提高到一两公里，他现在仍旧看不见棺材顶那个巨大的地标，只能估摸着它位于自己的左后侧，如果汪兴国的感觉没有错，那鬼门关就应该在自己的右后侧，现在大约距离鬼门关有一点五公里。

汪兴国计算出的这个结论让自己也吓了一跳，照常理不应该这么近，但是汪兴国知道，自从走进这个迷宫之后自己转了好几个弯，这么算来自己应该没有计算错，可是一路过来，却什么都没有发现，没有死人，甚至没有任何死人的踪迹，这儿也没有任何生物，就算是草地里常见的蚱蜢、蛐蛐都没见到一个，整个地方就好像一个死亡盆地，除了这几个擅闯的外人，没有任何活物！

这时候汪兴国觉得应该要往后撤了，照这个前进速度，天黑之前撤出鬼门关应该没有任何问题。

这儿地形相对平坦，汪兴国刚才变纵队为横队，这样能增加搜索范围，汪兴国感觉到队伍里的气势降到了最低点，闵先生已经好几个小时没有说话，对于自己和陈八岱的一些交流也漠不关心的样子，这是精神崩溃的先兆，若没有找到一个兴奋点来刺激他，汪兴国不知道他还能坚持多久。

汪兴国觉得危险在慢慢临近，是时候下令撤离了，他刚要开口，突然听到走在另一侧的陈八岱一声惊叫：“哎呀……”

“光蛋怎么了？”汪兴国问。

“我的天！我的天！我的天！”陈八岱没有回答他，发出一连串的惊叹。

汪兴国绕过去一看，瞪大了眼睛！

出现在他们眼前的是一块破损的裹尸布！当地人收殓先人的方式很简单，用一床床单一裹，用绳子一扎，抬到鬼门关就行了，但是鬼门关附近什么都没有留下，可是这儿的缓坡上放眼望去至少有好几十块破损的各种颜色的布，散落在草地、石块上。

第6章

迷雾遗迹2

闵先生并不知道发生了什么，他不知道为什么，越往盆地下走，自己就越觉得头晕，那是一种难以名状的头晕，明明有时候自己是想做出一些动作的，可是感觉总是慢半拍，反应异常迟钝，一路上他并非没有听到汪兴国和陈八岱之间的交流，他也明白自己应该参与交流，可是迟钝的反应让他跟不上节拍，再加上一些乱七八糟的无法遏止的想法占据了大脑内存，后来他索性就放弃了，集中精力跟随汪兴国，减少不必要的消耗。

闵先生的做法并没有错，只是有些不合时宜，虽然他觉得这样能节约体力和精力，可是头晕的症状并没有好转，脑子里似乎在被慢慢地塞进海绵一般，阻止了他的思考。

“闵睿，20年了，你该鼓起勇气了！”闵先生几乎就是靠着这个信念在支撑着自己继续走下去。

但他听见陈八岱失声惊叫的时候，塞满了大脑的海绵似乎被什么东西一下子冲破了，他稍迟疑了一下问道：“看到什么了？！”

“裹尸布！好多裹尸布！”陈八岱的再次惊叫让闵先生好像大脑回路重新接通了一般，他一下子兴奋起来，连忙跑过去——这可是一个重大发现！往往重大发现之后还会有更重大的发现！

当闵先生看到第一块裹尸布的时候，一股莫名的兴奋涌上心头，再抬眼一看，嘴巴张成了大大的O型！

如果这一切都没有看错的话，那这些裹尸布很可能就是解开20年前的秘密的线索。

汪兴国捏起眼前的这块布，这很明显是被风吹日晒雨淋之后腐朽的，裹尸布边还散落着几根腐朽的麻绳，汪兴国轻轻一拉就断了。

“卧槽……狗蛋儿，这儿……这儿……还有那儿……到处都是！”陈八岱周围逛了一圈，发现了更多的痕迹。

可是他们一具尸骨都没有找到，就剩下了裹尸布！

“难不成尸体真的会走？走到这儿脱掉了裹尸布，然后走进棺材顶里了？”陈八岱问。

这个发现让闵先生的多巴胺和肾上腺素分泌升高，刚才的头晕不适被赶到了九霄云外。

汪兴国试图从这些遗留的痕迹上找出一点有用的信息，可是除了诡异，还是诡异，这些尸体到底是怎么摆脱了裹尸布和捆扎的绳子不见了呢？

“狗蛋儿……快来……那是新的！昨晚的那块！”陈八岱又惊叫起来，汪兴国和闵先生顺着声音赶过去一看，几十米外一床新的白色床单铺在草地上，他们一眼就看出来，这是昨天那具尸体上裹着的。

“小心点……”汪兴国觉得不对，第六感告诉他，一种未知的危险就在自己身边，他高声提醒道，但陈八岱却没有听，快步赶过去想看个究竟，汪兴国只听见陈八岱“哎呀”一声，人就没进了草丛没了踪影。

“光蛋！光蛋！”汪兴国叫道，但却没有回应。

“陈八岱！”汪兴国又叫了一句。

“我没事……没事……谁乱扔东西……”汪兴国终于听到了陈八岱的回应。

陈八岱看到了那张新裹尸布，急忙跑过去想看个究竟却不小心被一个东西绊倒了，这一跤摔得他晕乎乎的，他开始以为是被石头绊倒的，坐起来之后踢了那个“石头”一脚，发现是软的，翻过来一看，竟然是一个户外运动背包！

“背包！汪兴国！有个背包！”陈八岱叫道，平时都是叫汪兴国的小名，这时候连名带姓地叫肯定是大事！汪兴国和闵先生赶紧跑过去。

“看来……我们不是第一批进入这里的人。”汪兴国看了看背包，背包被暴露在这儿那么久，很多地方都腐朽残破了，他拎起背带，背包底部受不了压力被挤破，里面的东西都掉了出来。

“这个罐头上的印戳是一九九几年的……”汪兴国捡起一个罐头，罐头已经破损了，但是底部还保持得比较完好，从上面打的日期上能依稀辨认出1、9、9几个字。

20世纪90年代国内的户外运动刚刚发展，汪兴国又检查了一下遗留下来的物品，这些物品在那个年代应该代表着最好的装备水平，据汪兴国所知，在那时候国内的探险队都没这么好的装备。

汪兴国觉得麻烦了，如果真的曾经有探险队来过这里，那附近应该还有更多留下的痕迹。

几人四周又找了一圈，果然发现了一些帐篷、睡袋、背包等遗物，基本集中在一片比较平坦的坡地，从遗留的痕迹看来，当时一共有6顶帐篷分两排扎在了坡地上，经过这么多年支撑杆早已腐朽支撑不起来了，帐篷已经全部垮塌，被荒草覆盖，但是一些帐篷里还遗留着背包和没有吃完的食物，在不少装备上还遗留着残破的标签，标签上打着的都是英文，但却没有发现任何一具尸骨！

难道是一支国外的探险队？他们怎么会跑到这儿来的？汪兴国和陈八岱百思不得其解，从遗留的营地来看，当年这支探险队也找到了这些散落的裹尸布，然后他们在这片平坦的坡地上扎营，准备探寻死人是怎么从鬼门关到了这儿的，可是不知道发生了什么，这些人留下了装备之后却都消失了。

当闵先生看到这些帐篷遗迹的时候，心里“咯噔”了一下，他从没想到会找到20年前探险队留下的遗迹，或许这里会有一些他感兴趣的东西，例如记录本之类的……

汪兴国仔细地检查了帐篷，这些是标准的双人帐篷，特种作战中的痕迹侦查这时候帮了他大忙，帐篷所用的材料耐腐蚀性都比较好，所有的帐篷都是完好的，没有外力撕裂，它们是支撑杆被大自然腐蚀之后自然垮塌的，帐篷下甚至还盖着一些装备，陈八岱从一顶帐篷下还掏出了一桶大约2公斤的塑料桶装柴油和一个超小型发电机！这些痕迹让他更疑惑了，十几个人同时消失并非不可能，例如遭到了袭击！可是这儿有人来袭击他们的可能性是微乎其微的，野兽看似有可能，但是这一路过来别说野兽，连草地最常见的蚂蚱都没看到一只，更何况如果是被袭击，这些人不可能一点反抗都没有，但这些遗留的痕迹却告诉汪兴国，这些帐篷的主人的确没有进行任何反抗。

已经过去了20年，很多痕迹已经消失，汪兴国也找不到太多有用的信息，只能从这整齐的营地里判断，这些人在这儿扎营之后，几乎是同时间消失了，在历史上，有过集体消失的悬案，最有名的莫过于1711年4000多名西班牙士兵驻扎在一个叫派连尼山的山上过夜，以待后继援军的到来。第二天早上援军到达山上宿营地时，军营内柴火仍然在燃烧，马匹、大炮也原封未动，可是4000多名士兵集体消失了！

而近代有记载的集体失踪则是第一次世界大战时期的1915年8月28日，一队800人的英军在土耳其的加里波利地区向一个高地移动，进入了浓雾中之后无影无踪，英军认为是土耳其人俘虏了这些英军，但土耳其方面信誓旦旦地保证从未见过他们！

如果以前听到的各种传说只是传说的话，那么这个真实摆在了眼前的事情让汪兴国意识到了事情的严重性，从遗留下来的物品判断他们是探险队无疑，装备对于探险队就像枪对于士兵一样，是他们的第二生命，就算是发生意外都也竭尽全力保护好装备，但他们整齐的营地告诉汪兴国，他们真的把装备丢下了，而且丢得很彻底，汪兴国甚至可以从遗留的痕迹看出他们将营地分为了几个区，在20年前能做到如此专业的营地分区，绝对不会是一群半懂不懂的驴友！但不可思议的是，所有人消失了，而且是同时消失！

“光蛋，我们把东西收集一下，看看有什么还能用的，速度快些，我们要外撤！”汪兴国看了看天空，雾气并没有像自己凭经验推断的那样在三点后才加重，此时已经有加重的迹象了，他觉得现在要开始为求生做准备了。

闵先生仔细地翻找着帐篷里留下的东西，他看到一本被土污染的笔记本，闵先生小心翼翼地打开，可大失所望，在潮湿的腐蚀下，笔记本里的记录早就模糊成了一团，在扉页勉强能看到一个夏字。

闵先生小心地把笔记本揣进了口袋里，但他没能找到更多的自己感兴趣的东西。

站在营地中环顾四周，闵先生仍旧没想明白他们怎么会消失在棺材山里，这里到底发生了什么？他们有没有找到那个楼兰留下的秘密？

半个小时后几人把附近能找到的觉得有用的东西都堆在了一起，陈八岱一屁股坐在了地上，不知道是不是因为有些累，他面色有些潮红，喘气也有些不均匀了，同时他感觉到自己心率有些偏高，他呼了几口气，却没有感觉更好。

哪怕是密封得再好的食物，现在也已经不能吃了，汪兴国摆弄了一下那台超小型发电机，发现也早坏了，那些睡袋、帐篷经过这么多年也腐朽不堪失去了作用，只是塑料桶里的柴油应该会用得上。

“光蛋！我们现在情况不妙……”汪兴国想了想说道，当年这支探险队所做的准备不可谓不充分，并且他们人数也多，他们都莫名其妙地失踪了，可想而知现在自己的处境，汪兴国觉得这时候不应该隐瞒任何事，他需要陈八岱和闵先生的配合。

“我早就觉得不妙了。”陈八岱抱怨道，“你不觉得头晕、迟钝吗？”

对于闵先生和陈八岱所说的头晕、反应迟钝，汪兴国是一点都没有，但多次提到这个问题让他必须要重视，而现在他们面临的并不只是这一件棘手的问题。

“嗯……手表进来之后就停了，指北针和GPS也失灵了……”汪兴国说道。

“你说啥？！”陈八岱急了，四周环视了一圈，除了周围的裹尸布和探险队的遗迹，就剩下荒草和乱石了，汪兴国的话让他觉得心底发毛。

“收集些还能用的睡袋、帐篷，我们要尽快往外撤……”汪兴国说道。

“你大爷的汪兴国，你要把老子害死在这儿！”陈八岱嘴上骂着，但是手脚却不敢停，把一些腐朽得不算严重的睡袋、帐篷、裹尸布等收集好，看着汪兴国撕成布条，裹在几根棍子上做成了火把。

闵先生感觉到一股恐惧紧紧地捏着自己的心脏，他环顾四周，薄雾中那些裹尸布静静地铺在草坡上，闵先生恍惚中好像看到20年前这儿一夜之间所有人就莫名其妙地消失了，而每一张裹尸布下慢慢地飘起了半透明的东西，接着汇聚成人形。

第7章

迷雾遗迹3

“闵先生，该走了。”汪兴国看到闵先生呆呆地立着，上来拍了他一下，这下闵先生才醒悟过来。

汪兴国看到闵先生的眼神有些呆滞，伸手抓过他的手腕，感觉了一下脉搏，闵先生的脉搏跳动很快，但却搏动无力，脉搏好像从皮肤下浅浅地滑过就急忙赶回心脏。

这是精神衰竭的预兆，汪兴国觉得越往盆地下走的时候，闵先生的反应就越迟钝，现在必须赶紧到达高处去，最好能到通风的地方。

精神高度紧张和在幽闭空间都会造成这样的精神衰竭，但闵先生是有探险经验的人，照理说这两天的行程不会让他出现这样的症状，同样的症状陈八岱也有，只是程度比较轻，肯定是别的原因造成的，可现在不是找原因的时候，汪兴国要考虑的是尽快撤离。

一个生存者从未迷路过只能证明他并未去过真正凶险之地，但汪兴国从没有今天这样诡异和压抑的感觉，总体而言，棺材山的地形算得上很复杂，可是进入了鬼门关之后这儿几乎就是一个漏斗状的大缓坡，照理说来，一路顺坡而下就可以到达底部了，可是这时候汪兴国估摸着自己的位置大约是在缓坡中部，离底部还有一定的距离，而时间却好像过得很快，所有的事情都透着反常，反常的尸体、反常的空气，反常的遗迹，汪兴国积攒下来的所有经验似乎都失灵了。

火能驱散不正常的空气，如果要支撑更久，火是最简单的方法，探险队留下的柴油能让他们支持一段时间，汪兴国做好了几个火把，点燃了一个，对陈八岱和闵先生说道：“跟紧，不要拉开距离。”

“你确定方向不会错？”陈八岱担心地看着四周的雾气，现在死人为什么走路已经不重要了，重要的是找到正确的方向。

“应该没问题。”汪兴国说道。

“老大，你可别应该啊！”陈八岱晃了晃晕沉沉的脑袋，努力让自己清醒一点，这时候可不能出任何错误，否则那支探险队就是前车之鉴。

只要从这块漏斗形的区域不断往上爬就一定会到漏斗边缘，虽然汪兴国不知道为什么，但是他能确认一点，在高处的时候他们头晕症状比较轻微，所以汪兴国觉得当务之急是爬高，先解决了头晕的问题，他相信在火的帮助下能回到一个安全的高度上。

汪兴国让闵先生抓着自己的腰带，这时候要保持最严密的队形，刚才的兴奋劲过了，闵先生的反应又慢了半拍，汪兴国催促了他几次才伸出了手，走了一小段一阵燃烧的热气飘进闵先生鼻子里，夹杂着柴油和烧焦的睡袋棉絮的味道，这味道反倒让他清醒了不少。

刚才是顺着小路走下来的，可是蛛网般的小路谁也不可能记得住，这儿的小路不同于别处，通常情况下小路至多两三条交会，可是这儿有些地方甚至有五六条小路交织在一起，无论是人或者动物，除了特意制作一个迷宫，还有谁会这么无聊？在野外首要的是方向，这是汪兴国在特种部队的生存教官再三强调的，刻意地记路只要出现差错就会对士气打击沉重，汪兴国现在首要任务是带领大家爬高，只要爬到足够高就可以避免头晕。

汪兴国和陈八岱一路顺着缓坡向上，在一些岔路汪兴国觉得有必要做路标的地方，汪兴国就把一个火把插在岔路边上，今天的天气并不算好，陈八岱看了好几次手表，手表都是指着昨夜进入鬼门关的时间凌晨四点多，汪兴国估摸着现在大约是下午三点，照理应该是太阳比较大的时候，但现在雾气似乎并没有给太阳任何面子，反而越来越重了，能见度从一两百米在不到一个小时的时间里急剧降低到了二三十米。

“狗蛋儿，我觉得不太对……”陈八岱的头越来越晕，但是他一靠近火把就会觉得好一些，可是2公斤柴油并不算多，汪兴国要精打细算，所以只点了一个火把。

“奇怪……爬高了这么久了，应该到了呀！”汪兴国也在心里嘀咕着，光线越来越暗淡了，天就要黑了，如果天黑之前找不到出口，那汪兴国也不敢保证会发生什么事情。

“我们会不会走错了？”陈八岱问，迟迟没有看到鬼门关或者其他任何有用的路标，陈八岱有些着急。

“不应该啊……我们一直在爬高啊……”汪兴国向四周看了看，发现这是徒劳的，雾气让他什么路标都看不见。按照他的判断，这时候棺材顶在自己的右前方，鬼门关的方向是在正面，可能会有些偏，但是大方向不会有错。

而闵先生的行为开始越来越怪异，他已经对周围的任何事物都漠不关心，似乎根本就不在乎汪兴国和陈八岱在说什么，更别说参与讨论了。脑子里一直有一个奇怪的声音在嘲笑他：“就凭你？就凭你们？就想解开秘密？哈哈……哈哈……哈哈……”

闵先生的精神有些恍惚，嘴里时不时嘟哝几句和脑子里的怪声交谈，声音低得让近在咫尺的汪兴国和陈八岱都听不清楚，只能依稀听到类似“你不可能解开秘密……你的爱人早就死了……楼兰已经湮灭……不再有了……”的只言片语，偶尔，闵先生似乎还会被脑海中的言语误导，“呵呵……哈哈……”的傻笑。

队伍里出现了这么一个人会对其他人的情绪产生负面影响，留给汪兴国的时间不多了，他必须要找到出路，或者说至少要找到一个安全的地点。

在低能见度下人会被地形带偏方向很正常，可是汪兴国一直都在注意这一点，不断地进行修正，虽然他一路上也转了好几个弯，肯定会有些方向偏差，但根据他的经验偏差不会太大。

一路下来几人先经过的是鬼门关，这附近的地形都是石头，几乎没有泥土，鬼门关附近好像一块平滑的大石板往下延伸，接着是土石混合的地形，这时候才开始有些荒草等植物，再往下就是草甸区，这一路爬高倒是很快走出了草甸区，可是在土石混合区走了这么久一直也没找到大石板。

汪兴国也觉得有些见鬼了，最后一丝光线暗淡下来，汪兴国看着手中的火把快灭了，他又重新点燃了一个，将旧火把插在了地上做路标。

虽然一直没有找到出路，不过爬高了这么一段之后，陈八岱的头晕症状有所缓解，闵先生的眼神似乎也有了回魂的模样，断后的陈八岱总觉得身后有些不舒服，他回头一看，惊叫道：“狗蛋儿……火！”

汪兴国回头一看，插在岔路口的那个火把本来是快要熄灭的，可是这时候汪兴国看到十几米外的火把还在顽强地燃烧着，只是那火焰的颜色很奇怪。

柴油的火焰是黄色的，可是现在那火把上的颜色竟然是淡蓝色的，间或还闪几下淡绿色的火光，过了一会，火把用尽了燃料，“噗”的一下好像一盏蜡烛被吹灭了一样完全熄灭了，只有残存的火星闪着幽蓝的光。

闵先生疑惑地看着那个火把熄灭，这种景象似乎在哪里见到过，脑海里的那个声音似乎被吓住了，顿时消失得无影无踪。

这是一种化学反应，这里的空气中有可燃性气体，可是闵先生那昏沉沉的脑袋始终想不起个所以然，他又困惑地看了看汪兴国手里的火把，是非常正常的黄色火焰！

“快走吧。”汪兴国觉得这时候停下来并不明智，天已经黑了，必须尽快找到出路！

“哦……”闵先生反应困难地应了一声，刚要拔脚跟上，可是离他不远的地方“噗”的一声，好像有什么东西被挤破了一样，他看到一样东西升了起来，一时间竟然不会说话了，只好拼命拉了拉汪兴国。

“怎么了？”汪兴国回过头，陈八岱几乎同时也看到了离自己不到3米的地方腾起了一阵幽蓝色的光雾，慢悠悠地飘在空中，这时候好似一个骷髅头一般，空洞的眼眶看着三人，下巴在空气中缓缓飘动着，似乎在笑。

“呵呵呵……呵呵呵……”闵先生跟着傻笑起来，面容诡异，陈八岱看得目瞪口呆，心底一股凉气奔腾而起。

汪兴国把火把伸了过去，那个骷髅头好像碰到了克星，一下子散了形，空气中只剩下几缕幽蓝的火焰，过了一会就消散了。

“磷火！”汪兴国说道。

陈八岱并非没有见过磷火，不过他见过的都是贴着地面星星点点般的磷火，这么大一团磷火还是头一次见！磷火是动物的骨骼里的磷腐烂之后形成了磷化氢，这种磷化合物遇到空气就会自燃，形成幽蓝色的火焰。

可是竟然这么大一团磷火……陈八岱突然想到这得多少尸骨才可能啊？再联想到刚才是先“噗”的一声，自己回头一看就发现了这团东西，刚才还是脊背发凉，现在连脊背的汗毛都倒竖起来！

看来这个棺材山的传说并非空穴来风，如果这真的是磷火，那么自己就站在一片埋骨地上，这片埋骨地的尸体并非千具百具，而是数以万计！想到这儿，陈八岱就算胆子再大也开始害怕了，他几步蹿到了汪兴国前面：“我走前面……”

汪兴国倒没想这么多，在野外有时候想得越多越吓自己，当年自己当新兵的时候跟着老兵做野外求生，晚上出现点什么风吹草动自己都紧张得要死，可是老兵却安若泰山，后来事儿见多了，汪兴国也淡定了，当务之急是先撤离，至于这到底是磷火还是别的什么以后再说。

汪兴国把火把递给陈八岱，陈八岱闻着燃烧的柴油味，又有了火的温暖，倒竖的汗毛终于贴了回去。

刚刚喘了口气，把狂跳的心压抑下去，突然草丛里传来一阵窸窸窣窣的声音，陈八岱神经质般地扭头朝刚才骷髅头消失的方向看去，接着他的瞳孔放大，盯着草丛中浮现出来的图案，张着嘴却发不出任何声音，只能拼命地拉了拉汪兴国的衣袖。

汪兴国也听到了声音，一回头，看到雾气中的草丛中渐渐地显露出一个光亮，幽幽地发出蓝绿色的微光，接着越来越亮，犹如草丛中一只冷漠看着他们的眼睛，接着第二个、第三个，不一会儿草丛里密密麻麻地显现出更多的蓝绿色眼睛，那窸窸窣窣的声音也停了下来，空气中寂静得瘆人，过了好一会儿，空气中传来一阵阵“咔咔”声，声音越来越整齐，越来越大。

“鬼眼！”闵先生低声叫了一句。

汪兴国觉得情况不妙，这声音通常表示威胁和警告，但这时候可不是过去看看草丛里到底是什么东西的时候。

“快走！”汪兴国拉了一下陈八岱，此时陈八岱哪还能思考，拔腿就往山上跑去，远离草丛。

闵先生还直愣愣地站着，汪兴国推了他一把，他才从惊愕中回过神，抬起沉重的脚，往山上一路小跑，远离他口中所说的“鬼眼”。

眼看着三人离去，草丛中的“鬼眼”慢慢地沉寂了下来，闵先生抽空回头一看，雾气中那些蓝绿色的眼睛慢慢地消失了。

三人又走了一个多小时，这儿的雾气淡了一些，潮湿空气里的那种带着酸腐的甜味气息也淡了，汪兴国隐隐地看到了一片石壁，心想总算是爬到漏斗边缘了。闵先生那些诡异的症状随着爬高慢慢地消失，虽然依旧昏沉沉的，可此时至少能跟上汪兴国。

三人手里现在还剩一个火把，2公斤的油桶也所剩无几。看到了有地标，闵先生也精神大振，加快了脚步。

不过他们跑到石壁边的时候却失望地发现，这儿并不是鬼门关，这个发现让大家有些气馁，陈八岱一屁股坐在了一块石头上，喘着粗气。

“吓死你陈大爷了。”陈八岱抹着额头上的汗，一路上他三步一回头，但那些“鬼眼”对他们并没有进一步的恶意，也没打算追出草丛，不管怎么说，现在是安全了。

喘匀了气，陈八岱觉得奇怪，为什么闵先生会认识那个东西。

“闵先生，鬼眼是什么玩意儿？”陈八岱问。

“棺材山有一个传说，死去的人会变成鬼眼，窥探人间，代表着他们对人间的留恋。”

“呃？就这样？”陈八岱对自己刚才被吓到感到好笑，这听起来并没有什么大不了的。

“不过也有可能，他们会把活人带走。”闵先生笑了笑，因为劳累，脸上的肌肉有些僵硬，这笑容让陈八岱觉得很瘆人。

“所以棺材山是活人禁地。”闵先生又补了一句。

陈八岱感觉身上的汗毛又竖了起来，这时候天空一声晴天霹雳，陈八岱下意识脑袋一缩，抬头看了看天空。

要是下雨，这可不是一个好兆头，联想到刚才的鬼眼，难道这儿还有“鬼闪电”？

云层并不厚，至少短时间内下雨的可能性还不大，这让陈八岱把提着的心给摁了下去，但刚才闪电间，汪兴国瞥见石壁上好像有些东西。

汪兴国用电筒照了照石壁，发现石壁上有刻画的痕迹，他靠近一看，用手摸索着，一片比较平坦的石壁上，歪歪扭扭地刻着一些字，并非是雕刻的，而是有人用石块用尽了最后的力气刻上去的，许多字已经看不清楚，但汪兴国在电筒光的帮助下，依稀看懂了几个繁体字，其中有“救命”“鬼怪”“阴兵”等字。

“看来还有人比探险队来得更早。”汪兴国从繁体字判断，这些字至少都是一百年前留下来的。

“会不会是那些死人想逃离发现被困了写的？”闵先生明知道这非常荒谬，可是他还是忍不住提了出来，这会儿爬高已经让他的脑子慢慢恢复了正常意识，但是各种鬼怪传说和可怕的东西又充斥了进去。

“哦……如果是这样的话，我们又发现死人会写字了。”汪兴国耸了耸肩，开了个玩笑，这句玩笑好像咒语一般，将闵先生心里的恐惧和担忧消减了大半。

“阴兵又是什么东西？”陈八岱凑过来，那两个模糊的字一下子吸引了他的目光。

“阴兵过道啊，很多地方不就有这样的传说吗？死的人太多了，冤魂不散被阳间的人看到了。”汪兴国随口答了一句。

通常在古代战争或者瘟疫过后，死亡人数众多的时候，民间就会有这种“阴兵过道”的传说，所以这对汪兴国而言，并不是什么可怕的事情，毕竟谁也没见过“阴兵”是怎么出现的。

“我们顺着走一段。”闵先生能说出那段虽然荒谬但是也符合逻辑的话，这让汪兴国松了一口气，至少现在他的意识在恢复，他们已经脱离了最危险的地段，既然已经到了漏斗边缘，从这儿进来的，肯定有缺口出去。

闵先生暗暗觉得汪兴国非常冷静！

按照汪兴国的判断，鬼门关应该在左侧，既然已经找到了路标，就不能再丢失了，几人顺着石壁边慢慢摸索着找出路。

一阵风吹过，这几乎是今天的第一缕风，汪兴国不经意地往下看了一眼，在薄雾中冒出了不少幽蓝色的、淡绿色的火焰，有些火焰一闪即逝，而有些在风中摇曳，接着草丛中又慢慢地浮现出了闵先生嘴里所说的“鬼眼”，好像一双双亡灵的眼睛死死地盯着这三位闯入禁地的不速之客。

陈八岱也看到了，这时候所有的鬼火解释已经压抑不住内心的恐惧。汪兴国听到陈八岱因为紧张和恐惧而不自主的“呼哧呼哧”的呼吸声。陈八岱停下了脚步，犹如一只被捕食者盯上的猎物，保持不动似乎能骗过这些幽灵的眼睛。

“别停，继续走……”汪兴国提醒道，陈八岱神经质般跳了一下，汪兴国无奈，只好推着他走。

“我走不动了……”今天一整天闵先生几乎没有吃任何东西，加上恐惧和紧张，他的双腿酸痛开始打哆嗦，平时很容易跨过去的石头这时候好像大山一样横在面前，好几次都差点扭伤了脚。

如果有人扭伤了那就更麻烦了，但这时候停下过夜，夜间也不知道会发生什么。突然一阵很大的风吹了过来，汪兴国竟然看到了星空！

有星空就有方向，趁着雾气没有重新笼罩，汪兴国找到了北极星，但他却惊奇地发现，自己离鬼门关其实还很远！

按照汪兴国的判断，鬼门关在自己的左侧，这没错，可是现在自己利用北极星定位之后发现，自己爬上漏斗顶的时候实际上方向已经偏离了差不多45°！这个偏差在野外是绝对不可容忍的，可是汪兴国回想了半天也没想出怎么会偏差这么远。

这阵风让那些鬼眼一下子都不见了，风吹了几分钟就停了，雾气慢慢地笼罩下来，那些鬼眼又开始出现了，远远地盯着这些不速之客，好像耐心的猎手，等候猎物自己虚弱、倒下，然后他们就会一拥而上将猎物肢解！雾气加速变浓，天空的云层又汇聚起来，云层中还隐隐显现出轻微的闪电，过了一会儿，那些鬼眼好像被幕布笼罩了一般，慢慢地退去了。

陈八岱往旁边的石壁上一靠，想喝口水压抑一下狂跳的心，突然感觉到脑后一凉，急忙一转眼，看到一个人影从不远处一晃而过。

陈八岱揉了揉眼睛，可是他并没有眼花，的确是有个人影，接着又是一个，好像从石壁中钻出来一样，在薄雾中模模糊糊的，急忙地往远处跑去。

“有人！”陈八岱低声惊叫，汪兴国转过头的时候，却没有发现任何人影。

“真的有人！我看见他跑过去了。”陈八岱赌咒发誓，那个模糊的人影还回头看了他一眼，这让他不寒而栗。

汪兴国确信自己并没有看到什么人影，连日的劳累可能让陈八岱出现了眼花，闵先生也是一脸的茫然，这时候闵先生和陈八岱都已经到达了极限，继续走下去可能会出现更多不可控的因素，他得赶紧找一条出路。

“这里有个缺口，我想我可以爬上去！”汪兴国看到石壁有一道裂缝，抬头看去大约有十米高，爬上这道裂缝之后应该就是石壁顶了。

汪兴国花了点时间爬上去，好像站在雾的顶上，头顶上的夜空完整地呈现在眼前，可脚下几乎是一片浓雾，再往远处看去，那个方形的棺材山山顶好像在浓雾中长出来一样，突兀地立在那里。

“我看见了星空和棺材山！”汪兴国叫道，这对大家来说是一个好消息，一低头，看到雾气中有几个影影绰绰的人，在慌张地躲避着什么，一个人摔倒了，挣扎着滚进了雾气里。

“真见鬼了！”汪兴国揉了揉眼睛，但刚才人影处什么都没有，陈八岱没有撒谎。

但现在管不了那么多，他搜集了大家身上的自救扁带，打了几个结，把陈八岱和闵先生拉了上来。

在浓雾中一整天，突然看到了星空，闵先生的心情一下子就好了起来，他贪婪地吸了几口新鲜空气，这儿的空气没有一点味道，可是却让他觉得那么舒畅——虽然有些麻烦，但闵先生坚信内心的信念会让自己渡过一切难关，事实证明是这样的，至少现在是这样的。

坐在崖壁顶上，汪兴国还在盯着刚才的人影处看，可是仍旧什么都没有，只听到雾气中隐隐传来的声音，似乎是人临死前的惨叫和哀号。

闵先生也听见了，他侧耳过来，眼睛盯着雾气，似乎那里会冒出点什么东西，过了好一会儿，雾气里传来一阵阵的“咔咔”声，却没有看到那些鬼眼。

陈八岱环顾四周，想赶紧离开这个鬼地方，远处一阵风吹过树林，树枝的缝隙间透过一点灯光。

“那边有灯！”陈八岱叫道，顺着陈八岱所指，汪兴国和闵先生也看到了摇曳树枝中透出的光亮。

“村庄？”汪兴国有些奇怪，但是这儿是棺材山的核心区，怎么可能有村落？

第8章

偶遇1

“不会是鬼屋吧？”陈八岱担心地问道，这一路上来，已经发生了太多诡异的事情了。

相传有些山林里会有一种叫作山鬼的东西，他们会建一所房子，吸引迷路的旅人，一旦进了鬼屋就不可能脱身。

“我倒希望有个漂亮女鬼呢，走吧。”汪兴国反倒轻松起来，那肯定是灯光，不是刚才看到的那些“鬼眼”，总之先离开这里总是没有错的。

“喂……你还真去找鬼啊……”陈八岱看到汪兴国带头往山下爬，嚷了一句也只好跟上。

“装备怎么办？”闵先生突然想起这个问题，还有一些绳索之类的东西丢在鬼门关呢。

“装备不重要，至少现在你开始清醒了。”汪兴国答了一句，“你难道不饿吗？”

这倒也是，一整天没吃东西了，或许去讨点吃的也是不错的，装备也不会长脚跑了，等休整过后再去取也不迟，闵先生这么想着，也跟了上来。

下了山，一层薄雾拢了过来，这儿的雾气真的很奇怪，时有时无。

“北在这边……灯光在这边……嗯，没多远，穿过这片林子就到了。”汪兴国看了看星空确定方向，自言自语道，可是听到手表好像“咔嗒”响了一下，他掀起衣袖一看，手表的指针正不紧不慢地一步一步地走着，再拿出指北针，GPS好像一切都恢复正常了，这下汪兴国心里更轻松了。

“喂……”陈八岱刚想提出疑问，就看到汪兴国打着手电钻进了林子里，心里咒骂着他八辈子祖宗，这个王八蛋可以饿三天不吃饭，可是也不想想自己饿得半死了，就算是去找鬼也停下来吃两口再走啊。

“哎，快点吧，等会找到女鬼就有肉吃了。”汪兴国怎么会不知道陈八岱在想什么，不过他觉得这时候停下来很不明智，这儿也不是个搭营的好地方，不如穿过林子，按照地图的信息，林子那边是一片平缓的草甸，并且有溪流，一整天下来，大家的水壶都需要补充，这时候找水比找食物紧迫得多。

“要真的是鬼，还不定谁吃谁呢……”陈八岱嘟哝着，这时候头也不晕了，嘴也开始快了起来。说话间，几人已经钻出了林子。

“哎，还真的是鬼屋啊！”他们看到一个棚子孤零零地坐落在离树林边缘不远的地方，棚子里悬吊着一盏灯，陈八岱口无遮拦就来了一句。

“嚷啥啊，那是营地灯。”汪兴国拍了他一下，既然有营地，那就证明有人，或许是猎户，或许是喜欢户外运动的驴友，不管是谁，能讨口吃的也算不错。

人？那就没错了，陈八岱脑子里已经浮现出了鸡腿饭之类的美食，两脚生风跑到了前面。

“喂，有人吗？”陈八岱靠近了棚子叫道。

“夏尔巴你回来了？”棚子边的黑暗中突然冒出一个女声，他扭头一看，夜幕好像撕开了一个口子一样，钻出了一个脑袋！

“鬼啊……”这个女人一脸惨白，披头散发正从黑暗中钻出来，漂亮不漂亮不知道，反正吓人就对了，陈八岱“嗷”的一嗓子跑了出来。

“啊……”女鬼也是一声凄厉的惨叫！这音准八度的尖叫撕破了夜幕，把跟在陈八岱身后的汪兴国和闵先生都吓了一跳，汪兴国三步并作两步蹿到了陈八岱面前，唰地从腰间抽出了求生刀，却看见那个女鬼反身从夜幕中抓起了一样东西。

“你们是谁，干什么的？”女鬼抓起了一柄组合工兵铲，大声问道，汪兴国听到她声音有些颤抖。

“哎……什么鬼啊……”汪兴国利用棚子里昏暗的营地灯一看，这明明就是个人，只是她的帐篷是暗色的，隐藏在了黑暗中，又没有开灯，从这个角度上看去，好像是从黑暗中钻出来一样，不过她披头散发，一脸惨白到底是怎么回事汪兴国一时也没搞明白，可是听她这么颤抖地说话，百分百肯定是一个人了，就算是个鬼也是个胆小鬼啊！

汪兴国把刀插回刀鞘，刚想开口解释，就听到另一边黑暗中传来一个男声，带着一丝焦急：“若冰，怎么了？”扭头一看，一个彪形大汉提着一个水桶，头灯在黑暗中晃动着，爬上了山坡快速地跑过来。

这彪形大汉左手提着水桶，右手拎着一把开山刀，陈八岱心里暗暗叫苦，这鬼屋还是夫妻档？！要说这女鬼是个胆小鬼也就罢了，这大男鬼可不好对付。

大汉奔过来，把手里的折叠水桶一扔，拎着开山刀戒备地看着汪兴国几人。

“不不不……误会了，误会了……我们只是迷路了……”闵先生一看剑拔弩张的架势，赶紧开口解释。

“打猎的？”大汉问道。

“不是，我们是去鬼门关探险的。”闵先生说道。

“鬼门关？你们胆子真大，敢去那个地方。”大汉怀疑地说道。

“我们进去了，出来的时候迷路了，看到这有灯光就跟着过来了，不好意思啊，吓着你了。”闵先生不愧是有身份的人，很有礼貌地道歉。

听了这话，女生和大汉又怀疑地上下打量了他们好一阵，总算是放下了戒心。

“我才被吓着了好吧……我这小小心脏……哎呀……还有半边不跳了。”陈八岱摸了摸心脏，总算还在跳动，低声地咕哝了一句。

“我还吓着你了？我做个面膜躺一会儿听到你说话，一爬出帐篷你就叫那么大声！我才被吓着了。”

“面膜？！”汪兴国愣了一下。

“姐姐……大黑天做面膜还出门，不当你是鬼才是见鬼了。”陈八岱也算是服了这个女人了，难怪刚才冒出一个惨白的鬼脸，爱美爱到了这深山老林子里，这还头一次听说到野外还带面膜的。

“你说啥？！什么见鬼了，你才是鬼！”女生听到了陈八岱的嘟哝，扬起了手里的工兵铲。

“好了好了……误会，误会了……呃，你们饿不饿？”大汉赶紧出来打圆场，问道。

听他这么一说，陈八岱的肚子很配合地“咕噜咕噜”叫了两声，闵先生的肚子也开始翻腾。

“既然都是探险的，都是朋友，呃，我叫夏尔，一般都叫我夏尔巴，她是夏若冰，你们叫什么？”大汉问道。

“我是汪兴国，他叫陈八岱，这位是闵先生，我们的客户。”汪兴国说道，大汉把他们迎进了棚子里，打开了气炉，准备给他们做饭。

“你们是干什么的？”汪兴国问道。

“哦，我们来这儿做点考察。”夏尔巴犹豫了一下答道。

这话当然不太令人信服，但谁也没有说破。

“哇塞，荒郊野岭，孤男寡女……”陈八岱靠在汪兴国耳朵边说道。

“关你啥事？”汪兴国低声说道，两人正说话间，夏若冰撕了面膜，扎着马尾辫穿了件冲锋衣也钻进了棚子里。

“我去……就算是鬼，这鬼也够漂亮啊！”陈八岱看了一眼夏若冰，低声说道，连闵先生都不由得多看了几眼。

刚才夏若冰在黑暗中，看不清楚样貌，现在夏尔巴把棚子里的营地灯调亮了，夏若冰往灯光下一站，总算是露出了真容。

通常冲锋衣都是比较肥大的，夏若冰穿着一件淡紫色的冲锋衣，那曼妙的腰身却一点没有被衣服遮住，陈八岱盯着她滚翘的屁股不由得咽了口口水。

汪兴国赶紧捅了他一下，这家伙一看到美女就两眼发绿，现在在人家的营地里做客，这样太无礼了。

炉子上的水烧开，夏尔巴倒了一袋速溶咖啡，搅拌了一下，给他们倒了一点，这是这两天来三人喝到的第一口热的东西，几口咖啡喝下去，闵先生的脸上开始有了血色。

“你叫什么来着？”夏若冰给自己倒了一杯咖啡，坐到了炉子边，虽然因气温低穿得厚，可是陈八岱已经可以想象出她胸前的容量了。

“陈八岱……”陈八岱答道，忍不住又瞄了夏若冰一眼。

“噗……穷八代？！”夏若冰正喝着咖啡，一口喷了出来，接着哈哈大笑。

得了，刚才的淑女形象全毁，本来陈八岱给她打95分的，现在就剩下70分了，看在给自己喝咖啡的分上加5分，一共75分不能再多了。

陈八岱应对这种情况不止一次了，他一本正经地说：“什么穷八代？我家穷了十八代了好吧，所以我小名叫光蛋……”

“真的？！”夏若冰不相信地看了看陈八岱，又看了看汪兴国。

“真的……咱们是发小，在一个很穷的村子里长大的，他家的确是穷了十八代。”汪兴国很认真地说，一本正经的样子让夏若冰扑哧又笑出声来了。

夏尔巴对夏若冰的样子见多不怪了，给汪兴国续了点咖啡，说道：“你叫汪兴国？”

“嗯，小名狗蛋儿。”陈八岱很认真地插了句嘴。

“你们的名字都很好玩……”夏若冰说道。

“呃……我们村子比较穷，小名起得贱好养活。”汪兴国有些不好意思地搔搔脑袋，这小名也就是在家里长辈叫，考学出了山村之后，也就是发小陈八岱和自己互相叫小名了。

“你呢？”夏若冰又问，闵先生一直没说话，可是眼角一直在偷偷地看夏若冰，被夏若冰发现后，有些尴尬地把眼睛盯在了杯子里的咖啡上，听到夏若冰问自己，赶忙答道：“我姓闵，单名一个睿字，睿智的睿……”

“哪个睿字？”夏若冰又笑了，这些人的自我介绍都很有意思。

“呃……是指聪明的睿智，不是字典的字。”闵先生是典型的南方人，在卷舌音上发声并不标准，字和智在他说出来就是一个音。

“哦，明白了。”夏若冰点了点头。

“我是做投资理财方面工作的，对探险和考古也有点兴趣。”闵先生又补了一句。

“那看来你的工作很不错，你的装备非常棒！”夏若冰说道。

“只要付得起钱，我愿意为爱好支付费用。”闵先生礼貌地说道。

“你们说你们进了鬼门关？真的假的？”夏若冰又问，不过那口气并不相信。

很多驴友都号称来过棺材山，实际上他们的穿越线路是绕过外围，连阴阳路都没有靠近，但这并不妨碍吹牛，据夏若冰所知，在户外论坛上，号称进过鬼门关的人不下十几个，但没有任何人拿得出证据。

在夏若冰眼里，除了闵先生价值不菲的户外穿着，他们三人和那些吹牛的驴友并没有什么区别。

夏若冰为了棺材山探险准备了好几年，但如今也只能在外围做一些不痛不痒的考察，始终没能踏入棺材山一步，因为她没有一个能力超强的领队。

“我们在里面发现了一个20世纪90年代的探险队的废弃营地，还有石壁上刻的一些繁体字……”汪兴国觉察到夏若冰口气中的怀疑，认真地说道。

这话让夏若冰不由得侧目：“探险队？！”

“对……”汪兴国从口袋里掏出营地里捡的一个标签。

夏若冰接过一看，又抬眼看了看汪兴国和陈八岱，又问道：“还有吗？”

“呃……一路上出来烧掉了不少，还有这个罐头的残片，上面打着199，后面的看不清楚。”汪兴国又掏了掏口袋，掏到那个罐头残片递给她。

夏若冰接过看了又看，低声说了句：“是1998年……”

第9章

偶遇2

“你怎么知道？”汪兴国好奇地问。

“你们在里面还发现了什么？是怎么出来的？”夏若冰没有回答汪兴国的话，反问道，问话显得有些咄咄逼人。

这话让陈八岱有些不快，虽然喝了她的几口咖啡，但这口气像是在审讯。

“这……我们是从猴子跳崖那边穿过来的，昨晚我们到了鬼门关，三四点模样摆着的死人就不见了，我们就进了鬼门关一路搜寻下去……”汪兴国说道。

“你不怕？”夏若冰有些迷惑。

“他怕什么？死人都不知道背过多少了，他当年是特种部队的。”陈八岱插嘴道，语气中带着一丝炫耀。

“哦！”夏若冰明白了，怪不得他们能从猴子跳崖翻到鬼门关，还敢在鬼门关逗留。

“你们不是驴友！”夏尔巴插嘴道。

“你们也不是来做考察的。”汪兴国笑道，看了夏若冰一眼。

“我想知道然后呢？”夏若冰倒不想解释自己来这里是干吗的，她对鬼门关里的事情更感兴趣。

“在里面迷了路，而且手表停了不知道时间……”闵先生插了句嘴，想起了手表，抬起手腕一看，手表正常地走动着，只是时间不对。

“那儿有磁场，仪器进去了不管用。”夏若冰说道，看样子她对棺材山还是挺熟悉的。

“还有浓雾，夜间看不见，我们没找到那失踪的尸体，就找地方生火等到了白天，可是白天也是浓雾，我估计是中午前后，我们找到了一片草甸区，有很多裹尸布，就是在那里发现了这些东西，6个帐篷很整齐地搭着，装备基本都在，只是没有人。”闵先生又说道，“对了，鬼门关石壁上刻有一副对联，还有一些佉卢文。”

“佉卢文？！”夏若冰睁大了眼睛！

“一具尸骨都没有发现吗？”夏尔巴不死心地追问了一句。

“没有……什么都没有，满地散乱的裹尸布、麻绳，营地废弃了好几十年，都被荒草覆盖了，我们在里面觉得头晕，所以赶紧撤出来了，不过方向搞错了……”汪兴国说道。

“晚上看到了很多磷火，还有闵先生说的鬼眼，在岩壁附近有人影。”陈八岱说道。

“阴兵过道！”夏若冰和夏尔巴对视了一眼。

闵先生微微一怔，他们怎么会知道？

“我们走了很久找到了崖壁，在一片崖壁看到有些刻字，繁体字。”汪兴国说道，“这么说，很久以前曾经有人进去过，但是肯定没有出来。”

“你们不是第一批进去的人，也不是第一批进去了又出来的人。”夏若冰看了看几个人，很认真地说道。

“看样子你对棺材山很熟？”若是常人，对一些事情好奇也就罢了，但是夏若冰的追问肯定不是好奇这么简单。

“可以这么说吧……”夏若冰情绪有些低落。

“能告诉我们吗？”闵先生轻声问，若是夏若冰对棺材山很熟悉，那对自己会有很大帮助。

“事情有些复杂，呃……你们看到的繁体字，是明末清初留下来的。”夏尔巴一直沉默着听他们说话，这时候却开口了。

“棺材山那个关于死人走路的传说流传有一千多年了，明末清初的时候，这儿闹反清复明，一大队清兵赶来镇压，把人给追进了鬼门关，但是没有一个人出来，然后没多久说鬼门关附近的林子里在闹鬼，有人说是冤死在鬼门关内的那些反清人士和清兵的鬼魂，自此之后这里一直有阴兵过道的传说。”夏尔巴简单地介绍了一下。

“那些佉卢文呢？”闵先生问，看样子他们的确挺熟悉棺材山的，和自己调查的资料相差不大。

夏若冰第二次听到闵先生提起佉卢文，奇怪地看了他很久才答道：“那些佉卢文，如果没猜错的话，有2000年历史了。”

“那些帐篷呢？”陈八岱好奇地追问。

“这……”夏尔巴为难地看了夏若冰一眼，夏若冰站了起来，走出了棚子，回头对夏尔巴说：“夏尔巳，我们商量一下。”

“哦！”夏尔巴对他们做了个抱歉的手势，出了棚子，陈八岱打眼一望，夏若冰在十几米外的一棵树下站着，夏尔巴走过去，两个人低声地说着什么。

“我去……不会真的是见鬼了，商量怎么吃咱们吧？”陈八岱嘟哝道。

“想什么呢？”汪兴国瞥了他一眼，又支起耳朵听夏尔巴和夏若冰说什么，但什么都没听到。

“你没看见你刚才说进了鬼门关的时候，那夏若冰的表情怪怪的？”陈八岱问。

“那又怎么样？”

“我和你说，传说中的鬼屋，就是扮成让你没有戒心的人，然后……咔嚓……”陈八岱伸手在汪兴国脖子上砍了一下，现在脱离险境了，陈八岱的思维也活跃起来了。

“真要是鬼，还请我们喝咖啡……”

“难说，说不定用了障眼法，这咖啡其实是血水……嗯，说不定就是那些棺材山里死人的血水！咱们肯定是进了棺材山知道了什么不可告人的秘密，他们就是守卫棺材山秘密的鬼魂……”陈八岱唾沫横飞地说道。

“陈八岱你这想象力不去写小说真是浪费了！不过，也不是没有这种可能啊。”一直在看着夏若冰的闵先生开口说道，他觉得陈八岱说得挺好笑的，毕竟在现今科学还不能解释很多现象。

夏若冰和夏尔巴说话的声音本来很低，几人听不清楚他们说什么，后来声音越来越高了，几个人隐约听到了一些肯定是……父母……探险队……佉卢文……一定能进去之类的话。

汪兴国好奇地看了几眼，他看到夏若冰似乎很激动，夏尔巴在极力安慰她。

过了好一会儿，两人的声音又低了下来，汪兴国听不到他们在说什么，汪兴国和陈八岱把咖啡喝完的时候，两人回来了，夏尔巴没有说话，坐在火炉边，重新续上了水，夏若冰站在灯光下，问道：“你们还能再去一次棺材山吗？”

“小姐，开什么玩笑啊！我们刚从里面爬出来……”陈八岱夸张地说道，下巴张成了一个O型。

“我雇你们去……”夏若冰说道。

“这……”汪兴国为难地看了一眼闵先生。

闵先生倒没什么，大度地说道：“我没什么问题，只是夏小姐，你为什么这么坚持要去呢？”

“这……”夏若冰迟疑了一下，又说道，“这个你别管，我想进去看看你们说的帐篷和遗迹，还有鬼门关的佉卢文。”

“你为什么对佉卢文那么有兴趣？据我所知，这是一个死文字，已经没有人认识了。”闵先生想了想问道。

“闵先生，你怎么会知道楼兰的佉卢文？”夏若冰反问道。

“呃……一个偶然的机会我知道了楼兰，对这个神秘消失的国度很感兴趣，但我读不懂这个死文字。”

夏若冰在地上用树枝画了一个符号。

汪兴国注意到，夏若冰写这个符号的时候是从右边开始的，闵先生怔怔地看着她熟练地书写着字符，这个字符很简单，但也很熟悉，一时间他想不起来这字符代表着什么。

“这是佉卢文‘楼兰’，它是个死文字，但不代表没有人认识。”夏若冰的话有些生硬。

闵先生怔了一下，她又提到了楼兰，消失了2000年的楼兰！

“可是……那儿非常不寻常……”汪兴国觉得夏若冰的这个借口找得的确不怎么样，还想追问下去，看到夏若冰眼睛泛着泪光，有些于心不忍，把后半句咽了回去。

“若冰，你先去休息，我和他们谈吧。”看到夏若冰的情绪有些激动，夏尔巴开口说道，夏若冰抹了一把眼泪，先回了帐篷。

“出多少钱你们才会再去一次？”夏尔巴倒是开门见山。

这鸡不下蛋鸟不拉屎的地方竟然还有生意谈，真是见了鬼了，汪兴国心里嘀咕着，陈八岱一听到“钱”字一下子兴奋起来，连鬼都不怕了，赶紧接腔：“那要看你们到底要干什么了……”

“等等，我要知道为什么你们要进去，否则我不会接这个活。”汪兴国打断了陈八岱的话，陈八岱狠狠地瞪了他一眼。

“你们不是第一批进去的人，也不是第一批走出来的人，1998年，有一支探险队进去过。”夏尔巴缓缓地说。

“有人曾经出来了？”汪兴国问。

“是的，那是中日探险队，要来解开棺材山的秘密，他们进去之后的第三天就失踪了，又过了两天，日本的一个探险队员从另一头的龙寨出来了。”

“那既然他出来了，难道还不知道发生了什么吗？”汪兴国问。

夏尔巴笑了一下：“既然有人出来了就应该了解里面的情况，哪怕是局部，可是这个日本探险队员并没有带出任何情况，因为他出来的时候已经疯了，后来他回日本接受治疗，一度病情好转，据说还写了一本书，叫作《鬼门关之尸》。”

“既然出书了，难道还不知道发生了什么？”闵先生听出了一股诡异的气息，插嘴问道，他对此非常感兴趣。

“问题是，他写的东西没有人看得懂，都是一些破碎的字句和一些诡异的符号、图案，其中有一些佉卢文。”夏尔巴摊了摊手又继续说道，“在此之后，这里被探险队列为禁区，不再进行任何的实地勘测和探险开发活动。”

“这和夏若冰有什么关系？”汪兴国敏锐地觉察到了夏尔巴说话间的一些字句。

“你果然很聪明，这个探险队的领队是夏若冰的父亲，队员里还有她的母亲，他们是研究楼兰文化变迁的教授，同时也是佉卢文的专家。夏若冰是由爷爷奶奶带大的，虽然老人家反对她搞探险，可是她还是选了地质和考古作为她的学科，她现在是地质和考古的双料硕士，正在攻博。”夏尔巴说道。

一旁的闵先生听着夏尔巴的话，眼睛越瞪越大，忍不住插嘴：“夏若冰是不是在研究佉卢文？”

夏尔巴对这类惊讶已经见多不怪了，毕竟谁也不相信一个漂亮娇媚的小姑娘竟然会选择这样的专业。

“确切地说，她是在继续父母的研究。”夏尔巴说道。

“楼兰的变迁史？！”闵先生更惊讶了。

“哎，闵先生，你不是也提过这个楼兰……”陈八岱听着他们讨论的东西，自己一点插不上嘴，有些着急。

“看来您也对楼兰很有兴趣。”夏尔巴笑道。

“是的，一个神秘消失的古国，有人说这里的人是楼兰的后裔。”闵先生忍不住摸了摸口袋里的那个笔记本，但他忍住了继续深谈的冲动。

“这么说你们答应再进去一次？”夏尔巴问。

“不，我没这么说。”汪兴国拒绝了。

“哎……我们是不是先谈谈价钱？”陈八岱急了，赶紧打断汪兴国的话头。

“15万！再加15万！”一直沉默的闵先生又开口了，“我们再进去一次！”

陈八岱扭头看了闵先生一眼，这一眼让闵先生觉得很尴尬，又说道：“既然我们能进去又出来，也算是有经验了，干吗不能再去一次呢？”

“里面有些事情我们还没搞清楚，这次我们在里面并没有待太久，所以没事，现在知道的失踪的人，都是在里面待了三天以上的……”汪兴国开动大脑分析着。

“那你觉得哪里还有问题？”夏尔巴问。

“如果没有好好地进行调查和计划，我劝你们也不要进去。”汪兴国没有正面回答夏尔巴的话。

“这是夏若冰的心病，对棺材山我们做过很多功课，这里极有可能就是楼兰一支移民的后代，如果是真的，这可是考古学上的重大发现，楼兰文明的消亡至今在科学界没有定论，鼎盛时期楼兰的国土和人口在西域36国中是最大的，在丝绸之路的十字路口他们积累了大量的财富，但他们都去了哪？”夏尔巴看了看汪兴国，“解开这些秘密，对考古，对夏若冰都有着重要的意义。”

“我们在谈论的是一个生死攸关的问题，不是个人的情感。”汪兴国这句话说得有些生硬，但也是事实。

“那怎么样你才会再进去一次？”夏尔巴开门见山问道。

“我需要考虑……”汪兴国没有马上回答。

“好吧……”夏尔巴有些遗憾地站了起来，说道，“还有一顶多余的帐篷，不过三个人有些挤，早点休息，出山之后我们再讨论这个问题。”

“谢谢！”汪兴国和闵先生几乎同时开口说道，闵先生去和夏尔巴取帐篷。

“狗蛋儿……有钱你都不赚啊？”趁着四下无人，陈八岱埋怨道。

“有钱赚也得有命花啊。”

搭好了帐篷，汪兴国让陈八岱和闵先生挤一挤，自己在棚子里将就一晚，闵先生没有睡，又走进了棚子，很认真地对汪兴国说道：“我想，我们应该再去一次。”

“我们？”

“我记得我们的协议是我要看到死人走路，没看到之前你仍旧是我的探险领队。”

“仅仅是这样吗？”汪兴国问道。

闵先生笑了笑，拍了拍他的肩膀：“汪兴国，你会是一个很好的探险家……嗯，以后你会明白的。”

第10章

黑夜传说1

汪兴国奇怪地看了闵先生一眼，没有说话，躺下把夏尔巴送的睡袋盖在了身上，汪兴国从来不认为自己会成什么“家”，闵先生刚才的话只不过是一个虚假的恭维。

汪兴国对未来并没有一个远期规划，自从从特种部队退伍之后，靠着陈八岱这个发小，总算是混了一口饭吃，两人辛苦了两年，在探险这个圈子也算小有名气，但这一行想成为“家”，那几乎是不可能的——这个没有门槛的行业，牛人辈出，这些牛人不是作死就是在作死的路上，如果十年之后还没有死，或许能称之为“作死家”，但汪兴国很明白地知道，探险是一门学科，远不是那些所谓的户外爱好者理解的那样不怕死就行了。

“你难道还有什么顾虑吗？”闵先生追问一句，在他看来任何人都是可以收买的，只是价格问题，“15万不够的话，我可以为专业支付更多的金钱。”

“你是为了夏若冰支付这笔钱。”汪兴国终于开口了。

“不，我是为了专业支付这笔钱。”闵先生纠正了汪兴国。

“我的专业还是她的专业？”汪兴国笑道。

“或许我和你的经历不一样，我能理解你为什么戒备心很强，这么说吧，当我有一定金钱之后，我会追求更高层次的东西，不一定是金钱，可以是为了猎奇，也可以是为了专业，当然我是一个商人，我愿意为专业付钱的前提是，你足够对得起这笔钱。”闵先生把话题扯开，但这也算是回答了汪兴国的话。

“闵先生，我收钱是为了保障客户的安全，但是我必须要知道客户的目的——真实的目的，而不是表面漂亮的说辞，如果出现了危险，我只能救一个人的时候，我想问你，你是希望救你还是她？”汪兴国语气很缓慢地说道，他要保证闵先生每个字都能听得明白。

“这……”闵先生不得不承认，这个问题很尖锐，而且他也无法回答。

“我会救好救的那个。”汪兴国帮他回答了这个问题，虽然这个回答很残忍，但这是事实。

“这么说你答应进去了？”闵先生把话题岔开。

“我还在考虑……既然您是一个商人，也知道不能强买强卖对吧？”汪兴国说道。

这话将了闵先生一军，让他有些失望，他试图通过这次谈话让汪兴国答应下来，闵先生知道汪兴国作为一个曾经的军人，答应的事情一定会办，可不管自己是多么渴望，他需要专业才能保证自己活下来，只有汪兴国在，自己活下来的机会才会更高，如果人死了，什么都没有意义了。

“闵先生，你怎么会对楼兰这么有兴趣？”汪兴国突然问道。

“刚才夏尔巴也说了，这会是一个令我扬名立万的机会。”闵先生笑道。

有钱人的追求的确和常人不一样，可汪兴国觉得事情并没有那么简单，可是他也不好说什么，作为一个探险领队，他今晚问雇主的问题已经够多了。

“早点休息吧，明天一大早要回程了。”汪兴国翻了个身，两人的谈话结束了。

闵先生回到帐篷，陈八岱已经鼾声大作进入了梦乡，闵先生翻来覆去睡不着，他也开始有些动摇，是不是还要进去一趟？自己这次能从里面出来，除了汪兴国的竭力保护，更多的是运气，这20年来闵先生走过不少地方，收集了不少楼兰的遗物，他总算是从20年前的阴影里走了出来，重新鼓起勇气探寻楼兰的秘密，他刚刚勇敢地跨出这么一大步，就碰上诡异的事情，现在也没能解释头晕到底是怎么回事，他们虽然从鬼门关里出来了，可实际上对鬼门关的了解并不多，甚至不及冰山一角！

闵先生摸出了那本已经糊在了一起的笔记本，昏暗的营地灯透过帐篷，闵先生勉勉强强看到扉页上的那个“夏”字。

闵先生知道，这是“夏言”，20年前全球唯一的佉卢文专家，他和夫人共同编写了一个佉卢文对照表，但他们遇险之后，再也没有人认识这些死去的文字。

夏若冰竟然是他们的女儿，而且她能解读佉卢文，这对闵先生而言是一件天大的好事。

闵先生低头，看到了衣领上那枚白金徽章，心里暗暗地说：“已经踏出这一步，不能回头！不能回头！”

闵先生想着事情，迷迷糊糊地睡了过去，等醒来的时候，夏若冰等人已经收营完毕，但他们想让闵先生多睡会，没有叫醒他，闵先生有些尴尬，钻出帐篷，陈八岱招呼道：“来得早不如来得巧，闵先生你真有口福，早餐刚做好。”

闵先生手上还抓着笔记本，下意识往后背一收，环顾了一下四周，汪兴国在帮夏若冰、夏尔巴收拾营地，暂时没注意到自己醒了，陈八岱在给大家做早餐，气炉上的钛合金锅咕嘟嘟地冒着热气，一股麦片的清香扑鼻而来，闵先生走过去坐在陈八岱身边，沉默了一下开口问：“陈八岱，你觉得我们还能再去一趟吗？”

“啊？”陈八岱的注意力都被麦片吸引着，听到闵先生的问话一时没反应过来，他看了闵先生一眼，又看了看夏若冰等人，说，“你真还想去？”

“呃……是的……”

“这……得看汪兴国啊。”陈八岱似乎也没有把握。

“再加15万！我要看到死人走路，如果还有更多的惊喜……嗯，你知道的。”闵先生意味深长地对陈八岱笑道，汪兴国并不好收买，不过陈八岱就不一定了。

这个价钱果然让陈八岱两眼放光，这次带闵先生进棺材山，价钱是8万！这笔钱刚好能将这两年的欠账还清，而15万对于陈八岱而言，能给他解决很多现实的问题。

“不妨考虑一下，没看到死人走路，这可是你们失职了。”闵先生知道火候差不多了，站起来要去给夏若冰帮忙，临离开前轻轻拍了拍陈八岱的肩膀。

“我去呀……有钱人的世界真搞不懂，花钱找死……还是两次！”陈八岱看闵先生走远了，低声嘟哝了一句，但脑子里在想如何说服汪兴国。

陈八岱号称A市户外界十大金刚之一，但这名号也是自己封的，外人看起来风光无限，但各种艰辛也只有自己知道——这项没有门槛的职业竞争压力极大，哪怕是十大金刚，也时常面临着最基本的生活问题！前阵子老父亲又提及，家里的房子该修了，最近有个姑娘对陈八岱也有些好感，还有房租……上一次赊货的货款人家也在催……这一切都需要钱。

陈八岱仔细地盘算了一下，这次探险的8万块去除各种成本，除去各方面的开销，还上欠账，剩下的钱还能支撑两个月，若是15万……那可以解决自己至少一年的问题，和汪兴国商量了两年开自己的户外运动公司也能开张了。

陈八岱一直面临的问题并不是钱的问题，而是没钱的问题，他不可能像汪兴国一样带着军人的傲骨，他得向现实和生活低头。

仔细地盘算了半天，陈八岱发现汪兴国如果不干，一切都白搭，这小子技术没得说，意识也绝对一流，可是那个不为五斗米折腰的臭脾气始终没有改，有时候陈八岱都怀疑自己找他做合作伙伴是不是眼瞎了，看着眼前的钱都不赚，要不是自己打不过他，两人又是穿着开裆裤一起长大的发小，陈八岱都想打死他几十次了。

可现在也没有啥好办法，这事儿还是得从长计议，他看了一眼在忙活的汪兴国，觉得自己身边围绕的钞票似乎又要远去了。

收拾完毕，吃过早餐，一行人等就要回程了，因为从棺材山出来的时候，汪兴国等人就已经偏离了方向，再转回鬼门关走阴阳路距离更远，所以几人就打算跟夏若冰和夏尔巴一起到资信村，然后再做下一步打算。

早晨出发，天黑之前就能回到资信村，一路上大家有一嘴没一嘴地聊着，以此互相增进了解，从闲谈中也得知夏尔巴并非夏若冰的恋人，而是她的表哥，只是随着母亲也就是夏若冰的姑姑姓。

按理棺材山附近外人是不许进入的。

夏若冰的爷爷奶奶是非常反对她再走父母的老路的，可是夏若冰没听老人家的建议，汪兴国觉得夏若冰父母在棺材山的失踪对她职业的选择有着巨大的影响，而且夏若冰手上有父母留下的编写了一半的佉卢文对照表，闵先生对此极其感兴趣，双方还谈起了楼兰和鄯善的沿革和变迁，棺材山附近独特的习俗让夏若冰觉得这是楼兰一脉，夏若冰正在继续父母的研究，她打算从棺材山着手，但是这附近的村民对他们的历史缄口不言，外人很难打听到有价值的信息，无奈之下，两人打着民俗研究员的旗号，这才从资信村绕路，但却没有找到通往鬼门关的路，两人也不敢贸然进入，只好在外围采集一些资料，在他们的摄像机里，还模糊地记录下了一些“阴兵过道”的影像，可始终没能得到他们想要的东西，正准备撤离的时候，恰好碰上了汪兴国等人。

闵先生和夏若冰一致认为，楼兰和鄯善的文明虽然都在同一个地方，但它们两者其实并没有必然的联系。

一路上，夏若冰也数次提及再探棺材山的事情，但汪兴国却没有答应，只是说要收集足够的信息再做决定。

夏若冰有些着急，这时候已经能从山上看到资信村了，一行人等稍作休息，夏若冰很认真地看着汪兴国的眼睛问：“你要怎么样才会再去一次？”

“我说过了，搜集足够的信息。”汪兴国说道。

“我没钱，但我可以给你分期付款，这样行不行？”夏若冰直截了当地问。

这话让陈八岱联想起别的什么，靠了过来：“美女，我们可以谈谈别的支付方式。”

“这不是钱的问题，这关乎人命！”汪兴国的固执不一般，陈八岱本想开个玩笑缓解下气氛，被汪兴国这生硬的话弄得没法接话头了。

眼看这个谈话变得有些剑拔弩张，闵先生赶紧出来打圆场：“我说，大家先回去好好吃一顿睡一觉，然后再从长计议。”

“我们有这个地区的卫星遥感地图，遥感显示棺材山的漏斗形盆地下有空腔，有发育不全的赤铁矿，这是这片区域仪器失灵的主要原因，从地质上而言，这片漏斗形盆地是由下部空腔扩大塌陷而形成的。”夏尔巴说道，毕竟准备了多年，有些资料只有他们才会掌握。

“地下水引起的？”汪兴国问，夏尔巴的话引起了他的兴趣。

“具体并不清楚，不过我们确信，在远古时期这里有着复杂而庞大的地下洞穴群，某一次的地质重构运动造成了这样的特殊地形，因为有赤铁矿的干扰，卫星遥感图也不清晰。”夏尔巴老实地回答。

“雾气是地形的原因？”汪兴国又问道，他需要任何一点有用的信息。

“那是棺材山特殊的位置造成的，远处的山脉缺口正好是风口，风在这里被棺材山抬升起来之后形成扰流，将湿气压迫到了低处，只有在很晴朗的日子，雾气才会散去。”

“这个山顶从地质年代上看形成的时间应该不长。”汪兴国又说道。

“从地质年代来说，它非常年轻，大约只有一万年的历史，这应该是最后一次地质重构的时间。”

这让夏若冰不得不对汪兴国刮目相看，她见过不少探险队员，可大多数对地质学的知识几乎一窍不通，汪兴国对所有问题都非常细致和专业。

“赤铁矿造成磁场干扰，无法使用仪器定位，地形和气流影响造成雾气，降低能见度，可是这也没法解释为什么闵先生和陈八岱会头晕，还有鬼门关的尸体怎么会莫名不见？”汪兴国思索了一下，他更注重细节问题。

“这儿气候常年湿润高温，植被腐败后会产生俗称的瘴气，但这并非不能避免的，如果这里真的是楼兰的移民，尸体不见了可能是一种独特的丧葬方式，或许是被当地人搬走了，这不就是我们该去追寻的吗？”闵先生补了一句，试图说服汪兴国，他知道汪兴国这种性格是吃软不吃硬，用金钱引诱对陈八岱有效，但要说服汪兴国就必须开诚布公。

“不，并非这么简单，若是瘴气，不会那么快让人有反应，而且这种轻微的头晕，更类似麻醉的效果……”汪兴国摇了摇头，地质、考古或许他们更专业，但在综合学科上，汪兴国有过系统的学习和残酷的训练。

“可是你为什么不头晕？”闵先生好奇地问道。

“我受过专注训练，以及我曾做过抗麻醉训练。”汪兴国说道。

虽然闵先生不太了解什么叫抗麻醉训练，但大概也明白了点意思——就是比常人更能抵抗麻醉药的麻痹效果，仍旧能保持冷静和清醒。

大家就一些专业问题进行了一些探讨，但是鬼门关的尸体是如何不见的以及那些诡秘事件仍旧莫衷一是，现在任何的分析都只是猜测，如果要解开谜团就只能再次进去，这也是汪兴国慎之又慎的原因，末了夏若冰急了：“汪兴国，我只是想去看看我的父母！你到底要怎么样才会帮我？”

“任何事情，对死人而言毫无意义，但是对活人很重要。”汪兴国这句话让陈八岱吓了一跳，这话是大实话，可是大实话更容易得罪人，他赶紧插嘴：“狗蛋儿的意思是，我们要小心，毕竟当年的探险队都是专业的，呃……我们不如再多搜集一些情况制订一个详细的计划……”

要不是陈八岱及时开口，夏若冰估计自己已经气得把工兵铲拍到汪兴国脑袋上了，夏尔巴和闵先生也纷纷来打圆场，这时候汪兴国才觉得自己刚才那句话说得有些过了，毕竟对于夏若冰而言，父母的重要性不言而喻，自己用一个外人的眼光旁观多少显得有些冷酷无情。

然而从职业角度而言，汪兴国必须要把自己当作一个外人，俗话说当局者迷旁观者清，只有让自己跳出那个圈子从一个局外人的角度去看待，才更客观。

汪兴国觉得自己应该说点什么缓解一下紧张的气氛，他对夏尔巴说道：“还有别的信息吗？越详细越好，比如你说的那个活着出来的日本科考队员。”

夏尔巴看了一眼夏若冰，面露难色：“没有了，这事情我们前后筹划了10年……可是，所有搜集到的资料仅仅有这么一些。”

“哦……那倒不一定，或许有些渠道你们忘了。”汪兴国说道。

“比如？”这句话让夏若冰重新燃起了希望。

汪兴国看了看远处的资信村，此时已经是下午五点，山村中的人们作息都很有规律，村中的不少厨房已经冒出袅袅炊烟。

汪兴国打开水壶，喝了一口水，缓缓地说道："对当地最熟悉的只有当地人。"

"哎……他们除了传说，还能有什么？"夏若冰还以为汪兴国说什么，她并非没有在当地找信息，可是山村中淳朴的村民并没有科学的观念，他们遵循千年以来的传统做着外人不解的事情，但他们从未去想过为什么。

"嗯，很多传说能解答很多秘密。"闵先生插嘴道，"科学并不能解决一切疑问，但传说可以。"

"传说不可能是空穴来风，它们之间肯定有着某种关联，2000年前……嗯，那是秦汉时期，是一个流行巫蛊的年代……如果他们真的是楼兰的移民，总会留下点线索的。"汪兴国说道。

"你有什么别的想法？"夏若冰问。

"现在没啥想法，下山，找点吃的，好好睡一觉，然后去听村中老人讲传说和故事……"汪兴国耸了耸肩，自己这时候似乎已经能闻到村中的炊烟了。

"听故事？这就是你的计划？"闵先生有些不可思议地问道。

"对！听故事，故事会告诉我们很多信息。"汪兴国把包背上，迈开步子朝山下走去，没管几人的面面相觑。

"走吧，狗蛋儿做事自然有他的道理。"在这些人里，陈八岱最了解汪兴国，他既然没有一口回绝，而是提出了一个想法，那么那15万的酬金就还有戏，而且是非常有戏。

眼看能下山了，汪兴国又松了口，陈八岱心情也舒畅起来，扯起了破锣嗓子高歌一曲："黑夜里的传说哩个唧嘿哟嘿……"

夏若冰回头看了一眼，但在这儿已经看不见棺材顶了。

第11章

黑夜传说2

汪兴国对此习以为常，但别人听着这不着调的歌喉的确是个折磨，但不管众人如何抗议，陈八岱还是这么兴致勃勃地一路唱着歌走到了资信村。

夏若冰和夏尔巴是以民俗研究的名义来到这里的，早在资信村定好了农居，虽然没预料到还有人加入，但淳朴的山村农民还是给闵先生等人准备好了住的房间，甚至还热心地烧好了热水给大家洗去一路的辛劳。

回到安全的地方大家精神都放松下来，吃饱喝足又美美地睡了一觉，陈八岱一觉睡醒的时候已经是第二天大亮了，爬起来的时候看到夏若冰和农户在院子里说话，也没有去搅和，自顾自地去厨房找点吃的。

陈八岱端着一碗稀饭，蹲在了屋檐下，这山村和自己的老家倒有几分神似，一样的四面环山，空气清新但交通实在是谈不上便利，不过这倒让陈八岱有一种亲切感，这么端着碗蹲地上呼哧呼哧地喝稀饭还真让他有种回家的感觉。

“汪兴国呢？”夏若冰看到陈八岱这不雅的吃相，皱了皱眉头问。

“嗯……我起来就没见着他，不是和你们一起吗？”陈八岱反问。

“没有啊，闵先生也不见踪影。”夏尔巴有些纳闷。

“不会自己跑了吧？”陈八岱嘀咕着，但随即一想，他们也不能跑哪去，继续心安理得地喝稀饭。

临近中午，夏若冰等人才看到汪兴国和闵先生的身影，夏若冰随口问：“你们去哪了？”

“找信息去了。”汪兴国说道。

“找到什么了？”说实话夏若冰并没有抱什么希望，她和夏尔巴几乎把资信村都踏遍了，听到的都是那些老掉牙的传说，并没有多少实际的东西。

“我听说除了我们和那个日本人，还有人活着从鬼门关里出来了。”汪兴国慢悠悠地说。

“谁？！”夏若冰两眼放光。

“刚才有人说，资信村的人去世之后，一样要抬到鬼门关，所以程子村有许多人就干这种为人抬人的活，有一个叫吴亚新的，20年前抬过资信村的一个老人进山，后来落下了东西，单独回去找，据说他走进了鬼门关又出来了，而且看到了死人是怎么走路的……”

“20年前？那已经很久了……这人还活着吗？”夏若冰一听有些气馁，年代越久，这种信息越不可靠。

“还活着……前几年还在做抬人的活，人就在程子村，我们已经打听到了。”汪兴国说道。

“那接下来呢？”夏尔巴问。

“去程子村，找这个姓吴的老人，听他讲故事……”汪兴国有些饿了，给自己盛了碗饭，坐在饭桌边，一心一意地吃饭。

“又是听故事……”夏若冰嘟哝道。

“山村传说能透露很多信息，就算没有能用的，听听故事又何妨？”汪兴国说了一句，就再没有开口，只是聚精会神地吃饭。

“那什么时候动身去程子村？”眼看汪兴国快吃完了也没有开口，夏若冰有些急了。

“吃完饭就可以走……”汪兴国咽下最后一口饭，收拾了一下桌子，说道。

“那你是答应再进去一趟？”夏若冰问。

“不，我只是答应做评估。”

收拾好东西，和村民结了账，大家把东西搬上了夏尔巴的越野车，和村民告别之后，越野车在蜿蜒的山路上朝程子村前进，但说实话，到底那能得到什么样的信息，谁心里都没有底。夏尔巴开着车，夏若冰坐在副驾看着车窗外绵延不绝的山脉和远处时隐时现的棺材顶，想到自己的父母，心里又翻腾起来，坐在后座的三人有一句没一句地聊着天。

两村之间按照直线距离算并不远，但是蜿蜒的山路不但拖长了距离也严重拖慢了车速，三个小时后，车子开到了程子村。

程子村是通往阴阳路的必经之路，谁也不知道从什么时候开始，棺材山附近就形成了这种独特的丧葬习俗，附近村子里有人去世，必须要在三天之内抬到鬼门关，哪怕现在交通比以前更便利了，抬人仍旧不是一件轻松的活，能把人带到程子村活人已经精疲力竭，哪还有力气把人抬进山里？所以这里很多村民就负责把人从这儿顺着阴阳路抬到鬼门关，要说去鬼门关最多的人，也只有程子村里这些靠抬人为生的人，他们有一个特殊的名称——送人归，俗话说尘归尘，土归土，死人归入棺材山，这个特殊的职业就是送死人最后一程，将他们送到该去的地方。

夏若冰特意调查过这些送人归，他们一直都恪守一个职业道德，那就是绝不踏入鬼门关一步，大家都说踏进去的人就不能回来，这里竟然还有一个进去了又回来的送人归，这让夏若冰和闵先生都有些意外。

吴亚新就是一个送人归，在村子里打听了一番，大家一听这些陌生人打听鬼门关的事情，哪怕是打着民俗研究的旗号，都无一例外地警觉地看着他们。这种打听方式看来效果并不好，闵先生和夏若冰看到汪兴国礼貌认真地问村民，都觉得有些好笑——只要有人提到棺材山、鬼门关，这儿的人无一例外都会缄口不言，他们只能另想办法。

汪兴国想了想，还不如直接去找吴亚新。

与刚才见过的送人归们不同，吴亚新是一个几近耄耋的老人了，一问之下，才知道吴亚新已经年过七十！但精神矍铄，身体硬朗，眼看汪兴国问人的时候都是直截了当会引起别人警觉，夏若冰自告奋勇去套话，左一句吴老，右一句吴老，叫得吴亚新心情舒畅，连声说这个丫头人漂亮嘴甜又乖巧，这厢陈八岱也算机灵，赶紧跑到村头的小杂货店买了两瓶店里最好的酒，又弄了点下酒菜，吴老一看这些年轻人这么乖巧，慢慢地放松了警惕，也打开了话匣子。

吴老干送人归足有40多年，当年家穷，只能卖力气赚钱，抬死人这活很多人觉得晦气不愿意干，但这可比其他力气活赚钱，吴老从16岁开始就当送人归，靠着这晦气的活给自己建房娶妻，直到孩子长大自立到了城里，还干了几年，62岁才金盆洗手，此后就是偶尔去帮帮其他送人归的忙，是到过鬼门关最多次的人，前几年年纪实在太大了，就在家里伺候几亩薄田，颐养天年，倒也乐得快活。

按照吴老说的，平均每年这儿要抬进去200多人，算起来不到两天就有一个得抬进去，照这个比例计算，周边的十里八乡人口还算不少，汪兴国想打听一下这些村落是怎么形成的，吴老就把话题岔开，只好听着吴老讲述他当送人归的各种离奇故事，酒酣耳热之际，吴老摆了摆手："我跟你们说，现在人还算少了，早几十年，饿死的、暴病的人太多，那时候阴阳路外面死人都排成队等着人抬，哎哟……我见过最多的啊，村口都堆满了死人，送人归抬都抬不过来，连小孩都要帮忙，后来没得办法，从峡谷找了条近路，这才把死人都送进了鬼门关啊。”

“那你们抬这个很辛苦吧。”夏若冰乖巧地给吴老续酒，问道。

“辛苦，很辛苦，按道理，这人送终要看时辰，但是那时候死的人太多了，顾不过来，通常抬一个人，要6个送人归，一去一回，最起码半天，那时候没得办法，四个，三个送人归配上死人亲戚，一路小跑抬进去，一路小跑出来，赶下一趟，你们也懂吧，太阳一下山三道弯就要落闸关门，这个事情讲小了没跑脱的人自己得个病得个灾，讲大了要是死人跟回来那就难搞了！”

“那你们那时候那么忙，有没有忙里出错，天黑前没有过三道弯的？”夏若冰看到汪兴国给自己使了使眼色，知道吴老的话就要被套出来了，赶紧问。

吴老摆了摆手：“这个……哪个都不敢天黑不下山，看到太阳偏西，拼了老命都要跑……不过……”

既然有了“不过……”那就是有戏了，夏若冰故作撒娇：“吴老，你不要卖关子嘛……”

“哎……”吴老重重叹了一口气，举起左手捋起袖子，“看到这串珠子没有？当年死也它，生也它啊！”

夏若冰凑近一看，这是一串墨玉珠子，每一颗都有拇指头般大，这个品相的玉珠价钱可不低，夏若冰这个外行觉得至少都得值五六万！没想到这个其貌不扬的山村老头竟然还有这样的宝贝！

“这串珠子是祖传的，传了2000年了，当年祖上遭灾，没得办法，跑到了这里避难……”吴老的话题又变成了怀念先祖，大家只好耐着性子听完了吴老絮絮叨叨，故事讲完的时候，两瓶酒也快见底了，陈八岱赶紧又去买了两瓶续上，这故事得酒来引，没了酒就没了故事……

夏若冰本来对传说的真实性就有所怀疑，在她看来，传说只是蒙昧的古人无法用科学解释某种现象而牵强附会编造的一种解释，很难说会有什么科学依据，加上口口相传和一代一代的演绎，传说里不可能有自己想要的信息。

棺材山周围村子的传说大同小异——当年有个叫作严老三的人天不怕地不怕，大闹地府，结果跑掉了9999999个魂魄，阎王爷大怒，在这儿摆了一个巨大的棺材，如果填不满这个数的死人，就会降祸人间，夏若冰认为古时的蒙昧和对鬼神的天然畏惧，才造就了这些人独特的丧葬方式，但他们对于死人是如何走路的，总是避而不谈，除了恐惧之外，应该还带着一点担忧。

听吴老讲着故事，夏若冰觉得或许就像汪兴国说的那样——听听故事又何妨？这么一想，反倒没那么纠结，索性由着吴老说到哪算哪。

又一瓶酒见底，这吴老是做体力活出身，酒量着实不错，陈八岱、闵先生、夏尔巴三人轮流敬酒，闵先生此时已经高挂免战牌，伏在了桌子上，酒量极好的陈八岱也开始舌头抽筋，但意识还算清醒，夏若冰和汪兴国喝得少，眼看吴老越来越兴奋，汪兴国突然问："吴老，刚才您说死也这串珠子，生也这串珠子，是怎么回事呢？"

吴老愣了一下，举着酒杯的手停在了半空，他看了看几人，又看了看手里那串珠子，重重地把酒杯放下，捋下珠子，递给了夏若冰："小姑娘，你看……贵重不贵重？"

"贵重，贵重……"夏若冰接过珠子，看了看连声说。

"到底多值钱，我也不知道，但是这是祖宗留下来的，不能丢，对不对？"吴老又问。

"对对对……没祖宗，没有我们……"陈八岱僵着舌头插嘴，这句插嘴恰到好处，吴老拍了拍他肩膀："对，小伙子讲得对，做人要念祖宗，哎……就是念这个，我就差点……要不是祖宗保佑，我现在也填进棺材山里去了。"

"啊？吴老您真的从棺材山里走出来了？不是说活人是不可能走出来的吗？"夏若冰一看有戏，故作惊讶。

"哎……20好几年了，那一年我正好本命年，48岁！抬的是资信村的严老板，要讲这严老板吧，当年资信村的有钱人，为人还是不错的，就是几个子女……啧啧……那个小气啊……当时好多送人归都不愿意接这个活，最后逼得他们没得办法，时辰都要过了，就说好了每个送人归给15块钱，平时一般都是10块，我和几个送人归还以为捡到便宜了，不曾想，他们就请四个人，多一个人都不请，为这个事情，又吵吵了半天，最后我们四个送人归还是干了。"

"哇塞，反正都是60块，多两个人手不是更快吗？"夏若冰有些不理解。

"那哪个知道……这一来二去，耽误了不少时间，把人抬到鬼门关的时候，太阳都快偏西了，这严老板又胖，把我们几个送人归累了个半死，这几个子女一把手不搭一下，一路还催促我们快走不要误了时辰，我这个珠子嘛，一直戴在手上，那天不知道怎么搞的，抬到鬼门关的时候脚下一滑，珠子磕到石头上，我那个心疼啊，就想摘下来，可是真不巧，衣服没有口袋，我犹豫了一下，就随手把珠子放在台阶边上，想等下来的时候拿，结果这就坏了……”

“你忘记拿了？”汪兴国问。

“对，鬼门关前面的台阶太陡，严老板又重，好不容易抬上去，连拜都没得拜几下，看到时辰不早了道公就催促大家快走，我本来还想着珠子的，结果一路小跑快到了三道弯，我才想起，坏了！珠子还落在台阶边上……”吴老喝了一口酒，神色凝重。

“然后呢？”夏若冰好奇地问，这个话匣子打开了，吴老肯定不能轻易就关上。

“那时候吧，觉得自己做了那么多年送人归，胆子也大，加上这祖宗留下来的东西，我就想去拿回来，天黑前能跑出来就可以了，也没跟大家说，自己一个人就回头了。”

“那你看到什么了？死人真的走路了？”汪兴国问，夏若冰瞪了他一眼，这家伙问话总是直截了当。汪兴国看到夏若冰不满，赶紧闭嘴。

“小伙子，你别着急，我慢慢跟你讲，不光是死人走路……我还差点被骗进鬼门关里没出来……”吴老举起酒杯，夏若冰一看酒少了，赶紧乖巧地给倒满——既然吴老也进了鬼门关，那多少肯定会有有用的信息。

第12章

黑夜传说3

“你真的进去又出来了？”这厢闵先生酒略醒了些，想起了鬼门关里的探险队遗迹和石头上的那些繁体字，不由得脊背发凉，酒也醒了大半。

“嗯，这鬼门关，进去的人就没有活着出来的，我看我是独一个！”吴老谈到这里，多少有些骄傲，“当年听老人说，我们这里闹反清复明，几百个人跑进去，清兵追进去上千人，一个都没有出来，还有20年前，一支国家科考队进去，听说还带有最先进的仪器，也没有出来，要是没有祖宗保佑，我也跟他们一样了，现在想起来，都还后怕……”

“吴老，您就别卖关子了，跟我们说说。”夏尔巴催促道。

“哎呀……这个本命年嘛，就是个坎，那天我发现丢了祖宗留下的珠子，一看时间，觉得还够我来回跑一趟的，就没跟大家讲，自己就跑回去了，等我拿到珠子的时候，太阳还挂在山梁上，我本来想拿了珠子就往回跑的，天完全黑前应该可以跑出落门锁的，但是我把珠子戴回手上的时候，抬头一看，就这么一眼，后面麻烦就来了……”吴老声情并茂地说道。

“吴老你看到什么了？”夏若冰追问。

“我看到鬼门关的台阶上，有个人在走……从左边走到了右边。”吴老说道。

“人？人不都已经往外跑了吗？怎么还会有人在鬼门关？”夏若冰不解。

“对呀，我当时也是这么想的，你说吧，这鬼门关又没什么值钱货，大家都懂这里规矩，谁这时候还会在这里走动？”吴老说道。

“死人？肯定是死人！”陈八岱插嘴。

汪兴国在桌子下踢了陈八岱一下，两人一对眼神，想起在崖壁边看到的人影。

“阴兵过道？”夏若冰也想起这个传说。

“这个阴兵过道，我们好多人都看到过，那时候胆子大，不懂中了什么邪，就想，这鬼门关死人走路的传说那么多年了，谁也没见过，我就壮着胆，顺着台阶爬了上去……”

“那您看到什么了？”夏若冰睁大了眼睛。

“我爬上去，想看看到底是哪个在走动，当时也有点怕，大气不敢喘，从石头后面探出头，左看右看，什么都没有，鬼门关前的平台根本就没有人，别讲人了，鬼都不见一个，我还以为自己刚才眼花了，可是转念一想，不对啊，太阳都没有落山，看得清清楚楚的，的的确确是一个人从左边走到了右边，清清楚楚看到半个身子，怎么会不见了？”吴老信誓旦旦地强调，自己绝对没有看走眼。

“然后呢然后呢？”夏若冰也被吸引住了，催促道。

“我也很纳闷啊，明明看到的是人，怎么就不见了，难道真的是看到了阴兵过道？他来收走了严老板的尸体？然后我就顺着鬼门关的门口看过去，不得了！严老板不见了！”吴老夸张地一拍桌子，这让聚精会神听故事的人都吓了一跳。

“怎么会不见了？”夏若冰紧张地睁大眼睛。

“所以啊……我也紧张啊，我就想，刚才那个走动的人，是不是严老板啊，好像是，好像又不是，严老板身上绑的是一床红色的床单，但是刚才那个人穿着的好像是黑色的衣服……”

“难道是黑白无常？”陈八岱脑海里冒出吐着红色舌头戴着高帽，抓着镰刀锁链的那个经典形象。这黑白无常可是阎王的信差，专门干勾魂索命的活，出现在鬼门关再正常不过了。

夏若冰在桌子底下踩了他一脚，让他别乱说话。

“那就不晓得了，不过我记得看体形，是蛮像严老板的，严老板比较胖嘛……因为来的时候已经盖好了身子，里面穿的什么衣服不得而知，反正当时我认为应该是严老板。”

“那有可能黑无常伙食好……长得胖呢……”陈八岱记吃不记打，又插嘴了，夏若冰脚下狠狠地跺了一脚，陈八岱脚背一阵剧痛，龇牙咧嘴。

“那不会……黑白无常是戴高帽的，那个人没戴高帽，黑白无常是白脸红舌头，那个人也不是这样，绝对不是……”吴老喝得兴奋了，未曾想大家是在套他的话，连连摆手道。

“然后呢？”夏若冰问道。

“刚才一看，严老板不见了，这下我有点蒙了，你要说，我这一路小跑，按我的腿脚，一去一回也就两个小时不到，刚才明明放在了鬼门关中间的过道上，怎么这么快就不见了？难道还真的是长脚走了？”吴老一脸疑惑状，似乎现在就是当时，自己眼前面对的就是那空空如也的鬼门关。

“人家严老板真的有脚的嘛……”陈八岱一插嘴，汪兴国偷偷拉了他一下，只好闭嘴。

吴老沉浸在自己的回忆中，没有细想，继续说道：“那个时候太阳还挂在山梁上，又没有雾，天气好得很，我又好奇又害怕，喉头发紧，也不懂得怎么回事，脚就不听使唤了，就往那鬼门关里面走，那鬼门关两边都是石壁，好几十米长……”

汪兴国和闵先生对视了一眼，吴老先生说得没错，鬼门关就像是一片石头山凿开了一条缝。

“我就顺着过道走，想看看那严老板到底去哪里了，差不多走出鬼门关的时候，我就看到一个白色的人影在山坡下闪了一下，我也不晓得到底中了什么邪，加快脚步追过去，白色的人影又不见了……”

“白无常？！”陈八岱听着吴老声情并茂，也跟着一惊一乍的，夏若冰又狠狠地踩了他一脚，这下他可疼得不轻，总算是老实了。

“是不是就不懂了，但是接下来看到的就让我浑身的热汗变成了冷汗！”

“是什么？你真的看到严老板了？”夏若冰的第六感告诉她，还有更劲爆的东西等着自己。

“对，就是严老板！我那时候已经走到了鬼门关边，抬眼就是棺材山，那是一个大大的坡，长着很多草，草坡对面就是棺材山，看得清清楚楚，我还在找那个白衣服的人呢，一打眼，哎呀！草坡里有一片红色的东西在动，再一看，乖乖哟！那不就是严老板身上的红床单吗！”

“他真的在动？是走动？还是顺着坡滑动？”汪兴国觉得这信息很重要，追问道。

“肯定是在走，那些草高低不齐，我就看到他在草丛里时隐时现，速度倒不算快。”

“距离有多远？”汪兴国又问。

“不远，最多不过百把米！”吴老很肯定地说。

“傍晚光线不好，会不会看错？”闵先生提出了疑问。

“你这是讲我老眼昏花？”吴老生气地把酒杯砸在了桌子上，“我告诉你，那天天气好得很，我一眼就能看到十里外，我这双眼睛，不讲当年了，就算是现在，草丛里钻个老鼠我都能找得到！”

“吴老，吴老……你不要动气嘛，喝酒……”夏若冰赶紧出来卖萌撒娇，这话说到半截要是不说了，那就没意思了。

“吴老，我不是这个意思……嘿嘿，来来来，我敬你一杯。”闵先生赶紧道歉，这才让吴老打消了怒气，继续往下说。

“我一看是严老板，怎么也算是熟人了嘛，那时候也不晓得怎么回事，我就站在坡边喊他，我说：严老板！严老板！你要去哪里啊？严老板也没答我，好像还回了一下头，我就有点急了，也不知道怎么想的，就拔腿追下去……”

“吴老您真的追进了棺材山？过了鬼门关？”夏若冰不可思议地问。

“当然！我跟你说，鬼门关在这里……这一条是通道，这里是我当时看到严老板的地方，严老板……嗯……大概就在这个位置，喏，这边就是棺材山，中间是一个大大的草坡……”看着夏若冰有些不可思议的样子，吴老急了，用桌子上的碗筷盘子现场摆了个场景模拟。

“然后呢？”夏若冰点了点头，追问。

“我当时站在这里，看得清清楚楚，也是鬼迷心窍了，想追过去看看严老板到底去哪旦，拔腿就顺着草坡跑下去了，一下去坏了！这草坡站在鬼门关上看的时候，不怎么高，一下去，有些地方草高过人头，有些地方又矮过膝盖，我估摸着严老板的方向一路小跑，百把米嘛，也就是最多两三分钟的事情……”

“吴老您追上严老板了？”汪兴国问，其余人也支起了耳朵。

“哎！”吴老一拍大腿，无不懊恼地说道：“明明看到他就在那里，等我跑过去，什么都看不到，那个草啊，都不晓得怎么一下子长那么高，全部都挡住了……”

“草里有小路吗？”汪兴国又问。

“有哇！我就是顺着路追过去的嘛，越走就越觉得不对劲，然后一抬头看天，哎哟！不得了！太阳就要下山了。”吴老又一拍大腿，“啪”的一下，聚精会神的陈八岱吓得弹了起来。

“你没找到严老板？”汪兴国问。

“那个时候顾不得了，我看到太阳就剩半边脸了，就想赶紧出了鬼门关往回跑，但又觉得不甘心，这严老板明明就在这附近，怎么就看不见了，一扭头，哎哟！严老板就在我前面十几米的地方走……”

“他怎么走的？”汪兴国提起了兴趣。

“这个时候太阳快下山了，光线的确是不好了，这个我很明白的……”吴老说着，看了闵先生一眼，闵先生只好报以一个抱歉的微笑。

“这严老板身上那红色的床单还是很显眼的，我看到有个地方草有些矮，严老板就这么慢慢地走了过去……”吴老说道。

“真的是走着？就像这样走？”汪兴国站起来，走了几步。

“不是不是……哎呀，怎么说呢……也不是这样，好像爬……我就看到半个身子，背后半边……”吴老试图组织语言，后来索性就以桌子当草，来了个情景模拟。

“爬？！”这倒是大大地出乎所有人意料。

“那真的是严老板？”汪兴国狐疑地问。

“千真万确！那床红色的裹尸布，那么显眼，不可能搞错！”吴老赌咒发誓。

汪兴国在里面的确是看到过很多五颜六色的裹尸布，这些裹尸布到底怎么到了那儿，难道真的是传说中尸体走进去的？可是吴老的演示，非常像是爬——一具尸体若是直立行走，哪怕有些僵硬，多少还算是人的模样，可是爬？一具会爬的尸体……想想就觉得可怕。

国内的影视僵尸不是走就是蹦，只有国外的丧尸才会做出反常的爬，陈八岱脑海里现在塞满了各种血里呼啦的丧尸形象，这爬着的尸体还真是最吓人的那种类型……

“吴老，接下来呢？”夏若冰看到吴老说得兴奋，赶紧追问。

“我一看太阳要下山，严老板又爬过去就不见了，心里着急，就想追过去看一下，一着急就出事了，我刚跑几步，脚下一空，一个狗啃屎摔出去，打了好几个滚，脚给摔伤咯！”

“啊？伤重不重？”夏若冰关切地问。

“重倒不重，就是痛啊！膝盖这一块青了一大片，痛得我半天爬不起来，等我爬起来四下一看，严老板又没了影子，那太阳也就剩小半边脸了，那时候我哪里还顾得痛，回头一看，鬼门关离我又不远，就想管不了严老板了，先出了鬼门关再说，就一瘸一拐往回走，哎哟！这个地方坑人哦！摔我那个位置，看着是平平的地，没想到下面有乾坤，是个好大的坑，足足两米高，这下子摔得我命就剩个半条……”

“你回头的时候还是能看到鬼门关的？”汪兴国问。

“看得见，看得见，那时候我估摸着，大概离鬼门关就三四百米吧……”

“三四百米？！嗯……”汪兴国愣了一下，刚才吴老说在山坡上看到严老板的距离至多不过百来米，这时候变成了三四百米，若是他说得没错，那就是他进入之后的确是把距离估算错误了，抑或在光线暗淡的时候，鬼门关此时并没有看起来那么远。

但这都是细节，无论是百多米，或者三四百米，这个距离都在可视范围，汪兴国继续听吴老说下去。

“那个时候看到太阳下山，开始怕了，顾不得脚痛，就往鬼门关赶，没想到天黑得那么快，几分钟的光景就什么都看不见了，我估摸着方向不会错，顺着路钻进了高草里面，走来走去，糟糕了，怎么搞的，怎么走都走不出这堆草，等我好不容易走出来，一看，哎哟……这哪里是鬼门关，这是哪里我都不知道！”

“吴老您迷路了？”夏若冰问。

“何止是迷路啊……我又看见了严老板！”吴老一言既出，满座皆惊！明明是朝相反的方向走的，怎么会又碰上了严老板？！

第13章

再探鬼门关

“真的是严老板？”夏若冰紧张地问。

“千真万确！绝对没错，前几次看到他都是模模糊糊，这次就在我眼前！”吴老肯定地说。

“就在眼前？”夏若冰嘴巴张成了O型！

“我在那草里面左钻右钻，钻出来的时候一看不是鬼门关，心里开始怕，那时候月亮又没有，星星也看不见……”

“起雾了？”汪兴国插嘴问。

“没有，可以看见棺材山，就是看不见鬼门关，没有雾，没有月亮也没有星星，我就慌了，要说我们山里人，晚上走夜路最怕什么？”

“找不到方向。”汪兴国答道。

“对！小伙子讲得对，就怕找不到方向，我就估摸着自己刚才走过的路，定了定神，觉得鬼门关就在我右手边，就朝那里走，这时候哪里顾得上脚痛，深一脚浅一脚地走，没走多远，脚下又被什么东西绊了一下，不知道草里面怎么会有块石头！我爬起来刚想骂娘，一抬眼！我的乖乖！严老板就在我几步之外！”

“几步？！”夏尔巴一直入迷地听着，这个真是大出自己意料。

“嗯，几步，然后我看到严老板动了几下，草里面窸窸窣窣，不知道是什么东西，声音还蛮大的，我吓得气都不敢喘，等声音都没有了，我壮着胆叫了一句：‘严老板？’”

“他答应你了？”夏若冰瞪大眼睛看着吴老。

“答应我那我就被吓死咯！没有答应，动也不动一下！我壮了壮胆，想靠近看清楚，不得了，严老板背后的草丛里冒出了几个绿色的眼睛，跟着越来越多，还咔咔地发出声音。”

“吴老，您等等，怎么会有绿色的眼睛？”汪兴国突然想起一个细节。

“鬼眼嘛，棺材山里从古到今送进去那么多人，总有些冤死的阴魂不散，所以这里一直讲棺材山里有鬼眼。”吴老倒没觉得这是多大的问题。

“鬼眼还会发出咔咔的声音？”陈八岱的酒醒了一半，想起那晚草丛里的鬼眼，和吴老说的一模一样。

“我人都吓蒙了，气都不敢喘一口，那鬼眼慢慢不见了，我看好半天严老板也不动，身上的红色的裹尸布不知道怎么回事，是拖在后半截，上半身穿着黑色的寿衣，看得到手上有些地方还有伤，好像是爬地搞伤的，我三魂吓掉了七魄，坐在那里看了好半天，终于壮胆，爬过去伸手扯了严老板一下……哎哟！不得了哦，严老板的手是软的，一扯就跟着过来……”

“软的？！”汪兴国也吃了一惊，按道理，人死后6个小时内就会出现尸僵，根本没办法再做任何关节动作。

“是呀，软的，这时候我才注意到，严老板的头不知道什么时候扭到我这边，半边眼睛看着我，这下我剩下的半条命都被吓没有了，爬起来没命地跑……哪里还敢看啊！”

“他怎么看你了？眼睛睁开了？”汪兴国问，这些细节很可能就是解开谜团的关键。

“年轻人，怕人哦，怕人哦，哪里还敢想啊，就是头偏过来，看到半边脸，眼睛半开半合，你讲吓人不吓人？！”吴老连连摆手，说到这儿的语气，心有余悸。

“有意思……死了这么久的人竟然没有尸僵，手脚还能弯曲，头还能扭动……”汪兴国心里想，这样的事情并不是没有，例如长沙马王堆里那具著名的湿尸体，几千年了，考古专家找到的时候她的关节还是可以活动的，可是那是经过了极其高超的防腐处理，这棺材山的尸体，根本没经过任何处理，就这么裹着裹尸布抬过去而已，怎么会反常地没有尸僵呢？！

“吴老，那后来您是怎么回来的？”夏若冰觉得这种细节一时半会儿弄不清，不如听下面吴老怎么说。

“哎哟，哪里还记得啊，吓得魂都没了，就这么踉跌撞撞乱跑，我自己都不知道怎么跑了，跑了多久，跑到跑不动了，再一看，完了完了！鬼门关看不见了，棺材顶也看不见了……”吴老连连敲着桌子，好像现在就是当年的那个时候。

"那你看见什么了？又看见严老板了？"陈八岱一插嘴，话锋就变了，夏若冰又瞪了他一眼，陈八岱讪讪地说，"恐怖电影不都这么演的吗？我……这是活跃气氛！"

"你不说话没人当你哑巴！"夏若冰怒道，陈八岱赶紧夹了一筷子菜塞进嘴里，乖乖地缩到一边去了，心里嘀咕着："这么漂亮的大姑娘哪个这么恶呢？！"

"吴老，您是朝坡上跑还是朝坡下跑？"汪兴国问道，棺材山的漏斗形地形，如果能见度低分辨方向的确困难，但有个最简单的办法就是利用上坡和下坡来定向，虽然会很不准确，但以当地的地形，这也是最好的办法了。

"不记得咯，哪里还记得，吓都吓得半死了，等我跑不动了，扶着一块石头喘气，一摸……石头上面怎么有字……"

"字？"汪兴国想起自己看到的那些字，"是不是繁体字？"

"对对对，写着什么惨啊……什么冤啊……哎哟，我一下子头发毛都奓开了，后背凉飕飕的，扭头一看，哎呀！那草里面不知道什么时候冒出好多人影，围着我打转，这不就是阴兵过道嘛！我顾不得那么多，拖着腿又跑，最后实在是跑不动了，我就跪在地上给他们磕头，求他们放过我，又求祖宗保佑……我说我是一个送人归，好多人都是我送来的，这辈子没做过什么伤天害理的事情，今天鬼迷心窍了跑进鬼门关实在不是自己本意……又求祖宗看在我年年供奉烧纸的分上，帮我跟这些阴兵求求情……哎！你还别说，这还真的有效了，我跪在地上磕头，头都磕出血了。"

"真的是阴兵过道？能看清脸吗？"汪兴国想起在崖壁边看到的人影，但在雾气里，他看不清楚人脸，只能模糊看到影子。

"哪里敢看啊，那些阴兵还鬼哭狼嚎，飘忽不定，一下子见一下子又不见，不过总算也是没有为难我，过了一下，我感觉有一阵风吹过来……"

"风？什么方向的风？"汪兴国又问。

"那就不晓得了，那时候谁还懂东南西北？风从背后吹来的，然后听到有一阵好大的嗡嗡声，我半眯着眼回头一看，一只好大的金身甲虫，足足有这么大！"吴老用拇指和食指比画着，那甲虫大约10厘米长5厘米宽大小，这么大的甲虫飞的时候，声音的确会很大。

"那个金身甲虫在我身边飞了几圈，就朝一个方向飞走了，我心里想，得了得了，这是祖宗显灵来给我带路了，就跟着甲虫飞的方向走，那个甲虫也不飞快，我跟不上了就停一下，跟上了就往前飞，我也什么都看不到，就看着那个金身甲虫的影子走，走着走着，突然眼前就看到了鬼门关，好像黑幕中突然开了一个门一样，就在面前……”

“然后呢？”夏若冰问，这吴老的故事还真是惊心动魄。

“那时候哪里还顾得上那么多啊，连滚带爬就往鬼门关跑，生怕鬼门关会关上，跑到通道里，还摔了一跤，手里的珠子都散了，在地上滚，我就捡珠子，可是怎么找，就是少一颗……”

“呃……那个金身甲虫呢？”汪兴国问。

“我进了鬼门关，它就不见咯，我也不敢久留，捡了珠子跑出了鬼门关，顺着山路往回跑，回到家的时候，都已经后半夜了，后来大病一场，差点又死了，这鬼门关啊，真是去不得，天黑不过三道弯，没有病来也有灾啊！”

“后来呢？后来您还是继续做送人归？都这样了您还敢呀，吴老您胆子真大！”夏若冰又问。

“哪里哪里，我病的要死的时候找了道公，道公问我，我只好原原本本地讲给他听，道公一听，非要看我的那些珠子，结果，果然7颗少一颗，还是少了那一颗上山被磕了一下冒了白点的那一颗，道公讲，这个是祖宗显灵保佑，那颗珠子化作那个金身甲虫给我带路，回头一想还真是，那个金身甲虫，屁股后面是白色的，正好就是珠子磕坏的白点嘛……我本来想不做送人归了，道公说我这是积功德，阴兵不害我是因为很多人是我抬进去的，左算右算，说我做到62岁就功德圆满了，所以我才继续做送人归……”听了吴老这么解释，虽然有封建迷信部分，可是处于当时的情况下，这也是最好的解释了，看样子后半截并没有什么可以利用的信息。

“吴老，有人说鬼门关上还有一些咒符，那些是什么意思？”闵先生眼看吴老说到兴致上，开口问道。

“咒符？哪有什么咒符？”吴老虽然喝得晕乎乎的，但听到了闵先生的话马上就警觉起来。

闵先生觉得自己还是太着急了一些，赶紧解释道：“20年前科考队有一个人从棺材山回来了，他说看到了鬼门关有一些看不懂的咒符……”

“那个日本人？听说不是疯了吗？”吴老又警觉地问。

“他画了一些东西，但没人能看得懂。”闵先生感觉再谈下去吴老就要生气了，赶紧打住了话题，“有人说那是一种咒符。”

闵先生本想趁着吴老兴致高，套一下他们的祖先是从哪里迁徙过来的，看样子他对此很警觉，闵先生觉得有些尴尬。

夏若冰看情况不对，赶紧拉着吴老，把话题扯到一边，眼看酒也差不多，天色已晚，吴老热心地招呼大家就在这里住下，夏若冰和陈八岱两人嘴甜，左一句右一句逗得吴老开心不已，几乎当即就要认夏若冰当干女儿，闵先生不胜酒力，到院子里透透气，汪兴国也跟了出来，坐在院子的条凳上，若有所思。

“吴老说的东西，有几分可信？”闵先生吹了吹风，酒劲慢慢过了，问道。

“一半真一半假。”汪兴国答道。

“嗯？”闵先生觉得汪兴国应该已经过了听故事的年龄了，怎么还会相信这种半真半假的故事？毕竟没有任何人亲眼看到过，在闵先生看来，这里面夹杂了许多吴老为了吹嘘而夸张的演绎，他想要的“真实”信息几乎没有。

“不不不，你错了。”汪兴国解释道，“他们是基于自身的认知不足，但吴老没必要对我们撒谎，里面可能会有些巧合，也有些部分是可以解释的，只是他们不知道而已。”

“比如？”闵先生问道。

“比如他在鬼门关第一次看到严老板的时候，有一个现象叫作视觉误差，他从上往下看，觉得草并不高，但是走进去的时候，草其实是非常高的，又弯曲，道路还分岔，能见度不足，都会造成迷路，加上草的参差不齐，更加大了视觉误差，让他误认为距离并不远，而晚上的时候，随着能见度降低，他回头看鬼门关的时候，感觉距离就远，其实我判断，当时他距离鬼门关大约不超过300米……”汪兴国说道，闵先生点了点头，照汪兴国这么分析也有几分道理，这么说来，复杂的地形让吴老迷路了，不知不觉又远离了鬼门关，再次巧合地碰上了严老板，这也说得过去，可是严老板是怎么从鬼门关进了棺材山的漏斗里的？

“当然，有些事情现在也没法解释，但是他很近地看到严老板的时候，提到过鬼眼、声音，还有阴兵，我和陈八岱都看到了他提到的阴兵，就在崖壁边上。”汪兴国说道。

“鬼眼和阴兵都是这里流传了很久的传说，会不会是吴老在紧张中看错了？”闵先生迷惑地问道。

“应该不会，夜间人眼对光线很敏感，如果真的是眼花看错，吴老就已经处于很严重的精神衰竭状态，不可能还走出来，不过我倒对为什么死了那么久的人关节竟然还能活动很感兴趣。为什么没有出现尸僵，我现在也没想出来……”汪兴国摇了摇头，今晚他并没有喝多少酒，他已经习惯保持冷静的头脑，可这几个问题仍旧让他百思不得其解。

“难道这个秘密就这么无法解开了？”闵先生有些沮丧。

“要解开，只能亲眼看到……”

“你的意思是，你同意再去一次？”闵先生问道。

“闵先生，你确认这里和楼兰一定有关联？据我所知，佉卢文好像在1500年前的西域地区还有少量的使用。”汪兴国反问。

“我也不确认，这不就是让我迷醉的地方吗？如果这里真的是楼兰的移民，那可是一件轰动全球的考古盛事。”闵先生趁热打铁，希望汪兴国立即答应。

汪兴国只是笑了笑，并没有接闵先生的话茬，这让闵先生的希望又沉了下来，这时候天色已晚，酒也喝完了，夏若冰扶着吴老也到了院子醒酒，吴老坚持让大家今晚住这儿，大伙也不好推辞，收拾收拾，洗漱了一下……

夏尔巴喝了不少酒，满面红光，脚步有些踉跄，晚上虽然气温有些低，可是酒精的刺激让他浑身热腾腾的，坚持洗冷水，用院子里水井压上来的井水淋在他满身腱子肉上，顿时冒出一股蒸汽，在冷水的刺激下，夏尔巴的酒也很快醒了。

夏若冰已经洗漱完毕回房间了，今天为了套吴老的话她也喝了不少酒，回房间之后就睡着了，汪兴国看到夏尔巴洗完了澡准备回房，叫住了他：“夏尔巴，你不是说你在地质方面有些渠道吗？能不能找点东西？”

“你需要什么？”夏尔巴问道。

“棺材山的卫星遥感资料，你不是说漏斗是因为塌陷形成的吗？我想知道它下面的空腔到底是怎么发育形成的。”汪兴国说道。

“没问题！我马上打电话。”夏尔巴打出一个OK的手势。

汪兴国洗完澡准备休息的时候，夏尔巴找到他说道：“这片区域的遥感资料最早的能找到20年的，所有的遥感资料都可以找到，可是有一个大问题……”

“什么问题？”汪兴国问。

夏尔巴面露难色：“这片区域有赤铁矿干扰，遥感资料非常模糊，按照我同学的说法，完全没有参考价值……”

“哦……那先看看再说吧。”汪兴国没想到这一点，但这时候有总好过没有。

“汪兴国……其实你想到的我们早就想过了，我觉得你要做好心理准备，遥感资料没太多借鉴意义。”夏尔巴隐晦地说，其实他和夏若冰，早就研究过遥感资料了。

“不看看怎么知道呢？”汪兴国笑了笑，和夏尔巴道晚安。

眼看大家都休息了，山村里的人们习惯早睡，闵先生翻来覆去睡不着，他爬起来，从口袋里拿出了手机，推开院子门，到外面空地上，拨了一个国际号码。

话筒里和慵懒的声音一起传过来的是激烈的音乐声，还夹杂着女性的娇笑，闵先生皱了皱眉头：“迪克，你又去花天酒地了。”

“哈！闵！我那死鬼父亲都没这么管过我。”话筒那边叫迪克的听到了闵先生的声音，挥了挥手，让手下关掉了音乐，一手搂着个比基尼女郎，在话筒里笑道。

“你不想找楼兰的宝藏了吗？”闵先生有些不快。

“啊？对呀，这是正经事，不过你不是在干着吗？”迪克放肆地笑道，因为酒精的刺激，他的眼睛有些发红，“嗯，你在那个棺材山找到巫师的金面具了？”

“什么都没有。”闵先生本想说点什么的，但现在似乎没有必要了。

“噢！真糟糕，闵，我觉得你还是不要在那里浪费时间了，作为楼兰王族的后人，我提醒你，王族的宝藏才是重点。”迪克收起了那玩世不恭的微笑，很认真地说道。

“对于楼兰，我比你这个王族的后人还要熟悉，我有我的计划。”闵先生也很严肃地说道，他们在讨论着一个严肃的问题，而不是迪克身边那些轻佻的比基尼小妞。

“好吧，看在老朋友的分上，我再给你点时间，不过……柴科夫最近似乎也在蠢蠢欲动……”迪克看似轻描淡写地来了一句，但他知道这句话对闵先生的杀伤力。

闵先生怔了一下，随即说道：“对付柴科夫可不是我的责任，迪克，你如果想要楼兰的宝藏，最好认真点。”

“OK！OK！”迪克笑道，“但在这之前，你可别死在了那个……嗯……棺材山里。”

闵先生有些气恼地挂断了手机，迪克看了看黑了屏幕的手机，随手把它扔到了沙发上，搂过了比基尼小妞，拿起酒杯朝她嘴里灌了酒。

“亲爱的，没想到你还是一个王族。”另一个比基尼美女凑了上来，搂着迪克的脖子娇滴滴地说道。

“哈！我是一个快要死的王族，不过不妨碍我享受，对吗？”迪克玩世不恭地笑道。

空地上的闵先生吹了一阵冷风，这才让脑子清醒了一些，又仔细地回想了一下自己的计划，但棺材山的诡秘让他有些忌惮，他在犹豫着要不要听从迪克的建议，先从楼兰王族的宝藏开始。

但无论从哪里开始，楼兰三大圣物是闵先生必须要集齐的！这是萦绕了他20年的执念，月光从云层后慢慢地踱了出来，他领口上的泊尔塞福涅徽章反射着月光，映在闵先生的眼睛里，他低下头，轻轻地用手摩挲着这枚亮晶晶的徽章，它再次给了他勇气。

“不管怎么样，闵睿，你还得再去一次！”闵先生暗暗对自己说。

第14章

蛛丝马迹

夏尔巴的效率很高，第二天不到中午，人家就告诉他资料已经找齐了，只是这网络问题有些困扰——这山村里几近与世隔绝，电脑在这儿还算是稀罕物，更别提网络这种高端的东西了，不得已，夏尔巴和汪兴国只好开车到山外的镇子上，找到了有网络的地方，接收了数据，顺便在镇子上采购了一些应该能用上的东西。

等事情办完了，太阳也已经偏西了，夏尔巴催促汪兴国往回赶，汪兴国坐在越野车副驾上，用手提电脑看着刚才接收到的卫星遥感资料，这类专业资料通常人看不懂，资料上用不同的颜色表示不同的地形和形态，但卫星并非是将地球每一寸土地都仔细地遥感，它们更主要的任务是对重点地区进行遥感和监控，比如矿产丰富地区和自然灾害多发地区，棺材山这儿既没有有价值的矿产，又算不上是地质灾害多发，甚至连科考价值都已经定性为无价值，自然是不会太受关注，夏尔巴通过关系找来的遥感图，也算不上高清，顶多只能算是有，但远远谈不上好。

这个地区的遥感图大约是5年一张，这是卫星遥感其他区域路过棺材山上空的时候顺便遥感点资料而已，几张图翻来覆去怎么看都一模一样，用夏尔巴的话说，这基本没有任何参考价值。

地层是最好的掩护，虽然卫星遥感能穿透一定深度的地面，可是对太深的地方现在还没有更多的办法，鬼门关附近和鬼闹林的确蕴藏着大量的赤铁矿，在卫星遥感图上，这里标出了一片浅色的橘色，这样的颜色意味着这些赤铁矿的品位不佳，从开采的角度而言，这里的蕴藏量也实在有些寒酸，可这蕴藏的赤铁矿却足以干扰指北针甚至仪器。

汪兴国突然想起，鬼闹林里很多树木的树皮有些偏红色，这应该是吸收了地下赤铁矿的铁元素显现出来的，而鬼门关的石壁，有些地方也有暗红色的铁锈状花纹，但汪兴国却想不起来鬼门关内的那些草是不是有这种含铁量高的显现——当时都在顾着求生，这种细节竟然忽略掉了。

夏尔巴看汪兴国翻来覆去地看着几张卫星遥感图，足足有一个小时了，却一言不发，开口道："我说得没错吧，这些图我和若冰看过很多次了，太模糊，没有什么参考价值。"

"嗯。"汪兴国礼貌地回了一声，说话间，夏尔巴没注意到山路上有块石头，车子碾过去的时候颠簸了一下，还好汪兴国反应迅速，把手提护了一下。

"所有能提供的资料，我们都提供了，你现在能不能给个准话？"夏尔巴控制了车辆，现在天色迅速暗淡下来，虽然山路并没有什么车辆，可是夏尔巴出于安全考虑，还是把车灯都打开了，随即问道。

车灯在傍晚的时候对驾驶员用处不大，更多的是让别的驾驶员看清自己，毕竟对于阳光而言，车灯的那点功率并不算什么，可这时候山路上人都没有，更别说车了，汪兴国一抬眼，勉强看到路面上车灯照出的轮廓，扭头一看，不远处西边的山顶上，太阳已经变成深红色，至多还有十分钟，太阳就要彻底地落到山后面去了。

"我们肯定还漏了什么……"汪兴国看了看车灯的模糊轮廓，又看了看太阳说道。

"哇哦，好漂亮的太阳！"夏尔巴也扭头看了看太阳，没有听汪兴国说什么，感叹道。

"肯定漏了些什么……"汪兴国又自言自语，重新翻看着几张模糊的遥感图。

"空腔……嗯……空腔发育情况……"汪兴国刚才注意力一直集中在地形和赤铁矿上了，地下空腔并没有仔细检查。

"从地质发育而言，20年只相当于人类的几秒钟时间。"夏尔巴提醒道，他和夏若冰研究棺材山不下10年了，所有能找到的资料都反复看过数十遍，他相信自己没有漏下东西，汪兴国也不可能从这里面找到更有价值的资料。

14寸屏幕手提虽然轻巧好带，可是对于看图而言的确是太小了点，汪兴国盯着屏幕上的地质图，地下空腔用蓝色表示，淡蓝表示深度浅，颜色越深表示深度越深，但只遥感到了地下30至50米，再深就没有资料了。

"空腔发育……嗯……空腔发育……"汪兴国边自言自语，边反复地在电脑上翻着几张图，可是乍一看，还是没有任何的不同。

"竟然没有大比例尺……"汪兴国有些气馁。

“这又不是什么重要地段，能遥感出一比十万的图就不错了。”夏尔巴笑了笑。

汪兴国还是不死心，将图在电脑上局部放大。

又过了半个小时，此时天完全黑了，雪亮的车灯刺破了夜空，但车灯之外是无边的黑暗，白天蛰伏的各种虫子开始活跃，鸟儿则不见了踪影，汪兴国听着虫鸣，随着越野车的颠簸晃动着，突然问道：“这里的村落分布怎么这么奇怪？”

“村落分布？”夏尔巴愣了一下，这和村落分布有什么区别。

汪兴国从遥感图上可以看到村落的分布情况，刚开始他的注意力都在棺材山上，但反复地看来看去之后，不经意间被这一点吸引了过去。

“这和棺材山有关系吗？”夏尔巴疑惑地问。

汪兴国又反复地翻看着那些遥感图，放大了程子村和附近的村落，突然说道：“到前面掉头，我们要回镇子上。”

“回头？回镇子做什么？”夏尔巴停下了车，问道。

“重新下载最新的卫星地图！”汪兴国把鬼门关附近的地图局部放大，来回地翻着几张地图，遥感地图比较模糊，夏尔巴看了半天也没看出一点情况。

“你没看出来这些村落有些奇怪？”汪兴国翻着地图，指着屏幕上的几个点。

“怎么了？”模糊的地图让夏尔巴几乎看不出有什么区别。

“棺材山是圆心，这些村落是围绕着棺材山建立的。”

夏尔巴哑然失笑，棺材山是禁区，村落难不成建在里面？那里也不适合居住和生活啊。

“可是它们是呈同心圆分布的，按照常理，村落会建立在交通线附近。”汪兴国提醒了一下。

“嗯？”夏尔巴被汪兴国的话吸引住了，仔细地看了一下，棺材山周边总共有十几个村落，这里是山区，交通线弯弯曲曲的，但这十几个村落以棺材山为圆心向外辐射，它们几乎都完美地处于辐射线附近。

“程子村和资信村的布局也是同心圆。”汪兴国又说道，夏尔巴也觉得自己肯定是漏了什么。看了看表，说道：“掉头回镇子上，打印店应该还没有关门！”

“我们得快一点。”汪兴国看了看表，现在已经快8点了，回到镇子还需要大约一个半小时，山里的人都睡得早，过了晚上10点基本就没有营业了。

“没问题，要信任我的车技！”夏尔巴说完，放开了手刹，一脚油门，越野车猛地冲了出去，在前边几百米处找到了能掉头的地方，一掉头，夏尔巴的脚就没离开过油门，平时一个半小时才能走完的山路，夏尔巴竟然在不到40分钟就跑完了。

重新下载了高清的卫星地图，汪兴国还特意打印了棺材山附近所有村落的大比例尺地图，把地图摊在桌子上，用尺子一量，汪兴国说得果然没有错，这些村落都是以棺材山为圆心朝外发散，再用圆规一画，这些村落就分布在几个半径一样的辐射线和半径相交的点上。

再拿出几张村庄的地图，这些村庄都以村子中间的广场或者晒谷场为圆心，建筑呈同心圆向外发散，村子间的道路也几乎尽量地笔直，哪怕是有些村子建立在山坡上，也竭力地建立成了同心辐射状。

两人对视了一眼，这样的建筑和村落分布形式肯定有着特殊的意义，通常在平原地区，村落建设是按照井字形建设，这样最容易分辨方向，交通也四通八达，而山里的村庄因为受制地形，布局只能依照山势水边建设，极少会规整，但这棺材山附近的村庄都竭力地建立成规整的圆形，这就让人很费解。

“老板，棺材山你熟吗？”汪兴国随口问了文印店的小老板一句。

“那里谁熟啊？很少打交道，听说他们的祖先放跑过鬼，现在都在为祖宗还债呢。”小老板答道。

“他们的祖辈是生活在这里的？”汪兴国又随口问。

“听说几千年前从外地迁来的，开始来的人不多，后来慢慢人多了，就从一个村变成了十几个了，听老一辈人说，他们要守住鬼门关。”小老板的回答和当地的传说并没有两样，或许是因为传说，大家都保持着默契的距离，更谈不上什么交情，他们也是从祖辈那里听来的传说和故事，却也没有想过去探寻真伪。

谢过老板结了款，时间已经不早了，两人得赶回程子村。

陈八岱是村子里出来的孩子，汪兴国和夏尔巴去镇子上的时候，陈八岱帮着吴老干些农活，拾掇院子，把吴老乐得合不拢嘴，连说这个孩子勤快，闵先生和夏若冰则一整天在村子和附近闲逛，找找这个隐藏在大山里的村子和楼兰的关系。

村民们对外人还是很警惕，不过夏若冰声称自己是吴老的干女儿，吴老在这儿十里八乡无人不知，大多数人不看僧面看佛面，也不好阻挡夏若冰和闵先生，这下闵先生和夏若冰几乎算是通行无阻，一路信步而来，来到了程子村的宗庙。

这个宗庙外表和别处的民房没多大的区别，若是不注意还真认不出来，夏若冰曾以民俗调查为由，向当地人提起看看宗庙，但无一例外都被拒绝了，这附近的宗庙几乎都建立在村落中心的位置，但和别处不同，每个宗庙每天都有人轮值，外人难以踏入一步，可恰巧这时候是午饭时间，一个值守回去吃饭，另一个喝了点酒，在旁边的小屋中午休，宗庙大门竟然忘了锁。

闵先生轻轻推开了虚掩的大门，夏若冰低声说："这不太好吧？"

"我们是民俗调研啊，而且你还是吴老的干女儿。"闵先生挤了挤眼，这可是难得的探寻机会。

犹豫了一下，夏若冰看了看小屋中熟睡的值守，还是和闵先生踏了进去。

院子正中央是一个水池，水池上一个雕刻引起了夏若冰的注意——雕像戴着一个面具，一只展翅的雄鹰立在头顶上，雕刻的面具上还有一些花纹，但这个雕像至少有千年了，那些花纹有些模糊不清，它身上的衣物也和传统的汉服不一样，从纹理上来看，是几何图形，雕像向天伸出右手，左手平举提着一个小笼子，依稀看到里面还有东西，可能是因为经过千年的风吹日晒，已经看不清楚了。

别处的宗庙是方正的，进了大门通常都是正殿，然后两边对称排开偏殿或者其他厢房，但这个宗庙却很奇怪，走进院子之后闵先生发现院子是圆形的，雕像立在正中，以它为圆心，院子还摆放着一些其他石像，在院子的一个角落，还散落着一些毁坏的石像，而那些房子呈圆形围绕在最外围，分不清哪间是正殿。夏若冰瞪大眼睛——那些石像不是神佛也不是人物，而是一些动物，夏若冰看到了骆驼、狼、雄鹰、羊、马、蝎子等，一共有12种动物，一间房门两侧是两具武士雕塑，一人持长矛，一人持刀盾，神情肃穆，夏若冰靠近一尊狼的雕像，看到它背上好像有些纹理，用手擦了擦："佉卢文？"

"夏若冰，这里还有更多！"闵先生站在武士守卫的房间门口，朝里探头看了一眼，压低声音叫道。

夏若冰赶过去，这里是正殿无疑，正殿的房梁上悬挂着的一些黄绢和红绢上写着一些符文，在微风中轻轻地飘展。

"这些字是什么意思？"闵先生按捺住激动的心情，低声问夏若冰。

夏若冰回头看了一眼虚掩的门口，做贼一般钻进了正殿里，展开了一幅黄绢，抬头看上面描画的文字。

这些文字肯定是最新写的，那些黄绢、红绢颜色还很鲜艳，字迹也是新的，但很明显描画这些佉卢文的人并不知道佉卢文的写法，他是从左边往右边书写的，这些绢帛上的大多是一些咒语，夏若冰赶紧拿出了手机，把这些文字拍了下来。

闵先生帮着夏若冰拍下这些文字，才拍了一半，突然听到院子门被推开的声音，赶紧停下了手里的工作，夏若冰把手机揣进了怀里，和闵先生往偏殿躲了进去。

偏殿的正中是一个石刻的甲虫，但和平日所见的甲虫不一样，它抬起头，前方两个巨大的螯肢高高扬起，石刻底座上还围绕着一大圈小甲虫，但却不是呈圆形分布，而是椭圆形，听到院子里有好几个人说话的声音，闵先生有些紧张，没有细看，拉着夏若冰往石像后躲。

“等等……”夏若冰瞥见甲虫背部的图案，那是一只眼睛的图案！刚想拿出手机记录，就听到有人走近了正殿，赶紧和闵先生蹲到了石像背后。

“肯定是他们几个人的，我们哪里会有这样的东西？”闵先生听到一个人说话，忍不住轻轻探出了头，从偏殿的门口看去，那说话的人手里拿着的东西，正是他们丢弃在鬼门关的装备。

“我们今天抬人进去看到这些东西丢在石头堆后面，还用草盖了一下。”另一个人也说道。

听起来他们是送人归，夏若冰听罢，也悄悄探头看了一眼，看到了那些装备。她瞪大了眼睛看着闵先生，责怪他为什么这么不小心。

“嘘！”闵先生在唇边竖起食指，让夏若冰别出声。

“族长，有外人去鬼门关，这可不是小事啊，肯定是那几个陌生人！”声音听起来很不满。

“听说他们是搞民俗调查的，还住在吴老家。”是另一个人的声音。

“吴老德高望重，不会乱说话的。”一个老者开口了，听声音低沉威严，应该就是他们嘴里说的族长了。

“那也不行啊，吴老做了那么多年的送人归，万一被那些陌生人套出了话……”

闵先生和夏若冰对视了一眼，看来吴老的确对他们有所隐瞒，说话半真半假。

“赶他们走，棺材山不能让外人进去，要是搞出什么事情，我们也麻烦，你们不记得20年前那个探险队了？”

夏若冰的心怦怦地跳起来，听他的口气，20年前探险队失踪的事情，他们是知情的。

正听着他们说话间，闵先生口袋里的手机突然响了，闵先生暗暗骂道，手忙脚乱地掏出手机挂断，但还是被人听到了。

“你们在这里干什么？！”族长威严地喝道，闵先生和夏若冰只好站了出来。

“我们……在搞民俗调研，看到门没关就走了进来。”闵先生强压心中的紧张，笑道。

怀疑的目光上下打量了两人好几遍，闵先生知道自己说的别人根本不信。

“就是他们，这些东西肯定是他们的。”一个送人归晃了晃手里提着的包。

“你们去了鬼门关？！”族长更生气了。

“没有，我们昨天才来，住在吴老家里，我们真的是搞民俗调研的。”事到如今闵先生哪能承认，赶紧把吴老这尊大神搬出来当挡箭牌！

闵先生和夏若冰闲逛的时候，陈八岱在吴老的院子里帮吴老干活，突然看到院子门被推开，两个人哭丧着脸，后面还有好几个人，其中一个人手里还提着他们遗落在鬼门关的东西。

“哎呀我去，这什么情况？”陈八岱脑子有些不够用了，这两人难道是偷了东西被人抓了个现行？

吴老看到族长带着人把两人押回来，也觉得情况有些不妙。

“你们是不是去了鬼门关？！”族长指着陈八岱问道，语气毫不客气。

闵先生赶紧给陈八岱使了个眼色，陈八岱会意，装作没听懂的样子：“鬼什么关？”

吴老赶紧过来打圆场，招呼族长等人坐下，还连连给陈八岱使眼色，让他赶紧端茶倒水。

“吴老，你也是村子里德高望重的人了，不要收留这些不知底细的人。”族长坐下，接过了一杯热水，语气有所缓和，但仍旧很不友好。

“就是一些喜欢听故事的娃娃，他们是搞……”

“民俗调研。”夏若冰赶紧乖巧地凑到吴老身边，“吴老，昨天你还认我当干女儿呢。”

此话一出，吴老相当地尴尬，昨晚酒喝得有点多，说了什么自己都忘记了，只是看到这几个孩子乖巧，也不像是惹事的人，自己孩子又不在身边，一个老人家独居多年，有几个年轻的孩子来热闹一点，可不知道他们惹了什么麻烦，让族长亲自上门。

“他们今天跑到宗庙去了！”族长重重地把水放在了桌子上。

“啊？！”吴老看了看夏若冰和闵先生，夏若冰讪笑着：“我们路过，门没关，我们刚进去就听到有人进来……”

可随即，夏若冰觉得这话欲盖弥彰，把后半截给咽了下去。

“这我可就保不住你们了。”吴老语气相当失望，转头对族长说，“该怎么办，族长你决定吧。”

汪兴国和夏尔巴哪里知道村子里发生了这么些事情，他们开车往回赶的时候，突然看到路边蹲着几个人影，也没有在意，夏尔巴听到有人叫自己的时候，下意识踩了一脚刹车，这才发现竟然是夏若冰等三人。

“你们怎么在这儿？！”黑灯瞎火地看到他们，这让夏尔巴相当震惊，这离程子村还有快十公里路呢！

“别提了，这两人偷东西被人抓了现行！我们被赶出来了！”陈八岱没好气地说，拉开车门把所剩无几的装备扔到后座上。

“偷东西？！”夏尔巴更震惊了，夏若冰怎么会去偷东西？

“呃……我们到程子村宗庙，发现门没锁，就进去看了看，里面有佉卢文。”闵先生有些难为情地解释道，“没想到人回来了……所以……”

“没为难你们吧？”夏尔巴倒没担心这些，这种事情在这附近已经见多不怪了，20年前夏若冰父母带着探险队来这里的时候，也是费了很大的劲才说服了阻挠的村民。

“我们扔在鬼门关的装备被送人归发现了。”闵先生这话明显是说给汪兴国听的。

这可不是小事，难怪他们被赶了出来。

“不过我可没承认。”陈八岱钻进了车里，他们被赶出来之后，就在这必经之路上等着两人回来，这下总算是等到人了，陈八岱不满地来了一句：“你们怎么这么久才回来？”

“我们找到了一些线索，这些村庄的分布和布局很有意思。”汪兴国说道，跳下车，帮夏若冰提了东西，把副驾的位置让给她。

“我们在宗庙也找到一些。”夏若冰说道。

“哎，我说，现在能不能先找个地方吃点东西？”陈八岱有些不满，下午被赶出程子村到现在，他可是水米没打牙，这时候肚子早就咕咕叫了。

无奈，只能掉头先回镇子上，找了个小旅馆住下，这么晚哪还有饭馆，好在小旅馆还有卖方便面的副业，每人泡了盒方便面，几人就凑到一块合并一下各自的线索。

“空的？！”陈八岱听说棺材山地下有空腔，觉得很不可思议，“会不会是矿工挖的？好歹这也是铁矿啊……”

“这地方谁会去挖矿？当地人不可能去的，外地人？可是也从来没有人说有人从这儿拉矿石啊。”夏尔巴说道。

“说不定……嗯，有矮人呢？矮人不就最喜欢钻地下到处打洞吗？”陈八岱这时想起了西方神话传说的矮人族，他们可是最好的矿工！

“矿工不会挖品位这么低的矿石，根本炼不出铁。”汪兴国说道。

“可能是很小很小的矮人呢？”陈八岱又脑洞大开。

“穷八代你找碴是吧？！”夏若冰正为了搞不清情况苦恼，陈八岱这么一搅和，脑子更乱了，不由得提高了声调。

“嘿嘿……嘿嘿……我就是看着你们辛苦了，讲个笑话……”话没说完，夏若冰瞪了他一眼，他赶紧往后退一步，端起了方便面，心里嘀咕着：“这哪是个妞啊，简直就是个恶妞嘛！”

“不管这空腔怎么来的，但更有意思的是，以棺材山为中心，这些村落是辐射分布的，几乎都在辐射线和半径对等的交点上，还有，这些村子的布局都是同心圆，和其他的山村布局完全不一样。”汪兴国又说道。

“同心圆？”夏若冰好像想起了什么，宗庙的布局也是同心圆。

“和楼兰有关系吗？”汪兴国好像意识到些什么，看着夏若冰。

“我看看地图！”夏若冰把地图摊开，汪兴国特意打印的高清卫星地图，还在上面画上了标线。

夏若冰无数次地研究过棺材山，但她忽略了这一点，这13个村落看起来随机分布在山区中，但汪兴国画上了标线后，这些村落是以棺材山的大漏斗为中心，呈辐射状等距半径分布，而村庄的布局也是同心圆状，这让她想起了宗庙的布局。

“太阳葬！”夏若冰脱口而出。

“太阳葬？！”陈八岱正往嘴里塞方便面，听到这个闻所未闻的词，差点没把方便面喷出来。

“楼兰的一种特殊丧葬方式，死人在正中心，以墓穴为中心，外围插着胡杨树桩，就好像太阳一样，到鄯善时期，这个墓葬方式被废除了。”

“为什么？！”

“罗布泊干涸了，胡杨树越来越少了。”夏若冰说道。

“他们一定是楼兰的后裔，宗庙里有很多佉卢文。”闵先生有些激动。

这些线索汇集起来，都证明这里和楼兰有着联系，这些村子的人们面部特征是很立体的，有些类似亚欧混血的表现，不像汉人的脸部线条那么柔和，而就在离他们不到20公里的山外，却有着完全不同的习俗，山外的人们和他们联系不多，除了那些流传很久的传说，没有人能说清楚这些人是从哪里来的，又是什么时候来的，可如果他们真的是楼兰的后裔，为什么书写佉卢文的方式是错误的，并且那些佉卢文很多地方有遗失，字句也不通顺。

“我们再看看那些佉卢文。”夏若冰从包里掏出一个黄皮的本子翻开，闵先生的目光被吸引了过去：“这是什么？”

“我父母留给我的佉卢文对照表。”夏若冰说道，拿出手机，对着对照表解读着拍下的照片和视频。

折腾到了后半夜，夏若冰也没能完全解读出那些绢帛上的咒语，不过倒也给佉卢文对照表里又添上了一些文字，那些咒语大多数并没有什么意义，但一个黄绢上的佉卢文引起了夏若冰的注意，这大概是这么多文字里表达意思最完整的一个。

那片黄绢上写着：“咒其王族永生永世不得弥补错误……”

这更类似是诅咒，而不是咒语，这让大家百思不得其解。

“他们是被驱逐出来的。”闵先生低声说道。

“你怎么知道？”夏若冰扭过头，惊讶地看着闵先生。

“呃……有一个传说，巫师一族被王族驱逐出楼兰，遗落无踪。”闵先生说道。

“闵先生，你还知道些什么？”夏若冰热切地看着他。

“我……其实知道的也不多，楼兰消失了2000年，流传至今的除了传说也没有太多的东西了，我猜这里应该就是被驱逐的巫师一族。”

“然后他们把村子布局成太阳葬？这样好诅咒驱逐他们的王族？这……也太拼命了吧！”陈八岱朝嘴里塞进了最后一口方便面，口齿不清地说道。

“如果他们是巫师一族，那么那些巫师哪去了？为什么现在他们都不懂佉卢文？”

巫师是一个特殊的职业，他们特别注重传承，从那段诅咒的话语来看，他们对王族的诅咒是永生永世的，可现在这诅咒好像没人能读懂，甚至连字符都是描红上去的，这很不符合巫师传承的规矩。

“棺材山！”夏若冰、闵先生和夏尔巴异口同声地说道，“巫师埋在棺材山！”

“那还不早就成渣了！”陈八岱瞪大了眼睛，几千年来抬进棺材山的尸体成千上万，就算里面有巫师的尸骨，这时候也早就成渣了吧。

“我想，我们还得去一趟棺材山。”闵先生坚定地说道，所有人把目光都转向了汪兴国。

看着夏若冰热切的眼神，汪兴国找不到理由拒绝，只好搪塞道：“今天太晚了，大家先休息，明天我们再计划。”

夏若冰一夜未眠，棺材山里到底是不是楼兰巫师的墓地？棺材山和楼兰到底有着怎样的联系？父母是因为楼兰而来，也因为楼兰而留在了这里，他们是怎么无声无息地消失在了棺材山里的？

第15章

再探棺材山1

汪兴国的口气几乎已经是答应再进棺材山了，这让闵先生吃了颗定心丸，闵先生和夏尔巴同一个房间，几乎一夜没睡，他们已经在计划探险所需的装备和细节了，后来话题又转移到了夏若冰身上，闵先生对夏若冰研究的楼兰变迁史表现出极大的兴趣，夏尔巴告诉他，夏若冰的研究进展缓慢，学术界的壁垒不是一个小姑娘短时间能够突破的，她的研究难以得到资金的支持和专家的帮助，除了公开的楼兰资料，夏若冰也难以从其他渠道得到更多的资料，购买资料需要钱，组织靠谱的探险队考察也需要钱，缺钱成为她研究楼兰的最大掣肘。

对于夏若冰的佉卢文对照表闵先生也表现出了极大的兴趣，夏尔巴哪里知道闵先生在想什么，把事情原原本本地告诉了他，原来夏若冰在高中的时候，爷爷才把保存了很久的半份佉卢文对照表交给了她，那是她父母留下的唯一研究成果，正因为如此夏若冰才选择了这份常人看来不可能的职业，夏若冰现在已经能记住对照表上的佉卢文，并且可以推算出佉卢文的语法和字母排列，只要能找到更多的佉卢文，她可以翻译出来，那样一来楼兰就会一步一步地被揭开神秘的面纱。

“有机会真想看看那份对照表。”闵先生感慨道。

“那就是夏若冰和父母的联系，她看得比命还重要。”夏尔巴一句话，打消了闵先生的念头。

汪兴国洗漱完回到房间的时候，陈八岱早已握着周公不撒手，汪兴国一夜辗转未眠——自己似乎有些冲动了，可是当时这个冲动到底是怎么回事？是为了好奇心？可是只有汪兴国知道，光是好奇心不会让自己下这个这么重要的决定，那会是什么呢？嗯……夏若冰热切的目光，或许是这样的，从见到夏若冰的那一刻开始，汪兴国就觉得这不是一个普通的女孩，别看她有时候凶巴巴的，可是其实内心非常软弱，或许她是用表面的凶悍来掩饰内心吧。

汪兴国多少了解一点心理学，软弱的内心多数与儿时的经历有关，想到夏若冰的父母失踪在棺材山内，汪兴国不能说感同身受，但他却能感觉到夏若冰心中的难过，这种经历造就了夏若冰坚强又软弱的性格，更让心地善良的人唏嘘不已。

汪兴国也能感觉到夏若冰想要完成父母的意志的那种执着，这也促使自己做了这么一个冒险的决定，这个决定有可能会让人送命，汪兴国脑子里回想着鬼门关内的细节，任何能想起的东西都不放过，同心圆的村落布局，围绕着棺材山建立的村庄，那个和别处不一样的宗庙，当地人的戒备心，还有那棺材山里神秘的鬼眼、阴兵过道，这之间肯定和楼兰有着千丝万缕的联系，可直到天蒙蒙亮了，汪兴国仍旧没想出个所以然来——这里面有些情况是可以用科学来解释的，可是有些事情却互相矛盾无法解释。

汪兴国睡不着了，爬起来穿好衣服，再次把所有的资料摊在了桌子上，对着纷杂的头绪苦苦思索。

夏若冰也一夜没睡，天刚亮她就敲响了夏尔巴的房门，和闵先生一起又开始讨论起棺材山的事情来，汪兴国来敲门的时候，看到桌子上摊满了纸张、地图、手机、GPS等乱七八糟的东西，不消说他们也工作了很久了。

夏若冰看到汪兴国手里拿着一张写着字的纸，问道："这是什么？"

汪兴国没有直接回答，把纸张递给夏尔巴："这些装备能搞到吗？"

夏若冰有些欣喜："你答应带我们再进去一次？"

"难道看你们自己去送死？"汪兴国的话虽轻描淡写，但让所有人心头的大石头落下了——有汪兴国领队，他们成功的概率大大提高了。

"费用问题我会一力承担！"闵先生兴奋地说道，他要给大家解决钱的问题。

"闵先生，我不会拿我的职业生涯开玩笑，既然我们的协议是让你看到死人走路，我会履行协议的，不过这一次必须万分小心，一切行动听指挥。"

"没问题！"三个人异口同声地答道。

陈八岱起床的时候已经快中午了，听到他们竟然已经做出了重大的决定，惊讶得下巴都合不上："你怎么不叫醒我？"

"你睡得跟死猪一样，叫你有什么用？"汪兴国看了看发小，这家伙干活肯出力，但就是躲懒也很出力。

"叫我谈钱啊！闵先生出钱，跟他要20万妥妥的！"

“闵先生不是没看到死人走路吗？”汪兴国的脑子有些跟不上陈八岱的思维，他觉得再让闵先生加钱有些不道德。

“啥？！你没谈钱？！”陈八岱的嘴张得更大了，这可是比天还大的决定，这可是把脑袋拴在裤腰带上讨生活的买卖，怎么可能不谈钱啊？！

“狗蛋儿！我知道你那臭脾气不为五斗米折腰，给你六斗也不折，可是你不能一斗都没有就折了啊……”陈八岱一屁股颓然坐到了床上。

给钱让他干啥都行，没钱啥都别想干，可这么大的事情，汪兴国那糊涂的脑袋想都没想明白就答应别人再去棺材山了，这让陈八岱难以接受。

“呃……要不，我再找闵先生谈谈，他也不是小气的人。”汪兴国看到陈八岱阴沉的脸，觉得自己好像做错了。

“我才是老板，我还是你的代理人！汪兴国你搞清楚，我们靠这个吃饭！”陈八岱气鼓鼓地说道，当下之际还能怎样？可是这时候主动权已经不在自己手里了，向闵先生漫天要价几乎不可能了！

“我去找闵先生！”陈八岱从床上蹦起来，让汪兴国去谈，估计白打工还得自己贴饭钱！

陈八岱有些多虑了，闵先生并不是他想象那样，陈八岱试探性地提出是不是先付一笔定金，闵先生很爽快地立刻结清前账，又转账了5万当作新活动的定金，陈八岱临出门的时候，闵先生又说道：“陈八岱，如果还有更多的惊喜，我还能给你把价格翻倍！”

钱的问题解决了，陈八岱干劲也上来了，汪兴国答应了再探鬼门关，可是所有人此时反而更加小心起来，一个完美的计划能使活动安全进行，可是此时大家的脑子里已经被各种匪夷所思的情况弄得一团糨糊，更不用提做计划了。

夏若冰和夏尔巴擅长使用仪器进行活动，可这儿无法使用仪器，这让他俩一筹莫展。闵先生虽然有一定的探险经验，但他也没遇到过这样的情况。至于A市户外界十大金刚之一的陈八岱，用他自己的话说啥都懂一点，但啥都不精通，指望他也是没多少把握。所有人的目光都集中在汪兴国身上，搞得汪兴国有些不好意思：“都看我干吗？我脸上长花了？”

“你是专家啊，我们的小命都捏在你手上！”陈八岱特有范儿地敲了敲桌子，示意汪兴国赶紧过来想办法，汪兴国想了想：“有一句话叫作不入虎穴，焉得虎子，咱们在这里怎么翻资料都是没用的。”

“计划呢？”夏若冰问。

“外围的一切都不要去考虑，单独把棺材山的情况割裂出来解决，我们只需要注意几点，雾、仪器失灵，以及莫名的头晕……或许还应该考虑一下地下空腔……”

“那这些问题该如何避免？”夏尔巴一听，觉得汪兴国应该是有办法了。

“快进快出能避免头晕过度，但是一旦迷失了方向会拖长时间，不过……”

“你能不能一次说完……”夏若冰着急了。

“这片区域并不算大，而且地形相对简单，有一个最简单的定向方法就是用地形感知，简单地说，就是我们只需要注意脚下到底是上坡还是下坡就好了……至于是什么方向，只要能离开这片漏斗，那就不重要了。”汪兴国这么一说，大家似乎都明白了，刚才大家都在想办法定向定位，却忽略了这片地形的特点。

“至于仪器……嗯，反正进去了也用不了，不如腾出重量带别的。”汪兴国又说。

“带什么？”陈八岱问道，这片地形既然相对简单，似乎也不需要太多的装备。

“绳索……保护器……”汪兴国慢腾腾地说。

“带这玩意儿干吗？”陈八岱有些转不过来。

“你是担心地下？”闵先生大概明白了。

“我也不知道，但我知道绳索会用得上，第六感吧。”汪兴国指了指自己的头，昨晚到现在实际上自己的脑子并没有闲着，不知道为什么，那个地下空腔反复地萦绕在脑海里挥之不去……

“装备都没有问题，最多三天时间会到手上。”夏尔巴说道，“那我们的计划呢？如何进出？”

“没计划……”汪兴国一开口，让夏若冰愣了一下，一个高手怎么会说出这种不负责任的话。

“如果说计划的话，唯一的计划是快进快出，待得越久危险系数越大，一旦出现计划外的情况，我们就只能见机行事……”汪兴国慢吞吞地说道，“我们想鬼门关内的情况，不如想想如何先到鬼门关。”并非他不想做一个完美的计划，而是根本无法做。这可是一个大问题，到不了鬼门关，谈进棺材山那就是痴人说梦。

“呃，难道我们从猴子跳崖过去？”夏尔巴犹豫了一下问道。

程子村那条路肯定是走不了了，猴子跳崖看来是唯一的路，可夏尔巴的攀岩技术并不好，他怕拖累了探险队。

“吴老曾说过，那些年死的人太多，他们在峡谷里找了一条近路把人抬到鬼门关。”汪兴国笑道，“我想我找到他说的那条路了。”

把一份高清地图摊开，汪兴国已经在上面画出了阴阳路的路径，在旁边一个不起眼的峡谷，汪兴国又描出了一条路径，在阴阳路中段和它汇合在了一起。

闵先生拿着地图看了又看，狐疑地问：“你确认？”

“按照吴老说的，抬人上山，比阴阳路还能省时间的，只有这条峡谷，里面肯定有我们不知道的缺口。”

“要是此路不通？”夏若冰提出了自己的担心。

“那就只好走阴阳路了。”汪兴国笑道。

“那不是封山了吗？”

“那就晚上潜进去，看守总得睡觉的，你别忘了我曾经是干吗的。”汪兴国笑了笑，把桌子上的东西收拾了一下，“这事情别四处嚷嚷，悄悄地进行。”

陈八岱脑袋一缩，阴阴一笑，打出个OK的手势：“明白，悄悄地进村，打枪的不要。”

“先吃饭吧，我请客！”陈八岱豪气地站起来，客户就是上帝，伺候好客户是他义不容辞的责任——反正花客户的钱！

“等会儿，装备表里指定要2.5L的高压氧气瓶，这一定要吗？”夏尔巴想起装备的问题，这种氧气瓶通常都是高山攀登时候才用的，这种低海拔地区用不着。

“你忘了，陈八岱和闵先生都曾经有头晕的症状，我估计空气会有些问题，这至少能缓解症状，万一我们不能快进快出得有个保障。”汪兴国看出了夏尔巴的疑惑，解释道。

“可这个东西不好找……”夏尔巴有些为难。

“那是你的问题。”汪兴国笑了笑，他相信夏尔巴肯定能找到，只是需要时间，不过现在有的是时间。

大家都累了好几天，这时候也算是做了一个重大决定，吃了饭大家都想休息一会儿，闵先生说自己想到镇子上走走，单独出去了，大家也没有多想，回到各自的房间补一下觉。

闵先生信步走到镇子的集市上，中午前后集市中没多少人，摊贩都各自找地方昏昏欲睡，闵先生掏出了口袋里的手机，拨了个号码。

“闵，现在是凌晨……”话筒里是抱怨的声音。

“你不是夜夜笙歌吗？”闵先生笑道，“我们被程子村的人赶出来了。”

“太好了，我就说你在那里是浪费时间，一群被驱赶出去的巫师能有什么宝藏。”

“我判断棺材山是巫师的墓地，我会找到入口的。”

闵先生这话让迪克提起了精神：“你确定巫师的金面具在棺材山？”

“很大概率会在，楼兰的高等人是不会随便埋哪儿的。”闵先生说道，“不过就算它不在，那里也会有很多关于楼兰的信息，程子村的宗庙有很多佉卢文和特别的雕像。”

“哈！”迪克冷笑了一下，“闵，搞学术是花钱的，只有宝藏才是赚钱的。”

“我有我的计划，我会再进一趟棺材山。”闵先生不想和迪克讨论那些文字的价值。

迪克也不想讨论，在他看来，那些死去的文字毫无价值，没有哪个收藏家会为了画在那些烂布竹简上看不懂的符号付一毛钱，考古学家倒是对这些资料很感兴趣，可是他们拿不出一毛钱！那么问题就简单了，只有那些亮晶晶的宝藏、精美的艺术品，再加上它们承载的历史价值，才是令收藏家大把大把掏钱的硬通货！

“对了，柴科夫好像对蒂尼安蒂岛很感兴趣，闵，你不要在棺材山浪费太多时间。”迪克提醒道。

闵先生信步走到一个摊贩前，这是个卖面具的小摊，他随手拿起个面具看了看，听到迪克的提醒，说道：“我还以为你没时间管楼兰的事情。”

“我有时间花天酒地，当然也会偶尔抽空和客户喝上几杯。”迪克笑道。

“沙迦让愿意转让那些资料吗？”

“那个该死的印度土豪，狡猾得像一条可恨的鬣狗，不过至少现在，他拒绝了柴科夫的条件。”

闵先生在心里盘算了一下，把手里的面具放下：“我会尽快把棺材山的事情办完。”

“别把命送在了那里。”迪克笑道，“你可是世界上为数不多的楼兰专家了。”

汪兴国等人在镇子上待了足有一个星期，夏若冰把新的佉卢文补充进对照表里，又陆续解读出了程子村宗庙的一些咒语；陈八岱和汪兴国也没闲着，抽空去探了一下路，做好了前期的准备；闵先生和夏若冰交换了许多各自知道的楼兰资料，闵先生对楼兰的了解让夏若冰也很吃惊，他手里的一些资料哪怕是权威专家都不一定掌握，但对于自己怎么知道这些楼兰的资料闵先生只是轻描淡写的一句：我有很多古董方面的朋友。

这天，需要的装备也到了，汪兴国检查了一下，6毫米的绳索虽然多数用于做辅绳，但其抗拉力是足够的，为了减轻重量能让人快进快出，汪兴国决定反常地使用辅绳来做主绳用。夏尔巴果然有些渠道，竟然也准备齐了配合6毫米绳索使用的其他器材，这些器材通常都不好找，特别是那2.5L的高压氧气瓶，这氧气瓶价格不菲，还好有闵先生的大力资助，这种氧气瓶在高山上足以供给一个人8~10小时使用，在低海拔温度高地区，汪兴国估计能使用16个小时——如果一切顺利的话，这时间已经足够进出鬼门关了，就算是不顺利，至少自己还能多16个小时时间求生。

汪兴国的计划很简单，这些天探路把情况也基本摸清了，守着鬼门关的基本都是两个人一组，主要由送人归组成，这些送人归也不是专业士兵，他们更多的是一种象征意义地在这儿看着，不可能时时刻刻保持警惕，对于汪兴国而言，偷溜进去易如反掌，可是得带着四个普通人偷溜，汪兴国的把握还并非十足。晚上进入山区汪兴国也得考虑夜间的危险问题，他更倾向走那条小峡谷，那样就能在白天能见度高的时候活动，如果真的像夏若冰所说的此路不通，那就将阴阳路作为备用的计划考虑。

汪兴国计划明天一早天还没亮就出发，送人归走阴阳路，抬着死人腿脚快的5个小时就能到达鬼门关，按照吴老的描述，抄峡谷的近道大约4个小时足够，除去一些不确定因素造成的延误，汪兴国计划在8个小时内到达鬼门关，然后在鬼门关附近过一夜，在天亮的时候进入，最好在天没黑之前撤出。

第16章

再探棺材山2

汪兴国仔细地在地图上检查过这条近道，和陈八岱也实地查探过一次，但没有深入进去，从阴阳路顺着山脊一路绕过去就到鬼门关了，峡谷则在山脊线的另一边，弯弯曲曲直接通到了三道弯，然后再上阴阳路，从路途上来说，峡谷能近很多，但崎岖难行，汪兴国得考虑扭伤的问题。

峡谷里有很多岔道，但总体上一路往左就会逐渐靠近阴阳路，找到缺口翻过山脊线就到三道弯，虽然是高清地图但很多细节仍旧没办法体现在地图上，或许山间的某个能通过人的缝隙就是出口，但这样的缝隙在地图上是无法标注出来的。

地图虽然能给人许多信息，可也不是万能的，要知道具体情况只能实地走一遍，实在不行就只能在黑夜中潜入阴阳路，那就会多消耗两天时间。

“车到山前必有路吧。”汪兴国也想不出什么好办法，只能先这样了。

提前一天出发，先在峡谷外的平地上过了一晚，第二天一早最后检查了装备，收拾妥当，众人跟在汪兴国身后钻进了峡谷里。

这是一条不大的峡谷，汪兴国把这儿的地图都牢牢地印在了脑子里，这条峡谷从现在看来走向和阴阳路南辕北辙，应该是有一个很大的转弯，这是一条上游水源改道的干涸溪流，只有在雨季的时候才会重新奔腾起水花，遗落下来的乱石上的苔藓湿滑不堪，为了防止有人扭伤，汪兴国压低了速度。

都快中午了，终于走到了那个大转弯，汪兴国停下了脚步，重新测定了方位，确认自己的判断没有错，从这里开始，见到岔路往左，就会往阴阳路靠过去，翻过两者之间的山脊线应该就是三道弯了。

汪兴国做好了地图标定工作，把地图塞进了衣服口袋中，看看几位一直默不作声的队友，这时候该让大家休息一下，检查一下各自的体能情况了。

汪兴国一直担心夏若冰跟不上，但现在看来他低估了夏若冰的体能，稍事休息了一下，汪兴国看了看时间，进度有些拖后，不过他们还有大半天时间，应该是够用的。

继续出发，峡谷蜿蜒穿行在山脉中，而且岔路不少，一不小心就会走错方向，在这里不需要讲东南西北，只讲前后左右，这简单的定向技能在峡谷里反倒最好用，只是峡谷里崎岖不平，想想当年送人归们为了赚点辛苦钱也是极其艰难的，这儿轻装前进都要步步小心，抬着人走更得时刻防止扭伤，难怪后来送人归们都极少走这条近路了。

转弯之后不到一个小时，就看到峡谷的尽头了，汪兴国掏出指北针一定向，这儿果然是通往阴阳路的，爬上一片不高的崖壁，地形缓和起来，顺着山坡的林子一路往上，不多时就看到了那条山脉线上的阴阳路，再往右边一看，就是晚上要关门的三道弯了。

没想到竟然会这么顺利，看来有个专业人士的确会让人少走很多弯路，看到了阴阳路之后，大家兴奋起来，不由得加快了脚步。

一行人爬上了山脉线，坐在阴阳路边的草地上休息一下，喝点水，吃点东西，300米外就是三道弯的第一道弯，这儿的路顺着山脉线弯成了一个弧度极大的S形，倒也是别处难见的，现在整个棺材山就这么5个人了，夏若冰此时已经可以远远地看见那个巨大的方形顶在天空中沉默着，外围是那片守护着秘密的石崖，陈八岱用手遮着眼睛，滤过阳光之后已经能勉强看到鬼门关的那个石缝，还有刻在石壁上的“鬼门关”几个大字。

休息完毕，几人正想继续出发，突然听到阴阳路上传来一阵“哐哐”的铜锣声，听声音离自己并不远，正疑惑间，又传来一阵悠扬的人声：“先人走一路，今世莫回头咯……”

“今天有人上山？！”陈八岱低声叫道，话音刚落，阴阳路的坡边上，探出了一个黄色的脑袋——或者说是道公脑袋上那很有特色的黄色高帽。

这要是被当地人发现自己在这儿，那可就不得了了，汪兴国反应很快，一下就趴下了，看到几个人还在愣神，低声提醒道：“趴下趴下……”

虽然他们趴下的姿势离部队要求还太远，但至少伏低之后减少了暴露，汪兴国探起身子观察了一下，果然是一支送葬的队伍抬着人上山，离自己还有百来米，送葬的人都沉浸在悲痛中，没有发现在他们前面竟然还有一队人马在阴阳路上，但是这儿并没有太多的遮挡，人走过来就会发现了，汪兴国想了想，说道：“我们先下林子躲一会儿，猫腰，别站那么高。”说罢用极其低矮和标准的姿势，低姿匍匐，跟条蛇似的，无声无息就蹿出了十几米。

“卧槽，汪兴国你当我们是特种兵啊！”陈八岱骂道，他哪懂低姿匍匐，眼看送葬队伍越来越近，只好猫着腰抱着自己的背包一路小跑，联想起上次被族长审得跟孙子似的，要是再被抓个现行那还不得被人打死？

其他人也好不到哪去，闵先生也没经历过这种阵势，跟做贼一样猫着腰拖着背包一路跌跌撞撞钻进了林子里，模样甚是滑稽。

送葬的队伍很快走到了三道弯，倒也没发现这里竟然还藏着人，队伍在这儿停了一下，道公嘴里嘟哝着大家听不懂的咒语，又手舞足蹈跳了一番大神，接着中气十足地叫了一句：“先人走一路，今世莫回头！六丁六甲阴阳双圣护身，孤魂游魄速速让路！速速让路！”接着用力“哐哐哐”敲了三下铜锣，吓阻那些游魂将路让开让新的魂魄加入，在道公的指挥下，队伍继续前进。

“有意思……”闵先生刚才虽然狼狈滑稽，不过这时候却举着微型摄像机，把刚才的一幕给拍了下来，说大了，这也算是一种非物质文化遗产嘛。

听着铜锣声和喊魂声渐渐远去，夏若冰一回头，看到汪兴国靠着树根，帽子遮着眼睛，竟然开始睡午觉，她不由得有些急了：“汪兴国你怎么睡上了？！”

“那你还想怎么样？”汪兴国反问道。

“不是该跟着他们吗？”夏尔巴问道。

“这是高山草甸，躲都没地方躲，人家一回头就看见我们了，你们是想吓着人呢还是被人赶回去？”汪兴国又问道。

“这……”夏若冰就想着赶紧到鬼门关，忘了这儿是空旷的山脉线，基本没地方躲，远远的要是被人家看到了，说不定真把自己当孤魂野鬼在路上游荡了，吓着人那可不好。

“那，现在怎么办？”夏若冰气鼓鼓地问，眼看就要到门口了，却不能进去，的确让人有些窝心。

“歇会儿，睡个午觉，大概两个小时他们就会路过这里，那时候我们再出发，反正这时候也赶不上了。”汪兴国倒很有既来之则安之的心态，说完就不再出声，整个人似乎进入了昏睡状态。

夏若冰转念一想，倒也是，这时候也不能干什么，还不如休息呢，有人抬上山也不见得是坏事，说不定能亲眼看见尸体是怎么消失的呢。其余人等也觉得汪兴国说得没错，纷纷给自己找一个舒适的位置或躺或靠，陈八岱把背包往脑袋下一垫，舒展了身体，不用一秒就进入了梦乡。

这午觉睡得惬意，树林把猛烈的阳光遮挡了大半，气温不高不低，时不时还有微风拂过，舒适得让人放松，不一会儿大家都进入了梦乡。

“哇噻，午睡还真的都睡死了？”过了十分钟听到大家都没声音了，汪兴国用手指捅了捅帽檐，瞄了一眼，低声说道，然后继续用帽子盖着眼睛，闭目养神。

汪兴国判断得没有错，大约两个小时的时间，他听到上方阴阳路杂乱的脚步声。听到脚步声走远了，汪兴国爬上阴阳路，看到没有人了，回到树林，踢了踢死猪一般的陈八岱：“光蛋！光蛋！起床啦！”

大家收拾好上路的时候，山里早已经安静下来，汪兴国领路，一路优哉游哉地转过了三道弯，这时候石壁上“鬼门关”三个大字已经清晰可辨，闵先生抬手看了看手表，这时候是午后三点一刻，看样子今天是不能进鬼门关了。

一行人爬上了鬼门关前的台阶，一眼就看见了放在通道正中央的一具尸体正安安静静地躺在那儿，几人双手合十拜了拜，按照原计划准备在平台上扎营，每人监视尸体3个小时，一旦有情况就叫醒大家。

天气很好，晴空万里无云，陈八岱摊开自己的防潮垫，找到了上回自己躺的地方，其余人也各自找到了位置，接下来没啥事了，夏若冰有些紧张地看着不远处地上的尸体，蓝色的裹尸布包裹着尸体，外面又用麻绳捆扎，没有棺材，甚至连草席都没有，就这么一块布，几根麻绳陪伴他上路，她不由得有些唏嘘。

闲聊几句，闵先生检查了所有的电子装备，在这儿一切都还是正常的，趁着机会，他抓紧时间多拍点影像素材。而夏尔巴则掏出了一个老款的胶卷相机，这完全手动不需要电子控制的相机已经是老古董了，夏尔巴粗中有细，这种胶卷机不会受到矿藏干扰，这样能带回一些图像信息，为以后的研究做素材积累。

大家收拾检查的时候，突然听到天空传来“呱呱”的乌鸦叫声，抬头一看，几只硕大得跟老鹰一样的乌鸦在天空中盘旋，不到半个小时，天空就聚集了至少上百只乌鸦，乌鸦很明显是被尸体吸引来的，可是它们却和上次一样，不敢落地，只是在盘旋。

“好多乌鸦……”夏若冰第一次看到这么多乌鸦低空盘旋，觉得有些瘆人。

“上次也是这样。”汪兴国看了看乌鸦，说道。

“它们为什么不落地？”夏若冰问，乌鸦是食腐动物，胆子也很大，可是它们竟然能抵御近在咫尺食物的诱惑，这多少有些让人奇怪。

见过一次乌鸦这种怪异举动的闵先生把注意力放在了石壁的那些佉卢文上，夏若冰也把目光从乌鸦身上收了回来，走近石壁，这些刻在石壁上的佉卢文至少经历了一千年的风雨洗礼，大多模糊不清，倒是鬼门关和那副对联常常有人刷漆保养，红色的大字在石壁上很显眼。

夏若冰仔细地用毛刷刷掉佉卢文附近的苔藓和污染物，目光被一段佉卢文吸引住了。

“楼兰一族！”夏若冰清理干净了文字周边，石壁上隐隐的字迹她一眼就认了出来。

“果然是楼兰！”闵先生凑了过来，随即有些疑惑，“你确认真的是？”

“是的。”夏若冰翻开了佉卢文对照表，头一个对照表的文字和刻字一模一样，可惜这段文字的后半部分被侵蚀得太严重了，夏若冰费了好大工夫也没搞清楚后面写的是什么。

其他地方的佉卢文情况也大同小异，除了能在石壁上看出曾经刻过字之外，无法解读出更多的信息，清理了一大片石壁，夏若冰判断这里曾经刻的是楼兰一族如何来到这里的记录，可惜在岁月的侵袭下，那些最重要的文字部分都消失不见了。

夏若冰在忙着，闵先生的目光放在了夏若冰随手放在石台上的那个佉卢文对照表，脚不由自主地向前走了几步，朝它伸出了手。

“闵先生！”夏若冰回头叫了他一声，让他过来帮忙。

“呃……”闵先生讪讪地收回了手，过去帮夏若冰清理另一部分石壁。

汪兴国周边溜达了一圈，检查了一下周围的情况，一抬头看到天边有些异象，又看了几眼，说道：“看来，我们要搬家了。”

第17章

好天气

大家这才把营地建好，而且这块平坦的地方是附近最适合建营的地方，好好的为啥要搬家？

汪兴国指了指遥远的天边，那里几朵云彩在慢慢地汇合。

“团云，还没形成积雨云……再说，离这儿也很远。”闵先生并非没有气象常识，他说道，觉得汪兴国有些过于敏感了。

“嗯……不过现在的风力在加强。”汪兴国把食指放嘴里含了一下，举起来测风，说道，“大约还有半个小时，积雨云就会推过来了。”

“不会吧？”夏尔巴也看了看云，虽然的确有团云在聚集，可是这时候头顶上仍旧是晴空万里，夏尔巴觉得今晚能看到满天繁星。

再看了看夏若冰，清理石壁是精细活，一时半会也完不成，夏若冰头也不抬来了一句：“再给我点时间。”

夏尔巴查阅过最近的天气预报，至少一周都是晴天，而且是干燥晴天，大家轻装上阵，就没有携带帐篷，只有应急用的雨衣可以搭建应急帐篷，若真的是汪兴国说的暴风雨，这个平台正好是地形风必经之路，应急帐篷是经不起这样的风雨的，再说了这儿地势高，一旦有雷电极易发生雷击事故。

陈八岱熟悉汪兴国，别人觉得他神经过敏，但陈八岱知道那叫经验，这边还在犹豫是不是拔营换地，陈八岱把自己那简单的铺盖卷已经收拾好了，寻思着等会儿找到新营地的时候怎么霸占个舒服的位置。

短短的两分钟，关于是不是撤营的分歧还没有个定论，天边的团云就已经聚集成了积雨云，接着好像得到了增援一般，气势汹汹地开始膨大，颜色也由白色无害的模样变得越来越黑，前锋开始移动，犹如古代战阵一般，前进得虽然缓慢却无可阻挡，平台上刚才的微风现在也有所加强，间或有一阵强风呼啸一下就不见了。

“收拾东西吧。”汪兴国笑了笑，事已至此，争论已经没有意义，不如在大雨大风来临之前找到一个好的落脚点。

“可是……那个怎么办？”夏若冰看了看石壁上那些模糊不清的佉卢文，有些不甘心，指了指通道里孤零零躺着的尸体。

“这么大风雨，他也走不了吧。”汪兴国手脚不停，把背包的扣子扣好，背在了身上，短短几分钟，再一抬头，乌云已经占据了半边天空，开始加快速度推进，平台上的风一会往东吹，一会往西吹，气流紊乱是大风大雨来临的前兆，他们最多还有15分钟时间离开这里。

大家收拾完毕，可是新的营地在哪？这在计划里没有提到过，大家不由得把目光又转向了汪兴国。汪兴国倒很淡定，他看了看越来越近的乌云，这时候乌云好像冲击敌人战阵的士兵一般，速度越来越快，云层也翻滚着不断地往地面压迫下来，他又看了看大家，说道：“往低处走。”

好不容易爬到了鬼门关前，又得往回撤，这让夏若冰有些郁闷，可是眼看那气势汹汹的乌云冲过来了，不出意外的话，等它到达鬼门关的时候，鬼门关会被笼罩在乌云里，这时候除了往低处撤退就只能在平台上兜风兜雨，说不定还会遭雷击，这可不是大家想要的结果，于是大家只好跟在汪兴国身后鱼贯顺着台阶撤离鬼门关。

闵先生以为汪兴国是想带大家撤进树林里，搭建庇护所躲避风雨，这也是在野外躲避雷电的办法之一——在低处的树丛中能避免雷击和大风，不过这大雨就要看庇护所的质量了，但闵先生看到云层的推进速度越来越快，翻滚着张牙舞爪地肆虐着天空，太阳已经不见了，天色迅速地暗淡下来，明明是4点多应该阳光明媚的时候却已经跟夜间差不多黑暗了，这时候搭建庇护所很明显来不及了。

汪兴国带大家离开了鬼门关，没有往树林里去，刚才他已经查探过附近的情况，这时候要到达低处的树林步行还需要一点时间，没等大家进入树林搭好庇护所已经成为落汤鸡了，夜间山区温度会降低，如果没有干燥的衣物，很容易让人生病，所以他没打算进树林，而是带着大家顺着石壁边绕行。

“狗蛋儿往哪走呢？”陈八岱看着汪兴国绕着石壁走，再一看乌云，已经迫在眉睫了，远处已经可以很明显地看到雨雾了，而且云层中时不时还打闪，接着听到了一阵滚雷——这场雨的量可不小。

“找个山洞躲一阵。”汪兴国说道，又看了看云层，推进的速度越来越快，这时候狂风呼呼地从耳边吹过，预示着不需要三分钟暴雨就要洗礼这片土地了。

“快点，就要到了。”汪兴国催促道，加快了脚步。

“如果估计错了，咱们都会成为落汤鸡。”陈八岱抱怨道，身后的夏若冰推了他一把，他只好收起抱怨，加快脚步跟上了前面的闵先生，夏尔巴抬头看了看云层，推进速度已经超过了他的想象。

夏尔巴一边加快脚步一边抬头看云的时候，听到最前面的汪兴国叫道：“到了，快点……”一低头，看见汪兴国好像个鬼魅一般一闪就不见了。夏尔巴愣了一下，闭上眼睛晃了晃脑袋，闵先生的身影也闪过了，似乎有些飘忽，感觉很不实在。

“夏尔巴，快点！”夏若冰看到夏尔巴站着发愣，回头拉了他一把，两人刚钻进山洞中，大雨好像约好了一样，哗啦啦喷到了地面上。

“哇噻！时间掐得真准。”闵先生感叹道。

“地方还不错。”此时乌云就压在头顶上，山洞里和黑夜没什么区别，汪兴国打开强光手电检查了一下山洞，地面还算平坦，面积大约有100平方米，洞顶也很结实，不用担心塌陷和落石的危险，这么大的面积足够大家翻筋斗了，而且干燥的地面能让大家免受暴雨湿身之苦，这对保存体力是非常重要的。

这厢汪兴国在检查山洞的时候，陈八岱已经把自己的铺盖卷从背包里拿了出来，照着最平坦的地方一铺，宣告自己对此地有着无可辩驳的主权！

山洞外暴雨哗啦啦地洗礼着大地，时不时响起一阵炸雷，就在鬼门关顶上炸响。大家纷纷整理好了今晚睡觉的地方，随着黑夜和暴雨的降临，气温开始降低，夏尔巴拿出了气炉，准备给大家做点热食，汪兴国穿上了雨衣，招呼陈八岱出去一趟，陈八岱不情不愿地穿上雨衣，和汪兴国钻进了暴雨里，闵先生仔细地整理了一下身上的装备，他衣领上的那枚徽章在电筒光下闪闪发光。

“很精美的徽章。”夏若冰说道。

通常在野外，任何不必要的东西都不会携带，这么贵重的东西别在衣领上，闵先生就不怕丢了吗？闵先生刚才的举动，表现出他对这个价值不菲的徽章非常重视。

“谢谢！”闵先生礼貌地朝夏若冰笑了笑。

“泊尔塞福涅，春之女神，闵先生，你为什么一直戴着它？”夏若冰问。

“嗯……她是我的幸运女神。”闵先生想了想，说道。

看样子闵先生并不想多说什么，夏若冰也只好不再深究。

陈八岱拖着一段树枝，嘴里嘟哝抱怨着脏活累活都自己干了，突然一个闪电撕开了夜空，炸雷在耳边响起，眼前一下变成了白昼，陈八岱一抬眼，手里的树枝掉在了地上。

“汪兴国，看！”陈八岱惊叫道。

跟在他后面抱着柴火的汪兴国抬眼一看，鬼门关边不知道什么时候冒出了很多人影，依稀中还看到他们手里拿着兵器。

“咔嚓！轰！”又一道闪电劈下来，打到了鬼门关的石壁顶上，这下看得更清楚了，的确是一群人影拿着兵器，雷声过后，还听到嘈杂的人声。

正在山洞中的闵先生在雷声过后，似乎听到了有人哭号，就在山洞深处，他拿起手电往深处一照，什么都没有看见。

“嗯？有人在哭？”夏若冰也听到了，声音虽然细微，但声声入耳，夏尔巴也关上了气炉，手不由得伸到边上的开山刀上。

还没等他们弄明白怎么回事，陈八岱上气不接下气地跑进了山洞：“快！快！阴兵过道！阴兵过道了！”

愣了一下，闵先生跳了起来，顾不上穿雨衣，钻进了雨幕中，夏尔巴抓起开山刀赶紧跟上，夏若冰见状，顺手拿起了一柄组合工兵铲。

“现在看不见了。”大家跑到汪兴国身边，朝他看的方向望去，但雨幕中黑乎乎的什么都没有。

“过去看看？”或许是因为人多，闵先生胆子也大了起来。

这个提议没有人拒绝，一行人重新爬上了鬼门关，但空空如也，什么都没有，电筒光照进通道，那具尸体还在那里一动不动。

“你们真的没有看错？”夏若冰有些怀疑，阴兵过道是这一带流传了很久的传说，虽然很多人都说自己亲眼看到，但从未拿出过任何证据。

闵先生打开了摄像机，试图抓拍任何一点诡异的图像。

“轰！”一声炸雷不期而至，闪电正好就打在了鬼门关边上，雷雨天在高处的确不安全，闵先生下意识缩了缩脑袋，刚一抬眼，顿时目瞪口呆！

一个人影朝他小跑过来，手里提着一把刀！闵先生“哎呀”一声，一屁股坐到了地上，忙乱中朝人影举起了摄像机。

听到闵先生的惊叫，众人一回头，只见鬼门关附近凭空突然出现了许多飘忽的人影，他们匆忙地从几人身边跑过，消失在鬼门关的过道里。

闵先生看到那个人影就要踩到他身上了，但那不是一个真实的人，更像是一个被扭曲的影像，闵先生清晰地看到他的面孔因为飘忽而显得狰狞，但他好像根本没有看到闵先生，从他的身上飘了过去。

闪电过后光线迅速暗淡下来，那些飘忽的人影也开始更加模糊不清，在暴雨中能清晰地听到呐喊声、哭号声和其他失真的声音，夏若冰目瞪口呆地看着人影从她身边匆匆跑过，这才回过神来："夏尔巴！快拍！"

忙乱中夏尔巴忘了带相机，他急忙跑回山洞中，刚钻进去赫然一张惨白的人脸出现在眼前，夏尔巴吓了一跳，本能地把手里的刀给捅了过去，可就在这一瞬间，人脸不见了，夏尔巴紧张地环顾了一下四周，山洞里空空如也，耳边的哭号声却越来越清晰，夏尔巴抓起了相机，想了想扭头跑了出去。

等夏尔巴跑到鬼门关的时候，那些阴兵早就消失不见了，这让他有些懊恼。

"阴兵过道的传说是真的！"夏若冰的脸色惨白，不知道是不是被吓着了。

闵先生在某个瞬间也觉得自己的心脏停跳了，他好不容易从震惊中恢复过来，人还坐在湿漉漉的石台上，汪兴国反倒很冷静，就算阴兵过道是真的，可这些阴兵也没有恶意。

人类对死亡的恐惧使得人类创造出了很多关于死亡的传说，大多数民族从古到今都相信人死后会去另一个世界，那个世界和世间一样，有着完整的社会结构，那必然也会有各种不同的职业。阴兵可以理解成是另一个世界的军人，他们负责另一个世界的守备和安全，世间的人是看不见他们的。按照古老的传说，世界被分成阴阳两界，平时互不干扰，但在某些偶然的时候，阴阳相交，人会看到阴界的一些景象，也就是所谓的阴兵过道，按照科学的解释，或许是另一个平行世界和现行世界交叉，造成了一些影像的重叠。

可刚才他们的确看到了那些飘忽的人影从身边跑过，所有人百分百地肯定，那不是幻觉！陈八岱瞪大眼睛，腰间的求生刀不知道什么时候已经紧紧攥在了手里，他在棺材山石壁边也看到过人影，但没有那么多，也没有那么清晰，不管这些阴兵有没有恶意，但他们的出现已经足够吓人了。

"噼啪！"又一道闪电打了下来，陈八岱看到台阶上出现了一群人影，好像还抬着什么。

夏尔巴赶紧举起了相机，可是光线实在是太暗了，曝光不足，这时候又一道闪电劈下来，趁着闪电的光亮，夏尔巴按动了快门。

那队人在台阶上踌躇不前，但大家明显看出他们抬着一具尸体，不由得立刻联想到了阴兵来到世间索魂的传说。

大雨继续噼啪地落下，那队阴兵始终也没走上台阶，飘忽了一会儿就消失在了黑暗中，等了好一会儿，阴兵再也没有出现过，高处始终不是安全的地方，汪兴国让大家先回到山洞中，躲避暴雨和闪电。

闵先生回到山洞迫不及待地回放起刚才的录影，可是屏幕中只有一阵阵的雪花，刚才竟然什么都没有录下来！

“不可能啊！不可能！”闵先生又检查了一下以往的录影，发现它们都莫名其妙地变成了一堆堆雪花。

“我明明看到阴兵了！”闵先生有些气恼，拍打着摄像机。

“我们也看到了，不可能大家都眼花了吧？”夏尔巴也说道。

大家正七嘴八舌说着的时候，山洞深处突然传来一阵“呵呵呵……”似哭似笑的声音，陈八岱把手电往山洞深处一照，却只看到锈迹斑斑的石壁。

不久声音低沉了下来，夹杂着其他一些怪声，让人心神不宁，汪兴国仔细地把洞里每一个角落检查了两三遍，但仍旧找不到发声的方位，过了好一会儿，声音消失了。

“吃点东西睡吧。”汪兴国一屁股坐下来，拧开了气炉重新烧水。

“这……睡？！在这里？！”陈八岱觉得出去淋雨或许更好一些。

“夏尔巴，陈八岱，去把柴火弄回来，升点火会暖和一些。”汪兴国好像没听见陈八岱的抗议，用刀挑开一袋奶茶，把奶茶倒进了锅里。

“喂！我们刚才见鬼了！”陈八岱提高了声调。

“阴阳两不相犯，要是想弄死我们，刚才就弄死了。”汪兴国倒很淡定。大家转念一想，汪兴国说得很有道理，这么一来大家的紧张情绪缓解了不少。

两人拖着木柴回到了山洞，陈八岱把火堆生得很旺，将山洞每个角落都照亮，有了火的温度，山洞里气温开始上升，大家都暖和了起来，那山洞里时不时的怪声似乎也让人没那么害怕了。

闵先生想看看现在几点了，可是手表的秒针好像有什么东西牵扯一样，行动得异常艰难。

“看来这儿有电磁干扰。”闵先生说道，对大家晃了晃手表。

“睡吧。”汪兴国往地上一躺，这时候反正没事情可干，外面风大雨大，想看个星星也是奢望，不如好好休息保存体力。

夏若冰靠在洞边，看着外面的大雨，现在到底几点也不知道，这样让她有些烦躁，没想到好不容易到了鬼门关，却碰上这样的天气。

看到汪兴国好像事不关己的样子，她有些气恼：“你心就这么大？”

“想不明白的事情现在想也不会明白，等从棺材山里活着回来，会有很多时间去想。”汪兴国把帽子往脸上一盖，一点不受那些怪声的影响。

闵先生看出了夏若冰的烦躁，安慰道：“俗话说，贵人出门遭风雨嘛……”但夏若冰没有搭腔，闵先生一想，这时候说这话的确有些不合时宜，只好尴尬地停下了话头。

“放心吧，强对流天气过后必然是晴空万里，吴老不是说了嘛，他没有头晕，因为那天的天气非常非常好，这是好事。”帽子下的汪兴国幽幽地来了一句。

看到汪兴国这么淡定，陈八岱心眼也大了起来，往自己的铺盖卷上一躺：“睡吧，明天还得追死人呢。”

“穷八代，你除了会吃会睡还会干啥？”夏若冰讽刺道。

“嗯……还会不少事情，比如打豆豆！”陈八岱嬉皮笑脸地答道，看到大家都不答腔，这笑话讲得有些失败，嘟哝道，“你们都不问豆豆是谁吗？”

这笑话有些冷，冷场就是最好的效果，汪兴国对夏若冰说道：“别看了，雨该停的时候自然会停的。”

夏若冰无奈，只好躺下，听着外面的雷声雨声，山洞里时不时发出的怪声，辗转了一番，终于睡着了，睡梦中各种光怪陆离的场面在脑海里转动，这一夜都没有睡好。

不知道什么时候风雨停了，夏若冰醒的时候，陈八岱、闵先生和夏尔巴都没醒，独独不见了汪兴国。夏若冰走出山洞，看到汪兴国站在山坡上，一会儿跑过这边，一会儿跑过那边，这时候太阳刚刚从东边升起，脚下的草地还是湿的，不过汪兴国没有说错，今天的天气非常好，太阳还没有升起天空就已经非常蓝了。夏若冰走过去问：“你在干吗？”

“我在用太阳校准时间，不过这太有意思了，这儿手表是正常的，”说着往回走了十来米，‘在这儿，手表就受干扰了。”

“用太阳校准时间？”夏若冰第一次听说。

“每天太阳的升起时间是可以计算的，嗯，虽然并不是很准确，但是可以准确到十分钟之内吧，哦对了，刚才我去鬼门关看了一眼，尸体不见了……”

“什么？！又不见了？！”夏若冰瞪大了眼睛，这一夜大风雨，尸体竟然还能不见？

“对呀，所以我觉得是有东西把他带走了，或者说抬走了……”汪兴国仍旧低头摆弄着手表，好像尸体不见了并不是什么大事。

“那你干吗不早点叫醒我们，赶紧去追啊。”夏若冰急了，真不知道汪兴国是真的镇定还是装出来的不在乎。说罢跑回山洞，把夏尔巴等人叫醒。

第18章

追踪游魂

夏若冰心急火燎，闵先生也一夜没有睡好，被叫醒的时候还有些蒙，敲了敲昏沉沉的脑袋，一听夏若冰说尸体又不见了，瞪大了眼睛。

陈八岱一听赶紧跳起来收拾东西，几人手忙脚乱地收拾东西塞进包里，打算立刻就追。汪兴国慢悠悠回了山洞，说道："光蛋，你急什么……"

"又不见了？！大风大雨还要走，真的是赶去投胎啊！"陈八岱说着，把最后一样东西塞进背包。

"一时半会也投不了，做个早餐再走呗。"汪兴国不紧不慢地打开气炉，把锅坐了上去，锅里是晚上接的雨水。

"你？！"夏若冰有火发不出。夏尔巴和闵先生停下手里的工作，看着汪兴国优哉游哉地做早餐。

"干粮检查了吗？水壶满不满？装备检查了吗？"汪兴国不紧不慢地说，"他走了没多久，我说过下雨是个好天气，他留下的痕迹很容易追踪，不急。"

困扰了几乎一个晚上，山洞中的怪声现在也停了，这赤铁矿山洞里除了有些暗黄暗红的锈迹，也和别的山洞没有太大的区别，看到汪兴国一副胸有成竹的样子，觉得他的提议不错，不如吃饱了再追，万一回不来了还能做个饱死鬼。

陈八岱放下背包，心安理得地蹲在了气炉边，在翻滚的热水里倒进了一包奶茶，先给自己倒了一杯。

闵先生也放下了手里的活，他看到自己衣领的徽章歪了，这可有损自己的形象，他摘下徽章，擦了擦，重新别上去。

汪兴国和夏尔巴到周围看看环境，闻着奶茶香的陈八岱看到闵先生如此重视这个徽章，问道："这东西是老婆送的？"

“我还没结婚……嗯，也没有女朋友。”闵先生笑道，接过了陈八岱递给他的奶茶。

“哇噻！”陈八岱想这样的人竟然没有结婚也没有女朋友，真的是有些不科学，不过转念一想，“也是，闵先生这样的钻石王老五，天天换女朋友。”

闵先生仔细地别好了徽章，看到夏若冰也在看着他，有些不好意思地半开了一个玩笑：“我是一个有身份的人。”

太阳好像是要补足昨天没做完的功课一般开足了马力往天空上蹿，几人吃了早餐，灌满水壶，检查好装备从山洞里出来的时候，大地已经洒满了阳光，天空湛蓝得没有一丝杂色，连常见的云朵都不知所终，在太阳的努力加温下，昨晚湿透的草丛快速地蒸发着水分，让人怀疑到了傍晚草丛就会被太阳烤得焦干！

大家再次爬上鬼门关，闵先生看着“鬼门关”几个大字，又看了看那条幽深的通道，有些犹豫，有种恍如隔世的感觉。

“雨停之后才走的，大约……嗯……走了两个小时，是爬着走的，速度不会太快。”汪兴国其实早就勘察过“现场”了，他对自己的痕迹勘察还是很有信心的，雨水降落在通道内，因为有石壁的遮挡，这儿并不像外面那么潮湿，半潮的地面留下了一条很清晰的拖痕，可是没有看到脚印。

“野兽拖的？”夏尔巴看了看拖痕，说出自己的判断，可是他也不确定。

“不是，野兽拖东西会停顿，但是这个痕迹毫无停顿，施加力量之后是匀速地拖走的。”汪兴国说道。

“就好像蛇爬过一样啊！”陈八岱感慨道，这个痕迹清晰可辨，就像小时候在山里的苔藓地上大蛇爬过一般，整齐且清晰。

陈八岱一句话让大家脑补了一番死人变成一条大蛇从这儿爬走的过程，这肯定不是什么美好的画面，夏若冰又瞪了陈八岱一眼。

“会不会是阴兵抬走的？”陈八岱又提出了一个观点，可这么一开口，连夏尔巴和闵先生都向他投来奇怪的目光，那目光明明是让他闭嘴。

“你见过抬着死人爬着走的？”汪兴国站起来，指甲里抠了一点地面的东西，仔细地看着那一点东西，又放在鼻子下闻了闻。

“是什么东西？”夏若冰问。

“类似油脂的东西，嗯……应该是动物的分泌物。”汪兴国也不太确定。

夏尔巴一听，从随身的收纳包里掏出一个小自封袋，用刀在地上刮了一点样品小心地装进去，样品要带回去化验。

别看夏尔巴人高马大，可也是个粗中有细的人，汪兴国弹掉手上的那点异物，看了看大家，很认真地说："三条原则：第一，听从指挥！第二，听从指挥！第三，还是听从指挥！"

"明白，长官！"陈八岱嬉皮笑脸地说道，"那么……现在地，开路？！"

陈八岱一句话让大家憋着一口气的紧张一下子泄了，夏尔巴正把样品装回收纳包，一听忍不住"扑哧"了一声，连夏若冰都忍不住想笑。

汪兴国对陈八岱做了一个请的动作："你地，前面开路？"

陈八岱把脑袋摇成了拨浪鼓："NO，NO，NO……你地，开路！"

"好了，最后在脑子里想一下，有没有落下的东西，嗯……前面等着我们的不知道是什么，趁着今天天气好，快进快出，需要什么资料的，先想好，别到时候手忙脚乱浪费时间，注意警戒，眼光放宽一点，远一点！"汪兴国恢复了严肃，说道，看到大家都听明白了，一挥手，领头往鬼门关内走去。

"我们又要朝楼兰的秘密踏近一大步了！"闵先生说道，挥了挥手，脸上带着一丝兴奋。

望着众人齐刷刷射过来的眼光，闵先生觉得有些尴尬："我只是喊个口号提振一下士气……"

干探险这一行的，多少有些迷信，闵先生的话让大家觉得有些怪异。

"闵先生，好像你知道要发生什么似的……"陈八岱嘀咕道，"别是啥不好的事。"

走进了鬼门关，站在大漏斗的边缘，暴雨过后的天气果然非常好，站在鬼门关这儿能清晰地看到棺材山的那个显眼大平顶，甚至连平时看不到的纹路此时都很清晰，整个大漏斗完全呈现在大家的眼前，能见度高是个好事，能清晰地分辨地标。汪兴国指了指远远的一丛矮树说道："发现帐篷的位置大约就在那里，我们先追踪痕迹，第二目标是寻找遗迹。"

汪兴国仔细地测算过这里离远处那个山脉缺口的距离，在强对流天气下，风和阳光会驱散低处的雾气，但这样的时间不会保持太久，大约两三天时间，风会从山脉的缺口带来湿气，在扰流的作用下在低处沉积，直到下一次的强对流天气将它们驱散。

有了地标的定位，一切都比上次简单多了，昨夜的大雨让地面松软潮湿，这样势必会更容易留下痕迹，无论那100多斤的人是走还是爬，都在地面和草丛中留下了印记，泥泞中的拖痕，倒伏的草丛，都出卖了他行动的路线。

但有些事情还是超过了汪兴国的判断——不知道是不是因为大雨之后路滑的原因，尸体前进的速度大大地超过了他的预料，本来他根据已有的资料判断此时尸体行动距离不会超过一公里，可是一路追随痕迹而来，这时候应该可以看到尸体了，但仍旧毫无所获！

此时一丛倒伏的草引起了汪兴国的注意，这里已经偏离了小路，从小路边上岔了出去，汪兴国发出了停止的手势，让队伍停了下来，他抬头看了看天气，天气仍旧非常好，远处的棺材山好像在沉默地看着这些闯入了禁地的人，思考着怎么处理这些不速之客，天空中一丝风都没有，悬在天空中的太阳毒辣辣地释放着所有的威力，太阳猛烈是个好事，它能驱散雾气，这样的好天气最多只能持续两三天，所以汪兴国才决定在夜晚前要离开这里。

“你们有没有发现？”汪兴国有些疑惑地看着草丛中倒伏的痕迹，又看了看小路，这段小路地质坚硬，没有留下痕迹，汪兴国有些拿不定主意他是不是另辟蹊径，从草地走了。

“嗯……没有……”陈八岱跟在汪兴国身后，四下张望了一下，周边都是高高的草丛，除了高处的棺材山和石壁，就只能看到万里无云天空中的太阳了。

“夏尔巴！”汪兴国叫队尾的夏尔巴。

“在呢，我也没看见。”一路上大家都是跟随汪兴国，虽然汪兴国让大家都尽量地拓宽视野，可是进入了鬼门关之后，时高时低的草丛阻碍了视线，加上复杂的地形和跟随队伍的压力，大家的视野后来就越来越集中在前一个人身上，甚至都没有多看几眼外界的情况。

“好吧……”汪兴国心里嘀咕了一下，这也有些超出他的预料，五双眼睛现在等于废了四双，不过也不能怪他们，毕竟他们都没有经历过搜索训练，在紧张的驱使下，目光不集中是难以避免的。

“至少现在情况还在控制中。”汪兴国也只能这样自我安慰，可是这死人到底往哪走了还是造成了一些困扰，他想了想，顺着倒伏的草地痕迹追踪过去。

“跟上，跟上……”陈八岱往后招呼了一下，他紧跟着汪兴国，身后是夏若冰，夏尔巴断后，闵先生在他前面，或许是人在危机中本能的驱使，也或许是汪兴国再三强调的不允许队伍分散的原因，至少到现在，他们的队伍保持得还是很紧密的，好天气也帮了他们不少忙，不至于像上次那样转两个弯就找不到队友了。

看来这死人还真的是另辟蹊径，汪兴国顺着倒伏的草地追踪了一百多米，眼前赫然是一段两米多高的石墙，倒伏的草在这儿停止。

“是不是错了？”夏若冰一看，她不相信死人能爬上这个石墙，她四周看了看，猜想会不会是从边上绕开了。

这段石墙是山脉遗留在草坡上的遗骸，估计有上百米长，好像在草地中割了一刀，有些地方隐没在高草中，有些地方又突兀在矮草丛里，汪兴国靠近看了看，用指甲从石墙上刮下点东西，在强烈的阳光下，他刮出的东西散发出淡淡琥珀色的光泽。

“夏尔巴，上来取样品。”汪兴国叫道，又抬头顺着石墙往上看，在阳光的照射下，琥珀色的光泽在石墙上留下了一道痕迹，在靠近石墙顶端的一块石头后面，有片蓝色的东西好像在晃动。

“难道追上了？！”汪兴国抑制住自己的兴奋，朝后打了个手势。

“怎么样？”夏若冰看到汪兴国神色凝重，压低声音问道。

“我上去看看。”汪兴国想了想，不等夏尔巴上来，爬上石墙。

两三米高对于汪兴国而言并不算什么，更何况这堵石墙又不是光滑得毫无搭脚之地，汪兴国很快爬到了他看见晃动东西的地方，但这并不是他想象的东西，汪兴国小心翼翼地用手取下了这块不到十厘米见方的蓝色布块，这是死人从这儿爬过去的时候，被尖锐的石头刮破留下来的痕迹。

汪兴国百思不得其解，一个死去的僵硬的人怎么能通过这道屏障？回想起吴老所说的，他曾经拉过严老板的手，是软的，难道世界上真的有死人回魂？他自己爬过了这里？汪兴国又摸了摸附近的石头，感觉很光滑，稍偏偏头从另一个角度看，石头上有薄薄一层散发着淡淡琥珀色光泽的东西，类似油脂但似乎又不是，但汪兴国可以肯定一点，这些光滑的东西帮助尸体从这儿越过了石墙。

汪兴国再一抬眼，搜索远处的东西，大约300米外，映入眼帘的是一大片五颜六色的裹尸布，今天一点风都没有，那些裹尸布死气沉沉地趴在草丛里、矮树上，毫无生气。

夏若冰看汪兴国一直没有说话，抬头着急地问：“上面看到什么了？”

“夏尔巴，样品收集好了吗？”汪兴国没有回答夏若冰的话，问道。

“好了！”夏尔巴答道，他把自封胶袋封好口，贴上了标签，把样品放进了收纳包里。

“我想你们都该上来看看……”汪兴国又搜索了一遍，确认在目光所及之处，没有昨天那具尸体，但是手里的布块却实实在在地告诉他，尸体就是从这儿通过的，或许此时已经汇入那些先辈的行列中了。

夏若冰在陈八岱的帮助下第一个爬上了石墙，抬眼一看，目瞪口呆。

“这……这……”夏若冰觉得不可思议，几百米外的裹尸布有红色的、深蓝色的，还有其他颜色，以白色居多，可是这无人之地怎么会有这么多的人造物体？！

夏尔巴等人爬上来的时候，被眼前的一切震惊了，在这片说不上很大的面积上，一眼看去至少能看到上千块不同颜色的裹尸布！

“上次……没这么多啊。”闵先生不可思议地说道。

“上次我们碰上了大雾，看不清而已。”陈八岱解释道。

“尸体肯定是从这儿通过的。”汪兴国站在石墙上搜索着，从草丛中找到了尸体通过的痕迹，这个痕迹径直朝那些裹尸布的所在地奔去。

“你确定？”夏尔巴有些不相信，按照他的判断，此时早就应该追上了。

他们已经追踪了好几公里，此时已经快到漏斗底部了，而漏斗底部正好就是裹尸布的聚集地，汪兴国抬头看了看天气，太阳还很猛烈，似乎要把地面的一切炙烤得烧起来，暂时不需要担心雾气的干扰。汪兴国打算调整计划，既然已经到了这儿，追踪尸体仍旧无果，那么就把寻找探险队遗迹作为第一任务了。

“肯定是的，因为在石墙上我找到了这个。”汪兴国捏着那片布块说道，递给了夏尔巴，夏尔巴赶紧拿出另一个自封胶袋，把布块装好。

“那边的矮树丛附近，就是我们发现帐篷的地方，走吧。”汪兴国说道。

“现在几点？”闵先生突然想起这个问题。

“嗯，时间不重要。”进了鬼门关没多久，汪兴国看了看手表，手表已经停了，这时候大约是十一点到十二点之间，他们已经追踪了三个多小时了，不能说一无所获，但离预想还是很远。

“等会儿，我拍几张照片。”夏尔巴掏出那个古董胶卷机，这种胶卷机一点电子元件都没有，完全手动，他在石墙上找到了一个好的角度，眼睛凑上了相机取景框，摁下了拍摄按钮，听到“咔嚓”一声，他放心了，这相机在这儿能用。

夏尔巴又拍了几张照片，闵先生看着这漫山遍野的裹尸布，突然感觉到一阵阵的心悸。

第19章

惊鸿一瞥

这次行动到现在，只能说介于成功和不成功之间，汪兴国有些惊异至今为止竟然没有人提到有头晕的症状，这反倒让汪兴国对下一步行动有些拿捏不定——到底是延长活动时间找到更多的线索，还是找到探险队遗迹之后趁着能见度高立刻外撤？

难得的好天气不知道还能持续多久，汪兴国再看天气的时候，发现天空中已经有了几朵絮状的层云，通常情况下这仍旧预示着好天气，但是这儿的气候变化无常，汪兴国不知道明天会如何，他们该不该在这过夜。

一个好的探险领队不止考虑当前的情况，他必须要时刻牢记行动的目的，并且在这些目的矛盾的时候快速地做出判断和选择，永远不能用走一步看一步的心态来应对。现在追踪的尸体不知所终，这是他们此行的最终目的，天气似乎也在帮他们，若是多待一晚或许能有更多收获，可是谁能保证一定有收获？

探险永远在这种可能和不可能之间摇摆不定，或许任何一个决定都无法做到百分百的准确，所以调整也很重要，可是同样地，你调整过后也无法保证就能达到目的，前方等待你的或许是惊喜，也或许是惊吓，正是这种不确定性结合了人类身上的冒险基因，才会让探险活动如此令人着迷，在探险活动中的专注很令人崩溃，但完成一个探险活动之后的成就感并非其他事情可以比拟。

“有没有人头晕？”汪兴国觉得还是应该问一问。

“没有。”大家异口同声地回答。

“闵先生，你有头晕吗？”汪兴国不放心又追问了一句。

“呃……没有……不过有点心悸……当看到这些东西的时候。”闵先生犹豫了一下，还是老实地说出来了。

“心理上的原因，克服一下就好了。”汪兴国得到大家的答复之后心里有些底了，可以适当延长一下活动时间，但至于为什么大家都不头晕汪兴国也无法准确判断，或许是天气的原因吧。

闵先生的确是心理上的原因，20年前那次探险队的全军覆灭让他沉寂了很多年，他开始另辟蹊径，试图从倒卖古董中探寻楼兰的秘密，但最终他仍旧绕不过要用探险的方式来完成他的心愿。

他无数次地给自己鼓足勇气，也无数次告诫自己哪怕面对死亡的时候也应该坦然面对，至少到泉下碰到了故人，也会心安理得，可是当真切地触碰到死亡气息的时候，闵先生觉得那种莫名的恐惧仍旧占据了主导地位。

闵先生深吸了一口气，低头摩挲着那枚亮晶晶的徽章，再次暗暗在心中给自己打气。

“调整行动方案，优先查探探险队遗迹。”汪兴国说道，没等大家答话，手摊开，指了指前方的一个位置，“横队，从那里开始，慢慢搜索到小树丛，注意脚下，有情况立刻报告。”

一番话说完了，大部分人还没反应过来，一愣一愣的，唯独陈八岱最熟悉，他嘟哝了一句：“部队作风……”赶紧协助汪兴国摆好“战斗队形”。大家这才反应过来。

横队是最有效的搜索队形，汪兴国把队伍变成这样是想在最短的时间搜集更多的有用资料。

但是大家明显没有受过这方面的训练，在纵队的时候可以看着前方的人跟随行动，横队既要注意队友情况，保持距离，还要注意地面和远处，同时要做这么多工作，这可忙坏了大家，不多时队伍就稀稀拉拉变成了锯齿形，闵先生觉得某一片裹尸布似曾相识，但又不确定，停下了脚步沉默地看了半天，夏尔巴时不时举起相机这儿咔嚓一张，那儿咔嚓一下，夏若冰着急找探险队，又跑得太快忽略了搜索，汪兴国不得不随时地协调队伍的行动，不断地下口令让队伍保持最佳状态。

盆地里一点风都没有，追踪时的精神紧张和快速运动让大家浑身汗湿，这时候放缓了速度，但是却又没有风，汗流不出来闷在身体里，让人更不舒服。夏尔巴停下来，放下背包，从背包侧袋拿出水壶喝了几口水，想了想把外衣也脱掉，塞进背包里，等他做完的时候，发现队伍已经走出快一百米外了。

夏尔巴位于队伍的最右边，汪兴国在最左边。这时候大家都没有注意到夏尔巴落后了，他背起背包，大步流星地准备追赶队伍，这种稍落后的事情在户外活动中经常发生，毕竟大家都不是训练有素的士兵，谁也没有意识到这种行为会有什么风险。

一丛高草挡住了夏尔巴的视线，夏尔巴转过去的时候，又被一丛高草挡住了，但夏尔巴没有丧失方向感，等他从草丛里转出来的时候，还是没有看到队伍，这让他有些奇怪，不过好在能见度很好，他抬眼四处看看想给自己找一个定位的地标，突然瞥见右边远处有一个蓝色的物体在动，定睛一看！这不就是自己要找的尸体吗？

距离大约200米，但夏尔巴绝对没有看错，是那具尸体，这时候已经可以清楚地看见，裹尸布拖在身后，好像蜕皮的蛇一样挂在他的右腿后，他正在往一块巨石上爬，艰难地伸手去攀着前面的石头，左腿似乎蹬在一块石头上。那儿是一片低矮的草丛，这块巨石几乎将草丛拦腰挡住。

“汪兴国！若冰！你们在哪？！快过来！快！”夏尔巴高声叫道，这时候声音比视线更可靠。

“夏尔巴，我在这儿。”夏尔巴听到了夏若冰的声音，这声音是从自己正前方传过来的，夏若冰原本和自己中间隔着个闵先生，这时候竟然在自己正前方，看来刚才那几下子自己转得有些蒙圈了。

听到夏尔巴的声音，闵先生才意识到自己很久没有和自己右边的夏尔巴有过交流了，但这个所谓的很久也不过五六分钟，在户外运动中这并不算什么。

“夏尔巴你怎么落后了？”汪兴国叫道，这在他眼里可不是小事，好在今天天气好，若是碰上浓雾，这可能会要了夏尔巴的命！

“我没事，大家看右边，右边……大约离我200米的地方，有没有看到一块白色的石头？很大的那块，在它的左边……我看到尸体了，他在往石头上爬！”夏尔巴确认大家的方位之后，赶紧通报重要情况。

“哪？”夏若冰的声音传来，夏若冰此时正在一丛高草中，看不到外面的情况。

“有没有人看见？他已经爬过最陡的地方了，右腿拖着蓝色的裹尸布……”夏尔巴有些着急，但他并不知道夏若冰的位置不好，视线被遮挡了，看到那个人已经爬过去了，速度开始加快，大声地喊道。

“我看到了，我看到了……真的在动！”闵先生本来也看不见的，听到夏尔巴的声音后，一着急看到旁边有块大石头，爬上了石头，果然看到那个人在往坡上爬，也顾不得摄像机能不能用，举起来就对准了那儿，将镜头拉近，连续按下了拍摄键，但摄像机一点反应都没有，他反应过来的时候，急得叫：“夏尔巴，我的相机拍不了，你快拍，快拍……”

夏尔巴这时候才想起自己有相机，而且是队伍里唯一能用的相机，可是他的相机镜头并不是长焦，就算拉得最近，这时候成像也还是很小，但是这时候顾不上那么多了，夏尔巴一口气连续拍了好几张。

汪兴国和陈八岱也看不见，旁边也没有高处，汪兴国想了想叫道：“闵先生保持位置，用镜头拉近观察，光蛋儿，夏若冰，保持队形，往夏尔巴方向靠拢。”

或许是因为在紧张中的缘故，这次大家的行动都很快，夏尔巴耳朵边听着哗啦啦人冲开草丛的声音，闵先生忍不住回头看的时候，下面的草好像被什么切开一样，能看到几个人的头在晃动，汪兴国的速度最快，在前进的同时还一边指挥着大家，闵先生心里不由得对汪兴国的综合协调能力赞许不已。

或许是有了汪兴国做榜样，闵先生又赶紧回头，眼睛凑上了相机，把相机镜头拉到最大，嘴上报告道：“他的确在爬，呃……速度还不算慢……你们快一点，他要绕过一块石头到后面了。”

“对，他已经爬过最陡的地方，加快了速度，有一块石头要挡住他了，你们快点。”夏尔巴也看到了，这时候尸体的姿势已经变了，他原来蜷曲蹬地的左脚现在伸直，接着又弯曲，右手搭在石头边上，好像借力拉扯身体的姿势，刚才伸直的左手现在蜷曲了，被身体挡住看不见了。

“夏尔巴，多拍照片，我马上赶到……夏若冰！光蛋，不要乱，注意看脚下……”汪兴国叫着，他已经看到了夏尔巴的帽子，顺着夏尔巴眼光的方向一抬眼，果然在200米左右的地方，那具尸体在试图绕过一块大石头。

夏若冰速度快一些，她跑到夏尔巴身边的时候，气都没有喘匀，抬眼一看，尸体一半已经被石头挡住了，但是很明显看到他的右腿弯曲蹬地，接着好像积攒了足够力量一般一蹬，尸体一下往前，然后顿了一下，接着又往前，等陈八岱跑到的时候，看到他的右腿一下子消失在石头后，只看到拖挂的裹尸布钩在了石头上，接着尸体好像用力一扯，裹尸布落了下来，挂在了石头边。

“真的在动啊……我怎么又没赶上！”陈八岱只赶上了看片尾那么一点点，懊恼地说道，早知道自己再跑快一点了。

“闵先生，你在哪？”当下之际并不是马上去追尸体，而是首先要收拢队伍。

“狗蛋儿，怎么办？”陈八岱问，刚刚将搜索探险队遗迹作为第一任务，这具会动的尸体就出来捣乱，但队伍不可能同时做两件事情，汪兴国再三强调过不能分散。

“闵先生……向我们靠拢。”汪兴国没有回答陈八岱的话，这时候先收拢队伍再做打算。

“还不快去追？”夏若冰有些着急，她虽然用了最快速度赶过来，但是也就只看到了半截身子的活动，那速度有些超出想象，若是再耽搁下去，恐怕赶过去的时候已经什么都找不到了。

“这时候已经晚了……”汪兴国说道，闵先生从石头上跳下来，跟着声音的方向，分开草丛向大部队靠拢。

“怎么办？”闵先生回归了大部队，喘着气问道，从这个角度看过去，只看到石头边上的蓝色裹尸布。

“你刚才看到了什么？”汪兴国问。

“呃……他在动，但不是走动，是在爬，姿势有些怪异，但是我确定他的手脚关节都是在活动的。”闵先生想了想，一时也找不到合适的语言来讲述。

“你能确定他的确是用手脚在爬吗？”队伍里只有闵先生的长焦相机镜头看得最清楚，可是却无法拍摄，汪兴国希望得到一些更精确的信息。

“呃……好像是的。”闵先生也不确定。

“动作是僵硬的还是自然的。”汪兴国只好采取引导式提问了。

“僵硬的……好像抓到了突起点之后有点迟疑，摸索了一番，确认抓稳了之后，再突然用力的感觉，不太像我们平时的爬动。”

“对对对，我刚才看到他的右脚蹬地之后，好像踩稳了，突然身子一顿就出去了，接着又一顿……”夏若冰也回忆刚才看到的一幕。

“抓？！闵先生你确定看到他在抓某样东西了吗？是怎么抓？这样吗？”汪兴国的手指做了个抓握的动作。

这细节闵先生倒没注意到，或许是看到尸体在动的紧张和激动，闵先生当时呼吸急促，手都有些抖，长焦镜头拉到最大之后，手抖会影响视线的对焦，这种细节之处还真没有看清。

“呃……我……没看到……好像是……又好像……不是。”闵先生心里暗暗自责自己的观察力不够细致，或许这个小小细节能解决所有的疑问呢。

“好吧，现在我们做个民主决策，首先，我们无法同时追踪尸体和寻找探险队遗迹，队伍必须一起行动，赞成追踪的举手。”

一直都是汪兴国在发号施令，现在突然民主决策，大家一时间有些犹豫，但这次活动有两个主要目的，一是探寻尸体消失的秘密，二是为夏若冰寻找父母留下的遗迹，这二选一的事情的确不好下决定。

“呃……汪兴国，要不你决定吧。”闵先生试探地问了一句。

“我最主要的任务是保证大家的安全。”汪兴国拒绝了，只要不危害队伍人身安全，他是不会干涉队员活动的。

“呃……我同意。”陈八岱磨磨蹭蹭地举起了手，举手的同时，眼光在看着不同人的反应，手举到了一半，看到没有人赞同，尴尬地停在了半空。

“若冰……你怎么看？”其实最有决定权的人是夏若冰，夏尔巴看着夏若冰说道。

夏若冰咬了咬嘴唇，现在离小树丛已经不远了，那儿有自己牵挂了十余年的父母留下的痕迹，而那块远处的石头后面，有可能能够解开棺材山尸体走路的秘密，夏若冰很明白自己可能不会再有机会第二次进棺材山了，这时候如果只能选一样的话，夏若冰并不能下决定。

“我……同意……”夏若冰犹豫了一会儿，举起了手。

既然夏若冰举手同意追踪尸体，夏尔巴也举起了手，闵先生当然也不好反对。

“好吧，四比一，先追尸体。”汪兴国说道，既然是自己提出的民主决策，虽然自己从最安全角度出发是想探查探险队遗迹的，但也得少数服从多数。

“加快速度，保持队形，一旦找不到更有用的信息，立刻回头寻找探险队遗迹。”汪兴国说道，从内心而言，汪兴国并不想在这里过夜，夜间是危险的高发期，现在如果速度快的话，或许能追上尸体，可一旦这个任务无法完成，汪兴国要保证把夏若冰带到那些帐篷旁边。

汪兴国在计算着时间够不够用，刚才快速地计算，结果是若想在太阳落山前出鬼门关，时间已经很紧张了，这也是他不建议追尸体的原因。

“那就快点吧。”毕竟是发小，陈八岱听汪兴国的语气就知道问题并不简单，他自告奋勇地在前方开路，夏若冰赶紧跟上，队伍变成了陈八岱带队，汪兴国押后。

汪兴国跟在闵先生后面，高草已经挡住了陈八岱的身影，他看了一眼那块遗留在石头边上的蓝色裹尸布，刚要迈开脚步，就听到陈八岱夸张的叫声：“哎呀……”

第20章

再次现身

“陈八岱？！”跟在陈八岱身后两三米远的夏若冰看到陈八岱钻进草丛里，速度还挺快，刚要顺着他分开的草走过去，就听到他一声惊叫，刚才还晃动的人影一下子不见了，不知道发生了什么事情，一着急叫道。

“我没事……别过来……是个大坑！”陈八岱想快点去追尸体，没有看脚下，一脚踏空摔进了坑里，好在这坑不深，陈八岱爬起来，胡乱地拍了拍身上沾着的草叶和泥土。

“你怎么老掉坑里？”最后的汪兴国听到陈八岱这么说，问道，“有没有受伤？”

一旦有人受伤，活动就要立刻终止，不管离成功有多近！陈八岱在自己身上上下撸了一把，竟然没有受伤。

“我没事……我没事……看着点坑……”夏若冰此时站在了坑边，看着陈八岱的模样有些滑稽，帽子斜在半边脑壳上，嘴下恰到好处地挂了一片草叶，脖子有被草叶划伤的痕迹，但肯定他没有伤筋动骨。

有了陈八岱的探路倒也是一件好事，大家绕过了坑，继续追击，200米的距离在平时并不算远，可是在有高草遮挡的时候这段距离并不好走，密密麻麻的草叶不但遮挡了去路，还遮挡着视线，让人行动起来异常困难，汪兴国俯下身子，终于找到了草里乾坤。

“你们知道尸体为什么是爬而不是走着吗？”汪兴国突然问道，此时大家正气喘吁吁地和草叶作斗争，那柔软的草叶一伸手就能推开，刚一放手哗啦就反弹回来，一不小心就弹到脸上，这类的袭击防不胜防，大家只好半低着头，斜着身子，眼睛斜斜地看着线路，用手和帽子遮挡草叶疯狂的进攻，但这样一来前进速度变得非常慢。

“我去……呸……汪兴国你有啥好法子？”夏尔巴身材高大，在这种狭小空间一点都不灵活，他刚要开口说话的时候，一根柔韧的草茎恰好拍在他嘴上，嘴唇都被拍麻了，通常这种地形都是绕路走的，可是现在为了追尸体，取直线线路最近，绕路的话得好大一圈，可这时候夏尔巴有些后悔进了这片草地，这是他进了鬼门关以来碰到的最密集的草丛。

“因为走着根本过不去，爬着能过。”汪兴国说道，夏尔巴眼看汪兴国的身影就这么隐没在草丛中，接着就看到草丛在晃动，根据晃动的节奏，夏尔巴能判断出汪兴国在地上爬，速度果然快了很多。

这里的草贴近地面部分果然有很大的空隙，或许是为了争夺更多的空间和养分，草为了生存，茎都长到了拇指一般粗，三五根为一簇，生长起来之后叶子拼命地向外扩张，倾轧着邻居的空间，不知道经过了多少年的争夺和倾轧，终于达到了现在的平衡，每一簇草之间都有一个容一个人爬过的空间。

听汪兴国这么说，大家只好纷纷俯下身子卑躬屈膝，像四足野兽一样贴着地面爬行，虽然比两腿行走累一些，也要随时注意身上的背包被草茎钩挂，但是速度加快了不少。

汪兴国爬出草丛的时候已是浑身大汗，这儿的草矮了许多，只有齐腰高度，汪兴国一眼就看到一块石头在自己前方不到50米的地方静静地立着，那块蓝色的裹尸布挂在石头上。

“我呸，我呸呸呸……老子最讨厌木质化草本植物……”陈八岱钻出草丛，整个人已经不成人形了，帽子被挂到了脖子后面，手上都是泥垢，裤子膝盖部分竟然烂了一个洞，背包也歪在一边，这都还算好，可是脖子没有保护好，不少细碎的干枯草叶钻进了脖子里，陈八岱转着圈圈用手往脖子里掏，可怎么也掏不干净。

夏若冰钻出草丛之后，顾不得身上的污垢，一边拍打着一边朝石头奔过去，这块石头不算高，她一下子爬了上去，站在蓝色的裹尸布边发愣。

“若冰，看到什么了？”夏尔巴着急地问，他看到夏若冰发愣，以为有什么东西吓到她了。

“什么也没有……”夏若冰沮丧地说。

夏若冰有些懊恼，决定来追尸体的是她，可是这儿什么都没有，再回头看那丛矮树丛，现在已经偏离了方向，时间在流逝，这并非人的意愿可改变。

汪兴国爬上石头，站在夏若冰身边，这块石头这儿有个拐角，尸体从这边上爬了过去，消失在石头之后，但汪兴国还是看到这儿低矮的草丛中，尸体爬过的痕迹非常清晰，刚刚爬过的痕迹整齐地在草地上划过了一条直线，又消失在一丛高草里。

汪兴国蹲了下来，用手摸了摸石头，不同于自然石头的粗糙，汪兴国摸到了类似油脂的光滑。他用指甲一刮，又看到了熟悉的淡淡琥珀色的东西，放在鼻子下一闻，仍旧是没有任何味道。

“这到底是啥？”陈八岱也有样学样，刮了一点来又看又闻，还差点忍不住放嘴里尝尝。

“不知道，夏尔巴，收集点样本。”汪兴国也很疑惑，他现在有些拿不定主意，到底是继续追尸体，还是转道去小树丛找探险队？追了这具尸体已经大半天了，可是似乎近在咫尺，却总是慢他一步，似乎他有感知一般，犹如在勾引人进入圈套的鬼魂，永远让你觉得伸手就能触及却无法真的抓到他。

“尸油？”陈八岱终于还是忍不住，用舌头舔了一下尝尝，有一点点腐败的味道，他嘟哝道，呸呸地吐口水。

“陈八岱你要不要这么恶心？”夏若冰看到了，觉得胃里有东西在翻滚，虽然她已经很久没吃东西了。

“嗯……我这是为了科学探索在牺牲。”陈八岱嬉皮笑脸地答道。

闵先生有些发蒙，这具尸体又这么消失了，就消失在石头后不远的那丛草丛里，但这时候还要不要继续追？自己想看尸体走路，这算不算是看到了，还有楼兰巫师的陵墓，是不是真的在棺材山里？如果这些尸体真的是去棺材山的，那入口到底在哪？

闵先生感觉自己脑子有些不够用，他从腰间解下水壶，喝了一大口，强迫自己冷静下来。

“若冰？”夏尔巴试探地叫了夏若冰一声，刚才是她决定的，这时候她的决定同样重要。

夏若冰看了看夏尔巴，他为了跟上队伍，没来得及套上外套，穿着短袖T恤和大家一起钻草丛，此时粗壮的手臂到处都是被草叶划伤的划痕，有些地方还在渗血。

“这时候回头应该还来得及。”汪兴国又看了看天气，天气还不错，但是太阳已经划过了天顶，在朝西边慢慢地踱着步子，这短短的200米距离追踪竟然已经花掉了大半个小时。

“走！”夏若冰看了看那条尸体爬过的痕迹，咬了咬牙，两个目的不能一个都达不到，而此时找探险队遗迹无疑比追踪一具正在活动的尸体更容易。

既然夏若冰决定了，汪兴国执行那就容易多了，夏尔巴收好了采集的样品，汪兴国利用棺材山定了定方向和位置，指了指一个方向："从这里斜插过去最便捷。"

汪兴国带路，一行人等为了赶时间，就不再采取横排搜索的队形，而是重新变成了纵队，仍旧将夏若冰和闵先生放在了队伍中间，夏尔巴断后。

一个小时后，汪兴国带着大家穿过了一片花花绿绿的裹尸布点缀的草丛，到达了小树丛边。

"就是这儿了。"汪兴国说道，指了指一丛小树边上，那里有一小块橘红色，是被泥水覆盖的帐篷，在这儿特别显眼。

眼看就要到目的地了，夏若冰突然踌躇起来，虽然她为此准备了十年，可是当它们出现在眼前的时候，夏若冰却发现自己最重要的心理准备并没有准备好。

夏若冰呆呆地站着，陈八岱不明所以，走上前，四周看了看，肯定地说："就是这儿，我们是在那个帐篷边上找到的油桶，嗯……那个坏的发电机还在这儿……"

夏若冰这时候才醒悟过来，带着忐忑第一次踏进了这个曾经的营地，两排帐篷虽然已经倒塌，被荒草和泥土覆盖，但是夏若冰可以想象得出当年这儿的帐篷是如何整齐地排列，靠着树丛的一面，还有一个倒塌的工作棚，工作棚那绿色的帆布已经和自然融为一体，不仔细看看不出任何异样。

"来来来……大家帮忙清理一下。"闵先生觉察到了夏若冰情绪的变化，招呼道。

几个人合力将工作棚附近的草木清理干净，帆布虽然经得起岁月的侵袭，可是看得出毕竟年代太久了，在当地恶劣自然环境的侵蚀下，闵先生试图整体揭开它的时候，一用力帆布就破碎了，不得已，只能一小块一小块地清理，当年支撑工作棚的木头早已腐朽成泥，只是在地面上留下了一点痕迹，夏尔巴拿出相机，对着一些细节位置拍摄，以获取更多的信息。

大略地清理完毕之后，能看得出这个营地搭建得非常专业和整齐，六顶帐篷分两排，和工作棚形成了一个品字形，但哪怕是最能经受考验的铝合金帐篷支架，此时也已经被腐蚀得只剩下一条条白色的痕迹，有些帐篷被荒草覆盖，费了好大劲才从纷杂的草丛中清理出来。

"我们得加快点速度。"汪兴国觉得清理速度有些慢，太阳不知不觉地又往西边偏了一点。

东西一件一件清理出来了，帐篷、睡袋、露营灯，甚至还有食物包装、发电机、仪器，夏若冰站在这堆东西面前，艰难地想象着当年自己的父母在这儿工作的场景，他们什么时候到这儿的？是怎样搭起的这个营地？他们工作了多久？怎么工作的？发现了什么？又是怎么消失的呢？

“全部清理过了，没有尸骨的痕迹，从帐篷的倒伏情况来看，是自然倒塌，没有任何被袭击的痕迹。”汪兴国在一旁轻声说道，看了看时间，又提醒道，“时间不多了，我们需要抓紧。”

“嗯……”夏若冰听到提醒，回过神来，问道，“一点尸骨痕迹都没有，牙齿？下颌骨都没有吗？”

“没有……他们肯定不是在帐篷里失踪的。”汪兴国很肯定地答道。所有的帐篷清理的时候都很小心，多数帐篷的拉链门都是拉好的，如果这里面有尸体，就算是骨头被腐蚀干净，但最坚硬的牙齿和下颌骨是不会被腐蚀掉的，汪兴国清理得很仔细。

“周围呢？会不会在营地周围？”夏若冰还有些不死心，或许探险队员是在营地附近遇害的。

“嗯……就算在周围，这么久了根本没办法搜寻，我们没有时间。”汪兴国指了指周围纷杂的环境，要在这样的环境下找到尸骨的痕迹必须得一寸一寸地搜寻，很显然仅凭这几个人和这点时间是不可能的。

“这儿有个保存箱。”陈八岱从一个帐篷旁边找到一个锈迹斑斑的箱子，从破损的地方看进去，里面有分隔和一些被泥土雨水污染的试管之类的东西。

没等汪兴国等人发话，陈八岱把保存箱从半埋的地下搬出来，结果一用力，哗啦一下，箱子全部都散了，里面的东西掉了一地。

陈八岱尴尬地拎着两个把手，沾了一手的铁锈。

这应该就是当年探险队取样之后放在这里保存的箱子，夏尔巴赶过来之后，里面的东西已经散落了一地，但一个红色塑料袋包裹的方块状的东西引起了他的注意。

夏尔巴捡起这个东西，拂去面上的污染物，捏了一下，好像是纸张的手感，主人在生前用塑料袋很仔细地把它包好，这方塑料袋比较厚实，又放进了保存箱中，这才让它躲过了20年恶劣气候的侵袭。

夏尔巴小心翼翼地打开塑料袋，里面是一本笔记本，虽然纸张有些发黄，也被潮气弄湿了一些，可总体保持得还非常完整。

夏尔巴小心翼翼地翻开了封面，看到扉页上笔迹清晰地写着一个名字，还以为自己看错了，用力眨了眨眼睛，再仔细一看，确信自己没有看错。

“若冰！这是姑姑的笔记！”夏尔巴叫道。

夏若冰愣了一下，急急地奔到了夏尔巴身边，一眼就看到了扉页上的一张照片，那是自己小时候和父母一起的合照，照片下写着一个名字：程若清，是母亲的名字！

闵先生也赶了过来，愣愣地看着夏尔巴手里的笔记本，心里有些懊恼，上次为什么没有更多的时间搜寻，这笔记本里肯定有着重要的记录。

夏若冰用颤抖的手接过了笔记本，眼睛看着那张合照，噙着泪水，好半天没有翻开，闵先生有些急了：“夏若冰，打开看看？”

夏若冰小心翼翼地翻开了笔记本，果然记录着父母研究楼兰的资料，看日期，是他们组织中日考察队时候开始记录的，里面详细地记录了两国探险队员的一些建议，还附有部分装备的清单，再往后翻，是他们进入棺材山附近村落调查的情况，和夏若冰调查的情况大同小异，虽然打着考察队的名号，但那些村民非常不配合，劝阻他们不要去打搅棺材山的亡灵，在笔记中夏若冰的母亲还记录了调查时的一些传说，包括鬼眼和阴兵过道，在鬼眼的记录之后，打了一长串的问号，而在阴兵过道的记录后方，写了几个名词：埃基山幽灵、鬼屋魅影、赤铁矿导电效应，这几个名词都用三道下划线重点标注出来。

“这是什么意思？”陈八岱看着这几个名词，没明白这意味着什么。

“再往后翻翻！”闵先生满怀希望，这就是20年前探险队留下的珍贵记录，肯定会有关于楼兰的。

果然，虽然探险队在附近调查的时候异常艰难，他们被阻挡了大半个月都未能进入鬼门关，但一段从未听闻过的传说记录在了笔记本上，夏若冰的母亲写道，她找到了一个很久之前曾经研究过棺材山的民俗学者，这个学者告诉她，棺材山附近的居民是很久之前从北方迁徙而来的，他们对山似乎有特殊的感情，在棺材山附近定居下来之后，繁衍生息，但他们的习俗和附近的人们大不一样，也很少和附近的人们交往，至于那个大创阎王殿的故事，这位民俗学者很肯定是后世编撰出来的，可至于为什么他们会把死人抬到鬼门关，还有那些阴兵过道的传说，这位民俗学者也没搞清楚，他们曾经使用过一种奇怪的文字，可现在再也没有人知道那些文字的意思，按照民俗学者的推断，那是某种仪式所用的符咒。

再往后翻了一页，是几页佉卢文和中文的对照表，夏若冰的母亲明确地说，这位民俗学者嘴里说的符咒，就是楼兰消失的文字佉卢文！而这里极有可能是楼兰巫师一族迁徙而来，但巫师的传承怎么断绝了，巫师的陵墓去了哪里还没有搞清楚，她按照楼兰丧葬习俗判断，棺材山极有可能就是巫师的陵墓。

在接下来的记录中，夏若冰的母亲详细地记录了怎么通过当地政府和程子村的族长交涉，或许是在官方的压力下，族长最终妥协了，但他拒绝让任何一个村民作为向导带路，因为从未有人进入过鬼门关，探险队从阴阳路来到了鬼门关，进入了棺材山的大漏斗中，看到了无数的裹尸布，他们在这里建立了营地。

再往后翻，笔记中记录了在夜间他们在草丛中看到了无数的鬼眼，还听到了一些奇怪的声音，或许是风吹过草丛的声音，可是当时并没有风，草丛里时不时传来一阵阵的“咔咔”声，探险队彻夜未眠，警戒着营地，大家都很累，天气也不好，空气中有一丝丝异样的味道，队员们都不同程度地出现了头晕和嗜睡的状况，夏若冰的父亲夏言决定再坚持一天，找不到线索就撤出棺材山，但在第二天早晨的时候，一个队员失踪了，他们不得不分散去找，有人在薄雾中看见尸体在移动，队员们都激动起来，他们去追踪尸体，他们觉得尸体会将他们带到巫师陵墓的入口！夏若冰的母亲隐隐感到了不安，将这些记录下来之后用塑料袋包好，又小心地放进了保存箱中，然后跟随队员们去追踪尸体了。

笔记本翻了一半，记录到这里戛然而止，后面再没有任何的记录了，看样子他们去追踪尸体之后就没有再回来过，难怪所有的帐篷都保存完好，营地也没有受到过侵袭。

夏若冰不由得悲从心起，20年前这里到底发生了什么？探险队的那么多队员都去了哪？他们是怎么失踪的？他们真的找到了那个入口吗？还有那个疯了的日本探险队员，他是怎么走出棺材山的？

“时间差不多了。”汪兴国又提醒了一下，整个营地已经仔细地清理过，已经不太可能得到更多的东西了。

闵先生想起了背包里的那个笔记本，但终究还是忍住没有说。

“最后再找一遍，求你了，再找一遍吧！”夏若冰抬起头，汪兴国看到她满眼的泪水，这个要求无法拒绝。

“好吧，再找半个小时。”

陈八岱继续搜寻着营地边缘，越走越远，等汪兴国叫他的时候，他已经不知不觉离营地中心一百米远了。

“没事，我看看这边有没有发现。”听到汪兴国叫他，陈八岱高声回应道。

“快回来……”汪兴国叫道，“要准备外撤了。”

“这么快？”陈八岱嘟哝着，时间真的是能屈能伸，刚才爬草丛的时候过得那么慢，现在一眨眼的工夫怎么就过了这么久？

陈八岱回头，准备回归大部队，眼光一转的时候，他目瞪口呆地定在了那儿。

“汪兴国，看那边！那边！”陈八岱定睛一看，确定刚才那一瞥没有看错，一时间嗓门也不受控制了，干嚎的声音刺耳地冲进了所有人的耳朵里。

“什么情况？”汪兴国正在低头整理背包，听到这声干嚎赶紧抬起头。

“那边，那边！尸体……尸体！”陈八岱挥舞着双手引起大家的注意，顺着陈八岱手指的方向看去，果然，刚才消失的尸体又出现了。

“老子看你还跑！”成功引起了大家的注意之后，陈八岱几步跳过了草地中的障碍物，拔腿追了过去。

第21章

乱石迷踪

"陈八岱！"汪兴国一看陈八岱连蹦带跳，就知道这家伙的老毛病犯了——冲动！

陈八岱别看平时没心没肺，鼯鼠学艺样样通样样松，但也只有汪兴国这个发小知道，他有时候会很冲动，特别像今天这样，这具尸体若即若离地在他们周围晃荡，但你却无法抓到他，陈八岱最讨厌这种雾里看花的感觉，在这种时候陈八岱往往会用最简单直接的方式去打破这种朦胧，而不会开动脑子想一想再行动。

汪兴国的性格和陈八岱正好互补，他做任何事情都会先想想为什么，在特种部队的训练中，教官再三地强调先用脑子，没脑子就算再强壮的躯体在战场上也不过是一个靶子，汪兴国把这种习惯已经形成了本能，可是这时候汪兴国的提醒陈八岱哪听得进去？陈八岱这时候已经厌烦了这种躲猫猫的游戏，他想追过去把尸体揪起来看看，到底它是活着的还是死的，至于揪起来的后果是什么，他现在脑子里压根就没有想。

尸体距离陈八岱不过一百多米，那儿是盆地底部的一个区域，位置比陈八岱现在站着的位置还略低一些，这个漏洞底部相对而言，草都不算高，最高的也就是到人肩膀左右位置而已，陈八岱此时能清楚地看到那具尸体在地上爬，正从一片很低矮的草丛爬过，草丛中间的部分有一些乱石，那堆乱石旁边光秃秃的，好像是一块石板。

不知道是不是听到了陈八岱的声音，陈八岱真切地看到那具尸体回头了一下，好像看了陈八岱一眼，陈八岱拔腿去追的时候，他好像意识到了什么，也加快了速度，陈八岱蹦过了几丛草的遮挡，眼睛死死地盯着他，尸体似乎有些慌张，陈八岱明显看到他的手脚加快了移动速度，有一下还一脚蹬空，滑了一下。

"老子看你还跑？！"看到尸体加快了"逃跑"的速度，陈八岱心里一股无名怒火升起——这丫的让自己累得跟狗一样，满世界躲猫猫，还让自己担惊受怕，要是抓到了，非得先揍一顿泄愤不可！

陈八岱加快速度，崎岖不平的地面让他摔了一跤，但这时候陈八岱连骂都顾不上了，爬起来一看，那尸体竟然又移动了一段距离，它似乎想躲到那堆乱石丛后去，但现在可不同刚才，没有高草的遮挡，天气又这么好，就算他躲进去，一样能把他揪出来！

“陈八岱！小心！”汪兴国追过来的时候，也看到了尸体，那移动的方式，虽然让人觉得有些别扭，但真真就像是低姿匍匐的状态，看到陈八岱不顾一切地在前面追，汪兴国有些担心他的安全。

“你们快点，他要跑了！”陈八岱头也没有回，叫道，又拔腿追去。

夏若冰听到陈八岱又看到了尸体，把母亲的笔记本往包里一放，拔腿也追了过去，夏尔巴想拉都没有拉住，而闵先生愣了一下神，也朝陈八岱叫喊的方向跑去——如果夏若冰母亲的记录是真的，这里就是巫师的陵墓，那尸体一定会将自己带到入口！

若是平地这样的距离用尽力量冲刺也就十几秒的事，但是地形仍旧是一大阻碍，陈八岱前面是一片带刺的草丛，有半人多高，他开始没有注意到，钻进去没几步就被刺得龇牙咧嘴，不得不又退出来，眼睛盯着那具“慌不择路逃窜”的尸体，脚下却不停，陈八岱呼哧呼哧地喘着气，但此时却不觉得累，肾上腺素的爆发使得他用尽肌肉里的每一丝力量。

“夏若冰、闵先生、夏尔巴……不要乱……”汪兴国一看阻止不了大家追踪尸体了，大声叫着，试图控制住混乱。

夏尔巴顾不上放在一边的背包，看到夏若冰和闵先生已经跑出几十米外了，赶紧也跟上。

夏若冰抬头的时候，就看到陈八岱在狂奔，顺着他狂奔的方向看去，那具尸体赫然就在那儿爬着，夏若冰突然感觉到脑子里一片空白，自己的父母就是为了追踪尸体而失踪的，而这一次她绝不能让尸体跑掉！

而闵先生看到尸体的时候，慌忙举起了手里的摄像机，但随即意识到自己的摄像机除了拉近观察之外毫无用处，他拉近镜头，眼里真切地看到了那具尸体四肢并用在草地上爬动，类似自己在电视上看到的军队爬铁丝网的模样，动作有些僵硬，但速度并不慢，他的动作不算流畅，也没有看见腰部蛇形摆动的动作，好像伸出手一拉，脚一蹬，人一下蹿了出去，然后又一拉，一蹬。

闵先生目瞪口呆，这尸体真的会动，虽然他并不像传说那样走动，但一具会爬的尸体同样让人不寒而栗，闵先生放下摄像机，不敢再多看一眼，虽然自己声称对“尸体走路”很感兴趣，可真当这一幕映进眼中，闵先生却不像曾经想象的那样镇定，一股惊慌失措的感觉从心口冲了上来，堵在了嗓子眼，不吐不快，但又噎在那儿无法吐出。

尸体会把自己引到入口，如果这里真的是巫师的陵墓，那里面肯定还存放着无数的宝藏，还有那楼兰如何消亡的秘密！一瞬间，闵先生脑子里充斥着无数的想法，一时间大脑好像被各种信息堵塞住了，无法再继续思考。

“不要乱！闵先生，跟上！”闵先生大脑空白了一段时间，听到了汪兴国的叫声，再一看夏尔巴已经超过了自己在追前面的夏若冰，他的大脑并没有进行过多的思考，指挥着脚就迈开了。

这儿的能见度比较高，闵先生倒还不用太担心视线接触的问题，但这时候大家队形已经乱了，陈八岱离大家足有一百米远，汪兴国在追他，后面的夏尔巴和夏若冰已经会合，落在最后的是闵先生，离夏若冰大约30米远。

“你大爷……你二大爷……你三大爷……”陈八岱嘴上嘟哝着，紧张的时候陈八岱会不由自主地嘟哝着一些自己也听不懂的词语，他绕过了那堆带刺的草丛，和尸体的视线接触暂时中断了一段时间，但再看到他的时候，尸体已经爬到了石板上，眼看就离那堆乱石不远了。

“陈八岱！注意脚下！”汪兴国叫道，陈八岱这时候脑子开始有些清醒了，几十米外那具尸体穿着一件白色的寿衣，在灰褐色石板的背景下显得非常明显，他看到尸体斜了斜脑袋，好像偷偷看了自己一眼，这时候恐惧感终于压制住了愤怒，陈八岱听到汪兴国的叫声，一下子脚好像被粘住了一样，一动不敢动。

“汪兴国，你快点！”队伍里能力最强的就是汪兴国，要是和尸体打一架，汪兴国无疑是最好的选手，陈八岱焦急地叫道，刚才的热汗被尸体这么一瞥，一下子变得冰凉冰凉，汗湿的内衣紧紧地贴在身上，接着被身上的汗毛弹开。

这两发小平时都是用小名互相称呼，这时候连名带姓地叫，情况肯定不对了！

陈八岱不敢动，他站着等待支援，他眼睁睁地看着那具尸体爬过了石板，尸体似乎对自己的一瞥的威慑力很有信心，他吓住了陈八岱，争取了时间，汪兴国跑到陈八岱身边的时候，陈八岱气都不敢喘！

汪兴国也看到了不可思议的一幕，尸体的确是在动，在这个距离上，他可以清清楚楚地看到尸体一只手伸了出去，但是拳头是握紧的，另一只手手掌半开，那块石板不算光滑，只见尸体手一拉，似乎不用力气一般，身体就好像蛇一样在石板上移动了一段距离。

“妈的！”汪兴国暗暗骂道，但他并没有丧失理智，这时候队员的安危也很重要，他回头，看到夏若冰和夏尔巴结伴而来，却没看到闵先生。

“闵先生！”汪兴国叫道。连叫了好几声，闵先生从一丛草边绕了过来。

“别让他跑了！”陈八岱看到尸体就要爬到乱石堆了，这时候增援又上来了，不由得胆子又膨胀起来，叫骂了一句，又迈开了脚步。

这时候队伍在集中，人员分散的不利局面已经控制，眼看尸体又要脱离视线范围，汪兴国也有些心急，这时候应该快速追上去，先控制尸体，然后再做下一步打算，看到陈八岱又迈开了腿，汪兴国也跟了上去。

尸体似乎受了惊吓，略定了一下，然后突然往前一蹿，此时他距离乱石堆也不过一两米，这一蹿竟然就蹿到了乱石堆边，然后再一蹿，半个身子没入乱石中，陈八岱跑到石板边的时候，尸体已经不见了，有了汪兴国这个后援，陈八岱也顾不上许多，从腰带抽出一把刀子，20米的距离对他而言也就是几步就蹿到了，而此时那堆乱石面积也就不过一百来平方米，这么大一个人要想藏在这堆石头当中几乎是不可能的，把他揪出来已经是三个手指捏田螺，十拿九稳！

汪兴国看到陈八岱抽出了刀子，那阵势就是要找尸体大干一架，这时候阻止已经来不及了，难不成陈八岱还真的捅尸体几刀？眼看陈八岱几步冲到了乱石堆边，汪兴国也跟了上去。

“出来！出来！”陈八岱跑到乱石堆边的时候，却一下子㞞了，没敢追进去，站在边上，高声叫道，“出来啊！你不出来老子进去了！”

乱石堆里用沉默回答了陈八岱，好像在说：“有本事你就进来。”陈八岱叫嚷可以，但是真要进去还是不太敢的——这尸体竟然能爬到这么远，乱石堆里地形复杂，鬼才知道自己在搜索的时候，他会不会突然从哪冒出来，就算不打人，吓也把人吓死了吧。

“进去吧……”汪兴国不由得有些好笑，陈八岱就是个老鼠扛枪窝里横的主，说的时候天花乱坠，真到要干了，就㞞了。

“啊？！真进去？”陈八岱听了汪兴国的话，不由得脑袋缩了一下，这真的是要进去找尸体打架的节奏?

“要不等他们一起吧。”陈八岱看到夏若冰等人也气喘吁吁地跑上了石板，不远处的草丛里是闵先生晃动的身影。

“夏尔巴，你们就在那儿等着，不要过来了。”汪兴国叫道，夏尔巴一听，和夏若冰停下了脚步。

“光蛋，咱俩是收了钱的，有危险咱俩不上难道让别人上？”汪兴国低声说道，实际上现在也不知道是什么情况，就算吓人，吓到自己也好过把夏若冰他们吓到，如果真的找到了尸体，控制了局面，再让他们上来，这样比较好。

“都什么时候了还这么有职业道德。”陈八岱嘟哝着，这汪兴国就是太负责，这不是坏事，可是这时候，多几个人壮胆也不是坏事吧。

看到汪兴国打头钻进去了，陈八岱踌躇了一下，只好跟上。

乱石堆里并没有陈八岱想得那样崎岖不平，反而好像经常有人走过一样，地面很平，脚踩上去的时候，有点滑的感觉，汪兴国蹲下用手一摸，这里是一层厚厚的油脂，轻轻用指甲一刮就能轻易地刮下一大片，这些油脂不可能是一天两天形成的，肯定是经过了长年累月．底部的油脂已经干结，但上部的还能保持着光滑，路面——汪兴国更希望用这个词语来形容自己脚下的地方，还算是蛮宽敞的，宽度可以并排走过三个人，但有些幽深的感觉，有好几个岔道，但这个面积实话说的确不大，哪怕小心翼翼地搜索，至多也就五分钟时间。

汪兴国检查了地面之后，站起来，指了指一条岔道，示意陈八岱过去看看。

“我？！”陈八岱精神高度紧张，这时候真有一种打仗的感觉，他不敢出声，指了指自己，等着汪兴国回应。

汪兴国打了个手势，点了点头，陈八岱心里嘟哝着，他看懂了汪兴国的手势，那就是要自己过去搜索一下这个岔道，陈八岱无奈，紧紧地攥着刀，把刀伸在胸前，要是真有什么东西扑出来，一伸手就可以扎他一刀。

陈八岱蹑手蹑脚到了岔道边上，探头一看，没有东西，踌躇了一下，走了进去，实际上岔道也不深，有一个小小的拐弯，有视觉死角但根本藏不住人，陈八岱到了拐弯边上，有一种躲猫猫就要抓到对方的感觉，但是这可不是小时候躲猫猫，要是那尸体真的藏在这个拐角，一下子跳出来的话。

陈八岱不敢往下想象了，一个大活人这么跳出来都能把人吓个半死，要是一具尸体跳出来……嗯……陈八岱定了定神，把刀攥得更紧了，管他是什么，蹦出来了就给它一刀子，反正……这杀尸体不算杀人！

陈八岱好不容易抑制住内心的紧张，憋着一口气不敢喘，一下蹦过拐弯——与其你吓我，不如我先吓你一跳！但是拐弯的死角那儿空空如也，什么东西都没有。

“虚惊一场！”陈八岱不由得笑自己刚才的紧张，刚要转身，就听到不远处的地方，“咔嗒”响了一声，陈八岱刚放松的心情一下子被这突如其来的声音再次绷紧了。

这可不是久留之地，陈八岱几步蹿了出来，看到了汪兴国，他站在岔路边上，一个标准的警戒姿势。

“你妹！这真跟打仗一样，就差手里那把枪了。”陈八岱心里想，看到汪兴国似乎见多不怪的模样，很是镇定，等陈八岱出来了，准备搜下一个岔道。

“你听到了？”陈八岱忍不住轻声问，刚才那个声音虽然不算大，可是非常清楚，陈八岱都怀疑外面的夏若冰等人都听到了。

“嘘……”汪兴国把食指贴近嘴唇，其实他早就听到了，他还听到了一阵细碎的声音，很微小，不仔细听听不到，而且此时他基本已经判断出了声音的方向，就在下一个岔道。

汪兴国打了个手势，告诉陈八岱，人就在那儿，陈八岱又紧张起来，汪兴国用手势告诉他，自己打头，他随后跟上，陈八岱用力地点了点头，举起手里的刀。

汪兴国看看他，这家伙现在精神高度紧张，让他跟在自己身后，要是出点啥情况，这家伙一刀过来，伤的可是自己啊，他指了指刀，让陈八岱收起来。

陈八岱心里暗骂道，汪兴国是格斗高手胆子又肥，你不怕，自己现在可怕得要命，没把刀在手里心里没底啊，可是看到汪兴国坚定的眼神，只好把刀收起来，跟在汪兴国身后，眼睛瞥见旁边有块石头，顺手把石头捡了起来，紧紧地攥在手里。

汪兴国贴到了拐角边上，陈八岱紧紧跟着，举起了手里的石头，可是因为紧张，他没注意到汪兴国停下了脚步，一下撞了上去。

这果然是不怕神一样的对手就怕猪一样的队友，陈八岱这么一撞，差点没把汪兴国调整好的脚步打乱了，人差点一步冲出去，回头一看，陈八岱举着一块石头，那模样就像要砸自己的脑袋。

若是别人，汪兴国此时早已经条件反射给他一拳了，陈八岱是自己的发小，他太了解了，这家伙就是紧张，手里没个武器心里没底。他不满地瞪了陈八岱一眼，陈八岱有些不好意思，尴尬地放下了石头。

汪兴国心里暗想，这儿也就这么巴掌大的地方，而且自己确定声音就是从这里传出来的，绝对没有错，从地形上看，这个通道最深也不过几米，按照作战而言，已经把敌人堵在了绝路，他无路可逃！

汪兴国一闪身，用标准的突进姿势，闪出了拐角，一步冲了进去，一眼看去，岔道尽收眼底，可是。

看到汪兴国移动了，陈八岱喉头发紧，要是对方负隅顽抗，那两个人打一具尸体还是应该能打得过的，届时汪兴国正面对敌，自己侧面迂回就好了。

要说陈八岱这理论说起来一套一套的，实际操作情况怎么样现在谁也不知道，眼看汪兴国进去了，陈八岱还在发愣，过了好一会儿，竟然没听到里面有打斗的声音，甚至什么声音都没有，陈八岱纳闷，轻声叫道："汪……汪……汪兴国？"

仍旧没有回答，陈八岱脑子乱成一团，汪兴国不会被人……不，被尸体干掉了吧！

管他呢，我也不能老这么待着。

汪兴国什么都没看到，他正在发愣，若是真的有人或者别的什么东西扑出来，汪兴国倒还不怕，可是什么都没有，这倒是大大出乎了他的意料，说白了他自己也有些蒙，陈八岱叫他的时候他没听见，他听到身后有声音，疑惑地回头。

此时陈八岱鼓足了最后一点勇气，挪动了脚步，然后"啊……"的一声怪叫着给自己壮胆，跳了进去，手里高高地举着石头，只要有什么情况，不管三七二十一就砸下去。

第22章

陷落

陈八岱怪叫的目的是给自己壮胆，可是在外面的夏若冰听起来可就不是这么回事了，这明明就是一声惨叫！

闵先生被这声“惨叫”吓了一跳！反而没有夏若冰这么镇静，夏尔巴也朝惨叫声的方向看去，手本能地就摸到了腰间的开山刀位置，可这时候才尴尬地发现刀丢在营地没有拿！

闵先生一直认为自己可以把控事物的发展，他的确可以调动很多的资源，甚至可以左右某只股票的涨跌，但在这儿，棺材山下，鬼门关里，他所有的资源都犹如肥皂泡一般苍白，或许真正地面对自己内心的恐惧的时候，才会认识到自己是多么渺小。

闵先生脸白了，手也在止不住地颤抖，甚至不知道脚是不是因为刚才连续地奔跑而劳累，他感觉到大腿的肌肉在不受控制地震颤，所有人的注意力都被这声“惨叫”吸引了，闵先生用力咬了咬牙，趁大家不注意在大腿上掐了一下，终于控制住了颤抖。

“闵睿啊闵睿，20年了，你欠石颖冰一个交代，欠夏言一个交代……鼓起勇气！”闵先生暗暗对自己说，这么一来，反倒平静下来了。

“汪兴国！陈八岱！”夏若冰急了，拔腿想进去，夏尔巴一把拉住了她：“若冰，等会儿……”

夏尔巴不明白里面发生了什么事情，但在探险中有一个原则，当发生不明情况的事情第一要做的并不是扑过去，而是停下，然后想一想再做决定，看到夏若冰有些冲动，他赶紧拉着。

夏若冰被这么一拉，也冷静下来，可是抑制不住内心的焦急，汪兴国和陈八岱进去了不到两分钟，就传出了惨叫，但随即又没声音了，乱石遮挡了视线，她根本不知道发生了什么，是不是有人受伤了？是谁受伤？伤他们的又是什么东西？夏若冰想着，从腰带上的铲包里，拿出了折叠工兵铲，攥在手里。

陈八岱大叫一声从拐角跳过去，高高地举起了石头，这时候汪兴国正好回头，活脱脱陈八岱要砸死自己的节奏，汪兴国往旁边撤了一步，一搭手一扭，陈八岱手里的力气就不知道去哪了，接着自己脚下好像绊到什么东西，心里暗叫一声“妈呀！”人已经一个狗啃屎摔在了地上。

汪兴国只是用了格斗里最简单的一招刁腕绊摔，这已经成了他的本能，陈八岱这下子摔得可不轻，手里的石头也摔到了一边，在地上弹了几下，这儿地面好像很光滑，陈八岱在地上滑出了两米多，才停了下来。

“你想砸死我啊？”汪兴国有些不满。

“呃……我……操……疼……不是……”陈八岱想坐起来，想解释一下，可是刚才手肘砸在了地上，现在好疼。

既然他这么说了，证明这家伙至少神经还算正常，汪兴国估计他是太紧张了。

“哎！狗蛋儿，人呢？”陈八岱这么一摔，脑子反倒被摔清醒了，四面一看，仍旧是空空如也。

汪兴国摊了摊手，表示自己也很疑惑。

这是一个大约20平方米的岔口，好像是在整块大石头中间挖出来的一样，这个面积一眼就看得通透，陈八岱又揉了揉眼睛，难不成这尸体还会隐身了不成？

“会不会是铁血战士啊？！”陈八岱提出了一个自己都不相信的可能性。

汪兴国没有回答，这时候他也听到了外面夏若冰的叫声，汪兴国回了一句：“没事，没人受伤。”

这时候保持安静已经没有必要了，所有的岔道都检查过了，空空如也，尸体不见了，但汪兴国的的确确看到尸体进了这儿，而且这片地方非常空旷，大约一个足球场面积的大石板，除了这堆乱石，没有任何的遮挡了，谁也没看见尸体从这里出去。

“找到他了吗？”闵先生高声问，把“他”字咬得特别重，大家都知道他在问找到尸体了没有。

“没有……什么都没有，你们再等会儿。”汪兴国答道。

汪兴国的回答让闵先生好不容易压抑下去的恐惧感好像又增加了一分，汪兴国此时看到角落里的一个洞，这个洞好像是从石块里凿开的一样，四面光滑，大约堪堪能钻进一个人的大小，汪兴国拿出手电筒，往洞里照去。

“什么情况？”陈八岱也看到了这个洞，他趴下来，眼光尽力地往洞里看，但光线好像被什么东西吞掉了一样，什么都看不见。

“大概一个70° 的斜坡，洞壁光滑，深入地下，看不清楚里面了。”汪兴国只能大概看清洞里20米的情况，如果没有猜错的话，尸体是从这里消失的。

陈八岱抬头看了看不远处的棺材山那方形的山顶——难道这尸体真的有意识，从这里钻进了洞里，走进了棺材山里去填那个传说中的地府灵魂？

汪兴国看了看时间，时间已经不多了，这时候往外撤都会非常赶，虽然他也好奇，可是现在已经没时间让他去探究了。

看到汪兴国和陈八岱从乱石堆里走出来，大家都松了一口气，夏若冰焦急地问：“里面什么情况？”

“五个岔口，我们都搜索过了，没有人，没有尸体，什么都没有，夏尔巴，把这个样品带回去化验。”出来的时候，汪兴国用刀在地上划了个方框，揭下了一块半个巴掌大的样品。夏尔巴赶紧拿出自封胶袋，把样品装好，写上编号。

“什么都没有？可是我们明明看到他进去的，没有东西出来啊。”夏若冰瞪大眼睛，这怎么可能。

“嗯……里面有一个深入地下的洞，我用电筒看了，看不清里面的情况。”

“这证明什么？”闵先生插嘴问。

“尸体应该钻进洞里了。”汪兴国说道。

“等等……等等……你是说尸体爬到了这里，然后钻进了一个洞里？”夏尔巴不可思议地问道。

“看起来是这样的……”汪兴国答道。

“这怎么可能？”几人异口同声地问。

“嗯……福尔摩斯说过，当把一切不可能排除了之后，剩下的那个就算多么不可思议，但那就是真相。”汪兴国笑了笑，从现在看来，唯一的解释就是这个，但对于一个死尸怎么会有意识从鬼门关爬了这么远钻进去，汪兴国现在也不明白。

“好吧，我总结一下，事情是这样的，呃……尸体到了鬼门关，在使命的召唤下，他们历经千辛万苦，爬到了这儿，然后回望了一眼这片生他养他的土地，再用大无畏的牺牲精神，钻进了洞里，去填补祖先犯下的过失，接着，就在黝黑中，走向了那儿……”陈八岱指了指棺材山那个巨大的方形顶，“生命啊，就是这样在轮回……”

“陈八岱你觉得你很幽默吗？”夏若冰瞪了他一眼。

“我这不也是活跃一下气氛嘛……我去……要不你来分析一下？”陈八岱觉得夏若冰狗咬吕洞宾，不识好人心，这都啥时候了，再不撤离就得过夜了。管他为什么会到这儿，又管他尸体到底要去哪。反正该看的也看了，不明白的仍旧不明白，明白的事情明白就好了。

“这会不会就是夏若冰母亲记录里的巫师陵墓的入口，别忘了，有个日本探险队员活着出来了。”闵先生不死心，如果夏若冰母亲的记录是正确的，自己就站在真相的大门口。

“可是他也疯了，其余队员都失踪了。”汪兴国拒绝了闵先生的想法。

“汪兴国，我是出了钱的，我总共付给了你们23万！”闵先生有些恼怒。

“我们的协议是让你看到死人走路，你看到了。”

“如果这里是楼兰的陵墓，我们就站在真相的大门口，这值得去冒个险。”闵先生不示弱，往前走了一步，想挤过汪兴国身边。

“要不，我们进洞里看看？”夏尔巴看到情况快要失控了，提了个折中的建议。

“时间不够了。”汪兴国指了指天空的太阳，现在已经偏西了。

“天气还很好，我们可以过一夜，明天，明天如果还没有发现我们就撤！”夏若冰也不甘心。

汪兴国摇了摇头：“夏若冰，你的父母是在过夜之后第二天失踪的，如果他们真的从这个洞口进入了棺材山，他们没有再回来，我要保证大家的安全，如果……你也……你的父母在天之灵也不会安心。”

“哎……”夏尔巴长叹一声，拍了拍夏若冰的肩膀，劝她还是听汪兴国的。

没有人支持自己，闵先生有些颓然，汪兴国看了他一眼：“闵先生，我们还有机会再来，先休息5分钟，然后就走。”

汪兴国坐在石板上，身上的背包没有解下来，他就垫着背包半靠着，喝了一口水，怔怔地看着那堆乱石，20年前的探险队真的是从这里进入了棺材山吗？他们到底发生了什么？那些尸体是爬到了这里，可是死人怎么还会爬？动物搬运？可是动物呢？这一带和自己所去过的所有地方都不一样，草如此繁盛的地方是虫子的天堂，这种木质化草本植物是蝗虫最喜欢的食物，可这儿别说蝗虫，任何一种虫类都没看见，没有蟑螂，没有蛐蛐，甚至没有蚯蚓！这太说不过去了。

还有那些鬼眼，探险队出现的嗜睡和头晕的症状，鬼门关门口飘忽的阴兵，夏若冰母亲特意重点强调的几个词语，这一切都有什么关联？

夏若冰也坐在了汪兴国旁边，看到汪兴国在发呆，问："就这样？"

夏若冰还不死心，如果自己母亲的记录是真的，那会是考古界的重大发现！会给楼兰人消失之谜添上缺失的一环。

"只能这样……"汪兴国把思绪拉了回来，他并非不好奇，可是此时好奇并不能带来帮助，很可能会是麻烦。

他的工作是带人探险，而不是找麻烦，汪兴国必须要避免麻烦。

"呼……"夏若冰不甘心地长长吐出一口气，有些怨恨地看着那堆乱石，很可能，所有的答案就在这堆乱石中，可是现在就算是近在咫尺，他们也无法找到答案了。

夏尔巴站着，四周看看，他也不死心，或许尸体在和自己躲猫猫，不知道一会儿从哪又冒出来了，闵先生举着相机，用长焦镜头四处看看，虽然不能拍摄，但说不定能从镜头里看到一些什么。

但大家都明白，就算尸体这时候再冒出来，也没有时间再去追踪了，20年前的探险队在这里过夜之后全军覆没，谁也无法保证自己在这里过夜不会重蹈覆辙。

"操……"陈八岱很郁闷，这都啥事情？他现在似乎看到那具尸体在嘲笑自己："小样，就你这个三脚猫功夫还来追我？"刚才要不是自己害怕，犹豫了那么一小会儿，这时候应该把尸体摁在地上暴打一顿了！非打死他不可！

呃，等等，死了才叫尸体，把死掉的尸体再打死？那算个啥？陈八岱懊恼着自己刚才的犹豫，看到旁边有一块石头，大约巴掌大小，一头尖尖的好像凿子一样，他觉得有些累，一屁股坐下来，捡起石头，无聊地用尖尖的一头凿着地面玩，以此来排解心中的郁闷。

大家都没再说话，听着陈八岱凿着地面"嗒……嗒……嗒……"的声音，几分钟后，大家就要撤离了，或许不会再回来，今天的天气很好，没有雾，也没有人头晕，汪兴国看了看棺材山和自己的位置，估算了一下鬼门关的位置，只要能看到地标，一切都好办，他估计着，大约晚上十点前，就能离开鬼门关了，然后在鬼门关外住一晚，明天一早下山。

"啪啪……叮……哐……"

“嗯？”陈八岱奇怪，又一阵声音传来，好像是什么东西从高处滚落，但隔着什么东西，听起来又不真切。

汪兴国也听到了，他疑惑地看了看四周，四周一片空旷，什么都没有，怎么会有这样的声音？

“神经质……”陈八岱觉得自己应该是听错了，继续用石头凿着地面玩，这时候石板上已经被凿出了一个小坑。

这岩石板怎么这么脆？陈八岱有些疑惑，看看手里的石头，又看了看石板，用力凿了几下。

“咔啦……”石板震了一下，陈八岱举着石头，定在了那儿，他看到从凿开的小坑边上，裂开了几道缝隙。

“陈八岱，你干吗？”夏尔巴脚下一震叫道。

汪兴国也疑惑，接着又一阵咔啦啦的声响，好像什么东西裂开了，陈八岱看着那几道裂缝开始扩大。

汪兴国心里暗叫不好，伏下身子，听到了有东西破裂的声音，是从地下传来的。

“快走，下面是空的！”汪兴国叫道，这么一块结实的石板，谁能想到它是空的？

“我……我啥都没干啊……”陈八岱很郁闷，就是无聊敲敲石头玩而已嘛！

陈八岱话音刚落，身边的裂缝突然一下裂开，伴随着一阵剧烈的碎裂声，陈八岱身子一歪，半边身子掉了下去。

“小心！”不远处的夏尔巴几步踏过来，伸手抓住了陈八岱的衣服，闵先生也赶过来帮忙，可是刚走两步，脚下怎么也站不稳，他看到夏尔巴趴在地上抓着陈八岱的衣服，但是周围的石板在开裂，速度越来越快，还没等明白怎么回事，脚下一空，就觉得身子好像一下失重了，接着眼前一黑，他胡乱地用手试图抓到附近的什么东西，然而什么都没有抓到，耳朵边只听到一阵乱七八糟噼里啪啦的声音包裹着他的周围，接着闵先生好像被什么东西在背后狠狠打了一下，接着是手臂，然后是肚子，他什么都干不了，只能被动地承受着，直到有一个什么东西狠狠地在他脑后来了一下子，他晕了过去……

第23章

地下迷宫1

闵先生不知道晕了多久，他迷迷糊糊地听到有人在叫自己，可是嗓子好像被什么东西堵住了一样，出不了声，他睁开眼睛发现自己仰躺在地上，四周黑乎乎的，头顶上是一个巴掌那么大的光亮，闵先生艰难地回忆着到底发生了什么。

嗯，好像地裂开了，然后夏尔巴去拉陈八岱，自己也想跑过去帮忙，然后就不知道怎么回事一阵天旋地转，自己就晕了过去，这么看来，闵先生觉得自己是从高处坠落了。

耳边传来的声音很清晰，应该离自己不远，是陈八岱的声音，还有夏尔巴，但是听着好像有些失真，暂时没听见汪兴国和夏若冰的声音，闵先生刚刚醒过来，耳朵里嗡嗡嗡的，脑子艰难地分析着，他张了张嘴，想回应，可是刚张开嘴，就是一阵剧烈的咳嗽，不知道是不是刚才吸入了什么粉尘之类的东西，喉咙好像被一块干燥的抹布堵住，动的时候喉头奇痒。

“你听？有声音！”夏尔巴首先听到了咳嗽声，可是在这儿，很难判断方位。

“会是谁？”陈八岱问道，他也听到了咳嗽声。

“不知道……不是汪兴国就是闵先生。”夏尔巴听出了是男人的咳嗽声，试探性地叫道：“汪兴国？闵先生？”

闵先生好不容易止住了咳嗽，喉咙有点湿润了，他摸索着，好像没有哪里疼，但是好像哪里都疼，他脑子有些昏沉沉的，终于想起自己是怎么晕过去的，伸手摸了摸后脑，肿了一个核桃大的包！但是没摸到有血，他移动了一下，坐了起来，发现背包还在，腰部的水壶因为坠落翻滚，已经挪了位置，这时候硌在肚子上很不舒服，闵先生刚要开口回话，发现喉咙火辣辣的，他想了想，摸索着找到了水壶，晃了晃还有半壶水，拧开水壶盖喝了两口，有了水的滋润喉咙没那么难受了。

“我是闵睿……你们在哪？到底怎么了？”闵先生终于能开口了，他叫道。

“你怎么样？有没有受伤？”夏尔巴听到了闵先生的声音，提着的心稍稍放下了一些。

“呃……”闵先生觉得应该没有，除了身上好几个地方很疼之外，倒没觉得有什么骨折或者内伤的感觉，但他还是伸手到处摸了摸，然后试探着站了起来，答道：“我没受伤，你们怎么样？我们在哪？”

“我们没事，你有电筒吗？我们掉到地下了。”夏尔巴又叫道。

闵先生一听，终于想起来了，他想去帮夏尔巴拉陈八岱的时候，脚下一空，那个看起来很结实的石板不知道怎么开裂了，然后自己就跟着一大堆东西稀里哗啦往下掉，他抬起头看了看那个巴掌大的天，不知道自己掉了到底有多深。

闵先生的背包还在，这时候下面几乎什么都看不见，他摸索着找到了背包的侧袋，电筒是放在侧袋里的，当他发现拉链还是好好拉着的时心里松了一口气，摸索着掏出了电筒，打开电筒，四周一下子亮了，他的心也稍微放了放。

闵先生用强光电筒往上照了照，想知道自己到底摔了多深，光线到处，闵先生倒吸了一口凉气，这儿是个很陡的大斜坡，自己并不是直接坠落的，确切地说是滑落下来的，有些地方好像还有分支，可到底距离地面有多远，闵先生也拿不定主意。

“我有电筒……你们在哪？”闵先生觉得，这时候要和队友联系上，想办法会合，自己一个人，绝对是死定了，说话间，又用电筒四处照了照，自己落在一个洞里，这是一个挺宽阔但不规则的山洞，面积大约有三四百平方米，洞顶矮的地方大约两米高，高处约有四五米，洞壁有人工凿过的痕迹，但总体上是在自然山洞里再进行了一些粗加工，四周有很多分岔洞，有些地方可以并排走过两个人，有一些看起来只能四脚爬才能通过。

“闵先生，能看到我们的电筒光吗？”夏尔巴仔细地分辨了一下声音，这声音应该离自己不远，可是他没看到闵先生的电筒亮起来。

“看不见……我打开电筒了，你看得见吗？”闵先生有些着急，声音好像就在附近，可是声音在洞中反弹，这儿岔洞这么多，他分不清声音发出的方向。

“别着急，慢慢来，我们离得不远。”夏尔巴安慰道。

夏尔巴抓住陈八岱想把他拉上来的时候，身子下面的石板好像蛛网一般裂开，这时候夏尔巴才看清，脚下踩的石板看起来结实，但是实际上非常薄，就好像一个鸡蛋的蛋壳一样，一旦一个地方出现了损伤，再加上外力，就会裂开，夏尔巴和陈八岱一起掉了下去，当时他脑子里回荡着“完了”两个字。

人体的结构并不适合高处坠落，猫科动物会在坠落的时候通过耳朵复杂的耳蜗构造来精确地平衡身体的各个部分以达到空中调整姿态的目的，但人的耳蜗结构明显不是为了高空设计的，完成不了这么复杂的动作，并且人的体形和肌肉、骨骼，在受到坠落的时候非常容易受伤，大多数情况下，如果一个人毫无准备地从3米高度坠落，哪怕落地姿势很好，基本也会扭伤甚至骨折！夏尔巴刚才抓陈八岱的时候，看到的是一个深不可测的洞，不可能只有两三米，这么高坠落，那绝对是有去无回！

但夏尔巴和陈八岱掉下去没多深，就像被什么东西接住了一样，然后身子的失重感消失了，取而代之的是小时候的感觉——滑滑梯！

离他们坠落没多深的地方是一个平台，但是这个平台是倾斜的，夏尔巴紧张中没有看清这个平台，平台托了他们一下之后，他们没办法停下来，就顺着坡道往下滑，速度并不是太快但控制不住，等他们扑通一下结实地掉下地面的时候，夏尔巴的脑袋撞在了陈八岱的肚子上，陈八岱疼得蜷缩起来，但是却无法作声。

等陈八岱好不容易恢复过来，从口袋里掏出了电筒，四下一照，心里拔凉拔凉的。

毫无疑问两个人掉进了一个洞里，夏尔巴因为有了陈八岱这个人肉垫子没有受伤，陈八岱的脚有轻微扭伤，有些影响但不至于无法行动，他们不知道到底摔了多深，夏尔巴曾想试探一下利用斜坡爬上去，最后只能放弃，斜坡坡度太陡，又没有借力点，根本无法爬，但是好在地面还是很坚实的，只是岔道很多，也不知道通向哪，两个人商量了一下，觉得还是先找到队友，他们朝洞口喊话，可没有任何效果，闵先生、汪兴国和夏若冰不知所终，夏尔巴回忆了一下刚才石板开裂的画面，他觉得上面的所有人都应该掉了下来，可是现在不知道掉在了哪。

有来过一次的经验，陈八岱在背包里放了一个探洞电筒，这种手电比一般的户外手电体积大不少，足足用了6颗锂电池供电，在旷野中光柱可以射出300米外，在强大的光柱帮助下，夏尔巴看清了那个斜坡上还有很多小的分岔，从这点估计，人掉进来之后不知道会掉落在哪个分岔中，自然也就分散了。

夏尔巴不清楚其他人的情况，但这时候也只能尽量地寻找，他看了看手腕上的户外手表，调到了指北针功能，转动了一下身体，可那个价值不菲的手表此时就好像一块木头一样，上面的数据一动不动，指北针的那个屏幕指针跟随着身体一起转动。

夏尔巴苦笑着摇了摇头，这儿有强烈的磁场干扰。指北针已经失灵了，夏尔巴脖子上挂着的相机倒没有坏，收纳包里的样品都还在，他让陈八岱帮忙掌灯，用相机照了几张照片，两人商量了一下，开始找其余的人。

没有方向，两人也只能估摸着朝一个比较大的通道钻了进去，这里好像一个弯曲的地下迷宫一般，两人不敢冒险乱窜，只好估摸着朝好走的地方走，不得不转弯的时候，用小石子在洞壁上画下记号，这么一边走，一边叫着其他人的名字，希望能得到回应。

大约一个小时，他们也不知道到底转到了哪，终于听到了闵先生的回应，可是好像就近在咫尺，但却无法看到。

两人又转了几圈，一直和闵先生有着言语上的沟通，可是仍旧没有找到他，夏尔巴想了想，叫道："闵先生，你附近是什么情况？"

"说不好……呃……一个洞，好像一个大厅……有很多岔洞，有……十来个这么多……"闵先生用手电四周照了照，能看到的情况就这么多了。

"你能看到洞口吗？"夏尔巴又问。

"能看到……有个斜坡……只能看到巴掌大，有些地方被斜坡挡住了。"闵先生又答道。

"闵先生，你不要离开大厅……你在每个岔口都叫一声。"夏尔巴灵机一动，这儿应该是岔洞太多了，声音在洞里反弹，不像在空旷地会随着距离变远而变弱，但如果闵先生每个洞口叫一声，自己就可以根据声音的强度来判断他的大概位置，然后不断地调整，直至把人找到。

"好吧……"闵先生觉得这样总好过让他们到处乱走，行或者不行都试试吧，他叫道，"我逆时针开始！"走到离自己最近的一个洞边，深吸了一口气，叫道："一号，一号……"

夏尔巴没有作声，他在听声音的大小，或许是在洞口叫的原因，这个声音比刚才听起来大不少，可是光凭这个，无法确定位置。

"收到，你到下一个，注意听我们声音的强弱！听到最大声的告诉我们。"夏尔巴答道。

"二号，二号……"闵先生又走到下一个洞的位置，叫道。

闵先生一圈走下来，夏尔巴大概地听出了一点情况，在6号和8号这两个洞的声音是最大的，交流也最清晰，这应该就是能最直接通到他身边的通道。

“闵先生，你在6号洞口和我们交流，我们慢慢靠过去。”夏尔巴心里有些底了，叫道。

“好了，我明白了，我现在在6号洞口。”闵先生也安下心来。

“哎哟……看你这个傻大黑粗的模样，还这么聪明。”陈八岱说道。

“听声辨位啊？探洞不经常……”夏尔巴觉得有些奇怪，在洞穴中，只要没有崩塌的风险，经常就这么互相联系，只是这儿的洞穴通道比较复杂，多花了点时间而已。

“我也想到了，刚想说就被你给抢了。”陈八岱哪里肯承认自己没想到，补了一句，把夏尔巴的话头打断。

只要确定了方位，什么都好办，过了几分钟，闵先生就看到了6号通道里电筒光的晃动，他抑制住兴奋叫道：“我看到电筒光了。”

“嗯……我们先关电筒，你用电筒照一下。”夏尔巴叫道，现在已经很近了。

“我在你们左边……稍等。”闵先生把电筒伸进了通道里，他看见那边的光线暗了，用电筒晃了几下。

陈八岱和夏尔巴清晰地看到了一个光柱从左边的一个地方射出来，在洞壁上映出了一个圆圈，离他们不过二三十米远。

“闵先生，开着电筒，我们过来找你。”夏尔巴叫道。

陈八岱重新把电筒打开，可是探洞电筒的光线太强了，一下子掩盖了闵先生的电筒光，陈八岱见状，把光线调成弱光，可还是太强，他干脆用一只手遮着电筒，保证能照路的光线，两人顺着闵先生的指示，转个弯，闵先生就看到了人影。

“终于找到了……太好了……”闵先生看到了队友，心放了下来，刚才独自一人的时候，闵先生的确有些害怕，这时候有了队友，就有了希望。

“我们没受伤，你怎么样？”夏尔巴一边说一边走进了大厅里，闵先生看到陈八岱的右脚有些瘸。

“我没事……你怎么了？”闵先生问陈八岱。

“没事，轻微扭伤，不影响。”陈八岱看了看自己的脚，说道。

“汪兴国和夏若冰呢？”闵先生又问。

“不知道……现在都没找到他们……”夏尔巴摇了摇头。

“会不会……”闵先生有些担心。

“哎……没事，我告诉你，汪兴国死不了，有口气就不会死。”陈八岱太熟悉自己发小了，这家伙是属小强的，除非一下子拍死他，否则就有本事活下来。

“我是说夏若冰……”闵先生更担心夏若冰。

“呃……这个……没事，他们俩不是在一块吗？”陈八岱想了想，汪兴国不会死，可是这夏若冰可不一定啊，一想到夏若冰这么漂亮，要是死了，那多可惜，不由得咂了咂嘴。

闵先生哪里知道陈八岱的花花肠子？此时既然没找到人，也不能妄下论断，夏尔巴觉得还是得先想办法自救，提议道：“我们先检查一下装备吧。”

“咦？你的包呢？”陈八岱这时候才发现，除了夏尔巴，两人的背包都还在。

“呃……刚才追尸体的时候……扔在了营地。”夏尔巴有些尴尬。

“这……这麻烦了……最重要的装备都在你的包里……”陈八岱抱怨道，他和闵先生都是轻装，身上的背包是45升徒步包，夏尔巴背的是75升大包，重要的补给、水、绳索都在那儿，可是他竟然没带！

在户外，丢了装备就等于战士丢了枪，枪都没了这仗不至于没法打，但肯定不好打。

闵先生见状，赶紧出来打圆场：“我们还是看看还有什么能用的吧。”说罢把背包放在地上，拉开了拉链。

“好吧……咦？”陈八岱想了想，也只好这样了，把包解下来的时候，发现好像轻了很多，放下来一看，脑子都大了。

“你还说我啊……哎……”夏尔巴把电筒光一照过去，不由得又气又好笑，本想讽刺陈八岱几句，但一想这时候说啥都没用了。

“你大爷姥姥的？！这是什么情况？！”陈八岱愤怒地叫道！

第24章

地下迷宫2

陈八岱愤怒地看着背包，闵先生只能无奈地摇了摇头——陈八岱那45升的山地包是八字大开口拉链，两边拉开直到背包底部，这是小背包常用的设计，以方便装拿物品，主袋这时候正咧着大嘴冲着所有人“傻笑”。

陈八岱笑不出来，主袋里装着的是最主要的物品，但是现在，除了那个一直没用上的氧气瓶奔拉着，氧气管拖在外面，所有的东西都没了，还好外层的副袋没开，可是副袋体积很小，也就是装一些小玩意儿。

陈八岱掉下来的时候，是背着背包的，背包还帮他做了缓冲，所以他没有受伤，可是刚才拿电筒的时候，陈八岱摸索了半天，把主袋的拉链拉到了最大，结果忘了拉拉链，就这么和夏尔巴走了，夏尔巴走在前面，也没注意到陈八岱会犯这种低级错误，陈八岱头又晕乎乎的，一门心思想着找到出路，竟然没注意到他一路走，袋子里的东西一路掉，背着咧着嘴的背包直到找到闵先生。

这根本就是不应该犯的错误！对于号称十大金刚之一的陈八岱而言，简直就不可饶恕！不过人在紧张和专注某样事情的时候，会忽略其他事情，从这点而言，似乎能减轻陈八岱的“罪责”。

“好吧，说啥也没用了，检查一下吧……”夏尔巴无奈地摇摇头说道。

闵先生也打开了背包，没有背包的夏尔巴把身上口袋里的东西都掏了出来，集中清点。

“雨衣一件、绒衣夹克一件、4.5米自救扁带4根、压缩饼干3包、水壶4个、呃……加起来大约还有2升水、氧气瓶两个，电筒三支、电池……四颗备用电池、医药包一个……两把小刀……两把主锁、两个下降器、一把折叠工兵铲……就这么多了。”夏尔巴看着地上铺开的东西，简直是一目了然。

“好吧，那我们下一步怎么打算？”闵先生心又沉了下来，雨衣和夹克可以保暖，自救扁带和主锁下降器失去了主绳用处不大，如果打算长期坚守，备用电池显得有些少了，氧气瓶几乎没用，最重要的食物和水，对于三个人而言，已经是降低到临界点以下了。

洞里的气温有些低，首先要考虑保暖问题，闵先生和陈八岱都穿着外衣，暂时还可以抵御低温，夏尔巴刚才脱掉了外衣，和背包一起丢在了营地里，只穿了一件T恤，这时候静止下来，手臂上起了一层鸡皮疙瘩。

闵先生把夹克和雨衣递给了夏尔巴，夏尔巴比闵先生高差不多一个头，夹克穿上显得太窄了，根本拉不上拉链，最后只好套上了雨衣，胶质雨衣虽然不透气，可正是这点，能为他保温。

“节约电量吧，只开一个电筒。”夏尔巴提议说，闵先生想了想，把电筒关掉了，夏尔巴只能用自己的电筒，陈八岱的探洞电筒虽然很亮，但同时也很耗电，不到万不得已先不要用，电筒里的6颗电池，就预作为备用电池好了。

“一定要保护好电池。”夏尔巴虽然人长得粗壮，但还是蛮细心的，他把剩下的四颗备用电池一分为二，递给了闵先生两颗，把剩下的两颗放进了冲锋裤有拉链的口袋里，闵先生见状，也把电池放好。

水和食物也做了分配，东西也收拾好了，接下来就是一个很现实的问题，陈八岱借着电筒漫射的光线看了看这个大厅的情况，这也是一个在山洞里粗加工过的石室，十几条通道围绕在石室边上，就好像太阳散出去的光芒，这些通道有大有小，看样子也是利用山体中的泥土部分掏空而成的。

“这肯定是楼兰的墓葬，太阳葬！”闵先生仔细地打量了一番，联想到了太阳葬，那就是以墓穴为中心，在外围辐射状排满胡杨树桩。

或许是那些楼兰移民在这里无法使用太阳葬，于是在山中凿出了这些山洞和通道，变成了另一种太阳葬的方式，那么现在自己站的位置，就应该是预留下来的某个人的墓穴了。

“哎，别管什么葬，找不到出路就葬咱们了。”陈八岱拍了拍闵先生，提醒他现在的实际情况，什么楼兰那都得以后再说。

“夏总，怎么走？”看着那么多通道，陈八岱把难题丢给了夏尔巴。

夏尔巴也拿不定主意，虽然夏尔巴是学习地质出身的，也长年在野外做勘测工作，可是这也是头一次碰到这样的情况，往时勘探洞穴，都有完备的保障，甚至连发电机都有，步步为营层层推进，而且那时候勘测的洞穴也没有这么复杂啊。

夏尔巴用电筒来回地扫射了一遍，这些洞穴分岔大大小小，又辨不清方向，它们到底通往哪谁也不知道，不过既然6号洞是自己来的方向，那里也没有通往外界的路，这个基本可以排除了。

“我们……呃……还是先从大的开始吧。”夏尔巴也不确定，但是按常理，首先是从大的洞开始探寻，“嗯……遇到岔路，记得做路标。”

“那夏总，从哪个开始？这个？还是这个？”陈八岱指了指两个最大的通道，这里并排走三个人完全没有问题。

“呃……还是从这个开始吧。”夏尔巴还是按照习惯，先从右边的开始。

“跟紧，别落下。”夏尔巴打头，拿着电筒走进了洞里。

夏尔巴勘测过不少洞穴，应该是三人中探洞经验最丰富的，这时候应该要担负起责任，所以自告奋勇当先锋，他考虑到要有长期准备，只开一个电筒完全没错，可是他作为先锋拿着电筒，身后跟着的人眼光会追寻亮光，和夏尔巴的这段距离上是黑的，也不会注意到脚下，这样反而拖慢了行动，后面的人要不断地和夏尔巴协调光线的问题，如果夏尔巴走在最后，从队伍后提供光源那就不同了，不过此时他们都没有想到这些细节问题，虽然大家表现得都还算镇定，至少现在没有人有精神崩溃的行为，但谁也无法保证自己的内心一定是平静的，他们更多的是在压抑内心的恐惧，但随着时间的推移和失败的累计，沮丧和体能下降会慢慢侵蚀掉人所有的信心，而到了那个时候，精神崩溃无可避免，而一旦精神崩溃，那就是站在了死亡的边缘。

“我用了20年鼓起的勇气，不会在这里失败……不会在这里失败……楼兰在看着我，冰儿在看着我……”在所有人里，闵先生是最了解自己的，他没有解开棺材山的秘密，反而深陷地底，为了求生只能压抑着恐惧，他不断在心里默念着，用长久以来潜移默化的信念给自己增加信心。

用信念来支撑精神是个正确的做法，许多人并非体能耗竭而死，而是因为他们精神崩溃之后失去了理智判断，最后将自己拖进死亡的深渊，闵先生无数次说服自己，信念会让他解开楼兰的秘密，但现实却在和信念对抗着，在死亡的恐惧面前，信念能不能让自己活下去，谁也无法给出一个准确的答案。

从现在看来，现实已经占据了上风，几人摸索着在洞里走了一个多小时，专门捡好走的大洞走，赫然发现绕了一圈回到了大厅。

“唉……”陈八岱本想来一句什么缓和气氛，可是话到嘴边却不知道说什么，变成了一声叹气，这声叹气好像个锤子，重重地敲打在闵先生心头。

“要不，试试从上面？”闵先生抬头看了看，头顶上巴掌大的天空现在开始变成深蓝色，天就要黑了。

夏尔巴去拉陈八岱的时候，汪兴国和夏若冰的位置有些远，就在汪兴国要去帮忙的时候，脚下突然也裂开了，只听到夏若冰惊叫了一声身子就陷了下去，汪兴国想都没有想一把扯住了夏若冰的背包带，但坠落已经无法避免，当他们摔进平台的时候，汪兴国用力地把夏若冰扯了过来，抱着她用手护着她的头，两人顺着斜坡一直滚落，正因为汪兴国的保护动作和背包的缓冲，他们摔进这个洞穴的时候竟然没有受伤。

最后腾空下坠的时候，汪兴国本能地调整了姿势，用背部的背包垫底，把夏若冰抱在了前面，摔下来的时候，夏若冰膝盖磕了一下地面，总算是没有用一个最糟糕的趴地姿势落地，汪兴国这个大肉垫倒是好一会儿才缓过气来。

“你……好重……”这一摔让汪兴国眼冒金星，好不容易缓过来咳嗽了两声，把夏若冰从身上推开。夏若冰还惊魂未定，这一切发生得太快了，她根本来不及思考，只觉得汪兴国抱着自己，右腿膝盖一阵剧痛。

洞穴里一片黑暗，汪兴国抬头看不到任何天空，汪兴国回忆了一下，刚才滑落的时候还转了几个弯，所以现在到底在哪其实自己也不知道。

夏若冰没有说话，但汪兴国在黑暗中听到她喘气的声音，她的胸脯剧烈地起伏着，她这时候仰躺在地面上，眼睛定定地看着上方，可是什么都看不见。

“夏若冰……你有没有受伤？”汪兴国问道，但是从夏若冰喘气的频率和声音来看，他判断她没有什么大碍。

夏若冰还没有答话，汪兴国伸手摸了摸，轻轻拍了她肩膀两下：“夏若冰！”

“嗯……”夏若冰终于回答了。

“没有受伤？”

“应该……没有，只是膝盖很痛。”夏若冰答道。

汪兴国心里咯噔了一下，翻身爬起来，在口袋里摸出了电筒打开，在野外伤了脚这可是大事！

借着光亮夏若冰坐了起来，挪动了一下右腿，没有发现有骨折的迹象，神经传导也很顺畅，但是膝盖一阵阵地剧痛，应该是下坠的时候撞到了地面，现在还不知道伤势如何。

可这时候夏若冰没考虑自己的伤情，伸手摸了一下背包，发现母亲的笔记本和那佉卢文对照表还好好地待在包里，这才松了一口气。

“裤腿卷起来。”汪兴国跪在地上，从包里摸出了急救包准备给夏若冰做伤势检查。

夏若冰试了一下，可是裤腿只能卷到膝盖以下，虽然说户外服装都设计得比较宽松适合运动，但是女式服装还要考虑美观，所以一般设计得比较修身以凸显女性的身材曲线，这裤腿肯定是不能做得太宽了。

“脱了吧。”汪兴国说道。

“你？！”夏若冰瞪了他一眼。

“你不脱怎么检查？要不割了？”汪兴国哪里懂女孩的心思，他这时候就想着要检查伤势，否则会影响以后的行动，说着从腰间拔出了刀。

这要是真的割了，夏若冰可没有第二条替换的裤子，但总不能检查之后，穿着开裆裤行动吧。夏若冰又气又恼——这汪兴国是不是猪脑子？一点不考虑女孩害羞的心理！

“我……里面没穿东西……”夏若冰小声地嗫嚅了一句。

“没穿内裤？！”汪兴国看着夏若冰，汪兴国在部队的时候，为了防止烂裆很多时候是不穿内裤，俗称挂空挡，但对女的，自己还真没有研究过！

“汪兴国你说什么呢！你才没穿！我是女孩子，你能不能考虑一下？！”夏若冰声音提了起来，恶狠狠地看着汪兴国，“你手上还拿把刀，你什么意思？你说你什么意思？！”

“我……哦……”汪兴国尴尬地挠了挠头，“这……这时候不分男女……”

“你还说！”夏若冰扬起巴掌，“你以为你拿刀我怕你啊！”

“不不不……不是这个意思。”汪兴国更尴尬了，赶紧把刀收好。

夏若冰瞪着他，不知道是因为生气还是刚才气一直没喘匀，胸脯还在剧烈地起伏着，汪兴国无辜地跪在她面前，好像做错事跪求原谅一样，眼巴巴地看着她。

“那……总得治伤啊。”两人大眼瞪小眼，汪兴国有些心虚地把眼光挪开，这时候电筒光正好照在夏若冰的胸脯上，汪兴国的眼光也不由得被吸引了过去。

“你看哪呢！”夏若冰又羞又恼，在她眼里汪兴国这时候就是不折不扣的色狼。

“呃……哦……”汪兴国把脸转到一边。

膝盖还在痛，夏若冰也不清楚到底是不是膝盖骨摔裂，或者更严重，这伤肯定得治疗，可汪兴国这么眼巴巴看着，总不能当着他的面脱裤子吧？

“转过去，背对着我，不许偷看！”夏若冰只好明说了。

“哦。”汪兴国老老实实转了过去。

这当过兵的男人真像是猎狗，命令必须传达得准确到位，要不他根本难以领会，虽然缺乏情趣，但沟通不存在障碍，有事说事就好了。

“用闭眼吗？”汪兴国听到身后窸窸窣窣的声音，再笨也猜出是夏若冰在脱裤子。

“闭上！”夏若冰轻喝一声。虽然她看不见汪兴国是不是真的闭眼了，不过不知道为什么她很相信这“猎狗”肯定会听从指令。

“哦……”汪兴国闭上眼，心里想这女人真是多此一举，等会儿不是还要睁开的吗，处理伤的时候不是一样要看到。

“好了，你可以转过来了。”夏若冰脱下了裤子把膝盖以下露出来，大腿用裤子盖着，夏若冰可不是什么都没穿，只是里面只剩下一条小内裤，她看了看大腿，裤子面积不够大盖得不够严实，她想了想，又把上衣给脱了盖着大腿，保证不让汪兴国有偷看的缝隙。

汪兴国转过头，一看，不由得有些好笑，夏若冰把腿倒是盖得严严实实了，可是脱了上衣之后，只剩下一件紧身的T恤，那胸部呼之欲出，汪兴国脑海里浮出一个成语“欲盖弥彰”。

虽然这个成语不算贴切，但汪兴国的确是这么想的。

“你！”看到汪兴国似笑非笑，目光从腿爬到了胸部，夏若冰意识到自己顾此失彼，本能地用手捂着胸，可是手哪里遮得住？一着急，拉了一下衣服，可大腿又露出来了。

“好啦好啦……累不累？”汪兴国忍着笑，这姑娘这种行为，汪兴国还不明白那就真是蠢到家了，说道，“我又没打算干什么。”

“你还想干什么？”夏若冰听了这话略略放心，但还是很警惕。

“都这样了还分什么男女啊？我要真想干什么，你能怎么样？脱也脱了。”汪兴国嘟哝着，把电筒照到她的膝盖上，准备检查。

“啪！”夏若冰好不容易放下羞耻心，汪兴国这么一嘟哝让她又羞又怕！忍不住照着汪兴国脸上来了一巴掌。汪兴国感觉到不对的时候往后一躲，但是还是被扇到了。

“夏若冰，你别太过分啊！”汪兴国有些气恼。

“我……”看到汪兴国生气了，夏若冰有些害怕，他要真想干点什么，夏若冰还真没办法反抗。可是输人不输阵，夏若冰从旁边抓起工兵铲，恶狠狠地说道：“汪兴国，你要敢打歪主意，我拍死你。”

“拍吧拍吧，拍死了我你自己等死！”汪兴国没好气地说，这女人真是把好心当驴肝肺！

说是这么说，但该检查的还是要检查，汪兴国低头一看，肿了很大一块，蔓延到了膝盖上的大腿下部，肿胀是因为充血导致的，若是毛细血管破裂充血倒没有什么大碍，万一真的是膝盖骨碎裂刺破血管导致的充血，那就麻烦了，简单地说，在现有的医疗条件下，这条腿算是残废了！

可这肿得也是有些太大了，汪兴国现在不好判断到底是不是膝盖骨碎裂了。

第25章

治疗

“你看什么看？！”夏若冰见汪兴国用电筒顺着她修长的腿上下来回扫了好几次，眼神一寸一寸地专注地盯着那光滑匀称的腿，就好像一个色狼在打量着准备侵犯的猎物一般。

“检查啊！”汪兴国没好气地说。

“有你这么检查的吗？”夏若冰毕竟是个姑娘，任何一个姑娘被一个异性这么来回盯着，心里都会发毛，更何况在这个地方，夏若冰身子不由得微微有些发抖。

汪兴国可没想那么多，这野外救伤可不是一上来就动手，先得观察情况，在野外没有良好的医疗条件，要是判断失误非常容易造成二次受伤，在现在这种情况下，若是夏若冰再二次受伤那基本已经被判死刑了。

汪兴国不想夏若冰有事，倒不是因为别的，若是夏若冰一下子摔死了那还省事了，大不了自己撤离，然后再带人马回来搬尸体，但人只要还有一口气汪兴国就不可能丢下她，带着一个无行动能力的伤员，那可不是嘴上说的那么容易，如果不能把夏若冰治好，对地底情况又一无所知，再带着一个拖累，生存概率会大大下降。

但汪兴国毕竟没有长着一双X光的眼睛，所以他得仔细地检查，然后用自己积累的经验来判断夏若冰的腿伤到底怎么样，才好做一个相应的行动方案。

但是从现在的情况来看要完全恢复很难，只要恢复到可以行动，那就好办多了，最糟糕的情况就是无法行动，那汪兴国可就头大了。

从表面来看，夏若冰的膝盖肿得很大，就在来回检查的当口，又悄悄肿了一些，从膝盖往上十厘米的大腿部分也开始肿胀，伤患部分皮肤绷紧发亮，这是毛细血管严重破裂不断渗血的缘故，汪兴国现在开始考虑是不是她的膝盖真的被摔碎了，若是这样，除非能很快地将她送到医院，否则这条腿就有可能废了，甚至会被截肢。

一想到这么漂亮的姑娘就剩下一条腿，汪兴国不由得发出一声叹息。

夏若冰心情高度紧张，听到汪兴国叹了一口气，不由得心头又一紧，警惕地问：“你干吗？”

“没事，看问摸触正看问摸触正……”汪兴国嘟哝着，这伤情处理是有口诀的，其实这野外救治骨伤，和老中医看病差不多，先看查外伤情况，问伤员感觉，然后用手摸，接触到需要治疗的点，最后根据情况正骨。

汪兴国只是太久没进行野外骨伤救治，而且现在夏若冰的伤情看起来不容乐观，再考虑到现在身处险境，汪兴国不能搞错任何一个步骤，否则后果都是灾难性的。

可是夏若冰不这么想，她听到汪兴国嘟哝着口诀，其他的基本没听到，就听到了一个“摸”字，再一看汪兴国的手就要往大腿上伸过来了，不由得触电般身子往后一缩，嚷道：“汪兴国你干什么？！”

“喂！你这么一惊一乍的，我怎么治疗？！”汪兴国不满地说道，手尴尬地伸到了一半，那夏若冰就跟一个受惊的兔子一样缩到了一边。

“你手往哪摸？”夏若冰身子又缩了缩，把裤子尽量地往自己的隐蔽部位拉了拉，好像这样就能阻止汪兴国接下来的侵犯似的。

汪兴国又好气又好笑，这都什么时候了，还那么矜持：“我跟你说，现在肿胀还在继续，如果你耽误下去，轻者以后腿瘸，重者截肢，你自己看着办吧！”

“那……还是你来吧。”夏若冰一听被吓着了，谁都不想变成残疾人，要真的是瘸了或者截肢，夏若冰都不知道自己下半辈子该怎么过了。

“坐好了，腿伸直，哎！再尽量伸直！”汪兴国有些不耐烦了，这女人真是麻烦，“咱们还得想办法求生呢，哎你配合一点好不好？！”

夏若冰扭扭捏捏的，好半天都没达到汪兴国所说的配合标准，这让汪兴国很是恼火，头一次见这么不配合的伤员，以前在部队里，伤员那是让他张腿就张腿，让他趴着就趴着，就算让他拿大顶，伤员都得老老实实去拿大顶，救伤员就好像上帝一样，伤员哪敢说半个不字？

可汪兴国没想到，夏若冰是个女孩，她也不是军人，汪兴国是在特种部队里待久了的人，脑子都是线性思维，逻辑关系是一二三四五，不太会绕弯，他现在脑子里唯一的目标就是给夏若冰治疗好腿伤以不会影响下面将要进行的求生活动，只要能达成这个目的，他才不在乎对方的感受。

军人的处事方式的确有些简单粗暴，或者说好听一点直截了当不绕弯。汪兴国看到夏若冰手里攥着工兵铲，若是等会儿治疗的时候疼痛，指不定夏若冰真的一铲子拍下来，那时候真是两人就在这里等死就行了。

汪兴国心里一阵烦躁，索性一把抢过了工兵铲扔到了一边。

“你……”夏若冰哪有汪兴国速度快，眼睁睁看着手里唯一能保护自己的武器被扔到一边去了。

“我又怎么你了？”汪兴国恶狠狠地说，这时候要树立自己绝对的权威，和女人讲道理真是累。

“我跟你说，老子没想干吗！老子就算是想干吗，你拿一破工兵铲顶啥用？你要不要你的腿，不要就说，老子不治了！”汪兴国一阵连珠炮轰过去，夏若冰吓得一愣一愣的。

有时候简单粗暴就是最好的办法，你要和她说这个治疗过程和原理，那得等到明天还没完，所以汪兴国索性把话说得直截了当，虽然这话说得难听，但至少让夏若冰知道问题的严重性，而且也算是给她吃了颗定心丸，自己没想占她便宜——至少在汪兴国看来，这算是表达清晰了。

“汪兴国你……你还真想……”可是这女人的思维和男人真是不一样，汪兴国认为自己表达清晰了，可是夏若冰的思维重点和汪兴国却不在一个调子上……

“你到底治不治？不治拉倒！”汪兴国一屁股坐到了一边，把手里的急救包一甩，撂挑子不干了。

“我……那你能不能别……呃……除了治疗以外的地方别碰？”夏若冰真被吓到了，这腿若是不治疗，就真的废了。

汪兴国一脸无辜地看着夏若冰。

夏若冰把脸别到一边，用力再把腿伸直了一些，这样方便汪兴国治疗，汪兴国的手触碰的时候，心里有一种很异样的感觉。

汪兴国用手掌压着伤处，稍微一用力，夏若冰的腿就下意识地缩了一下，虽然她在忍着疼，可嘴里还是不由得“咝”了一声。

“我压不同的位置，你要告诉我哪最疼。”汪兴国换了个地方又压了压。

“疼……”夏若冰脸色一白。

“跟刚才比哪疼？”汪兴国问。

“好像都差不多……”

“你别差不多啊，有点差别都得说。”

“可是它就是差不多啊……”夏若冰有些烦躁。

“哎……你再仔细感受一下……”汪兴国只好又重新摸一遍，从膝盖部分开始，往大腿和小腿部分延伸，可是手一碰到夏若冰的大腿，这夏若冰就发抖。

汪兴国再笨也知道为什么了，还好这时候自己对她的伤情基本也有底了，膝盖没有破碎，但是有些错位了，只要把错位矫正回去就好了。

汪兴国把治疗重点放回了膝盖上，因为肿胀的缘故，所以现在看不到错位的严重程度，这里就需要用手指去感触了。

“有点疼啊，你忍着点。”汪兴国提醒了一句。

“有多疼？啊……汪兴国……疼死我了！”夏若冰刚想问清楚好有点心理准备，汪兴国就上手了，疼得她眼泪都飙出来了，脸色苍白，若是这时候手里还有工兵铲，夏若冰肯定一铲子拍下去，可这时候只能一拳打过去，打到了汪兴国的肩膀上。

这在汪兴国的预料之中，他没在乎这毫无杀伤力的一拳，至少这么一下子，汪兴国知道夏若冰能忍受的疼痛程度了，等会儿正骨会比这个更疼，可这正骨若是不能一下成功，那就不能再进行第二次，汪兴国得想个办法。

既然正面进攻不行，那就敌后包抄吧，汪兴国看了看夏若冰，她疼得脸色苍白，浑身冒汗，胸口因为喘粗气的缘故，剧烈地上下起伏，她紧紧咬着牙，那样子就要把牙齿咬碎了。

“很疼？！”汪兴国明知故问。

“疼……很疼……”夏若冰的语调都在打战。

“受不了？”汪兴国又问。

“我……不知道……”夏若冰犹豫了一下，夏若冰最怕疼，这可是这辈子最疼的一次，她小心翼翼地问，“还会更疼？”

“没事，我有办法。”汪兴国故作轻松地说，这时候要是对她说会更疼，那后面根本没法继续了，还不如给她一个心理暗示。

虽然心理暗示不能缓解疼痛，但是精神放松会让汪兴国更容易治疗，这时候要把夏若冰的注意力从膝盖的疼痛转移到其他地方，汪兴国从医药包里翻出药剂包，夏若冰没看清楚的时候，他挤出两颗药片，放在她手心里：“止疼药，吃了吧。”

“这能止疼？！”夏若冰看着这两片药，自个儿好歹也是个受过高等教育的人，药片止疼的效果要是这么神奇的话，还开发麻醉剂干吗？

“祖传秘方，吃下去保证有效，疼痛降低至少一半。”汪兴国很认真地说，骗不骗得过去不说，至少样子要真实。

“真假？”夏若冰狐疑地看着药片，又看了看汪兴国。

“赶紧吧，腿还要不要了？”汪兴国催促道，夏若冰犹豫了一下，以死马当活马医的态度，把药片扔进嘴里，打开水壶喝了一口水咽下去。

“多久起效？”夏若冰还是不放心。

“很快……很快……”汪兴国用三个手指轻轻地揉了揉夏若冰的膝盖，说话的这当口膝盖又肿了一点，再拖下去血肿会压迫血管和神经，一旦局部坏死，夏若冰也只有截肢这么一条路走了。

夏若冰又不笨，这世界上要真有这么好的口服止疼药，汪兴国早就发达了，还用干这个探险教练？！

“到底啥情况？”夏若冰问，汪兴国揉了揉，疼痛在减轻，不知道是心理原因还是汪兴国给的两片药真是祖传秘方。

“没啥，软组织挫伤，正常应该冰敷的，现在没这个条件，我先用揉的手法散瘀，等会儿再上点药。”汪兴国很轻松地回答。

“嗯……汪兴国，你这也是祖传秘方？”夏若冰问，汪兴国的手法还是不错的，由轻到重，这样感觉好多了，膝盖部分的肿胀感有所缓解。

“我爹当年是村里的赤脚医生，他正骨按摩的手法一流。”汪兴国头也不抬，用大拇指贴着膝盖两边往上捋，“这叫分筋……”然后顺着往两边一分，“这叫理脉。”

汪兴国是在分散夏若冰的注意力，现在这按摩的手法只能缓解一下，治标不治本，只有把膝盖正回去，夏若冰才能保住腿，而且汪兴国可以百分百保证，夏若冰不会丧失行动能力，至少能恢复七八成！

汪兴国刚才在按摩的过程，轻轻地感触了一下，能感觉到膝盖和骨膜之间的摩擦感，这最疼的时候就是正骨的一瞬间，汪兴国得把夏若冰的思维拉远，越远越好，谈话是一个分散精力的好办法，可是汪兴国的确不太会找话题。

“哎，陈八岱说你原来在特种部队？”夏若冰没话找话问了一句。

“嗯，怎么了？”既然自己找不到话题，那就顺着她的话题聊吧。

“怎么又回来了？混不下去了？”夏若冰有些好奇，汪兴国按摩得还是蛮舒服的，夏若冰想他以后不当探险教练，开个按摩馆也不会饿死。

“为了女朋友，然后我就回来了……”汪兴国答道，手指开始慢慢用力，朝错位地点包抄过去。

“女朋友？你这种人还会有女朋友？”夏若冰不信，这家伙情商基本为负，偶尔冲顶为零！

“我怎么就不能有女朋友了？我又不是歪瓜裂枣！”汪兴国抗议，手下稍微一用力，夏若冰龇牙咧嘴：“哎，你轻点，我说你轻点……话说你长得是蛮帅的，可是那性格……哎呀……轻点……”

“我性格怎么了？”汪兴国问，“不是挺好吗？”

“好好好，就是缺点什么……”夏若冰看到汪兴国开始慢慢用力，疼痛又加重了，但还能忍受。

“缺点什么？”汪兴国问。

“呃……轻点……缺点啥……情趣？反正我觉得你不会逗女孩子开心，哎你别难过，还有救！”

“哦，有救就好，至少不用现在去刨坟。”汪兴国一本正经地说道。

“哎对了，就是这种，幽默感，汪兴国，你要有点幽默感。”夏若冰觉得这家伙学得还是蛮快的。

“幽默有啥用啊，她还不是走了。”汪兴国叹了一口气。

“怎么了？”夏若冰觉得背后肯定有故事。

“呃……简单说，嫌弃我穷。”汪兴国叹了一口气，反问道，“你呢？有没有男朋友？”

“你说呢？我长得很难看？”夏若冰说道。

“不难看，但我也觉得你缺点什么，嗯……温柔，我也说不上……”

“汪兴国，追我的男人可以从这里排到程子村！”夏若冰瞪着汪兴国。

“也是，漂亮姑娘招蜂惹蝶，你这么漂亮，没人追那说不过去。”汪兴国随口说道，满不在乎。

夏若冰突然觉得有点失落，这汪兴国好像在讲别人的故事一样，一点嫉妒的感觉都没有，这时候他要是表现出一点点嫉妒，多少能满足一下自己的虚荣心嘛！

夏若冰也不知道为什么要和汪兴国谈这种问题，一直以来她觉得她和汪兴国只是一个临时的合作关系，她需要汪兴国的探险技术来帮自己，仅此而已，可人在密闭空间独处的时候，往往会为了排解恐惧，谈一些平时不会谈的问题。

“汪兴国，你没女朋友真是活该。”夏若冰给汪兴国定了性，这家伙做事专注，但嘴一点不讨女孩喜欢。

“陈八岱也这么说我。”汪兴国的手指基本已经揉到准备正骨的部位了，这时候夏若冰的注意力分散得还不错，不过还不够。

“问你个问题？”汪兴国开口说道。

“啥问题？”夏若冰觉得好稀罕，汪兴国竟然主动开口提问。

“你一定得回答我，要不我不问了。”汪兴国又卖了个关子。

“你先说……”夏若冰的注意力被好奇心勾起，时机差不多了。

“你还是不是处女？”汪兴国一开口，夏若冰呆了一下，这算是什么话？！夏若冰刚想开口骂他，就觉得膝盖上一阵剧痛。

“啊！汪兴国！我掐死你……”夏若冰刚才通红的脸霎时间变得惨白，她听到自己的膝盖“咔嚓”一声响，接着剧痛袭来，让她完全不能思考，汪兴国料到了她的反应，一下子跳到了一边，夏若冰疼得抱着腿在地上打滚，她觉得这条腿已经不属于自己了。

第26章

无路可走1

正骨成功的这一下剧痛可不是常人可以忍受的，更何况夏若冰本来就是最怕痛的，正常情况下汪兴国应该紧紧地压着伤员防止伤员胡乱挣扎，不过汪兴国对夏若冰能否配合是持否定态度的，也不想最后给夏若冰落个自己占她便宜的口实，他几乎可以肯定夏若冰在无意识情况下，绝对会干出一些匪夷所思的事情，例如现在——夏若冰一手抱着腿，嘴上除了叫痛声，还夹杂着诸如“王八蛋……我要杀了你……”之类的胡言乱语，为了安全，汪兴国暗暗庆幸跳开是对的。

夏若冰的自我保护意识比一般的女孩强烈，毕竟从小到大没有得到过父母的照顾，汪兴国赫然发现夏若冰一只手已经摸到了刚才丢在一边的工兵铲，刚想开口制止她，就看到工兵铲划着一道弧线朝自己飞过来。

汪兴国脑袋一偏，工兵铲擦着头皮飞过去，然后当啷一下掉在了地上。

“你还真想拍死我啊！”汪兴国怒火中烧，这夏若冰真是狗咬吕洞宾不识好人心，正骨本来就是很疼的，和残废相比，这点痛算得了什么？

夏若冰满身大汗，过了好一会儿膝盖的疼痛才缓解，抱腿打滚的时候，遮盖着大腿的衣服早不知道滚到哪去了，身上只剩下一件紧身的T恤和一条小小的内裤，汪兴国看到她总算是恢复了意识，讽刺了一句：“我说大小姐，您滚得可真性感，总共在地上滚了16圈，占地面积18亩！”

“汪兴国你！你……我要是能站得起来，我非拍死你！”夏若冰叫嚷着，刚才的剧痛在脑海里萦绕不去，这辈子她再也不想经历第二次了。

汪兴国没好气地弯腰捡起她滚落在地上的衣服和裤子给她扔过去：“你站起来试着走两步。”

夏若冰这时候才发现本来不能弯曲到底的腿这时候竟然被抱在了怀里，她慢慢地伸直了腿，发现动作基本不受什么阻碍，来回弯曲了几次，扶着洞边慢慢站了起来。

“咦？没那么疼了……”夏若冰惊奇地说道，试着走了两步，基本不影响行动，只是膝盖在受到压力的时候还是会有些隐痛。

“正骨本来就很疼，现在还差最后一个步骤。”汪兴国看夏若冰基本没啥问题了，从医药包里掏出了绷带和一个小药瓶，从小药瓶里倒出几粒小拇指大小的药粒，散发着浓浓的中药味。

“你又要干吗？”夏若冰闻到了中药味。

“上药，包扎，让你快一点好。”汪兴国没有理会夏若冰，自顾自地拧开了小酒壶，把一些酒倒在手心上，那药粒碰到了酒好像碰上了克星就软了下来，汪兴国用手指轻轻一搓，就摊了一手心的药糊。

“别动，我警告你，你再对我动手动脚我可就反击了！”汪兴国走过去，夏若冰好像见鬼一般，抱着衣服下意识往后缩了缩，可是身后是山洞洞壁，无路可退了。汪兴国蹲下来，夏若冰这时候才发现，自己下身只穿了一条小内裤，大长腿赤条条地暴露在了汪兴国眼前。

“哎……”夏若冰想提醒一下，这个姿势似乎有些不雅，可汪兴国已经蹲下来了，不由分说，手掌就糊上了她的膝盖，嘴上还说着：“这药容易发散，碰了酒不快点敷就浪费了，保证一天见效，三天活蹦乱跳……”

夏若冰只好在心里哀叹，汪兴国这人心地真不坏，但是他做事太专注了，只盯着一个点，不太会考虑其他的事情，夏若冰这么靠着洞壁，下身几乎赤裸，汪兴国蹲在她面前，对着光滑匀称的大长腿“上下其手”，这画面让夏若冰面红耳赤，可汪兴国压根没往那方面想。

“我家祖传的！”汪兴国得意地说道，“我告诉你，就算你腿断了，上了咱家的药，最多一个月你就跟个小马驹一样四处撒欢！”

“有这么神？刚才你也说那两片药是祖传秘方！”夏若冰气不打一处来，刚才就是信了他的话才毫无心理准备疼得满地打滚，这时候满身的灰土跟个疯婆子差不多。

“嘿嘿……那两片是阿司匹林，理论上是有解热镇痛效果的，哦……阿司匹林用了一百多年了，也能算得上祖传秘方吧……”汪兴国嘿嘿笑着，看来刚才骗过了夏若冰，又从小药瓶里倒出了几粒药粒化开，膝盖部分已经用药涂抹好了，接下来以膝盖为核心，涂一些在大腿和小腿上，包扎好就搞定了！

汪兴国的手掌触碰到夏若冰大腿的时候，她心里有一种异样的感觉，跟上次触碰不同，汪兴国的手掌好像抚摸一般，再带着那化开的药一点点冰凉的感觉，夏若冰心跳一下子加速起来，脸也红了，呼吸也急促起来。

汪兴国根本没有抬头看，他按照他爹的标准，膝盖之上一掌半宽要用药糊涂匀，按照他爹的理论，要保证大腿气血畅通，给伤处供给足够的养分，让伤处快速地恢复，涂药不能马虎了事，不能用力，要把细腻的药糊均匀地涂满，不能太厚，也不能太薄，以盖过皮肤但又能看出皮肤肤色为佳。

其实夏若冰想错了，汪兴国不干探险教练去开个跌打损伤医疗馆绝对比开按摩馆有“钱途”，他老父亲也不止一次地提过让汪兴国回家继承衣钵，不过在那个小山村里，靠这个养家糊口的确太难了，一个字，穷！

“汪兴国，我能不能坐下？”夏若冰觉得这么站着姿势怪怪的，红着脸小声地开口问。

“没问题啊大小姐，我以为你喜欢站着呢。”汪兴国无所谓地说道。

夏若冰坐下，略略靠着洞壁，汪兴国一看，“扑哧”一笑，夏若冰瞪了他一眼：“你笑什么？”

“所谓玉体横陈大概就是你这样子吧？”汪兴国忍着笑说道。

“你！”夏若冰发现，自己坐下来还不如站着，站着起码汪兴国只能看到下半身，现在夏若冰感觉自己好像被扒光了一样暴露在他面前，长这么大，夏若冰还没这么暴露在哪个异性的目光下。

“哎，行了行了，赶紧搞完了好想想出路。”汪兴国也看到了夏若冰的手足无措，把最后一点药糊涂了上去，撕开了绷带。

夏若冰只好把脸别到了一边，似乎没看见就能减轻自己的害羞感。

话说汪兴国的包扎技术还是很不错的，一会儿工夫给夏若冰包扎好了，不知道是不是药效发作的原因，夏若冰感觉包扎的部位微微发热，温热缓解了疼痛感，夏若冰用手摸了摸膝盖，真的是一点都不痛了。

“好了，穿上衣服，检查一下装备。”汪兴国对自己的包扎也很满意，他把东西装进医药包里，“要是热得受不了就得拆开重新包扎。”

“还要拆开？！”夏若冰一听，那岂不是第二次“玉体横陈”在这个色狼面前？！

“对啊，不拆开药太浓了会灼伤皮肤，你想留疤？！”汪兴国哪里想得那么多，提醒了一句，“赶紧穿上衣服，洞里气温低，感冒了就死定了。”

“这家伙怎么还会体贴人？”夏若冰心里嘀咕着。

汪兴国自顾自地坐在地上，把包打开，检查装备。

“哎……你能不能转过去？”这么一个大男人看着自己穿衣服，夏若冰心里怪怪的。

“哎，女人真是啰唆。”汪兴国嘟哝着转过了身子。

夏若冰穿好衣服，觉得身上暖和了一些，汪兴国也把自己的小包里的装备检查完了，看样子不容乐观。

夏若冰打量了一下四周的情况，心里咯噔了一下，他们摔落到了一个山洞中，夏若冰在电筒的光亮下，仔细地看了看洞壁，有明显的凿痕。

“汪兴国，这是人工开凿的！”夏若冰好像发现了新大陆。

汪兴国好像没听见夏若冰说什么，实际上在刚才，他就已经发现这个洞穴不是自然生成的了，不过这时候得先找到出路，暂时不要考虑是谁在这里凿了个洞。

“检查你的装备，看看还有什么可以用上的。”汪兴国把东西装进包里，把绳索挂上了背包，用力地把勒条抽紧，扎死了绳索，这或许就是自己求生的最重要的装备了。

“这真的是人工凿的！汪兴国，我母亲的记录没错，这是楼兰巫师的陵墓！”夏若冰看到汪兴国没搭理自己，又大声说了一句。

“那我们是不是得先出去？”汪兴国看着她。

一句话将夏若冰拉回了现实，她蹲下来打开了自己的背包，把东西掏了出来，这个35升小背包的装载能力更加可怜，她几下子就把东西都掏干净了。

“呜呼……”汪兴国轻轻感叹一声。

看着那可怜巴巴的几样东西，汪兴国知道不能指望夏若冰的装备了。

夏若冰的包里除了那个以防万一的氧气筒和面罩，就剩下一件雨衣了，还有一套女孩换洗的内衣，随身携带有一支电筒，可是没有备用电池，不过聊以慰藉的是，夏若冰带了一个小头灯，可头灯用的是三节普通七号电池，和电筒的锂电池不匹配，本来分给她的压缩干粮一块都没看到，水壶里也空空如也，一把主锁和保护器倒是完好无损，可是现在最重要的是先要有水和食物。

“你的干粮呢？备用电池呢？”汪兴国问。

“呃……都在夏尔巴那里。”夏若冰知道问题的严重性了，耷拉着脑袋低声地回答。

“哎……你们能不能更加专业一点？”汪兴国悻悻地说道，从口袋里掏出一些压缩干粮递给她，“拿着吧。”

夏若冰以前都是和夏尔巴一起做勘测，哪里碰上过这样的局面，勘测的时候后勤保障都是很充分的，自己又是夏尔巴的表妹，夏尔巴帮她背东西她都已经习惯了。

这个习惯在普通时候并没有啥毛病，可是危急时刻，这可是致命的，若没有食物和水谁都不能在险境中支撑得太久。

夏若冰乖巧地接过了干粮，放进自己的口袋里，汪兴国又往她的水壶里倒水，夏若冰这才想起来，汪兴国把干粮都给了自己，不由得有些感动，问道：“那你呢？”

“我？死不了之前是不会死的。”汪兴国耸了耸肩，表示有些无奈。

夏若冰心里七上八下的，这是自己第一次求生，她心里一点底都没有。

“嗯，夏若冰，你准备好求生之旅了吗？”汪兴国问。

“呃……”夏若冰用电筒照了照四周，除了电筒光照到的地方，到处都是黑乎乎的。

“路在哪？”夏若冰有些害怕了，问道。

“这哪会有路？”汪兴国耸了耸肩，双手一摊，“你不是说这是巫师的陵墓吗？这陵墓是怎么建的？”

“我也不知道啊。”夏若冰有些心虚，虽然她研究了楼兰这么久，但这消失的古国留下的资料少得可怜，按照已有的资料，没有任何记录有这样的陵墓规制。

“方向呢？”夏若冰又问。

“我们现在站在赤铁矿上，指北针和电子仪器完全失灵。”汪兴国一句话打消了夏若冰的幻想。

“那……怎么办？”夏若冰心里发毛，声音也颤抖起来，她曾想过不顾一切地追寻父母的步伐，探寻棺材山的秘密，可是当她真正站在了这棺材山的地下的时候，恐惧还是超越了她的信念。

“求生！用一切办法求生！”汪兴国的话语声音不大却很坚定，这种坚定多少给了夏若冰一点安慰。

“你不紧张？”夏若冰还是忍不住问了一句。

“紧张……怎么不紧张，可是紧张有用吗？”汪兴国用电筒四处照了照，想找到一个出口，嘴上随便说道，一圈下来，把石室的情况也看得差不多了。“嗯，前面，没路，后面没路，左边没路，右边也没有……夏若冰，咱们无路可走了。”汪兴国四周转了一圈，开口说道。

“那里？”夏若冰看到有一个好像洞口的地方，汪兴国把电筒照过去：“被封死了，走不通，那边还有几个通道，也被封死了。”

夏若冰环顾了一下四周，汪兴国说得没错，好几个通道都被碎石和泥土封死了，看起来这里曾经坍塌过，把曾经有的通道给压垮了。

“那……怎么办？”夏若冰很气馁，她根本不知道怎么应对这样的情况。

汪兴国走到石壁边又检查了一番，确认的确无路可走，但这通道几乎是发散状的，汪兴国觉得好像很熟悉。

“夏若冰，你说过楼兰的葬俗是什么来着？太阳葬？！”

“对，以墓穴为圆心，等距辐射分布胡杨木桩。”夏若冰一时没明白这和这个洞穴有什么关系。

“有没有挖个洞，通道辐射分布的？”汪兴国又问。

“呃……”夏若冰在记忆里搜索了一番，摇了摇头，“没有！”

“好吧，还有两条路，上面和下面……嗯，下面靠咱的工兵铲挖不开这个石头地面，上面可以考虑考虑……”汪兴国放弃了从通道找路的想法，用电筒照了照高处的一个平台，夏若冰一看，那个平台离地面还有七八米高，那个斜坡那么陡，怎么可能爬得上去？

“没别的路了吗？”夏若冰用电筒四处乱晃，试图找到一条出路，或许刚才漏掉了一些什么。

“我判断那个平台斜侧有洞口，上去看看就知道了。”汪兴国说道。

“要是没有出口怎么办？”夏若冰开始有些慌了。

“上去看看就知道了。”汪兴国无所谓地说道，这里离地面至少几十米高，如果没有人从上面吊绳子下来，又找不到出路的话，也只能等死了。

汪兴国从口袋里掏出伞兵绳，一下一下地把绳索顺开。

“你在干吗？！”夏若冰问，这洞壁根本没有攀岩点，就算有绳索也用不上啊，更何况这么细的伞兵绳。

“找路啊……还能干吗？”

“怎么找？”夏若冰问。

“念个咒语跳个大神，然后伞兵绳变成蛇。”汪兴国嘴上说着，眼睛又看了一眼高处的平台，估算着距离。

“你还真会奇门遁甲？”夏若冰不相信地问。

“不会！”汪兴国干净利落地回答，堵住了夏若冰那不靠谱的想法。

“汪兴国，我们无路可走了！你不要开玩笑了。”夏若冰的声音带着哭腔。

“山人自有妙计……拿着……”汪兴国把顺好的伞兵绳往夏若冰手里一塞，从包里掏出一样东西。

第27章

无路可走2

“大爷！你大爷！你大爷的！”陈八岱第三次走回了原地，连续用三个“大爷！”来表达内心的愤慨！

这次仍旧没有找到正确的路，闵先生无奈地靠在洞壁上，双脚因为劳累和内心的恐惧已经几乎支撑不了自己的身体，在寂静的洞里，闵先生几乎能听到自己那快速的心跳，紧张会造成消耗过快，可闵先生无法抑制这种紧张，他不甘心，他准备了20年，为了追寻楼兰，他曾请过若干的专业教练培训自己，闵先生相信自己现在有足够的能力，加上信念的加持，一定能应对最凶险的环境，但现实无情地打击了他的信心，在猴子跳崖，挑战过高难度攀岩的闵先生被一块风化的石头戏弄，连续两次尸体在眼前消失，哼哼……石头戏弄自己，竟然连尸体也在戏弄自己！闵先生脚一软，靠着洞壁滑落，一屁股坐在地上。

“夏总，这边？这边？还是这边？”陈八岱有些气馁地用电筒照了照几个没有走过的岔路，问夏尔巴，可是夏尔巴现在也拿不定主意，按照经验，越大的洞口越有可能是连接出口的，可是这儿怎么这么奇怪，两个最大的洞口却总是把他们带回原处。

夏尔巴清楚地记得这两个洞深处有多少个岔路，他在每个岔路都放置了路标，可是转来转去，自己都转得有些糊涂了，好几次都没有分辨出路标到底是第几次路过放的，但现在无论是第几次都毫无意义了，因为大家又回到了原点，这儿已经熟悉得不能再熟悉了，十几个岔道静悄悄地盯着他们，这里面或许有一条是通往外面的路，也可能只是一个给予他们希望却无路可走的险境。

“呃……我们试试7号洞口？我也不确定……”夏尔巴想了又想，语气很迟疑，既然大的走不通，那只能试试小的洞口，可是到底哪个小的洞口是路只能靠猜，已经连续失败的夏尔巴现在信心不足。

“我去……夏总，要不咱整几块石头抓阄？”陈八岱有些不满，既然都是猜，不如搏一搏运气。

在求生状态下，强大的技能和逻辑分析的确是求生最重要的手段，可现在在这儿，逻辑分析似乎失灵了，逻辑分析必须要有一个出发点，就好像著名的跳烟囱诡辩，你得假定跳烟囱人不会死，并且还真的有这么两个傻瓜一次又一次地跳烟囱，诡辩可以虚构一个出发点和场景，然后用逻辑编织严密，可是在现在这个情况下，别说诡辩那一套，就连最正常的逻辑分析都行不通，因为这些逻辑关系缺乏最基本的出发点和过程。

如今他们除了知道自己在地底，其他一无所知，或者再精确一点，他们知道自己在地底的一个大厅里，大厅里有十几条通道，已知有两条最大的通道无法满足自己逃离的需求，需要在剩下的十几条通道里寻找到一条出去的路。

但这毫无意义，他们没有洞穴地图，甚至找不到方向，夏尔巴抬头看了看那触手可及的上方，那儿倒是有一条出去的路，可是此路不通。

天已经黑了下来，夏尔巴仔细地分辨了半天，才勉强看清了那个巴掌大的深蓝色天空，那条长长的大斜坡通往的就是棺材山的地面，但如果想要上去，除了绳索之外，夏尔巴必须要有电钻和岩钉，否则无法在光滑的岩壁上打下稳固的固定点。

现在看起来，唯一的出路因为缺乏装备无法使用，陈八岱觉得夏尔巴也没办法了，不如问问闵先生：“哎，闵先生，你怎么看？闵先生……哎！”

两人在研究洞穴岔道的时候，背对着闵先生，陈八岱问话的时候没听到闵先生回答，回头一看，闵先生竟然不知道什么时候坐在了地上，脑袋耷拉在一边，那模样好像死了。

陈八岱赶紧跑到闵先生旁边，这可是重要客户，他还有三分之二的尾款没结算呢！陈八岱扶起闵先生的头：“喂！闵先生……”

“我没事……”闵先生开口说话了，他只是觉得太累了，坐下来之后一阵倦意袭来，就这么耷拉着脑袋进入了梦乡，他一直在听陈八岱和夏尔巴说话，可是自己一点都不想开口，眼睛刚闭上，陈八岱就飞奔到身前把他的梦打断了。

“呼……闵先生，你真把我吓死了。”陈八岱悬着的心放了下来，在他眼里，这100多斤肉可是价值十几万！

团队中现在情况最差的就是闵先生，夏尔巴看了看闵先生的脸色，叹了一口气：“我们休息会吧。”

“嗯……现在几点了？”闵先生的精神一直处于紧绷状态，实际上他已经非常累了，听到夏尔巴说休息两个字，如释重负。

“不知道……我们大概走了三四个小时吧。”手表早就停了，夏尔巴也没受过估算时间的训练，只能凭着感觉来计算了。

有经验的人感觉会准确一些，夏尔巴怎么也算得上在野外摸爬滚打近十年了，参加过不少科考探险活动，可是他的经验基于团队保障，这也是他第一次碰上求生这个难题！他的所有经验都失灵了，不过夏尔巴还算非常镇定，至少他知道，求生的第一要素就是冷静，不管心里有多慌乱，都必须压抑着，让冷静占据内心，将恐惧赶出去！

“夏总，你总算是说句人话了。”陈八岱一听，一秒钟都没有耽搁，屁股就已经坐了下来，然后从口袋里掏出了压缩干粮，他的确需要休息，自从落进这里之后，他们几乎一刻不停地在找路。

或许是停下来之后，大脑也有了休息的时间，过了好一会儿，闵先生开口了：“我觉得咱们这样走不是个办法。”

“嗯哼。”陈八岱表示同意，但闵先生能有什么更好的办法呢？

“太阳葬？可是从来没有记录有这样的太阳葬方式啊。”夏尔巴也自言自语，抬头再次仔细地打量着这个山洞大厅和那些大大小小的通道。

闵先生凑到洞壁边，仔细地看着那些凿痕，试图从这里分析出一些什么，这片山体是混杂着泥土的赤铁矿，这种品位不佳的赤铁矿并没有想象中的那么坚硬，有些通道是将泥土掏空之后形成的，有些则是在比较软的石山中开凿出来的，所以并没有形成对称的形状，将大厅形容成墓室，这些通道是太阳葬的方式，多少有些牵强附会。

可是闵先生强烈地感觉，这一定是楼兰人的杰作，一定是那些被王族驱逐的巫师一族的杰作。

陈八岱吃完了半块压缩干粮，闵先生还凑在石壁边，他包好了剩下的半块，问道：“看出点什么名堂吗？”

闵先生没有答话，想必也没看出点什么名堂，这个大厅和这些通道自从凿开之后就没人再来过，如果真如闵先生所说，这是楼兰人特殊的太阳葬，尸骨呢？陪葬品呢？宝藏呢？

“等等，我们仔细想想走过的线路，我们好像一直在顺着大的通道左转。”

“嗯。”陈八岱觉得这种动脑筋的活让他们去想吧，一路不停走了那么久，他扭伤的脚很不舒服，现在该处理一下了。

登山鞋为了紧密包裹脚，要脱下来还真有些不容易，陈八岱龇牙咧嘴地把鞋子脱掉，空气中弥漫起一阵人们都很熟悉但是绝对不想闻到的气味，陈八岱就着电筒凑近一看：“哎我去……什么情况这是？！”

脚踝已经肿起来了，这看起来可不是没事的样子！陈八岱脱掉袜子，脚踝处在电筒光下反射着亮晶晶的光芒，充血导致的肿胀让皮肤表面光滑无比，颇有吹弹可破的神韵。

“这么严重你怎么不处理？”夏尔巴看到这肿成馒头的脚踝，责怪道。

“您老倒是给我时间处理啊？！”陈八岱不满地嘟哝着。

夏尔巴暗暗责怪自己还是粗心了，自己只是随口问了一句，陈八岱说扭伤但不影响行动，自己又着急找到其他人，接下来他们几乎就没有停下来过，不断地在找路，运动，若是陈八岱的脚再发展下去，影响了行动，那后果是很严重的。

“赶紧处理了吧，千万别影响行动。”夏尔巴说道，这时候闵先生也瞥了一眼陈八岱脚踝上的馒头，接着把脸转到了一边。

“没问题……我有祖传秘方……”陈八岱信心满满地说，他用手掰了掰脚踝，虽然有些疼，但是骨头肯定没有伤，每次外出，陈八岱都会带着汪兴国家祖传的跌打药，别看那药拿不到生产批文，但可比市面上任何号称跌打圣药的东西都强，这种小伤，涂上去不出几个小时就能健步如飞打老虎。

初步检查完毕，陈八岱用手指摁了摁伤处，脚踝关节处比较痛，肿胀的部分几乎没什么感觉，也就是很普通的软组织挫伤，只要上了药，一切问题都不是问题。

陈八岱一手给自己的伤处揉揉，活活血好上药，一手拉开了背包的副袋，摸索着那跌打神药，摸了半天，也没摸到那个熟悉的小药瓶，陈八岱有些惊奇，把背包扯到身边，电筒照过去，把脑袋凑上去，来来回回找了好几遍。

“What the fuck!”陈八岱发出愤怒的吼叫！

“你又怎么了？”苦苦思索的夏尔巴被打断了思路，有些烦躁。

“夏总，你有没有跌打药？”陈八岱期期艾艾地说道，这时候陈八岱才想起，那个装着跌打神药的小药瓶原本和医药包放在副袋的，不过刚才检查装备之后陈八岱顺手给塞进了主袋里，此时应该和其他失落的东西躺在这地底的某个角落里了。

“你的医药包呢？”夏尔巴有些惊奇，但随即反应过来了，晦气地打开自己的包，把医药包扔了过去，“只有这么一点东西了。”

陈八岱打开医药包，只找到一小瓶跌打喷雾剂，这玩意儿看着广告吹得天花乱坠，其实它的防蚊效果比治疗跌打好得多，不过这时候陈八岱也没得挑，只有抱着死马当活马医的心态，“噗噗”连喷了五六下，觉得药效不够，又狠狠地喷了两下，喷剂顺着脚踝往下流……

“哎，你省着点吧。”夏尔巴看着真心疼，这么小的面积，陈八岱这几下子就喷掉了四分之一！

“这玩意儿，也就能防蚊，这儿又没蚊子……”陈八岱用力揉着肿胀部位，好像要把药液揉进皮肤里，揉到痛处，嘴上不由得“咝咝”地抽着凉气。

“节约点电池吧。”夏尔巴把电筒关了，四周陷入黑暗中，离陈八岱不到一米远的闵先生眼前一黑，陈八岱的影像从他眼前消失了，夏尔巴也没有说话，只听到陈八岱抽着凉气的“咝咝”声……

十分钟后，陈八岱觉得揉得发热了，这会儿别说把药液揉进皮肤里，渗进骨头里都有可能了，他甩了甩酸痛的手，这才发现大家一直没有说话。

“哎……说两句呗，这么黑又这么安静，怪瘆人的。”陈八岱开口了。

夏尔巴刚才听着陈八岱的“咝咝”声，靠着洞壁觉得有些累，那“咝咝”声好像催眠曲一样，此时他已经睡着了，闵先生倒没有睡，这“咝咝”声在他耳朵里回荡，他要确保自己还活着，至少现在感官还能感受，那就证明自己还活着，可是还能活多久？闵先生心底的恐惧又慢慢地抬头，他感觉到胸腔一阵紧缩，闵先生可以明显地感觉到恐惧在包围心脏，随着“咝咝”声一下一下地挤压着，让他觉得透不过气来。

听到陈八岱开口说话了，恐惧好像碰上了克星一般，一下子缩得无影无踪，闵先生这才从恐惧中解脱。

“哎？睡着了？”陈八岱没听见回音，摸索电筒，准备打开，看看大家都在干什么。

“这肯定是楼兰巫师的墓地。”闵先生突然开口了。

“哎我去……闵先生你太吓人了，一开口就是墓地。”陈八岱听到有人声，这证明至少自己不是一个人。

在这封闭的地方，一个人很容易发疯，有人说话可以缓解精神紧张，只要有话题就好，管他是什么。

“我们肯定遗漏了些什么，既然他们开凿了这里，就一定有出去的路。”闵先生说道。

“哦……这里废弃了至少几百年了，那些楼兰人为啥费了老牛鼻子力气凿了这么一个洞，然后不要了？”陈八岱反问道。

这个问题没法回答，联想到附近村落的布局，还有一谈及鬼门关和棺材山时村民那抗拒的表情，在这棺材山的地下，一定有着惊人的秘密。

“我仔细回想了一下，刚才我们还路过了两个石室，也有类似的辐射状通道，但都没有完成。”夏尔巴开口说道，“这些石室一定是利用通道连接起来的。”

“这还用说？可是哪一条是路？”陈八岱觉得夏尔巴这句话和没说没区别。

“如果这里真的是太阳葬的形制，会不会……”闵先生觉得这之间肯定有关联，但又说不出来。

“等等！”夏尔巴好像想起了些什么，“有没有纸笔？”

闵先生从包里给他找出铅笔和画图纸，夏尔巴在纸上凭借着记忆，把刚才走过的线路画了出来，毕竟是搞勘测的，夏尔巴的画图水平还很不错，虽然没有标注出东南西北，但大体的比例还很协调。

“So？！”陈八岱看到夏尔巴画的线路，觉得头开始大了。

“这是咱们现在的地方，这是我和陈八岱找到闵先生时的石室，这个石室大小一共有13条通道，我们是从这里走过来，和闵先生会合的，然后我们从这个通道出去，路过了这里，还有这里，这两个石室很小，也有若干条通道……”夏尔巴说道，这时候谈死亡似乎有些沉重，虽然很应景，但陈八岱觉得，谈谈女人或许更好一些：“哎，你说夏若冰这时候怎么样？”

“闵先生，这是太阳葬？这……是蜘蛛网吧！”陈八岱看着图，如果夏尔巴没有画错的话，这通道和石室相连，那么这些石室就好像蜘蛛网上经纬线的交点，每个交点又向外发散出若干条线路，直到和下一个石室相交。

这些石室和通道，大多是利用自然山洞掏出来的，所以是不可能很规整的，唯一路过一个大约20平方米的小石室是凿出来的，大体呈一个圆形，如果非要往太阳葬方向凑，好像也能说得通，可是谁见过太阳有这么弯弯曲曲的“光线”？再说了，这“太阳”和“太阳”之间连成个蜘蛛网，这算是怎么回事？

问题又绕回了个死结，且不管这里是楼兰人的太阳葬还是别的什么，总得找条路出去。

“夏若冰在就好了。”闵先生低声叹了口气。

“闵先生，你怎么会对楼兰这么有兴趣？”陈八岱又旧事重提。

“一个很神秘的王国，西域36国中地域最大，人口最多，也最富有的王国，2000年前，突然分崩离析，这让我很着迷。”

“反正现在也没事，你说说呗。”陈八岱往墙壁边一靠，伸开腿让自己舒服一点。

“传说2000年前，楼兰出现了剧烈的动荡，这也是楼兰快速衰落的重要原因……掌管着祭祀和礼制的巫师集团，和王族发生了激烈的冲突，最后巫师一族被驱逐了。”闵先生说道。

“你怎么会知道？”夏尔巴很惊讶。

“传说并不仅仅是故事。”闵先生避而不谈，“我有很多玩古董的朋友，楼兰的宝藏可是让很多人魂牵梦绕的。”

“我就说闵先生来这里不是为了看什么死人走路。”陈八岱冷笑了一下，难怪闵先生会如此大手笔。

“不，我和他们不一样，我可以为了好奇花钱，宝藏……那当然是国家的。”闵先生笑道，“就算我在这里找到点什么，它也是国家的。”

“你们有钱人的世界真让人看不懂。”陈八岱不想去思考这些问题，当务之急还是得在这个地下的蜘蛛网里找到出路，否则一切都没有意义，“闵先生，咱们不一样，很不一样。”

“对，咱们很不一样。”对于这点，闵先生和陈八岱的意见是一致的。

“呃，陈八岱，我问你一个问题，要是我受伤了，你会不会丢下我自己走掉？”

“哎我去……这怎么每次都有人问我这个问题，就跟女人问我和你妈一起掉水里先救谁的问题一样。”陈八岱嘟哝道，这个问题的确很难回答，因为人性和现实在这时候是冲突的。

“哎……那我问你，我受伤了走不了了，你会不会走掉？”陈八岱索性把这个难题抛回去。

“你先回答我的。”闵先生说道。

“哎……那我不会，你在我眼里那就是钱，我现在很缺钱，甭说海天盛筵，我现在连吃盘小龙虾都得掂量掂量，你要是回不去，谁给我钱？”陈八岱说道，一本正经。

“噗……我在你眼里就只是钱这么简单？”闵先生被陈八岱的一番话逗笑了。

“简单一点好，难道现在我们讨论人生和哲学？反正我也不懂。”

“简单好，陈八岱，你和汪兴国不一样，你是简单但不单纯。”闵先生突然想起汪兴国，这绝对是一个求生的高手，如果他没死，闵先生觉得应该找他好好谈谈，他一直在寻找有能力的人，而汪兴国绝对是最好的人选。

“他……哎，单纯得跟傻瓜一样……”说到自己发小，陈八岱有些无语了。

“嗯……”闵先生很明显没有听陈八岱在说什么。

陈八岱见闵先生没有搭腔，觉得自己总得找点话题，问道：“哎，要是我受伤走不了了，你会不会丢下我不管？”

“会！”闵先生一点没有犹豫。

“哎我去，你也太直接了吧？你就没考虑抢救一下？”陈八岱夸张地叫道。

“啥？什么抢救？！”夏尔巴没有听他们在说什么，眼睛盯着画的图，脑子在高速运转。

“没事，没事，夏总你继续看图找路。”陈八岱没好气地说道，夏尔巴差点把自己吓了一跳。

“我只是开玩笑，我曾经丢下过一个人……”闵先生说道。

“以前你也探过险？”陈八岱觉得有些奇怪。

“算是吧……不过还好，我回头找了救援队把她救回来了。”闵先生说话间，脸上不自然地抽搐了几下，但在黑暗中，陈八岱并没有看到他脸上带着的痛苦的表情。

“闵先生你也不是见死不救的人！”闵先生的回答让陈八岱还算安心，不过这时候他也累了，他往洞壁一靠，“我睡会儿，累死了。”

“是呀，我不是见死不救的人……如果可以重来的话……”闵先生这句话更像是自言自语。

“嗯……反正现在被扔这儿了，如果可以重来的话，我可不进来了。”陈八岱嘟哝了一句，不理闵先生，闭上了眼睛。

第28章

无路可走3

“汪兴国你在弄什么？”夏若冰看到汪兴国从医药包里掏出一条医用胶管，然后拆了一截背包的铝管，用手把铝管掰弯，铝管掰弯成了U字形，他拿着这个U字对着平台比画着。

“弹弓！”汪兴国简单地回了两个字，用刀从医药包上切了一小片帆布下来。

“弹弓？”夏若冰奇怪地看着他，都什么时候了，还在做小孩子玩具！

“哎，光线别乱动，照好了。”汪兴国正在帆布上开孔，夏若冰把电筒转到平台上，她想不明白弹弓和这个平台有啥关系。

“你做弹弓干吗？打鸟？”夏若冰有些生气，这时候不想办法出去，做弹弓有什么用？

“那你有什么办法？只能从平台想办法。”汪兴国把孔开好了，把胶管穿了过去，又试了试拉力，若是打出弹丸，这个拉力是足够的，不过再加上拖绳，汪兴国觉得可能有点悬。

“哎，你的医药包里有没有胶管？”汪兴国问。

“你哎什么哎，我有名字，夏若冰！”夏若冰觉得烦躁，这汪兴国似乎跟没事人一样，自己兴致勃勃地做弹弓。

“我就知道问了也是白问。”汪兴国拿着U形弹弓架，把胶管比画上去，计算着弹力。

“你到底在干吗？”夏若冰好像想到一些什么了。

“很简单，要上那个平台，就需要绳索，要么有人爬上去，要么想办法把绳索拖上去。”汪兴国说着，截断一小段伞兵绳，把胶管绑在U形弹弓架上。

“用这个？！”夏若冰指了指伞兵绳，这么细的伞兵绳，且不论上不了保护器，人一上去就得断了！这汪兴国到底靠谱不靠谱啊？

汪兴国白了夏若冰一眼，不想和她解释原理，弹弓已经做好了，接下来得找一个弹丸。

“嗯，你现在给我去找一块石头，要均匀的。”汪兴国说着，看到夏若冰转身了，又提醒了一句，“不能超过我的视线范围。”

“还视线范围？！”夏若冰嘟哝了一句，她对汪兴国的命令语气很不满，可现在毫无办法，一低头，就看到地上有很多刚才落下来的石灰石，随手捡了一块半个拳头大小还算匀称的石头，回头往汪兴国面前一递，“多复杂的事情啊，找石头，满地的石头。”

汪兴国看到伸到面前的石头，抬头看了看夏若冰，无语。

“怎么？还不满意？”夏若冰瞪了他一眼。

“哎……”汪兴国叹了一口气，真是少说一句都不行。“夏若冰，我需要一块大约拇指这么大，最好近似圆形的石头，用它做弹丸，先将伞兵绳抛射上去，然后将主绳拖上去，喏，看到那个位置了吗？用那里做固定点。”生硬的方式会引起夏若冰情绪抗拒，汪兴国只好耐着性子改用柔和的语气。

“你拿这块石头扔上去不就行了吗？”夏若冰看到平台上有个凸起，那个凸起并不大，大约不到十公分，要把主绳拖到那里可不容易。

“精确，我需要精确地把绳索拖到那个位置。”汪兴国只好再解释，这个距离，谁敢保证石头能扔得那么准？与其浪费时间，不如做个工具。

“哦……”夏若冰知道自己理亏，老老实实地去找石头去，不一会儿抓了一把回来，摆在汪兴国面前，让他自己挑。

“干得不错……”汪兴国觉得应该给她一点鼓励，这时候情绪波动可是要命的事情，他挑了一块最匀称的，用伞兵绳做了一个绳套，把石头裹进弹弓的弹兜里，又检查了一下脚下的伞兵绳和主绳，确认它们都顺好了，举起弹弓，瞄准了高处的位置。

汪兴国要精确地把弹丸射过那个凸起，并且还要保证绳索越过凸起，在石头掉落的时候还要计算这么小一块石头要拖动7米多的伞兵绳，以双倍计算就是14米，汪兴国一定要保证弹丸有足够的速度，在越过了凸起之后还要能拖出至少6米的绳索。

“啪！”第一次实验，弹丸打到了旁边的石壁上，离目标点偏了一点，但至少汪兴国感觉出了弹丸的速度是足够的。

“啪……”第二次，弹丸略低了一些，打到了凸起下沿。

每一次失败，汪兴国都需要重新把伞兵绳收回来，仔细地顺好，这可不是着急能干的活，一来一去，就得好几分钟，再加上这个角度很刁钻，要准确地命中太不容易了。

“打过去了……”夏若冰数着数，这已经是第19次试射了，汪兴国倒还很淡定，一点没有焦躁的感觉，每次都根据情况调整着弹着点，打得越来越准了，但可能是角度问题，有两次绳索越过了凸起，但下落的时候不够长，汪兴国够不着，没办法又得扯下来重来。这次夏若冰听到弹丸发射时候很有力的“啪”的一声，弹丸像长了眼睛一样，精确地越过了凸起，然后弹在洞壁边上，带着伞兵绳直直落了下来。

可还是差了一点点，弹丸离地面还有三米多高的时候，伞兵绳挂在了凸起上，夏若冰气馁地看着伞兵绳吊着弹丸在半空晃悠。

“又要重来啊？”夏若冰很沮丧，已经第20次了，这看起来很简单的事情怎么会这么难？如果一件事情没期望，那就不会有失望，而这种看似一伸手就能成功却屡屡失败的事情，是最摧毁信心的，夏若冰觉得自己已经被这伞兵绳和弹丸折磨得要发疯了。

“哦，求生的时候，有很多事情就是要不断地实验，那需要一点时间，不着急。”汪兴国安慰道，又看了看这次弹丸离地面的高度，至少比前两次低多了，突然问道：“夏若冰你多高？”

“你问这个干吗？”

“拿绳子啊。”汪兴国指了指半空中晃悠的弹丸说道。

“一米七！”

“一米七减去40厘米是一米三，一米七的身高臂长大约是65厘米，一米七六减去40厘米是一米三六，加上一米九五就是三米三一，嗯……应该够了！”汪兴国嘴上算着一大串夏若冰听不懂的数字，没等夏若冰反应过来，又问：“你多重？我要真实数据。”

“你什么意思？接下来是不是要问我三围了？”身高体重可是女生的隐私数据，哪能随便告诉人？

“快点，我有个法子，但我得知道你的体重。”汪兴国嘴上说着，眼睛还是直勾勾看着那晃悠的弹丸。

“你……你到底想干吗？”夏若冰气急败坏。

“弹丸距离地面三米二左右，我把你顶上去，你站在我的肩膀上，拿到弹丸把绳子牵下来，我顶你的时候要保持平衡，越重我越难保持，如果超出我的极限，我就另外想办法，蹲举又要保持平衡，我的极限是60公斤……或许65公斤……”汪兴国说道，这可不是健身房里举杠铃，顶起一个一米多高的大活人，平衡稍微把握不好，把夏若冰摔坏了可就麻烦了。

“我……50公斤……”夏若冰轻声说道。

“好了，那就别浪费时间了！”汪兴国蹲下来，拍了拍肩膀，“你上来，先蹲着，等会儿慢慢站起来，嗯……要是不行不要强撑，你跳下来我可以保护你。”

“真的要这样？！”夏若冰睁大眼睛，“不能想别的办法？”

“有别的办法我还用这么费劲？快点吧！”汪兴国催促道。

“好吧……”夏若冰看了看周围，凸起离洞壁还有一米多，想靠墙也靠不了，又没有长杆够得着，她磨磨蹭蹭地爬上了汪兴国的肩膀，可站在肩膀上要保持平衡还真不容易，汪兴国只好用手摸索着，想找到夏若冰的腰带，这手一下摸到了夏若冰腰上。

“你干吗？乱摸什么？”夏若冰叫道，差点从汪兴国肩膀上蹦下来。

“大小姐……别乱动……我去……”夏若冰没有腰带，汪兴国只好抓住了她的裤头松紧带，刚才夏若冰这么一躲闪，重量一下子踩到左边肩膀上，疼得汪兴国直咧嘴。

汪兴国抓住了夏若冰的裤子，这样至少能保持平衡，然后慢慢地站起来，夏若冰就这么蹲在了他的肩膀上。

“你别着急……慢点，千万保持平衡，我放手了啊，你先扶着我的头，你要是保持不了平衡，千万不要往后跳，往前跳我能抓住你……”汪兴国交代着，接下来的事情很重要，就得靠夏若冰了，“拿到了慢一点，慢慢顺绳子，千万别快。”

“你能站稳一点吗？”夏若冰摇摇晃晃地站起来，可是这肩膀可不是坚实的土地，夏若冰总觉得脚下不稳当，为了保持平衡，她在左右摇晃，她这么一晃，汪兴国在下面也得跟着调整。

“你别晃啊……”夏若冰站到一半，觉得实在是把握不住平衡。

“我没晃……是你晃……你……站稳了，慢点……慢点……”汪兴国顶着夏若冰，憋着一口气，努力地保持平衡。

“我没晃……汪兴国，你别动啊……你一动我就害怕……”夏若冰又蹲了下来，手抱着汪兴国的脖子，这样能让她觉得稳当一些，可是这一下，汪兴国的脸憋得通红。

“夏若冰，你要勒死我？”夏若冰害怕，手上也不知道用了多大劲，汪兴国本来就负重，这一下气管被勒着，说话都艰难起来。

“对不起……对不起……”夏若冰赶紧放手，扒着汪兴国的额头。

“没事，还没死，再试试……”汪兴国说道，“你别害怕，慢点，直着站起来，很简单的……”

夏若冰鼓足勇气，又试了一次，可是快站直的时候，突然受伤的右脚一软，夏若冰惊叫了一声，身子就歪倒了，保持不了平衡，朝右边倒了下去。

汪兴国心里暗叫不好，还好眼疾手快，夏若冰掉在半空的时候他凌空一抱，两手护着她的头，半空一个翻转自己给垫了下去，肚子垫在夏若冰膝盖下，又狠狠撞了一下，只剩下出气没有进气了。

“汪兴国……汪兴国……”夏若冰看着汪兴国两眼圆瞪，嘴巴张得大大的，脸憋得通红，不明所以，支起上身着急地叫。

汪兴国这时候哪里能说话，只好用手拍着夏若冰，让她先下去再说，夏若冰手忙脚乱地爬下汪兴国身上，汪兴国就像个虾球一样蜷缩了起来，好半晌才缓过气来说：“竟然……两次……”

“我弄伤你了？！”夏若冰急了，看着汪兴国捂着肚子，跪在那里。

“没事……没事……我不是叫你往前跳吗……”汪兴国无语，最怕她自由发挥，还特意提醒了，还好自己皮糙肉厚，要是一般人挨上这么一膝盖准保重伤。

“我……”夏若冰开口想解释。

“哎……怪我，忘了你右腿有伤，再来！”汪兴国恢复过来，又走到绳索下，蹲下来，拍了拍自己的肩膀。

“再来？你行不行啊？！”夏若冰摇摇头。

“你不要考虑我，你只要信任我能顶住你就好了，别怕，很简单的，站起来，伸手，抓到绳子，慢慢拉下来，拉到我能够着的位置你的任务就完成了……”汪兴国尽量轻松地说道。

“行不行啊？”夏若冰与其说是不信任汪兴国，不如说是对自己没信心，再摔一次，汪兴国可就真的被自己弄死了。

“放心吧……”汪兴国又拍了拍肩膀。

第二次还算顺利，夏若冰终于摇摇晃晃地站直了，不过她展开双臂的时候还能保持平衡，一试图伸手去够绳子的时候身子就忍不住摇晃。

“不行，汪兴国，放我下来，我不行……我抓不到……”夏若冰心里发毛，她的腿开始发抖，右腿的膝盖也不配合地开始疼了起来。

“别……一伸手，就30秒，坚持30秒……我顶着你！”汪兴国用手把着夏若冰的膝盖，紧紧地把它们固定在自己肩膀上，“伸手，别怕，我顶得住！”

“我……不行……你放我下来……”夏若冰快哭了。

“卧槽！夏若冰，你特么还是什么高手，你这是想把我们都害死在这里？！”汪兴国发火了，声调提了起来，这一下把夏若冰吓着了。

夏若冰从来没有应对过这样的情况，虽然她也没少往野外跑，对于求生也有过理论上的了解，可是那仅仅是理论上的。

“伸手，抓住绳子，慢慢往下拉，夏若冰，你要是这都做不好，我们俩都得死在这儿！”汪兴国没办法，自己的体能也快到极限了，这时候最简单粗暴的办法往往就是最好的办法。

夏若冰一咬牙，干脆不管那么多了，一伸手，在头顶上够到了那颗弹丸：“我抓到了……”

“慢慢拉下来……别快……”汪兴国松了半口气，拿到绳索就算成功一半了，只要绳索不滑落，就不用担心。

夏若冰把伞兵绳缓缓地往下拉，拉到了能让汪兴国够得到的高度，重新蹲回了汪兴国的肩膀，汪兴国的体能也到达了极限，把夏若冰放下来的时候，一屁股坐在了地上，干脆往后一躺，喘着粗气：“夏若冰……你不止50公斤啊……下次你能不能说实话……我好有个心理准备……”汪兴国好不容易把气喘匀了。

“辛苦了，来，喝口水吧。”夏若冰觉得汪兴国的确辛苦，简直是做牛做马，给他递过水壶。

“我自己有，你的水留着。”汪兴国摆了摆手，反正自己对做辛苦的事情也习惯了，他恢复了一下站起来，拖着伞兵绳，把主绳顺了上去，主绳刚好卡进了凸起的一个凹槽里，堪称完美。

“安全带、保护器……”汪兴国说着，夏若冰已经穿戴好了，想了想问：“没有上升器啊……”

“你的上升器呢？”汪兴国记得准备了这玩意儿的。

“在夏尔巴那里，你的呢？”夏若冰反问。

“在陈八岱包里……”回答让夏若冰很无语。

“没事，没上升器自己做一个……”汪兴国掏出自救扁带，在绳索上编结。

“能行吗？”夏若冰看着这个扁带做成的上升器，有些怀疑。

“绝对没问题，效率虽然低一些，但是安全绝对能保证，呃，对了，你动作尽量轻柔一点，那个卡槽刚好能卡住绳索，等会儿你上去了，把绳索固定到另外那块石头上，我再上去。”汪兴国说道。

“不是你先上？”夏若冰看着汪兴国，这冲锋陷阵的事不是应该他先去吗？

“呃……这个固定点可能不太稳固，你体重轻，成功率高。”汪兴国挠了挠头，答道。

“汪兴国，合着你的意思是让我先去送死对吧！”夏若冰又发火了。

“喂……不是还有我这么一个人肉垫子嘛，你已经压了我两次了！”汪兴国很无辜，如果自己上，一旦固定点承受不住，就没有第二次机会了。

“万一……”夏若冰很担心。

“没有万一，相信我，你摔下来我会再垫着你。”

夏若冰感觉自己自从摔落进这里之后，信心就一直在被黑暗吞噬着，汪兴国的保证还是不能让她安心，可是现在也没有更好的办法，夏若冰在汪兴国的指挥下，倒还是很顺利地爬上了平台，汪兴国松了一口气，问道：“那边是不是有个通道？”

“对，有一个，我去看看……”夏若冰用电筒一照，的确有个通道。

“等会儿，你把绳索固定在那块大石头上，等我上去会合了再说。”汪兴国心里又安定了一些，有通道就有出去的希望了，他低头穿戴安全带，等自己穿好了安全带，一抬头没看到夏若冰的身影，绳索倒是固定好了。

“夏若冰！”汪兴国叫道，没有回音。

“夏若冰！你人呢？！”汪兴国急了，这到底是怎么回事？

“汪兴国，快！有朱砂！”总算是听到夏若冰的回音了。

夏若冰固定好绳索之后，被一块朱红色吸引了目光，开始她以为是赤铁矿的锈迹，但那颜色红得有些不正常，用电筒往通道深处一照，里面隐约看到有图案，这顿时把她的兴趣勾了起来，顾不上汪兴国了。

“喂！别乱跑！”汪兴国叫道，可是夏若冰哪里会听，一头钻进了通道里，汪兴国只看到电筒光晃了一下就不见了。

汪兴国爬上平台，已经看不到夏若冰的身影了，连她的电筒光都看不见了，他心里咒骂着，把绳索收上来都顾不得顺好，乱糟糟地团成一团，就顺着通道追过去。

“夏若冰！夏若冰！”钻进了黑乎乎的通道，还是没找到夏若冰，汪兴国高声叫道。

“这边，注意岔道，往右！”夏若冰的声音从通道很远的地方传来，汪兴国顺着声音追过去，总算是看到光线了。

“你知不知道这样乱跑很危险！”汪兴国见到夏若冰，劈头盖脸就骂了一句。

“别说话！你看！”夏若冰用电筒照着一堵墙壁，汪兴国把目光转过去：“这是什么？”

“朱砂！用朱砂画的图案！”夏若冰语气中带着兴奋，“我父母没有错！”

汪兴国盯着墙壁上的图案，这图案虽然斑驳不清，但的确是人所作的，他伸手想摸一下看看到底是怎么画上去的。

“别碰！这是文物！”夏若冰制止了他。

汪兴国尴尬地缩回了手，夏若冰专注地看着图案，在脑子里想象它完整时候的样子。

“夏若冰，和你商量个事儿……”汪兴国觉得她这么乱跑会很危险，觉得不吐不快。

“等会儿……这是一个驼队的图案……驼队……这里没有骆驼，骆驼是沙漠里的物种……”夏若冰根本没听汪兴国在说什么。

“夏若冰，咱们在求生……”汪兴国张了张嘴，可夏若冰根本没搭理他。

“我父母一定是对的……这里是楼兰巫师的墓地……或者是某个楼兰王族……”夏若冰有些激动。

在2000年前，漆还没有发展起来，作画多数还用朱砂、赭黄这些自然矿物加工的颜料，这些颜料非常珍贵，只有贵族才能用得起，而且颜料的使用还有严格的等级，朱砂只有王一级别的诸侯才能使用，而在2000年前，在自然崇拜向宗教转化的过程中，巫师是掌管着重要权力的人物，在这里发现了朱砂所作的壁画，难怪夏若冰那么兴奋。

壁画经历了很多年，早已经斑驳不堪，很多地方已经剥落，氧化消失了，剩下的一小部分也残缺不全，有一部分还能隐约看得出是几头骆驼正行走在沙丘之上，这儿根本就不产骆驼，这让夏若冰立刻联想到了遥远的沙漠……

再用电筒光顺着壁画照到墙上和洞顶，这个山洞明显不是自然形成的，洞壁经过了仔细的雕琢打磨，很光滑，整体呈现出个半圆形，另一边被垮塌的石块和泥土掩埋了，看不出任何情况，在遗留下的这半边夏若冰看到了许多朱砂和赭黄作画留下的痕迹，当年这圆形的石室里，墙壁和顶上都画满了精美的壁画，可是它们没能经受住时间的考验，现在只给夏若冰留下了这么一点痕迹。

夏若冰盯着壁画看了足足有十分钟，汪兴国觉得有必要再提醒她一下现在的处境。

“夏若冰，咱们商量个事情呗。”

“别吵……我在想事情！”夏若冰粗暴地回了汪兴国一句。

这话让汪兴国本来的好脾气飞到了九霄云外，在这里浪费的时间越多，他们求生的希望就越渺茫。

“夏若冰！我们没有时间在这里浪费了！”汪兴国的语气也不友好起来。

“这是难得一见的文物！极有可能就是楼兰消失秘密的所在！”哪有人这么对夏若冰不耐烦地吼过，夏若冰想都没想回了汪兴国一句。

“再浪费时间，你和我都要死在这里变成文物了！”汪兴国的怒吼在石室里回荡，半晌从通道里回声反射回来，还夹杂着一些奇怪的“咔咔”声。

夏若冰一下子被吓住了，手电筒本能地转向了通道深处，但那里除了黑暗，什么都没有。

第29章

迷宫1

汪兴国也听到了回声，愣了一下，手本能地按到了腰间的求生刀上，打开了刀鞘，屏住呼吸，过了一会儿声音消失了，山洞中静悄悄的。

汪兴国关上刀鞘：“夏若冰，要想活下去，我和你约法三章！”

或许是被刚才的怪声吓住了，夏若冰这时候总算是冷静了下来，定定地看着汪兴国。

“第一，不许单独乱跑！第二，听从指挥！第三，给我集中注意力求生！”

“可是……”夏若冰扭头看了一眼墙壁。

“没有可是！从现在开始，我让你往东你不能往西，让你赶狗不许抓鸡，明白吗？”汪兴国打断了她的话。

“这是……”夏若冰还想争辩。

“你搞清楚我们现在的处境，夏尔巴他们生死未卜，我们还不知道出路在哪里，你想和你父母一样在这里失踪吗？”汪兴国声音又大了起来，这时候不能给夏若冰任何幻想的机会。

话音刚落，通道那边又传来一阵阵的“咔咔”声，声音在洞壁中反射，感觉越来越密集，一丝恐惧爬上了夏若冰的心头。

“好吧。”夏若冰心里发毛，不由得往汪兴国身边靠了两步。

汪兴国分辨了一下声音，觉得它暂时还不会造成威胁，回头看了夏若冰一眼，很认真地说道：“夏若冰，做人要守信用！”

黑暗，找不到出路，甚至找不到方向，食物和水严重短缺，没有救援，这任何一项在户外运动中都算得上是很严重的问题，这么多不利因素叠加，汪兴国要考虑的是如何活下去，可夏若冰并不是专业的探险队员，当她看到朱砂的时候，追寻真相的本能让她忽略了最现实的问题。

当夏若冰被拉回现实的时候，能感觉到压力在内心逐渐积累，她不知道自己什么时候就会崩溃，现在她唯一的依靠就是汪兴国，看到汪兴国走进了另一条通道里，夏若冰赶紧跟上。

汪兴国一路一言未发，在本来就压抑黑暗的地下，夏若冰觉得更压抑了，通道里几幅斑驳的壁画也顾不上去探查，她紧紧地跟在汪兴国身后。

“汪兴国你生气了？”压抑让夏若冰感觉应该说些什么。

“生气，我很生气，可是生气解决不了问题。”汪兴国在岔道边停下了脚步，拿起电筒左右照了照，“走这边。”

夏若冰哪还敢提出异议，跟着汪兴国钻进岔道。

“会不会真的是楼兰巫师一族开凿了这里，作为他们的陵墓？”夏若冰问道。

“可能吧，要不咱们找个死人问问？”汪兴国的注意力根本不在楼兰或者陵墓上，他现在要努力地求生。

又往前走了一段，通道被坍塌的石块和泥土堵住了。

“死路，回头吧。”汪兴国一秒钟都没有耽搁，扭头就往回走。这反应速度让夏若冰大吃一惊，他似乎都不用思考。转回了刚才的岔道，转向了另一条没有走过的通道，汪兴国又不说话了。

“汪兴国你说点什么行吗？”在单调的灯光中，只听到枯燥的脚步声，夏若冰感觉心里的恐惧越来越放大。

“我在想电池还能支持多久。”汪兴国解释说。

“我们的电池能用多久？”夏若冰问，在洞穴中，没有光源那可是要命的。

“从打开电筒到现在，已经用了大概两个小时，中间有半个小时在看壁画，理论上，弱光情况下我的电筒能持续照亮15个小时，打个6折算10个小时左右，还有两块备用电池，你还有一个电筒，一个头灯，嗯……我们的电池顶多能支撑40个小时……”

“一天半？！”夏若冰惊叫道，一天半对于求生而言并不算太长时间。

“对呀，所以我劝你不要再浪费任何一秒钟，加快行动，不要做无谓的消耗。”汪兴国说道，这时候通道已经快走到底了，他看见左边有个岔路，夏若冰被汪兴国的计算搞蒙了，在她的预计里有这么多电池，可以至少支撑三天，一时没有注意到有岔路。

“左边，夏若冰，想啥呢……”汪兴国看她还直直往前走，提醒道。

“哦……”夏若冰心里一沉，或许情况比自己想象得更糟糕。

“汪兴国，对不起……”夏若冰小声地说道。

“嗯。”汪兴国的回答心不在焉，他用电筒照了照四周，这个通道还算宽敞，上面还有些朱砂绘画留下的痕迹。

汪兴国伸手摸了摸洞壁，一块朱砂颜料脱落，沾在他手上。

“别碰！”夏若冰看到了，心疼地叫起来，这是破坏文物啊！

“谁会在这里画这些东西啊？”汪兴国打量了一下眼前这一坨已经分辨不出图案的颜料。

“如果我父母是对的，这就是楼兰巫师的陵墓。”

“可是尸体呢？棺材呢？”汪兴国又问。

“这……”夏若冰怎么能回答得上来，这考古研究要讲究证据链，哪怕自己认为是楼兰巫师的陵墓，仅凭这些模糊成一团的壁画和这人工开凿的地下迷宫，那当然是不行的。

“这里已经废弃很久了，没有人再来过，如果是墓地，为什么没有人再来？”汪兴国又问。

“可能因为别的原因……”

“费了那么大劲，就这么不要了？”汪兴国想了想，“那些死人又是怎么回事？尸骨呢？”

汪兴国说着话，眼光越过了夏若冰，为了节约电力，汪兴国只开了弱光档，在黑暗中，这个光线是足够的，可是太远的地方黑暗吞噬了光线，光线远端显得很昏暗，汪兴国在光线末端，似乎看到了有分岔，把注意力集中了过去。

“汪兴国，你有没有看过死人？”夏若冰顺着他的话题，突然想到这个。

“嗯……看过……还背过。”汪兴国想等会儿的分岔路口，该怎么走，嘴上有些走神。

“你还背过死人？！”夏若冰很震惊，“什么时候？”

“当兵的时候，我一个战友牺牲了，我背回来的。”汪兴国说道，“看到前面的岔道没有？”

“嗯，看到了……汪兴国，你不怕？”

“怕……可是我不能丢下他，他应该有个体面的葬礼。”汪兴国说道。

“体面的葬礼？”夏若冰好像想到了些什么，可是随即又被自己否定了，如果这里是巫师的墓地，在地下开凿出这么宏大复杂的墓地对巫师而言无疑是很体面的，可围绕着棺材山外那些村落的人们是巫师的后代，把尸体抬到鬼门关就放任不管，这无论如何不能说得上体面。

“对，我就是这么想的，我们不知道下一次战斗能不能活着回来，甚至不知道自己会死于何处，死于哪种方式，但最起码能魂归故里，所以我们约定，无论是谁死了，活着的那个要把死的人带回来，嗯……左边还是右边？”汪兴国说话间，已经到达了分岔路口，这看起来是通道中稍微加宽的地方，在这里又岔开了两条通道，他用电筒照了照左边，又照了照右边，征求夏若冰的意见。

“呃……我也不知道。”夏若冰还在想着陵墓和鬼门关的事情，有些走神。

“我们在北半球，季风都是逆时针，走右边吧。”汪兴国用电筒照了照右边的分岔，随手捡了块石头，在洞壁边上画了一个箭头，然后写上数字1，做了一个路标。

往前又走了一段，一个石室出现在眼前，可这个石室已经塌陷了大半，在里面也没有找到其他出路，两人只好又退了回来，另寻其他路径试探。

接连的失败让夏若冰很气馁，她感觉越来越累，受伤的膝盖也隐隐作痛。

“汪兴国，你说我们死在这儿了怎么办？”夏若冰突然想起这个问题。

“这不是还没死吗？”

“我说万一……比如，我死了，你还活着，你怎么办？”夏若冰问。

“我从来不做这种假设。”汪兴国又看到前面有岔路了，脑子考虑着到底是左边还是右边。反正这时候，东南西北在此已经没有意义了。

“如果我父母是死在这里，我也死在这里的话，这算不算是一种轮回？”

“对于我而言，我只考虑现在的事和将要发生的事情。”在这种情况下，讨论死亡的确让人沮丧，汪兴国要避免这种沮丧情绪蔓延，他想把话题拉开。

“汪兴国，如果我死了，你要帮我把佉卢文对照表和我母亲的笔记带回去。”这时候夏若冰说出这话可不是什么好事情，这证明她的士气很低落，汪兴国必须回答得够聪明，才能阻止她继续胡思乱想。

“做任何事情对死人而言都没有任何意义，对活人才有。”汪兴国思考了一下说道。

“哎……汪兴国你的话还蛮有哲理啊！”夏若冰对这个答案还是比较满意的。

“嗯……左边……右边？”又出现一个岔口，这儿离出发的位置一共走了719

步，大约前进了400多米，转了两个弯，过了一个岔路，这是第二个，汪兴国在脑子里勾勒着洞穴图。

“你不是说理论上向右吗？”夏若冰左右看了看，实际上她也不确定。

“嗯……理论上是的。”汪兴国停下来，把电筒递给夏若冰，“拿着，休息两分钟。”

“你干吗？”夏若冰接过电筒，汪兴国从口袋里掏出了铅笔和画图纸。

“画线路图。”汪兴国展开了纸张，开始把脑子里对洞穴的印象画在图上，标注了转弯、岔道，在一些重点容易分辨的地方还特别进行了标注。

汪兴国在纸上勾勒出了刚才的前进线路，把两个堵死的通道也标注了出来，大体上他们一直是在向右转，如果这些通道是互相通连的话，他们再转几圈就会回到原地了。

画好了线路图，汪兴国盯着纸上的线路发愣，半天没有说话，夏若冰推了推他：“怎么了？”

“我觉得有点问题。”汪兴国也说不好。

“画错了？”夏若冰心里咯噔了一下。

“夏若冰，楼兰有没有在地下的太阳葬形制？”汪兴国抬起头，看着夏若冰问。

“这……”夏若冰想了又想，摇了摇头，“没有，楼兰的太阳葬是在空地中挖出圆形的凹地，正中摆放棺木，然后向外辐射插下胡杨木桩。”

“是这样？”汪兴国按照夏若冰的描述，唰唰几笔在纸上画了个草图。

“对。”

“你再看看线路图，这是我们跌落的石室，那里没有通道，然后我们爬上这里，顺着通道找到了壁画的石室，石室有好几个通道正好是呈辐射状向外发散的，接着是这一个小石室，也有几条通道……这些通道是相连的……”汪兴国指着线路图说。

“你的比例对吗？”夏若冰看着那些通道和石室，虽然那些通道是从石室发散出去再连接到其他石室，可这些通道并不对称，在2000年前讲究对称美，圆形墓地犹如太阳，那些胡杨木桩就像阳光向四周辐射。

“在这样的地下，开凿对称的通道可不容易，这些通道大多是利用天然通道修改加工过的。”汪兴国想了想说道。

“我不确定，可真的没有这样的太阳葬方式啊。”夏若冰又摇了摇头。

“会不会是其他沙漠民族来到了这里？”汪兴国不死心。

“乌孙、焉耆、于阗、若羌……楼兰，西域36古国里，没有这样的墓葬方式。”夏若冰很肯定地说。

“好吧，我们继续找路吧。”汪兴国看休息差不多了，继续浪费时间也没有必要。

顺着通道走了一段，一个大山洞豁然开朗，这是一个没有经过人工雕琢的山洞，被压力挤压出来的山石好像野兽的獠牙一般突兀在洞穴中，汪兴国用手摸了摸这些暗褐色的石头，这是含铁量高一些的赤铁矿，用电筒向四周照了照，眼角余光看高处有一个平台，把电筒光照了过去，那或许会有通向地面的通道，可是弱光看不清楚，他调成了强光，可是那个平台没有任何通道，汪兴国有些小小失望。

“往哪边？”夏若冰看着山洞中的三条通道。

“这边！”汪兴国把电筒调回弱光，往正中的通道晃了晃，示意夏若冰继续前进。

这条通道比起原来的那些显得相当地平直，通道两边的墙壁被仔细地雕琢过，这些品位不高的赤铁矿混杂着砂石，比坚硬的大理石好开凿多了，可开凿出来的石块和泥土到哪去了？夏若冰想着事情，不小心脚下被绊了一下，膝盖又砸到了地上，疼得她龇牙咧嘴。

“怎么这么不小心？”汪兴国上前扶起她，她的膝盖再受伤可就麻烦了。

夏若冰揉着膝盖，突然手停了下来，目光被光柱照着的一个东西吸引了。

她是被脚下一块碎石绊倒的，但这不是这里常见的赤铁矿石，赤铁矿石根据含量的不同显示出黄色或者褐色，可绊倒她的是一块白色的石头，夏若冰擦掉外面的污染物，这是一块石灰石！

“嗯？石灰岩？”汪兴国也注意到了。

这是一块大约20公斤的石块，边上有雕琢过的痕迹，但没有雕琢成形就变成了废料丢弃在了这里，夏若冰打开电筒往通道深处一照，发现远处还散落着一些白色的石块。

“那儿还有！”夏若冰顾不得膝盖的疼痛，一瘸一拐地朝那些石块小跑过去。

“喂！小心你的脚！”汪兴国提醒了一句，可哪里管得住夏若冰，只好赶紧跟上。

第30章

迷宫2

“这里还有个房间，快点！”没想到夏若冰瘸着腿还跑那么快，汪兴国刚跑几步，就看到她的电筒光一下子暗了下来，跟着钻进了房间一看，一下子愣住了。

这是一直以来见到的最工整的一个石室了，面积不算太大，只有不到50平方米的模样，但几乎是个完美的圆形，连边角都仔细地雕琢过，不像其他石室那样粗糙，夏若冰的眼睛直勾勾地看着石室正中央的一个石台，汪兴国顺着她的眼光看过去，这是一个石灰岩雕刻的石像，想必那些散落在外面的石块就是这雕塑上的废料了。

石像已经发暗，不像新的石灰石那样泛白，有些地方还被泥土和碎石掩埋，只露出了半边，夏若冰跑上前，用手把那些碎石泥土扒拉开，露出了石像的一部分。

夏若冰往后退了一步，看得更真切了一些，这个雕塑她见过！

“过来帮忙！”夏若冰看到汪兴国拿着电筒在周围照着那些通道，叫道。

“找路啊……”汪兴国回了一句。

“别找了，先帮忙……”

无奈汪兴国只好过来，帮夏若冰把一些她抬不动的石块搬到了一边，石像总算是露出了真面目。

“这是什么？！”一个半弧形的石像扣在石台上，石台上还有些凹凸不平的花纹，还没来得及清理，这个半弧形好像是一个龟壳，但明显这不是乌龟，石像的前半部分被坍塌下来的石块砸掉了，混杂在泥土和碎石中，看不出头部是什么东西。

夏若冰把石像的背部清理了一下，果然不出所料，这上面有花纹，夏若冰用小刀轻轻地顺着花纹把那些泥土抠了出来，一个图案出现在她面前。

汪兴国看到石像背后赫然刻着一个人眼！再仔细一看石台，也是一个椭圆形石台，如果俯瞰的话，也是一个人眼形状，而那个石像正好就是眼珠。

“程子村的宗庙里也有一个一样的石像！”夏若冰说道。

“这是什么？！”汪兴国没看出所以然，难道是一只乌龟？

“一个甲虫的形象，螯肢特别大！找一找，肯定还在这里。”夏若冰蹲下来，在那堆乱石里翻找，在混杂着泥土和坠落的赤铁石块里，找到了一些石灰岩的碎片，把它们拼了起来，果然像一只甲虫的头部。

“他们为什么要刻一个甲虫放在这里？”汪兴国扭头四下张望，这个石室一共有6个通道，正好呈对称的辐射状。

“可能是一种原始崇拜。”夏若冰又在着手清理石台上的那些凸起，如果没有错的话，这里和程子村宗庙偏殿的那个石像一样，围绕着一圈小的甲虫石刻。

“夏若冰，时间！”汪兴国又提醒了一下。

“很快的！你先找路吧。”

看夏若冰的模样，拽她也不会离开这个石像。

“我说过不能单独行动！约法三章你忘了！”汪兴国有些生气。

“我不乱跑，就在这儿！”夏若冰手脚麻利地清理着石台上的泥土，根本就没管汪兴国说什么。

汪兴国无奈，只好先去探探路，临走的时候还叮咛了一番，让夏若冰绝对不要乱跑。

等汪兴国回来的时候，夏若冰把石台清理得差不多了，果然石台上围了一圈小甲虫的石刻，好像浮雕一般，就像眼皮一样围绕在石台边缘，如果再加上两排睫毛，这个石台就真的像一个人眼了。

“有三个通道被坍塌的泥石堵死了，另一条通道没有打通，还有两条我没敢走远查看。”汪兴国回来向夏若冰报告了一下情况。

“嗯……难道楼兰人的原始崇拜是甲虫？！”夏若冰翻开了母亲的笔记本，可是没有找到和甲虫有关联的任何记录。

“夏若冰，我们没时间了……”汪兴国又提醒道，“能不能先找路？”

“等等！”夏若冰取出笔，快速地在母亲笔记本后的空白处大概地勾勒了一下这个石室和石雕的图画，又把一些重要的数据标明下来，等她做完了，十分钟也过去了。

“先试试这边吧。”汪兴国用手电晃了晃左边的通道，又提醒了她一句，“关上你的手电，节约电量。”

汪兴国默数着自己的脚步，走了371步，每一步的距离是70厘米，大约是260米，电筒光好像一下子被黑暗吞噬了，前方又是一个石室，看样子还非常大。

通道边的墙壁上有一个破碎的石雕的火盆，火盆边也刻着一个甲虫，汪兴国停下脚步，光圈拢在这个火盆上，他看到火盆背后好像是空的，凑近一看，空洞里有一个东西。

“夏若冰，好像是佉卢文，你来看看。”汪兴国叫道，夏若冰凑近一看，这好像是一个机关的杠杠，石条上的确刻着一行佉卢文，但是被火盆挡住了大部分，夏若冰看不全面。

夏若冰往下压了压火盆，发现它竟然还能动，空隙扩大了一些。

“帮我压着，我看看！”夏若冰把电筒调亮，努力地从缝隙中把目光伸进去。

汪兴国用力地压着火盆，将空隙又扩大了一些。

“动者必……”夏若冰还差最后一小段看不清。

“再往下压一点！”

汪兴国用尽吃奶的力气，整个人压了上去，火盆哐的一下，压到了最底部，空隙扩到了最大。

“看清楚了吗？”汪兴国问道。

“死？！”夏若冰揉了揉眼睛，以为自己看错了。

“什么？”汪兴国没反应过来。

“这写着动者必死！”

汪兴国放开了火盆，四周静悄悄的，只有火盆慢慢升回去的时候石头之间摩擦的“咔咔”声。

左右张望了一番，什么都没有发生，这时候火盆“咔嗒”一声，回到了原位。

“你没看错？”汪兴国怀疑夏若冰是不是眼花了。

“可能是太久了，机关失效了。”

“呼！”汪兴国提着的心放了下来，往前走了一步，突然听到洞中响起了“隆隆”的声音，头顶震动起来，前方的洞顶上冒出一阵阵烟尘，一堵石门缓缓地落了下来。

“退后！快退后！”汪兴国拉了夏若冰一把，刚一回头，背后的通道上不知道什么时候一堵石门也在下落，而且下落的速度还很快。

再不走两人就会被困在这狭小的地方了，快速判断了形势，汪兴国拉起夏若冰，径直往前跑，跑到石门边时它离地面只有不到一米了，汪兴国一按夏若冰的脑袋，先把她推了过去，接着把背包从肩膀上甩下来，扔了过去，石门已经离地面很近了，汪兴国一抱头缩起脚，滚了过去。

“哐！”地面震了一下，石门封锁了通道。

“你们听！有声音！”夏尔巴感觉到洞穴中响起了低频的声音，一下子被惊醒了，声音在洞中和通道里反弹，听起来好像低沉的“嗡嗡”声，离自己还很远。

声音把陈八岱和闵先生也吵醒了，他们不知道睡了多久，声音一会儿就消失了，陈八岱打开探洞电筒，四下照了照，什么都没有发现。

“再睡一会儿吧，说不定睡醒了就找到路了。”陈八岱往墙壁边一靠，继续闭上眼睛。

“夏若冰，膝盖还疼吗？”这个石室坍塌了大部分，剩下的部分空空如也，没有通道，两人被困在这里了。

夏若冰抱着膝盖背靠墙蹲着，摇了摇头没有说话。

“我再试试！”汪兴国又走到石门边，用尽吃奶的力气，想抬起来，可是石门纹丝不动。

“这儿总有机关可以打开吧？”汪兴国又绕着墙边找，想找到一个开关之类的东西，可是什么都没有。

汪兴国只好放弃了，叹了一口气，坐在了夏若冰身边：“膝盖怎么样？”

夏若冰还是没说话，看得出她情绪很低落，汪兴国只好想办法先将她的情绪调动起来。

“休息会儿再走吧。”汪兴国拍了拍夏若冰的手背，安慰她。她的手背冰冷，汪兴国心里暗暗叫苦——夏若冰的体能在流失，体温也在下降，这可不是什么好事！

“还能走去哪？”夏若冰幽幽地说。

“总会有出路的。”

这句话安慰的效果几乎为零，汪兴国也觉得不如不说，索性闭上了嘴，把电筒调到最暗，脑子在极力地计算着方位、距离等信息，试图通过这样勾勒出一个地下洞穴的地图，有了地图，就能更好地分析，那样才能找到出路——如果有的话！

他们没有太多的时间在这里消耗，电池的消耗在催促着他们要赶紧找到出路，洞穴里温度低，他们的食物储备也很可怜，这一切都在缓慢但无可避免地危及着生命，可现在被困在这里，汪兴国纵然有天大的本事也无可奈何。

夏若冰的确有些累了，她的肾上腺素一直处于高值分泌，肾上腺素能提高人的反应速度和器官灵敏度，但长时间高值分泌却会让人劳累不堪。

夏若冰毕竟没有经受过情绪管控训练，她不可能像汪兴国那样很好地调整着情绪，进而控制肾上腺素分泌，即使自己处于临界紧张状态，又不会因为过于紧张而造成无谓的精神消耗。

汪兴国觉得该说点什么，好缓解一下夏若冰的紧张情绪。

“你研究楼兰多久了？”好不容易，汪兴国挑起了一个话头。

“我16岁高中那一年，我爷爷把那半本佉卢文对照表交给我的时候，我就开始研究楼兰了。”夏若冰低声地说。

“有成果了吗？”

“没有……”

汪兴国觉得自己把话给聊死了，憋了好一会儿，说道：“我在特种部队求生的时候，碰到过比这更艰难的情况，都熬过来了。”

“你也被困在地下无路可走？”夏若冰问。

在处于求生状态下的时候，有些事情可以开诚布公，但有些事情最好就是撒谎，一个谎言能提高人求生的欲望，哪怕是一个虚拟的希望，都能延长存活时间，可一旦精神崩溃，如果得不到及时救援，这个人已经被判处了死刑。

夏若冰的情绪低落，正在朝精神崩溃的方向滑落，汪兴国必须阻止这个趋势，否则可能一个小时后，或者下一秒，夏若冰的行为就变得不可预测，有可能是漠不关心，也有可能是歇斯底里，但不管怎么样，对于求生而言，这些打击都是灾难性的。

“嗯！”汪兴国决定撒个谎，“那一年我在贵州求生，不小心摔进了地下溶洞群，我被困在里面整整7天！最后总算是爬出来了，这儿不算什么，棺材山也就巴掌大的地方，怎么转都能转出去，当年不是有个日本探险队友也出去了吗？”

“7天，你有那么多电池吗？”

“省着用呗，最后就烧衣服，烧裤子，烧背包，什么都烧光了，也就找到出口了。”汪兴国只好硬着头皮往下编。

“噗……”这话让夏若冰笑出声来，“那你不是赤条条的？”

“还有一条内裤，不过也烂得差不多了。”汪兴国觉得自己的谎言有些效果了。

“可是你那时候有路可以走，这里只剩下几十个平方米，无路可走。”夏若冰情绪一下子又低落下来。

“要不，咱们再研究一下你母亲的笔记？说不定有什么启发呢。”汪兴国看效果不佳，赶紧另起一个话题，他想要把夏若冰的情绪调动起来，让她不要去思考被困在这里这件事。

汪兴国不可能丢下夏若冰不管，除非她已经成了一具尸体！但带着一个精神崩溃的活人，很多时候还不如背着一具尸体，精神崩溃会像瘟疫一样传染，最终将剩下的人吞噬，最后放弃了求生的努力，这在很多山难中是有案例的。

汪兴国拧开水壶，递给夏若冰，夏若冰被动地接受了水壶，喝了一小口，汪兴国又把雨衣从包里掏了出来，让她穿上，雨衣可以保暖，至少可以在一段时间内阻止夏若冰的体温流失。

“来吧，我们看看，她肯定会给我们留下点提示的。”汪兴国趁热打铁，帮夏若冰找出了笔记本，塞到她手里。

“汪兴国，虽然我知道你是在骗我，可是，我还是要谢谢你。”夏若冰接过了笔记本，看着汪兴国说道。

“呃……”汪兴国看着夏若冰亮晶晶的眼睛，把目光偏到了一边。

“汪兴国，不管是谁活得更久，你答应我，要把这个笔记本和佉卢文对照表带出去。”

“不会到那一步的，相信我。”汪兴国只好讪讪地说道。

第31章

迷局1

虽然被夏若冰戳破了谎言，但夏若冰的情绪也平静了下来，她翻开母亲留给她的笔记本，认真地翻着每一页。

笔记本只记录了小半本，大多是来到这儿之后的记录，看得出夏若冰的母亲热切地想解开楼兰消失之谜，对棺材山也抱以了极大的希望，可她也没有进入棺材山里，或者说进入了再也没有出去，她的笔记里没有关于棺材山内部的一切。

合上笔记本，夏若冰又抱着膝盖，希望已经很渺茫了，生命也会随着时间慢慢流逝，或许自己也会和父母一样，无声无息地消失在棺材山里。

“要不再看看吧。”汪兴国劝道。

“没用的，她没来过这里，把电筒关上吧，节约电池。”夏若冰幽幽地说。

“哎！”汪兴国叹了一口气，关上了电筒，“再休息一会儿吧。”

刚刚闭上眼睛，汪兴国就觉得背后的墙壁有轻微的震动，接着头顶上响起了一阵“隆隆”声，那个紧闭的石门“咔咔”地响着，汪兴国跳了起来，急忙打开电筒，石门的确是在动，正在缓缓地上升。

汪兴国跑过去，用力地抬着石门，石门打开的速度很慢，汪兴国趴下，借着电筒的光亮往通道里看，另一道石门也在缓缓打开。

“夏若冰！门开了！快！”汪兴国激动地叫道。

夏若冰觉得不可思议，好像是在做梦，那段佉卢文写的难道只是一个开玩笑的话？但随即她慌乱地把笔记本塞回了包里，过来帮汪兴国抬门。

“你先走，别停！”门抬起来了一条缝，可以钻得过去一个人了，汪兴国催促夏若冰快走。

“啧啧……啧啧……”陈八岱咂巴咂巴嘴，那块扣肉晶莹剔透，散发着诱人的香味，这一口咬下去，绝对妙不可言，陈八岱迫不及待地一口下去，果然肥而不腻，陈八岱的嘴边滋滋冒油，那扣肉的美味充实着舌头上的每一个味蕾，太美妙了……哇！还有烧鸡，陈八岱把筷子上的扣肉塞进嘴里，腮帮子鼓囊囊的好像一只偷吃的花栗鼠一般，又迫不及待地伸出脏兮兮没有洗的手，去抓烧鸡，掰下烧鸡腿。

“陈八岱，醒醒……”夏尔巴不知道睡了多久，醒过来的时候打开电筒一照，陈八岱本来是靠在洞壁边的，不知道什么时候变成侧躺在地上，右手塞在嘴里，嘴上还咂巴咂巴的，地下流了一摊口水。

“哎……我正要吃烧鸡呢……”陈八岱嘟哝着睁开眼睛，原来做了一个梦，那到手的烧鸡没了！

“还烧鸡呢……”听到美食，夏尔巴的肚子也开始咕噜咕噜叫了，他揉了揉肚子，将饥饿揉走，用电筒往旁边一照，头大了，“闵先生呢？”

“他刚才不是在那儿吗？”陈八岱睡眼惺忪，坐了起来，指了指刚才闵先生睡的位置，眼睛转过去一看，顿时瞪得比铜铃还大，“人呢？！”

“人呢？！人呢？！怎么走了都不说一声？！”陈八岱跳了起来，手忙脚乱地打开了电筒往四周照，可是什么都没找到。

其实闵先生并没有走远，他被那阵声响吵醒的时候，听到一个通道里发出了细微的“咔咔”声，陈八岱和夏尔巴没听见，一会儿又睡了过去，他独自爬了起来，朝那个声响方向走去。

他需要一个人独自待一会儿，曾有人对他说，只有独自在黑暗中，才能真正地审视自己的内心。

闵先生并没有理会陈八岱的惊叫，靠在石壁边上，低头看着衣领上熠熠生辉的春之女神：“我们在一个秋天相识，我们在漫长的冬季相守，我们追寻着楼兰的足迹，我们在春天里相爱，我们在夏天中分开……不，我会完成你的愿望，无论你现在是生还是死……楼兰的公主……你是我的信念，你是我的永爱……”

闵先生在心里低声地默念着，他听到那阵“咔咔”声越来越大，刚才路过的一个通道的侧面，出现了一个幽深的通道。

闵先生在这里站定，这是楼兰的公主给自己指示的方向吗？

“死定了……死定了……这下死定了，他身上还有很多装备！”通道里传来陈八岱的惊叫声，他以为闵先生独自跑掉了。

夏尔巴听陈八岱这么一说，赶紧打开包看了看，还好，闵先生没有偷走自己的装备，陈八岱恨恨地说道："没想到他是那样的人……"

闵先生听到陈八岱的评价，苦笑了一下，深吸了一口气，扭头走回石室。

他能从通道看到大厅内电筒光的闪烁，所以他没有开电筒，顺着光线的指引，回到了大厅边上，问道："什么样的人？"

"闵先生你吓死我了！"看到闵先生还好好地站在那儿，陈八岱那冷了一半的心开始回暖，赶紧解释道，"不是……我们是担心你独自一个人会出危险。"

"我找到了一条路，可能是出路。"闵先生说道，"你们要不要来？"

"闵先生，下次千万不要单独行动，万一……"夏尔巴提醒道，这次只是虚惊一场，可是下次就不知道会发生什么事情了。

"陈八岱你是怕你的钞票跑了吗？"闵先生问陈八岱。

"哎，没事，没事，只要闵先生没事，啥事都好说，哈哈，哈哈……"陈八岱打着哈哈，对于他而言，闵先生可是一大笔的钞票，是未来生活的希望，只是这个钞票是长腿的，刚才跑掉了又回来了，陈八岱有一种钞票失而复得的感觉。

钞票是回来了，可是离放进口袋还有很远，陈八岱现在得想办法把闵先生这么一大笔钞票完完整整地从这地底下带回去，否则也就只能守着钞票一起去死了。

"你确定这是出路？"站在幽深的洞口，陈八岱打开探洞电筒，这条通道悠长黑暗，探洞电筒都照不到头，依稀看到远处有一个转弯。

"不知道，反正刚才它打开了。"闵先生耸了耸肩，既然其他路都走过了，这条新的路走一走也无妨。

"奇怪，这里刚才我们走过，没有看到有洞口啊。"夏尔巴上下打量着这个新出现的通道，可也没看出什么所以然。

"楼兰人也是建筑的高手，他们融合了西方和东方的建筑特长，会用石料加工精巧的机关，或许刚才的声响就是机关的声音吧。"闵先生说道。

夏尔巴也做过考古，古人为了防止陵墓被盗，发明了许多精巧的机关，有些机关具有令人匪夷所思的精密。

"机关？是人打开的还是自动的？"陈八岱有些不信。

"如果有机关，那肯定会有出去的路，你们要不要跟上？"闵先生觉得在这里讨论下去也没有结果，不如往前走走。

陈八岱还有些犹豫要不要进去，这个通道怎么都感觉前路凶险，可是夏尔巴和闵先生已经走进去了。

“喂！这机关要是封上了怎么办？喂，考虑退路哇！”陈八岱冲他们的背影喊。

“赶紧跟上吧！”夏尔巴回了一句，不知道是不是夏尔巴的声音有些大，陈八岱听到山洞中那低沉的“嗡嗡”声又响了起来，这可不是什么好兆头，他脑袋一缩，三步并作两步赶紧追了上去——就算死也死在一块吧！

刚跑了几步，陈八岱被墙壁边的一个小石人像吸引了注意力，这是一个大约膝盖那么高的小石人，小石人手里捧着一个烛台状的东西，刚才闵先生和夏尔巴路过的时候竟然没有看见。

“喂，这儿有个小石人！”陈八岱叫道，试探性地用脚捅了捅，人像晃了一下，又加了点力气，人像歪到了一边，“他还会动……”

“别乱碰东西……”夏尔巴话音刚落，就听到通道上响起了“隆隆”的巨响，好像是什么东西滚了过去，陈八岱正愣神，背后的石门“砰”的一声，砸了下来，把通道堵死了。

“我勒个去！”陈八岱的心脏怦怦跳着，赶紧把小人像扶了回来，可是那堵石门却纹丝不动。

“呵呵……这下是真的没退路了。”夏尔巴对陈八岱相当无语。

闵先生蹲下来，仔细地看着这小人像，这是一个烛台，但为什么烛台放在靠近墙角的地方，而不是通常的通道上呢？

陈八岱看到墙角两边有两道暗红色的印记，再照了照墙壁，赤铁矿石壁上也有这样的斑驳的印迹，粗一看还以为是锈迹，地面上的这些是从墙上剥落后积存在墙角的。

陈八岱用手摸了摸，搓了搓手指，手上是朱红色的粉末。

“咦？这是什么？”陈八岱看着手指上的朱红色问道。

“嗯？朱砂？”闵先生觉得这东西很熟悉。

“朱砂？”

“古时候很珍贵的一种矿产，可以用来做颜料和提炼水银。”

“我们还是赶紧找路吧！”陈八岱对是不是朱砂失去了兴趣，把手指上的印记胡乱抹到了衣服上，不要在这里浪费时间了。

转过一个弯，走在前面的夏尔巴突然停下了脚步，“怎么了？”陈八岱上前，夏尔巴用电筒朝前面的地面晃了晃，陈八岱一看：“卧槽……”

电筒光被黑暗吞噬了，这证明前面是一个深渊，至少是个大坑，两人往前走了走，走到了坑边，把电筒调成强光，往下一照，深不见底。

“陈八岱，你干的好事！”夏尔巴气馁地说道——又白浪费时间和精力了。

“哎……那么大的人，有点信心好不好……”陈八岱心虚地回了句嘴，打开探洞手电四下乱照，这个山洞好像被炸药炸过似的，乱糟糟的石块卡在洞壁和洞顶上，在电筒光下反射着褐色和淡黄色的颜色，脚底是个深不见底的深渊，路通到这里就断了。

这儿肯定过不去了，鬼才知道这洞到底有多深？总不能跳下去试一试吧。

“陈八岱，我们没那么多时间了，电池、水、食物都不允许我们再失误了。”夏尔巴有些生气，虽然他一直压抑着，可是情绪在心底慢慢地积累，再没有好消息，他始终会爆发的。

陈八岱哪能不知道处境？可是这输人不能输阵，也提高了声调：“我说，这事儿怪我吗？”

“不怪你怪谁……你没事乱拿个石头敲什么敲……”夏尔巴一听陈八岱顶嘴，火气往上冒。

“我特么怎么知道那地方像蛋壳那么薄……”陈八岱觉得很冤枉。

“你能不能不要那么手贱……”

“哎……好好好……我手贱，现在吵有什么用？想办法吧。”陈八岱看到夏尔巴怒了，打又打不过他，哪里还敢接嘴，可是又不想道歉，只好退了一步，嘴上嘟哝着。

“妈的！”夏尔巴气呼呼地往洞边一靠，从腰间解下水壶，拧开，朝嘴里灌了两口，压下了心中的怒火。

有情绪比死气沉沉好，可是这时候愤怒的情绪也不能解决实际的问题，陈八岱用电筒向四周照了照，看到高处还有一个洞，叫道：“那儿还有个洞！”

那个洞口出现在山洞的斜上方，不仔细看还看不到，有一些突出的乱石可以当作落脚点靠近它，但距离它还有几米远的时候就没有落脚点了。

“闵先生，你的攀岩技术怎么样？”陈八岱问道，他看到那个洞口边缘裂开有一道石缝，虽然其他地方没有能攀爬的固定点，但是攀岩的高手可以利用石缝攀岩。

“呃？”闵先生一直在听他们争吵，自己默不作声，他也不知道什么时候才能找到路，所以要尽量地减低消耗，听到陈八岱这么问自己，一时没有反应过来。

陈八岱用电筒照了照石缝，闵先生端详了一下，觉得可以试试：“应该没有问题……”

“闵先生，成败就在你这一攀了！”陈八岱帮闵先生解下背包，闵先生需要轻装上阵，背包会造成重心不稳。

正常情况下这事儿应该陈八岱去干，但这时候陈八岱脚扭伤了，他有足够的理由让闵先生来履行自己的责任。

闵先生小心翼翼地把衣领的徽章正了正，以免攀岩的时候刮到它，握拳枕到下巴上低声地祈祷了几句，准备开始攀岩。

那些突出的乱石还混杂着泥土，并不是很好的落脚点，闵先生抓住一块石头，用手扳了扳，测试了一下力度，朝陈八岱点了点头，陈八岱在下面一顶，尽量地把闵先生顶高一些，让他踏稳了第一个落脚点。

半路上还算顺利，闵先生利用那些突出的石块，腰带上牵着绳索，稳扎稳打一路斜向上爬到了洞口下方，伸手摸到了石缝，距离洞口还有七八米远。

那是一条不算宽的石缝，但是几乎没有能搭脚和正常能用手抠的位置，正常情况下这种几乎垂直的石缝，是需要岩塞来做固定点的，可是这时候没有岩塞，闵先生扳着岩缝边往上爬了两步，发现手根本止不住身体的下坠力量，可是放手就会坠落，情急之下把一只脚斜着插进了石缝里，利用脚来做岩塞。

闵先生很久没有攀岩了，虽然他挑战过高难度的攀岩线路，但这种纯裂缝攀岩他还没有尝试过。

“咝……”闵先生的手卡在岩缝里，一阵阵剧痛。

这种攀岩形式说白了就是不怕痛，要敢于把自己的手塞进岩缝中，脚还好说，至少有鞋子能缓冲，可是手塞进岩缝里说着容易，那种疼痛难以名状。

闵先生疼得牙根咝咝冒冷气，陈八岱看他爬了几步就受不了了，心也提了起来：“闵先生，坚持住，爬上去了有烧鸡，有啤酒……还有漂亮妹子……加油啊……”

闵先生听了这种鼓励，心里想笑但是又不敢，他现在不能泄气，哪怕手再疼也必须坚持，只要他一松手就会坠进身后的黑暗中，闵先生心里暗暗叫着：“闵睿你不能死！楼兰还在等你！楼兰公主的心愿还没有完成！”

闵先生的手卡在岩缝里，由疼痛变成了麻木，脚塞在岩缝里扭转成了一个令人奇怪的角度，他在用尽力气抵抗着地心引力，尴尬地卡在了石缝里上下不得，体能剧烈地消耗，大脑也开始麻木起来。

“闵师兄……”身后传来一声空灵的声音，闵先生下意识一回头，只有黑暗，什么都没有。

闵先生苍白的脸上豆大的汗珠汇集成了一道道沟壑，冲刷着他脸上的尘土，一滴汗珠滑进了眼睛，眼睛一下子模糊起来。

闵先生用力地眨眼，试图看清黑暗中轻声呼唤他的那个身影，可是仍旧是什么都没有，他低下头用力地甩了甩脑袋，把满头的汗珠甩落，衣领上那枚白金徽章反射的光芒映进了他眼里。

“闵师兄……加油……”黑暗中那熟悉的声音低声地给他鼓励。

“加油！闵先生……加油啊……你在干吗？集中精力啊……”陈八岱看到闵先生停了下来，怪异地扭头朝黑暗张望，着急得朝他大叫，攀岩最好就是一鼓作气，停下了之后再开始就难了。

“我没事……我继续！”闵先生被陈八岱的吼叫拉回了现实，重新抬头审视当前的情况。

陈八岱看到闵先生一伸手就能够得到洞的边缘了，可是他又停了下来，就着急地催促道：“闵先生，快呀，就差一点点了！”

“没有落脚点……上面手放不进去了！”闵先生也有些着急，他试了好几次，可是这里裂缝变窄了，用手当岩塞的法子行不通了。

“闵先生，再想想办法……烧鸡啊……啤酒啊……美女啊……快想想办法！”陈八岱看到闵先生的手和脚都在发抖，他的体能已经快被榨干了，闵先生腰带上牵引的绳索基本就是个自我安慰的摆设，要是这个距离掉下来，陈八岱和夏尔巴根本拉不住，只能看他眼睁睁摔死！

闵先生呼哧呼哧地喘着粗气，他感觉到眼冒金星，额头上的汗珠渗进眼睛里，加剧模糊他的视线，汗早就湿透了他的内衣，高档的冲锋衣外笼罩着一层渗透出来的汗雾，下巴上的汗珠滴滴答答地落在衣领上那枚精美的徽章上。他用尽力气调整了一下姿势，试图伸手去够洞的边缘，可还是够不到，不管怎么努力，就差半米。

“闵先生，加油啊，大不了咱出去了，给你打个折啊！”陈八岱急了，语无伦次起来。

“陈……八……岱……我不行了！”闵先生觉得所有的力量都被抽空了，塞在石缝中的手脚已经没有了知觉，大脑也一阵一阵地眩晕。

“闵先生，千万别放弃……”陈八岱慌了手脚，夏尔巴见状，攥紧了绳索，万一闵先生坠落，或许还能给他一线生机。

“闵师兄……上来……”眩晕的闵先生又听到了熟悉的声音，声音就在自己的上方，他艰难地仰起头，看到离自己不远处有一个人影，正在朝他招手。

闵先生不自得朝她伸出了手。

“闵先生！”陈八岱的嗓门突然一下子提高了八度，山洞里回响着他的怪叫，他竟然看到闵先生把固定身体的那只手伸了出来，身子摇晃着，眼看就要失去平衡了。

这声怪叫冲进耳膜，把闵先生再一次拉回现实中，他发现自己身子摇晃着要从岩缝中摔下去，赶紧把手再次塞进了石缝中。

陈八岱感觉心脏差点就跳出了胸口，要是闵先生没有成功，他和夏尔巴也只有在这里等死了！夏尔巴下意识身体往后一仰，攥紧绳索，试图抵抗即将到来的冲坠，好在在这千钧一发之际，闵先生控制了局面。

“陈八岱，是不是我爬上去了你就真的给我打折？！”闵先生问道。

“爷，只要能爬上去，给您打八折！”陈八岱心里暗暗叫苦，这时候这位大爷提什么条件都得答应啊。

“啊！”闵先生突然吼了一声，他要用这一声吼叫榨干身上的每一丝力量，把所有的力量绷到了脚上，蹬了一下石缝，把手尽量地伸开，整个身体腾空而起……

陈八岱的心也跟着腾了起来，闵先生这一下若是抓不住，祖坟喷青烟都难救他啊！

第32章

迷局2

“艾玛……我的小小心脏啊……”陈八岱看到闵先生发出一声怒吼，身子斜斜地腾空飞了起来，左手啪的一下，抠到了洞口边沿，可是很快身子往下一沉，眼看就要往下掉了，陈八岱的心一下子提到了嗓子眼，闵先生在左手就要滑落的一瞬间用力一扯，趁着惯性，右手扒住了洞口边缘，调整了几下，终于稳住了局面，用手肘撑住了，这时候陈八岱的心总算放了下来。

闵先生撑在洞口边缘，浑身瘫软，求生的本能让他把力气都集中到了手肘上，刚才那一跃榨干了他的体能，这时候他需要休息。

“你是最棒的……咯咯……”身后传来一阵浅笑，闵先生扭头，可是迎接他目光的仍旧是黑暗。

缺氧的大脑在呼哧呼哧的喘气声中逐渐地恢复，闵先生爬上了洞口，把绳索牵了上去，夏尔巴和陈八岱也总算可以松一口气了。

陈八岱爬上来的时候，看到闵先生坐在那里，呆呆地望着山洞中的黑暗，一点帮忙的意思都没有。

“呼……闵先生，你真是个高手。”陈八岱对闵先生说道，可是闵先生好像没有听见一般。

“闵先生！帮忙！”陈八岱又提高了声调，这才把闵先生从迷思中扯了回来。

和闵先生把夏尔巴弄上来之后，陈八岱手臂酸软，他甩着手说道：“这夏尔巴吃什么长得这么大块头，还死沉死沉的。”

“闵先生你刚才发什么呆呢？”陈八岱对闵先生没有帮自己爬上来还有些耿耿于怀。

“我在想，这个巫师的陵墓怎么会损坏得那么严重。”闵先生说道。

“这些楼兰人也真够无聊的，搞个这么大的工程难道就是为了和我们躲猫猫。”陈八岱嘟哝着，打开探洞电筒，朝通道深处照去，依旧看不清远处，但好歹有了活动的空间。

“躲猫猫？嗯……他们是在掩盖着秘密，宗庙、走路的死人、棺材山的太阳葬……”闵先生说道，“那巫师的尸骨在哪？陪葬的宝藏呢？”

“闵先生，等能出去再说吧。”陈八岱又嘟哝道，随即好像才听清了闵先生的后半句，“哎？宝藏？！那能值多少钱？”

“哎……陈八岱，你刚才说给我打八折，算不算数？”闵先生觉得这时候谈宝藏的问题还为时过早，就把话题扯开。

“算数，我有个鸟包，一次没用过，八折卖给你。”陈八岱开始耍赖。

“你不是说这次探险费用八折吗？”闵先生瞪大眼睛，这厢夏尔巴也张大了嘴，这陈八岱也够财迷啊。

“我可没说啥事情打八折啊，最终解释权在我手上，再说了，您的费用都没付清呢，上次的8万还差3万，这次的15万差10万，总共还欠我13万，死人走路你也看着了，剩下的这些惊喜咱们还没谈好价钱……”陈八岱数学成绩一般，但算账可是门儿清，吧啦吧啦一通让闵先生有些无语，夏尔巴朝他翻了个白眼，要不是现在还身处险境，一向好脾气的夏尔巴就给他竖根中指了。

“好啦好啦，等咱们活着出去了再议，再议……大不了我送你点装备啦……”陈八岱打着哈哈，指了指前面的洞穴，这路还长着呢。

“陈八岱，你是不是只要给钱啥都干啊？！”夏尔巴觉得陈八岱的身影在这电筒光下又矮了一截。

“错……送命的事情不干。”陈八岱正半蹲着，用电筒照着通道深处，虽然不知道那边到底通向哪里，但至少也算是一条路，朝后面挥了挥手，让大家跟上。

“陈八岱，别浪费电池了，你的电筒关上。”夏尔巴走在最后，提醒了一句，别看夏尔巴五大三粗，但是心细如发。

“哎，陈八岱，你真穷成这样啊？”闵先生打趣道。

“你以为我开玩笑呢吗？我真的是穷到了第八代，咱们那个小村还不如程子村。”陈八岱说道。

“你们怎么生活在那个地方？”

“我的第八代祖宗躲战乱跑到那穷山沟里，打死也不出去了，到我这儿正好第八代。”陈八岱好像在说别人的故事。

“战乱……楼兰当年可能也是毁在了战乱里。”闵先生感慨一句。

“我祖上也是个大地主，吴老还有个祖传的珠子呢，咱家就剩祖传的穷了，偏偏好死不死还起了这么个破名字，都叫我穷八代！你他妈才穷八代……老子肯定会出头的，到时候拿着钱扇他们的嘴！哎，夏尔巴，灯光照远点！”陈八岱絮絮叨叨地说着，发泄着心中的郁结。

夏尔巴把电筒抬高一些，陈八岱总算是能看得远一些了。

“闵先生，你怎么对楼兰这么有兴趣？”长篇大论发表完了，陈八岱也舒爽了，反正闲着也是闲着，说说话能舒缓紧张。

“这也说来话长，有个人来找我，她说她是楼兰的公主，于是我就迷上了楼兰。”闵先生说道。

“哈？！公主？！不是和我一样穷了八代的公主吧？”

“当然不是……我觉得她真的是楼兰的公主。”

“不会是骗子吧？那她现在人呢？”

“呼……这是另一个故事了。”闵先生语气低沉了下来。

闵先生不想说，陈八岱也没有逼问，沉默的夏尔巴问道：“闵先生你知道很多楼兰的事情吧？”

“其实我知道得也不算多，所以我很想知道它是怎么消失的，楼兰人又去了哪，棺材山周边很有可能就是楼兰的一脉，所以我来了，没想到碰到了你和夏若冰。”

“我就说你们有钱人不单纯。”陈八岱“哧”了一声，“你可是和我说来看死人走路的。”

“死人走路是解开秘密的钥匙，我可没有骗你，再说我付了钱。”

“这话我爱听，要不是看在钱的分上，我不来这个鬼地方，就算找到宝藏咱们也得交给国家。”

“陈八岱，钱不是生命的意义，生命还有更高的追求。”

闵先生轻飘飘的一句“追求”，顿时和陈八岱拉开了距离。

“活下去才是意义……追求……等我交完房租再说吧。”

陈八岱更愿意相信，如果自己有闵先生那样的资源和实力，就会大加利用，去赚更多的钱，有更强大的实力，至于以后……谁知道呢？

“嗯……左边，还是右边？”正说话间，几人又来到了一个石室，这乱糟糟的石室一看就是半途废弃了，凿下来的废料堆在石室里没有清理，不过也比其他地方更简单，只有两个通道。

“那就右边吧。”没等大家开口，陈八岱就决定了。

“为什么？”夏尔巴问道，他觉得左边更有可能通往外面。

“以右为尊，所以右边。”陈八岱的理论很简单，但至于效果，至少现在不知道。

夏尔巴无语，反正不是左就是右，那就试试吧，陈八岱率先钻进了右边的洞口，闵先生和夏尔巴只好跟上。

这边陈八岱带着闵先生和夏尔巴跟无头苍蝇一样跟着感觉乱转，那边汪兴国也不轻松，石门打开之后他们赶紧离开了那个石室，可是转回了原地发现没有出路，好半天汪兴国才在一个角落发现了一个小洞，从洞口看过去那边是空旷的地方，看样子只能爬过去。

“我先过去，你跟上。”汪兴国把背包放下来，趴在地上往那边看，看样子那边会有通道，不管怎么样得去拼一把。

可夏若冰却很踌躇，她对狭窄黑暗的空间有莫名的恐惧感，这是她小时候遗留下来的心理障碍，8岁那年她知道父母失踪之后，把自己关在了黑暗的小房间里，在爷爷奶奶的劝导下出来的时候，就留下了这个阴影。

可夏若冰选择了这个职业，却不得不和黑暗打交道，夏尔巴知道她有这个障碍，所以才选择了勘探这个专业，就是为了保护夏若冰，每一次进入黝黑的地下，夏尔巴都做足了光源的准备，这么多年来夏若冰已经习惯了在灯光充足的地下活动，可自从她进入棺材山之后，那隐藏在心底的幽闭恐惧慢慢地开始占据了她的内心，好在一直有汪兴国的照顾，她才没有显露出来，可当她看到这个狭窄的通道，心中那隐藏的恐惧开始放大，脸色变得有些苍白。

“能不能不要过去？”夏若冰嗫嚅了一句。

“没有其他路了，那边很宽敞，一定会有出路的。”汪兴国把背包塞到夏若冰手里，没注意到夏若冰脸色苍白，他趴到地上用手肘一蹭，蹭进了洞里，夏若冰看到他一下子把洞的缝隙填满了，心一下缩了起来——不可能爬得过去的。

当年在特种部队，汪兴国带着呼吸器和氧气瓶，还有武器装备，曾经爬过鱼雷管，553毫米的鱼雷管可比这个还小一圈，还很光滑不好借力，所以这个地道对他而言并不是什么困难的事情，汪兴国把手肘垫在胸口下，尽量地把肩膀缩起来，手肘向后一蹭，膝盖配合着，再把手肘尽量往前挪，又一蹭，又蹭出去了几寸。

当年爬鱼雷管汪兴国用了40分钟，这儿比鱼雷管好爬多了，大概5分钟后，夏若冰听到汪兴国在另一头叫道：“好了，我先把你的包拖过来，记得打好结，然后我把你拖过来。”

“我不要过去……”夏若冰觉得心里有一个声音在对她喊，她犹豫着。

“夏若冰！”没听到她的回答，汪兴国又叫道。

“我……”

“别浪费时间啊，这边有路！快一点！”汪兴国在地道那头催促她。

夏若冰犹豫了一下，咬了咬牙，钻进了地道。虽然汪兴国让她打了个绳套在腋下，这样能让她更省力地通过地道，但当身体钻进了地道之后那熟悉的压抑感又回来了，夏若冰感觉到心脏在收缩，每跳动一次就收缩一分，夏若冰又觉得喘不过气来了。

“我拉你一下，你的膝盖就配合顶一下。”汪兴国指挥道，可扯了几下没感到夏若冰有前进的迹象，问道：“怎么了？”

“不知道……我动不了……我卡住了……汪兴国……我卡住了……”夏若冰脸色苍白，额头的汗珠大滴大滴地滴在地道地面上，眼前被薄雾蒙住，她什么都看不清。

“哪里卡住了？”汪兴国问。

“汪兴国让我出去，我不要在这里……我卡住了……我害怕……”夏若冰带着哭腔，语无伦次起来。

“你有幽闭恐惧症？！”汪兴国明白了，她不敢挪动并不是她动不了，而是心理障碍。

“我不知道……你快让我出去，我动不了……石头压着我动不了……汪兴国……求求你……”

“你得配合我才能帮你，尽量地把肩膀缩小，我在拉你……你要配合，用膝盖，膝盖用不上力量就用脚指头往前顶……”汪兴国急了，就算自己拼命扯她，她不配合一样没法过来啊。

“我动不了……我动不了……汪兴国，你快拉我出去，快点……”夏若冰的眼泪涌了出来，她手脚瘫软，根本使不上力气，头顶上的石头好像在缓慢往下压，让她更喘不过气了，浑身颤抖着，身体却感觉越来越凉。

“夏若冰，听我的，用力往前顶身体，我才能帮你！”汪兴国说道。

“我动不了……我动不了……”夏若冰已经哭了。

夏若冰卡在半路上，进退不得，按理说只要她敢挪动，她的身材比汪兴国小一圈，在汪兴国的配合下挪动完全没有问题，可是她不配合，汪兴国就算是把绳子扯断，她依然是过不来。

劝说已经没有作用，夏若冰被幽闭恐惧症左右了思维，现在唯有激发她对求生的渴望才能让她跨越这个心理障碍。

汪兴国松开了拉绳索的手。

“汪兴国，你快拉我……快拉我……救我啊……我动不了了。”夏若冰感觉到腋下没有了力量，更慌张了。

“你自己看着办，我给你5分钟……嗯……三分钟时间，时间过了我自己走了。”汪兴国对着洞口说道。

“汪兴国，我动不了，你快救我……救我……”夏若冰的恐惧占据了心脏的每个角落，她觉得全身的汗都涌了出来，内衣已经完全汗湿了，可是身体却感觉发冷。

“夏若冰，没人能救得了你，你要靠自己跨越这个障碍！”汪兴国说完把电筒一关，夏若冰一下呆住了，她被黑暗包裹着，一丝光亮都没有，她想摸自己的电筒，却发现手根本没法去掏口袋。

“汪兴国，你这王八蛋，我出去了拍死你……我拍死你个王八蛋！”夏若冰哭叫着，总算是往前挪动了一下。

情绪爆发是一件好事，至少她会给自己设立一个目标，哪怕她真的是为了拍死汪兴国，这也能让她忘记了幽闭恐惧，对死亡的天然恐惧让她爆发出了求生的欲望，超越了一切。

夏若冰觉得自己的身体好像松动了一些，膝盖用力一顶，身子果然往前挪了几寸，夏若冰又尽力用手肘一蹭，把肩膀缩到了最小，又挪了几寸。

“汪兴国……你个王八蛋，等我出来了，我拍死你……我一定拍死你……”夏若冰一边挪动着，一边带着哭腔小声地说道，汪兴国仍旧没有说话，她只能给自己说话壮胆。

夏若冰快爬出来了，黑暗中的汪兴国沉默着，一直在轻轻地帮夏若冰顺着绳索，听到夏若冰的声音越来越近了，可是夏若冰却不动了，这让汪兴国有些奇怪，按理说这时候她已经通过了最狭窄的地方了，这里更容易爬。

夏若冰真的没力气了，紧张让她消耗了大量的体能，黑暗中她也不知道到底爬了多远，夏若冰用尽最后一丝力量往前挪，可是身子却没有动，夏若冰觉得一股绝望涌上心头——自己真的要死在这里了，就在这个狭小的洞口，化成一堆白骨。

“呜呜呜……汪兴国……呜呜呜……我拍死你……”夏若冰忍不住哭了起来，声音越来越低，她真的尽力了，可是力量越来越弱。

“你要拍死我也得先爬出来。”汪兴国缓缓地说道，这时候时机正好，在人最绝望的时候得到帮助，有助于建立信心。

从绝望到希望，这一下转变太快了，身子好像又充满了能量，夏若冰用力一蹭，竟然又蹭了出去。

第33章

幽闭爆发

汪兴国没有再说话，他打开了电筒，看到夏若冰的手从地道里伸了出来，抓住她冰凉的手，把她拉了出来。

夏若冰浑身颤抖着，眼神有些呆滞，光亮让她觉得身上慢慢地温暖起来，汪兴国给她解下了绳索，把绳索顺好，时间紧迫，不能再浪费下去了。

夏若冰好不容易眼球转动了一下，看到汪兴国背对着自己，就是他刚才差点把自己扔下，让自己自生自灭，不知道从哪爆发出的力量，冲了上去朝汪兴国劈头盖脸打去。

“喂！你干吗？！”冷不防背后被袭击，汪兴国转过身，看到夏若冰好像疯了一般朝自己乱抡着拳头，只得连连后退。

一个女人能有多大的力气？汪兴国被打了几下，毫发无伤，可面对这个发狂的母狮子汪兴国也不能还手啊，只能躲避着。

夏若冰将幽闭恐惧症的郁结都发泄到了汪兴国头上，等她发泄完了就正常了，只是汪兴国莫名其妙地变成了靶子，多少让他有些郁闷。

“喂！夏若冰！够了！够了！”汪兴国后背已经贴到墙了，夏若冰还不依不饶，他只能抵挡着夏若冰软弱无力的拳头，试图让她冷静下来。

夏若冰哪里管那么多，她就是想将一切都发泄出来，眼看自己的进攻都被汪兴国挡了下来，抬起脚就朝他踢去。

“喂！”汪兴国哪里想到夏若冰竟然这么狠毒，这时候躲都躲不掉了，只好咬紧牙关接了这一脚。

汪兴国疼得弯下腰，踉跄地往旁边躲了两步，夏若冰这一脚简直要了他的老命了，疼得说不出话，夏若冰还没放过他，汪兴国一手捂着裆，一手挡着她的手，眼看夏若冰又飞起了一脚，直接踢到了他的肋骨上。

汪兴国疼得站立不稳，只好抱着头缩成了一团。

汪兴国全身上下快被夏若冰打了个遍，纵使皮糙肉厚，可那裆部和软肋还是痛彻心扉，夏若冰发泄完了，一屁股坐在地上，呼哧呼哧地喘气，胸前剧烈地起伏着。

“汪兴国？汪兴国？！”她看到汪兴国还抱着头缩在地上，一动不动，恢复了理智，这汪兴国不会被自己打死了吧？

“你打完了吗？”汪兴国依然抱着头，幽幽地问。

“没打死你！让你选的烂路！让你把我扔在地道里！”夏若冰恶狠狠地骂道，觉得心情舒爽多了。

汪兴国算是秀才遇到了冰（兵），有理也说不清了，为了夏若冰的心理障碍，汪兴国付出了惨重代价，他坐起来，裆部还隐隐作痛。

“你快打死我了！”汪兴国抱怨道。

“你现在不是没死吗！”夏若冰看到汪兴国脸上痛苦的表情，觉得自己有些过分了，可是嘴上不示弱。

“快了，快了……再来一次就差不多了。”汪兴国站起来，跳了跳，让裆部的器官回到原位。

“汪……汪兴国……你不要紧吧？”夏若冰有些紧张，刚才自己到底用了多少力气自己都不知道，别真的把汪兴国打坏了。

汪兴国背过身子，解开腰带看看自己的宝贝，红了一大片，还有些肿了，这夏若冰下脚也太狠了。

“夏若冰，我要断子绝孙你得负责啊！”汪兴国的语气中透着无奈。

“滚！你自找的！”夏若冰脸一红，骂了一句。

怎么也算是把特种兵给打了一顿，这多少让夏若冰有些小小的成就感，但随即现实的威胁让夏若冰清醒过来，她还得依靠汪兴国才能活下去。

“接下来怎么办？”她语气中透着一丝愧疚。

汪兴国扎好腰带，用电筒环顾了一下四周，耳边听到有水滴滴落的声音，嗯，这点伤值得了。

“补充一下水壶，休息一下，我的骨头都快被你打散了。”汪兴国很快进入了工作状态，电筒光圈扫视一圈，去找水滴的地方。

“对不起，我刚才没控制住。”夏若冰低声地道歉。

“好了，打过我这一顿，你的幽闭恐惧症就好了，记得给我付诊疗费。”汪兴国根本没往心里去，又用电筒照了照洞顶，这个洞比刚才那些洞都湿润，夏若冰很明显地感觉到了潮气，四周的洞壁也凝着薄薄一层水珠，不过却没有发现水坑之类的东西。

“滴答……”汪兴国又听到了一声水珠滴落的声音，很细微。

“那边……”汪兴国用电筒朝一个方向晃了晃。

终于在一个角落中找到了一个一人来高的小洞，这个小洞很浅，电筒照过去也不过三五米深，也没有通向其他地方，但是这儿的洞顶凝结了一层细密的水珠，水珠顺着岩石的纹路，缓缓地汇集，在一个地方终于凝结得足够大，化成一滴大水珠滴落下来，不知道用了多少年，在地面上砸出了一个小小的水坑，深不过2厘米，也就拇指大小。

“哈……有水了！”汪兴国喜出望外，夏若冰的水壶已经见底了，自己的水壶里存水也不过100毫升，按照每天的最低要求至少是500到600毫升，很明显这时候能找到水是很能提起士气的事情。

“就这点？！”夏若冰指了指半天还没滴落的水珠，这要接满一壶水得多久？

“大小姐，不错啦，你还想给你拉一水龙头？”汪兴国又看了看这个洞壁的四周，汪兴国得想办法提高出水效率，汪兴国脱下围在脖子上保暖的生存围巾，脱掉了外套，又看了看夏若冰。

“你干吗？”夏若冰看到汪兴国脱衣服，警觉地问。

汪兴国的电筒光照了照夏若冰的胸口，想了想，往下挪，停在了夏若冰的鞋子上：“把鞋带解开给我。”

“你要干吗？”夏若冰下意识往后缩了缩。

“取水啊……”汪兴国脱掉了贴身的T恤。

“取水你脱衣服干吗？”夏若冰看着他，这还是第一次看到半裸的男生，没想到汪兴国穿上衣服不显胖，脱了衣服之后肌肉线条那么完美，突然想到刚才汪兴国说的那么一句：断子绝孙你得负责，她捂着胸前，脸上却已经变得通红。

“算了！”汪兴国嘀咕了一句，由她去了，他仔细地把衣服覆盖到石壁上，小心地把衣袖引到石缝中，衣服吸水饱和之后，在重力的作用下水会浸湿石缝，再把鞋带顺着石缝塞了进去，然后引下来，如法炮制又在旁边石缝塞了一条鞋带，小心地把两条鞋带拧在一起，悬吊在水壶口上。

这是利用虹吸原理取水，鞋带贴着石壁，会将潮气虹吸过来，然后吸得足够饱满之后，就会源源不断地滴水，这样比光等洞顶滴水快多了。

夏若冰踌躇了一下，还是解下了鞋带，拍了拍汪兴国的肩膀："给。"

"我还以为你又要打我一顿。"汪兴国半开玩笑道。

"你……汪兴国，我刚才就应该打死你！"夏若冰怒道，刚刚有一点小温馨，又被他一句话破坏得干干净净。

有了鞋带的虹吸水滴凝结得很快，不一会儿鞋带凝结出了第一滴摇摇欲坠的水珠。

"好了，休息会儿，这等水还得有一阵子。"汪兴国忙活完了，找了一个相对干燥的地方，这块地方不大，仅能容下两个人侧躺，夏若冰有些磨蹭："就睡这儿？"

"那还能睡哪？"汪兴国用电筒照了照周围，其他地方都太潮湿了，"能不能不要浪费时间、电池啊！大小姐！"

夏若冰抱着腿，坐在了旁边，汪兴国也懒得管她了，往地上一躺，侧卧，两手夹进腋窝里，腿一蜷，标准的防寒姿势，这个姿势可以最大限度地在无保暖措施的情况下保存体温。

"睡觉！"汪兴国硬邦邦吐了两个字，闭上了眼睛。

"汪兴国，你生我气了？"黑暗中听着水滴滴落的声音，夏若冰低声问。

"没有。"还是硬邦邦的两个字。

"这里会有出路吗？"

"不知道！"总算是多了个字。

看样子汪兴国对刚才被打了一顿还耿耿于怀，夏若冰"扑哧"笑了，突然觉得汪兴国很可爱。

"特种兵，采访你一下，刚才被打一顿有什么感想？"夏若冰拍了拍他裸露的肩膀，问道。

"看到你飞起一脚的时候，我觉得这辈子我和我的孩子要永别了。"

"噗……"夏若冰又笑了，"你还会讲笑话。"

"抓紧时间睡一会儿，穿好雨衣，手夹进腋窝里，蜷腿，后背靠着我，我们的食物不多，要尽量保存热量。"汪兴国提醒她说。

"哦……"夏若冰躺下，冰凉的地面让她有些不舒服，犹豫了一会儿才扭扭捏捏地把后背靠了过来，贴紧了汪兴国，有了汪兴国宽厚的后背，她觉得没那么冷了。

“接下来怎么办？”夏若冰叹了一口气，现在形势不容乐观，夏若冰一点底都没有。

“嗯……”汪兴国象征性地应了一个字，这让夏若冰觉得很无趣，也只好闭上眼睛休息一会儿。

汪兴国没睡着，只是不想搭理夏若冰，夏若冰肯定是累了，靠着汪兴国宽厚的后背不到一分钟，汪兴国就听到她均匀的鼻息声，声音轻轻地从鼻子呼出，带着一丝轻悠。

汪兴国在想接下来该怎么办，他也感觉到了内心的压力在逐渐增大，还有一股焦躁的情绪在缓慢地翻腾，随着时间的流逝，这种情绪会慢慢地变成惊涛骇浪，吞噬掉最后一丝信心。

汪兴国脑子里无数次地计算了路径、距离等数据，虽然也手绘了洞穴图，可是他却不能保证接下来会发生什么事，汪兴国的脑子有点乱，甚至有些走神了。

“呼……冷……”夏若冰突然说了句梦话，把汪兴国拉回了现实中。

“现在面临着求生的危机，或许是这辈子最大的求生危机。”汪兴国暗暗对自己说，给自己鼓劲，他转过身子，伸手摸了摸夏若冰的脑袋，有些凉，这证明她的体温在下降，可是她太累了，在睡梦中如果着凉，一旦感冒会引起一连串的连锁反应，汪兴国必须要保证她的身体是健康的，只有这样才能提高求生的概率。

汪兴国把自己的包挡在了夏若冰面前，这样多少能利用包的反射，将夏若冰的体温反射回去一部分，如果有柴火，汪兴国肯定生火，可是这儿什么都没有，汪兴国想了想，又把自己保暖的外套脱了下来，轻轻盖在了夏若冰身上，或许有了多一层保暖，夏若冰的躁动渐渐平静下来，抿着嘴继续进入梦乡，汪兴国听到她均匀的鼻息声，但自己就没这么好受了，汪兴国将自己蜷得更紧了，这样才勉强抵御了低温。

还好现在不是冬季，汪兴国暗自庆幸，凭借着自己强壮的身体，用适当的方式，还是可以支撑过去的。

夏若冰在睡梦中觉得自己掉进了一个冰窟窿里，洞里的气温在持续降低，大约在20℃左右，随着夏若冰越睡越熟，身体各项机能开始代谢缓慢，她觉得有些冷了，可是冰凉却没能叫醒她那已经劳累过度的大脑，大脑的回波只是象征性地通知了一下体温在下降，然后她就继续安然地入睡了。

给她加了件衣服之后，夏若冰睡得更沉了，可是汪兴国却睡不着，他必须要保证自己清醒，至少是部分的清醒，这样才能让身体的新陈代谢维持在一个合适的位置上，否则一觉醒来，自己就感冒了，低温症在这样的环境下暂时不需要考虑，可是感冒却会影响大脑运作，而在现在这种必须要保证大脑清醒的情况下，感冒是非常致命的。

汪兴国的脑子越来越沉重，他必须要休息了，洞里安静得只能听到夏若冰均匀的喘气声和水滴滴落的声音，汪兴国闭上眼睛，将自己调节到休息模式，汪兴国睡觉很浅，一有风吹草动就会醒，这是多年养成的习惯，他要在休息和警觉之间找到一个合适的平衡点，毕竟在一个陌生的环境中，潜在的危险是存在的。

汪兴国迷迷糊糊地睡了过去，不知道过了多久，汪兴国觉得有一只手搭到了自己身上，汪兴国警觉地一伸手，抓住了那只手，原来是夏若冰的手，她翻了一个身，手很自然地搭了上来，汪兴国看她睡得这么香，没好意思把她的手赶下去，就这么让她搭着吧，谁知道过了一会儿，夏若冰靠了过来，胸口紧紧贴着汪兴国，手环抱着汪兴国，接着脚也搭了上来。

“夏若冰？”汪兴国轻声叫了她一下，这个姿势可有些令人尴尬，虽然在这种情况下，最好的保暖方式是互相取暖，但汪兴国知道，自己要提出来，夏若冰肯定能用工兵铲拍死自己，夏若冰肯定不会主动提出，可这无意识状态下自己贴上来的，这算什么事儿？汪兴国轻轻掰了掰夏若冰的手，想把她掰开，可是夏若冰下意识地又用了用力，嘴里嘟哝了一句：“冷……”

汪兴国只好作罢，管他呢，等醒来的时候，兵来将挡水来土掩算了。

夏若冰这么贴紧了汪兴国，果然暖和了许多，汪兴国也不需要靠着肌肉的抖动来取暖了，暖和了更容易睡着了，汪兴国动了动身子，让自己也让夏若冰更舒服一些，闭上眼睛，不一会儿就睡着了。

夏若冰觉得有些冷，翻了个身，手很自然地搭到了一个地方，暖暖的，好像是被子，夏若冰哪还记得现在是在什么地方，也不管那么多了，一伸手就把“被子”往自己怀里扯，扯了几下扯不动了，又觉得很累，就放弃了，转而抱着“被子”再次进入了梦乡。

第34章

巫羽之墓

“夏若冰？夏若冰？醒醒，该走了。”汪兴国醒过来的时候，发现夏若冰好像一个八爪鱼一样缠在了他身上，刚推开手，脚又跨了上来，无奈只好轻轻地拍着她的脸，想叫醒她。

“再睡一会儿。”夏若冰迷迷糊糊地咕哝着，手又抱紧了“被子”。

“喂！别睡了，该走了！”汪兴国只好用力推她的肩膀，夏若冰总算是睁开了睡眼惺忪的眼睛，和汪兴国近在咫尺的四目相对。

愣了十秒钟，汪兴国的耳边响起了一声尖叫：“啊……”夏若冰像受惊的兔子一样跳了起来，没等汪兴国反应过来，一脚踢了过来。

“你……我去……”汪兴国又蜷成了一团。

“你没事吧，你没事吧……”夏若冰这下慌了，刚才她只是应激反应，从小到大，她还没和男人这么“亲密接触”过，可这一脚又踢到了汪兴国命根子上，真把他踢坏了就惨了。

“你别过来……”汪兴国滚到一边，和夏若冰拉开距离。

汪兴国扭曲的脸总算从惨白恢复了原貌，背过身子第二次解开裤腰带看着自己的宝贝，好像又肿了一些。

“天啊……”汪兴国哀叹一句，自己只是一个探险教练，辛辛苦苦赚几个小钱，可没想断子绝孙啊。

“你真的没事吧？”夏若冰小心翼翼地问。

“夏若冰你再打我我就真的揍你了！”汪兴国怒喝了一声。

“哦……”夏若冰心里惴惴不安，想辩解一句，“人家没被占过便宜嘛。”

“你闭嘴！”第二句怒喝，夏若冰讪讪地闭嘴。

把灌满的水壶拧好，汪兴国阴沉着脸递给了夏若冰，收拾好装备确认没有遗漏，汪兴国往通道那头走去，夏若冰大气都不敢喘，紧紧跟上。

汪兴国走得很快，一点没有想等夏若冰的意思，夏若冰自知理亏，一路上也不敢说话，走到一个岔路的时候，汪兴国甚至都没有提醒她，径直就朝左边钻了进去。

夏若冰看到他的电筒光晃了一下转进了左边，眼前一下子黑暗了，打开了自己的电筒，突然被右边通道的一个东西吸引了目光。

那是一块白色的石板，崩裂了一半，斜斜地靠在墙角边，夏若冰走上前，往右边通道里一照，发现里面还有一些白色的石块。

“汪兴国！这边！这边！”夏若冰叫道。

“别管那么多了！”汪兴国早就看到那些石灰岩的石板了，但他不想在这种事情上浪费时间。

从那个平台爬出来开始，到现在已经过去了大约6个小时，时间无情地带走了电池的电量，电池或许还只能支撑40个小时左右，40个小时对求生而言是黄金时段，过了这段时间，生存的概率就很渺茫了。

夏若冰犹豫了一下，电筒照到了斜靠的石板上，一段残缺的文字出现在眼前：“汪兴国！有字！佉卢文！”

“我真是……”汪兴国快被夏若冰逼疯了，狠狠地在心里把她祖宗十八代骂了一遍，赶紧回头找她，只见夏若冰钻进了通道里，电筒光越晃越远。

“夏若冰！别乱跑！”汪兴国吼了一句，但也只能加快速度赶上她。

“夏若冰你再乱跑我就……嗯？这是什么地方？！”汪兴国追上夏若冰刚要骂她，眼前出现的石室让他愣住了。

眼前的石室大约有100平方米，是一个圆形的石室，穹顶距离地面大约有4米高，地面、墙壁和穹顶都仔细地经过了加工，正中有一个高出地面一米多的石台，石台上赫然摆放着一具白色的石棺！石棺前方有两个石人像，垂手肃穆，石棺后是两匹骆驼的石像，地面上是一层暗红色的“地毯”，石棺和石台也好像用颜料涂上了朱红色。

“帮我把它扶起来！”夏若冰没管汪兴国的愤怒，正在石室中奋力地抬一块石碑，石碑通常都会刻有重要的信息。

汪兴国无奈，走上前抬起石碑，把它靠在了石台边，夏若冰拂去石碑上沾染的红色，在手指上搓了几下：“朱砂！”

“这都是？”汪兴国看了看自己走过的地面，地面上印出了一串脚印，“这里撒这么多朱砂干什么？”

朱砂在古代用作颜料，也用于尸体的防腐，出现在这里，多数是用于防腐的目的吧，可朱砂在古代也是非常珍贵的，这样撒在地面上和石台上，怎么会起到防腐的效果？

夏若冰轻轻地把石碑上的朱砂拂去，露出了石碑本来的颜色还有上面刻画的字迹。

“大理石！”

“嗯？”趁夏若冰处理石碑的时候，汪兴国凑近看了看石像，那是石灰岩雕琢的，大理石相比而言更加难以加工，价格当然也和石灰岩有着天壤之别。

再仔细看了一下石棺，也是大理石的材质，汪兴国有些纳闷：“这是谁的墓地？”

“这是巫羽之墓。”

“巫羽？”

“不，是一个巫师，他叫羽之。”夏若冰解释道，“这里有他的记载。”

汪兴国凑过来，夏若冰用手指一段一段地指着那些佉卢文，轻声地念道：“巫启始自，历二十三代，传巫羽之，不敢懈怠三十余载，抚民自强，保境安康，建寨双二，未敢有负，唯有遗民岁念，不竟遥望故国未尝，憾之，累病不起。故传巫狄，念故国之兴盛，阻外族之窥探，永世永生，遗民辛劳，沿途白骨，逐北怨念，勿忘勿忘。”

开始讲的是自从名叫启的巫师开始，传到羽之这一代一共经历了23代，接下来记录了羽之30余年的功绩，在他的领导下人丁兴旺，又多建立了四个村寨，终于积劳成疾，临死前将巫师的重任传给了另一个叫狄的巫师，后半部分是对狄的告诫，可是唯有遗民岁念，不竟遥望故国未尝，还有沿途白骨、逐北怨念这几句，汪兴国没能理解。

夏若冰取出了佉卢文对照表，确认自己没有翻译错，这石碑就是巫师羽之的墓志铭，虽然确定了主人的身份，可这段寥寥数句的记录信息量还是太少，从墓志的记录上看，他们迁徙到这里的旅途是艰辛的，并且对离开故国一直耿耿于怀。

可是这个故国是不是楼兰？他们又为什么会离开了楼兰，跋涉千里来到了这个山区中？从墓志铭上看，他们很希望能重回故国，但23代的巫师，却没有人去尝试过，难道……他们的故国真的消失了？

夏若冰把目光转到了石棺上，石棺四周都雕刻着精美的浮雕，夏若冰把电筒调亮，靠近一看，浮雕长边的一面雕刻的是巫师祭祀的场景，另一侧是一些兽和鸟类，有野狼、骆驼、雄鹰、狐狸等，夏若冰转到正中一看，是一幅星空图，正中是雄壮的猎户座，北斗七星和其他的一些北面夜空的星座分布在猎户座附近。

汪兴国检查石棺的另一头，他抬起头："夏若冰！这个佉卢文是楼兰的意思吗？"

夏若冰奔了过来，这一面的图案是中心圆形墓穴中安放着一具长方形的棺材，尸体两手交叠，安详地躺在棺材中，由这个圆形墓穴散发出去的若干辐射线，并不是常见的胡杨树桩。

汪兴国说的佉卢文是在棺木下沿的一段文字，夏若冰仔细分辨了一下，有些失望。

"太阳神墓，墓墓相连。"夏若冰翻译出这段佉卢文。

"好吧，再看看里面装了什么。"汪兴国说罢爬上了石台。

"喂！"夏若冰刚要制止，汪兴国已经爬了上去，石台上的朱砂给他破坏了一大块，这种不专业的行为要是在平时，夏若冰非得破口大骂不可。

"夏若冰，故人不是说盖棺定论吗？这棺材怎么是敞开的？"汪兴国站在石台上，这时候可以俯视石棺了，他奇怪地问。

夏若冰顺着汪兴国的痕迹，也爬上了石台，看着敞开的石棺和里面的东西，一时间也没想出个所以然。

一具遗骨安静地躺在石棺中，身上曾经的穿着已经被岁月侵袭得无影无踪，遗骸略有些散乱，但还能想象得出他下葬的时候，一身盛装，两手交叠在胸前的模样，一件金属柄的器物歪在骸骨之上，石棺边上还摆着其他的一些物品。

汪兴国俯下身子，伸手去拿那个金属柄的器物。

"别乱碰……"

"不拿出来看看怎么知道有没有其他线索？"汪兴国看了看夏若冰。

夏若冰只好默认，两人仔细地清理了一下石棺中的物品，尽量地不要触碰骨骸。

这些大都是主人生前使用的器物，数量并不多，作为陪葬品而言，显得非常的寒酸，大都是一些日常用品，剩下的就是一些占卜所用的器物，这些器物无疑又证实了躺在石棺中的主人生前是一位巫师。

现在也不是一样一样东西仔细研究的时候，汪兴国拿起了那个金属长柄，有一部分已经腐朽了，看样子是代表巫师权力的权杖，剩下部分刻画着图案和文字，他擦掉覆盖在外面的铜锈，图案是巫师的一些占卜场景，那些文字也都是些常人看不懂的符咒，但这里并没有明确的文字记录这就是楼兰遗迹。

佉卢文在古代西域很多地方使用过，虽然以楼兰最为著名，但作为科研人员，夏若冰必须要找到实证，哪怕她认定这就是楼兰巫师的陵墓，没有足够的证据证明，她也不能妄下论断。

“夏若冰，时间！”汪兴国觉得在这里拖得够久了，他们还得找出路。

汪兴国提醒了夏若冰，她只能遗憾地结束，至少在这里也有了收获。

四下一看，这个圆形的墓室一共有8条等距辐射出去的通道，哪一条通道才是可以出去的路?

“刚才你说，太阳神墓，墓墓相连？”汪兴国想起了什么。

“嗯？”夏若冰好像也意识到什么了。

“一定会有出路！”汪兴国把刚才画的线路图拿了出来……

第35章

朱砂路

把后面的线路添上，汪兴国大概明白了，那些石室是单独分割出来的墓室或者祭祀的场地，应该是每一条通道都会连接到另外一个墓室，这样就在地下构成了一个网状的墓群，有些墓室会有石门机关控制，但大多数墓室都没有完成就被毁了，很多墓道也坍塌了，如果羽之的石棺能送进这里，而且他的墓室还保存完好，那么肯定有通道通往这里，可是会是这里八条通道的哪一条呢？

没有更多的信息支持汪兴国的设想，他抬头看了看这八条通道，这是进入棺材山以来最工整对称的墓室了。

汪兴国把线路图收了起来，夏若冰还拿着那个权杖仔细地看着。

“夏若冰，我再强调一遍约法三章！第一，不许单独乱跑！第二，听从指挥！第三，给我集中注意力求生！”汪兴国一字一句地说，眼睛盯着夏若冰。

“如果……”

“没有如果，哪怕下一个墓室里堆满了金银财宝，也不能再浪费时间！”汪兴国打断了她的话。

汪兴国生气是有原因的，他们待在地下越久，生存的希望就越渺茫，哪怕这里就是楼兰巫师的陵墓，哪怕这里价值连城，可人不能活着出去一切都没有意义，他必须要让夏若冰明白这一点，每浪费一秒钟，就是把自己往死亡深渊推进一步。

“好吧，那我们怎么走？”夏若冰只好妥协，看了看八条通道，问汪兴国。

“一条一条试吧，你膝盖怎么样了？”

汪兴国的关切让夏若冰心头一暖，刚才顾着查找线索，一直都没有检查膝盖的伤。

“哎！”汪兴国蹲下来，“把裤腿拉一拉，我看看。”

“真他妈见鬼了！”陈八岱骂道，自从爬上这条通道开始，他们已经路过了三个坍塌损毁的石室了，石室里除了一堆烂泥乱石，什么都没有，大多数通道也被封堵了，三人只好瞎撞，可好几个小时过去了，一点找到出路的端倪都没有。

夏尔巴靠着洞壁，呼哧呼哧地喘着气，闵先生倒是还能保持镇定，靠着墙坐了下来。

“喂，你们怎么都停下来了？”陈八岱有些恼怒。

“休息会儿吧。”夏尔巴一直都没有喝水，在黑暗中虽然运动量不大，但紧张情绪让他消耗了大量的体能，他觉得口干舌燥。

闵先生低头去解腰带上的水壶，看到墙角边又出现了红色的印记，用手指一抹，靠近了眼睛：“嗯？又是朱砂？”

“能吃吗？”陈八岱没好气地问了一句。

“让我好好想想……朱砂？在古代是用来防腐和做颜料的，这么贵重的东西，为什么用来涂墙角？”闵先生沿着墙角一路走过去，发现这条通道和上一条一样，两边的墙角都撒了一层宽约5厘米的朱砂，这么珍贵的东西撒在这里，显得太奢侈了。

“会不会是画上去的？”夏尔巴也注意到了。

“做颜料的话，通常是用来作画，画墙角是什么意思？”闵先生百思不得其解。

“哈，说不定是楼兰人画的行车道呢，可能在十字路口，还有斑马线呢。”陈八岱冷冷来了一句，不找路在这里研究朱砂？不如干脆每人吃上一口，毒死在这里算了。

“标线？！我想到了！”闵先生恍然大悟，“我知道怎么找出路了！”

“嗯？！”陈八岱精神一振。

“这地下迷宫通道好像蜘蛛网，看不到天空星象，仪器也失灵，开凿这里的人靠什么来定向？”闵先生问道。

“用朱砂？！”陈八岱反问，但随即又否定了，撒黄沙岂不是比用朱砂便宜多了？难道开凿这里的人都是土豪，钱多了没处花？

“他们是用朱砂来定向的！如果我没有猜错的话，这些地下的石室是互相连通的，那些发散出去的通道并不是每一条都能通向外面，他们就用朱砂把可以走通的路连接了起来。”

“So？！”陈八岱觉得闵先生的推论好像也说得通，但仍旧没能解释为什么用朱砂而不用便宜的黄沙！

“顺着有朱砂的通道走。”闵先生站起来，走到了陈八岱的前面带路。

“夏总？”陈八岱征求夏尔巴的意见。

“试试看吧……”当下也没有更好的办法，夏尔巴跟上了闵先生。

“喂，等等我！”陈八岱刚喝了一口水，看到两个人已经走远了，水壶都没来得及盖好，一路小跑赶上去。

闵先生站在一个石室前，用电筒上下地照着，这个石室损毁严重，一半多的墙壁都开裂坍塌了，顶部塌了一大片，掩埋了大部分的石室，几乎什么都没有留下，所幸有两条通道看起来还保持完好，陈八岱赶上来，剩余不多的地面上果然铺着一层暗红色的朱砂，他蹲下来用手一摸问道：“这儿怎么这么多？”

“这是墓穴！”闵先生很肯定地说，可惜损毁成这样的墓穴，不知道还会不会留下有用的东西。

“闵先生，那我们走哪边？”陈八岱打开探洞电筒，照了照剩下的两个通道，有一个通道被坍塌的乱石泥土掩埋了一半，但另一个几乎还保持原状。

“你们先探探路，我查一查这个墓穴。”闵先生走到废墟前。

“闵先生，别浪费时间吧。”陈八岱反对道。

“说不定这里有地图呢？”闵先生说话间，走近了乱石废墟。

这话说得也很有道理，兵分几路效率会高一些，至于闵先生找不找得到地图，有枣子没枣子打一竿子吧。

陈八岱打量了一下两条通道，左边的基本完好无损，说道：“夏总，我走左边，你走右边。”

“啊？”没等夏尔巴反应过来，陈八岱已经钻进去了，洞口飘来陈八岱的声音，“抓紧时间夏总！”

夏尔巴在心里咒骂着陈八岱这个狡猾的家伙，这个通道被乱石泥土掩埋了大半，夏尔巴这么个大块头费了好大劲才钻了进去，还好这里基本是洞口损毁，通道里除了跌落的一些碎石，大体还保持完整，夏尔巴只好在碎石间深一脚浅一脚地往前探路。

闵先生站在这一大堆乱石泥土的废墟前，也不知道先从哪里下手，但心中有一种强烈的感觉告诉他，这个墓穴不简单，如果这里埋葬着巫师的尸骨，那它会提供很多的信息。

可是闵先生没有时间慢慢地去研究，他想找到最直接的东西，例如墓志铭或者一些陪葬的器物，可这些器物都埋在了这一大堆乱石烂泥里。

支开了陈八岱和夏尔巴，闵先生独处是有目的的，如果这里真的有楼兰的遗物，他不会跟任何人分享，他把电筒的光线调亮，试图从一些大的乱石缝隙中，找到一丝丝这里和楼兰相关的证据。

闵先生正从乱石缝隙中刨出泥土，这里不知道坍塌了多久，有些落下的泥土都已经发硬了，手根本无法撼动这些硬土，好在手里还有一把求生刀，虽然效率也不高，可总算是慢慢把那道缝隙扩大了。

正在刨土的闵先生突然感觉脑后有人在注视着自己，猛一回头，坍塌的石室中只有他一个人。

闵先生暗暗发笑自己有些神经质，继续用刀刨开那道缝隙，把电筒伸了进去，但里面更深处只有乱石和泥土。

闵先生失望地往后退了一步，他打量着这堆乱石残骸，考虑从哪里下手会比较好一些，脚下没注意，踩到了一块碎石，一屁股坐到了朱砂地面上。

“唉……”闵先生没来得及叫痛，听到身后传来一声叹息，他顾不上疼，猛地扭头，电筒就跟着照了过去。

光圈打在洞壁上，什么都没有。

“唉……”又是一声沉重的叹息，是从刚才来的通道里发出的。

声音清晰又缓慢，闵先生确认自己没有听错，闵先生攥紧了手里的刀慢慢爬起来，浑身绷紧，试探性地轻声叫道：“夏尔巴？陈八岱？”

洞口用沉默回答了闵先生，闵先生悄悄地挪到了洞口边，探头往深处看去，依稀看到一个人影在拐弯处晃动着，闵先生眨了下眼，想看得清楚一点，可那个人影消失了。

“唉……”又是一声叹息，这一次是从所在的墓穴里传来的，闵先生神经质般回头，一个白色的人影好像站在了石壁边。

闵先生的汗毛倒竖起来，那个飘忽的人影晃动了一下。

“你是谁？”闵先生壮起胆问道。

白色的人影并没有说话。

“你是巫师的灵魂？”闵先生攥紧了刀，往前靠了一步。

“唉！”一声叹息，白色的人影不见了。

“喂！我没有恶意……我在找楼兰……消失的楼兰！”闵先生急了，他跑过去，但刚才人影的地方什么都没有。

“喂！你听到了吗？我在找你们的楼兰！”闵先生不死心，对着空洞的石室呐喊，可没有人回应他。

闵先生身上的汗毛贴顺了下来，取而代之的是一头的热汗，呆立了一会，觉得口干舌燥，就在刚才那一小会儿的时间，闵先生感觉自己好像跑了十公里，浑身都虚脱了。

“或许是自己出现了幻觉。”闵先生拿出水壶，苦笑着自我安慰了一句。

“闵师兄……这边……”脑后又出现了浅浅的声音，闵先生回头，另一头的洞壁边，站着那个白色的人影，那浅浅的声音自己太熟悉了。

汗水渗进眼睛里，闵先生的眼前模糊不清，他急忙用衣袖擦了一下眼睛，人影不见了。

“幻觉，一定是幻觉。”闵先生苦笑了一下，但随即眼光被刚才人影站的位置吸引了过去。

那黄褐色的墙上有一抹淡淡的朱砂印记，颜色相近的朱砂混杂在其间，从其他角度难以发现，闵先生凑过去，这是用朱砂颜料画上去的，只留下很浅的印记，闵先生凑近，偏了偏目光的角度，颓然一屁股坐到了地上。

闵先生虽然对佉卢文并不算熟悉，但这浅浅的朱砂印记他认出来了，残缺的佉卢文前半段是楼兰的“楼”字，后半部分可以很清晰地看出是佉卢文：光。

“楼兰之光？楼兰之光……”闵先生颓然坐到了地上。

陈八岱一路顺着好走的通道查探过去，这条通道没有看到有朱砂的印记，不过陈八岱对闵先生的朱砂理论并不在意，钻出去挺远，通道好像一下子扩大了。

“嗯？”陈八岱好像看到了些什么东西，低头把手里的电筒调亮一些。

“啊？喂！夏总，你怎么到这边来了？有路吗？”这下陈八岱看清楚了，有个人影朝他走来，感觉有点飘，但绝对是个人。

“夏总？哎呀……鬼啊！”陈八岱往前迎上几步，这下算是看清那人影了，哪里是夏尔巴，分明是一个看不清脸飘忽不定的影子，更可怕的是，在强光照射下，他身后还跟着一大群人影。

陈八岱号了一嗓子，那群人影好像被吓住了，停下了脚步，陈八岱扭头跟兔子一样一瞬间就蹿出了十米外。

陈八岱上气不接下气蹿回了石室，一头撞了进去，看到闵先生颓然坐在地上，电筒打着强光斜斜地照在洞顶上，看到了熟悉的人，陈八岱那狂跳的心总算是稍微安定了一些。

“闵先生你怎么坐地上？”陈八岱靠近，闵先生的表情有些呆滞，这让陈八岱心里咯噔了一下，这不会也是鬼吧？

“我没事，就是太累了。”在灯光的刺激下，闵先生把遥远的思绪拉了回来，挤出了一丝微笑。

“呼……走吧，那边没路。”陈八岱上前去拉他。

“刚才我听到有人在叹气，还有叫声。”闵先生缓缓地说。

“哪有！不要自己吓自己！”陈八岱又紧张起来，下意识地瞄了一眼通道。

说实话刚才是谁都得被吓得号一嗓子，不过陈八岱可不愿意承认自己胆小，不管那里刚才出现的是鬼魂还是阴兵，陈八岱是万万不愿意再钻进去了，他看到闵先生好像虚脱的样子，赶紧连拉带拽，把闵先生往右边的通道里塞。

“闵先生，节约时间，电筒关了，咱们赶紧找路。”此地不宜久留，陈八岱手脚麻利地把闵先生塞进了通道里，正打算钻进去的时候，听到身后传来一声沉重的叹息：“唉！”

陈八岱觉得自己后背汗毛倒竖，哪里还敢回头，手脚并用钻进了洞口里，催促着闵先生快走。

“就是这声叹息，你听到了吗？”闵先生问。

“哪有？不要自己吓自己，我们赶紧去找夏总吧。”陈八岱推搡着闵先生，让他赶紧离开这是非之地。

夏尔巴找到了岔路回头的时候，没想到陈八岱和闵先生两人跟了上来。

“前面有个小的石室，好像没完成，只有两条岔道，一左一右，没来得及查看，但是没有朱砂的痕迹了。”夏尔巴介绍了一下查探的结果，又问道，“陈八岱，你那边怎么样？”

陈八岱看到了夏尔巴，心里又安定了一些，就算是见鬼，夏尔巴那个大体格吓阻一下鬼还是有点希望的，听到夏尔巴问自己，下意识地回头看了一眼走过的通道：“啥也没有，死路一条！”

找到了岔路，夏尔巴有些犹豫：“左边还是右边？”

“右边吧！”陈八岱想了想，一马当先钻了进去。

“喂，左边洞口大一些！”

“快点，以右为尊，听我的没错。”

第36章

曙光1

“陈八岱，继续往右？！”夏尔巴用电筒晃了晃前方，这是一个Y字形岔路，这一大段路没看到一个石室，也没有朱砂的印记，开凿得也很粗糙，有些地方只是象征性地在天然的洞穴中凿了几道，然后就匆匆地废弃了。

用陈八岱以右为尊的理论，他们逢岔路就往右，已经往右很多次了。

“左！”陈八岱几乎没有思考，大手一挥。

“这次不以右为尊了？”闵先生有些吃惊地问道。

“这叫阴阳平衡，左为阴，右为阳，阳气太盛则由阴柔相济，阴气太重则用阳气相克……”陈八岱理论一套一套的，不过在夏尔巴耳朵里，听起来就是胡说八道。

实际上陈八岱就是在胡说八道，在这个地底下，没有洞穴地图，甚至连方向都找不到，陈八岱也只好扯上这什么阴阳理论，好为自己找到一点理论基础。

陈八岱觉得，理论基础还是要有的，万一是对的呢？

夏尔巴有些无语，这一路过来，陈八岱都是凭着感觉在找路，夏尔巴觉得反正有枣没枣先打三杆子，在岔路上做了个路标，钻进了左边的通道里。

夏尔巴觉得自己在兜圈，好像哪里有些不对，但是又说不出来，或许哪里都不对吧，夏尔巴在前面走着，或许是已经有了那么长时间在黑暗中结组前进的经验了，陈八岱和闵先生走在后面，倒是也不掉队，眼睛也适应了光源在前、身后一片黑暗的环境。

“我们是不是在兜圈？”夏尔巴终于忍不住提出了自己的疑问。

“嗯……可能是吧……”陈八岱其实心里也没有底。

“我们可不能老可能啊！”夏尔巴有些急了，他虽然一直节约自己的电量，可是现在他已经感觉到，电池在快速地消耗着，光已经比原来弱了。

“呃……那你有什么好法子？”陈八岱搔搔脑袋问。

陈八岱其实也是一路凭着感觉瞎撞运气，既然有进来的地方，那就肯定有出去的路，只是不知道在哪儿而已。

“陈八岱，咱们不能再这么走下去了，必须想个办法！”夏尔巴看到陈八岱还是这么嬉皮笑脸的，加重了语气，随着时间的流逝，求生的希望也越来越渺茫！

“肯定有出去的路，你放心吧。”陈八岱一时没听出夏尔巴生气了，夏尔巴一直都是好脾气，别看那块头大，可是简直就是一只人畜无害的大金毛！

“喂！我警告你，现在不是开玩笑的时候！我们在求生！”夏尔巴真的生气了。

“呃……我怎么不知道在求生，我不是在尽力想办法吗？”陈八岱属于那种吃不得亏的人，第一反应就是针锋相对。

“你都想的什么办法？以右为尊？阴阳平衡……陈八岱，你好歹也是搞探险的，能不能靠谱一点？！”夏尔巴语气越来越急促。

“要不是为了你妹妹找那狗屁死了的父母，我他妈要搞这么复杂！”陈八岱一直压抑的怒气也爆发了。

“你说什么？！”夏尔巴往前一步，怒目圆瞪，好像要把陈八岱吃掉一样。

“别！”闵先生拦了一下夏尔巴，看到有人拉架，陈八岱更嚣张了：“我说怎么了？我说怎么了？你还想打我呀！”

“我操你大爷！”这下夏尔巴真的怒了，陈八岱骂自己也就算了，可是拖上了夏若冰和死去的姑父姑母，这再忍就不是男人了！

夏尔巴一把推开了闵先生，一伸手就去抓陈八岱，陈八岱也就是图个口快，没想到夏尔巴真的要来打他，看到夏尔巴冲过来，本能地一抱头回头就想跑，可是背包被夏尔巴揪住了，陈八岱那小体格哪能经得起夏尔巴这么一拖，趔趄着差点摔倒。

夏尔巴高大健壮，但他其实一点都不会打架，这时候只是凭借着怒火，一只手抓着陈八岱的背包，另一只手胡乱地朝他的脑袋和身上乱打。

陈八岱被揪着跑不掉，只能一边护着脑袋，一边试图挣脱，但夏尔巴的力气实在是太大了，两人转着圈圈，陈八岱已经不知道自己脑袋上挨了多少下，感觉快要被揍成猪头了。

“打死人了……打死人了……”陈八岱嘴里嚷着，可夏尔巴仍旧不依不饶，喘着粗气继续朝他抡着巴掌，闵先生想上前拉架，差点被失去理智的夏尔巴抡了两下。

陈八岱只好抱着头往下一蹲，夏尔巴哪里给他这个机会，用力把他给扯起来，但不想崎岖的地面绊了他一下，一下没有站稳，陈八岱总算是挣脱了夏尔巴的大手，眼看着夏尔巴打红了眼，还没想放过他，趁着他没站稳的时候，机会难得，陈八岱用了一招不入流的砸鼻子，这一下突然形势就逆转了，夏尔巴眼泪鼻涕流了一脸，看不清楚，只听到耳边陈八岱一声又一声地怒吼："我让你打我！我他妈打不死你！"

夏尔巴身上接连挨了好几拳，好在自己肌肉发达，陈八岱的拳头打在身上也没多疼，陈八岱看到进攻无效，低下头四处找称手的武器，抓起了一块石头就要往夏尔巴身上砸。

"够了！放手！"闵先生扑了过来，死死抓住陈八岱的手，把石头扔到了一边。

夏尔巴稳住了脚步，模模糊糊地看到了陈八岱的身影，抡起巴掌又要上来。

"夏尔巴！住手！"闵先生一声怒喝！

陈八岱的背包在撕扯中被拉坏了个口子，脑袋上被巴掌扇得红了一大片。夏尔巴的鼻子被打破了，流了些血，两人一屁股坐到了地上，各自处理自己的伤势。

"打完了好好想想怎么出去吧。"闵先生坐在两人中间。

"呸！"陈八岱吐了口带血的唾沫，这夏尔巴的熊巴掌真重，不知道什么时候把他嘴唇打破了。

"陈八岱你还想挨揍！"这声音在夏尔巴听来无疑是在挑衅。

"能不能别吵了！"闵先生拉了夏尔巴一下。

"呸！"夏尔巴也吐了口带血的唾沫，作为对陈八岱的回应。

"刚才在那个巫师的墓室，我看到了有字。"闵先生的话让两人目瞪口呆。

"有字？什么字？"

"用朱砂刷在墙壁上的字，以前那里应该有壁画或者记录，但只剩下两个残缺的字，'楼'和'光'。"

"我去！"陈八岱好不容易有一点希望又泄了。

"佉卢文？"夏尔巴问道。

"呃……不是。"闵先生犹豫了一下，"我记得楼兰对光也是很崇拜的，那或许写的是楼兰之光。"

"那能证明什么？"陈八岱嗤之以鼻。

"我们再好好想想，楼兰的巫师是连通人神的使者，他们的原始崇拜还根深蒂固，任何自然的一切都是有着特殊的意义的，他们被驱逐到这里，还试图和祖先保持联系，太阳葬就是他们保留下来的习俗，所以他们在地下开凿了这迷宫般的洞穴。”闵先生仔细地把条理理清楚。

“在地下整一堆太阳？！”陈八岱觉得这更像是天方夜谭。

“那些朱砂是给他们指路用的，在地下最宝贵的就是光，顺着朱砂就可以找到光，有光就有出路了。”

光在这儿是多奢侈的东西啊，刚才走的这一段乱糟糟的，除了崩塌的乱石就是烂泥，继续往下走看样子也没有什么希望。

“我们回到石室那里试试另一边？”夏尔巴提议。

“我不回去，那边什么都没有。”陈八岱想到刚才的场景，打死也不愿意回头。

“可能有其他出路呢！这边看起来就是没完成，也没有朱砂……”

“那边也没有，啥都没有……”

夏尔巴听出了陈八岱语气中的心虚：“陈八岱，你到底看清楚没有？我们可没时间浪费了！”

“我……我……反正我不去。”

“你到底看清楚没有！”夏尔巴烦躁的情绪又冒了上来。

“我他妈当然看清楚了，我他妈还以为是你，结果是群阴兵啊！”陈八岱冲口而出。

陈八岱这话让大家愣住了，山洞里沉默了许久。

“这儿怎么会有阴兵？”

“我怎么知道，在石室我还听到有人叹气。”

“我也听到了。”闵先生慢慢地说道。

“这他妈的好玩了，什么妖魔鬼怪都凑一块了！”陈八岱恨恨地说了句。

可这也不能解决现实的处境。

“我记得夏若冰母亲的笔记里，在阴兵过道的记录后面，写了埃基山幽灵、鬼屋魅影和赤铁矿导电效应几个词。”闵先生又缓缓开口说。

“那又怎样？！”陈八岱问。

“很多鬼屋的传说地都有异常的磁场干扰，会对脑电波造成影响，这里是赤铁矿，磁场肯定是异常的，那些阴兵，可能只是我们脑子里的一些影像而已。”

“可咱们在鬼门关真的看见阴兵了，我刚才也看见了……”陈八岱想起来就觉得心里发毛。

“存在就有它的道理，至少这些阴兵，并没有伤害我们的意思。”

“好吧，可能是我们太紧张的幻觉，但不管是什么，阴兵也不能帮我们找到路啊！”陈八岱气馁地把后背往乱石堆一靠，咕哝着。

“曾经有人说，在古楼兰，只有高贵的人死后才能葬身洞穴里，享受世代的供奉。”闵先生站起来，径直往前走了。

陈八岱和夏尔巴两人面面相觑，闵先生这话好像没说完啊，怎么就不说了？

“这……夏总，他魔怔了？”陈八岱瞠目结舌地问。

“不知道……”夏尔巴也莫名其妙。

“卧槽……快追……他不会精神崩溃了吧！”陈八岱叫道，趁着两人说话的当口，闵先生已经钻进了一条岔路中。

夏尔巴这时候哪里还顾得上和陈八岱争执，赶紧拔腿就追，没想到闵先生走得还很快，两人越过崎岖的地段追到岔道的时候，闵先生的电筒光消失了。

“人呢？夏总，确定他是朝这边的吧？”陈八岱急了，问，这要是追错了岔路可不得了。

“肯定是的！快点！”夏尔巴很确定，刚才他明明看到闵先生从这里转进去的。

“快追啊，别堵着我的道！我的十几万呢，不能让他跑了！”陈八岱看到夏尔巴嘴上肯定地说着，可是脚却没有动，急了，推了他一把。

“可是……”夏尔巴想说，可是怎么光线没了？照理，闵先生就算走得再快，这时候也能从洞穴中看到一点电筒的光啊，没看到光，夏尔巴心里开始打鼓。

“别可是了，十几万啊！”陈八岱没想那么细，看到夏尔巴犹豫，直接超过了他跑进了洞里。

“闵先生！闵先生……”陈八岱的声音在洞穴中回荡，可是闵先生却没有回答。

精神崩溃有很多种表现形式，常见的是精神亢奋、激动、胡言乱语，甚至还有暴力倾向，当这类精神崩溃，把体内郁积的压力释放完之后，随即也就把体能消耗完毕，接着进入了漠不关心的状态，如果没能得到及时的救援，那只有死亡一条路可走。

但有些人的崩溃却是缓慢发展的，平时不声不响，到了临界点之后突然崩溃，并且表面看起来很温和，其代表就像闵先生这样，神情看似平静缓和，但是做事方式却匪夷所思……

夏尔巴看到陈八岱追了进去，现在可不能分散，落单就等于死亡，赶紧拔腿就追。

陈八岱一路小跑，追了足足有一百多米，却没看到闵先生的人影，就算闵先生走得快，这时候也应该看到他的电筒光了，陈八岱嘴上连连说："糟了糟了……"

陈八岱觉得自己追错了岔路，这都得怪夏尔巴！自己没看清楚，他也没看清楚。

想着闵先生还欠自己十几万，陈八岱觉得那已经三个手指捏田螺，手到擒来的房租、公司、妹子，还有好多好多自己想要的东西从自己眼前哗啦啦地飘过，心中万千草泥马开始奔腾。

"陈八岱，看到闵先生了吗？"跟在身后二十米外的夏尔巴看到陈八岱停了下来，焦急地问道。

"没有……我们追错了。"陈八岱懊悔地说道。

"那赶紧回头找啊！"夏尔巴急了，闵先生真要落单了情况可就不妙了。

陈八岱赶紧回头，夏尔巴还没反应过来，陈八岱又越过了他，回头跑到他前面去了。

"陈八岱，你慢点……"夏尔巴叫道。

"还慢！再慢点钞票都飞了！"陈八岱没头没脑地顶回一句，瞬间已经奔出了20米……

这都什么时候了，陈八岱满脑子还是钱？！夏尔巴无语，回头打算跟上的时候，突然听到身后传来一阵低语，隐隐约约能听到："楼兰的先祖……愿赐予我……光照大地……嗯……嗯……嗯……"

声音离自己并不远，大约只有几十米，而且肯定是闵先生的声音！夏尔巴回头，把电筒调成强光，顺着通道照过去，叫道："闵先生？！"

"不会是真的疯了吧？！"陈八岱也听到这声音好像呢喃着哼着歌，声音在通道里有些失真，听起来就好像鬼魅在低语唱歌。

陈八岱心里叫苦不迭，这就算是带了一个疯的闵先生回去，他不认账自己也拿他没办法啊！

法律规定，神经病是可以不负任何法律责任的！自己又没有和他签订一纸合同，干这行多数都是口头约定，闵先生要是疯了，自己那十几万可就真的泡汤了。

陈八岱赶紧又回头，可是没有看到闵先生的身影，通道在前面有一个左转弯，光线被转弯挡住了。

“闵先生？！”夏尔巴又试探性地叫了一声。

“还叫什么啊，赶紧追啊！”陈八岱又跑了回来，喘着粗气，这一个两个都不让自己省心，自己跑来跑去，都累成狗了！

陈八岱在电筒光圈中，终于看到了闵先生的身影，他的身影被光圈映在石壁上，显出了一个有些怪异的影子图案，陈八岱跑到他身边，气都没有喘匀，一把拉住了闵先生，好像怕他再次消失了一样，说道：“闵先生，你吓死我们了……”

“关上电筒……”闵先生似乎很正常，说话很平静。

“嗯？！”陈八岱愣了一下，看他这么冷静，不像是疯了。

“关上电筒……都关上……”夏尔巴也追了上来，看到闵先生安全了，心放下了一半，闵先生对他摆摆手，让他们把电筒都关了。

“这……”陈八岱不明就里，但闵先生没有解释，抢过了他的电筒，关上了开关。

“看那边……”闵先生说道。

“哪边？”陈八岱郁闷地问，这已经完全没有光了，闵先生的前面是石壁，无路可走，黑乎乎的也看不到石壁啊。

“呃……对不起……左边……”闵先生道歉道。

“嗯……你总算没有疯。”陈八岱嘟哝道，闵先生说话一向文质彬彬，很有礼貌，可是偶尔的一些举动，让人吃不消。

“你很希望我疯了吗？”闵先生的语气很轻松。

“我是最不希望你疯，或者出事的……”陈八岱说道，心想是不是发疯过了，心里郁积的压力发泄完了，闵先生就恢复了正常？不过不管怎么样，一个正常的闵先生对大家都好。

“你是怕你拿不到钱？”闵先生笑道，一语中的！

陈八岱确认，闵先生现在是完全正常的，不过刚才为什么不正常，他还没有想明白。

“我们在看什么？”夏尔巴打断了他们的话，他按照闵先生说的，关了电筒，转向了左边，印象中，左边也是一块石壁，哪有什么东西可以看？

“别出声，用心去看……黑暗中，光会给我们找到出路。”

闵先生一路上都不太爱说话，上一次独自一人跑到一边去找路，刚才又黑灯瞎火一路狂奔竟然没事，不过再让他这么胡闹下去，能不能找到出路且不说，运气用完了他肯定死定了！

“用心去看，有光……楼兰之光！”闵先生又说道。

“光？哪有光？前面不就是一块石头吗？”陈八岱心里叫苦不迭，自己用玄学指导怎么找路，那是没办法中找办法，可这闵先生更上一层楼，就差没直接跳大神让六丁六甲、菩萨神仙来相助了。

呃不对，是求助那个叫作“勇气”的神仙！

陈八岱轻轻地拉了拉闵先生的衣服：“闵先生，时间不多了，我们还是找路吧。”

“路就在前面。”闵先生肯定地说。

“哪儿呢？”陈八岱有些不耐烦，哪有路啊。

“一丝光亮，你没看见吗？”闵先生说道。

“哪有光？闵先生，咱们的时间真的不多了……”陈八岱碰上了这个固执的家伙，有些无语了，可这是自己的大财神爷，还不能得罪他，要不就算是带出去了，闵先生翻脸不认账，再来个装疯卖傻，自己还真拿他一点办法都没有。

陈八岱觉得自己选择了一个世界上最烂的职业！

“陈八岱，真的有光……”陈八岱刚想耐着性子再劝劝闵先生，夏尔巴突然说道。

“你来添什么乱？”陈八岱心情烦躁，冲口一句。

“真的……很微弱……就在前面……”夏尔巴肯定地说。

“前面，前面哪儿呢？黑乎乎的，啥都没有……喏……我往前走……哎……”陈八岱很烦躁，这疯了一个还不行，夏尔巴也跟着发疯，前面明明就是废弃的通道底，自己离那块石壁也不过两三米距离，两步就走到了，陈八岱还真的往前走了，结果距离测算失误，一脑袋撞到了石壁上。

“你往哪儿去呢？”夏尔巴听到了他脑袋“咚”的一声撞到石壁的声音，不由得有些好笑，“在左边，左边有个通道，有光线。”

“啊？”陈八岱这一下眼冒金星，眼前都是光线，还是闪闪金光……他揉着脑袋，又回到刚才站的地方，这才发现，他一直面对的就是那片洞底的石壁，没有转过来。

人的眼睛适应黑暗之后，对光线非常敏感，可是刚才一直都打着电筒，眼睛一时没有适应，陈八岱的金星终于落了下来，瞪着眼睛看着他们说有光的方向，揉了揉眼睛，嗯？好像还真的是有一丝光线。

“哎，真的有光啊！”陈八岱叫道，“有光，就有出口了！”

“顺着楼兰之光走，一定会有出路。”闵先生轻松地说道。

“哈哈，闵先生，你有时候还真的挺靠谱的！”陈八岱抑制不住激动的心情，打开了手电。

手电一开，刚才还能看到的微弱光线一下就消失了，闵先生有些不满，说道：“不要开电筒。”

在黑暗中，有一个常见的现象就叫作灯下黑，电筒的光远远强过外面透进来的光，他们一直开着电筒，当然看不到被湮没在电筒光中的光线。

“那怎么走？”陈八岱踌躇了一下，还是听了闵先生的，关上了电筒，再看去，眼睛还没有适应，那原来能看到的一丝丝光线又没有了。

“摸黑走……”闵先生坚定地说道。

“啊？！摸黑？”陈八岱表示反对，“我们可不知道前面是什么，这点光根本不能让我们看清脚下，万一……”

“放心，跟着我走！”闵先生说着，带头向前走。

“喂……闵先生，等等……”陈八岱感觉到闵先生从他身边走过带起的风，伸手拦了一下，“一个跟着一个，手搭着前面人的肩膀，一只手扶着墙壁，速度慢点……”

陈八岱的这个办法很靠谱，在黑暗中，谁也不知道脚下是什么，那一丝丝光线只要一开电筒又看不见了，既要用那丝光线做指引，也得保证安全，万一脚下是个深渊……所以一手摸着洞壁，一手搭着前人的肩膀，小步往前挪，这是唯一能兼顾二者的办法了。

闵先生没有反对，陈八岱觉得让闵先生走前面还是有些不放心，叫道：“夏总，你打头，我跟着，闵先生最后。”

“为什么？”夏尔巴有些郁闷，每次有不好的事情，陈八岱就躲后面，把自己往前推。

“我们要保护好我们的客户。”陈八岱振振有词地说道，这让夏尔巴无法反驳。

其实夏尔巴觉得，陈八岱走前面是最合适的，万一脚下一空，夏尔巴凭借着强壮的体格，还能拉得住他，要是自己掉下去了，夏尔巴一万个不相信，陈八岱能拉得住自己。

第37章

曙光2

“喂……”夏尔巴刚要和陈八岱商量一下，就凭他那一米七二的小体格万一有事儿了怎么拉住自己这一米八六的大块头，陈八岱好像知道他想啥一样，他刚开口，陈八岱就把他推上了“前线”，夏尔巴那商量的话语刚出口就变成了无奈的抱怨，“怎么又是我？”

“你那坦克一般的身材不在前面碾压困难太浪费了，我这是资源利用！”陈八岱大言不惭地说，“放心，你陈八岱大爷在后面看着你，不会有事的。”

如果不是黑暗中看不见，夏尔巴真想抡起钵大的拳头给陈八岱几下子！可是现在，已经能看到曙光了，这种纷争等出去了再说吧。

“陈八岱，缺德事干多了你也不怕报应！”夏尔巴嘟哝道，一手摸着洞壁，左脚贴着地面，慢慢挪出了第一步。

“哈……报应，老子现在穷得比街边的乞丐还惨，这还不算报应？”陈八岱满不在乎地说道，“去吧，坦克，碾压一切挡在你面前的东西！”

黑暗中的那一丝光线，完全不够看路用，但是一旦开电筒，那一丝光线又消失得无影无踪，夏尔巴打头，一个扶着一个肩膀，只好这么一点点往前挪。

因为基本看不到路，夏尔巴不敢快，脚都是贴着地面往前挪一小步，地下的乱石崎岖不平，时不时绊一下脚，这样的移动或许用挪动来说更贴切一些，陈八岱觉得已经挪了很久了，可是那一丝光线一点都没有变强的征兆，这只能证明一点，这么久了他们根本没挪出多少米。

挪了半个小时，也不过挪出了几十米，夏尔巴小心翼翼地用最稳妥的方式，虽然能保证安全，可是却大大地拖慢了速度。

“夏总，您老的三寸金莲能不能摇得快一点？”陈八岱终于忍不住了，曙光就在眼前，可是总也到不了，这让他觉得很心急。

打头的夏尔巴可不轻松，每挪一步都要提心吊胆，他知道万一脚下有个什么，这小命就交代在这儿了，每年清明重阳，还找不到人给自己烧纸！听到陈八岱催促，不耐烦地回了一句："你说得轻巧，这命可是我的。"

"放心去吧，我能保护你！"陈八岱用手推了夏尔巴一下，催促他快点。

"别推……"夏尔巴吓了一跳，鬼知道脚下到底是什么情况啊，这一推推进万丈深渊可就死翘翘了。

"你怎么这么怕死啊？！怕死还来探险！"陈八岱没有理会夏尔巴的抗议，又推了一下。

"你不怕死，要不你来……"夏尔巴说道。

"别吵了，要不我打头吧。"闵先生插嘴道，夏尔巴的速度的确是太慢了。

"不行！"夏尔巴和陈八岱异口同声地否决了闵先生的提议。

再怎么说，闵先生也是客户，客户要是有个三长两短，陈八岱那白花花的钱去找谁要？夏尔巴不同意是因为觉得闵先生出钱资助这次活动，自己已经够感激了，这危险的活可不能让他先上，人再怎么也得有最起码的良知和职业道德！

"那我们能不能快一点？万一要是傍晚了，光线很快就会消失了。"闵先生提醒道。

这可是大问题，他们被困地底以来，早就丧失了时间概念，现在到底几点谁都不知道，有光透入证明现在是白天，可是若真像闵先生说的傍晚，太阳一落山，就得等到明天才会有光出现了。

"哎呀，我来！"听了闵先生的话，陈八岱那冲动的性子又盖过了一切，一把把夏尔巴拉到后面，扶着洞壁，一大步跨了出去。

"喂……你慢点……"夏尔巴刚想把手搭上他肩膀，陈八岱就跨出去了，夏尔巴手搭了个空。

"快点……你个傻大个……"陈八岱不耐烦地抓过夏尔巴的手搭在自己肩膀上，又问了句，"闵先生，准备好了吗？"

"靠！陈八岱你别太过分啊，你信不信我再揍你！"夏尔巴有些生气，这陈八岱浑身上下看不出什么优点，身上每一寸地方缺点都不少，最让人烦的就是嘴贱！

"咱俩半斤八两，出去了再打一架试试！"陈八岱还是满不在乎，这傻大个就是傻大个，都啥时候了，早点出去了早安心。

“老子就专门打你脸！”夏尔巴恶狠狠地说道，要真是出去了，不揍陈八岱一顿真是难消心头之恨，自己脾气再好，也会爆发的，“老虎不发威，你当我是……”

“Hello Kitty……”陈八岱拖长声音说道。

“什么？”夏尔巴一下子没有反应过来。

曙光在眼前了，只要走到光射进来的地方就能出去了，这时候大家的心情都放松了，话也多了起来，要说这斗嘴，夏尔巴还真不如陈八岱，夏尔巴从小受到的都是正统的教育，根正苗红，几乎就没跟社会底层的混子们打过交道，大学毕业后，也是在很传统的国营单位工作，哪能比得上陈八岱混迹社会底层那嘴快得跟子弹一样？

“老虎不发威，当你是Hello Kitty……”陈八岱不耐烦地拖长声调又解释了一遍。

“陈八岱你真是找拍！”夏尔巴再笨也知道Hello Kitty是个卡通小猫！他感觉自己空有这么大的一个体形，但是在斗嘴上被陈八岱全面碾压！不由得挥起巴掌，在陈八岱脑袋上不轻不重地拍了一下。

“靠，夏总，你不知道你的熊巴掌多重吗？”陈八岱挨了一下，差点没一头撞到洞壁上。

“能不能别吵了？”闵先生制止他们。

“看在闵先生的面子上，夏总我放过你了。”陈八岱嘟哝着，“赶紧跟上！”

“少啰唆，快走！”夏尔巴推了陈八岱一下。

“喂！你个熊巴掌轻点！”陈八岱抗议，“走就走，有啥了不起，喏，一步……喏……两步……喏……三步……搞不懂你这么大个子，走路跟三寸金莲一样……啊……靠？！”陈八岱心想着，要速度还不简单，这段路平得跟压路机碾轧过的柏油路似的，哪用看路，只管放心大胆迈步就得了。陈八岱嘴上讽刺着夏尔巴，突然觉得脚下一空，脑子还没反应过来，身子就坠了下去……

“喂……”夏尔巴手搭在他肩膀上，听着陈八岱用满不在乎的语气叨叨着，心里恨不得再给他一下子，突然感觉手上落空了，然后听到陈八岱的惨叫，夏尔巴本能地用手往下一抓，可还是晚了一步，手抓在陈八岱的背包背带上，可是还没等抓牢，陈八岱已经从手上滑落……

陈八岱身子不受控制地下坠的时候，心都要从嗓子眼蹦出来了，本能地叫了一声，就感觉左边肩膀被提了一下，心刚想安定下来，看来夏尔巴这头大熊在关键时刻还是很有用的，可是仅仅震了一下还是往下坠，一声到嘴边的谢谢也变成了“靠！”

这夏尔巴干吗不抓住自己？陈八岱若是有时间，肯定得骂出声，夏尔巴扯了这么一下子减缓了陈八岱的下坠速度，陈八岱本能地转身，用手一扒，身子重重地拍在地上，然后往下一滑，手倒是扒住了，脚下却悬空踩不到底，脑门刚才的热汗被这么一吓，变成了一头冷汗。

“陈八岱！”夏尔巴手上空空，黑暗中他什么都看不见，就听到了什么东西重重地砸在了地上的声音，就在自己前面一步之遥的地方，可是他站着不动，不敢上前，只好叫道。

“老子没死……咯咯……”陈八岱的胸口被撞了一下，胸口的一口气好像被堵住了，喘不上来。

夏尔巴和闵先生赶紧上前，夏尔巴从口袋里摸出电筒一照，陈八岱两手扒着地面，身体悬空，夏尔巴再往下一照，却没有伸手去拉他。

“快拉我上来……动不了了……”陈八岱觉得胸口隐隐作痛，手上没有力气爬上来了。

“我就说缺德事做多有报应嘛……哼……上不了就往下跳啊！”夏尔巴憋着笑，闵先生上前一看，也决定不施援手。

“夏总，你不是这么睚眦必报的人吧……我没力气爬了。”陈八岱只好认㞞，鬼知道脚下到底有多深，陈八岱觉得自己全身的力气都在手上了，再不求饶，自己也坚持不了多久了，“夏总，我错了，您大人不记小人过……”

“哼……跳呀……有本事你跳啊。”夏尔巴终于忍不住哈哈笑起来。

陈八岱这下觉得情况不对，这夏尔巴看到自己快摔死了怎么还能笑得这么开心？以自己对他的了解，绝对不会这样！陈八岱扭头往下看了一眼，借着电筒的灯光，这才看清，自己的脚离地面只不过十厘米远！

“妈的！谁在这里挖个坑坑你大爷！”陈八岱怒骂道，一松手，脚就到了地面。

通道不知道什么时候陷了下去，形成了一个不到两米的坑，陈八岱跳了下来，坑里并不算平坦，但也不能算得上是崎岖不平，夏尔巴用电筒照过去，通道塌陷了很长一段，但从地质角度而言，这都不叫塌陷，甚至连褶皱都算不上——如果非要形容的话，那就是纸张上用指甲划过一个划痕的程度吧。

不过大自然的指甲划过一个划痕，对于人类而言，有可能就是大麻烦，夏尔巴和闵先生跳到坑里，夏尔巴把电筒调成强光，但是光线所到之处，竟然没有看到头，不过前方的空间越来越大，很多落石横七竖八地阻挡在面前。

“呃……咱们继续摸？”陈八岱看到这段路，摸黑可真不好走。

“是的！我相信这条路不会错！”闵先生很坚定地说道。

在电筒光下刚才的那点曙光消失得无影无踪，夏尔巴想了想：“还是开电筒吧，在这里要是扭伤了可就麻烦了。”

“不！”闵先生把电筒关上了，“我走前面，跟着楼兰之光走，不会有错的。”

夏尔巴看了看陈八岱，陈八岱想了想，既然能看到光，那证明其实不算远了，而且自己也走了好几十米了，这光线在狭窄的通道里能透得那么远，就证明洞口足够大，越靠近，光线是越强的，反正就要出去了，就由着闵先生任性一回吧。

陈八岱说道：“关了吧。”

几个人又在黑暗中摸索着走了一段，几个人盲人摸象般前进，正如陈八岱所愿，光线越来越强了，只要通过了这一段崎岖的路段，陈八岱相信一个巨大的、代表着光明的出口，就要出现在自己眼前了，在光明的那一头，有着大把的钞票、美食……总之，世间能想到最好的一切，都在那头等着自己。

陈八岱就有这么一个好处，不管在啥时候都是一个乐天派，虽然这是不切实际的幻想，但是他很擅长用幻想来转移自己的注意力，这或许也是他一直以来虽然技术一般但运气都很好的原因吧。

或许是在崎岖之地，为了避免危险，人会本能地调动神经，使得神经更加敏锐了，在这儿速度反而快了许多，曙光也越发清晰起来，在远处散发着柔和的光芒，就好像明灯一般，指引着几人的道路。

通过了这段崎岖的路，通道变得宽敞起来，而这时候，不用电筒也能勉强看到地面了，虽然能见度也不过一两米，可这已经是令人极度兴奋的了，这证明离出口越来越近了！或者就在前面，或者就在下一个转弯。

想到这儿，陈八岱不由得脚步加快，又走到了闵先生前面，队伍变成了陈八岱打头，闵先生在中间，夏尔巴断后的情况。

“陈八岱，你别跑那么快，会再掉坑里的。”夏尔巴一看好事临近，陈八岱就好像吃了大力丸一样，冲到了前面。

“我说夏总你这话说得怎么这么酸？”陈八岱属于那种记吃不记打类型的，刚才的惊魂此时早就抛到了九霄云外，这里的光线已经足以让他看清脚下了，康庄大道啊，哪有什么阻碍？

“话别说满啊……”夏尔巴提醒道，没有到达安全地方之前，最好还是不要掉以轻心。

“我不和你说了，我等会儿出去了，要吃红烧猪蹄……烤鸭……白斩鸡……醋溜鱼……”陈八岱的脑子里，萦绕着各种美食，虽然自从他干户外以来，在野外挨饿也不是第一次了，可是没有哪一次像现在一样，那么渴望在嘴里塞进一大堆好吃的，陈八岱的口水都不由得流了出来，肚子也不由得咕噜噜叫起来，满脑子想着出去了先好好吃一顿。

光线越来越好，陈八岱也走得越来越快了，这时候通道越来越宽，差不多可以并排开过三台大卡车，洞顶离地面足有十几米高，若是在平时，这可算得上是值得一探的洞穴，可是陈八岱等人都不愿意多作停留，这时候眼前已经能朦胧地看得到十来米处了，就好像暗月的夜间街道，陈八岱不由得一路小跑起来，脚下似乎踩到点什么东西，发出“咔嗒咔嗒”的碎裂声。

“什么东西？”跟在最后的夏尔巴脚下踩到了什么东西，有些硌脚，他叫道，蹲下来，这才看到，地面散落了很多暗灰色、灰白色的东西，简直铺了一地。

“哎……快点……别管那么多了！”陈八岱催促道，他早就发觉脚下不对了，好像踩在小石子上的感觉，不过这时候他满脑子都是赶紧出去，对于其他的事情，他一概都忽略不计。

“等会儿……”夏尔巴看到陈八岱和闵先生的身影隐没在黑暗中，蹲下来也没看清楚，随手摸了几颗“小石头”攥在手里，加快步伐追陈八岱和闵先生。

夏尔巴感觉到自己在下坡，而且坡度还挺陡的，脚踩在那些“小石子”上，感觉有些滑，好几次都险些滑倒。

“陈八岱，小心脚下滑……”夏尔巴大声提醒道，他看见前方十来米，是闵先生影影绰绰的背影，可看不见陈八岱。

“快点吧，我快看到出口了……”陈八岱看到前方的岔路，有一束光透过来，出口！出口就在那儿！他叫道，顾不得脚下的“小石子”滑和坡道，又加快了速度。

“喂……”闵先生想提醒一下陈八岱注意安全，可是陈八岱的身影晃了一下就转进了岔道中。

“夏尔巴，往左边……”闵先生叫了一句，也转进了岔道。

夏尔巴也看见了那束光，夏尔巴转了过去，发现这里的坡度更陡了，差不多有60度，站着基本上很难走，夏尔巴半蹲着，大声提醒：“放低重心！陈八岱！闵先生，小心落差！”

“这还用你说？！”前方传来陈八岱悻悻的声音，夏尔巴不知道发生了什么事，一咬牙，蹲了下来，顺着坡道往下滑，终于看到了陈八岱和闵先生，他们愣愣地站在那里，夏尔巴到了他们身边，气喘吁吁，还没来得及站稳，问道：“怎么了？”

“承您贵言……注意落差啊！”陈八岱指了指面前几米远的地方。

夏尔巴刚才已经看到了光亮透进来得更强烈了，还在纳闷为什么两人停下不走了，听陈八岱这么一说，低头一看，原来前面果然有一个塌陷层断面。

趁着透进的阳光，夏尔巴看到这个断面好像是被刀切过一般，将这个巨大的通道阻隔开来，夏尔巴往前靠了靠，打开电筒往下照，在强光的最末端，夏尔巴隐约看到了洞底，洞底不知道是什么东西，反射的是灰白的颜色。

夏尔巴又照了照四周，这个塌陷断面不算太大，边缘有一片地方没有塌陷，好像一个窄窄的走廊，宽的地方有一米，窄的位置不到半尺，有些地方还断层了，不过夏尔巴判断，这应该是能爬过去的。

“夏总，您真是乌鸦嘴！”陈八岱抱怨道，眼看这个断面就阻隔在面前，另一头就是一个巨大的通道，阳光就是从通道那一头透进来的，距离自己也不过几十米远。

“好吧，没有哪次探险是一帆风顺的！”闵先生把身上的背包背带拉紧，伸手去攀石壁边，准备踏上那条或宽或窄的“走廊”。

“闵先生，小心……”夏尔巴刚要提醒他要多检查不要冒险，闵先生就已经轻巧地跳过了一个断面，蹦到了一块大石头上，夏尔巴清楚地看到，那块大石头底部的一些碎石，被这么一震，掉落了几颗，十秒钟后，听到石头砸到洞底的声音，不同于普通的石头相撞的“啪啪”声，这时候好像掉在了一堆什么东西上，发出的是“哗啦”的声音。

闵先生似乎没有受到任何影响，一个转身，又踏上了最窄的部分，这里大约只有30厘米宽，闵先生面对着石壁，双手张开成大字，脚下横挪。

闵先生要是稍有不慎，就会掉下深渊，夏尔巴捏了一把汗，看着陈八岱，陈八岱无奈地回看了一眼：“看我干什么？爬吧！”

夏尔巴心里打鼓，要说夏尔巴重装背负爬个山不在话下，可是攀岩一直是他的弱项，毕竟这么大的块头摆着，灵活度肯定不如陈八岱这种小个子，而消耗却比平常人更大，更何况这个狭窄的“走廊”最窄的地方不到20厘米，夏尔巴都怀疑能不能让自己的脚站稳。

陈八岱看到闵先生已经爬过一半了，只要爬过去，再爬上一个坡，就是出口了，这时候冒点险是值得的，他哪里考虑到夏尔巴这个大块头的苦衷，也跟着蹦上了那块大石头。

夏尔巴叹了一口气："哎……"也只好跟上。

第38章

深渊

闵先生等人碰上了麻烦，夏若冰和汪兴国此时也好不到哪里去，虽然汪兴国再次强调了约法三章，可夏若冰还是没有听进去，离开了羽之墓之后没多远，通道里的一个石刻又引起了夏若冰的注意，顺着通道的石刻往那边看过去，好像还有一个墓室，夏若冰又甩开了汪兴国，偏离了线路直奔墓室而去。

汪兴国追上来的时候，夏若冰脚下好像踩到了什么，只听到脚下“咔”的响了一声，刚追进通道的汪兴国听到背后“哐”的一下，一堵石门把通道封死了。

夏若冰不小心触动了脚下的机关，山洞里回响着“隆隆”的声音，汪兴国急忙把夏若冰拉进了墓室中，发现好几个石门都在下落，这时候哪里还顾得上那么多，只好拉着她钻进了一个通道里，“哐”的一声石门落下，想回头已经是不可能了。

夏若冰呆了一下，知道自己闯了大祸！

“快走！”洞里的隆隆声还没有停止，在电筒光中汪兴国看到通道另一头的石门还在缓缓下落，拉起夏若冰赶紧跑出去。

挡在眼前的是没有完成的通道，另一侧倒是有一堵石门，可是根本打不开。

“没路了！”汪兴国仔细地检查了一下这一段不到十米长的通道。

“对不起……对不起，我害你困在这里了。”夏若冰蹲在墙边。

汪兴国靠着墙边坐下来，摘掉了帽子，现在说这些有什么用呢？

“喝口水吧。”汪兴国拿出水壶递给夏若冰。

夏若冰摇了摇头，汪兴国自己喝了几口，拿出画的图。

“现在看这个还有什么用？”

“总得打发下时间不是吗？”汪兴国努力地抑制着情绪。

“我们出不去了！汪兴国，你到底搞没搞清楚情况！你现在看这个有什么用！”夏若冰又爆发了，声音里带着哭腔。

“喂！”汪兴国刚开口，又被夏若冰打断了：“我失踪的父母，我追寻的楼兰、佉卢文对照表和笔记本，都出不去了！我就不该听你的走这条路……”

“这……”这女人的逻辑真是奇怪，这也能怪到自己头上。

女人在情绪化的时候根本没有道理可以讲，在黑暗逼仄的通道里夏若冰本来就情绪紧张，电量也越来越少，但最可怕的就是当电量耗尽的时候，人还活着，最终两人会在黑暗中慢慢地陷入绝望中死去。

“我们刚才就应该走另一条路！”夏若冰又尖叫道。

“没有路我们只能一条一条地尝试！”

“可是你错了！你走错了！”夏若冰带着哭腔，用手捶打汪兴国。

“你给我冷静一点！”汪兴国抓住夏若冰的手，一用力夏若冰就被推倒了，汪兴国趴在她身上压着她。

夏若冰喘着粗气，情绪总算是平复了一些，汪兴国放开她：“你说得对，是你害我被困在了这里。”

“对不起……对不起……”夏若冰抽泣着。

把她拉了起来，汪兴国给她递过水壶：“喝点水，冷静一下。”

平复了心情，汪兴国也看完了线路图，可是夏若冰说得没错，现在上天无路，入地无门，这线路图看了也没有意义，汪兴国关上了电筒，两人陷入了黑暗中。

“汪兴国，如果我们死了怎么办？”夏若冰低声地问。

“我服役的第三年，在雪山上独自求生，我判断错误，从冰坂上滑坠了300多米，挂在了悬崖边上，绳索缠绕着我的脚，手也骨折了，我被倒吊在那里，只有一柄冰斧卡在了石缝上。”汪兴国低声地说，“没有人知道我滑坠了，通信器材也摔下了山崖，我努力地调整姿势，不让大脑充血，在那里吊了两天，我也不断地问自己，要是我死了怎么办？”

“后来呢？”

“我觉得我快坚持不住了，听到好像有声音在叫我，我以为是幻听，那声音在说：汪兴国，坚持住，只要你没死，你就能活着！这是我的求生教官常对我们说的话，于是我熬过来了，我的一只脚因为缠绕差点坏死，医生说要切除，我没有同意，我对他说，只要我没死，我就会活着，完整地活着。”

“可是现在……”夏若冰知道汪兴国说这个故事是要鼓励她，但现在……

“只要你还没死，我就会把你带出去。”汪兴国站起来，打开手电，调到最弱的一挡，去检查那个石门。

刚才他在看线路图的时候一直在思考一个问题，这里大多数墓穴和通道都没有完成，少数完成的地方陈设也很简单，墓穴是用通道连接起来的，有些地方还会有机关，机关控制了石门的开合，而且一定是有规律的，或许自己遗漏了什么。

汪兴国仔细地顺着石门边摸索，想找到一个机关，这堵石门制作得很粗糙，就是用一整块的赤铁矿粗粗地雕琢的，但是却正好把整个通道堵得严严实实。

汪兴国拿起工兵铲，顺着石门边缘凿，想从边缘凿开一条缝隙钻过去。

汪兴国凿了一个多小时，赤铁矿的坚硬超出想象，虽然凿出了一些碎屑，但要凿出一个出口，短时间是不可能的。

汪兴国揉着酸痛的手腕，正准备再努力一下，突然石室那一头传来一阵阵“嘎嘎嘎……”的声音，好像是石门打开的声音。

正愣神的时候，眼前的门震动了一下，慢慢地抬了起来。

“夏若冰，门开了！快走！”汪兴国叫道。

先把夏若冰推进了门后，汪兴国也钻了进来，用电筒往远处一晃，是一条悠长的通道，还挺宽敞的。

夏若冰正犹豫着，突然迎面扑来一阵风，有风？！有风就证明有出口！

“汪兴国，有风！”

“别乱跑！”汪兴国正往身上背背包。

“我先过去看看……”夏若冰感觉到出口就在眼前了，顾不得那么多，告诉了汪兴国一声，就绕过了转弯。

“夏若冰，你站住！”汪兴国眼角瞥见夏若冰的电筒光一下子暗了下来，抬头一看，拐弯处隐隐显出一点光亮，夏若冰竟然独自跑远了！汪兴国让她停下，可是她并没有停下的意思，汪兴国拔腿去追。

汪兴国绕过转弯，这是一个差不多90度的垂直转弯，而且这里的地形是下坡，汪兴国心里惊了一下，眼看着几十米外夏若冰的电筒光在晃动，可是却看不到她的人影，汪兴国叫道：“夏若冰，小心！”

夏若冰哪里肯听，她感觉风力更强劲了，脚下不由得加快了速度，叫道：“汪兴国你快点，出口！出口就在前面……我已经看到出口了……出口……”

在险境中，有了生存的希望，人会极度兴奋，更何况现在她已经看到了出口。

“小心！”汪兴国提醒了一句，脚下也加快了速度，既然有出口，那一切都好办了，只要能看到天空，汪兴国就有办法安全回归。

“汪兴国……出口……出口……”汪兴国快追上的时候，夏若冰的语调变了，变得很沮丧。

“出口怎么了？”汪兴国上前，夏若冰呆若木鸡地站在那儿，汪兴国借着电筒光一看，这儿哪有什么出口？夏若冰站在一个无底深渊旁边。

“回来！”汪兴国一把抓着夏若冰，把她拉回来。

“出口！出口哪儿去了，刚才它明明在那里！我看到光了，我看到光了！”夏若冰挣扎着，刚才她明明看到有光亮的，可是为什么现实这么残酷！夏若冰一下子从兴奋掉进了冰窟窿里，她接受不了这样的现实。

“你冷静点！”汪兴国抓住夏若冰，不让她挣扎，把她从深渊边往回拖，生怕她不小心掉下去。

夏若冰刚才的确是看到了光，但并不是出口的光，她在跑动的时候，电筒随着跑动晃动，照在石壁上反射回来，她又在极度兴奋中，把那缕反射的光当作是出口了。

夏若冰被汪兴国拖到了安全的地方，脚下一软，靠着洞壁瘫软下来，没希望了，一切都没有希望了，这时候，刚才的光，刚才的风，一切都是幻觉，所有的努力、所有的挣扎都是徒劳的，夏尔巴他们不知道在什么地方，这时候可能已经是一具具冰冷的尸体了，而自己也很快要变成一具尸体，可是夏若冰不甘心，她的美好人生才刚刚开始，却就要死在这个无人知道的地底下……

夏若冰把腿蜷起来，抱着膝盖，汪兴国看到她的样子，叹了一口气，在野外遇险的时候，一定要保存希望，但不要希望过高，因为在野外任何事情都有可能发生，在险境中其实已经处于很不利的情况，如果希望过高，往往随之而来的是无情的打击，这比任何灾难都严重，因为它摧毁的是心中的信心，一旦没有了信心，那就真的一切都完了。

但汪兴国不可能要求夏若冰像自己一样冷静，汪兴国冷静地控制着自己的情绪，能最大限度地延长求生时间，时间越长，求生的机会就越大，夏若冰信心被这么狠狠地一打击，已经面临崩溃的边缘，不过，倒也不是没救，至少自己还能保持冷静。

汪兴国一直没有说话，此时说什么都没有用，他要等夏若冰平静下来，再想别的办法，至少这里比刚才那狭小逼仄的通道里好多了。

“休息一下吧。”过了好几分钟，夏若冰还是抱着自己的膝盖一动不动，汪兴国提议道，这时候停下来好好思考一下，也不是一件坏事。

汪兴国靠着夏若冰坐下，夏若冰一点反应都没有，汪兴国拿出压缩饼干：“吃点东西。”夏若冰没有接，把头埋进了膝盖里。

汪兴国吃了两口，从夏若冰手里拿过电筒，夏若冰很配合地让汪兴国把电筒取走，汪兴国把电筒关上，电源始终是自己最担心的，能省一点算一点。

“别关，我害怕……”夏若冰低声说道，汪兴国听到她的声音有些哽咽。

“好吧，不关。”这时候汪兴国不能粗暴地拒绝她，这样不利于重建她的信心。

汪兴国想到了一个折中的办法，他的应急包里，有一截蜡烛，蜡烛的光源虽然没有电筒这么强，可是它是热光，能给人温暖，在这时候，任何一点温暖对夏若冰建立信心都很有帮助，汪兴国点燃了蜡烛，把蜡烛放在夏若冰面前的地上，把电筒关掉。

蜡烛的火焰直直地飘浮在地面上，它的光芒很弱，夏若冰可以直勾勾地看着它，过了一会儿她感觉到蜡烛的热量，这让她好受了一些，可是蜡烛的火焰一点都不飘动，这意味着这里没有风，那刚才的风是怎么回事？刚才明明有风的，那难道是幻觉？可是，那本来摆在鬼门关的尸体，怎么会走动，那难道也是幻觉？那块明明很结实的石板，在陈八岱敲了几下之后就碎裂了，那也是幻觉？自己和汪兴国在洞穴里苦苦求生，也是幻觉吗？

夏若冰痛苦地把头埋得更低了，肩膀一抽一抽的，她觉得想哭，她已经不记得自己多久没有哭过了，从小爷爷奶奶就要自己像男孩一样坚强，自己对父母也只是有一个模糊的概念，夏若冰从小就觉得自己和别的女孩不一样，所以她什么都要争第一，她是多少学长学弟心中的梦中情人，可从来没有一个人敢追她，她在别人眼里，太完美了，完美得只能远观不敢靠近，可是只有她自己知道，自己害怕黑，还有幽闭恐惧症，她想追随父母的足迹，可是十年来却毫无建树，伪装成拒人千里之外的样子，没有人知道她的内心其实是脆弱不堪的。

“哭吧！”黑暗中夏若冰听到了一声冷静的声音，汪兴国好像看透了她的心思，这让夏若冰犹豫了一下，轻声问：“可以吗？”

“为什么不可以？”汪兴国反问道。

“我……”夏若冰又低下头，声音低得只有自己能听见，“你为什么不哭？”

“我是男人……男儿有泪不轻弹。”汪兴国耸了耸肩，其实是因为他知道眼泪没有任何作用。

夏若冰又把头埋进膝盖里，双手紧紧地抱着膝盖，过了一会儿，汪兴国听到了夏若冰的抽泣声……

汪兴国没有说话，静静地听着夏若冰在哭，哭并不是坏事，在这时候哭反而是好事。

夏若冰哭了好一阵子，肩膀抽动着，眼泪如决堤的洪水，汪兴国轻轻地拍打她的肩膀安慰着，夏若冰突然抱着汪兴国，紧紧地抱着他，抽泣变成了呜咽，然后一口咬在了汪兴国的肩膀上。

“咝……”汪兴国疼得直龇牙，可强忍住了，只要让她发泄出来就好了。

夏若冰咬着汪兴国的肩膀呜咽，汪兴国的肩膀由疼痛变成了麻木，夏若冰的呜咽声越来越轻，看样子也哭累了，汪兴国刚松口气，想把她推开，感觉到一缕清风拂过脸上。

“夏若冰，有风，你感觉到了吗？”

“你别骗我了，都是错觉。”夏若冰不相信，抬起头，泪眼婆娑，四周除了一盏小小的烛光什么都没有。

“真的，你感觉一下！”汪兴国加重了语气，又一阵微风拂来。

夏若冰似乎也感觉到了，的确是风，可是一想到前面那个无底深渊，又气馁了，就算有风，就算前面是出口，又能怎么样，自己又没有翅膀能飞过那个深渊。

汪兴国看了看蜡烛，焰火的确在摇曳，而且风就是从深渊那个方向吹过来的，汪兴国抬头顺着风的方向看去，隐约看到了一丝亮光。

“有光！”汪兴国兴奋起来，有光就证明有出口。

夏若冰顺着汪兴国指的方向看去，在黑暗的远端，有一丝光亮透过来，光线很暗，打着电筒的时候，它被电筒光掩盖了，但现在两人在黑暗中，只有一盏小小的烛光，眼睛适应了黑暗之后，对光线特别敏感。

“真的有光，汪兴国，真的有光！”夏若冰叫道，希望，希望就在那儿！夏若冰觉得自己的心好像要跳出胸口了，在从希望坠落到失望的深渊之后，老天又给了她一丝希望，夏若冰站起来，不敢相信地揉了揉眼睛，果然有光，一丝柔和的光从黑暗的远端透了过来，好像在召唤着夏若冰。

“噗……”夏若冰在看着光的时候，汪兴国把蜡烛吹灭了，四周完全沉入了黑暗中，这样他们看得更清楚了。

“我们距离发光的地方，不算远。”汪兴国判断了一下，在黑暗中，他看到那柔和的光面积可不小，深渊的对面是一个很大的洞口，不过现在要想办法怎么到对面去。

“可是……怎么过去。”夏若冰定了定神，用衣袖抹了抹眼泪，哭过之后，夏若冰心情轻松了不少，开始考虑现实的问题。

“天无绝人之路，我过去检查一下。”汪兴国说着，把蜡烛小心地收好，打开了电筒。

“我跟你去，有个照应。”夏若冰觉得自己也应该做点什么。

“不用……我自己去就可以了，你再休息会儿。”汪兴国拒绝了。

“我没事，我已经恢复了。”夏若冰坚决地说道，她知道汪兴国担心什么。

“真的没事？”汪兴国不相信地问了一句。

“真的没事！”

在极端环境下，女性往往更有韧性，和男性不同，她们擅长用哭泣来宣泄压力，一旦压力宣泄了，女性能很快地调整心态，面对现实。

汪兴国默许了，他相信夏若冰此时恢复过来了，再说了，要通过这个深渊，肯定需要她的帮助。

为了看得更清楚，汪兴国毫不吝啬电量，把电筒开到了强光挡，走到洞口边，四下一照，这算是差不多看清了，洞口紧贴着深渊的右侧，左侧照过去，强光勉强照到洞壁，足足有100多米远，低头一看，电筒的光芒被深渊的黑暗吞噬，根本照不到底。

这个深渊不知道是什么年代形成的，洞壁怪石嶙峋，很多石头是松动的，听到洞壁“啪嗒”一声，汪兴国用电筒照过去一看，一块石头经受不起重力的吸引掉了下来，砸在下面的一块石头上弹了起来，接着又撞掉了一块石头，两块石头直直地朝深渊落下去，消失在电筒光圈之外。

“021……022……023……”汪兴国数到第26声的时候，终于听到了石头落地的声音，这么高掉下去的石头，砸在地上，声音传上来，好像被扩大了一样，声音在洞壁反弹，再传导进通道中，就变成了“隆隆”声。

这个深渊的宽度并不算宽，大约有20米，汪兴国又用电筒朝那边照过去，那边是一个很宽的洞穴，洞穴有个斜坡朝上，从现在残存的痕迹来看，当年这儿可能是一个非常大的山洞，可惜塌陷了一部分，光线就是从洞穴那边散发出来的，那可能就是出口。

汪兴国大脑转动着思考怎么通过这里，但是眼睛却被另一头斜坡上的一些灰白色的东西吸引了，因为距离远的原因看得并不清楚，这片山体几乎都是褐色的赤铁矿，那些白色的东西显得相当显眼，或者是被丢弃的石灰岩。

“你想怎么过去？”夏若冰回到现实中，又有些气馁了。

“爬过去……”汪兴国用电筒照了照右边的洞壁，洞壁不光滑就有个好处，能提供足够的摩擦力，但还有一个现实的问题摆在眼前，这些松动的岩石都处于不稳定状态，可能只需要一点小小的外力就会松脱，汪兴国预估了一下，从右边爬到对面的斜坡，直线距离20来米，绕路大约需要爬40米，在这40米的距离上，只要一个小小的失误，就可能掉进万劫不复的深渊。

“你疯了！这些石头都不稳定！”夏若冰睁大眼睛。

“我知道……”汪兴国说道，把身上的背包卸下来，开始做准备。

“你知道还要去！”夏若冰不敢去想象万一汪兴国没了，自己该怎么办？虽然她不愿意承认，但她很明白自己能支撑到现在，正是因为汪兴国一路而来的冷静和分析，也正是因为他，夏若冰才几次化险为夷！

“我有分寸……”汪兴国已经把背包上的绳索解下来了。

“我不许你去！”夏若冰挡在汪兴国面前，看着汪兴国。

“夏若冰，你能不能冷静地听我说。”汪兴国还是很冷静，他看着夏若冰，不知道是不是刚才她哭的时候眼泪没有擦干，汪兴国能明显地看到她眼里还噙着泪花。

“汪兴国，我没办法一个人应付……我们另外找路……还会有其他路的，我保证听你的话，不再乱跑……”夏若冰被汪兴国这么一看，觉得心里一阵慌乱，语无伦次起来，她有一种不好的预感。

“我看过线路图了，如果太阳神墓墓墓相连是对的，我们现在往前，就是另一个墓穴，那里有光，如果我没有判断错，前面就是能出去的路，夏若冰，我比你更了解情况，我是怕死才活到了现在，可是如果必须冒险，那我就要试试。”汪兴国很冷静地看着夏若冰，把这段话说完。

“可是……可是……”夏若冰还想劝阻，但她不知道找什么理由来劝阻，理智告诉她，汪兴国没有说错，如果不冒险，就只能活活被困死在这里，但这个风险太大了，汪兴国不能有任何一点失误。

“放心，我不会失误。”汪兴国好像看透了她的想法。

第39章

墓场1

“夏总，你慢点！踩稳！左边！哎听指挥啊，别摔了！”陈八岱看到夏尔巴攀岩的技术，真是为他着急。

这段“走廊”对于受过专业攀岩培训的闵先生而言易如反掌，陈八岱个子不大，动作灵活，除了两个地方有些稍稍阻碍之外，他也很容易就爬了过去，但是对于夏尔巴，这可要了他亲命了——那犹如熊一般的身材，对于背负或者其他要求体能的活来说是优点，但这攀爬个子越大越吃亏，别人很容易就踩稳的落脚点，夏尔巴得小心翼翼地保持平衡，陈八岱和闵先生一个转身就能踩稳攀住的地方，夏尔巴要很费劲地调整姿势，身子不小心还被石壁往外推，好几次险象环生。

夏尔巴不喜欢攀岩，他这个身材对于攀岩太吃亏了，如果攀岩有最差比赛，夏尔巴觉得自己肯定能拿到名次，这地方要是掉了下去，夏尔巴也肯定，陈八岱和闵先生就算是想救他也没有任何办法，无形中这种心理又给他增加了压力，还好夏尔巴平时注重锻炼，肌肉的力量和耐力都非常不错，灵巧不足蛮力补，生拉硬拽，半路休息了几次，闵先生和陈八岱用了不过几分钟能通过的“走廊”，夏尔巴足足花了半个小时，当夏尔巴好不容易攀上平台，一屁股就坐在了地上，气喘吁吁，伸手一抹，手里就像攥了块湿毛巾一般，全身上下的汗水让他好像刚从水里捞出来一样。

“夏总，你没事吧？”陈八岱看夏尔巴脸色很不好，关切地问。

夏尔巴摆了摆手，这时候他根本说不出话，现在他啥都不想，就想坐着歇会儿，喝口水。

既然已经过了最艰难的阶段，陈八岱看着通道透过来的光线，看着夏尔巴累瘫的样子，这时候也不好催他。

“来，夏总，我给你捏捏……”陈八岱热情地上手给夏尔巴捏肩膀，揉大臂，一脸的谄媚。

“行了行了……你又安什么心？”看着陈八岱突然转性，平时和自己说话是三句不和就挖苦讽刺，这时候却这么热情地给自己揉发酸的肌肉，夏尔巴奇怪地问。

“嘿嘿……这……夏总，这不是准备出去了吗？咱出去了好好吃一顿，打架那事情咱们就两清了啊。”陈八岱的话简直让夏尔巴崩溃——没见过算计得这么精明的，这事儿夏尔巴早给忘了，他还记得呢？

“不打你，行了别揉了，越揉越难受！”夏尔巴恢复得差不多了，站起来，眼看出口就在前面了，刚才为了通过这段路可费了不少汗水，夏尔巴的嗓子直冒烟，也管不了什么户外喝水小口啜饮这个忠告了，拧开水壶一仰脖子，就朝肚子里灌了半壶水，水壶里的水所剩无几。

“说好了啊，闵先生是证人，走吧！”只要不被揍，一切都好说，陈八岱催促道，他脑子里各种美食摁不住地萦绕着。

夏尔巴无语，总得让自己歇会儿吧？这陈八岱也太现实了，自己一说不揍他了，立马就翻脸了！他抬头看了看四周，说道：“怎么这么宽？”

“是呀？这不是凿出来的，是个大山洞啊！”陈八岱随口答了一句，脚下好像踩到了什么东西，陈八岱挪开脚，捡起来一看，“哎呀……这是人骨头？！”

“什么？”闵先生和夏尔巴吃了一惊，凑过来看，陈八岱手里拿着的果然是一块人的残缺的骨头，凑在光线下仔细辨认了一番，他们认定这是一块人的残缺的下颌骨。

“这怎么有人骨头？”夏尔巴疑惑地说道，想起自己捡的两颗“小石头”，刚才爬“走廊”的时候，他给揣在了裤兜里，夏尔巴在裤兜里掏了半天，掏出“小石头”一看，这哪是什么小石头？明明是两颗牙齿，而且是最坚硬的大牙。

“刚才我们踩着一路滑的东西是这个？”陈八岱有些震惊，他一直以为是山洞里的碎石！

夏尔巴又拿出手电，朝洞底照去，洞底下花白，暗灰色一大片，看来不会是岩石，想必也是这些东西了。

堆积了这么多牙齿和骨骸，这的确令人震惊！且不论它们是怎么堆积在这里的，光是一路上踩到的，粗略一估算，少说也有几百具散落的尸体！

陈八岱又拿出了电筒，四周照了照，这片宽敞的坡道上，还散落了不少骨骸，但多数都是残缺的下颌骨，更多的是牙齿，在离陈八岱不远的地方，竟然还发现了半块牛的下颌骨！

“老天！老天！老天！”陈八岱用了三句感慨来抒发心中的惊讶。

下颌骨和牙齿是动物最硬的部分，通常都是最晚腐烂的，而牙齿就算在恶劣的环境下，通常也会存留很久，陈八岱一手拿着半块人的下颌骨，一手拿着残破的牛的下颌骨，百思不得其解。

难道是那些死人，嗯，还有死牛，死了之后还魂，然后跑到洞里，找到这个地方然后彻底去死，尸体腐烂之后留下的？但这也不科学啊！第一，如果是这么多尸体腐烂，这儿通风不好，尸臭味应该很远就闻到了，可是这儿并没有任何尸臭的味道。第二，尸骸的其他部分哪儿去了？为什么单独留下的就是最坚硬的下颌骨还有散落那么多的牙齿？而且大多数都是大牙。

陈八岱和夏尔巴细细地在周围又找了一圈，结果还找到了一只羊的残破羊角，只剩下羊角尖一寸来长，其余的部分早已不知所终。

“闵先生，你怎么看？”陈八岱这才想起来，闵先生一直都没有发表自己的意见。

闵先生的神情让人有些奇怪，陈八岱和夏尔巴都疑惑不解，但闵先生看起来明显有些兴奋。

看到满地散落的尸骸，而且还是残缺的散落尸骸，任何一个正常人都不可能是兴奋的，但闵先生的表情明确地告诉陈八岱，他的确是兴奋，闵先生面色潮红，两眼发光，拿着一块人的下颌骨，仔细地端详着，好像找到了宝贝一般，这若不是兴奋，只能说是神经病了。

“闵先生，闵先生！”陈八岱推了推闵先生，让他醒醒。

“我找到了，我终于找到了……”闵先生絮絮叨叨地说着，但陈八岱和夏尔巴都没听懂。

“闵先生，你是说……楼兰？”陈八岱打断了闵先生的话，问道。

闵先生没有理会陈八岱的不解，他说道：“在古楼兰只有高贵的人死后才会葬入洞穴，而他们认为死亡是不可避免的，所以才会有了太阳葬，死亡就是中心。”

“闵先生？你是不是魔怔了？”陈八岱急了，这闵先生是不是患上了间歇性精神病？过一阵子就神神道道嘟哝一番自己听不懂的话，这到时候给钱的时候也发病了，可怎么办？

“对不起，对不起，我激动了，以后我解释给你们听，嗯……你们暂时是不会知道的，但你们总会知道我是对的……”陈八岱听到闵先生连续说对不起，还以为他又恢复正常了，正想和他讨论一会儿到了外面，找一个有信号的地方，能不能先来个支付宝转账，把那活动费给结算结算，哪怕先给一部分总好过到时候他精神病犯了颗粒无收啊，可是一听后面的话，陈八岱觉得还是算了，等他正常了再说。

“我没事，我真的没事……对不起，有些事情，出去了和你们说清楚，我保证……我们这次再艰辛，都是值得的！我准备了20年，总算是鼓足了勇气……楼兰不会让我失望……我也不会让她失望……”闵先生现在终于压抑了内心的激动，在陈八岱眼里开始进入精神病发作后的恢复期，但愿他下一次发病不要来得那么快。

“好了，好了，好了……有什么问题，大家出去了再谈，再谈……”陈八岱打着哈哈，这都快出去了，别整出啥幺蛾子来，出去了啥都好说！

夏尔巴一直发愣地看着闵先生和陈八岱两个人好像唱双簧一般，开口问道：“你们是不是有什么事情瞒着我？”

“哎，走啦……”陈八岱给夏尔巴使眼色，当务之急是赶紧离开这个鬼地方，夏尔巴还真是哪壶不开提哪壶，还在刺激闵先生。

“哎……走吧……出去了再说。”夏尔巴这次反应倒很令陈八岱满意，很快就会意了，大手一挥，指着阳光透入的方向。

“你们会发现这一切都是值得的，哪怕付出生命的代价，为了楼兰都是值得的！相信我，我们离真相只有一步之遥了！”闵先生似乎收不住话题了，陈八岱心里叫苦不迭。

“咱们得先出去了再说。”陈八岱打断了他的话头。

“不，你不明白，这意味着什么！消失的楼兰就要被揭开神秘的面纱了！全世界都会因此轰动！陈八岱，有个全新的世界在等待你！完全不一样的生活……”

“生存！闵先生，我们现在在生存！生活还远着呢！”陈八岱再次不耐烦地打断了闵先生的话。

陈八岱和闵先生不同，两人从小接受的教育、生活环境有天壤之别，闵先生衣食无忧，生活富足，从未体验过一分钱难倒英雄汉的窘境，陈八岱一直躬伏在社会的底层，父母都是深山沟里大字不识一箩筐的农民，陈八岱羡慕闵先生这样的身世，但他也明白家世是自己无法选择的，对于这些有钱人，陈八岱虽然觉得自己想成为他们中的一个，但是他们对自己有一种高高在上的睥睨，在交谈中那种固有的高傲和不时表现出来的优越感会令陈八岱很不舒服。

陈八岱一直不相信什么人和人是平等的这一说，他更相信人分三六九等，自己现在的等级嘛，不算最低的九等，但也绝对不是中间的六等，而闵先生，已经超越了三等，至少属于二等，这种等级的鸿沟可不是一时半会儿能解决的，闵先生已经是非常有教养和耐性的有钱人了，但在和闵先生交谈中，他仍旧会时不时地表现出一些轻蔑。

不光是陈八岱，夏尔巴也觉得闵先生偶尔会表现出一种高高在上的优越感，或许闵先生所生活的环境就是这样的吧。

如果不是因为有共同的爱好，闵先生和陈八岱他们或许一辈子都不会有交集，不过在这样的环境下，所有的阶级、等级都毫无意义，在这里大家总算是能达到了绝对的平等——平等的时间、平等的食物和水，或许唯一不平等的，就是谁的技术或者运气差，会死得早一点……

所以陈八岱有些不耐烦，他并不想听人说教，什么楼兰，什么轰动世界，还有那闵先生嘴里的新世界，都不如在他面前摆上一盘酱猪蹄现实。

但闵先生却轻松起来，出口不远了，一直以来的担心和压力，他也需要一个释放，从小到大以来他接受的教育都是要有教养，但他从不会把内心真实的感受和人完全分享，楼兰对闵先生有着重大的意义，如果这里真的是巫师的墓地，光是那巫师从楼兰带走的金覆面，就足以价值连城，但闵先生不会告诉夏尔巴和陈八岱，他们认识得并不久，闵先生也不是那种随意信任别人的人。

在洞穴中闵先生非常害怕，但他一直强烈地压抑着这种恐惧，他曾经设想过自己失败后的结果，虽然他告诫自己死亡并不是结束，可当死亡的恐惧环绕在周围的时候，他仍旧感到害怕，可他要强忍着这种情绪，这些骨骸的所在终于验证了闵先生的设想，楼兰人将死亡放在中心，这就是太阳葬的正中，而那些围绕的墓穴代表着胡杨树桩！如果自己是对的，顺着朱砂痕迹的指引，他一定能找到巫师的陵墓，那面代表着楼兰最高权力之一的圣物——巫师的金覆面，一定在这里！这时候闵先生的兴奋溢于言表，话也开始多起来。

“不不不……陈八岱，生活，生活，不是生存……生活是一种态度，精神会决定你的态度！你总得有所追求……”闵先生说道，虽然是在爬坡，但是脚下轻快起来。

“看清脚下……”陈八岱指了指地面，这里有很多散落的牙齿和骨骸，有些地方简直一脚下去就有一种可能没过脚面的感觉，他可不想在最后时刻摔一跤滑进深渊里。

“我态度挺好的……你看我一路上多乐观，只要没有作死，就往死里作，这就是我的态度。”陈八岱说道。

“不不不，你误会了，我是说，外面的生活，要有态度，有追求……嗯，精神上的追求！比如你发现了一个隐藏了2000年的秘密之后……那是怎样的愉悦？”闵先生知道陈八岱误会了，解释说。

“哎，追求，钱啊……闵先生，你出去了啥时候付钱？”陈八岱笑道，嗯，看来闵先生这时候是正常的，这时候不谈钱，啥时候谈？

“陈八岱，你的追求有些低级啊。”闵先生笑道，陈八岱难道把自己当成那种赖账的人了？

“咱这不是在金字塔底层往上挥汗如雨地爬吗？等我爬到你这个位置了，我就追求别的去！”前面有一块坠落的巨石挡住了路，陈八岱爬上去，伸手给闵先生。闵先生抓住了他的手，陈八岱把他拉了上去，他礼貌地说了句谢谢。

“陈八岱，你肯定会有新的追求，你会有新的生活，相信我。”闵先生说道。

“哈……新生活，嗯，闵先生，我现在努力地抓着生活的手，可是生活就像那去意已决的女人，已经快抛弃我了。”陈八岱自嘲道，“我回去了再不交房租，房东大妈就得把我扫地出门咧。”

“放心吧，陈八岱，老天是不会辜负任何人的！”闵先生这句话不知道是叫安慰或者说是给陈八岱一点信心。

光亮越来越亮了，陈八岱已经能看到天空的一角了，这片地面也很崎岖，巨石嶙峋，好像经过了一场地震一般，但这段路空间巨大，若是说刚才走的是通道的话，这里就是广场了，在广场中有一束光，从广场的那一头射下来，这束光在太阳位置合适的时候，正好能斜斜地照射到那通往深渊那边的巨大通道，在绝对黑暗的通道里只能看到一丝微光，但这也足够了。

闵先生翻过一块石头，这里应该离出口已经不远了，这儿已经有绿色植物了，对于被困在地底的人而言当看到光和绿叶所有的劳累都被一扫而空，大家都不由得加快了脚步！

“呃……闵先生，你说的老天不会辜负任何人，是在开玩笑吗？”走在前面的陈八岱停下了脚步，问道，语气带着一丝无奈。

“什么？”闵先生上前。

“这不是开玩笑是什么？”陈八岱指了指前方。

“这……”闵先生也无语了。

“怎么了？”走在最后的夏尔巴，绕过了一块巨石，手上还摸了一手的青苔，看到两个人站在那儿，神情落寞的样子，问道。

“夏总，白费力气了，这儿没有出口！”陈八岱气馁地说道，一屁股坐了下来。

夏尔巴上前一看，叹了一口气：“唉！”也一屁股坐了下来，只留下闵先生一个人傻愣愣地站着。

第40章

墓场2

“不可能，不可能……这不可能……”闵先生嘴上喃喃自语，不敢相信眼前的一切。

“我也觉得不可能，可是事实就是这样。”陈八岱没好气地说道，好不容易聚集的气，现在全泄了。

夏尔巴郁闷地拿出水壶摇了摇，刚才爬走廊的时候以为很快就能出去了，也没节约用水，现在水壶里还剩大约100毫升水，再这么高强度运动，最多只能支撑几个小时。

陈八岱晃了晃自己的水壶，还有半壶水，压缩饼干倒是还有挺多，支持个三天没问题，可是这时候吃东西会消耗更多的水，而陈八岱的肚子又咕噜噜地叫唤着，什么酱猪蹄、烤鸭、白斩鸡，此时都化为了泡影，在阳光下化为了泡影。

“别费劲了，闵先生，出不去的。”陈八岱看到闵先生还不死心，他在周围转着，试图想找条路。

“不可能，这不可能啊……不可能……”闵先生嘴上念叨着，“我们肯定哪里做错了，这时候怎么能开这么大的玩笑……”

“哎，什么震惊世界啊、新生活啊，都不如这时候有一根绳索啊。”陈八岱说道，指了指天空，脑子里蹦出一个成语：咫尺天涯！

夏尔巴扯了扯陈八岱的衣袖，让他别说话。

“扯我干吗，我说的是事实，哼……”陈八岱不耐烦地说道。

闵先生也气馁地一屁股坐了下来，他本想找到出口之后，附近一定有通往大巫师墓穴的路，可是这里什么都没有，难道这么多年的研究是错的？

“闵先生，刚才念叨的是什么啊？”陈八岱问。

“一个楼兰的公主告诉我的祈祷，向祖先祈祷。”

“哈……要不你再祈祷一下找找路。”陈八岱说道，闵先生听出他语气中的不屑。

闵先生有些不自然地笑了笑，仰头看着洞口，在思考着什么。

那个故人告诉他，在最艰难的时候，你就要放弃的时候，只要你诚心地祈祷，祖先会将光明和勇气带到你身边。

光明的确来到身边了，消失了20年的勇气也重新回到了体内，闵先生很坦然，看着蓝天，默默地思考着，如果自己真的要死在这里，碰到了故人之后，应该和她说些什么好呢？

这的确可以算得上是一个出口，这是一个巨大的塌陷洞口，就好像一个葫芦一样，虽然洞口看起来很大，却没办法从底部出去。

洞口离洞底有几十米高，陈八岱就坐在葫芦的底部，犹如坐井观天的青蛙，仰望着自由的蓝天却毫无办法。

这个洞口足有一个足球场那么大，可是地下空腔至少有五六个足球场那么大，这个巨大的山洞不知道是什么时候形成的，或许是在古代的某个时候，这里曾有一个壮观的地下宫殿，陈八岱等人现在坐的地方，就是当年洞顶的某个部分，今天的天气非常好，阳光从上面斜照下来，太阳大得可以把地面上的一切烤焦，天也蓝的不像话，陈八岱计划中这时候应该奔驰在自由的草地上，可现实是他们仍旧困在地下，看着蔚蓝的天空只能想象自己有一双翅膀，像雄鹰一样在空中飞翔。

有了阳光洞中长了不少草，还有很多叫不上名字的植物，不由得让人惊叹生命的顽强，可是陈八岱不是草，他不可能仅靠着阳光和一点水在这里长期的生存。而此时缺水的窘境困扰着陈八岱等人，如果再找不到水，他们可能连今天都活不过去。

陈八岱找了块石头躺了一会儿好像回了点魂，想到一个重要的问题：“现在几点？”

好不容易积攒的气就像被戳破的气球，无影无踪，太阳开始偏移，在黑暗中待了那么久能看到太阳总算也是一件好事，陈八岱找个阳光好的地方，躺下吸收一点阳光的热量。

“不知道……”夏尔巴看了看手腕上的手表，开始后悔买电子户外表，在磁场干扰下，一个手动机械表更加可靠。

“有阳光，有方向……有阳光，有方向……”陈八岱嘟哝着，汪兴国告诉过自己好几个利用阳光定向的技能，陈八岱记住了一个最快捷的用手表，但如果不知道时间，这个方法用不了！还有一个不用任何人工工具的办法叫什么来着了？那个名词就在脑子中回旋，可是陈八岱肚子饿了脑子就不好使，他好像抓蝴蝶的猫一样，拼命想抓住脑海中回旋的这个名词，可就是抓不到。

“夏总，用太阳定向有几个方法？”陈八岱急了，这里夏尔巴的经验最丰富。

“呃……”夏尔巴一时也没想起来，平时他做勘测，主要都是基于器械操作，这种原始的技能虽然也学过，但实际操作和运用很少。

“投影法？”闵先生迟疑地说道。

“对对对……投影法……”陈八岱终于想起来了。

陈八岱看到洞边有一丛挺高的大茅草，长得比一个人还高，草茎就好像小号的竹子，抽出刀，选了一根切下了一段。

“一米到一米半，垂直插在地上，第一个投影点，做标记，15分钟做第二个投影点标记，两点连线是东西，垂直方向是南北，棍子方向是北……”陈八岱嘟哝着汪兴国教给他的投影法口诀，找了个有阳光地面又松软的地方，将草棍插在了地上，回头对夏尔巴说道：“开始计时……”

“手表……”夏尔巴指了指手腕，示意手表完全没有用了。

“那就估算……15分钟……”陈八岱有些生气，觉得自己在想尽办法，这家伙怎么一点都不配合，心中的怨气也在慢慢膨胀，他找了块石头，放在了第一个投影的影子顶端，做了个记号，回头坐在夏尔巴身边，一头躺下呆呆地望着天，不想说话。

“我的心跳是每分钟70下，这可以预估时间。”闵先生感觉到气氛不对，总得有人干点什么。

“那就数吧……”陈八岱说道，“找到了方向，再想办法干点别的。”

闵先生坐下来拿了块石头，右手手指压着左手腕的脉搏，默数计数，数到70下就用石头在地上画了一道。

大家都没有再说话，都在默默地想事情，其实陈八岱也没有底，就算找到了方向，又怎么出去？自己到底在哪里都不知道，方向在这时候的意义可能更多的是给自己一个心理安慰，不过，趁着这时间，能休息休息，恢复一下体力，也算是不错吧。

陈八岱一向心态很好，但是此时多少也有点烦躁了，他虽然觉得自己的运气一向很好，可是鬼知道今天是不是运气耗光的日子？要真是这样自己肯定会死不瞑目的，倒不是因为自己欠了房东大妈三个月房租没交，对于这个，陈八岱完全没有心理压力，而是陈八岱觉得，自己的悲惨命运好不容易看到了点曙光，要是死在这地底下，那可就太冤了。

陈八岱有自己的计划，闵先生出了一笔大价钱来棺材山，正好解了陈八岱和汪兴国的燃眉之急——没钱交房租！这笔钱到手，还能滋润地过个小半年，没想到碰上了夏若冰，闵先生不知道是不是着了道，竟然又掏了十五万，再探棺材山，有钱人的世界陈八岱不懂，他也不想懂，他只是一个混迹在社会底层的小人物，每天为了三餐一宿奔波劳碌，钱是他最现实的动力。

陈八岱估摸着有了这十几万，那自己和汪兴国梦想了很久的户外运动公司就可以开起来了，干这一行门面很重要，否则就只能和那些低价教练竞争，还有那个一直对自己有点意思的妹子，也可以大胆地去追了！有钱男子汉，没钱汉子难！当闵先生开出高价，他想着怎么也来过一次了，又是风和日丽、秋高气爽的日子，一进一出也就一天时间，拿到这十五万简直就是探囊取物、易如反掌！没想到自己手贱，敲几下石头，没敲出惊喜，敲出了这么大的一个惊吓。

陈八岱心里哀叹，这计划赶不上变化啊，脑子里突然冒出一个老祖宗说过可能也是最应景的一句话：人为财死，鸟为食亡！当初要是不盯着钱，这时候也不会在这里受苦，说不定已经在哪个宾馆里抱着妹子滚床单了！陈八岱想到这儿，用左手打自己的右手："让你手贱，让你手贱……"

"打也没用啊……"夏尔巴有气无力地说道，为了追寻这道曙光，夏尔巴可算是拼了老命了，现在全身酸痛，躺在大石头上，太阳暖暖地一照，动都不想动一下。

"第15个70了！"闵先生提醒道。

"嗯，我去看看。"闵先生的话把陈八岱拉回了现实里，要想吃到酱猪蹄、白斩鸡，要想抱着漂亮妹子滚床单，先得想办法从这儿出去，没有办法也得想到办法！

陈八岱努力地把自己从那块"舒服"的石头上拽了起来，走到插在地上的草棍边上，影子已经移动了，陈八岱在第二个投影顶端放了块石头，两块石头连成一条线，东西方向出来了，而面对棍子的那个方向，就是北。

不管怎么说，有了方向，至少有了一点希望。

"地图！"陈八岱叫道，夏尔巴从口袋里掏出地图递给他。

"我们是从棺材山的偏南边掉进来的……嗯，这边是北方，应该面对的是棺材山……鬼门关应该在……呃……南边？"陈八岱回忆着地形，他没有汪兴国那样有经验，汪兴国只要看过一眼，定一个方向，无论怎么转，都不会蒙圈，陈八岱有些不确定，但觉得差不多，如果现在脑袋上是棺材山，那么高的山不可能塌了这么一大块吧。

“我们上坡、下坡好几次，会不会是在棺材山的半山腰上？”夏尔巴提出了异议。

“呃……这个……”本来陈八岱就不确定，夏尔巴再这么一说，他就更犹豫了。

确定了方向，闵先生反倒一点都不着急了，陈八岱抓耳挠腮的工夫，他在四周看看，说不定能找到一些惊喜。

“你们来看看……这儿……这儿……还有这儿……”果然塌陷的乱石杂草中，发现了一点新东西。

“什么东西？”陈八岱问，闵先生找了一根棍子，在一个石缝里掏，哗啦啦掏出了不少东西，是一堆牙齿和碎骨头。

“我去……我还以为是钻石！”陈八岱没好气地说。

“怎么会这么多？！”闵先生捏起一颗牙齿，确切地说是半颗，或许是经过了太多年，这颗牙齿已经腐烂得只剩下牙釉质，牙根什么的已经不知所终，再捏起一颗，状况也差不多。

“传说里不是说，走进棺材山的人要填回地府里走掉的魂魄吗？可能肉身被阎王爷吃了吧。”陈八岱蹲下来，看着闵先生扒拉出来的牙齿说道。

“不，这是死亡中心，墓穴的正中。”闵先生纠正道。

“这边也有很多……”夏尔巴在另一边叫道，他拿出了工兵铲，在一块大石头下挖着，越挖越深，但挖开了一层不厚的土层之后，下面好像是许多碎石叠压的，不是坚实的土地，用工兵铲一扒拉，就能扒拉出牙齿。

夏尔巴不一会儿就扒拉出了一大堆牙齿和碎骨头，在脚边堆出一座小山，夏尔巴撅着屁股，脑袋差点没钻进挖的洞里去，越往下扒拉越多，感觉这骸骨没有底。

“整得跟土狗刨食似的，夏总，别扒拉了，又不是钻石，费那个劲干吗？！”陈八岱说道。

“这么多尸骨，可不是一天两天存下来的。”夏尔巴抓了一把牙齿，端详着，奇怪地说道。

“嗬，傻子都看出来了。”陈八岱冷笑道。

“仔细想想，这么多尸骨是哪儿来的？真的是死人自己走进来的？那又是从哪儿走进来的？找到了岂不是就有出路了？”夏尔巴百思不得其解。

“你问我，我怎么知道，要不问问阎王爷？”陈八岱扭头看着闵先生。

“楼兰人是从北边迁徙过来的，照理应该是以北为尊，死亡的入口应该会放在南边，鬼门关不正好就在棺材山的南边吗？而程子村，就是宗庙的所在地，正好在棺材山的西边，以棺材山为中心，鬼门关和程子村为南、西两个树桩，其余的村落围绕在四周，正好就形成了一个巨大的太阳葬形制。”闵先生说道。

闵先生的话和没说一样，难道还兜兜转转绕回去找那该死的鬼门关？就算程子村如闵先生所说的在北边，鬼知道还有多远？

陈八岱把手里的牙齿扔回到地上，拍了拍手上的泥土：“求生第一步，食物和水……食物还有一些，水急需解决……方向找到了，但是我们不知道自己在哪儿。”

“我们在一个井底……”夏尔巴提醒道，毕竟还是要面对现实，水不多了，可是三个人的用水量计算，存水远远不够，或许撑到天黑，他们就要断水了。

“好吧，就让求生高手来告诉你们，怎么找水吧……”陈八岱打开电筒，朝黑暗处走去，俗话说，水往低处流，这里既然和外界连通了，前两天才下过大雨，那么低处肯定会积存有雨水。

陈八岱很快在一个阳光照不到的地方找到了个水坑，这可是一个令人兴奋的发现，水坑看不到底但这些水足够三个人喝个饱，不用担心缺水了。

有水就能生存得更久，陈八岱用手捧起了水，扑了一点在脸上，水滋润着干燥的皮肤让他觉得舒服多了，要不是怕污染了饮用水，陈八岱现在就想脱光了跳进水坑里畅游一番……

水坑大概有20平方米大小，可能是前两天的大雨，将泥土冲刷下来使得水浑浊不堪，陈八岱俯下身子，伸手试图去够水坑底部，竟然够不着，看来有点深度。

如果有食物的话，守着这个水坑过一个月都没有问题，不过在这之前，得把水净化才能喝，否则不用一天大家都得腹泻。

听到陈八岱找到了水，夏尔巴和闵先生也赶了过来，他们已经很渴了，一路上的节约用水和高强度运动，他们很久没有排尿，这证明身体已经处于缺水状态，但野外的水可不能乱喝，否则引起了腹泻更加危险，夏尔巴脱掉外衣，打湿了生存围巾，在脸上搓了几把，总算是缓解了一些疲劳。

闵先生倒是很淡定，他绕着水坑转了好几圈，仔细地观察着水坑。

“哎……闵先生……”陈八岱叫了他一声，可是闵先生没有搭话，他单膝跪地，用手轻抚过水面，陈八岱想起一句诗：红掌拨清波。

陈八岱决定不理他了，问夏尔巴：“夏总，你有饭盒吧？”

“有！”夏尔巴取出腰上的水壶，水壶底套座，就是个小金属饭盒。

“炉头和气罐在吗？”陈八岱又问。

“在！”夏尔巴从包里找出了炉头和气罐，这种户外炉头非常轻巧，收起来之后也就半个拳头大小，夏尔巴摇了摇那罐高山气罐，还有大半罐气，用两个小时完全没问题，足够烧开水的。

“我们做个滤水桶，把水过滤了，烧开！”陈八岱指挥道，这个水坑不是活水水源，死水坑里的水必须消毒，最好的消毒办法就是烧开了，这可马虎不得！

陈八岱瞥了一眼闵先生，闵先生好像觉得这取水工作和自己毫无关系一样，没有一点要来帮忙的意思，他轻轻地捧起了一点水，仔细地端详着，似乎眼睛是显微镜，能看到水里有没有细菌。

陈八岱决定不管他了，扯下了脖子上的生存围巾，反复折叠了几下，套在了夏尔巴的饭盒上，用手捧着水坑里的水淋在围巾上，围巾细密的网孔挡住了泥沙，水渗透下去，滴进了饭盒中，不一会儿就得到了大半饭盒的水，虽然还有些浑浊，但是烧开了是可以喝的。

夏尔巴把炉头的接头拧进了气罐里，准备点火烧水。

“这水里可有不少人的灵魂……”闵先生笑道。

“啥？”陈八岱没听清。

第41章

墓场3

“间歇性精神病又犯了……”陈八岱嘟哝着，示意夏尔巴点火烧水。

闵先生没有说话，在水坑的另一头趴下来，伸手在水坑里掏，手拿出来的时候，是满手的淤泥，闵先生月手揉搓着淤泥，露出淤泥里包裹的东西——几颗人的牙齿！

“靠……”陈八岱觉得自己的胃在翻腾，要不是肚子早就空空如也，这时候已经吐了一地！

这就是一个死人躺过的地方，而且肯定不止一个死人躺过！陈八岱后悔刚才没有分析一下情况，这片地方到处都是死人的牙齿骨骸，这个水坑怎么会幸免呢?

“这……还弄不弄？”夏尔巴停下了手上的动作，迟疑地问道。

“先不弄吧！”陈八岱一屁股坐在地上，恨恨地说道。

“这……我们没水了。”夏尔巴提醒道。

“我当然知道没水了，可是这儿是死人泡过的水……你喝得下吗？”陈八岱烦躁地说道。

世界上最痛苦的事情不是守着金山要饭，而是守着水渴死！

“哎……”夏尔巴把已经架上炉头的饭盒拿了下来，放在一边，一时也不知道说什么好，只好发呆了。

陈八岱的脑子里来回地就萦绕着两个字——“倒霉”，这两年算是倒霉透顶了，读大学的时候为了生活，差点耽误了学业——虽然陈八岱觉得那个学业耽误不耽误，都得耽误自己赚钱糊口。

好不容易求爷爷告奶奶打小抄作弊，勉强拿到学分达到及格线拿到了毕业证，可惜这三流专科的毕业证含金量的确有些让人汗颜，看着同学们纷纷喜笑颜开地进了各种家长安排好的单位里，或多或少地领着工资提成，起码不用忍饥挨饿，可是陈八岱的爹是一个面朝黄土背朝天的农民，唯一可以给他安排的就是回家种地，陈八岱不想种地，无奈手里的敲门砖又敲不开各种好工作的大门，只好选择了这么一个没有门槛的行业，或许这么说也不准确，这个行业的门槛还是有的，比如吃苦耐劳，比如不怕死，比如运气好，陈八岱恰好符合，加上汪兴国那强大的求生技能和百科全书般的求生知识，陈八岱觉得自己可以大干一场，可惜没门槛的行业竞争更是激烈，行业里的人当面和和气气对陈八岱叫一声“金刚”，甚至还能低声下气叫一声前辈，背地里拆台的事情可没少干，一路不顺，跌跌撞撞地和汪兴国两个人走到今天，眼看也拖进大龄青年行列了，连个女朋友都交不到，这让陈八岱相当地郁闷，这时候闵先生找上门来，要来棺材山，而且还不计较价钱，陈八岱刚觉得命运女神是不是开始垂青自己了，没想到又这么倒霉地掉进了这个莫名其妙的洞底，一路上排除千难万险，眼看着能出去了又变成了井底之蛙，就算是井底之蛙吧，还守着一个堆满死人的水坑没水喝！你说，这要不是倒霉，那是什么？

三个人坐在水坑边你看我，我看你，都在犹豫着，毕竟心理上这一关要过去并不容易。夏尔巴早就口干舌燥，好几次拿起水壶，可是一想到水壶里那点可怜巴巴的水还不够自己喝一口的，又叹一口气放下，陈八岱摇摇自己的水壶，也恼火地扔到了一边，缺水仍旧困扰着他们，但谁也没能下决心喝这死人水坑里的水。

“我看看地图。”闵先生伸手问夏尔巴拿走了地图，把夏尔巴画的线路图也拿了过去。

闵先生要验证自己的猜测，如果20年前那个故人的推测是对的，这里是巫师一脉的迁徙地，整个棺材山和外围的村落组成了一个巨大的太阳葬，棺材山里也会是一个太阳葬的分布形制，而正中心就是代表了死亡的这个墓场！

“没有人能绕得过死亡！”这是一句楼兰的谚语，死亡对楼兰人而言，特别是巫师，有着崇高和特殊的意义，闵先生相信不管走到哪里，这些巫师都会保留着楼兰的特殊葬俗。

仔细地看着标线画过的图，以棺材山为中心，南边是鬼门关，西边是程子村，东边是和程子村几乎等距的黎明村，而北边的智信村和鬼门关也基本等距！闵先生心里大概有了底，再往外围计算过去，西北是善国村，东北是耿火村，西南是莎村，东南是简子村，它们几乎都在等距的辐射线上，这些村落以棺材山为中心，正好一圈一圈地分布在四周。

棺材山是这些村落的死亡中心，这形成了一个巨大的太阳葬，而这个墓场就是棺材山的死亡中心，那些石室围绕着这里，可是这里到底发生了什么？许多地方坍塌损毁，自此之后再没有重启过。闵先生拿着夏尔巴画的线路图，若有所思。

“死亡是另一个开始……”闵先生想起那句谚语的后半句，在楼兰人看来，死亡并不是结束，而是绕不过的新开始。

“不是生，就是死，或许……我们可以尝试一下。”闵先生盯着眼前的水坑，突然说道。

“这……”夏尔巴舔了舔干裂的嘴唇，还是没能越过自己的心理障碍，他看着陈八岱。

陈八岱没有作声，道理他不是不懂，只是这心理障碍的确有些难以越过。

闵先生捕捉到了陈八岱和夏尔巴的情绪变化，在面临生死攸关的时候，人是可以放下自尊的，这时候一切廉耻，一切道德，一切平日的矜持，在生存面前都显得那么微不足道！

陈八岱和夏尔巴还在激烈地做着心理斗争，闵先生走过来，拿起了夏尔巴的饭盒，一仰脖子，把刚才过滤的半清的水喝了。

“闵先生……”夏尔巴刚要制止，闵先生已经喝完了，抹了抹嘴边留下的水，说道：“总得有人冒这个险！”

闵先生的探险精神到底有多坚定，陈八岱和夏尔巴不知道，但是他们知道这死水坑里的水没有经过烧开消毒，引起闹肚子的概率可是很大的，如果闵先生腹泻，不用三天他就会死于体内的电解质紊乱和脱水！

“这……”夏尔巴又看着陈八岱，既然闵先生都这样了，那不如拼了。

反正也看不到泡着死人，一切不过是自己的想象，陈八岱咬了咬牙：“靠！眼不见为净！反正不喝肯定死，喝了不一定死！”

说干就干，早已渴得受不了的夏尔巴重新滤水点燃炉头，不一会儿就烧开了一饭盒水，他甚至等不及饭盒里的开水自然凉下来，拿着饭盒趴在水坑边将饭盒坐进水坑里，利用冷水降温，到能喝的温度了，赶紧喝了几口，那干燥的喉咙得到了水的滋润，就好像琼浆玉液一般，让他全身从内到外感到舒爽，虽然这水并不是什么价格不菲的矿泉水，可是他头一次觉得水竟然这么好喝。

夏尔巴喝了几口，把饭盒递给陈八岱，陈八岱犹豫了一下，一想就算要死也有人陪着了，一咬牙喝了几口，然后把水递给闵先生。

三个人一人几口把饭盒里的水喝了个精光，有了水的滋润精神也提了起来，夏尔巴继续滤水烧水，他要把所有人的水壶灌满。

夏尔巴在取水烧水的时候，闵先生又拿着地图，在洞里比对着地形，如果他没有猜错，这个大洞当初一定有四个通道作为出入口。

山洞东边已经塌陷得不像话了，但西边的那个通道竟然损坏得不严重，北面的乱石中，闵先生发现了一条被堵了大半的石缝，除此之外再也找不到其他的出口了。

“夏总，弄得怎么样了？”陈八岱溜达一圈回来的时候，夏尔巴正好烧完了最后一饭盒水，正小心地把水倒进水壶里，每一个水壶，他都倒得满满的，他已经饱受缺水之苦，这时候总算是觉得，任何一滴水都是宝贵的。

“快好了……”夏尔巴说道。

“再烧两壶，肚子里也灌满了再走，总算是天无绝人之路，那边找到通道了，要是闵先生没说错的话，往西边可以出去。”陈八岱坐下来，从口袋里掏出压缩饼干，有了水这时候就可以吃东西了，“都吃点东西吧，吃饱了好上路。”

“你这话怎么说得那么奇怪？”夏尔巴听了觉得很不舒服，在电视剧里，被砍头的犯人吃最后一顿杀头饭的时候，狱卒都会这么说。

“呸呸呸！不吉利，不吉利！”陈八岱反应过来，赶紧朝地上吐口水，把晦气吐掉，又跺了三下地面把晦气踩在脚下，不管有用没有用，至少能给自己一点心理安慰吧。

“既然那边是北……那现在太阳这么斜照在东边，大概是下午三四点吧。”夏尔巴想起这么一个问题。

“嗯……不过等会儿进去了，时间又会乱了。”陈八岱嚼着压缩饼干，说道，“现在几点不重要，重要的是再次进入洞穴之后是什么情况。”

“哎……也不知道夏若冰他们怎么样了。”夏尔巴叹了一口气，自己一直都在求生，甚至连自己的妹妹都没有时间去考虑。

“你放心……有汪兴国那个小强在，她绝对没事。”陈八岱喝了一口水，送下嘴里的压缩饼干，说道，“除非汪兴国挂了。”

“就是担心这一点啊……”夏尔巴说道。

“哎？夏若冰是你亲妹妹？”陈八岱理解错误，难道他担心的是汪兴国占夏若冰的便宜？

“不是，表妹……”夏尔巴答道。

“表妹？亲表妹还是表面是妹妹？”陈八岱惊奇地问道，话说这事儿可大可小啊，这表妹和亲妹妹差别可大了。

平时看夏尔巴对夏若冰照顾有加，夏若冰好像和他也显得很亲昵的样子，外人看来，怎么都会觉得他们更像情侣一些。

“想什么呢？是亲表妹，我的妈妈是她的姑姑。”夏尔巴总算反应过来陈八岱说话背后的意思了。

“哦，那就好了，那你更加放心，汪兴国那小子，对女人没辙，上次我房都给他开好了，套套都塞进他口袋里，他啥也没干！我保证你表妹还是冰清玉洁的……”陈八岱松了一口气，往嘴里塞了一口压缩饼干，含混地说着。

“你……陈八岱，难怪你穷了八代！”夏尔巴有些恼火，这话从陈八岱嘴里说出来怎么那么膈应人？

“怎么了我又？我穷是祖上祖传的，又不是我想的。”陈八岱嘟哝着，这穷能怪自己吗？

“你嘴贱知道不，嘴贱就没朋友，没朋友就穷！”夏尔巴说道。

“我去，夏总你不能一棍子打死我好吧，谁说我没朋友了，我朋友遍布天下……”干探险这一行的，走南闯北，谁都知道在家靠父母，出门靠朋友，交朋友这可是必备的技能，夏尔巴说陈八岱没朋友，这点让他很不服。

“你有几个交心的朋友？哼，你交的都是酒肉朋友……”

“这……哎，夏总，我不和你说，我不和你说……”夏尔巴这一句话真的说到陈八岱心坎里了，要说交心的朋友，也就汪兴国一个，两个还是从小穿着开裆裤长大的发小，至于那些天南海北的“朋友”，平时帮个小忙还行，真有事儿，保证一个跑得比一个远，比如上次陈八岱想借点钱交房租，就顿时没有朋友了……

夏尔巴总算是第一次和陈八岱斗嘴赢了，不过夏尔巴怎么也算是受过高等教育的人，懂得给人留几分面子，所以也就没有穷追猛打，转移了话题：“等会儿我们是往西走，那岂不是往稗子村方向去了？”

“不，我们往北去！”

“什么？！”夏尔巴和陈八岱愣住了，看着闵先生。

“听我的，往北，会有惊喜！”闵先生很坚定地说。

“哈！闵先生，就是因为听你的，我们才惊吓到了现在！”陈八岱撇了撇嘴，西边的通道刚才他查探过，保存得还挺好的，按照闵先生朱砂指路的理论，也有朱砂撒在墙角，为什么要去钻北边那条狭窄的路？

闵先生坚持往北，陈八岱不同意，两人不约而同地看着夏尔巴。

“投票吧，我坚持往西。”陈八岱想起汪兴国经常这么干，举起了手。

“我往北！听我的！”闵先生开口。

“我……”夏尔巴犹豫了一下，看了看西边，又看了看北面，陈八岱用手捅了他一下。

“闵先生，往西吧，那里宽敞些。”夏尔巴举了手。

“好吧，我少数服从多数。”闵先生有些不甘心地放下手，随即又说道，“要不，我们在这儿等一等，说不定夏若冰和汪兴国也会找到这里……”

“这……”陈八岱愣了一下。

“我们这儿有水，还有足够的食物，而且能看到阳光，我们掉落的位置和夏若冰掉落的位置几乎在同一个地方，如果他们还活着，很有可能也走我们走过的路。”

对于求生而言，每一秒钟都是宝贵的，这时候不知道汪兴国和夏若冰的下落，自救是优先选择，可闵先生的提议两人都无法拒绝，夏若冰是夏尔巴的表妹，汪兴国是陈八岱的发小！

生死和情感此时发生了冲突，怎么选择的确是个难题。

“你是队长……你说了算吧。”陈八岱最讨厌做选择了，更何况是这种难做的选择，他主动地把指挥权交给了夏尔巴。

“要不……再投票吧。”闵先生以陈八岱之道还治陈八岱之身。

“等夏若冰和汪兴国的，举手。”闵先生率先举手了，接着夏尔巴也举手。

在这种情况下，陈八岱不举手就显得自己太没有人情味了，他也举起手来，说道：“我也有这个想法，哎，话说汪兴国那家伙，强是强，可是照顾女孩嘛，还是经验不足的……呃……哈哈……正好，咱们也能休息休息。”陈八岱本来想说点什么缓解一下自己的尴尬处境，没想到夏尔巴和闵先生两人的眼神看着自己，怎么都觉得不对，他赶紧打着哈哈掩饰着。

“我们等到明天中午，明天中午他们还没有露面，我们就继续走。”闵先生说道。

“好！”夏尔巴同意。

“夏总，你是总指挥，你指哪儿我去哪儿。”陈八岱说着，到阳光下找了一块平坦的大石块，舒服地往上一躺，哎呀，阳光暖暖的真是好，不一会儿，他就迷迷糊糊地睡着了。

看着陈八岱那种既来之，则安之的模样，夏尔巴气不打一处来，还说自己和汪兴国是发小，穿开裆裤长大，号称自己有一毛钱都分他五分的陈八岱，一路上好像一点都不担心汪兴国，夏尔巴有些来气。

陈八岱还真是一点不担心汪兴国，他对汪兴国太熟悉了，只要这家伙没一下子被干死，他就不会死！

"放心吧，夏若冰不会有事的，汪兴国是很有能力的探险家，相信我的眼光。"闵先生安慰夏尔巴道，眼睛却盯着北边，他还是不死心。

现在夏尔巴也不能做什么，他也很累了，找了块稍微平坦点的石头，半靠着，拿帽子盖着眼睛，他也需要好好休息休息。

"闵先生，你也休息会儿吧，千万不能一个人乱跑。"夏尔巴坐下之后，觉得全身的力气被抽光了一样，加上阳光暖洋洋照在身上，更是不想动了，他提醒了闵先生一句，闭上眼睛休息。

"北边会不会有些惊喜？嗯，一定会有的！"闵先生笑道，三个人里面，现在只有自己最精神。

"那也得出去再说呀。"夏尔巴嘟哝了一句，由着闵先生去吧，这时候连他们的生死下落都不知道，就算想做点什么都无从做起，现在只能寄希望于陈八岱说得没错，汪兴国和夏若冰在一起，他们没有受伤，汪兴国还能照顾好她，万一要是夏若冰有个三长两短，自个儿怎么回去和外公外婆交代？夏尔巴开始担心这个问题了。

第42章

生死一线1

夏尔巴的担心并非毫无道理，此时汪兴国正在苦苦地思索，如何用一把主锁来保护两个人安全渡过那段深渊。

汪兴国现在面临的并非只是器械不足的问题，通常情况下，在通过危险地段都需要打固定点，要么用电钻配合岩钉打进岩石中，要么就在岩缝里塞岩塞，这时候汪兴国手里没有岩钉和电钻，也没有岩塞，他手里仅仅有一把主锁和连接起来勉强能到达对面的绳索，夏若冰从来就没有见过谁能在如此简陋的器械帮助下完成这么高难度的攀爬，如果汪兴国失败，只剩下自己，夏若冰很明白自己存活的概率几乎就降到了零！

汪兴国已经决定了冒这个险，他拿着主锁看着洞壁的石缝，他要找到一个合适的石缝，将主锁塞进去，让它既能当岩塞，又能发挥主锁的作用牵引绳索。

“夏若冰，我需要你帮忙。”汪兴国看了看附近的洞壁，完全没有地方可以达到这个要求，他用电筒照了照深渊的边缘，在那里中段看到了一条裂开的岩缝，那儿应该能满足这个要求。

“你先给我做固定点，我等会儿爬到中间，把主锁塞进岩缝里，做一个中继保护站……”

“可是……我怎么拉得住你？”夏若冰很担心。

“我会利用这块石头凹下的位置增加摩擦力，你一定要跟随我的速度放绳，不要让绳索滑出来，万一我坠下去，你用保护器还拉不住我，记得一定放手！千万不要硬扛……”汪兴国仔细交代道，在身上打好了保护结，准备出发。

“汪兴国，我们回头吧……”夏若冰觉得很害怕，她拉着汪兴国的手说道。

“我一定会成功的，把头灯给我。”汪兴国轻轻地捏了捏夏若冰的手，她的手冰凉冰凉的，他安慰道，等会儿需要攀爬不可能一手拿着电筒一手爬崖壁，夏若冰的头灯这时候可以帮上大忙。

“万一……”夏若冰不知道为什么，有一种想哭的感觉，或许是因为担心，或许是因为恐惧，或者是因为别的什么。

“夏若冰，没有万一！就算是我死了，你也得想尽办法爬过去！那里就是活下去的希望！”汪兴国抓着夏若冰的肩膀，粗暴地打断了她，夏若冰的后半截话被汪兴国的粗暴吓了回去，只能点点头。

“记住，只要没有死，就能活下去！我能做到你一定也能做到！你还有半本佉卢文没有补充，还有你父母的遗愿没有完成！给我把勇气鼓起来！”

或许是这句话让夏若冰重新鼓起了信心，她用力地点了点头。

汪兴国把头灯戴好，把手电关了，本想装进自己口袋的，可是想了想，把它塞进了夏若冰的手里：“你拿着，万一我没过去，你还能坚持。”

检查了一下准备工作，又叮咛了一句：“如果我下坠你拉不住，记得放手！一定要懂得放手！”

夏若冰已经说不出话了，紧张，害怕，惶恐，面对未知的希望，各种情绪占领了她的内心，她无法开口，汪兴国已经决定了，她抬头看了看对面，那洞口柔和的光芒透过来，好像在对她招手。

夏若冰咬了咬牙，把内心不安的情绪赶走，心里暗暗说：“会成功的！一定会成功的！”

汪兴国打了一个OK的手势：“准备好了吗？开始吧！”

夏若冰点了点头，往后退了几步，将绳索穿过保护器：“汪兴国你要小心！”

如果汪兴国失手坠落，夏若冰可以在保护器的帮助下，帮他稳住局面，保护器是靠绳索和其内部的摩擦面或者挤压绳索来增大摩擦，以此来达到在下降的时候可以利用很小的力量来控制自己的下降速度的目的，保护器也可以用这个原理来保护他人的攀爬，理论上在保护器和固定点的帮助下，夏若冰能保护自己体重2倍的人的安全，只要他冲坠距离不超过5米，但这时候没有固定点，夏若冰只能靠自己的体重来抵抗冲坠力量，汪兴国的体重大约为夏若冰的一点五倍，只要他冲坠的距离超过3米，夏若冰如果不放手也会被一起拉入深渊。

所以汪兴国告诫她一定要懂得放手，如果自己失败了，至少要给夏若冰留下生存的希望。

夏若冰退后几步，在一个相对平坦的地方坐了下来，重心放得越低，抗冲坠的能力就会越强，这儿没有什么凸起可以利用，而且几乎可以算得上是光滑且向下的斜面，夏若冰想了想，又往洞壁边靠了靠，这儿至少多一个摩擦面，将身子向后躺，用脚撑着洞壁和洞底的转角处。

汪兴国看到了夏若冰的动作，对她竖起了大拇指——告诉她自己准备出发了。

汪兴国深吸了一口气，他明白这些松垮的石头有多危险，70公斤的体重，在有稳固攀爬点的时候并不是什么问题，他不可能逃脱地球引力的制约，汪兴国任何一次判断失误都可能付出生命的代价。

“夏若冰，我要开始了，你准备好了吗？”汪兴国再次确认夏若冰的状态。

仔细地观察了一下洞壁，汪兴国得选择一个更好的攀爬路线，他觉得自己最好先往下爬，然后绕过那一段看起来最不稳固的部分，这时候和夏若冰的沟通很重要，夏若冰半躺下之后，看不到自己的动作，他们只能用声音保持联系。

“好……好了……”夏若冰的声音有些颤抖，她也不知道自己到底准备好了没有。

“别害怕，相信自己。”汪兴国给了一句鼓励的话，接着说道，“我开始了。”

“好！”夏若冰鼓足勇气，手紧紧地攥着保护器上的绳索，不知道是紧张还是太过于用力，她觉得自己身子有些微微地颤抖。

“放绳！”汪兴国已经把脚探了下去，套在身上的绳套牵扯着他，脚还差一点才能踩到他选择的那个固定点上。

夏若冰手微微一松，但又很快地攥紧了，汪兴国身子往下顿了一下，可是没有按照预期踩到那块石头上，手还很尴尬地半扒着悬崖边缘。

夏若冰还是有些紧张，只放出了大约10厘米的绳索，她觉得慢慢地放或许会更安全一些。

“再放！”汪兴国叫道。

夏若冰又一松手，接着很快地攥紧，汪兴国的脚尖够到了石头，但身子却被悬吊着。

“跟随我的速度放绳，不用害怕！”汪兴国尴尬地半吊着，脚尖半踩在石头上，手还得用力保持平衡，这样尴尬的姿势反而更加消耗体力。

保护者和攀爬者配合不好往往会出现这种情况，正常情况下，应该由攀爬者来掌握节奏，保护者配合，但如果保护者过于紧张，就会越俎代庖，限制了攀爬者的发挥，这样反而会让攀爬者更加消耗体力。

“夏若冰，听我的口令放绳！”汪兴国想了想，夏若冰害怕汪兴国的冲坠她控制不住，如果绳索放得越短，就算冲坠越容易控制，但这会严重地制约汪兴国的发挥，汪兴国叫道，“跟随我的速度，再放30厘米！不用担心，我控制住了。”

夏若冰咬咬牙，按照汪兴国的指示，放出了30厘米的绳索，汪兴国稳稳地站在了石头上，这块石头选择得不错，虽然有些松动但比其他的石块稳当多了，汪兴国站稳之后，看了一下周围的环境，伸出左手，打算去够那块突出的石块，在头灯的帮助下，汪兴国看到那块石头突兀地在那里，无论是形状还是大小，都是非常适合搭手。

汪兴国稳稳地抓住了石块，接下来他要逐步加大力量来测试它是否能支撑自己的体重，汪兴国刚加大一点力量，就听到了石头“咔嚓”一声，接着石头从石缝中松脱了出来，汪兴国缩回了手。

夏若冰听到了石头砸到地下的声音，那声音被洞壁反弹，放大，让她心里一惊，她叫道：“汪兴国！”

“我没事，有一块石头松了。”汪兴国说道，他得重新选择攀爬固定点，他的目光被刚才掉落的石块位置吸引了。

从汪兴国的这个角度看过去，加上头灯又不是很明亮，让他觉得那石头是长在石缝中一样，实际上只是一块碎石插在石缝中而已，但石头掉落之后，石缝显露了出来，裂缝在攀爬的时候往往比突出的石块可靠，汪兴国伸手探进裂缝中，用力扳了扳，非常结实，足以支撑自己的体重。

汪兴国瞥了一眼下一个固定点，攀岩不能走一步看一步，必须要选择一条线路，线路上所有能利用的固定点都要在心里有底，不过在这样松垮的地方，不确定性还是很多，汪兴国觉得，自己更应该多利用石缝，除非是整块的石头，否则最好还是别碰。

“放50厘米……”汪兴国估算着距离，这一下他要一次成功，要不就会悬吊在半路，这时候夏若冰若绳索放得不够，那自己的处境不能说危险，但绝对会很尴尬。

夏若冰两手配合，放出了一臂长的绳索，足有50厘米。

汪兴国灵活地手上一用力，接着右手一交叉，扳住了另一条石缝，身子灵巧地一扭，脚就踏上了下一个稳固点。

“很顺利！”汪兴国叫道，这话让夏若冰心里安慰不少。

斜向下绕过不稳固部分的过程很顺利，汪兴国选择的线路可以说是完美无缺，但接下来他需要斜向上爬，沿着最不稳固的边缘，开辟出一条线路，这样他才能到达那条裂缝，他必须要用那条裂缝来塞进主锁，然后他要利用这个仅有的转折保护点来保护夏若冰渡过这段最危险的距离。

汪兴国攀爬的时候，比较刻意地利用一些石头的凸起部分，将绳索从凸起部分上面走过，因为随着绳索越放越长，汪兴国就要越来越小心，在正常情况下，最远必须在相隔5米就要用岩塞或者页片、主锁来做中继固定点，这样的话，冲坠的距离最多是5米，那样能在保护者和攀岩者的承受范围内，但现在汪兴国没有多余的器械，也没有能让他下固定点的位置，此时夏若冰已经放出了有20多米距离的绳索，万一汪兴国失手他的冲坠距离至少是20米，没有其他器械的帮助，仅凭着夏若冰贴近洞边和脚支撑，夏若冰是不可能抵抗得住这样的冲坠力量的。

现在汪兴国面临一个难题，他选择了好几个凸起，最后都证明它们无法胜任，这片岩壁坍塌得太厉害了，就好像没有贴好的墙皮一样，很多地方呈片状地剥落，这些片状的赤铁矿被强大的力量震松，却没有完全塌掉，汪兴国连续试了几个地方，手刚一用力那些岩片一碰即碎，迫不及待地坠入深渊中去了。

“汪兴国，情况怎么样？”夏若冰看不到汪兴国的情况，等了好几分钟汪兴国都没有下达任何一个口令，夏若冰也没看到绳索的抖动，不知道发生了什么事情，开始着急了。

“等等，我要另外选择线路，这片页岩太松了。”汪兴国答道，此时他正进退不能，往回退的话，也没有更好的线路了。

汪兴国抬头看了看头顶，那里有一条大约一掌宽的裂缝，汪兴国决定利用这个裂缝，不过他还需要多一个借力的地点，眼看刚才试过的页岩还剩下一个，汪兴国觉得它作为稳固点绝对不行，但是借一下力量还是可以的。

“夏若冰，放绳，这次放开2米！”汪兴国叫道，他需要借用一下那片不稳固的岩片，快速地往上一跳，右手要很精确地抠住那仅仅一掌宽的裂缝，然后很快速地拉扯自己的身体，让左手搭上上方那块石头，只要到达了那块石头，一切都好办了。

“2……2米？”夏若冰觉得自己是不是听错了，如果汪兴国冲坠，自己怎么可能拉得住？！

“没错，2米！”汪兴国很肯定地说，他需要有足够的绳索，否则一旦绳子稍微牵绊一下，自己就不可能成功。

“四个臂长！夏若冰，放绳！”汪兴国等了一会儿，没觉得绳索有放松的迹象，又叫道。

“汪兴国……”

“相信我！”汪兴国的声音很坚定。

“四个臂长，我放了！”夏若冰放出了2米多的绳索，她觉得心跳很快，不由得将身子又往后仰了仰，脚死死地撑着洞壁，手紧紧地攥着保护器上的绳索——万一汪兴国冲坠，这样或许能保护得了他。

“夏若冰，如果控制不了，一定要懂得放手！”汪兴国又叮嘱了一句，生死就在一瞬之间，他不想自己失败之后把夏若冰也拉下深渊。

“我……”夏若冰不知道说什么好，汪兴国没等她回答，叫道：“我开始了！集中注意力！”

夏若冰听罢，全身绷紧，手死死地攥着绳索，准备抵抗那个她不知道会不会来的冲坠力量。

汪兴国左手很快地扳住了那片页岩，脚下一用力，往上一蹭，那片页岩仅仅提供了一个借力的地方，仅仅这么一下子，页岩经受不起这个力量，“啪嚓”一下碎裂了，主体部分坠入黑暗中，但这一下已经足够了，汪兴国尽量地将右臂伸长，把手抠进了石缝里。

汪兴国的右手成功地扳住了石缝，但是石缝很窄，汪兴国觉得自己的手指好像是被锤子砸进去一样，但这时候汪兴国不能去管手疼，他右手一用力，脚下蹬着一个小得不能再小的凸起借力，左手去够那块稳固的石头。

汪兴国判断自己是可以百分百够到的，可是他的左手刚攀上石块边缘，觉得绳索好像扯了自己一下，汪兴国暗叫不好，看来自己判断有些失误，绳索没有放够！

汪兴国左手堪堪扒到了石块的边缘，汪兴国将所有的力量都用在了手指上，抠着石块上那一点点凸起的部位，叫道：“放绳！放绳！”

听到汪兴国急促的声音，夏若冰手足无措，问道：“怎么了……怎么了……”

“放绳……快！”汪兴国要坚持不住了，夏若冰手忙脚乱地赶紧放绳，汪兴国感觉到绳索放松了，就在手指即将滑脱的时候狠狠地用力，右手扒了上去。

“呼……”汪兴国爬上石块站稳，左手的手指因为刚才用力过度在痉挛，塞在石缝里的右手也很疼，不过总算是有惊无险。

汪兴国甩甩手，让手上肌肉放松一下，左手手指的痉挛在加剧，赶紧用力揉了几下，才止住了痉挛，他心里连连庆幸，要是刚才绳索再短5厘米，再晚几秒钟，那自己现在就不会站在这里了。

“汪兴国，怎么样了？”夏若冰看到绳索剧烈地抖动了一下，然后就不动了，她不知道发生了什么，焦急地问道。

“没事，我上来了，手有些疼，我休息一会儿。”汪兴国检查一下手，发现右手手背被岩石擦破了一大块皮，血正慢慢地渗出来。

难怪刚才那么疼，汪兴国皮糙肉厚，石头磨破了表皮层，伤口火辣辣地疼，虽然这不算什么严重的伤，但是对于需要用手来进行的攀岩活动，汪兴国不得不考虑手受伤给自己带来的麻烦，他打开医药包，用绷带缠绕了伤处，这样感觉好多了，他看了看剩下的距离，已经过半了，剩下的难度比刚才容易，汪兴国看到了那条裂缝，裂缝就好像是量身定做一般，正好能塞下主锁。

这个发现让汪兴国有些兴奋，他叫道：“夏若冰，好消息，裂缝很结实，能塞下主锁！”

“真的？！”夏若冰有些不相信，这或许是这么久以来第一个能让人兴奋的好消息了。

“我把主锁卡在这里，等会儿你过来的时候，记得回收主锁！”汪兴国说道。

“好，没问题！后面好爬吗？”夏若冰欢快地回答道，随即想到还有一半的路程，不知道会不会有什么阻碍。

“康庄大道！”汪兴国说道，接下来的路程对他而言完全没问题，甚至对夏若冰都不会有问题，他比较担心的是前面那一段，夏若冰怎么过来。

汪兴国带的是D形锁，虽然叫作D形锁，但是一头大一头小，有些像一个不对称的梨，汪兴国爬到了裂缝边上，仔细地观察了一下，裂缝很不规则，汪兴国把锁门拧开，先把身上的绳索挂进了锁里，竖着把锁大的一头塞进去，然后偏转，让锁斜着卡在了石缝里，接着他把锁往下拉，拉到了一个最粗糙的地方，正好打开的锁门钩在了石缝中一块很结实的凸起部位，汪兴国又用手顿了顿，锁牢牢地卡住了，小的一头冲着外面，汪兴国又来回拉了几下绳索，绳索能很顺利地在锁里滑动，虽然这个保护点比不上用岩塞或岩钉做的，但这已经是在这种简陋条件下能做到最好的了。

“夏若冰，绳索已经顺过去了！我继续向前！”汪兴国又检查了一遍，确认没有问题了，回头叫了一句。

“好的，我放绳了！”夏若冰说道，仰躺了这么久，她觉得有些累，她略略抬头，可以看到汪兴国的头灯在晃动，绳索也在有节奏地抖动。夏若冰这时候没那么紧张了，手也没有死死攥着绳索，汪兴国可以很轻松地拖动着绳索，灵活地在岩壁上攀爬着，20米的距离对他而言并没有什么复杂的，还有几步，他就能爬到对面的平台了。

第43章

生死一线2

“夏若冰！到你了！”剩下的阶段对汪兴国而言简直是小菜一碟，他没费什么力气就攀到了平台，汪兴国一边解下身上的安全带，一边对着另一边喊道。

“我……等等……等一会儿……”轮到自己上阵的时候，夏若冰突然间觉得自己不能胜任。

“你休息一下，活动一下手脚，线路我探过了，应该没问题的。”

刚才夏若冰保护汪兴国消耗了一些体能，应该给她点时间恢复。

说话间汪兴国解开了安全带，看到斜坡上花白一片，汪兴国顺好了绳子，把绳索缠绕到岩壁边的一个凸起上打好了绳结，用头灯照了照地面。

汪兴国心里一惊，这片东西哪是石头啊？是铺了一地的牙齿和散落的骨骸！

汪兴国随手在地上一扒拉，就扒拉到一手的牙齿，基本上都是大牙，有些就剩下牙釉质，有些大牙还保存得比较完好，偶尔还能看到几块下颌骨的残骸，但其他部分的骨骼却难觅踪迹……

这些牙齿和骨骸几乎铺了一地，汪兴国往上走了一小段距离，几乎没有可以下脚的地方，有些地方甚至一脚踩上去，就没过了脚面，一脚踩上去人就不由得打滑。

“夏若冰，我先清理一下通道，你先别下来！”汪兴国回头叫道，这时候一定要沟通好了，万一夏若冰误会自己做好了保护工作，开始攀爬，那可就危险了。

“嗯，我知道了。”夏若冰答道，其实她根本就没准备好，一想到几乎没有保护状态攀岩，她心里就七上八下的。

夏若冰磨磨蹭蹭地准备着，听到那边“哗啦哗啦”地响，那是汪兴国在清理地面的牙齿和骨骸，可是这里铺得太多了，汪兴国只能用脚贴着地面扫，那声响就像用大扫帚扫碎石子的声音。

“汪兴国你在干吗？”夏若冰觉得这个声响很不正常，大声地问道。

“没事……没事，我在清理地面。”汪兴国想了想，觉得还是不要告诉夏若冰实话比较好。

汪兴国贴着洞壁边缘，顺着斜坡清理了一条宽一米多，长30米的通道，夏若冰等会儿攀爬的时候，汪兴国要跟随她的速度收绳，汪兴国觉得一路往上走着收绳会更安全一些，所以他要保证地面足够干净，不会让自己滑倒。

这边的洞壁还算比较粗糙，或许是地质挤压的原因，很多地方有凸起和变形，汪兴国找了一个比较大的凸起部位，这里能让他用脚牢牢地撑着。

“夏若冰，你准备好了吗？我准备好了！”汪兴国觉得万事俱备，就差夏若冰了，他催促道。

“我……好……好了！”夏若冰硬着头皮答道，想了想又不放心，又检查了一下身上的安全带和穿过安全带承重环的绳索。

8字结牢牢地穿过了承重环，夏若冰不放心，还打了一个保护结，可是她还是不放心，犹豫了半晌，汪兴国又催了一次，夏若冰才磨磨蹭蹭地走到悬崖边。

头灯的光不算强，汪兴国只能看到夏若冰的身影在悬崖边晃动，但细节看不清楚，对她叫道：“先往下，那里有一个大石头很稳固，然后往左边，我用灯光照着线路，没事的，你注意看石块，有松动的就不要动它！”

“这……汪兴国，那主锁行不行？”夏若冰还是没信心，虽然汪兴国在中段用主锁卡在石缝里做了一个保护站，可是按照攀岩标准这是错误的教科书典范，夏若冰考虑万一自己失手，主锁能否承受得起自己冲坠20米的力量。

“夏若冰，你不用担心！”汪兴国知道她犹豫的原因了，可这时候去哪建立一个教科书正确典范的保护站？

汪兴国接受过严格的求生训练，攀岩也是求生训练中的重要科目，所有的求生训练的基本原则就是利用手头的一切保障安全，如果有更好的安全器械、有其他的办法汪兴国也不会这么干，但如今只有这么做才能争取到一线生机！

随着夏若冰的攀爬，汪兴国会不断地收绳，夏若冰只要开始爬，随着绳索收短，她反倒越来越安全，汪兴国确认主锁卡的位置，这个简单的保护站足以承受夏若冰5米的冲坠力量。

“好……好吧！”事到如今，夏若冰必须鼓足勇气争取生存的机会，她咬了咬牙攀下了悬崖。

汪兴国探过了线路，会给她指引，汪兴国是越往前爬越危险，但夏若冰有着中继保护，反而是越向前爬越安全，只要过了中继保护的位置剩下的一段就简单多了，简直就是闲庭信步！

汪兴国最担心的就是快到中继保护位置那里的那一段斜上部分，汪兴国已经打算好了，这一段也不过两米来长，让夏若冰放手，汪兴国拖着她上到平台就好了。

不能不说，汪兴国计算了每一个步骤，不但全面而且精确，如果按照他的计算，主锁回收的可能性还是很大的，但汪兴国所有的计算，都取决于夏若冰的发挥，这也是汪兴国最担心的地方。

夏若冰并不擅长攀岩，女性的上肢力量普遍偏弱，协调能力也不算太好，除非刻意地锻炼过，夏若冰攀岩技术比普通女孩好，可远没达到半专业水平，此时黑暗的深渊又在压迫着夏若冰的神经，所以速度很慢。

速度越慢夏若冰的消耗越大，更容易引起肌肉疲劳，汪兴国有些着急了，催促道：“夏若冰，加快速度，要不你会累的！”

夏若冰趴在一块石头边上，脚下是一块仅能容下半个脚掌的固定点，双手死死攀着上方的一块石缝，浑身的热汗，头发沾在了额头上，汗滴顺着头发慢慢地往下流，流进了她的眼睛里，刺激得她不断地眨眼，她很想用手抹一下眼睛，可是又害怕一放手自己会坠落。

这时候夏若冰离中继点也就还有十来米距离了，但她已经用掉了快20分钟时间。

“我……我已经很累了！”夏若冰觉得手臂在痉挛，不一会儿大腿也痉挛起来，连续的精神紧张，又没有补充足够的营养，这时候她体内的电解质再经过一阵高强度活动，在提醒她体内开始缺钾了。

夏若冰努力地想控制住痉挛，这样反而更加消耗了体能，踩在那小小固定点上的脚也开始微微颤抖了。

汪兴国急了，这一段是最艰难的，几乎没有什么落脚点能休息，夏若冰这么趴着岩壁边，踩又踩不结实，扒又扒不牢固，这一段需要一鼓作气通过，可是夏若冰却停了下来！这可是致命的！

“别停下，加油，别停下，越停下越累！还有10米！不到10米的距离了！”汪兴国催促道，一股寒意升上脊背，汪兴国能保证主锁承受夏若冰5米的冲坠力量，可是万一……

如果万一，主锁绷脱，夏若冰最好的结果就是拍在了崖壁上，汪兴国还勉强能支撑得住，汪兴国没有器械的帮助，这时候他是将绳索按照简易方式背在肩上，利用背和肩膀的摩擦来做保护，他最大限度能保证夏若冰不超过10米的冲坠，超过这个距离纵使汪兴国用尽全力也无法阻止夏若冰坠落！

夏若冰如果不尽快通过这段最危险的距离，如果主锁绷脱，她只有死路一条，还会把汪兴国一起拉下万丈深渊！

汪兴国必须要想办法让她赶紧通过这一段，一路过来，汪兴国都是跟随着夏若冰的速度收绳，为了让她安心，收绳的时候会略略地紧一些，夏若冰感觉到绳索的牵扯力量，会安心很多。

“夏若冰，我给你5秒时间，到下一个点去，否则我就放绳了！”汪兴国威胁道。

“别……我……休息会……”夏若冰已经气喘吁吁，眼睛被汗水迷住了，视力在汗水和劳累的双重打击下越来越模糊，脚下好像踩哪里都不稳。

“5、4、3、2……”汪兴国开始倒数，夏若冰想哭，她知道汪兴国说到做到，他已经在那个狭窄的通道里把自己丢了一次了，要是再丢一次，自己可真的就要死了。

“汪兴国！我恨你！”夏若冰带着哭腔喊了一句，她感觉到原来绷紧的绳索松了，心里一哆嗦，终于朝下一个固定点伸出了手。

人的潜能都是逼出来的，看到夏若冰伸出了手，汪兴国心里暗暗松了一口气，手上收了收绳索，夏若冰又感觉到绳索绷紧了，当下心里安定了一些。

夏若冰的体能已经到达了极限，在前面的路程她浪费的时间太多了。她感觉每一次伸手出去，手臂都好像有千钧重一般，大腿和手臂不受控制地痉挛，小腿也绷得紧紧的，感觉随时会抽筋。

“前面那一块！夏若冰……小心……”汪兴国看到夏若冰选了一块离自己近的石头去攀，赶紧提醒她那块石头是松的，可是夏若冰这时候精神已经有些恍惚，没听见，还是将手伸过去了，汪兴国惊呼了一声，身子一下子绷紧，脚死死地踩在石头上，准备接受冲坠！

夏若冰手攀上石头的时候觉得有些不对，可是等她反应过来的时候，身子一沉，她“啊”的一声尖叫，坠了下去，手胡乱地想抓到什么东西，可却是徒劳的。

“嘣”的一声，夏若冰感觉到安全带勒得大腿根很疼，绷紧的绳索弹在夏若冰脸上火辣辣的，但这时候她顾不上疼了，双手死死地抓着绳索。

中继的主锁猛地一震，给汪兴国分担了一些冲坠力，但纵使这样，他的肩膀上的衣服也被绳索磨破，绳索的摩擦还将肩膀磨出了血痕，疼得他直龇牙！这时候夏若冰的冲坠距离足有8米，超过了他的预期，他靠着身体死扛着这冲坠的力量，哪怕有了心理准备，还是被强大的冲击力拉得向前一冲，身子翻转，撑着石头的脚也滑开了，还好他眼疾手快，一只手死死地拉着绳索，另一只手抠进了一条石缝中。

“汪兴国……汪兴国……”夏若冰吊在绳索上上不着天下不着地，吓得魂飞魄散。

“没……死……”汪兴国好不容易控制了局面，但现在他的姿势很尴尬，差点被拉成了一个大字形，人也失去了平衡，侧躺在斜坡上。

“我……我……怎么办？！”夏若冰往脚下一看，深不见底，她什么都看不见，刚才掉落的石块砸在洞底，那声音在她耳朵里显得非常恐怖，她想赶紧爬上去，身子也不由自主地扭动起来。

“不要乱动……”汪兴国努力地维持着局面，但现在他必须要调整姿势，现在这个姿势汪兴国根本没有办法把夏若冰拉回来，他努力地反转身体，试图将绳索调整好。

本来能承受5米冲坠的主锁此时也来凑了一下热闹，夏若冰又听到了“嘣”的一声，主锁又松了一点。

这一声让夏若冰更害怕了，她叫道：“汪兴国，主锁……主锁……”夏若冰话音未落，主锁承受不起那么大的力量，顺着石缝往下滑……

他咬紧牙关，从牙缝里狠狠地蹦出几个字：“别乱动！”

夏若冰的挣扎给汪兴国调整姿势带来了很大的麻烦，刚调整了一半的姿势又被破坏了，又得从头开始。

但此时夏若冰哪里还听得到汪兴国的话，如果主锁脱落就算是神仙都救不了她，她慌张地攥着绳索试图爬上去，6毫米的绳索完全不适合攀绳，夏若冰的手此时也没有了力气，除了造成绳索乱晃之外，没有任何的效果。

绳索被夏若冰这么一晃，顺着石块边缘滑来滑去，夏若冰惊恐地看到，在石块的摩擦下绳索有个地方已经被磨坏了绳皮，露出了白色的绳芯。

“汪兴国，磨绳！磨绳！”夏若冰大叫着，虽然她不擅长攀岩，但她知道磨绳意味着什么！6毫米的绳索，能抗1500公斤的拉力，但是一旦磨损了绳芯到一定地步，那些细密的绳芯就会像多米诺骨牌一样接连断裂。

“你他妈别乱动了！”汪兴国破口骂了一句，数次调整姿势都被夏若冰的乱动破坏了，他没那么多时间慢慢磨蹭，绳芯被磨穿谁都救不了夏若冰。

汪兴国心里咒骂着，怎么什么事情都凑到了一块，很努力地翻转身子，他必须要翻过来，否则一切都完了。

“怎么办？怎么办？”夏若冰脚下悬空，离上面最近的平台还有8米距离又爬不上去，死亡的恐惧紧紧地捏着夏若冰的心。

“别动！一下都别动，我拉你上来！”汪兴国好不容易调整了姿势，这时候他翻转了身子，拼命地跪在了地上，汗已经湿透了全身，他狠狠地抹了一把脸上的汗，用力往坡道上迈出步子。

因为有主锁的摩擦力，绳索又卡着岩石，汪兴国此时可不是仅仅拉50公斤的夏若冰这么简单，他起码要拉动夏若冰两倍到三倍的重量，而且还要爬坡……

夏若冰吓得一动不敢动，眼睛死死地盯着磨损的绳芯，她似乎能听到绳芯断裂的声音了，突然觉得自己身子一震，往上蹭了一段，接着又是一震，又蹭了一段。

“汪兴国……”夏若冰心里一热。

“别说话！”汪兴国用尽吃奶的力气一步一步地往前拉，身体前倾，好像长江边拉纤的纤夫！他一只手紧紧攥着绳索，另一只手抠着岩壁上的石缝，手脚并用，6毫米的绳索几乎勒进了他肩膀的肉里，疼得他眼冒金星，这时候他可没心情和任何人说上一句话……

“嘣……”又一声响，主锁承受不了这么大的力量，又往下滑了一段，将汪兴国刚才的努力化为乌有！夏若冰惊叫着，身子往下一沉，再抬眼一看，绳芯又被磨损了一些。

“汪兴国……你放手吧……呜呜呜……”夏若冰哭了，现在不管是主锁绷脱，还是绳索磨损，自己已经命悬一线，随时都可能摔下万丈深渊，她不想拖累汪兴国。

“你给我闭嘴！”汪兴国狠狠地骂道，脚下用力一蹬，重新将夏若冰拉了起来。

夏若冰只好双手握着绳子，低声地哽咽着，汪兴国喘着粗气，一寸一寸地朝坡道上挪……

“没有死，我们就能活着……没有死，我们就能活着……”汪兴国心里念叨着这句话给自己打气，拼命地榨取肌肉里的力量，他感觉眼冒金星，但他知道自己绝对不能放弃。

还好主锁没有再给他们找任何麻烦，遭到冲坠的主锁已经变形，死死地卡在了石缝里，就算用撬棍撬它也不会再动分毫，磨损最严重的部分也越过了尖利的石头边缘，夏若冰看到每往上升一寸，绳皮就好像被利刃刮过一样，奋拉得越来越长。

平时几步就能走到的8米距离对此时的汪兴国而言就像难以逾越的鸿沟，肩膀的疼痛已经麻木了，膝盖也被磨破，手指因为要紧抠石缝，关节都僵硬了，大腿也止不住地在痉挛，浑身上下是蒸腾的汗液，脸憋得快成了紫色，他心里暗暗地叫道："没有死我就不会死，我也不会让她去死……"

夏若冰看到自己离中继点越来越近，那个大石头绝对地稳固，只要到了那里，剩下的距离就很顺利了，这时候她也不哭了，用手背抹了抹眼泪，心里对汪兴国很感激。

"还差……20厘米……"汪兴国用尽力气，往前一蹭，终于听到了夏若冰激动的声音："我抓住了……我抓住了……"

8米的距离榨干了汪兴国体内最后一丝力量，听到夏若冰攀上了平台的声音他却连话都说不出来，他趴在地上一动都动不了，夏若冰看到那个主锁已经变形得取不出来了，只能丢弃了，她从主锁上顺出了绳子，休息了一下，接下来的部分很轻松地就爬过了，她爬上了通道的平台，看到汪兴国一动不动地躺在坡道上，头灯都没有关，直直地照着洞顶，叫道："汪兴国……汪兴国……"

汪兴国没有回话，他这时候已经说不出话了，夏若冰赶紧奔了过来，跪在汪兴国身边，借着头灯的光线，看到汪兴国脸色青紫好像缺氧一般，躺着的地面上已经渗出一大摊汗水。夏若冰很费劲地把他翻了个身，摊成了大字形躺在地面上，喘气声已经不是正常的"呼哧呼哧"，而是带着尖锐的撕扯声，那是喉咙因为极度干燥才会发出的声音，刚才的那段距离，不光榨取了汪兴国体内的力量，还把他体内的水分都榨干了。

"汪兴国，你怎么了……"夏若冰把汪兴国的头抱了起来，摇晃着他的肩膀。

汪兴国动了动手指，示意自己还没死，夏若冰看到他累成这样，不由得心生怜爱，抱着他的头让他舒服一些。

过了好一会儿，汪兴国开口了："你知道吗……当探险队长太不容易了……"

"我知道，你干得很棒！"夏若冰看到他说话了，知道他恢复过来了，满心欢喜，忍不住在他额头上亲了一口作为奖励。

"夏若冰……你该减肥了……"汪兴国好不容易顺过了气，又说了一句。

"你？！滚！"夏若冰一听，气不打一处来，一撒手，汪兴国就重新躺回了地上。

第44章

埋骨地1

“别这么现实好吧夏若冰……”汪兴国虽然恢复过来了，可是手却因为揪着绳索极度用力，现在还没恢复过来，他想喝口水，手指都不听使唤，拧不开水壶盖子，只好求助夏若冰：“能给口水喝吗？”

夏若冰这才反应过来，赶紧帮汪兴国拧开了水壶，还贴心地帮他把水壶凑到他嘴边，弄得汪兴国有些不好意思，赶紧自己把着水壶：“我自己来……我自己来……”

喝了几口水，汪兴国彻底缓过劲来，看了看自己的手，为了把夏若冰拉上来，手指都磨破皮了，肩膀上火辣辣地疼，汪兴国扒开衣领一看，肩膀上一条长长的被绳索勒出的血痕，看得夏若冰触目惊心。

汪兴国倒没觉得有什么，这种小伤对于他而言是家常便饭，为了处理伤口，汪兴国索性脱了衣服，夏若冰看着汪兴国那胸肌和六块腹肌，不由得两块红霞飞上了脸颊。

“呃……对不起……”汪兴国看到她面红耳赤，觉得自己有些唐突，赶紧转过身，背对夏若冰，不过肩膀上的伤还真不好处理，夏若冰看着汪兴国裸露的后背上一道被绳索勒出来的青紫色，心里不由得感激不已，若不是汪兴国拼死相救，此时自己早已经摔死了，想到一路上自己对他没给过好脸色，觉得非常内疚。

“疼吗？”夏若冰问，语气明显带着柔情。

“还好……”汪兴国随口答道，肩膀是最承受力量的部分，有些地方已经磨破皮了，火辣辣地疼，其他地方被绳索勒出了青紫色，最轻的也勒出了深深的红印。

“我帮你吧。”夏若冰看着汪兴国一只手在给肩膀抹药，非常不方便，没等汪兴国答应，就靠了过去，伸手从汪兴国手里抢过了药。

“有伤口的地方，抹两边，不要让伤口直接接触药。”汪兴国提醒了一下，只好由她去了。

有人伺候果然不错，夏若冰手很轻柔，和汪兴国想象得大不一样，他觉得夏若冰完全可以去当个护士。

夏若冰学过一些急救和护理，不过她似乎对护理有着天赋，她轻柔地给汪兴国抹着药，手指触碰着汪兴国身上结实的肌肉，心脏怦怦地加速跳动，但手指却冰凉……

“汪兴国，你为什么不放手？”夏若冰柔声问。

“我答应过你一定会出去的。”汪兴国轻声说。

夏若冰心头一热，说道：“你都伤成这样了……”

“6毫米的绳，太细了，压强大……”汪兴国解释说。

“汪兴国，如果……我说如果……你真的救不了我，你会放手吗？”夏若冰又问。

“我会用尽力气再试一次。”

“谢谢……”夏若冰轻声说。

“呃……不客气……”汪兴国那超长的情商反射弧好像这时候才明白了些什么，他感觉到了夏若冰在努力地控制着急促的呼吸，在寂静的山洞里，他几乎能听到夏若冰心脏怦怦跳动的声音，空气中的荷尔蒙似乎也有些不正常。

汪兴国反射弧再长，这时候再没反应就真的是打一辈子光棍的节奏了，这孤男寡女，四周寂静，又是刚英雄救美，夏若冰感动那是再正常不过的了，只是，汪兴国似乎都没有任何的准备，夏若冰突然这么温柔，似乎还带着一点……带着一点……汪兴国也说不清楚的东西。

汪兴国觉得自己的呼吸也有了急促的迹象，身上不自在起来，他扭捏了一下，试图躲开夏若冰那温柔的手。

“别动！”夏若冰在他肩膀上轻轻拍了一下，完全不是原来那凶巴巴的样子，却带着情侣间的调笑。汪兴国只好老老实实地待着，享受着夏若冰的服务。

封闭空间拉近了两人的距离，刚才生死一瞬间汪兴国的坚持给夏若冰的除了感动还有别的一些感觉，现在回想起来，他破口大骂自己一句也是那么阳刚，充满了男人味，夏若冰脸一红，想把脑子里乱糟糟的想法赶走，呼吸也急促起来。

汪兴国觉得自己应该转移下注意力，他低下头，看到脚边的那堆牙齿和残骸，捡起一颗研究起来。

夏若冰抹完了药，又仔细地给他包好了伤口，看到汪兴国在目不转睛地看着那堆东西，这才注意到，原来在对面看到的灰白色的堆积物，竟然是无数的牙齿和骨头，顿时觉得毛骨悚然。

“这……是什么？”夏若冰的声音有些颤抖。

“呃……看来，千百年来，那些死人的确是来到过这里。”汪兴国拿着几颗牙齿，人的年龄可以从牙齿上进行大略的判断，牙齿磨损程度越高年龄越大，汪兴国手里的牙齿都是大牙，而且几乎都只保留了最坚硬的牙釉质部分，其余的都没有了。

“这颗牙齿的主人，年纪应该很大了，牙釉质磨损很严重；这颗牙齿的主人，应该正值壮年去世的，牙齿还很完整……”汪兴国分析得头头是道。

“可是，他们是怎么来到这里的？尸骨的其他部分呢？”夏若冰心中腾起不祥的预感，这满地的骨骸证明这里曾经躺下过上千个人。

“这……”汪兴国一时也回答不上来，他又借着头灯四处看了看，如果是在潮湿、细菌多的环境下，骨骼是有可能被腐蚀得无影无踪的，可是从现在的情况看来，这里是一个很适合保存物品的地方，温度偏低，湿度也偏低，按理说，尸骨在这里保存几百年应该没有任何问题，可是为什么除了牙齿和少量最坚硬的下颌骨，尸骨其余的部分都不见了？

汪兴国又检查了一下四周，发现除了人牙齿之外，还有些牛羊，甚至猪和狗的牙齿、下颌骨残骸。

“他们……是不是被吃掉了？”夏若冰脑海里浮现一个深藏地下的魔鬼形象，它将人囫囵吞下，打了个饱嗝之后，又把人没消化的部分喷了出来。

“吃掉？！”汪兴国愣了一下，这倒是一个合理的解释。可是……谁吃掉了他们，而且吃得那么彻底？

“我们再想想，鬼门关的尸体被搬到了这里，然后被某种东西吃掉了！”汪兴国觉得这是最贴近真实的解释。

福尔摩斯说过，排除了所有的不可能之后，剩下的那个再不可思议，但它就是真相。

汪尔摩斯一手抓着一把牙齿，一手拿着半块牛下颌骨，脑子里似乎对这儿发生的诡秘事件有了一些头绪，但是，如果是被吃掉的，凶手呢？

“汪兴国……”夏若冰的手电忽然一下子暗了下去，在这个诡秘的地方，灯光突然暗淡，吓了夏若冰一跳。

“电筒快没电了……”汪兴国看到电筒光一下子暗淡了，这是在提醒自己时间不多了，要尽快找到出路，否则自己就和这些牙齿的主人一样，死在这里了，然后被不知道的什么东西吃掉。

夏若冰拍了几下电筒，试图让它恢复功能，电筒不情愿地又亮了一会儿，接着闪了几下，然后就不可遏制地持续暗了下去。

夏若冰有些恼火，又拍了几下电筒，可是毫无作用。汪兴国从急救包里，掏出两颗备用电池，说道：“别拍了，没电了。”

“我们还能坚持多久？”夏若冰担忧地问，这电池的消耗大大超出了她的预料。

“我们从开始行动到现在，过了快20个小时了，中间休息时间加起来，大概8个小时……电池能坚持这么久，已经非常不错了。”汪兴国避重就轻地回答道。

“也就是说，我们最多还能坚持两个20个小时……”夏若冰无不担忧地说道，汪兴国只准备了一套备用电池，自己根本没准备，哪怕再节省，最多也就只能再坚持两天。

“差不多……不过我觉得，时间足够了。”汪兴国耸了耸肩，这块电池的确不错，竟然在弱光和强光交替的情况下，几乎是连续使用了12个小时，看来下次还得买这个牌子的。

“够吗？”夏若冰担忧地问。

“足够……”汪兴国笑了笑，指了指通道尽头，电筒黑了之后，远处若隐若现有了光亮。

“有光！真的有光！”夏若冰兴奋起来。

“走吧，有光就有出口。”汪兴国背上包，背包带压了一下肩膀的伤口，疼得他倒吸了一口凉气。

“你没事吧？”夏若冰关切地问了一句。

“没事，走吧。”汪兴国调整了一下背包带位置，不让它压着伤口，想了想，把手里的牙齿和那块牛下颌骨，包了起来，让夏若冰塞进背包里。

“目标，前方！”夏若冰想到马上就能出去了，心情欢快起来，抢先走到了汪兴国前面，也不顾脚下踩着那堆堆牙齿，哗啦啦地朝坡上爬。

“夏若冰，小心滑。”汪兴国提醒了一句。

“放心吧，快跟上。”夏若冰说话间，就走出了十米远，汪兴国赶紧跟上。

“汪兴国，出去了第一件事情你想干什么？”夏若冰问。

“嗯……侦察一下环境。”汪兴国又开始不走心了，他总觉得哪里有些不对，但是又说不出来。

自己对方向的把握还是很好的，虽然兜了不少圈，但汪兴国确定自己大方向是往北边走，按照路程来计算，这时候他们应该在棺材山的半山腰了，汪兴国隐隐地觉得自己在靠近真相，那些未能完成的墓穴和通道，石室里那刻着眼睛的甲虫石雕，保存完好的羽之墓，墓穴里的朱砂，鬼门关消失的尸体，还有这洞穴中无数的骨骸，都证明它们之间有着特殊的关系。

从现有的情况分析，只有搬运能解释尸体怎么离开了鬼门关，既然是搬运进了棺材山里，那肯定有搬运通道，总不能是幽灵来搬运尸体吧？那肯定是一种生物，但是……到底是什么呢？

总之，汪兴国从自己渊博的学识里搜索完了每一寸角落，都没有找到任何能对应得上的信息。

“夏若冰，楼兰人的太阳葬，真的没有其他形制了吗？”汪兴国问，他似乎从那些墓穴和通道，以及这积累着骸骨的山洞中，找到了关联。

“据已有的资料，楼兰人没有在洞穴中的太阳葬形制。”夏若冰想了想，确定地说。

“会不会因为迁徙到这里，没有了沙漠，他们改变了呢？”汪兴国问，毕竟习俗也会随着历史进程不断地变化，2000年过去了，这也是有可能的。

“可是我们没有证据啊，我现在虽然觉得这就是楼兰人，是巫师一脉的后代，但要让学术界承认，我必须要拿出有效的证据，形成证据链！”

夏若冰有些无奈，直觉有时候是对的，但她不能将直觉当证据写入论文里，这里和楼兰有关联的除了佉卢文，其他的一切都是猜测，而佉卢文在古代，曾是西域很多国家使用过的文字，它在1500年的魏晋前后才慢慢消失在历史的长河中，这儿有可能是焉耆、若羌，也有可能是且末等消失的王国的后裔。

汪兴国脚下踩着那些或深或浅的牙齿、骨骸，洞穴里只有他们踩在上面哗啦啦的声音，这些骨骸不可能是短时间形成的，有些地方堆积得足有一米厚，而且通道很宽大，有些地方甚至高达十米，汪兴国想着事情，到底是什么东西，把这些尸体搬到了这里，然后把它们吃得几乎一点不剩？

光线越来越强烈了，但好像尸骨的堆积也越来越厚了，汪兴国百思不得其解，但至少他现在知道一点，既然有搬运通道，那就肯定能出去，这对于汪兴国而言，是一个最好的消息。

夏若冰走着走着，感觉这地形在变化，坡度很陡，几乎达到了45度，坡度倒不是造成麻烦的主要因素，主要是因为这个大大的通道里，散落了……或者说堆积的牙齿和骨骸太多了，对爬坡造成了严重的影响，往往是好不容易爬上去三步，又滑下来两步，但是让夏若冰惊奇的是，越往上爬，空间就越宽敞，好像自己是在爬一个倒放的葫芦一样，刚才出发时的轻快变得艰难起来，两人爬了半个多小时，似乎并没有爬多远。

对于这么多的牙齿和骨骸，夏若冰此时没有太多的考虑，她只想快点出去，这里她一秒钟都不想多待了，她不想变成这些骨骸的一部分，求生的欲望让她变得非常专注，甚至忽略了其他任何事情。

夏若冰呼哧呼哧地好不容易爬上了最艰难的地段，可是放眼望去，这儿堆积的牙齿和骨骸更多，夏若冰再一抬眼，失声叫道："汪兴国……"

"怎么了？"汪兴国手脚并用爬上了台阶，因为肩膀上的伤，他要不断地调整背带的位置，造成了他速度变慢。

夏若冰一屁股坐了下来，抱着膝盖，这是她气馁的表现，汪兴国爬上来，站在她身边，这时候已经不需要用电筒了，但是出口并不是自己想象的那样。

这是一个巨大的大厅，一束光斜斜地照了进来，恰好映射在了通道口，在深渊的另一头可以隐隐地看到光线，可是这光线进入的地方，是位于大厅斜顶部，距离地面几十米高之处，而地面好像一个巨大的锅一般，"锅"里盛放的是花白一片的牙齿和骨骸……

出口就在那里，阳光就从那里透了进来，但他们上不去！汪兴国也觉得一股气从身体里一下子泄了出来，一屁股坐到了地上，一阵烦躁从心中涌起。

千辛万苦到了这里，出口触手可及但又无法出去，再没有什么比这样更打击士气的了。

"夏若冰……"汪兴国叹了一口气，轻轻叫了一声。

"嗯？"夏若冰好像蚊子哼哼一般，应了一声。

"休息下吧，我们能想到办法。"汪兴国也不知道这句话到底算不算安慰。

"呵呵……"夏若冰的反应让汪兴国有些奇怪，似乎已经有了漠不关心的征兆，这是求生中的大忌，一旦人进入了漠不关心的阶段，那就等于放弃了求生的最后一丝希望。

汪兴国深深地吸了几口气，压抑住内心的烦躁，他现在要保持冷静，绝对的冷静，他仔细地回想着所有发生的一切，他确定会有出口，他必须要找到出口，可这个出口好像在和自己捉迷藏。

汪兴国拿出线路图，再次梳理了所有过程，这些尸骨肯定是通过某种形式搬运进来的，这一路上有坡道有崎岖小路，一具具已经不会动的尸体竟然都能到了这里，没有理由自己一个大活人会被困死。

夏若冰的情绪再次落到了最低点，所有的努力都是徒劳的，她看到汪兴国拿出线路图，幽幽地问："汪兴国你是不是知道，我们会死？"

汪兴国怔了一下，想了想缓缓地说道："我的直觉告诉我，生存的概率很渺茫。"

"唉……"夏若冰失望地叹了口气。

"可是我们还有选择的机会！"汪兴国又缓缓地说，语气坚定，"至少我们现在还活着。"

"我很害怕。"夏若冰虚弱地说，靠近了汪兴国一些。

"我也很害怕。"汪兴国笑了笑，朝她靠了靠，给她一个依靠，她会感觉好一些。

"抱抱我。"夏若冰用手环过汪兴国的腰，汪兴国轻轻地揽着她的肩膀，让她靠在自己宽厚的胸前。

"你的心脏跳动得真有力量。"夏若冰的耳朵贴着汪兴国的心脏，听到它在胸腔里"咚咚"地跳动着。

"你休息一会儿吧。"汪兴国轻轻地拍了拍她。

"嗯。"夏若冰乖巧地闭上了眼睛，又低声地说道，"汪兴国，如果我先死了，你要帮我洗干净脸，摆在阳光底下，我要保持得漂漂亮亮地去见我的父母。"

"不会的，我会带你出去的……对了！阳光！"汪兴国一下子兴奋起来，"夏若冰，我们有救了，有阳光！"

"你又骗我。"夏若冰摇摇头。

"有阳光，就有方向！你看看地图，还有线路图！"

夏若冰坐起来，汪兴国拿出地图，在上面勾勒着线条："我们忽略了几个地方，如果棺材山和周边的村落是个巨大的太阳葬，那这里面就是一个小的太阳葬！"

夏若冰苦笑了一下，太阳葬只是猜测，如果不是，所有的推论都会被推翻。

“所有的葬俗是不是都会有特别的规矩？”汪兴国反问。

“棺材山在正中，大漏斗正好是一个圆形，南边是鬼门关，它的北边几乎等距的地方，是智信村，西边是程子村，东边是黎明村，再往外围扩大，在东北、西北、东南和西南还有善国村等四个村子，它们是呈同心圆分布的，方位非常正，这肯定不是巧合！”汪兴国把线条画了出来，递给夏若冰看。

夏若冰仔细地看了看，的确像汪兴国说的那样，可是这对找路有什么帮助？

“再看线路图！我们是从鬼门关进来，在棺材山南边偏一些的地方掉进这里的，这些是走过的线路和墓穴、石室，你发现了吗？它们也是围绕着现在这片埋骨地的！”汪兴国兴奋地说，“所以棺材山是个巨大的太阳葬，而棺材山里，是个小的太阳葬，那些墓穴也是按照太阳葬的形制开凿的，他们把死亡放在了正中心，夏若冰，这里肯定有出路！我们首先要确定方向！”

夏若冰看了看汪兴国画的线路图，如果汪兴国说的是正确的，这里是死亡的中心，那些墓穴和石室的确半围绕着这片死亡地带，每个石室之间的确有辐射状的通道，理论上应该是相连的，羽之墓在偏东北的地方，距离稍微有些远，而那个刻着眼睛的甲虫的石室，在图上看离这里并不算远。

“可这里损坏得很严重……”夏若冰还是有些担忧，就算理论上有通道出去，但如果被堵上了怎么办。

“夏若冰！至少我们还能选择！我们还活着！”汪兴国用力握了下夏若冰的手，“我会把你带出去！相信我。”

“那……我们从哪里开始？”夏若冰问。

这倒是一下子问倒了汪兴国，他手头只有一份残缺的线路图，很多通道损毁，还有很多根本就没有完成，哪怕此时鼓起再多的勇气，也不能给她指出一条出路。

“夏若冰，楼兰人用太阳葬的时候，头朝向哪边下葬？”汪兴国抬头看了看斜穿进来的阳光，问道。

“头多数朝北，怎么了？”

“以北为尊，我们往北走！”汪兴国肯定地说。

第45章

会合1

“太阳出来啰喂喜洋洋啰哦……”等待是一件很无聊的事情，陈八岱一觉睡醒，那个巨大的洞口遮挡了大部分阳光，只剩下一束光照斜斜地打在了洞底的角落，映出一个奇怪的图案。

“陈八岱，别鬼叫鬼叫的……”夏尔巴嘟哝道，他被陈八岱吵醒了，可是浑身好像散架了一样，怎么也不想再动一下，闵先生干脆就毫无反应。

陈八岱就有这么一个好处，他恢复得特别快，不管多么累，稍微睡一下就能像打鸡血一样重新兴奋起来。刚才一觉，因为有阳光暖暖地照着，他睡得是相当舒服。

“起床了，起床了……”陈八岱哪里管夏尔巴的抗议，继续嚷嚷着，“起床啦……”陈八岱捡起根树枝，敲打着石块，把散架的夏尔巴赶起来。

块头大也有块头大的难处，就是劳累过后恢复慢，睁开蒙蒙眬眬的眼睛之后，夏尔巴足足用了五分钟时间，才好不容易把散架的身体拼起来，把那个飘在半空的魂魄揪回身体里。他坐起来，敲打着发晕的脑袋，总觉得自己还没睡够。

“闵先生，起床啦！”陈八岱叫道，昨天闵先生睡在石块另一头，在这边看不到他。

闵先生仍旧没有答话，陈八岱以为他是想多睡会懒觉，没有在意，撕开了一块压缩饼干包装，把“早餐”分成了三块。

“闵先生，吃完早餐就出发！”陈八岱拿着压缩饼干，转过石头去给闵先生。

早餐就是凉水就压缩饼干，有些寒酸，但至少不需要饿肚子，夏尔巴脑子还有些迷糊，啃了两口压缩饼干，还没来得及咽下去，就听到陈八岱一声哀号：“我勒个去！人呢？！”

“陈八岱你又鬼叫什么？”夏尔巴被吓了一跳，差点被压缩饼干呛着。

“人不见了！闵先生不见了！”陈八岱跳上了石头，四下张望。

“不见了？！”夏尔巴嘴里的压缩饼干喷了出来，赶紧跑过去一看，闵先生睡的地方果然没有人影。

“闵先生！闵先生！”夏尔巴四下张望，可是洞里只回荡着他的声音。

“别叫了，赶紧看看装备还在不在啊！”陈八岱第一时间想到的就是闵先生甩开他们先跑了，他要是把装备带走了，那他们可就真的死定了。

还好闵先生只是背走了自己的小包，带走了自己的水壶，压缩饼干都没有拿走，可他趁着陈八岱和夏尔巴熟睡摸走了两人身上的备用电池！

“他会去哪？”夏尔巴向四周看了看，确认闵先生真的不在这里。

“这边！”陈八岱指了指阴暗处的那个通道，苔藓上的一串脚印出卖了闵先生的行踪，“他往北边去了！”

“快追啊！”夏尔巴手忙脚乱地收拾东西。

“我操你姥姥的！”陈八岱三步并作两步超过了夏尔巴，一低头先钻进了通道里。

闵先生虽然给他们留下了水和食物，可是带走了最重要的电池，他们电筒里的电池电量不多，这时候闵先生甩开两人独自跑了，无论如何是不能原谅的。

陈八岱在心里咒骂着闵先生，在崎岖的通道里手脚并用，顺着闵先生留下的痕迹追过去。

这个通道损毁严重，大部分都塌陷了，石块和泥土堆积在通道里，很多地方只能弯着腰往前摸索，不过也正是这样，闵先生留下的痕迹清晰可见。

“陈八岱，注意电量！”夏尔巴提醒他，让他把强光调暗。

“找到他我非杀了他不可！”陈八岱咬牙切齿，一路上他们基本没有使用电筒，两人这时候电筒光已经暗了不少，没有电池他们只能在黑暗中等死。

一路追过来，来到一个废弃的石室，在这里失去了闵先生的痕迹，夏尔巴用电筒照了照两条岔道：“哪边？”

“这边！”眼尖的陈八岱在一条通道上看到墙角有朱砂的痕迹。

“不！不可能！怎么会这样！”夏若冰看着眼前的黑洞，恨恨地捡起一块石头，扔了出去。

一条深渊又横在了两人面前，这一条大裂缝正好把通道从中间撕开，将两人生的希望也撕裂了。

汪兴国把电筒调成强光，四处照了又照，这条裂缝切断了通道，向两边蜿蜒而去，照不到头，好像有人横切了一刀，岩壁上很光滑，几乎没有落脚点，脚下的深渊至少有50多米深。

挡在面前的深渊并不算太宽，只有不到20米，但两侧的延伸不知道有多远，汪兴国试图找到可以攀爬过去的岩点，他气馁地发现，前方已经无路可走了。

“该死！该死！怎么会这样！”夏若冰用脚踢砸着墙，将无法发泄的怒气发泄到墙壁上。

“小心膝盖！”汪兴国拉住她。

夏若冰需要一点疼痛来刺激已经快崩溃的大脑，膝盖上的隐隐作痛让她觉得反而更好受一些。

“回头吧！”夏若冰重新鼓起一点希望。

汪兴国仔细地回忆了一会儿，摇了摇头：“很多通道损毁了，回头恐怕也没有路。”

这句话好像捅破皮球的针一样，她靠着洞壁蹲了下来，双手抱着膝盖，把头埋了下去。

“对不起，夏若冰……”汪兴国叹了一口气，看样子，所有的努力到这里就要结束了，汪兴国无法通过这个地段，而回头又没有路可以出去，电筒的光线也慢慢地暗了下来，他们没有时间再探路了。

夏若冰无法想象在这黑暗的地下，生命慢慢消散是一种什么样的折磨！

“这不怪你，你尽力了。”夏若冰低声地说道，把头埋得更低了。

“哎……”汪兴国坐了下来，夏若冰朝他身边挪了挪，这样能让自己的恐惧减缓一些，感到些许的温暖。

“我们想办法爬下去！”夏若冰又说道。

“我们绳索不够。”

“一定可以的，我们把背包解开，把衣服撕了结绳索！”夏若冰有些不理智，她想活下去，不管怎么样总得试一试。

“一定有办法下去的！”

“太深了，两边裂口不知道有多远。”

“回头没有路了，只有往前，往前！直觉告诉我，前面一定有出路！”夏若冰的精神开始崩溃，声音越来越大。

“我们没有准备好就行动本来就错了。”

“你是说我！一直都是你在做决定，我所有的决定你都反对！”

“冷静点，夏若冰，冷静点，我是说我们从头想一遍……”汪兴国的情绪也快要被夏若冰点燃了，但这时候争吵只会将两人的境地弄得更糟。

汪兴国极力地压制着自己的情绪：“再从头想一遍！再理性地想一遍，我们一定遗漏了什么。”

“我们现在没选择了！必须要冒险！从这里爬下去，那边就是出路，一定是的！”

“再好好想想，不能鲁莽地下决定。”

“我知道什么是鲁莽，汪兴国，鲁莽是不顾安全！可是现在我们没有选择的余地了，没有余地了！我们必须要下去！”

汪兴国试图拉回夏若冰的理智：“这里和上一次不一样，我们没有足够的绳索，这里也没有落脚点！”

“没有人知道我们在这里，OK？汪兴国，没有人知道我们在这里，我们别无选择！必须要冒险！这是你说的！”

“正因为没有人知道，我们才要更小心！再好好想想！”汪兴国也提高了声调。

“不要让我再想了，停下！”夏若冰捂着脸尖叫道。

汪兴国闭上嘴，叹了一口气，关上了电筒。

“我很害怕，我真的很怕。”夏若冰低声地说。

“想说什么就说出来吧。”

“我一直觉得，我的父母是出了趟远门，在某个清晨，我睁开眼睛的时候，他们会微笑地站在我面前，我的房间里会有一束花，那是他们在野外给我采回来的，黄色的、红色的，还有我最喜欢的紫色，到了晚上，爸爸会给我讲佉卢文，讲那消失在历史中的楼兰的故事。”半晌，夏若冰在黑暗中幽幽地说，“可是有一天我意识到他们回不来了，我要去找他们，我找了他们十年，可现在我才意识到，我再也找不到他们了。”

“知道我最喜欢什么颜色吗？”汪兴国也说道，“我最喜欢淡绿色，那是春天的颜色，它很柔弱，但到了夏天，它会铺满整个世界，夏若冰，生命比你想象得要顽强！”

可现在说这些有什么用呢？所有安慰的话都不如一个轻轻的拥抱。

“抱抱我。”夏若冰低声说，这时候她需要一点温暖，需要安慰，虽然她知道这对现实而言毫无帮助。

汪兴国愣住了，轻轻揽了揽她的肩膀，夏若冰靠过来，轻轻在他脸颊上亲了一下。

夏若冰感觉到汪兴国全身僵硬了，他愣住了，手也像触电一样从肩膀上拿开了。

“你别误会，我只是不想死的时候初吻都还留着。”夏若冰环抱着汪兴国的腰，“汪兴国，如果我真的死了，你会陪着我吗？”

“会！”此时汪兴国还能说什么？他也没有选择的余地。

“汪兴国，你是个好人。”夏若冰又低声地说，没等汪兴国答话，张嘴咬着汪兴国的肩膀。

内心集聚了太多的压力需要释放，这时候汪兴国是夏若冰最信任的人，她只能将内心的压力宣泄在汪兴国身上。

汪兴国只能忍着，夏若冰这一口咬了足足好几分钟，汪兴国觉得肩膀上已经被咬下了一块肉，刚开始还剧痛无比，后来都麻木了。

夏若冰好不容易松了嘴，汪兴国把憋着的一口气吐了出来，半开玩笑地说：“大小姐，你牙口不错……”

“汪兴国，谢谢你！”轻轻地摸着刚才咬过的地方，问道，“疼吗？”

“嘘？好像有声音。”黑暗中的汪兴国听觉变得更敏锐，他好像听到有人说话的声音。

“汪兴国……”

汪兴国用手轻轻地捂住了夏若冰的嘴，仔细地侧耳倾听，夏若冰似乎也听到了远处有人在骂骂咧咧。

“陈八岱？”汪兴国有些不确定。

陈八岱和夏尔巴也不知道闵先生跑哪去了，如果找不到闵先生就没有电池，没有电池就没有活下去的希望，可是左转右转，仍旧没有找到闵先生的身影，不知道他是不是已经死了！想到这里陈八岱不由得一路上嘴里骂骂咧咧。

“陈八岱！”汪兴国试探性地拢着手，朝那边喊道。

声音在山洞中回响，陈八岱停下了脚步：“咦？有人叫我？”

夏若冰好像也听到了，但声音在山洞中反弹已经失真了，难道又是自己的幻听。

“陈八岱！”夏若冰也叫了一声。

“真的有人叫我，是个女的……好像……好像夏若冰的声音。”陈八岱说道。

“夏若冰？！”听到自己妹妹的名字，夏尔巴停下了脚步，夏若冰的声音被山洞反弹过来，弱了许多，但真的是一个女声。

“夏若冰！”夏尔巴朝着黑黝黝的通道里声音传来的方向大声叫道。

夏尔巴的声音浑厚有力，穿透了重重黑暗，真切地传到了夏若冰耳朵里。

“夏尔巴？夏尔巴？！真的是你吗！我在这儿！”夏若冰一下子兴奋起来，不管不顾的，朝着对面喊道。

“呼……他们都还活着……”夏尔巴听到了夏若冰尖细的声音，这绝对没有错，不是幻觉！心中的大石头放了下来。

“若冰，你别动，我们过去找你！”夏尔巴叫道。

“夏尔巴，闵先生和陈八岱怎么样？”汪兴国叫道。

“我们先过去找你，一会儿再说！你们怎么样？”夏尔巴问道，一边叫着，一边顺着声音的方向走去。

“都还好，这里有个深渊，我们过不去。”汪兴国叫道。

“你们别动，若冰，千万别动。”夏尔巴知道表妹没事，心中另一块大石头也落地了，不由得加快了脚步。

大概十分钟后，夏尔巴等人来到了深渊的另一头，看到了夏尔巴，夏若冰激动得恨不得飞过去。

“闵先生呢？”汪兴国看到少了个人。

“别提了，老子要是找到他先打死他！”陈八岱嚷道。

“先把人弄过来再说吧！”夏尔巴阻止陈八岱继续说下去。

深渊阻挡了两拨人马会合，这是一个很现实的问题，但只要对面有人，就会有过去的办法。

“我把绳索抛过去，搭建一个索道！”

“呃……可是没有固定点。”夏尔巴看了看四周的洞壁，光秃秃的，连个裂缝和凸起都没有。

汪兴国打开背包，从里面拿了两块压缩饼干，用伞兵绳缠好，他要利用重物把绳索牵到对面去。

“我先把伞兵绳抛过去，你们抓住之后把主绳牵过去，用人做固定点，绷紧绳索。”汪兴国说道。

“这能行吗？”夏尔巴怀疑地问道，这边两个男人没问题，可是那边只有汪兴国一个男人，就算他勉强支撑住让夏若冰顺着绳索爬过来，可是他怎么过来？

“你放心，先把夏若冰救过去！我再想办法！”汪兴国手脚不停地扎好了伞兵绳，这句话让夏若冰觉得心头一暖。

“你们找到出路了吗？”陈八岱问道，但随即觉得这句话是多余的。

汪兴国一听，手上的工作停了下来，陈八岱意识到自己这句话的杀伤力。

“我们找到一个巫师的陵墓，还有很多石室，往北应该会有出路的。”汪兴国想了想，自己的判断应该没有错，人多力量大，先会合在一起再想办法。

“我们这边找到个很大的山洞，有阳光，但是有很多尸骨，闵先生也说要往北，然后他趁着我们睡着的时候跑掉了。”陈八岱说道。

“我们也发现了尸骨，这里废弃很久了！让开点，我要把绳索抛过去。”汪兴国觉得当务之急是解决会合问题，至于其他的事情，过去了再说。

汪兴国用两块压缩饼干作为抛掷物，先将伞兵绳带了过去，夏尔巴接到了伞兵绳，再把主绳拖了过去。

“你们将绳索背到背上，往后尽量扯。”汪兴国指挥道，“夏尔巴，你块头最大，在最前面。”

“这……我没问题，可是你那边怎么办？”夏尔巴还是有些担心，没有足够稳固的固定点，夏若冰爬过来的时候，汪兴国一个人恐怕支撑不了，若夏若冰半路摔下去，那肯定就没救了。

“我在这边找到一个石缝，用工兵铲卡进去，然后我再辅助一下，放心吧，夏若冰只有53公斤，我能支撑住！”汪兴国说道，没注意到夏若冰狠狠地瞪了他一眼——这体重可是绝密情报，就这么被汪兴国出卖了！

“这……怎么爬？”夏若冰看着那6毫米的绳索，这么细的绳索，趴在上面根本保持不了平衡。

“我用扁带给你做一个安全带，倒过来爬，手用力，脚钩在绳索上配合。”汪兴国说着，手脚麻利地给夏若冰做好了安全带。

“这……可以吗？”夏若冰看了看绳索和安全带，又看了看那个无底深渊，怀疑地说道。

“夏若冰，相信我，我一定能把你带出去。”汪兴国扳过夏若冰的肩膀，让她的目光离开深渊，盯着她的眼睛，认真地说。

不知道为什么，汪兴国这句话让夏若冰心中的疑虑一扫而空，她用力地点了点头，准备通过索道。

汪兴国测试一下工兵铲卡在石缝中到底能不能有效，石缝并不深，但他没有其他更好的选择了。

“夏尔巴，你们往后退，把绳索绷紧！”汪兴国指挥道。

夏尔巴往后退，把绳索背到了身上，不放心又在手上绕了两圈，绳索慢慢地绷紧，夏尔巴还不放心，用脚死死地顶住地面，身体朝后仰，绳索在深渊上绷出一条直线，轻轻地晃动着。

“夏若冰，出发，你相信我一定能顶得住你！”汪兴国看到绳索绷紧了，工兵铲看来还足够稳固，他想了想，用扁带又套在工兵铲上，自己往后拉着，用自己的身体作为备用保护。

夏若冰看着这条细细的绳索在深渊上晃动，咬了咬牙，攀上了绳索。

汪兴国给她做的安全带，绳环可以在绳索上自由地滑动，不会阻碍她行动，唯一造成麻烦的就是6毫米的绳索对于索道而言实在是太细了，夏若冰总觉得抓不稳。

夏若冰的动作僵硬，身子晃动幅度越来越大，这很可能会将工兵铲从石缝里拉出来。

“倒过来，背部朝下，脚钩着绳子，控制晃动幅度，动作尽量地轻柔！”汪兴国极力地拉着绳索，对夏若冰叫道。

“啊……”夏若冰觉得身子往下一顿，不由得惊叫了一声。

第46章

会合2

靠人力绷紧的绳索怎么也比不上用拉力器绷紧的绳索，夏若冰离开崖壁悬空的时候，绳索往下一沉，惊得她不由得叫出声来，她这一声惊叫，吓得夏尔巴一身的冷汗，全身的肌肉不由得再度绷紧，又往后仰了几分，这么再次用力，工兵铲在石缝中受力，产生了不易觉察的位移。

“夏若冰，不用慌，手用力，脚保持平衡，保持身体轴心，不要晃！”汪兴国用尽力气往后一扯，对夏若冰叫道。

夏若冰尽力压抑内心的恐惧，不去看那黑暗的无底深渊，前半部分还算顺利，几乎是顺着绳子往下溜，后半部分费了点工夫，虽然两边都尽力地绷紧绳索，可毕竟夏若冰的重量在这儿，绳索还是往下坠了一些，后半部分夏若冰得费力往上爬，当夏若冰的手攀上了夏尔巴这一侧的台阶，夏尔巴那提着的心总算是放了下来，看到夏若冰站稳了，迫不及待地放松了绳索迎上去：“有没有受伤？”

“没有……没有……就是膝盖扭了一下，现在好了。”夏若冰不愿让她的表哥担心，故意把伤势说轻。

“休息五分钟，等会我过去。”汪兴国看到夏若冰安全渡过，也松了一口气，接下来就是自己怎么过去了。

“固定端够结实吗？”夏尔巴担心地问。

“应该……没问题……”汪兴国检查了一下工兵铲卡着的石缝，刚才夏若冰过去的时候，工兵铲在石缝上刮出了一道白色的痕迹，这个石缝并不深，工兵铲只能卡进去5厘米左右，刚才还有汪兴国在另一头拉着保持平衡，工兵铲才没有从石缝里滑脱，但现在缺少了这个平衡力量，汪兴国也没有底。

但这是汪兴国的一线希望，就算冒险，他也必须要过去，汪兴国深吸了一口气，指挥夏尔巴等人，再次把绳索绷紧，工兵铲看起来还算稳固，汪兴国在绳索上套好了安全环，穿好了安全带。

汪兴国在脑子里盘算着，自己的动作必须轻柔，这样才能尽量地减少绳索的震动，如果万一工兵铲这头绷裂，汪兴国在计算着自己70公斤的体重不同距离产生的冲坠力，夏尔巴和陈八岱是否能承受，计算的结果就是，越靠近对面，产生的冲坠力就越大，所以汪兴国戴上了手套，万一出现了冲坠，他必须要控制自己的下坠距离，否则他会把所有人都拉到深渊中。

汪兴国好像变色龙一般，用慢动作倒攀着绳索，这样速度不快也相当费劲，他靠大臂的力量，缓慢地拖动整个身体前进，这样能最大限度地减少绳索震动，以免那根本不稳固的工兵铲滑脱出那个浅浅的石缝。

但纵使如此那个石缝还是太浅了，工兵铲在力量的作用下，开始移动了，汪兴国爬过了三分之一距离后，突然听到了一声“嘎”的声音。

“小心！”汪兴国话音刚落，就觉得自己身体往下一沉，他赶紧死死地攥紧绳索，但是现在距离对面还有近十米距离！夏尔巴等人正用吃奶的力气往后仰倒，以此来绷紧绳索，可是突然好像拔河一般对面突然松手，只听到汪兴国一声“小心”，还没来得及反应，所有的力量都消失了，夏尔巴往后退了两步，撞到了陈八岱身上，陈八岱由于后倒，一屁股坐在了地上。

“疼……”陈八岱冷不防这一下，脑袋磕到地上，眼冒金星，他刚想说点什么，就看到夏尔巴本来仰倒的姿势被什么巨大的力量一拖，整个人蜷起来向前一弹。

汪兴国心里叫苦不迭，他在半空中完全没有办法，只能紧紧地攥着绳索，这时候因为是悬吊倒爬，他甚至不能调整姿势，只好在半空中扭动腰，尽量地用正面去迎接那崖壁给自己的重击，但他只调整好了一半，眼睁睁地看着自己的右侧就要高速撞上岩壁了。

这一下的冲坠力量可不小，夏尔巴刚摔了一跤，还没来得及调整姿势，就被巨大的冲坠力一扯，他是把绳索背在背上的，肩膀遭到巨大的牵扯力，本能让他尽量地缩紧身体，所以在陈八岱看来，他好像一个球一样被弹了出去。

纵使夏尔巴身强力壮，但这个冲坠力量还是让他吃不消，他失去了平衡，但又不敢放手，他的身子在地上打转，然后被拖了出去。

“妈呀……”陈八岱心里叫道，眼看着那熊一般的夏尔巴在地面打着转被拖走，他伸手去拉，结果没拉到，一瞬间夏尔巴就被拖出了三米多远，情急之下，陈八岱看到了地面上拖行的绳索，一个虎扑，抓住了绳索。

夏尔巴心里叫苦不迭，这汪兴国比夏若冰重多了！这十米的冲坠力量这么一震，勒得自己眼前一黑，但他知道自己绝对不能放手，否则汪兴国的结局只能是摔死……他一直努力地控制着平衡和绳索的张力，工兵铲绷脱的时候他本能地攥紧绳索，被绳索一扯又再度失去了平衡，一瞬间被拖出三四米，离崖壁也不过两三米距离，他想喊也来不及了。

正当夏尔巴惶恐之时，觉得身上的绳索又一紧，那是陈八岱抓住了另一头的绳索，他刚想说声谢谢，但是发现自己滑行的速度似乎并没有减慢，反而两边力量一扯，差点勒得他透不过气来。

陈八岱眼看一个石缝在眼前，他想伸手去抠住石缝，但石缝和他的手指距离不到5厘米错过了，两人仍旧没有控制住冲坠，陈八岱只好两手攥紧绳索，趴在地上，但是身体还是止不住向前滑，眼看夏尔巴就要滑到崖壁边了。

这一切都是瞬间发生的，夏若冰完全没有反应过来，就看到陈八岱和夏尔巴被拖向了深渊，她伸手抓了一把，但什么都没有抓到，眼看陈八岱从眼前被拖了出去，夏尔巴已经快被拖到边界了，如果夏尔巴滑下去，仅靠陈八岱是不可能拉得住两个人的。

就在陈八岱着急的时候，突然看到一个人影扑了过来，压在他身上，陈八岱感到两个肉球压在自己肩膀上，有了这个支援，滑行的速度慢了一点，但仍旧没有停下来。

夏若冰看到两个人都没能止住汪兴国的冲坠，想都没有想，就扑了过来，但她一时没有看到地面的绳索，情急之下就瞄准了陈八岱，扑了上去，试图帮助陈八岱抓紧绳索，控制冲坠，不过看来并没有什么效果，眼看夏尔巴就要被拉下悬崖了，夏若冰一着急，瞥见地面上有个凸起的石头，一把抓住了陈八岱的腰带，一手抠到那块石头上。

夏尔巴眼睁睁看着黑暗的深渊扑向自己，心想完了，完了……但突然感觉缠绕在自己身上的绳索一震，这一下勒得他再次两眼发黑，但竟然止住了滑行，夏尔巴一头冷汗，半个身子已经探出了深渊，他看到汪兴国吊在深渊里摇晃。

“夏总你怎么样？”陈八岱看到止住了下滑趋势，但现在情况还很危险，夏若冰刚才的那一下子救了大家的命，但她毕竟是女孩子，支撑不了太久。

“我还好……汪兴国，你怎么样？”夏尔巴就在悬崖边上，他不敢乱动，只能嘴上回应着。

夏若冰的姿势好像一个躺倒的大字，她扒着石头的手已经发白，但是她咬着牙坚持，三个大男人的性命，都在她这只纤弱的手上。

陈八岱赶紧调整姿势，先让夏尔巴恢复平衡，总算是控制住了局面。

“我没事……”汪兴国一直没有搭话，自己的处境是命悬一线，任何干扰可能都会要了自己的命，顺带还可能牵连到夏尔巴等人，所以他等局势完全控制之后，才开口说话：“对面固定端滑脱了，看来你们要费点力气拖我上去。”

夏若冰看到情况控制住了，这时候才感觉自己扒着石块的右手非常酸痛，肌腱好像受伤了，她悄悄走到一边，揉捏着受伤的右手。

“呼……”陈八岱满身热汗，瘫倒在地面上，从来没有哪个时候，他觉得这冰凉的地面能让自己这么舒服：“汪兴国，你要减肥了……太特么重了……”

“你怎么不说你该锻炼身体了？”刚刚从生死边缘爬上来的汪兴国好像一点都不紧张，回了一句。

“夏尔巴，辛苦了！”汪兴国看到夏尔巴坐在地上，一头的大汗，感谢道。

“没事……没事……”夏尔巴的确是最辛苦的一个，这时候他也不想多说话。

“闵先生去哪了？”汪兴国又问。

“哈……鬼知道，可能死了吧！”提起闵先生陈八岱气不打一处来。

“夏若冰，你怎么样？”汪兴国看到边上靠着的夏若冰，正捏着自己的右手。

“疼……筋腱好像撕裂了。”夏若冰看到汪兴国安全了，心中一块大石头落地，听到汪兴国问自己，顿时觉得好多的委屈，说话也带着哭腔。

“我看看……”汪兴国走过去，牵过了她的手。

“没事……没事，筋腱拉伤，没有断裂……”汪兴国检查之后，安慰她道。

“会不会残废？”夏若冰看到汪兴国检查得很仔细，但是还不放心地问道。

“不会，你忘了我有疗伤圣药吗？”

“夏……夏总……他们俩？”陈八岱从来没看到汪兴国对谁说话那么温柔的，这还是自己认识的汪兴国吗？不由得联想到其他的，他指了指给夏若冰上药的汪兴国，低声问夏尔巴。

夏尔巴瞪了他一眼，把陈八岱那八卦的心瞪到九霄云外。

“汪兴国，你们还有没有备用电池？”陈八岱想起这个重要的事情。

给夏若冰上好了药，包好了手，几人坐下来好好地思考一下到底发生了些什么。

“你说闵先生往北走了？”汪兴国听完两人的讲述，问道。

“他说北边一定有出路。”陈八岱说道，“他还说棺材山周围是一个巨大的太阳葬，以死亡为中心，那些村落围绕着棺材山，在棺材山里，墓场是中心，那些石室围绕着墓场。”

夏尔巴想了想，补充了一句：“棺材山的北边是智信村，南边是鬼门关。”

汪兴国想起自己画的地图标线，赶紧掏了出来。

“西边是程子村！”陈八岱也想起来了，闵先生也说过，当时他们投票的时候，也正是想着北边的通道损毁严重，往西边说不定能找到通往程子村的出口。

夏尔巴看到汪兴国拿出了地图，还有一份手绘的线路图，也把自己绘制的那幅线路图拿了出来。

两张线路图一拼，大家看出了一些端倪，他们是从南边偏东的地方坠落进棺材山，分别落到了两个不同的通道里，夏尔巴的线路图总体是顺时针行动，而汪兴国带着夏若冰兜兜转转总体呈逆时针行动。

两幅图一拼，汪兴国在一张新的纸张上唰唰唰地绘着新的线路图，最终将两队的交会处连接了起来。

夏尔巴他们看到阳光的山洞与自己看到阳光的山洞其实距离并不远，在很久之前这两个山洞或许还连在一起的，只是不知道什么原因垮塌了，乱石将一个大山洞隔成了两个，这个山洞中有着无数的尸骨，闵先生也提到过，死亡是中心，汪兴国觉得自己的推断没有错，这旦是以死亡为中心，在地下组建了一个巨大的太阳葬。

汪兴国把分布的石室、墓穴、通道一一描绘出来，果然像他想象的一样，以那个巨大的死亡中心为圆心，若干的石室、通道自西到东，呈弧形分布在墓场外围，每个石室还有若干条辐射通道。

墓场有4条通道，正好是正的南北东西四个方向，连接到下一个石室的时候，又重新分出四条或者八条通道，以此慢慢地分布出去，在地下组成了一个巨大而复杂的犹如蜂巢一般的地下通道群。

但大多数的石室和通道没有完成，还有一部分因为不明原因损毁了，这个巨大的地下通道群就此废弃，再也没有人来开凿过这里。

“你们看到了巫师羽之的墓？还有甲虫石刻？”夏尔巴看到这个地下分布图，很震惊，“这真的是楼兰人开凿出来的？”

汪兴国看了一眼夏若冰，觉得这个问题让她回答更好一些。

“我在羽之墓拿走了这半段金属棍，如果没有猜错，这是代表羽之巫师权力的权杖。”

“对了，闵先生说北边肯定是大巫师的墓！”陈八岱突然想起来，“他去找大巫师墓了？”

“好吧，我们再仔细理一遍，暂且认定这就是楼兰人建立的地下太阳葬群吧，现在南边我们基本都摸清了情况，这里大多数通道和墓穴都损毁了，那个充满了残骸的巨大墓场也废弃了许多年，我们只能往西边和北边试试找出口，闵先生是对的，出口会在北边。”

“为什么？”夏尔巴和陈八岱异口同声地问。

“太阳葬以北为尊，死人下葬的时候头会朝北方，如果闵先生说的大巫师存在的话，他的墓穴会在北方！”

“可是如果往西，离程子村更近一些。”陈八岱提出疑问。

“你还有多少电池？”汪兴国突然反问道。

或许是为了配合汪兴国的话，夏尔巴那光线已经很微弱的电筒闪了一下，彻底地熄灭了。

“闵先生不会无缘无故地留下其他东西，把电池带走了，他肯定知道北边会有出口。”夏若冰附和道，她思前想后，觉得汪兴国是对的。

“检查一下装备，我们要尽量地节约电量，电筒只开一个。”汪兴国说道，“尽快找到闵先生。”

“如果找不到呢？”陈八岱问道。

“如果他出去了，会留下痕迹的，如果他没出去我们又找不到……”汪兴国犹豫了一下，看了看夏若冰，把后半句重新组织了一下，“我们再想别的办法。”

“电池只剩下这么多了。”陈八岱把所有电池收集起来，大都是电量不满的，哪怕只开一个电筒，也只能用最弱光一档，满打满算他们至多还能坚持30个小时。

“该死的闵先生，把我探洞电筒的电池都拿走了！”陈八岱恨恨地骂道，“找到他我非得把他扔在这里，让他在黑暗中等死！”

“出发吧，别啰唆了！”汪兴国收拾好装备，时间宝贵。

“对了，我们是顺着朱砂的印记追过来的，闵先生说朱砂是在地下定向用的。”

“嗯？”汪兴国想起了羽之墓里铺着厚厚的朱砂，朱砂出现在这里肯定有特殊的意义，或许真的如闵先生说的，它是用来在地下标明出口通道用的。

“前面的石室有一个通道我们还没去探，闵先生应该往那边去了！”陈八岱背起背包，催促道，“快点追，咱们的电池都在他身上！”

一路原路退回，找到了那个乱糟糟的石室，陈八岱一头钻进了另外一边通道，这个通道却没有朱砂的印记，在一些旮旯凹里倒是有一些积存的朱砂，好像这里曾经被水流冲洗过，通道还算宽敞，可是塌落的乱石也不少，大家在这些乱石中看到了闵先生走过时留下的痕迹，看样子他走得还很急，很多地方有滑倒后留下的印记。

第47章

埋骨地2

陈八岱一马当先，夏若冰的膝盖阻碍了她行动，她落到后面，汪兴国和夏尔巴只好扶着她一起跨过那些阻碍行动的乱石堆。

微弱的电筒光在稍远的地方漫射开来，看不到通道的四壁，陈八岱努力地将目光延伸到黑暗中，为了节约电量，他这时候不敢打开强光，模模糊糊地看到通道就要到头了。

“快，前面是空的！”陈八岱催促道，又加快了脚步。

“咔！”陈八岱好像踩断了什么东西，脚下发出清脆的断裂声，陈八岱低头一看，差点发出惊叫。

陈八岱踩在一具尸骨上，干枯脆弱的腿骨被他踩断了，顾不上那么多，陈八岱调亮了电筒，失声叫道：“好多的尸骨！”

这是一个不算太大的大厅，最高处大约有十米，但是矮的地方不到三米，面积大约也就几百平方米，这里没有经过人工的雕琢，地面上横七竖八地散落着白花花的骨骸，在陈八岱电筒的光线晃过的地方，至少看到了几十具人骨骷髅和骨架。

这个洞损毁得也很严重，洞顶掉落的石头和骨骸混杂在一起，山洞好像曾经有几个天然的石柱，但是也崩塌碎裂了，洞顶孤零零地悬吊着断裂的石块，散落了一地大小不一的石头，一面石壁被巨大的力量推倒，塌落的乱石和泥土铺了半个石室。

“这……第一次发现保存这么完好的骨骸。”夏尔巴捡起一根大腿骨，这根骨头保存得还很完好，放眼望去，这一片地方的骨骸，除了容易消失的部分骨头之外，坚硬的头盖骨、下颌骨、股骨，甚至肋骨都基本保存着，而其他地方几乎就只剩下牙齿了。

“夏总，这……你是搞地质的，这……怎么回事？”陈八岱完全搞不懂情况，看着一片乱糟糟的地面，好像打过仗一样，碎石和骨骸散落一地，他努力地在脑子里还原曾经的布局，这个石室近似圆形，还有几根天然石柱支撑，布局可以算得上是很工整的，稍加雕琢就会成为一个地下宫殿。

但这里还没来得及雕琢就被毁了，那些坚硬的赤铁矿被震落下来，石柱也扭曲坍塌，东边的派壁坍塌损毁得很严重，这肯定不是人力所为。

“地震！这里曾经发生过地震。”夏尔巴看了看四周，肯定地说道。

“难怪这个地下群被毁了那么多地方。”汪兴国明白过来，这样就能解释通了，为什么费了那么大的力气开凿了棺材山地下的太阳葬，但后来又废弃了。

“可是…… 如果真的是楼兰人埋人的地方，就算地震了，难道就再不来拜祖宗了吗？还有……这些骨骸是怎么来的？”陈八岱觉得夏尔巴会错意了。

“这地震不是近期发生的，至少好几百年了，可这些骨头是新的……不会超过十几年……”夏尔巴仔细地看着一个保存得基本完好的骨头，说道。

汪兴国捡起了一根腿骨，仔细地看了看，又抬头看了看四周：“骨头上有很多小的齿痕，这些尸体是被吃掉的，夏尔巴说得没错，地震之后有东西把尸体带到了这里，然后吃掉了。”

“你是说……有人把那些死人给吃掉了？吃得一点不剩？”陈八岱觉得脊背发凉，头发都炸开了，什么东西能把人吃得这样干净？在陈八岱脑海里，只有一种东西——饕餮！

但饕餮只是一个传说的神兽，只吃不拉，可是这里……陈八岱敲了敲脑袋，觉得自己脑袋不够用了。

汪兴国打开了电筒，调亮，光线照在森白的腿骨上，这具尸骨丢弃在这里应该没有超过5年，表面的泛黄不严重，股骨两端已经消失了，骨头上可以清晰地看见密密麻麻的齿痕，这些齿痕分布得很整齐，在齿痕间还有不少浅浅的圆形坑洞，好像用电钻轻轻地在骨头上打出了一个小凹口，汪兴国又检查了一下其他部位，发现骨质最坚硬的部分基本保存下来了，其余的软骨和关节部分基本都消失了，脊骨留存得不多，上面到处是齿痕和小圆洞，就好像无数的小钻头钻开了脊骨，按照这样的齿痕密度，原本附着在骨骼上的肌肉每一丝都被刮了下来。

“啮齿类动物？”汪兴国自言自语，但随即就推翻了自己的设想。

啮齿类动物是杂食动物，但它们的蛋白质食物主要来自昆虫、蚯蚓之类的，吃肉的情况极少，把尸体搬到这里来吃掉更是闻所未闻。况且以齿痕的间距来看，如果是啮齿类动物也显得太小了一点，啃咬得也不会如此干净。

“我们是在这里继续研究骨头，还是赶紧去追闵先生？”陈八岱开口了，刚才为了看清这里的情况，他打开了强光档，这时候电筒光线慢慢地暗淡下来，电池电量不多了。

“走吧，找到闵先生再说。”夏尔巴把手里的头骨摆在一块石头上，双手合十拜了拜，“保佑我们一切顺顺利利。”

“夏总你什么时候迷信了？”陈八岱讽刺了一句。

“天大地大，死者为大！”夏尔巴应了一句，这死了不知道多久的骨骸能不能保佑他不知道，但给自己找点心理寄托是必要的。

“要么你求求他给咱们变几颗电池？”陈八岱嘟哝道。

话音刚落，陈八岱手里的电筒最后一丝光灭了，陈八岱恼火地拍了拍电筒，它一点反应都没有。

“赶紧吧！没电池啦！”陈八岱很烦躁，声音大了起来，再磨蹭下去哭都找不到坟头了！

陈八岱的声音好像惊动了什么东西，夏尔巴刚走了两步想赶上去，听到背后“啪”的一声，回头一看，刚才好好摆在石头上的骷髅头摔到了地上，裂成了好几块，空洞的双眼直愣愣地盯着他。

夏尔巴感觉到一阵汗毛倒竖，夏若冰及时地打开了头灯，有了点灯光夏尔巴才好不容易安心下来，不过夏若冰的头灯光线也不太亮，山洞又笼罩在模糊中，漫射的光线中四周围着一堆堆的森森白骨，这感觉让人非常不好。

“这边，赶紧吧！”陈八岱找到了唯一的一条通道，正准备钻进去，突然连连后退，一脚踩在一颗头盖骨上滑倒了，差点一头撞到一块石头上。

“鬼……鬼……鬼……呀……”陈八岱磕磕巴巴的，半晌才从嗓子眼号了一句。

夏若冰把头灯转过去，赫然发现通道那出现了几个幽蓝色的光点，接着耳边传来低微的沙沙声。

山洞中好像被这沙沙声感染了，乱石堆里也响起了一阵沙沙声作为回应，夏尔巴瞪大眼睛，看到离自己不远处幽幽地冒出了一团淡绿色的火焰，在空气中摇曳着，慢慢地飘了起来，好一会儿才慢慢地消散。

“磷火，不要靠近！”汪兴国也看到了，接着更多的磷火慢慢地飘了起来，有些磷火汇集成一个个骷髅的形状。

陈八岱觉得自己离开大队是一个错误，他连滚带爬赶紧往回跑，刚刚站定，身边一团磷火升了起来，正好升到和他齐眉的高度，就好像一个咧嘴对着他笑的骷髅。

“噗……噗……”慌乱中陈八岱对着它吹了几口气，骷髅摇曳了一下，形成一个诡异的图案，消失在空气中。

跟随着磷火冒出来的还有星星点点的幽蓝色的小光点，它们时隐时现，但却越来越多，那沙沙声停了一小会儿，耳边又响起了一阵阵的“咔咔”声，声音开始并不大，好像离他们很远很远，飘忽不定，但过了一会儿，声音越来越大，越来越整齐，犹如暴雨一般充斥着几个人的耳膜。

山洞中的光点越来越密集，越来越亮，这可不是鬼火，那些幽蓝的、淡绿的光汇集在一起，像是一群鬼魅的狂欢。

夏若冰瞪大眼睛，看着一团幽蓝的光点慢慢地从通道里挪了出来，忽明忽暗，就好像是不稳定的老彩电里的图像，有些扭曲但却那么真实！

“快看！”夏若冰拉了汪兴国一下，汪兴国扭头一看，那团光点组成的分明是一个人的形状，他缓慢但坚定地，好像飘浮在空中一般，朝洞穴深处挪动。

陈八岱哪里知道这是什么东西，情急之下，捡起了一块石头，朝这人形挪动的光点砸了过去。

“啪嗒！”石头穿过了这个人，掉在了地上，但那个人影却根本不受影响，继续往陈八岱靠近。

陈八岱赶紧后退，汪兴国把夏若冰往身后一拉：“退后！”

汪兴国也不知道这是什么东西，它此时仍未表现出任何的恶意，汪兴国往前一步，抽出了求生刀反握在手里，这是防守格斗的标准姿势。

陈八岱连连后退，那个“人”步步逼近，“咔咔咔”的声响好像是从通道的远处传来的，而他正是从那里走或者说飘出来的更确切些。

“唰！”人影逼近，身上的光点忽明忽暗地闪烁着，汪兴国快速地朝他的肩膀划了一刀。

锋利的刀刃划过了肩膀，可汪兴国没有感觉到一点阻力，刀好像划到了空气中，汪兴国正愣神的工夫，人影已经凑到了他眼前，汪兴国往后退了一步，试图看清楚这个人的脸，可根本看不清楚。

汪兴国把刀从横握变成直握，直直地一刀扎了过去。

人影仍旧毫无反应，汪兴国看着自己的手和刀一起扎进了“他”的肚子里，仍旧感觉不到一丝阻力，汪兴国愣了一下，看到穿过他肚子的手有些模糊不清，就像是手穿过了一层毛玻璃。

抽出手，汪兴国正想退开一步，那个闪耀着幽蓝色的人影突然不见了。

“汪兴国你刚和鬼打了一架！”陈八岱感觉到寒气从心底腾了起来。

山洞里的“咔咔”声不知道什么时候停了，但那些幽蓝的光斑和淡绿色的鬼火并没有消失，在寂静黑暗的山洞里，它们在摇曳着忽明忽暗的光，更显得诡异万分。

夏尔巴打开了电筒，也顾不得省电了，直接调到了最强光，大部分光点和鬼火在强光中消失了，只有在黑暗角落的一些零星的光点，好像是鬼魅的眼睛，在盯着他们。

“鬼眼？”夏若冰想起这个传说，那些在黑暗中的幽蓝色的光点就像冷漠注视自己的眼睛。

“关上电筒。”夏若冰说道。

“这？”夏尔巴个子挺高，但胆子其实很一般，有光线他会安心一些。

“关上，这些都是幻觉。”夏若冰说道。

关上了电筒，那些光点又密集起来，过了好一会儿，慢慢地暗淡下来，鬼火也好像没有了舞伴，感到索然无味，飘忽着消失了。

“幻觉？我们在鬼门关看到的也是幻觉？”陈八岱有些纳闷。

“笔记本上记录着鬼屋魅影，这些有奇怪现象的地方都有强烈的磁场干扰，人在劳累的时候脑电波受到干扰，会出现这种飘忽的幻觉。”夏若冰说道。

不管夏若冰的解释是不是正确的，至少现在陈八岱明白没有人会要他的命。

“那些阴兵，还有鬼眼，都是磁场干扰的幻觉，他们并不是真实的。”夏若冰又补充了一句。

“可这些石头是真实的。”陈八岱开始担心另外的问题，如果夏若冰说的是真的，这些都是幻觉，万一出现个致命的幻觉——例如脚下看着是一块坚实的石头，可它根本不存在的话，岂不是会摔个粉身碎骨？！

“幻觉是飘忽扭曲的，我们只要集中注意力就好了。”夏若冰知道陈八岱在担心什么。

“夏……夏若冰，这……也是幻觉吗？”陈八岱心刚刚放下来，就看到通道出现一阵白色的光芒，好像是电筒。

这电筒光看起来很真实，但又好像很虚幻，它从通道的深处探了出来，并不算亮，陈八岱伸出手，却又能清晰地看到自己的影子映在石头边上。

“不，这不是幻觉。”通道里传来一个人声。

“闵先生？！”汪兴国听出了人声是谁，可是在洞中有些回音，他也不确定。

“是我！这不是幻觉。”闵先生从通道里走了出来，把手里的电筒调亮。

“我们的电池呢？！”陈八岱明明白白地看清楚站在眼前的就是闵先生，怒不可遏，要不是夏尔巴眼疾手快拦住他，陈八岱就要上前把他脑袋给敲碎了。

“我不带走电池，你们会往北走吗？北边才有出路。”闵先生意料到陈八岱的怒气，笑着说道，“不过我没想到，你们都还活着，人都齐了就好。”

这话听起来让人觉得有些怪异，闵先生好像是算准了他们一定会往这里走。

“这里是一个巨大的太阳葬，墓场是死亡的中心，北边是大巫师的墓穴，如果没有错的话，墓穴肯定会有出口。”闵先生又说道。

“往西更近一些！”陈八岱嚷道。

“对不起，我只能用这个方法把你们领到这里来，在楼兰的传说里，南边是死亡的入口，北边是出口，所以他们把尸体送到鬼门关，要出去我们只能往北！”闵先生解释说，“可如果我明说，你们谁都不会相信我的。”

“你找到出口了？”陈八岱冷笑了一声。

“还没有，但快了。”

“哼哼……”陈八岱又冷笑了一下。

“可是闵先生，这里经历过地震，这片墓地早就废弃了，很多通道和石室都损毁了，北边的出口……”汪兴国提醒了他一句。

“如果北边是大巫师的墓穴，一定会建造得非常坚固，出口一定还存在。”闵先生很肯定地说。

“闵先生，你好像对这里很熟悉。”夏若冰觉得有些奇怪。

“我一直在思考，我觉得这一定是楼兰特殊的太阳葬，在楼兰的习俗里，只有高贵的人才能葬在山里，我看了夏尔巴的线路图更加坚定了自己的判断，在那个死亡墓场我就决定往北找出口，可是他们反对，我只好用这个方法，让他们来追我。”闵先生说道，“刚才你们看到的鬼眼也不是幻觉，它们是真的，或者说，它们曾经真实地存在过，我刚才看到自己，另一个自己！”

“什么？！”

原来闵先生独自一人找路的时候，在一个石室看到了一丝光亮，他以为是陈八岱或者汪兴国他们，他匆匆跑进石室的时候，看到一个影子匆匆走过，消失在眼前，但过了一会儿那个影子又出现了，再次匆匆从闵先生眼前走过，虽然飘忽不定，但能很清晰地看出他背着一个和闵先生一样的包，手里拿着电筒，这样的景象反复出现了几次，才消失在眼前。

“阴兵过道！”陈八岱想起这个词。

“夏若冰母亲的笔记里，在埃基山幽灵下画着重点线，埃基山是法国的一座山。”

“那里和这里有什么关系？”

“几个世纪前，埃基山在一个电闪雷鸣之夜，发生了一场激烈的战斗，自此之后附近的人们经常在暴雨季节和潮湿的时候，听到兵器的碰撞声、战马的嘶鸣声和战士的咆哮声，在有闪电的晚上，还能隐约看到埃基山下那些作战的士兵在奋勇地拼杀。”闵先生缓缓地说，“看到埃基山幽灵的提示之后，我就在想阴兵过道的事情，这里和埃基山一样，是赤铁矿山体，这是一个巨大的磁场异常的地方，就好像一个巨大的录影磁带，当闪电扰乱了赤铁矿的磁场，会把一些影像记录下来，在合适的条件下，就像复读机一样播放出来。”

“哈，我们就在一个巨大的录影带里！”陈八岱说道，“差点没把自己给吓死！”

“至少我们知道，那些幽灵和鬼眼是不存在的，那么我们可以继续找路了吗？”闵先生笑道，“这是你们的电池，我保证没有浪费它们。”

接过闵先生还回来的电池，陈八岱赶紧给电筒换上，打开电筒，电量还很充足，这让他安心了不少。

“我们继续往北，一定还有更多的惊喜！顺着有朱砂印记的通道走。”闵先生说道。

“闵先生，对于楼兰似乎你比我还熟悉。”夏若冰总觉得哪里有些不对劲，但又说不出来。

“夏若冰，某些方面我了解得的确比你多，但有些方面我和你一样，靠探寻和猜测。”

“楼兰大巫师的陵墓，也是猜测的吗？”夏若冰反问道，“我们找到了巫师羽之的墓穴，他是第二十三代巫师。”

“嗯？！真的吗？”闵先生愣了一下，随即笑道，“那证明我的猜测没有错，大巫师的墓穴一定在北边！”

第48章

太阳神殿

一路上时不时有些飘忽的影像干扰，但经过闵先生的解释，倒没有再引起更大的恐慌，双方好像两个世界的人，在这个自然的大录影机里偶然地交会，各自扮演着自己的角色，在昏暗的电筒下，夏若冰看到影像一次又一次地重播，它们已经不知疲倦地重播了无数次，谁也不知道是什么时候开始的，也不知道什么时候会结束。

闵先生走过这段路，因此轻车熟路，他对通往西边的路口视而不见，径直朝北方一路而来。

“你们确认做好准备见证地下的奇迹了吗？”闵先生站住，回头朝大家神秘地一笑，“夏若冰，你会很开心的。”

幽长的甬道在这里结束，再往前踏了几步，闵先生打开手电，所有人目瞪口呆地看着眼前的一切！

一座宏伟的地下宫殿出现在眼前，或许说是地下世界更贴切一些，这里的地面是黄色的，这些品位不佳的赤铁矿地面恰好是那黄沙的颜色，虽然经历过地震，但这里还基本保持完好，西面的墙面是个大裂缝，一股水流潺潺从裂缝里流了出来，地面上人为地凿出了两条“运河”，它们蜿蜒地流过了“城镇”“沙漠”，流进了一个开凿出来的大水池，水池里的水又从墙边的裂缝流出去，不知道最终流向何方。

这个宫殿就好像一个巨大的沙盘，城墙围绕着一个城郭，城墙上还有一些石刻的小人，虽然这个“城郭”在地震中损毁了大半，但还能清晰地认出那些小人是守卫的士兵，城郭中的一个空地上，许多小石人倾倒在那里，这里是个集市，自从它们被雕刻出来开始，它们就凝固在这里，直到一场地震将它们的“交易破坏”。

城郭外还有若干围绕着城郭的村庄，它们错落有致地拱卫着城郭，在河边和湖边，还有一些小人牵着骆驼和马，在遥远的沙漠的“沙丘”上，还有一支驼队，整个场景栩栩如生，在穹顶那巨大的太阳的照射下，潺潺的流水声声入耳，而那悠扬的驼铃和市场里的喧嚣，也从那遥远的历史中穿越而来，在众人脑海里映出一个欣欣向荣的沙漠王国的景象。

再更远方，还有一些规模小一些的城郭，很多还没有完成，有些城郭被地震的落石砸毁，但还可以大致辨别出方位和曾经的模样。

“楼兰？！”夏若冰果然被震惊到了！这场景就是无数次在自己梦中出现过的楼兰。

“这是塔里木河，这是孔雀河，楼兰的母亲河，这是已经干涸的罗布泊！”夏若冰看着地形，一眼就认出了那些水组成的正是古时候楼兰的水源地。

“那这是楼兰的主城？这些是……”汪兴国指了指城郭问。

“最西边是尼雅古城！”夏若冰奔到西边的裂缝附近，水流从这里流出来，这里有一个几乎完全损毁的城雕。

“这儿是小河，发现楼兰美女的地方！这一片是米兰！汉朝曾经驻军屯田的地方，也是后来鄯善的国都！”

“对，这就是古楼兰的地形，它在孔雀河以南，罗布泊以西，沿着水源展开，夏若冰，我没有说错，这里就是楼兰的遗民！”闵先生抑制不住自己的兴奋。

夏若冰走进那个最大的城郭，城郭里大多数的房屋都坍塌了，曾经是宫殿的地方也被毁于一旦，夏若冰蹲下来，仔细地看着半米多高的城墙，城墙上的小人在这里屹立了上千年，手里攥着武器，警惕地看着夏若冰等人。

但它对夏若冰没有任何的威胁，夏若冰轻轻地吹了口气，再仔细地擦拭了一下城墙上的浮尘，这些石雕是石灰岩，曾经有人不辞辛劳地把这些石灰岩雕刻好，又带到了这里，将它们砌起来。

陈八岱看着这个毁坏了大半的城市微雕，目光被正中坍塌的宫殿吸引了，在坍塌的乱石中，一枚亮晶晶的宝石吸引了他的目光，他想走进去看看。

“不能进去！”夏若冰制止了他，这是珍贵的研究资料，这个城市微雕再现了楼兰当年的风貌，她有理由相信这里的每一个建筑、每一个街道都是实景的再现，任何破坏的行为她都无法容忍。

夏若冰的目光顺着那个微雕士兵往下移到了城门上，城门还保持完好，正中刻着一些字，被浮尘和泥土遮挡着，小心翼翼地清理掉了这些污染，一行熟悉的佉卢文出现在夏若冰眼前。

“楼兰！这真的是楼兰！”

夏若冰要的最直接的证据现在出现了，城门正中央的佉卢文，刻着的正是“楼兰”两个字！

趁着夏若冰和闵先生围绕着城郭的工夫，汪兴国顺着边缘走了一下，发现这里曾经一共有8条通道，略微测量一下就知道，这8条通道正好是正东南西北，还有东北西南等四个斜的方向，每个通道边上都刻着不同的佉卢文，汪兴国看不懂，猜测应该就是表示方向的字母。

夏尔巴目瞪口呆地看着这个地下宫殿，又抬头看着那穹顶，穹顶虽然有些地方坍塌了，但大体还保持完整，弧形的穹顶大约距地面十米到六七米高，好像天幕一般笼罩在微雕的大地上，正中是一轮太阳，太阳用亮晶晶的宝石镶嵌而成，在夏尔巴的电筒光下闪耀着光，穹顶的其余地方还镶嵌着其他星座，夏尔巴认出了猎户座、大熊座等星座，这些都是北面夜空最有名的星座。

天幕的三分之一被震裂塌陷，夏尔巴走到那些废墟残骸前，弯下腰在乱石中捡起一枚亮晶晶的宝石擦掉了沾染的泥土，它大约拇指头大小，曾经是天幕上的某一颗星星，凑近了电筒一照，这枚宝石雕琢得很精美，六棱锥形的宝石被仔细地截断、打磨，最终镶嵌在了穹顶之上，变成守卫这座地下世界的星座上的一颗，但它在地震中被震落了下来，混杂在乱石中，直到夏尔巴发现了它。

夏尔巴抬起头，试图还原它曾经在穹顶上的位置，那应该是一个什么星座呢？可那片坍塌的穹顶告诉他，他的努力是徒劳的。

“夏总，捡到啥好东西？”陈八岱看到夏尔巴捡了个东西仔细地端详，还亮晶晶的，赶紧问道。

“水晶，它曾经镶嵌在穹顶上，作为一颗星星。”夏尔巴答道。

“水晶？！”水晶并不是什么贵重的宝石，不过如果赋予它意义的话，那可就不一定了！

陈八岱兴致提了起来，那些石头雕刻的城郭小人和骆驼，对他而言毫无价值，但如果是楼兰水晶，光是这个名字就能让陈八岱发一笔财！

想到这里，陈八岱靠近那堆坍塌的穹顶留下的残骸翻找着，这里应该还有更多的水晶。

汪兴国钻进了东北的通道里，想看看这里会不会有出路，但走进去没多远，一堵石门就挡在了面前，这堵石门已经很久没有开启过了，汪兴国听到头顶潺潺的流水声，石门旁的墙缝里正渗着水，看样子头顶上会有水流流过，他看见墙壁上有个类似机关的把手，上前用力掰了掰。

石雕的把手有些湿滑，好不容易把它掰了下来，但什么反应都没有，汪兴国用力敲了敲石门，还是没有反应，只好退了出来。

汪兴国连续又检查了好几堵石门，通向西南边的那堵石门是打开的，幽深的甬道不知道还有多远，汪兴国就没有继续查探，还有南边的通道是自己进来的地方，也没有通道出去，西边的通道坍塌严重，已经无法通行，东边的洞顶好像被撕裂了，水哗哗地漏下来，在石门前形成了瀑布，开关把手也不知所终，这发现让汪兴国有些气馁，只能把希望寄托在北边的石门上。

夏若冰和闵先生仔细地清理着城郭的微雕，先把城郭中的街道清理出来，整个城郭是中央辐射分布，正中心是王宫和广场，王宫的北面是一个广场，那些倾倒的武士和马匹能看得出它们正在演练战争，这应该是楼兰训兵校场，王宫的南边就是那个集市，在这里清理出了最多的小石人，小石人形态各异，穿着迥异，大多是客商打扮，它们在这里激烈地讨价还价，交换着各自所需的物品。

楼兰曾经是西域36国中最强盛的国家，处于丝绸之路的十字路口上的楼兰有着2000年前最发达的商贸市场，东西方文明交流和碰撞，货品的中转，都离不开这里。

城郭中的大多数房屋在地震中都坍塌倾倒，不过那些小石人倒下的时候，还保持着原来的姿势，夏若冰轻轻地拿起一个小石雕，这是一个牵着骆驼的客商，骆驼背上背满了货物，这个客商包着的头证明他是从更遥远的西方来到这里，拇指般大小的小石像面部表情不可能雕刻清晰，他身体微微前倾，右手牵着骆驼，左手手掌向上朝前伸出，夏若冰又把另一个小石人捡了起来，轻轻地把它们摆在一起，这个小石人背着一个布包，头戴着一顶布帽，长袍交领，夏若冰仔细地看了看衣服的叠压，交领是左边压着右边，右衽是东方服饰的穿着，这证明它来自东方，背着小布包的小石人双手束袖，这是那个时代底层人物为了方便劳作生产，和贵族宽袍大袖区别的特征，它身子略微后仰，两手摊开。

夏若冰的脑海里顿时出现了这么一个景象：从遥远西方来到楼兰的客商急需要将骆驼背上的货物出手，他和这个来自东方的客商激烈地讨价还价，但东方客商的出价让他很不满意，他试图让对手提高一些价格，但这东方客商表示自己只能给这么多……

夏若冰把集市清理出来，将那些小人一一还原，眼前是一个热闹非凡的集市，眼前的小石人好像都活了起来，骆驼的嘶鸣声，各种语言的讨价还价声，交易成功后的喜悦笑声，没能交易成功的叹息声，在夏若冰耳边回荡着，这曾经是一个多么繁华的城市啊。

这样的情景还原还有很多，夏若冰大概地清点了一下发现的小石像，总共有大约300个，有客商，有士兵，有战马，有骆驼，还有市民，男性居多，女性的小石人大多在居民区里，这些凝固的石像展现出了一幅男主外女主内的祥和景象。

可是夏若冰除了在城门找到那个楼兰的佉卢文之外，再没有找到其他文字，或许是这个微雕的城市场景不适合再刻上太小的字了，清理了集市，夏若冰小心地顺着街道，来到了那坍塌的王宫前。

王宫已经变成了一堆废墟，那曾经精美的墙壁和石柱杂乱地堆放着，一枚闪耀的绿色宝石混在废墟中，夏若冰轻轻地把压着它的石块拿走，把宝石捧在手心。

罗布泊在2000多年前曾是沙漠中的绿洲，而楼兰就是孔雀河边那璀璨的宝石！这枚鸽子蛋大小的孔雀石闪耀着淡绿色的光芒，犹如曾经辉煌的楼兰一般，生机盎然，代表着无限的希望。

这个曾经生机盎然的强盛国家，怎么就如此无声无息地消失在了历史的长河中呢？这个地下世界再现了楼兰强盛的场景，表达了遗民对故国浓浓的思念之情，但在历史上的某一天，这里也和消失的楼兰一样，从世人眼前消失了，再也没有人来过这里，就这样静静地躺在了棺材山的地下，沉默地诉说着楼兰曾经的辉煌。

“米兰已经全毁了，尼雅也没留下多少东西，小河那里保存得还挺完好。”夏若冰清理楼兰城郭的时候，闵先生检查了一下其他城郭，但仍旧没有更多的文字记录。

陈八岱在废墟里翻找着楼兰水晶，已经找到好几颗了，夏尔巴抬着头打着手电，在研究着穹顶的天空，太阳和星座同时在天空中，这是一个什么样的寓意呢?

汪兴国在继续检查通道，他得为大家找到一条活路，他觉得又朝自己的猜测近了一步，北边一定会有出口。

地下王国的北边是一大片的平地，黄色的赤铁矿就像茫茫沙漠，汪兴国盯着北边通道前边，那里有一个石台，或许那里会给自己一些提示。

汪兴国靠近的时候，石台边出现了几个飘忽的人影，他们绕着石台好像在舞蹈，隐约还能听到含混的歌谣声，他走上前，伸手从一个人影上穿过，人影忽闪了一下消失了。

这个石台放好之后，曾经有过祭祀的活动，巨大的天然录影机把影像录了下来，又重现给了汪兴国看。

走近石台边，这是大理石雕琢的石台，比那些石灰岩雕琢的城郭贵重多了，可是年代久远，大理石表面被霉菌污染，上面还落着一些碎石泥土，看不出石台的原貌。

汪兴国费劲地把那些落石和霉菌清理掉，平整的石台被落石砸掉了一角，留下了三分之二保持完整。

“夏若冰！这里有字！”汪兴国擦掉一大块霉菌，镌刻在大理石上的字迹清晰可见，不是几个，而是密密麻麻的好几行。

“什么字？”夏若冰正捧着孔雀石，听到汪兴国的叫声，抬起头问。

“佉卢文，很多！快来！”汪兴国继续清理着霉菌和乱石，石台上的镌刻慢慢浮了出来，不光有字，还有线条和图画。

闵先生和夏尔巴也跑过来帮忙，陈八岱对这种事情不感兴趣，继续在废墟里寻找着他的楼兰水晶。

“太阳神殿！”夏若冰看到第一行佉卢文，低声地念道。

“什么？”闵先生没有听清。

“这里是太阳神殿！”夏若冰说道，“太阳给了楼兰光和热，孔雀河孕育了生命……”

这段石刻记录了楼兰原始崇拜的信息，曾经掌握着权力的巫师崇拜太阳，太阳是万物之父，水是万物之母，他们相信人死之后，会回到天空的太阳中，等候下一个轮回，太阳葬正是从这种原始崇拜中发展出来的，大理石的石台上刻着楼兰的山川地形，在这凝固的地图上，大家才知道楼兰的国土面积曾经是如此之大，那些佉卢文中洋溢着楼兰人的骄傲，孔雀河和塔里木河都在楼兰的版图中，罗布泊是我们的内湖，东接大汉，西至远疆，北拒匈奴，辖中人口几千余万。

这或许有夸张的成分，但楼兰无疑是当年西域36国中最强盛的一个，它曾经和大汉平起平坐，也曾经与匈奴大漠争锋。

可惜后半部分被落石砸碎，夏若冰试图拼起那些碎裂的文字，可没有成功，楼兰如何衰落仍旧是一个谜团，这些楼兰的遗民又是如何来到这里的，仍然也是一个谜。

夏若冰在解读佉卢文的时候，汪兴国却被石台角落的一幅图案吸引了，这明显不是楼兰山川，那些直线线条似曾相识。

顺着线条把这部分清理出来，汪兴国看到了一条条辐射状的线条，这是地下迷宫的地图！

汪兴国没有猜错，这是一个巨大的地下太阳葬，中心就是那个死亡墓场，楼兰人相信死亡只是另一个开始，他们会回到太阳父亲那里，等候下一次重生！以死亡墓场为中心，辐射状的线条发散出去，那是连接的通道，那些石室和墓穴围绕在死亡墓场周围，而太阳神殿正好位于死亡墓场的北边，再往前是一个石室，而石室继续向北，就是出去的通道！

汪兴国掏出自己画的线路图，发现大部分线路都吻合石台上的印记，汪兴国又注意到那些线条有粗有细，而将那些粗的线条联系起来一看，它们正是连接着墓穴和石室的通道！

可惜以现在的情况看，这个巨大的太阳葬在地震中毁了大半，或许是因为这个原因，附近的人们才将这里废弃了。

“夏若冰！看这个！”汪兴国拉了夏若冰一把，这比她解读佉卢文重要多了。

“这是地下墓群的地图！”夏若冰震惊了！

“上面写了什么？”闵先生指着那些简短的佉卢文问。

佉卢文分布在地图的各个地方，夏若冰从南面开始看起。

“死亡的入口在南边……”

“鬼门关？！”闵先生兴奋起来了，自己果然没有猜错。

“北边是生门，是将巫师遗体运进来的地方，巫启的墓就在北边的第一个墓穴，从这里开始，顺着这些通道，可以一个一个地连通到其他墓穴去……这里是鬼眼的祭祀台，这里是巫羽之的墓穴……天啊，还有其他巫师的墓穴！”

“鬼眼？就是我们看到的那个甲虫石刻？”汪兴国想起来第一个被困的石室里，那个损毁的甲虫石刻。

“是的，它在最南边……”夏若冰又继续看着，在地图下方清理出的另一幅小图案，是墓穴里的机关分布。

“我们找到出路了！”夏若冰兴奋起来，“那些机关是用水推动的。”

楼兰人用棺材山的水和杠杆原理在墓室里布置了精巧的机关，在墓室中分布着一个复杂的水渠，石门连在杠杆上，当扳动某个特定的开关，水会流入水槽中，当水积存到足够的重量就会将石门抬起了，装着水的石槽压下杠杆之后，水又慢慢地流走，在杠杆另一端的配重重力下，石门又会缓缓地关上。

汪兴国想起他和夏若冰被困的时候，就是因为扳动了那个墙壁上的烛台。

这个发现鼓舞人心，但到底是哪个开关控制在图画上却没有标明，而且这些机关到底还有多少在地震中保留下来了也是个未知数。

“可是我们总得试一试！大巫师的墓就在北边，往北！往北就会有出路！”闵先生的眼神很热切，他催促道。

“西边理论上也是有一个出口的，他们把巫师的尸体抬到墓穴之后，会从西边的出口出去。”夏若冰又仔细地看了看图，说道。

“不！我们往北！”闵先生反对夏若冰的提议。

“呃……你们就没有人关心一下，那些死人是怎么从南边进来的吗？！”听到他们的争论，陈八岱终于开口了。

第49章

巫王启

陈八岱不太关心这旦是楼兰哪个遗民建造的，他找到了几颗楼兰水晶之后再没有其他更多的收获，听到夏若冰和闵先生的争论，觉得他们忽略了最重要的一点。

就算夏若冰说的是对的，北边是生人的入口，南边是死亡的入口，但那些死了的人是怎么从鬼门关千里迢迢来到了那个死亡墓地？还有汪兴国提到的甲虫，夏若冰说那是鬼眼，鬼眼又是什么东西？和那些“走路的死人”又是什么关系？

陈八岱想的是很现实的问题，这个地下墓群几乎已经毁在地震中了，那些理论上能通过的通道基本都不存在了，而且听他们的讲述，这些通道都巧妙地避开了死亡墓地，那些看似规整的细线路，要么是没有完成的死路，要么就是通往死亡墓地的路。

“你有什么好建议？！”闵先生有些恼火。

“闵先生你不是说顺着有朱砂的路走吗？那些粗线条的通道是不是就是有朱砂的路？”陈八岱想起了这个问题。

“嗯？”闵先生若有所思，接过汪兴国手里的线路图，果然没错，那些撒着朱砂的通道和石刻上的粗线条吻合。

“陈八岱你想说什么？”夏若冰被陈八岱搞糊涂了。

“好吧，用我那聪明的脑袋和严密的逻辑告诉你们，那些尸骨上有啃咬的痕迹，暂时不知道是什么东西咬的，总之不会是什么好事！可为什么巫师的尸骨没有被啃？”陈八岱问道，“那些朱砂不光是为了指路，它还在防着一些东西。”

汪兴国想起在羽之墓中，地上和盛放石棺的石台铺着的朱砂，羽之的尸骨的确没有被啃咬过的痕迹。

“鬼知道是什么东西把尸体给吃成了那样，但它们肯定怕朱砂！”陈八岱又补了一句。

在古代，朱砂也有着驱鬼送神的作用，可陈八岱绕了一大圈，夏若冰和闵先生也不知道他要表达什么。

“所以唯恐夜长梦多，我们往西边走，捡有朱砂保护的线路走，那边既然是出口，你们说的机关也能派得上用场的话，我们就可以出去了！”陈八岱说道，用手里的电筒晃了晃西边的那条通道，“那石门可是开着的，为什么要冒险往北去？”

“北边有大巫师的墓！”夏若冰叫道，“我们离它就一步之遥了！”

“我们已经被困在地下两天……或许三天了！”陈八岱有些恼火，冲夏若冰嚷道，“我可没有义务给你白打工！你没给我付一毛钱！”

“可是我给你付了！”闵先生开口说道，“不只一毛钱！”

“好吧，难道你们就不想早点出去？”陈八岱听到闵先生这么一说，态度缓和了一些，毕竟闵先生是出钱的那个大爷！

争执不下，只好投票解决，陈八岱举起手：“少数服从多数，我建议往西，那里线路最近。”

“往北！”夏若冰举手。

“往北！”闵先生说道。

“呃……往西。”夏尔巴犹豫了一下，开口了。

所有人齐刷刷看着汪兴国，他手里拿着至关重要的一票。

“要不我们丢硬币吧，正面往北，反面往西？”陈八岱觉得情况有些不妙，试图在汪兴国开口前更换投票规则。

“我……觉得还是往……北。”汪兴国看了看陈八岱，又看了看夏若冰，不知道为什么，话到嘴边就变成了“北”。

“那……我们就往北吧。”夏尔巴看到汪兴国站在了夏若冰一边，也改口道。

“哈，夏总你这个墙头草！”陈八岱无奈，也只能接受自己定下的投票规则。

“So？！往北的朋友们，要不要咱们把这石门凿开？”陈八岱有些幸灾乐祸，看着夏若冰、闵先生扳动了那个门边的机关，可门半天没有动。

“我们好像漏了点什么……这些机关是联动的，这边开另一边关上……”汪兴国重新回忆了一下那些机关的分布图。

“或者这些机关已经毁了……”陈八岱说道，“别浪费时间了，我们往西走吧。”

“嘿！这儿还有一个。”夏尔巴在通道外边喊道，那里有一个石头手柄，手柄上有人扳动过的痕迹。

“我刚才试过了，也没有用……”闵先生解释道。

刚才闵先生独自跑到这里的时候，他看到太阳神殿就知道，自己一个人是不可能离开的，所以他要回头去找陈八岱和夏尔巴，没想到还碰上了汪兴国和夏若冰。

闵先生的这句解释没有引起大家的怀疑，陈八岱现在只想赶紧离开这个鬼地方，又催促道：“没有用的，赶紧走吧。”

夏尔巴试探性地扳动了一下手柄，在通道里努力的夏若冰听到头顶传来一阵阵水流的声音，好像有效了。

这个石门是需要两个手柄都扳到正确的位置，偏转了水流，流到石槽里才会起效，过了一会，石门“嘎嘎嘎”地响了起来，这千年未曾打开过的石门震动着，缓缓地升了起来……

一条长长的甬道出现在眼前，这是一条悠长的甬道，甬道里积着几厘米的水，汪兴国用电筒往里面照了照，不远的地方还有一堵石门。

“还是两个开关控制？”夏若冰看了看石门前的手柄，这里和刚才那里一样。

“试试看吧！”汪兴国用力扳动远端的手柄，那石头雕琢的手柄纹丝不动，看样子时间太久卡在了某个部位。

夏尔巴上来帮忙，两人用尽了吃奶的力气，好不容易手柄才有了松动的迹象，陈八岱、闵先生和夏若冰三人合力，好不容易才扳动了门边的手柄。

夏若冰听到清晰的水流声，水声哗哗的，就在石门背后，过了许久，石门才缓缓地抬了起来，但只抬到了一半的高度，就不动了。

“我先进去看看……”闵先生没等夏若冰回答，俯下身子，趴着钻进了石门后。

“喂……”陈八岱和夏若冰用力地抵住手柄，他发现一放松手柄就会往回挪，石门也落了回来。

“闵先生你看到什么了？”夏若冰问，她得帮陈八岱抵住手柄。

“天啊……就是这里！”闵先生心里惊叹道！这就是自己梦寐以求要找的大巫师墓！

听到夏若冰问他，他回答道：“有些积水，挺黑的，我再看看……”

“闵先生，别单独行动！”汪兴国跑过来帮忙，冲着里面叫道。

“我进来看看，闵先生您别着急。”有了汪兴国的帮忙，手柄缓缓地被推了起来，石门也在慢慢地抬高。

“不用……”闵先生看了一眼正中的石棺，又看到石门慢慢抬了起来，有些慌乱，眼角瞥见石门边有一个手柄。

石室内侧的墙壁在地震中被震裂，用来控制机关的杠杆和水渠露出了一部分，水从水渠的裂缝漏了出来，闵先生看到那个机关正顶着导流的石槽，往负责压杠杆的石槽引水，这是一个精巧的机关，当石槽蓄够了水，它就会落下来，把石门打开，而这边这个手柄正好能将另一个导流的石槽连接过去，把石槽里的水排空，石门在引力的作用下，就会再次关上。

闵先生不想和别人分享，他知道了机关的原理，赶紧上前，猛地扳下了手柄。

石门已经打开了大半，夏若冰弯腰正准备往里钻，弯腰的一瞬间模糊地看到石室正中有一个高台，高台上是一具石棺！

夏若冰要钻进去的时候，突然觉得脑后一凉，刚才还在缓缓上升的石门好像卸了力气，猛地往下砸回来。

“小心！”汪兴国眼疾手快，放开了手柄，猛地把夏若冰拉了回来，石门“砰”的一声，重新砸回了地面，差点砸到夏若冰的脚。

“闵先生！闵先生！”汪兴国又扳动手柄，可是一点反应都没有。

“我没事……我再找找机关，机关好像有点失灵。”闵先生在石室内答道，但他把背包挂在了手柄上，手柄无法回位，任凭外面如何扳动手柄，都无法把导水槽挪到正确的位置上。

“好了，没有人来打搅了。”闵先生暗暗对自己说，石门边破裂的水渠流出的水在石室里积了大约有十厘米深，那个正中央的石台完全没有被影响，积水在另一条通道的门缝中又流了出去，所以相对保持了一个很低的水位。

闵先生把手电调到了强光，这个石室面积大约有200平方米，是一个精心雕琢过的圆形石室，穹顶还基本保持完好，闵先生又看到了那用宝石拼成的太阳和星座，它们挂在穹顶之上，上千年守卫着石室正中的那具石棺！

石棺周围还摆放着许多石像，它们以石棺为中心，四面辐射散开，闵先生看到最里的三层是穿着奇异服饰、头戴面具的人像，再往外两层是一些动物的雕塑，而最外一层围绕着一个个的小石台，石台上是自己曾经在程子村宗庙里看到的甲虫石刻！

“闵先生，你找到开关了吗？”过了好几分钟，汪兴国没有听到里面闵先生的动静，拍打着石门问。

“没有……再等等。”闵先生有些心虚，答了一句。

“你看到什么了？我刚才看到有石像和石棺……”夏若冰也有些焦急地问。

“呃……我再找找。”夏若冰的话提醒了闵先生，他的目标很可能就在石棺里。

“20年的等待，我总算是迈出这一步了！”闵先生突然感觉到一阵眩晕，他曾设想过拿到那个楼兰圣物的时候会是怎样的激动，可当他站在这圣物的门口，却犹豫着要不要靠近……

如果它不在那里……那又会怎样？闵先生踌躇着，他脚踩在积水中，却好像有千钧重，不敢往前挪动一步，耳边也听不到门外汪兴国和夏若冰在叫着什么。

石棺在电筒的光圈中静静地停放在那里，它已经在那里存放了2000年，它曾经受过无数人的膜拜，自此之后就再也没有人来过这里，它又静静地在这里等候了一千年，闵先生是这一千年来第一个来到这里，看到它的人，等待他的到底是苦寻之后的无上褒奖，还是再一次的失望？

恍惚中，闵先生感觉那些围绕着石棺的石像动了起来，他们绕着石棺，舞动着手脚，耳边也传来了一阵阵呢喃的咒语声，那是巫师的后代在向大巫师祈福的仪式，闵先生看着那些飘忽的人影，那曾经在2000年，或者1000年前曾经出现在石棺边的景象，又再一次地出现在了他的眼前……

“听，里面有嘈杂声。”汪兴国用耳朵贴紧石门，他听到了一阵阵呢喃的声音，空灵却那么真实。

“好吧，闵睿，鼓起勇气来，就算它不在这里，冰儿也不会责怪你！”闵先生终于迈出了沉重的一步。

穿过那些石像，还有那些飘忽舞动的巫师，闵先生走进了石台，石台边上刻着一排排的甲虫，那些甲虫背上的眼睛静静地看着闵先生这位不速之客。

闵先生停下脚步，石棺上的佉卢文告诉了闵先生主人的身份。

“楼兰巫王启……”闵先生的佉卢文并不好，但这些简单的佉卢文他还是能认得出来。

“我终于找到你了。”闵先生心里暗暗地说。

“对不起，我为了楼兰的公主而来，安息吧，安息吧，楼兰已经不存在了，您和王族之间的恩怨，也随着历史消失了……”闵先生深深地朝石棺鞠了个躬，默念道。

给予死者足够的尊重之后——至少闵先生是这样认为的，他爬上了石台，但没敢睁眼，20年前，那支探险队或许曾经来过这里，抑或那件至高无上的楼兰圣物，已经被带走了！一瞬间，闵先生突然感到害怕，他害怕犹如20年前一样，在无限接近成功的时候，被狠狠地一击，从山顶的巅峰，跌落到无尽的谷底！

四周舞动的巫师好像幽灵一般，继续呢喃舞动着，它们围绕着大巫师的石棺已经舞动了上千年，不断地重复，重复，再重复，但没有人会欣赏它们的舞动，这只是大自然的录影机留给楼兰大巫师的奇迹，或许正是因为这样，大巫师才从不会寂寞。

“呼……”长叹了一声，闵先生终究还是要面对这一切，他缓缓地睁开眼睛，低头看向石棺中。

一具骸骨静静地躺在石棺中，在潮湿的空气中，骸骨已经残缺不全，他身上曾经华丽的穿着早已经腐朽得无影无踪，他的双手交叠在胸前，生前所用的那个青铜权杖也只剩下了斑斑铜绿，石棺中积了一些水，铜绿将水染成了绿色，在电筒光照下闪着斑驳怪异的光，浅浅的水中大巫师的骸骨也变成了绿色，闵先生热切地把目光转向了大巫师的面部，可那里只剩下一对空灵的眼眶。

空灵的眼眶好像也在注视着闵先生，这让闵先生心一惊，那个最珍贵的圣物难道不在这里？它被人带走了，还是从未和大巫师随葬？

抑制住狂跳的心，闵先生又仔细地打量了一遍石棺内，可方寸之间的确没有闵先生想要的那个东西。

“哎……”失望地叹息了一声，闵先生举着电筒的手颓然放了下来。

电筒的光线划过石棺的边缘，闪过一道金光，引起了闵先生的注意，石棺是南北摆放的，头部冲着北边，闵先生挪了两步，在北边的石棺头部，看到了一个闪烁着金光的东西。

闵先生的心狂跳了起来，那个金色的东西静静地摆在那里，雄鹰展开的翅膀包裹着精美的面具额头，眼眶空灵却深邃，笔挺的鼻梁，立体的脸庞，这就是闵先生梦寐以求要寻找的金覆面！

闵先生用力地眨了眨眼睛，不敢相信这是真的，可那金覆面深邃的眼神直勾勾地看着他，闵先生像着魔了一样，朝它伸出了手，当它真实地拿在自己手里的时候，闵先生总算是相信，他真的找到了这件楼兰圣物！

“我终于找到你了……”闵先生仔细地摩挲着金色的面具，历经了2000年，在电筒光下它仍旧散发着金色的光芒，和闵先生衣领上的徽章的光芒交织在一起。

闵先生将覆面举到面前，透过那空洞深邃的眼眶，打量着这个墓室。

那些围绕石棺舞动的人影停了下来，悄无声息地消失了，墓室中只剩下沉默的石像，闵先生的电筒光将他的影子映在了石壁上，景象显得寂静而诡秘。

“闵先生！闵先生……”石门外又传来夏若冰的声音。

夏若冰的声音把闵先生重新拉回了现实，他看了看手里的金覆面，又看了看挂在机关手柄上的背包，跳下了石棺。

“等等，我好像找到了……”闵先生叫道。

“闵先生，里面怎么样？你看到大巫师了吗？”

“我还没来得及检查……”闵先生答道，他打开背包，把金覆面塞了进去。

没有背包压着手柄，导水槽回到了正确的位置，石门又缓缓地打开了，闵先生想了想，捡起一块石头，卡在了手柄和墙边上。

“我去找其他出口，你们跟上！”闵先生叫道，往北边的通道跑去。

“喂！闵先生，又卡住了！”汪兴国叫道，石门只打开了不到半米高，又卡在了半途。

但闵先生并没有回答他，夏若冰有些着急，俯下身子，朝石室里张望，她看到了石室里的人像和石棺，一咬牙：“我先进去！”

“喂！小心！”汪兴国想拉住夏若冰，但她趴了下来，顾不上有积水，从石门下爬了进去。

“闵先生！”夏若冰看到闵先生的电筒光在北边的通道里闪了一下，闵先生仍旧没有回答她。

夏若冰好半天才从震惊中清醒过来，这一定是大巫师的墓穴！这样整齐的规制，这样完整的穹顶，只有至高无上的巫师之王才能享有！夏若冰来不及细看，她急忙奔到石棺面前，石台上的佉卢文再次震惊了她。

“这是楼兰大巫师启的墓！”夏若冰惊叫道。

“什么？”门外的汪兴国和陈八岱正在用吃奶的力气盯着手柄，他怕门关上了夏若冰出不来，没有听清夏若冰的话。

“这是楼兰巫师之王，启的墓！”夏若冰又大声说道，声音在石室里回荡。

“赶紧找机关，我们快顶不住了！”陈八岱大声骂道，这夏若冰怎么分不清轻重缓急啊。

“闵先生呢？”汪兴国大声问道。

第50章

活死人

拿到了最重要的东西，闵先生并不想等夏若冰他们，他相信只要夏若冰不笨，就会发现卡在手柄上的那块石头，他要将这楼兰的圣物带走，这是自己追寻了20年的奖赏！

夏若冰看到了闵先生爬上石台留下的痕迹，她爬了上去，可只看到浅浅的蓝色棺液里那若有若无的骸骨，大巫师空灵的眼眶看着她，让她觉得一阵心悸。

没有看到其他陪葬品，夏若冰觉得或许陪葬品在石棺底部，她壮起胆子，心里默默对大巫师道个歉，俯下身伸手摸索水下。

“嘎嘎……”北边的通道传来一阵阵石门打开的声音，夏若冰停下摸索的手，叫道：“闵先生？”

闵先生把通道机关的位置牢牢地记在了脑子里，这个通道直通出去就是棺材山的北边，里外各有一个开关打开或者关上石门，通过了这个石门再出去是一个石室，这个石室代表了陵墓北面的空地，或许这里还会有些陪葬品！再往北穿过石室的甬道，那就是出口了。

夏若冰没有说错，楼兰巫师死后，他们会从北边抬进墓室，启是第一位来到这里的巫师，因此也占据了北边最尊贵的墓室，死亡只是另一个开始，巫师们围绕着死亡墓地形成了一个巨大的地下太阳葬。

棺材山的秘密，走到这里，闵先生认为自己基本已经解开了，他拿到了梦寐以求的楼兰圣物——大巫师的金覆面！这是在重大的祭祀场合才会佩戴的面具，它是大巫师和自然山川交流的载体，象征着大巫师天然的权力！

想到这儿，闵先生的脚步轻快起来，这么多天的辛劳，多年压在心头上的石块也一扫而空，石门在眼前缓缓地打开，闵先生俯下身子，钻进了石门内。

“沙沙沙……”闵先生听到一阵阵奇怪的声音，举起电筒一照，这的确是一个石室，光线照到的地方，闵先生赫然看到了一具尸骨。

“啊！”闵先生不由得惊叫了一声！

“闵先生？你怎么了？”夏若冰听到闵先生的惊叫，顾不得摸索石棺了，跳下石台，往北边的通道跑去。

斜靠在石壁边的尸骨歪坐着，它的大腿已经露出了森森白骨，脑袋耷拉着露出了半边脸，另外半边脸被什么东西覆盖着，或许是听到了闵先生的惊叫，“沙沙”声停了一下，闵先生试探性地往前靠了一步，突然看到那个人脸眼睛的位置闪了一下，一只幽蓝的眼睛出现在黑暗中。

闵先生有些慌张，他想把手电调亮，但手指却不听使唤地哆嗦着。

又一只幽蓝的眼睛出现，接着是更多，那些幽蓝的眼睛从尸骨身边蔓延开来，铺满了整个石室，甚至洞壁上、洞顶上，幽蓝的光吞噬了闵先生手电的弱光，闵先生看到并不只是一具尸骨，石室里横七竖八的还有更多！

“咔咔咔……”闵先生耳朵边充斥着嘈杂声，那些幽蓝的眼睛发出了愤怒的警告声。

“鬼眼？不，这是幻觉！”闵先生强迫自己冷静下来，壮起胆往前靠了一步。

这不会是真的，或许曾经是真的，只是这里的赤铁矿把曾经的影像录了下来，现在重播在闵先生眼前，闵先生看到了那个通道，打开通道的手柄就离他不到20米远，他往前走了一步。

幽蓝的鬼眼往后散开，挤得更紧密了一些，可它们更愤怒了，闵先生看到一个鬼眼朝他弹了过来，重重地撞到了他的肩膀上，他还没反应过来，肩头一阵剧痛！

“啊！”负痛的闵先生伸手抓了一把，真切地感觉到手里抓住了东西，他顾不上那么多，甩手一扔，把手里的东西扔了出去。

“闵先生！你怎么了？”闵先生的惨叫声在甬道里回荡，吓得夏若冰停下了脚步。

这不是幻觉，是真的！闵先生看到那些幽蓝的鬼眼朝他涌来，赶紧往后跑。

夏若冰看到闵先生慌张地顺着甬道跑来，叫道：“闵先生！”

“快跑！”闵先生晃动着电筒，夏若冰还没反应过来，就看到他身后涌出一团幽蓝色的潮水。

闵先生拉起发呆的夏若冰，重新跑回了大巫师墓中，那个石门半开着，堪堪能钻过一个人，闵先生也顾不上拿掉那块卡着手柄的石头了，先把包推了过去，然后自己钻了过来。

“闵先生怎么了？”看到闵先生惊慌失措的样子，陈八岱很奇怪，可耳朵边响起了一阵阵密集的“咔咔”声，这让他觉得事情不妙。

“夏若冰快过来！”汪兴国也觉得不妙，赶紧伸手把夏若冰拉了过来，陈八岱松开了手柄，石门“砰”的一声砸落，溅起一阵水花。

闵先生喘着粗气，靠在石壁边，双手紧紧地抱着自己的背包，他现在浑身湿透了，相当狼狈。

另一头的“咔咔”声被石门阻挡，但好像有什么愤怒的东西，不断地冲撞在石门上，噼噼啪啪地响着，汪兴国拉着夏若冰赶紧往后躲了几步，看到石门完全被关闭了，这才放下心来。

“发生了什么？闵先生你找到出口了吗？”陈八岱问道。

闵先生还没有从惊恐中恢复过来，刚才事情发生得有些太快了，那尸骨幽蓝的眼睛还在闵先生眼前回荡。

“闵先生！”陈八岱拍了闵先生一下，闵先生下意识抱紧了包，这才被陈八岱拉回了现实中，点了点头，但随即又用力地摇了摇头。

“好吧，我就说此路不通，还有反对往西的吗？”陈八岱撇了撇嘴，这不听老陈言，吃亏在眼前！

汪兴国看到闵先生受到了惊吓，石门那边不知道是什么东西，还在撞着门，但不管是什么，它们是打不开这扇门了，当然这条路也走不通了。

“夏若冰你看到出口了吗？”汪兴国扭头问。

“没有，我看到有一团幽蓝的东西涌过来。”夏若冰也惊魂未定。

“走吧，往西吧！”陈八岱催促道，他不想再浪费时间，这个鬼地方他待够了！

闵先生长叹一声，把背包背上，现在只能往西边寻找出路了。闵先生相信自己是第一个如此接近大巫师墓室的人，20年前夏言带领的探险队根本没有接近这个墓室，他们消失在棺材山里了。

当年夏言在棺材山的时候，闵先生正在一座雪山上，他们曾认为自己离楼兰的秘密只有一步之遥，但突如其来的变故让一切都回到了原点，遭到了严重打击的闵先生花了许多年才重新振作起来，作为最权威的楼兰研究者，夏言夫妇许多的研究资料已经遗失，闵先生看了看夏若冰——或许她手里就有那些资料。

闵先生摸了摸背包，金覆面好好地待在里面，这里就是楼兰遗民建立的地下墓群，棺材山周围的人们都是巫师一族的后代，他们一直在守护着祖先的秘密。

刚才的惊吓让闵先生重新冷静了下来，他不能再犯20年前的错误，再次倒在成功的大门口！

再强悍的人，都必须有一个团队，闵先生看了看专注的汪兴国，又看了看夏若冰，觉得自己刚才差点犯下了大错。

他们才是帮助自己通往胜利的垫脚石！在人类的禁地中，无论是定制的装备还是激荡的口号，都敌不过一个经验丰富、头脑冷静、技术强悍的领队！而夏若冰对楼兰的研究和理解，也是无可替代的。

“闵先生……”汪兴国看到闵先生有些心不在焉，脸色也不好。

“啊？”闵先生被打断了思绪，有些慌乱地答了一句。

“你没事吧？”

“没事，我在想刚才的是什么东西。”闵先生掩饰了一句。

“你看清楚了吗？”

“应该就是鬼眼……”

“不是说那都是录好放出来吓人的东西吗？”陈八岱插嘴问。

“有东西咬了我。”闵先生想了想觉得还是开诚布公比较好，“还有吃了一半的尸骨！”

“什么？！”陈八岱停下了脚步，嘴巴张得大大的，“你是说鬼眼吃了尸体？！”

“如果我没看错，是的。”闵先生肯定地说。

“这鬼眼到底是什么东西？！”陈八岱有些烦躁。

“我想不会是什么大的东西。”夏尔巴插嘴道，一路上他也看到了尸体移动，如果是大的动物搬运，那么应该能看到。

“个头不是问题，我担心数量。”汪兴国说道。

夏若冰一听，浑身控制不住地泛起了鸡皮疙瘩，刚才那像潮水一样涌过来的幽蓝色又出现在眼前。

通道曾经被水冲刷过，就算曾经有朱砂的印记也早就消失了，他们按照墓群地图的粗线条走，可是走到这里的时候，坍塌的山石又把路堵死了！

“好了，别他妈想什么鬼眼了，找路吧！怎么走？”陈八岱更加烦躁了，用脚踢了一下堵在眼前的石头。

“这边……”汪兴国用电筒晃了晃岔道，但是这个岔道明显有些小。

“主路不通，找路绕过去。”

夏若冰回想了一下墓群的线路图，那些线路从一个墓穴发散开，再到另一个墓穴继续发散，就好像一张蜘蛛网，走错一个路口就会迷路。

“走吧。”汪兴国觉得再继续浪费时间没有意义，率先钻进了岔道中。

闵先生看了看众人，也钻了进去。

“这……”夏尔巴有些迟疑，陈八岱在他身后推了一把：“走吧，狗蛋儿说的准没错。”

这一段的洞打得歪歪斜斜，完全失去了工整的水准，怎么看都不像是完工的样子，更像是临时挖掘出来的一条通道，通道绕过了很多石头，是在石缝间的泥土中掏出来的，也没有经过任何的加工，最大的地方夏尔巴弓着腰能勉强通过，有些地方则是勉强跪着爬行才能通过。

“这看起来不是通道啊！”陈八岱对这石缝表示怀疑。

“那你还能走哪去？”夏尔巴气喘吁吁，这越狭窄的地方，他越费劲。

弯弯曲曲的通道是在石头间的泥土里挖出来的，钻了足足有半个小时，在晃动的电筒光里，陈八岱发现前面宽阔了一些，他打眼一看，里面好像泛出一丝诡异的蓝光：“咦……那是什么？”

“什么？”夏尔巴也看到了，电筒光照过去，反射出一丝淡蓝色的光。

“汪兴国……”夏尔巴觉得这个发现应该让汪兴国知道。

这个通道比刚才弯曲曲折的石缝宽阔多了，是地下墓群通道的一部分，汪兴国确定了一下方位，现在方向有点偏，不过应该能找到通往西边出口的通道。

角落里散落了一堆幽蓝的小蛋壳，大小约是个拇指模样，汪兴国蹲下去捡起一颗：“死了很久了……”

通道里堆了一层不知道是什么昆虫的甲壳，在电筒光的照射下，反射出淡蓝色的光，汪兴国想捡起一颗看看，手刚碰上去那壳好像蛋壳一样就碎了。

“给点光线，我拍下来。”夏尔巴也试图捡起来看看，但是那些壳年代似乎真的有些久远，手一碰就碎，根本捡不起来，他只好用相机拍下来，作为以后研究的资料。

“一个完整的都没有。”汪兴国在电筒光下仔细地看了看，残骸只剩下了背甲部分，其余的部分都消失了，背甲也很脆，光从背甲推断不出这只虫子生前的模样。

正说话间，夏尔巴的电筒忽然一下暗了下来，接着晃了几下，彻底地黑暗了。

“电池不多了，我们要抓紧时间。”汪兴国说道。

“我的探洞电筒还能坚持一阵子，呃……最后两块备用电池了。”汪兴国的话让陈八岱有些紧张，他开始计算大家的电池能支撑的时间。

“时间不多了！”汪兴国催促大家加快速度。

就算是只开一个电筒，最多还能坚持20个小时，不过一切顺利的话，应该很快就能出去了。

“沙沙……”正说话间，悠长的通道那头传来了一阵声音，吓得陈八岱一个哆嗦：“什么声音？”

刚才还说要节约用电的陈八岱，手忙脚乱地打开了探洞电筒，一束强大的光束射过去，一个好像半个人的影子晃了一下，瞬间就不见了。

不知道是不是光束的威力强大，刚才细微的沙沙声，突然像退潮的潮水一般变得“哗啦啦”地响，但是仅仅不到十秒钟，就又陷入了寂静。

“声音是从那边传来的……”陈八岱脑海里浮现出各种鬼神形象，声音有些发颤。

“关上电筒……”汪兴国很镇定，手摸到了腰间的刀上。

在黑暗的地方，如果有人在暗处，光线反而会暴露自己的位置，所以汪兴国要让陈八岱关上电筒，接着他又补了一句：“全部都关上。”

在黑暗中沉寂了好一会儿，夏若冰觉得有些吓人，轻声地开口：“汪兴国……”

“嘘……”汪兴国靠前，刀鞘已经打开了，他什么都看不见，他的右手握住刀柄，用耳朵在捕捉着空气中的蛛丝马迹。

或许是声音又惊动了某些东西，汪兴国话音刚落，离他们几十米的地方，突然浮现出了几点幽蓝色的光点，接着光点越来越多，同时传来了“咔咔咔”的声音，这“咔咔”声越来越密集，声音在洞穴中反弹、放大，充斥着每个人的耳膜。

“警告……”汪兴国冷笑了一下，汪兴国不相信什么鬼神，但这个咔咔声所表达的意思，汪兴国理解为一种威胁。

生物在面临威胁的时候并不是像人想象的一样立刻投入战斗状态，它们往往首先是威胁，以虚张声势来吓住对手。

“喝！”汪兴国突然喝了一声，声音浑厚有力，所有人都紧张地看着那些光点的时候，汪兴国这一下子吓得大家都不轻，夏若冰更是被吓得尖叫了一声。

“对不起……”汪兴国赶紧道歉，自己应该事先预警一下的，刚才的确有些考虑不周。

不知道是汪兴国的声音还是夏若冰的尖叫反吓到了对方，对面的咔咔声一下就停下来了，寂静了一下，幽蓝色的光点消失了。

“什么东西……”陈八岱的小心脏怦怦的，不由自主地摸到了探洞电筒的开关。

汪兴国好像知道他要干什么一样，阻止了他：“别开电筒……”

陈八岱只能压抑住心中的恐惧，不去摁下那个开关。

过了好一会儿，大家又听到了一阵沙沙声，好像是什么东西在努力地蹭墙，过了一分钟左右，沙沙声停下了，过了一小会儿，一个幽蓝的眼睛出现在黑暗中，接着又是一个，然后是更多，好像一串彩灯一般接连亮起，陈八岱目瞪口呆地看到了一个散发着幽蓝色、淡绿色的人形的东西，就站在离自己不远的地方，接着一阵比刚才更猛烈的“咔咔”声冲进了耳膜！

“妈呀……”陈八岱被吓得脚下一软，这明明就是一个人，距离自己也不过十几米远，陈八岱真切地看到，人影在贴着墙站起来慢慢地朝他们移动，接着他看到“人影”的右手抬了起来，朝陈八岱伸了过来，摆出了一个诡秘的姿势。

“鬼眼！”夏若冰也吓坏了，下意识地往汪兴国身边靠了靠，手抱住了汪兴国的左手手臂。

夏尔巴和闵先生似乎吓坏了，半晌闵先生才颤抖地说出几个字：“怎么办？”

闵先生确定这和自己刚才看到的鬼眼是同一个东西，虽然这时候还不知道它们到底是什么，可是能感觉到它们来者不善。

汪兴国把夏若冰护在了身后，低声说：“别怕……”右手已经把刀拔出了一半。

汪兴国相信这就是自己一直在追踪的尸体，在棺材山下它莫名地消失了，但是它在这里出现了，并且闪烁着诡秘的光芒，那些鬼眼就是把尸体带进地下墓场的幕后元凶！

“咔咔”声越响越大，这嘈杂的噪声让人心烦意乱，随着噪声那个人影摆出不少诡秘的姿势，但是很明显他并没有靠近。

“陈八岱……听我的命令开灯，强光！最强档！”汪兴国知道对方在狐假虎威，既然它吓不走自己，那么自己就要想办法吓走它，汪兴国心生一计。

“你……你来……”陈八岱这时候手哪里还听使唤，哆嗦着，把电筒递给了汪兴国。

汪兴国在黑暗中摸索到了开关，对准了那个张牙舞爪的人影，突然一下打开了电筒。

被突然袭击之后，人影愣了一下，刚才还在挥舞的手停了下来，接下来好像瘫软了一样，手吧嗒一下垂落下来，接着汪兴国听到一阵“沙沙”声，在强光的照射下，那点幽蓝、淡绿的光完全被掩盖了，在光圈中，映入汪兴国眼里的是一个真切的人，他正靠在洞壁上，好像有什么支撑着，但被电筒一照之后，支撑他的东西轰然倒塌，汪兴国看到他顺着洞壁一下子瘫倒了。

“我靠！”陈八岱也看到了，这真的是一个人！他惊叫道！

夏若冰目瞪口呆地看到这个人影瘫倒，离自己不过20米远，她已经叫不出来了，下意识地掐住了汪兴国的手臂。

“他还活着？”夏尔巴愣了一下，叫道。

“他刚才在动……”闵先生此时也被震撼了，低声地喃喃自语。

第51章

活死人墓1

“闵……闵先生……你不是吓唬我们吧？”半晌，陈八岱开口问，他更愿意相信刚才的是幻觉，或者是闵先生说的重放的“幽灵”。

陈八岱全身发毛，刚才的那一幕在眼前挥之不去，他此时甚至都不敢看那个斜靠在洞壁边的尸体。

“过去看看吧……”汪兴国提议，但是没有得到大家的响应。

“呃……如果那真的是走路的活死人，总得有路进来吧？顺着通道可以到达地面的。”汪兴国又说道。

可是这么一个活死人堵在了路口，大家心底还是七上八下的，在汪兴国的再三催促下，终于磨磨蹭蹭地挪动了脚步，越靠近“活死人”越迟疑。

尸体斜坐在洞壁边，这个姿势如果是僵硬的尸体是无论如何做不出来的。

汪兴国倒是很淡定地看着尸体，对于尸体他虽然没有医学院的医生那么熟悉，但是他至少不会感到害怕。

“汪兴国，你确定要这么干？”汪兴国把电筒塞进了陈八岱手里，陈八岱心里暗叫不好。

“检查一下，看有什么发现。”汪兴国翻出急救包，找到了一次性手套。

陈八岱从小和汪兴国穿开裆裤长大，就跟他肚子里的蛔虫似的，看这个架势，傻子都知道他要干什么。

“呃……”陈八岱虽然也知道，那个斜靠在洞壁边的尸体99.99%是不会跳起来咬他一口，但是剩下的那0.01%在心中不断地放大再放大，陈八岱一直没敢睁眼看一眼尸体，这时候不小心瞥了一眼，那尸体脑袋耷拉着，眼睛睁得大大的，一只眼睛还掉了出来，陈八岱这一瞥差点没把魂给瞥掉了。

“光线！”汪兴国戴好了手套，从急救包里拿出了止血钳和剪刀，又把手术刀片按到了刀柄上，说道。

“汪兴国……你真的……”夏若冰一直没敢看，躲在夏尔巴身后，看到汪兴国往前走，忍不住问道。

“对！验尸！”汪兴国说道，轻描淡写。

闵先生冷眼旁观，一言不发。

陈八岱把脸偏到一边，大概看着尸体的边上，避免看到尸体的脸，斜着身子，给汪兴国打光。

“光线靠近点。”汪兴国已经走到尸体边了，但是陈八岱磨磨蹭蹭的，这时候离尸体还有十米外。

“差不多就得了吧……”陈八岱嘟哝着，往前挪了一小步。

汪兴国摇了摇头，这个陈八岱，平时说自己天下无敌，真碰上事儿了，没能溜得比兔子还快。

汪兴国蹲下来，看着斜“靠坐”在地上的尸体，刚才自己判断失误了，这不是自己一直追踪的尸体，而是一名50多岁的老者，看样子，的确不断地有尸体搬运进来。

“尸体手臂已经出现了尸斑，证明他死去时间超过了24小时……但是没有尸僵现象……”汪兴国大概肉眼看了一下，尸体的衣服已经破损，看样子是搬运的时候被磨坏的，裹尸布已经不知所终，应该留在了外面，左手衣袖已经撕裂，露出了小臂，汪兴国在探洞电筒的光线中看到了尸斑现象，照理，这个时候尸体已经会很僵硬了，关节不可能还能活动，汪兴国试探性地抬了抬他的手臂，手臂很灵活。

“尸体的肉还有弹性，好像刚死一样。”汪兴国捏了捏尸体的小臂，顺着捏上去，捏到大臂，又说道。

“等等……陈八岱，光！”汪兴国捏到了大臂部分好像有些什么东西，有些扎手，但是光线不够好。

“操……还跟做手术似的……”陈八岱又往前挪了一步，心里嘀咕着。

“口器……”汪兴国在大臂的衣服下，找到了刚才那个扎手的东西，他小心地用止血钳镊了出来，在光线下端详了半天，是一截不到半厘米长的黑色硬物，不注意还以为是一根刺。

“口器？”夏尔巴震惊了。

“应该不会错，那看来我们的判断没有错，是一种昆虫。”汪兴国小心翼翼地把这一段口器，放进了一个保存袋里，然后抄起了手术刀，“我尝试切割肌肉组织。”

“你还真下刀？”陈八岱一听，脑海里冒出汪兴国一刀下去，尸体跳了起来的景象。夏若冰一听，身子下意识又缩了缩，几乎完全躲到了夏尔巴身后。

闵先生暗暗赞许，若是在别的地方做尸检倒没什么出奇的，可是在这种环境下，他不得不佩服汪兴国的冷静。

“切入皮下组织一厘米，到达肌肉层，尸体没有任何神经反应。”汪兴国边进行尸检，边说。

“哎……汪兴国，你别说了，说得我心底发毛。”陈八岱抗议。

“我这是要你们都记下来，万一我死了，这都是很宝贵的资料。”汪兴国说道，接着继续，“我现在找到了尸体的桡动脉……切断了桡动脉……没有任何血液流出，等等……血液很缓慢流出，血液颜色暗红色，证明没带有氧气……尸体没有腐烂的迹象……没有任何尸臭……切开伤口的颜色……像……呃……像猪肉摊上的猪肉……肉色暗红……”

“呃……唠……”陈八岱终于忍不住了，他觉得胃部一阵阵痉挛，接着干呕起来……不知道是不是他的干呕有传染性，夏若冰也想吐了，可是她什么都吐不出来，夏尔巴喉头一阵阵翻动，要不是用手死死捂着嘴，恐怕他也吐出来了。

闵先生一直在认真地看着汪兴国尸检，但是听到那句“猪肉”，也觉得有些不妥，把头偏了偏，但是没有呕。

“尸体胸前又找到两枚口器……比刚才的稍大一些……血液流速很慢，奇怪，这时候血液应该已经凝固了。”汪兴国用食指沾了沾伤口缓慢流出的血液，放在鼻子底下闻了闻，“血液没有血腥味，也没有其他异味……等等……我发现手臂上，有许多针孔……呃……针孔几乎顺着血管走向分布……大约相距1厘米一个，非常小……陈八岱，光线！”

陈八岱强忍着不适给他打光，可是他不敢靠近，要不是汪兴国眼神好，真忽略掉那些针眼了。

“狗蛋儿，好了吧……别弄了。”陈八岱的肚子里已经吐无可吐，再吐就把五脏六腑吐出来了。

“好了，最后一个步骤……化学检验……”

“你还是全套不做完不罢休？”陈八岱要不是怕那个尸体跳起来吓人，真恨不得过去打汪兴国一顿。

“尸体关节不僵硬，心脏功能完全丧失但血液没有凝固，肌肉仍旧有弹性，我怀疑是某种酸的作用，抗生素偏碱性，我试一试有没有酸碱反应。”汪兴国说着，捏出了一个抗生素胶囊，用手术刀切开，把里面的药粉小心翼翼地倒在了伤口上。

“光蛋，光！”伤口不大，药粉的碱性也不是很强，正常的酸碱反应会有气泡，但这么弱的酸碱反应很难说能不能看到气泡，所以汪兴国也是试试，光线不行就看不到。

“有气泡现象，应该是酸碱反应，也有可能是其他化学反应，条件简陋，只能这样了。”汪兴国说道，“最后做个全身检查……”

“还来？！”陈八岱简直要崩溃了，看样子汪兴国一点不介意抱着这尸体睡觉的节奏。

“有人来帮忙吗？”汪兴国坏坏地笑了一下。

可是这个笑话一点都不好笑，汪兴国只好自己完成：“尸体其余大部分地方肌肉弹性保持良好，不过胯部稍微僵硬，背部肌肉僵硬……嗯……翻动的时候还不算费劲。”汪兴国把尸体翻动了一下，又大略地检查了一下背部，说道，“许多地方有擦伤的痕迹，他是被拖到这里的。”

“好了，陈八岱，给我点酒精消毒。”汪兴国检查完了，收好了急救包，脱掉了手套，对陈八岱说道。

“接下来怎么办？”陈八岱看到汪兴国用一点酒精把手术刀、止血钳、剪刀都消毒了，又用酒精抹了抹手，空气里弥漫着酒精的味道，这味道平时觉得很刺鼻，但这时候闻起来好像很让人舒服。

“等，关上电筒，等……”汪兴国很淡定地说道。

“等？就在这里？”陈八岱抗议。

“闵先生，你不是想知道尸体走路的秘密吗？你觉得呢？”汪兴国没有理会陈八岱，问闵先生。

“呃……”闵先生有些迟疑。

“我们可能离真相就一步之遥……”汪兴国又补了一句。

“你是说那些鬼眼是一种昆虫，它们还会回来？”闵先生看了看夏尔巴和夏若冰，他们没有反对的意思。

“就好像蚂蚁一样，暂时丢弃食物还会回来找的，我们只是安静地等就可以了。”汪兴国一屁股坐下来，掏出压缩饼干，拧开水壶。

“汪兴国，你不用这么刺激我们吧。”陈八岱好不容易止住的呕吐感，被汪兴国这么一刺激，胃部又不由自主地痉挛了。

“我饿了……”汪兴国很淡定地说道，“既然我们找到了它们的搬运通道，出去应该是没有问题的。”

关上电筒，四周陷入了黑暗和寂静，只听见汪兴国嚼着压缩饼干的声音。

“都什么时候了，你还吃得嘎吱嘎吱的。”陈八岱嘟哝着，不知道汪兴国葫芦里卖的什么药。

“吃饱了好和僵尸打架啊。”汪兴国开玩笑地说。

“呵呵……这笑话一点都不好笑。”陈八岱冷笑了一下。

“好了，说正经的，刚才我检查了尸体，只有擦伤，没有跌落伤……”

“这能证明什么？”夏若冰忍不住插嘴问。

“证明，尸体没有跌落，也就是说，搬运的时候，地形很平缓……这是不是好消息？”

“So？！”陈八岱还没反应过来。

“意思就是说，我们出去的路很平坦。”汪兴国说道。

“嗯……你这么一说，我想起来了，那个墓群地图里，除了巫师的墓穴是加粗的线路，其他线路几乎都可以通到中心的死亡墓地。”夏尔巴反应比陈八岱快，“地震将那里毁了，它们一定是找了新的地方。”

这大块头的反应这次让陈八岱刮目相看，陈八岱哪里肯落后，赶忙发表了自己的观点：“就是说，我们已经摸到了它们新家边上了？然后顺着道走就好了？”

“就是这个意思，所以既然有机会看看尸体是怎么走路的，干吗不顺手牵羊？”汪兴国吃完了最后一口压缩饼干，喝了一口水，说道。

“可是这到底是什么东西呢？”陈八岱不无担心地问。

“等会看看不就知道了？休息会吧。”汪兴国说着，自顾自地靠着洞壁，眯上了眼睛，距离尸体不过五六米远。

一群人等了足有两三个钟头，可是一点动静都没有，连日的劳累让他们眼皮子都快粘到一起了，陈八岱率先进入了梦乡，接着夏尔巴等人也昏昏欲睡。

汪兴国虽然在休息，可是他支着耳朵听着声音，几个人睡着之后，汪兴国突然听到了一阵窸窸窣窣的声音，显得有些迟疑，但在寂静的洞穴里，这声音足以引起汪兴国的注意。

汪兴国睁开眼，看到几个闪烁的鬼眼，在朝尸体方向移动，他捅了捅陈八岱，陈八岱睡得正香，一把把汪兴国的手拨到了一边："别吵我……"

"闵先生？"汪兴国试探性地小声叫了一句，鬼眼好像听到了，迟疑了一下接着灭掉了。

"嗯？"闵先生睡眠浅，听到了汪兴国的声音，迷迷糊糊地应了一句。

"嘘……来了，轻声，叫醒他们。"汪兴国低声地说道，手习惯性地摸到了腰间的刀上。

闵先生轻轻地捅了捅夏若冰，又叫醒了夏尔巴，两人醒过来，瞪大眼睛看着几米外尸体的方向，刚才的那些鬼眼似乎觉得没有危险了，又慢慢地亮了起来，接着越来越多，地面响起一阵阵"沙沙"的声音。

陈八岱怎么都叫不醒，夏尔巴急了，索性捂住了他的嘴巴和鼻子，陈八岱正做梦，梦见自己在开演唱会，舞台下一片片荧光点点，正得意的时候，突然掉进了水里，陈八岱被憋醒了，这才发现不知道是谁把自己嘴巴捂住了，情急之下赶紧挣扎。

"嘘……来了……别动！"夏尔巴在他耳朵边轻声地说，陈八岱一听，眼睛也瞪大了，看着鬼眼越聚越多，接着有些爬上了尸体。夏尔巴慢慢地放开了捂着陈八岱的手，陈八岱快被憋死了，这才发现，夏尔巴不知道是不是因为紧张，竟然从后背搂着自己，这姿势有些暧昧，陈八岱低声说："夏总……劳资不搞基……"

"你！？"夏尔巴气不打一处来，扬起了熊巴掌，但又怕把鬼眼吓跑了，只好一把推开了陈八岱，把气咽了回去。

几个人屏住呼吸，看着距离几米之外那些淡绿色、幽蓝色的鬼眼，它们排成队，顺着通道重新回到了尸体身边，大的有十厘米左右长，小的也有五六厘米，它们在尸体上爬上爬下忙碌着，尸体已经被汪兴国翻成了俯卧状，一些鬼眼努力地朝尸体下钻，接着它们散发的幽光被尸体遮挡了，忙碌了几分钟后，大伙惊讶地发现尸体贴近地面的地方慢慢地浮现出了光点，接着好像尸体飘浮在了一层蓝绿色的光芒上一样，尸体的手慢慢地朝前伸，右腿好像配合很默契地也蜷了起来，接着，尸体朝前挪动了一下，尸体挪了几下之后，好像活络好了气血一般，速度开始加快。

"慢慢跟上……安静……"汪兴国看到尸体已经离开有十米了，慢慢站起来，他不敢开灯，但靠着这点荧光，勉强能看清四周的情况。

跟随走了好长一段距离，不知道那尸体是轻车熟路还是"爬得"越来越熟练了，刚开始缓慢地挪动，变成了需要快步走才能跟上，大家大气不敢喘一口，只能保持严密队形，一路不远不近地跟随着，看着那尸体周围的光斑时暗时亮。

汪兴国总觉得哪不对，但是又说不出来，一种对危险的第六感提醒他，自己正步入危险之中，他感觉到这里的洞穴通道越来越宽敞，好像步入了一个巨大的大厅，汪兴国好像被那股幽蓝吸引了一般，虽然第六感在提醒他，可是他脚下却完全不听控制地向前……

“咔嚓……”汪兴国脚下突然踩到了什么东西，他感觉到脚底下有什么东西断裂了，这声音在寂静的黑暗中显得很刺耳，汪兴国赶紧停下了脚步，手本能地按到了刀上。

那具匆匆赶路的尸体好像也听见了，它停顿了一下，接着在众人目瞪口呆中缓缓坐了起来，散发着幽蓝的光芒，接着幽蓝色和淡绿色交替闪烁，同时响起了一阵阵“咔咔”的声音，接着，山洞里好像有了响应一般，此起彼伏的“咔咔”声充斥着众人的耳膜，显得非常刺耳，震得夏若冰的耳朵都要聋了，同时他们震惊地发现，刚才还黑暗的山洞，好像灯光亮起一般，洞壁、洞顶慢慢地亮出了幽蓝色的光芒，光芒越来越亮，把洞中照得犹如白天一般，在亮起的蓝光中，大家目瞪口呆地看到，他们就站在一大堆的尸骨前面，汪兴国脚下踩的是一截腿骨，腿骨被从中间踩裂……

“活……活死人墓地……”闵先生失声叫道！

第52章

活死人墓2

“糟了！”陈八岱叫道，这时候心底有一个声音在朝他大喊：“快跑！”可是脚下却好像被粘住了一样，动也动不了，只能这么目瞪口呆地看着大厅，头顶慢慢地变亮。

那具尸体好像得到了增援之后胆子更大了，它竟然靠着墙边慢慢地“站”了起来，手缓慢地挥舞着，张牙舞爪，动作缓慢却让人心底极度恐惧。

汪兴国拔出了刀，往后退了两步，眼睛盯着那具挥舞着手臂的尸体，汪兴国不怕它，那些鬼眼在用尸体虚张声势，但如果鬼眼的脾气要是不好的话，一行人的处境就不妙了——他们已经被包围了……

或许是看到汪兴国等人往后退了退，尸体更有恃无恐，张牙舞爪地往前走了一步，可离开了洞壁它保持不了平衡，一个前扑摔倒在地上，它身前的光点在摔倒的一瞬间四散开来，不一会儿又重新聚集，其间尸体从地上撑起了半个身子，抬起了头，头上两个黑洞洞无神的眼珠盯着这些不速之客。

“僵……僵尸……”陈八岱说话都不利索了，夏若冰一直都没敢说话，鬼眼竟然会利用尸体来吓阻对手，这从未见过，她下意识地缩到了夏尔巴身后。

“夏尔巴……你应该拍下来……”汪兴国很冷静地说道。

“狗蛋儿……这……不好玩……”陈八岱磕磕巴巴地说道，他已经感觉到自己说话的时候，牙齿不由自主地打架了。

洞顶和洞壁上的光斑在移动，大厅中央散落着尸骸，打眼望去，至少有几千具，层层叠叠，在幽蓝色光芒的照射下，灰白色的骨骸显得空洞无神，那些光斑汇聚成几道河流，流进了尸骸中，“咔咔”声减弱了，不一会儿，他们看到尸骨堆里在翻动，堆积如山的尸骨好像要崩塌一般，接着尸骨堆里好几个骷髅头动了起来，眼眶闪着幽蓝的光朝他们逼近。

夏尔巴虽然大世面也见过不少，但是第一次看到这种情况，现在他肯定的是，这些鬼眼的行为是一种特殊的拟态，它们用这种拟态向入侵者提出警告和威胁！他掏出相机，好不容易止住手的颤抖，拍了几张相片。

“陈八岱，衣服脱了……”汪兴国看到那些骷髅头从尸骸堆里爬了下来，闪着不怀好意的光芒，一下子聚集了几十个，朝自己慢慢靠近，“咔咔”声再度喧嚣起来，好像是为出征的战士壮行的战鼓。

“脱……脱衣服？”陈八岱手脚已经不听使唤了，现在看来，不管这些是什么东西，这些尸骸肯定是它们的杰作，自己可不想变成一堆白骨，还是在这暗无天日的地底下。

“快点……”汪兴国把刀收进刀鞘，麻利地把自己的外衣脱了下来，看着一个又一个的骷髅头步步逼近。

“卧槽……”陈八岱哆哆嗦嗦地脱衣服，本来就感觉全身发凉，没了衣服的保护，陈八岱觉得自己身上这时候至少铺了八层鸡皮疙瘩——一层因为冷，另外七层因为惊吓。

吓阻似乎没有什么效果，骷髅头们停了一下，接着加快了速度逼近，离他们不到5米远了……

汪兴国抬头看了看头顶的光斑，好像是一条幽蓝色的河流在头顶绵延，河流中点缀着不少淡绿色的光芒。

“头顶拍了吗？”汪兴国有了一个法子，他突然问道。

“拍了……”夏尔巴答道，但突然想起没有，举起相机，又“咔嚓”了几张。

骷髅头离汪兴国眼前不到两米远了，停了下来，在这么近的距离上，汪兴国总算是能看清这些光斑是什么了——覆盖在骷髅头上的是一个个十厘米长左右，约拇指粗细的生物，腹部有若干好像萤火虫一般的光点，和萤火虫一样属于冷光，远远看过去，就像一只只眼睛，骷髅头上，几只鬼眼正努力地扬起头部，用刺耳的“咔咔”声向汪兴国示威。

“汪兴国你要干什么？”夏若冰下意识地扯了扯汪兴国的衣服。

“闵先生，你研究过棺材山，觉得这些是什么？”汪兴国没有回答夏若冰的话。

“应该是食腐昆虫……我也没见过……”闵先生很紧张，他认为自己会做好“一切准备”，但现在的情况似乎不在“一切准备”的行列中。

“它们有攻击性吗？”

“我看它们并非善类……”食腐生物很多，但是大多数食腐生物并没有这么激烈的行为。

“哦……那意思是我们死定了？”汪兴国耸了耸肩，这可不算什么好消息。

“怎么办？”陈八岱心情沉到了谷底，这汪兴国非要跟踪什么死人，还是一个活着的死人！

“不知道它们怕不怕火……通常野生生物都怕火的……等会，我让你们跑的时候，你们就跑，不要停，一直跑到尽头……”汪兴国很冷静地说。

“我去……你到底……要……要干什么？”陈八岱看到汪兴国掏出了那一小瓶油，浇在自己的衣服上，然后卷起来揉成了一团递给了陈八岱。

“所有灯光都打开，陈八岱，强光电筒要到最强档！”汪兴国说道。

“卧槽……”陈八岱没来得及说话，眼看着汪兴国张开了自己的衣服，突然往前扑去，衣服像一张网一样，一下兜住了一个骷髅头……

汪兴国的突然袭击出乎意料，刚才还在武力威慑的骷髅头们下意识地往后退，好像潮水一般，汪兴国兜住了其中的一个，胡乱地把衣服卷了卷，衣袖打了一个结，这个举动彻底地激怒了对手，“咔咔”声变成了刺耳的“嘎嘎……”声，洞里的光芒好像一下子增强了几倍，幽蓝色变成了惨白。

闯到鬼眼的地盘上，当着这么多鬼眼的面，“绑架”了几个鬼眼，这可是捅了马蜂窝！

光斑开始快速地朝汪兴国等人涌过来，洞顶上的鬼眼也纷纷顺着洞壁往下爬。

“跑……”汪兴国大吼一声，这可不是什么好征兆。

“死定了……死定了……死定了……啊……”陈八岱听到了“跑”字，在别人还没反应过来的时候，一扭头嘴上胡言乱语着就冲出了十几米远……

夏若冰脑子空白，夏尔巴赶紧扯了她一把，拽着她的手回头就跑，闵先生倒是反应不慢，眼看汪兴国回头了，手里提着那个包着骷髅头的衣服，再一看愤怒的“荧光”在快速地汇集，一扭头也跑了。

“你妹的陈八岱……等等我……衣服……衣服啊……”汪兴国千算万算，就忘了算陈八岱好事会出头，逃命争第一，淋了油的衣服还在他手上呢。

“待会出去了裤子都给你……”陈八岱这时候哪还管什么衣服啊，只要不要他的命，钱都可以不要了。

“那件淋了油的衣服给我……”汪兴国简直无语了，回头一看，鬼眼好像决堤的洪水一般在通道里汹涌，速度超出了自己的想象。

汪兴国本以为，无论是什么昆虫，速度是不会超过人的奔跑速度的，可是没想到这些愤怒的鬼眼奔跑起来好像根本不费力，居然渐渐地靠近了。

“你大爷的陈八岱，把衣服给我！”汪兴国怒吼！昆虫最怕烟和火，汪兴国打算烧掉一件衣服，用烟和火来阻挡追击，可是现在陈八岱跑得太快了，浸了油的衣服在他手上。

“啊……给你……”陈八岱这才想起，自己手上有一件团了一团的衣服，下意识地一回头，扔了出去。

衣服散开了，一下子扑到了夏尔巴脸上，连头带脸给兜住了，夏尔巴没想到突然遭到袭击，脚下一个不稳，整个人扑倒摔了出去……跟在后面的夏若冰下意识去拉，可是没拉到。

大块头的夏尔巴这下摔得不轻，身上的背包都摔飞了，膝盖撞到地面，眼冒金星。

夏若冰赶紧去拉他起来，可是她根本就拉不动，闵先生看到夏尔巴摔倒了，稍微停了下脚步，他觉得自己应该干点什么，但脚却不听使唤，一路飞奔跑了过去，夏若冰只看到闵先生晃动的电筒越来越远……

“该死……”汪兴国心里叫道，这时候有人受伤可不是好玩的，他跑上前，用力拉夏尔巴。

“别动……膝盖……”夏尔巴疼得站不起来。

“你先走！快！”汪兴国推了夏若冰一把，把手里包着骷髅头的衣服塞给夏若冰。

“我不走……”夏若冰带着哭腔，拼命地想把夏尔巴拉起来。

眼看那汹涌的“潮水”就迫近眼前了，这时候汪兴国哪里还有空废话，从地上捡起衣服，擦燃一根火柴，浸了油的衣服一下子爆燃起来，汪兴国把着火的衣服朝身后一扔，洞穴里弥漫着衣服被烧焦的焦煳味道。

火和烟还是起了一些效果，潮水停了下来，接着那些瘆人的“嘎嘎”声停了一会，变成了更尖锐的“吱吱”声，好像是某种东西临死前的尖叫，这声音显得更瘆人了。

“我拖你走……”汪兴国回头揪起夏尔巴的衣领，拖着就跑，他不知道那火和烟能支撑多久。

夏若冰一看，赶紧拖着另一边衣领，大块头的夏尔巴就这么被拖着在地上滑行。

“不行……不行……它们要追上来了！”夏尔巴看到那堆衣服没多久就烧光了，烟火下烧死、熏死了不少虫子，但是剩下的虫子更愤怒了，洞顶上的一些虫子迟疑了一下，勇敢地冲破了烟熏的地段，从上方开始包抄，而它们推进的速度，远超出了想象。

“你们先走！”汪兴国一看形势不对，如果夏尔巴没有受伤，逃跑的速度还是够快的，可是现在鬼眼在逼近，现在也只有烟火能暂时阻挡一下，他一边叫着，一边脱下身上的衣服点燃。

“妈呀……妈呀……啊……”陈八岱顺着通道一路狂奔，同时嘴里狂叫，太吓人了，老话说的真没错，蚂蚁多了咬死象，想到那堆尸骨都是这些虫子吃掉的，陈八岱就浑身发毛，听到汪兴国那声“跑”字，顿时脚下生风，恨不得爹妈多给自己生两条腿，哪还想到那么多。

一路狂奔了也不知道多久，陈八岱觉得跑不动了，弯下腰扶着墙壁，呼哧呼哧地喘气，这时候听不到那些虫子恐怖的声音了，好像应该安全了。

“哎呀……”陈八岱好不容易喘过气，想起了汪兴国他们，自己光顾跑了，把他们落在后面了。

陈八岱正踌躇间，看到洞里电筒光闪动，是闵先生跟了上来，他赶紧问：“闵先生，他们呢？”

“不……不知道……”闵先生也被吓得够呛，惊吓加上狂奔，让他扶着洞壁干呕，半晌才摆摆手说道，“我看到夏尔巴摔倒了……鬼眼在追……我……我就跑了……”

“啊？他们被追上了？”

“恐怕凶多吉少……”闵先生好不容易喘匀了气，他不知道自己跑了多远，但是觉得应该离出口不远了。

陈八岱看了看身后，又看了看前面，前面的洞壁里反射着微微的光，那就是洞口了。

再往前跑几步，就能逃出升天了，回去……有可能是送羊入虎口，可是汪兴国是自己的发小，总不能见死不救吧？陈八岱还想和闵先生商量一下，闵先生惊恐地看着陈八岱，摇了摇头，这时候打死他也不敢往回了。

“妈的……陈八岱……你不是见死不救的人，更何况那是你发小……他没了，你怎么回去和汪老爹交代？”陈八岱骂道！咬了咬牙，努力控制着哆嗦的腿，往回跑去……

“陈八岱……”闵先生这时候也不知道该不该回去，在死亡的恐惧面前，似乎所有的勇气都消失了。

“你先走！”陈八岱叫道，闵先生看到他的电筒光晃动着朝深处跑去。

“我要活下去，活下去……还有愿望没有完成……我要把金覆面带走！”陈八岱已经没了影子，只留下了闵先生孤零零在这里，他低头看了一眼泊尔塞福涅徽章闪现着光芒，用力捏了捏徽章，给自己打气！

夏若冰用尽吃奶的力气，拖着夏尔巴，但毕竟是个女孩子，夏尔巴又那么大块头，虽然他努力地配合着夏若冰，可是速度始终快不起来，汪兴国点燃了自己的外衣，在狭小的空间中，烟雾和外衣烧焦的气味比火更有威力，虽然熏得自己也难受，可是那些鬼眼也被熏得不敢靠近，洞顶的一些勇敢的鬼眼试图冲破上升的烟的阻挡，但是大多数都在半路被熏得摔下来，一阵阵“噼啪”落地声，好像暴雨中砸到地面的雨滴。少数冲破烟雾封锁的鬼眼，从高空坠落掉到汪兴国等人身上，他们这时候哪里还顾得了这么多，只能趁它们立足不稳，抓起来扔出去。

夏尔巴一边要配合夏若冰，一边要顾着伤腿，一边还要抓鬼眼，手忙脚乱，不知道什么时候，一只鬼眼掉在了他的大腿上，隔着裤子狠狠地咬了他一口，疼得夏尔巴脸都白了，一把抓住了那鬼眼，没想到它死死咬着不松口，在揪扯中夏尔巴的裤子被撕开了一道口子。

汪兴国烧完了衣服，把自己背包也烧掉了，接着是夏若冰和夏尔巴的背包，眼看最后的一点背包就要燃烧殆尽了，或许是逐渐习惯了烟雾的味道，鬼眼们胆子越来越大，步步逼近。

“汪兴国……带夏若冰先走！”夏尔巴觉得自己是拖累，如果再这么下去，三个人谁都走不了。

“把氧气瓶给我……”汪兴国想了想说道，他想要冒个险。但他必须要坚持足够长的时间，让夏尔巴和夏若冰到达安全的地段。

夏若冰把氧气瓶递给他，汪兴国用伞兵绳把三个氧气瓶绑了起来，他要做一个炸弹，用炸弹来延缓虫子的攻击。

“汪兴国……你还活着吗……”正当汪兴国觉得人手捉襟见肘之时，传来了陈八岱的声音。

八岱的声音。

“陈八岱，快来帮我！”汪兴国喜出望外，赶紧叫道。

“来啦来啦……哎妈呀……”陈八岱冒冒失失冲过来，一看这阵势，顿时觉得头皮发麻，火光中看不到边际也不知道叠了多少层的鬼眼，它们愤怒地叫嚷着，不顾一切地向前冲，在刺鼻的烟雾下抽搐，发出垂死挣扎的尖叫，“咔咔”声，“吱吱”声充斥着耳膜，耳膜都要被冲破了！

“我……我……我能干点啥？”陈八岱有些后悔跑回来了。

“把氧气瓶给我……”汪兴国说道。

陈八岱急急忙忙地把包解下来，掏出了氧气瓶，汪兴国顺手连背包也抢了过去，点燃了背包，扔在洞穴中央，烟雾更浓了，逼得鬼眼略略后退。

汪兴国加快速度边退边做炸药，但是陈八岱的背包没烧完就熄灭了，鬼眼有恃无恐，又开始逼近。

汪兴国脱下衣服，裹在了氧气瓶上，淋上了一点油。

“快走……快走……快走……炸弹爆炸！”汪兴国叫道，听到这句话，拖着夏尔巴的陈八岱顿时好像吃了大力丸一样，不知道哪来的力气，和夏若冰拖着夏尔巴跑了起来。

汪兴国看到他们跑到了安全距离，打开了氧气阀门，点燃了浸油的衣服，赶紧扔了出去，头也不回地转身就跑。

“轰”的一声，那些虫子好像台风中的落叶一样，被爆炸的气浪推飞，汪兴国赶上了陈八岱，三人合力，把夏尔巴拖走，他们已经看见了洞口的微光。

第53章

鬼眼虫洞

爆炸撕扯燃烧的衣服，洞里烟更浓烈了，这让鬼眼暂停了一下，但接下来它们更愤怒了，火光慢慢熄灭，没有了烟和火的威慑，鬼眼越发猖狂起来。

眼看着离洞口的光不远了，汪兴国此时也顾不上那么多，扭头就跑。

“快走！快走！别停下！”汪兴国看到众人竟然停下了脚步，焦急地大叫着，鬼眼就要追上来了，这时候再不走就来不及了。

“汪兴国，没出路！”陈八岱大叫道。

“不可能……不可能！”闵先生吼叫着，他努力地想爬上那个大斜坡，然而这个斜坡上光滑的油脂，让他根本爬不上去。

汪兴国追上来一看，脑袋一下炸开了，这个出口也不能说是错的，但是它是一个几乎80° 的下斜坡，离地面还有十来米高，斜坡上很光滑，就好像滑滑梯一样，那些琥珀色的油脂，想必就是鬼眼为了搬运尸体而分泌的润滑物了。

夏若冰紧紧地抱着夏尔巴，拼尽全力到现在，一切可能都尝试了，然而谁也没想到是这样的结果。

“呼……哈哈……闵睿，你准备了20年，竟然在推开楼兰秘密大门的时候，死掉了……”闵先生也放弃了，他靠着墙边蹲了下来，试图让自己在真正面临死亡的时候，会平静一些。

汪兴国看了看手里的装备，就算是把所有的衣物和背包都烧掉，至多也是延缓一下鬼眼的进攻。

“那里还有一个洞！”夏尔巴在电筒光中，看到离他们不远的地方，有一个不大的洞口，或许那里还能抵挡更久一些。

鬼眼铺天盖地地步步紧逼，留在这里肯定无法抵抗，当下之际，只能多活一秒算一秒！

“出口！”闵先生站起来，不管那个洞口通向何方，他至少要为了生存再拼一次，或许在死亡来临的那一刻，就算死，也会死得比别人更有尊严！哪怕到了另一个世界，也可以和故人平静地面对面，看着她的眼睛说：“我尽力了！”

眼看闵先生朝那个不大的洞口跑去，这个洞口通向何方谁都不知道，堪堪能钻进一个人，闵先生率先钻了进去，手脚并用地跪着在地上朝前爬。

“堵住洞口！”汪兴国钻进去的时候，眼看鬼眼就要扑到眼前了，洞口不大，如果能堵住的话就会争取到想办法的时间。

这个洞口附近有些泥土和石块，汪兴国把石块堆叠起来，用最后一个背包塞在了洞口，拼命地用泥土塞到背包缝隙中，下半部分基本都堵住了，汪兴国从缝隙中看到那些愤怒的鬼眼正猛扑而来。

“给我件衣服！”还差上部分一个小洞没有封上，可汪兴国手里已经没有材料了。

情急之下，陈八岱把贴身的T恤都扒下来，递给了汪兴国，汪兴国把衣服团成一团，眼看着虫子的前锋已经扑到了洞口，汪兴国眼疾手快，把衣服一塞，正好挡住了鬼眼的路。

愤怒的鬼眼“咔咔咔……”地发泄着自己的不满，隔着这堵不算结实的墙努力地冲撞着。

汪兴国把洞里最后一块石头和泥土搜刮干净，把缝隙严严实实地堵上，但他也不知道这堵墙能拖延多长时间。

“接下来怎么办？”夏若冰用颤抖的声音问。

闵先生钻到了前面，在一个拐弯处消失了，刚才夏尔巴、夏若冰和陈八岱都在搜刮着洞里的一切材料，好让汪兴国把这堵墙加固，现在那些鬼眼的声音没有了，不知道是不是已经走掉了。洞里沉寂下来之后，这时候才发现接下来的情况也并不乐观。

“闵先生呢？”夏尔巴突然想起了他，闵先生刚才第一个钻进洞里，只看到他手脚并用地一路爬，没有停下，但现在他到底到了哪？

“嘎……嘎……嘣……”新砌的墙发出一阵阵怪声，那些鬼眼并不认输，用螯齿扒拉着石块和泥土，要把这里扒开。

“嘿……前面还有亮光，应该会有出口……”闵先生往回爬，叫道。

“我还以为你跑了呢……”陈八岱嘟哝道。

“快走！”夏尔巴推了一下夏若冰，这只是一个十来米的转折弯道，大的地方勉强能让人蹲着向前，大多数地方只能爬着通过，转了一个弯，大家看到了闵先生说的亮光，通道就在眼前了！陈八岱手脚并用，跟随在夏尔巴身后加快了速度。

“闵先生……这……不好笑吧……”陈八岱看了看那个出口，如果能越过夏尔巴和夏若冰，陈八岱这时候已经把工兵铲拍他脑袋上了。

这只是一个缝隙，一条裂缝连通了山洞和外面的自由空气，最大的地方只有20厘米宽，除非这里的人都会缩骨功，否则根本出不去。

“我们还有工兵铲，可以把这里挖开，我伸手就能摸到外面了！”闵先生叫道，这或许就是他们最后的机会了。

“石头……你怎么挖？”陈八岱讽刺道，工兵铲又不是挖掘机，怎么可能挖开石头？

“这边还有土层……把工兵铲递给我……快！”闵先生叫道。

愤怒的鬼眼开始进攻那并不结实的墙，它们用锋利的螯齿和有力的前肢将泥土搬开，汪兴国看到一个角落封上的泥土崩塌下来，一只鬼眼把脑袋伸了进来。

“是不是有出口！”汪兴国大叫，抓起把土把那个探头进来的鬼眼拍了回去。

“只有一条缝！”陈八岱叫道。

“你们赶紧把通道打开！鬼眼要冲进来了！”汪兴国手忙脚乱，回头大吼了一句。

在这个情况下，哪怕前面是铜墙铁壁，都得想法子挖出一个出口，那堵墙迟早会被这些愤怒的鬼眼摧毁，大家到时只能是死路一条！夏若冰把工兵铲递给了闵先生，闵先生调整了一个并不太舒服的姿势，用工兵铲顺着石缝中的泥土挖起来。

“陈八岱快来帮我，这里要塌了！”汪兴国一个人已经顾不过来了，一个地方的泥土快被鬼眼挖通了。

“闵先生，你要快点！”汪兴国和陈八岱试图加固那堵墙，但是这些虫子的挖掘能力实在是太强了，那些薄弱的土层根本挡不住它们的螯齿和前肢，虽然他们竭力地封堵着，但是好几个地方还是被攻破了，一些虫子拼命挤了进来。

陈八岱和汪兴国挤在这个狭小的空间里，身体几乎施展不开，情急之下，陈八岱拿出了工兵铲，对着一个刚挤进来的虫子脑袋拍了过去，吧唧一下，虫子被拍了个粉碎，一坨蓝绿色的液体溅到了他脸上。

"闵先生！快呀，鬼眼爬进来了！"虽然汪兴国和陈八岱在竭力阻止这些鬼眼拆墙，但落败只是时间问题，眼看一块挺结实的石头在晃动着，这块一五公斤的石块，竟然要被那些鬼眼抬起来了！

"我在努力……"闵先生只能半跪着，脑袋还不能伸直，只能斜贴着洞顶，身体前倾着，用最快的速度挖着泥，试图挖开一个能钻出去的通道，溅起的泥土劈头盖脸打了闵先生的头，但这时候他什么都顾不上了。

洞口外透来的亮光越来越亮，闵先生一伸手，就可以触摸到缝隙外生长的草，自由的空气仅仅距离自己不到一米，随着挖掘出来的泥土越来越多，但缝隙却没有扩大的迹象。

夏尔巴看到了求生的希望，只要把缝隙再挖大一些，就能挤出去了，他挤过了夏若冰身边，帮助闵先生把泥土扒拉到边上，抽出了求生刀和闵先生一起挖着，两人贴着缝隙，把越来越多的泥土翻了出来。

"喂……怎么样了？这里快塌了！"陈八岱觉得时间过了挺久，那些鬼眼把一些小石块搬开了，临时堆砌的墙下是大块的石头基座，但是上面用泥土和碎石还有背包的支撑部分就快要被掏空了，这堵墙或许在下一秒就会塌下来。

陈八岱已经能想象出潮水般的鬼眼涌进来之后的后果，那些努力和他竞争的鬼眼们，似乎看到了取胜的希望，疯狂地扒拉着泥土，那些后方帮不上忙的鬼眼，此时整齐地排着队伍等候这些"攻城兵"打开缺口后，就一拥而入，用螯齿将洞穴里的敌人撕个粉碎！

"咔咔咔……"的声音越来越大，说明墙已经快顶不住了。

"我们在秋天相识！我们在冬天相守！我们在春天相爱！闵睿！你不能死！你还有事情要完成！闵睿你准备了20年……不是要死在棺材山！闵睿！"闵先生疯狂地挥动着手，嘴上胡乱地念叨着鼓励自己的话……手掌撞到了石头上流血了都顾不上疼，土层已经挖掉了许多，裂缝也扩大了，还差一点，就能斜着身子挤出去了！

"鬼眼进来了……后撤……后撤……"汪兴国和陈八岱的努力终究还是抵不过那些疯狂的虫子，一个巴掌大的缺口被打开了，几只鬼眼钻进来，站在石块上，扬起那硕大的脑袋，"咔咔咔……"地摩擦着翅膀，好像在向汪兴国宣战。

"啪！"陈八岱一工兵铲拍下去，宣战的鬼眼被拍个粉碎！但更多的鬼眼踏着它们的尸体，挤了进来。

情急之下，汪兴国一脚踹了过去，用脚堵住了这个缺口，正准备蜂拥而入的鬼眼，一头撞到了汪兴国的橡胶鞋底上，眼看缺口打开又被封上了，鬼眼用锋利的螯齿撕咬着鞋底的橡胶。

“陈八岱……脱裤子，快！”汪兴国半躺在地上，脚底感觉到被疯狂地撕咬，他知道缺口迟早会被打开，或许火焰和烟还能抵挡一阵。

“啥？！”陈八岱正手忙脚乱地收拾着挤进来的鬼眼，工兵铲过处无一幸免，听汪兴国让他脱裤子，愣了一下。

汪兴国急忙把最后一个氧气管拿出来，将氧气面罩拆掉。

“你不会要把这里炸了吧！”陈八岱觉得不妙！

“他娘的！快脱！”汪兴国哪有时间解释。

陈八岱转念一想，炸死也不过一瞬间的事情，总好过被鬼眼咬死！他一咬牙，躺下来扭动着身子，把裤子脱了下来。

汪兴国点燃了裤子，拧开氧气阀门，有了氧气的助燃，裤子快速地燃烧起来，小小的洞穴里，弥漫着呛人的烟气。

大家忍不住咳嗽起来，但是疯狂的闵先生似乎并不受烟的影响，他用尽全力，哗啦一声，把一块阻挡的石头撬开，只要再撬开一块石头，那就能出去了。

但挡在面前的石头却撬不开，闵先生试着侧身挤了一下，肩膀堪堪被卡住一点，挤不出去。

闵先生急了，拿起工兵铲往石头上砸，他想把石头砸开，石头下的泥土震动了几下，但这块大石头仍旧纹丝不动！

闵先生已经筋疲力尽，夏尔巴见状，一把把闵先生扯到旁边，接过他的工兵铲，用尽力气一下一下地砸着石头。

陈八岱的裤子很快就烧没了，有了火和烟，鬼眼稍微收敛了一些，但看着火苗渐渐熄灭后，那些鬼眼似乎看到了胜利的希望，汪兴国看到那堵墙晃了一下，垮掉了。

夏若冰脱掉衣服递给了汪兴国，这是他们最后一丝希望了。

“闵先生，鬼眼进来了！最后一件衣服！”汪兴国叫道。

夏尔巴接连不断地用工兵铲砸着石块，石头基座开始松动了，夏尔巴丢下工兵铲，用尽吃奶的力气去推，想把它推开，但石头往外挪了一点，又卡住了。

“我来！”闵先生捡起工兵铲，把夏尔巴拉开，顾不上许多，朝石头砸过去。

“20年的准备不会是为了这个结局！我不会死！我不能死……”闵先生几乎陷

入了癫狂，工兵铲砸在石头上火星四溅！铲面早就已经扭曲。

在闵先生接连不断地进攻下，这块石头终于放弃了抵抗，它往后震了一下，接着基座露出来缝隙，闵先生把铲子伸进缝隙里，用力一撬，石头又挪动了几分，夏尔巴见状赶紧过来帮忙，两人用尽吃奶的力气，眼看着工兵铲的铝合金铲柄都弯了！

闵先生用尽力气撬动石头，脸憋得通红，脖子上的青筋暴出，眼睛充满了血丝，差点从眼眶里瞪了出来，眼看就差一点点了，他大吼了一句："啊！"

这块堵着逃生路线的石头，终于在这句怒吼中放弃了最后抵抗，夏尔巴觉得力量一松，就听到石头滚落的声音……

"通道打开了！快走！快走！"夏尔巴喜出望外，阳光从外面直射到夏尔巴眼睛上！

夏尔巴一把先把闵先生推了出去，夏若冰叫道："汪兴国……通道打开了……"

"快走……"汪兴国叫道，虫子已经朝他涌过来了。

夏尔巴把夏若冰推了出去，接着陈八岱赶了上来，顾不上许多一头钻了出去。

"汪兴国……"夏尔巴叫道。

"你先走……"汪兴国一边往后退，一边把衣服包裹在了氧气瓶上，把最后一点油淋在了衣服上。

夏尔巴钻了出去，汪兴国退到洞口，看了一眼洞里那些愤怒的"荧光"，笑道："给你们一个礼物！"点燃了衣服，往洞里一扔，转头钻出了洞口。

"快走！要爆炸！"汪兴国钻出来一看，所有人都在，但他们都围在洞口，焦急地等待着汪兴国。

愤怒的鬼眼眼看到手的肥肉要跑，哪里还顾得上烟火的阻挡，它们前仆后继地越过了燃烧的衣服，高压气瓶在火焰的温度下气压膨胀，最后终于支撑不住，"轰"的一声炸开了。

闵先生看到一团鬼眼因爆炸被从洞里喷了出来，跌落在了草地上，几人顾不上休息，跌跌撞撞地顺着草坡往下跑。

"我的妈呀……天真蓝啊……"陈八岱一下瘫倒在了草地上，仰躺着看着天，从来没有哪个时候，他觉得天这么蓝过。

"哈哈……哈哈……"逃出升天的闵先生兴奋地高举双臂欢呼着。

"闵先生，我不敢和你玩了，赶紧先把尾款结了，以后咱们两不相欠！"陈八岱累得不想爬起来，这是他探险以来，经历最凶险的一次。

“咦？程子村？”夏尔巴抬起头，往山坡下一看，不远的地方竟然就是程子村。

汪兴国看了看，果然是程子村，他们现在在村庄的西面，这儿是一片大大的缓坡，缓坡下一条小河，木桥连接了村子和这片草坡，草坡上还有村民散养的牛和羊。

“竟然转了一大圈，转到这儿来了……”夏尔巴不可思议地说道。汪兴国拿出地图看了看，他们在地下转向西边之后，通道被封住了，再兜了一圈，找到了这个缝隙。

“可以去找吴老喝酒了……”陈八岱这时候可不想去考虑怎么在地下转到了这儿，满脑子都是烧鸡和烤鸭。

“我们这几天竟然兜了这么一大圈……”夏若冰也觉得不可思议。

“哎……我说，可以回去吃饭了吧。”陈八岱在草地上躺了一会，觉得浑身痒痒，现在他身上除了鞋袜和内裤，已经一丝不挂了，他想赶紧回去洗个澡，然后美美地吃一顿。

一群羊刚才被爆炸声吓了一跳，但因为好奇重新让它们聚拢起来，有些羊探头探脑的，靠近了这个刚出现的洞口。

散落在草地上的鬼眼重新聚拢起来，只听到一只羊咩咩地惨叫，还没跑出几步，就摔倒在了草地上，白色的羊毛被血染红。

正惊讶间，洞穴内的鬼眼好像听到了进攻的号角，食物在激励着那些鬼眼，它们踏过了同伴的尸体，涌向了地面……

“糟了！我们把鬼眼放出来了！”汪兴国看着一百米外的那个洞口，黑色的鬼眼好像瀑布一般涌出洞口！

陈八岱眼看着刚才那只可爱的小羊，连骨头都没剩下，那些黑色的鬼眼就要铺满了草地，接连不断地有羊被鬼眼爬上，陈八岱目瞪口呆地看着一只悠闲吃草的大水牛被鬼眼爬上了脚，它负痛跑错了方向，一头撞到了虫堆里，那些鬼眼好像波浪一般前仆后继地扑到了水牛身上，不多时水牛就不再挣扎，任凭那些鬼眼在自己尸体上翻腾。

“快跑啊，还看什么看？”陈八岱喊了一嗓子！上千斤的水牛几乎瞬间就没了，自己这百多斤，给它们塞牙缝都不够啊！

汪兴国看到那个洞口鬼眼还源源不断地涌出来，它们在地下饥饿得太久了，而眼前这片广阔的世界，很多的食物在等着它们！潮水般地蔓延了半个山坡。

刚刚还沉浸在喜悦中的闵先生愣愣地看着这一切，没想到他们点燃了鬼眼的怒火，眼前的惨象让他想起在亚马孙丛林见过的行军蚁，那些从不筑巢的凶恶蚂蚁，所过之处无人幸免！

破坏力和个头成正比，眼前这些鬼眼比行军蚁块头大多了，几乎一瞬之间，草坡上祥和宁静的景象变成了一场单方面的屠杀，没有逃脱的羊和牛纷纷倒在了血泊中，不多时就变成了森森白骨。

鬼眼扫荡了草坡，正犹如潮水般朝他们涌过来。

陈八岱用尽了吃奶的力气顺着山坡狂奔，这才拉开了和鬼眼的距离，这时候哪里还想那么多，赶紧跑进程子村里求救。

但如果鬼眼跟着进了程子村，那就糟了！紧追不舍的鬼眼几乎不能甩掉，汪兴国看到了小桥边的空地上堆放着的一些稻草和柴垛，有了主意。

程子村并不算很大，这里的村民还延续着祖先的生活方式，那条村子附近的小河就是他们的生命线，在河边开垦了一些稻田，倒也能自给自足，每年收割之后的稻草会堆在小河边，方便取用回家生火做饭。

“我们建立一道防线，不能让鬼眼跑进村子里！”汪兴国叫道。

“啥……防线……什么防线能挡得住它们？”陈八岱瞪大眼睛，自己身上几乎一丝不挂，手旦就拎着一把工兵铲，这怎么挡得住？

“用稻草，围绕小桥堆一圈！快！”眼看鬼眼就要越过半坡了，汪兴国赶紧从草垛上抱起一捆稻草。

“啥？！”陈八岱看到夏尔巴和夏若冰都纷纷去帮忙，这时候不跑还建立防线？自己身上就差没洗干净再刷点烧烤酱，接着就是上火堆烤个外焦里嫩准备请鬼眼们来一顿烧烤大餐了。

“快帮忙！”汪兴国朝他大吼一声，陈八岱一抬眼，潮水已经越过大半个山坡，离自己也就不到100米了！

稻草扎在身上的滋味可不好受，陈八岱抱起几捆稻草，封堵了缺口，汪兴国顾不上许多，拎起半桶不知道哪个村民放在抽水机边的柴油，淋到稻草上赶紧点火，燃烧的稻草呈半弧形，护住了小桥。

“快回去找人帮忙，这里顶不住多久了……”那些鬼眼似乎不怕死一般，朝火堆猛扑，然后被火烧死，烤焦，空气里弥漫着烤虫子的味道。

火堆能暂时阻挡鬼眼的进攻，但现在那些鬼眼好像疯了一般，前仆后继地压了过来，有些地方的火已经被它们压灭了。

“夏若冰、闵先生快去找人帮忙！”汪兴国用草叉赶紧把一些燃烧的稻草堵在了火灭的地方，眼看这仓促建立起来的火墙，也快顶不住它们的进攻了。

夏尔巴和陈八岱慌忙从草垛和柴堆里搬柴火，这才好不容易维持住了大火的燃烧。

“看什么！快去啊！”汪兴国被大火烤得浑身大汗，而那些虫子似乎认定了汪兴国就是它们不共戴天的敌人，继续蜂拥而至。

第54章

楼兰遗族

此时已是傍晚时间，程子村就如许多深山小村一样安静祥和，这时候大家都在家里忙碌着准备晚饭，小村里升起袅袅青烟。

吴老头这几天有些郁闷，族长兴师问罪过后，把夏若冰他们赶走，吴老孤身一人，孩子又在城里买了房，一年到头也不回来，这好不容易有几个年轻人和自己说话喝酒排解寂寞，又因为祖传的秘密被赶走，多少让吴老有些纠结。

吴老也没心情做晚饭，打算随便吃点就算了，这会正坐在院子里抽着闷烟，突然闻到一股稻草烧焦的糊味，狐疑地抬起头张望，看到河那边飘起了一大片白烟，那片草坡是祖祖辈辈放羊放牛的地方，基本没有树，难道是哪个调皮的娃娃，把河边的那些稻草垛给点了？

这起火可不是小事，吴老决定去看看，刚站起来，院子门被砰地推开了，闵先生跑进院子，接着夏若冰也喘着气跑进来。

“你们不是走了吗？”吴老头看到两人浑身脏兮兮的，狼狈不堪，瞪大眼睛问道，随即又看了看那冒烟的天空，厉声骂道，“你们是不是跑进了棺材山！”

“快……快……吴老，赶紧叫人……虫子……虫子……要进村了……”

“虫子？糟了！”吴老头有些后悔，当初就不该惯着这些不知天高地厚的娃娃。

“来不及解释了……吴老……汪兴国他们在桥边用火挡着……让它们冲进村子就坏了……”此时夏若冰哪能解释得清楚。

“你们这些个娃娃哟……怎么把鬼眼给放出来了！”吴老头暗暗叫苦，三步并作两步，顺手捡起一个脸盆，跑出院子，用手拍打着脸盆叫嚷：“鬼眼进村啦！鬼眼进村啦！快来人！鬼眼进村啦……”

祥和的小村庄被吴老的叫嚷声打破了宁静，听到“鬼眼进村”的警报，人们纷纷放下手里的活计，从房里奔了出来。

鬼眼进村这事情早就只存在老人家的故事里了，至少他们这一代人是没有经历过的，村民们有些蒙，不知道该怎么应对这即将到来的灾难。

“拿上朱砂！不要乱！赶羊！快！吴老头，去吹号角！”关键时候，族长跑了出来。

混乱的村民总算清醒过来，赶紧拉牛赶羊，带着东西纷纷朝河边赶去。吴老头冲到了宗庙的小楼上，用尽吃奶的力气吹起了那个多年没有吹响的号角。

“带上油……带上火……”闵先生叫道，他打开越野车尾箱，里面还有两桶备用的汽油，拎起来就往外跑。

“呜呜……呜呜……”号角声盘旋在程子村上空，号角就是警报，村民们扔下了手里的活，纷纷朝小河边涌去。

村民们跑来增援的时候，陈八岱和夏尔巴还在左支右撑，堪堪勉力保持了那个半弧形的火堆燃着，虫子一时没有更多的办法，火堆前堆满了被烧死的虫子。

人多力量大，在村民的帮助下，火堆再次烧旺起来，虫子绕不过火堆，只能远远地围着火堆，摩擦着翅膀，“咔咔咔”地威胁。

暂时稳住了阵脚，在族长的指挥下，几个村民裹上厚衣服，抓着朱砂往衣服上涂抹，又把几只羊赶上了船，摇着船渡过了小河，接着他们拉着羊拼命地往山上跑，鬼眼见状从火堆边散去，去追那即将到嘴的肉。

另几个村民赶紧从船上搬下一袋一袋的朱砂，排成横队，抓起朱砂一把一把地抛撒到草地上，奇怪的是，朱砂撒过的地方，虫子好像碰上了克星，再也不敢涉足一步，被朱砂撒到身上的虫子急忙地逃走，而那些涂着朱砂赶羊的村民，好像在虫潮里劈开了一道路，虫子都不敢靠近。

几个村民把羊拉到了洞口边，把羊塞了进去，鬼眼蜂拥而入，几个村民好像有神功护体一般，虫子见到他们就绕着走，竟然没有一个往他们身上扑的！

提着朱砂袋的村民步步紧逼，把鬼眼逼进了洞口里，又在洞口附近撒了厚厚一层朱砂，其余的村民赶紧拿着锄头铲子跟上，把洞口封了起来。

“我的妈呀！不会再来一波吧？”陈八岱累得一屁股坐下来，好像从烟囱里钻出来一样，浑身黑漆漆的，岂料屁股刚着地又弹了起来，屁股上一阵剧痛，他回身一看，一下子嗷叫出来了：“狗蛋……快……快……有东西咬我屁股！”

陈八岱的屁股上不知道啥时候爬了一只鬼眼，两个跟大爪子一样的螯齿，狠狠地咬进了陈八岱的屁股里！

汪兴国赶过来，不敢怠慢，一把抓住了虫子，可是虫子死不松口，汪兴国拔出了刀。

“别别别……肉……肉疼……”陈八岱慌了，这汪兴国可是要切肉的架势啊。

“夏若冰，火……”汪兴国说道，一手揪着虫子，那虫子死不松嘴，好像和汪兴国拔河一般，只是苦了这陈八岱的屁股，这时候已经是鲜血淋淋。

夏若冰赶紧拿出火机，点了火，汪兴国用刀尖在火上燎了燎，贴近鬼眼的口器，这一烫让它松了口。

汪兴国捏着这虫子，它还在张牙舞爪，他觉得这个虫子有些怪异，大约10厘米长，显得身材瘦长，和常见的天牛差不多大小，只是壳显得乌黑发亮，虫子的口器是两个巨大的螯齿，但仔细一瞧，犹如人类的大牙，螯齿后是若干小齿，簇成圆形，好像小磨盘一般，大螯齿切下肉之后，再由后面的小齿旋转嚼碎，虫子的前半段可以翻折，8条肢体粗壮有力，前面两个肢体显得特别长和粗。

看样子这小家伙并不配合，汪兴国翻来覆去地看了半天，也没看出点名堂，昆虫的种类太多了，这种食肉的昆虫倒还是第一次见，它在汪兴国手里挣扎，力气还挺大，汪兴国想了想，倒掉了自己的水壶，把虫子装了进去，夏若冰一直提着那个骷髅头跑，不过跑着跑着，衣服散开了，骷髅头不知道掉哪去了，衣服的褶皱里还困着几只虫子，也一并扔进了水壶里，准备带回去化验。

“你们这些个娃娃哦！”刚把虫子装好，陈八岱一抬头，看到了生气的吴老头。

“吴老……嘿嘿……晚上咱们喝酒啊……”陈八岱讪讪地笑着。

吴老头并没有笑，陈八岱看到村民们围了过来，愤怒地看着他们，觉得不妙……

“带他们到宗庙！”族长愤怒地推开人群挤进来。

族长外衣都没来得及穿，光着膀子就带领村民赶过来，头发被朱砂染红了，脸上和身上涂抹的朱砂被汗水一冲，好像有人用画笔乱糟糟地在他身上画了一幅抽象画。

族长这狼狈的样子让人有些好笑，可族长和村民却笑不出声，陈八岱感觉他们的怒火一点不比那些鬼眼差，有一种刚出虫洞又入狼窝的感觉！

陈八岱见势不妙，眼睛滴溜溜转了一圈，想找条路赶紧逃，可这小心眼哪里逃得过村民的目光，大家朝他围了过来，准备先把他给抓了。

“喂……轻点……屁股啊……啊！”陈八岱还想挣扎，但涌上来的村民不容分说，扭手拧脚，把陈八岱给控制住，推推搡搡地把他们推进了村子里。

闵先生见势不妙，趁着人群不注意，把背包往河边的草丛里一扔。

“喂！别动手！别动手，我们自己走……”夏尔巴挡在夏若冰面前，阻挡那些愤怒的村民，但是对方人多势众，大家只好被乖乖地押进了村子里。

“哐！”夏若冰回头一看，宗庙院子门被关上了，院子里站着十来个壮实的男子，手里还攥着锄头，院子外里三层外三层围满了人，夏若冰等人就算是插翅也难飞了。

铁青着脸的族长跪倒在石像面前，嘴里念念有词。

“你们来这里的目的是什么？”族长祷告完毕，回过头，举起了一把长刀，厉声问。

汪兴国觉得那把长刀很熟悉，这是一把有年代的刀了，长而直的刀身，没有刀挡，刀柄尾部有一个大大的圆环，圆环上还系着两根红绸。

“环首刀！”汪兴国震惊，这儿竟然还有保存完好的环首刀？！

族长见没有人回答，把刀往前一指，刀尖指向了闵先生的胸口：“你们到底来干什么？”

“楼兰！我们为了楼兰而来！”闵先生并没有族长想象的那么慌张，很平静地说道，“你们是楼兰的后人，大巫师的后代……”

此话一出，族长脸色一变，拿着刀的手颤抖起来，但随即，厉声道：“你还知道什么！”

“20年前有一支探险队来到这里，他们是被你们杀害的吗？”闵先生反问道。

“你含血喷人！”族长愤怒了，这杀人的罪名可承担不起。

闵先生笑道，至少他不用为生命安全担忧了，他指了指石像：“这是你们的大巫师启！他被楼兰的王族驱逐，带着巫师一族迁徙到这里。”

“你怎么知道？”族长很惊奇，这是楼兰遗族守护了上千年的秘密，他这个外人怎么知道？

“我是一个研究楼兰的学者，和20年前的探险队一样，你应该记得他们，棺材山是楼兰的地下太阳葬！可那些鬼眼是什么？”

族长奇怪地看着闵先生，又看了看夏若冰等人，他不知道该如何处置这些人了。

“你是传承下来的巫师吗？”闵先生上前一步，看着族长，“你还认得佉卢文吗？”

“我只是一个族长，巫师……早就没有了。”族长好像被闵先生的问话击中了软肋，低声地说道。

“你还认得佉卢文吗？楼兰的古文字……”闵先生又问。

族长摇了摇头：“只有巫师认识，可是他已经死了一千多年了……”

“我认识佉卢文！”夏若冰说道。

围观的人们轻声发出惊呼，齐刷刷把目光转向了夏若冰。

夏若冰指着宗庙里一幅摇曳的符文说道：“这句话是‘故国西行2000余里……’可你们为什么从左到右书写？佉卢文是从右到左书写的。”

“你真的认识这些字？”族长很惊奇，甚至微微地发颤。

“你刚才的祷告，是请求祖先宽恕没有保护好大巫师的墓地。”夏若冰鼓起勇气，又说道。

“我……只会说这么一句……这些字，是一代一代跟着描下来的，没有人能认识这些字，不可能！”族长的脸色有些苍白。

“我父母是研究楼兰的，他们是研究佉卢文的专家，我能读懂大多数的佉卢文。”夏若冰又说道。

“当真？！”族长怀疑地看着眼前这个小丫头，对她的话并不相信。

夏若冰从口袋里掏出那本佉卢文对照表，递给了族长，族长翻开一看，里面密密麻麻的符号的确和宗庙里那些符号一致。

“你真的看得懂？”族长还是有些不相信，夏若冰用力地点点头。

族长招呼过一个精壮的中年男子，对他耳语了几句，他点了点头，转身小跑进了宗庙内。

“你们和我进来吧。”族长收起了长刀，对他们说道。

走进宗庙的内室，中年男子捧出一个用黄绢包裹的东西，放在了桌子上，族长对他点了点头，他退出内室，把门关好。

族长慢慢地把黄绢打开，里面是一卷卷的白绢，还有一些竹简，年代久远，白绢已经发黄，竹简上的字迹也有些模糊不清，但看得出这些东西一直被小心地保存和维护着。

族长小心地展开一幅白绢，夏若冰一眼就认出了上面密密麻麻的字正是佉卢文。

“自从大巫师死后，再没有人认识这些字了，我们后辈也只能照猫画虎，依照着祖先定下的规矩，小心地保护着这些东西。”族长缓缓地说道，把白绢递给了夏若冰，“你能告诉我，上面写着什么吗？”

夏若冰小心地接过了白绢，过了好一会，抬起头：“这是大巫师向天祷告的符文——苍鹰之天空，大雁远去的地方，先人英灵的所向，愿苍天赐予大地雨水……”

族长眼睛闪出惊喜的光，又打开了一张泛黄的白绢：“这个呢？”

这幅白绢上的字迹有些模糊，看样子年代是最久的，有些地方已经发脆，夏若冰很小心地把它铺在了桌子上，虽然里面很多字她也是第一次见到，可是联系其他文字，夏若冰也能大概翻译出来。

“这是大巫师的来历，第一任大巫师叫作‘苍’，是上天派给楼兰的领路人，掌管着人间的预言和祭祀，他们曾经是楼兰最有权力的人物之一……”夏若冰停下了话头，抬头看了看族长。

“是的，祖辈的传说是这么说的，还有这个，据说是族谱……”族长有些激动，颤抖着打开另一幅绢。

夏若冰扫了一眼，这是楼兰大巫师的谱系！这可是珍贵的历史资料！

从苍开始，大巫师一直掌管着楼兰的重要权力，在那个原始崇拜的年代，大巫师就是沟通人间和天地、自然的代表，但是传承到启这一代的时候，大巫师一族和王族之间的矛盾越来越尖锐，在启继承大巫师之位的第20年，双方的矛盾不可调和，作为东西方文明交流碰撞的楼兰，王族更愿意吸收来自外面的更先进的思想，在一次权力的斗争中，启和他的人民被王族驱逐了，往北是茫茫沙漠，还有凶悍的匈奴，启决定带着支持自己的一万余人，向南寻找栖身之地，三年之后，他们来到了这里，在楼兰巫师的眼中，太阳是至高无上的神灵，山是和神灵最近的地方，而棺材山是这里最高的地方，棺材山下那个大漏斗的地形，预示着那是地上的太阳！

跟随大巫师被驱逐的人们到此时十之七八已经死在了路上，大巫师觉得这是上天赐予他们活下去希望的地方，他们在棺材山周围定居下来，程子村就是最早的定居点。

夏若冰一行一行地慢慢往下看，这里记录了自从启开始，一代一代大巫师的名字，还有他们简单的生平，末尾是二十三代大巫师羽之的名字，他的生平简介和墓穴里一样。

再往后，羽之将大巫师之位传给了狄，但狄的记录只有寥寥数字：天罚，狄殚心竭虑。

“最后一个大巫师怎么了？”夏若冰问。

“听祖辈说，只有大巫师才能认字，大巫师续任的时候，就会在族里挑一个5岁的小孩，这个小孩就是他的继任者，小孩一直侍奉大巫师到他死，跟随大巫师学习，听祖辈说一千多年前，这里发生了地震，接着就是瘟疫，最后一个大巫师死了，以后就再没有人认识这些字了。”族长叹了一口气说道。

“你们为什么会把尸体送进棺材山……”闵先生忍不住问道。

“死亡只是另一个开始……”夏若冰展开另一张绢帛，这里是大巫师的一些符咒记录。

“嗯，祖辈都说，死了就是去另一个地方，魂精就是死去祖先的灵魂，它们会把死人带走。”族长又说道。

“魂精？！”陈八岱觉得自己的屁股又痛了起来。

“就是这里传说的鬼眼，它们是大巫师带来的，晚上它们会像眼睛一样发光，后来慢慢地就叫它鬼眼了。”

“可是……”汪兴国愣了一下。

“魂精怕朱砂，我们家家户户都备有朱砂，我们把尸体送到鬼门关，魂精自己会去那里把尸体带走，好多年了，形成了习惯，魂精也很少进村的。”族长解释道。

“难怪巫师墓穴里铺着朱砂，还有那些通道里撒了朱砂，那不光是为了指路，也是为了阻止鬼眼破坏巫师的尸体。”汪兴国心里暗暗地说道。

“你们真的是楼兰的遗民？”闵先生震惊了。

“是不是，我也不清楚，1000年前我们就断了根，但我们的确是从西北大漠迁徙到这里的……或许，我们真的是楼兰的遗民吧。”族长缓缓地说道，轻轻地展开一卷又一卷绢帛和竹简，摊开放在了夏若冰面前……

得到主人的允许，夏若冰仔细地研读着这些消失了上千年的文字，那些鬼眼——在记录中叫作魂精的昆虫，是先人灵魂的化身，它们在沙漠中生存，白天不见踪迹，晚上的时候会出现在黑夜中，搜寻死人的灵魂，将他们的肉身带走，带回另一个世界，这就是一种食腐的昆虫，它们有类似蚂蚁一样的组织形式，将尸体搬走并且吃掉，它们在当年水草丰满的罗布泊，就是大自然的清道夫，只是楼兰的巫师们给这些昆虫赋予了特别的意义。

仔细地读完每一个佉卢文的字符，夏若冰总算明白了这里的习俗。

作为外来的一族，楼兰的先民来到这里之后生存的环境非常恶劣，不光要和自然界斗争，还要和原住民发生争斗，他们艰难地在大山深处繁衍生息，总算是站稳了脚跟，可他们独特的习俗常常引起外人的窥探，在那个科学不发达的年代，他们被原住民视为异类，难以容忍，他们只好躲避在深山中避免外人的骚扰，利用太阳葬编造了许多让人望而生畏的故事，或许是上天的眷顾，棺材山附近的赤铁矿庇护了这些楼兰遗民，那些诡异且无法在当时解释的现象吓阻了外人，这才让楼兰遗民在这里繁衍生息。

这些楼兰遗民在大巫师的带领下，一直保持着楼兰的习俗，这里没有沙漠，他们发现了棺材山里天然犹如迷宫般的洞穴和通道，黄色的地面和沙漠一样，将这里定为了楼兰人死后的墓穴，用了数辈人的努力，在棺材山里开凿出了复杂的地下迷宫，将魂精饲养在里面，由它们保护大巫师的陵墓，可是在第二十四代大巫师狄续任不到3年的时候，突然发生了地震，这就是族谱里记载了两个字的“天罚”！

狄带着人试图抢救棺材山的墓群，可是地震把大多数地方都震毁了，鬼眼也蔓延开来，一些进入墓群抢救的楼兰人发现大多数通道全毁，余震也把他们的退路堵死，只好临时挖了一条通道逃了出来。

看到这里，夏若冰想起他们逃出来的那条弯曲的通道，看来就是那时候临时挖出来的。

墓群无法拯救，只好放弃，他们将几个出入口堵死，再也没有人进入过那里，魂精的蔓延也慢慢被控制起来，大家将死去的人们送到鬼门关——那是死亡入口的地方，一代一代地把这个奇怪的葬俗延续了下来。

所有的记录都由大巫师和他的徒弟撰写，但最后一个大巫师狄在瘟疫中死去，他的继任者也没有熬过来，楼兰遗民的记录到此为止，后世再没有人读得懂这些文字，只是按照一辈又一辈延续下来的习惯，小心翼翼地躲避着外人的窥探，保护着祖辈的秘密。

一张绢帛上画着巫师使用的法器图案，闵先生凑近一看，看到了一个熟悉的覆面。

“祭祀以物覆面，大巫师为金覆面……”夏若冰想起宗庙里的一些图画场景，盛装的巫师脸上都覆盖着面具。

“我很好奇，大巫师的覆面是什么样的？”夏若冰问。

“这可是巫师的圣物啊，第一个大巫师的面具已经陪葬到了墓室里，后来一些巫师也有自己的面具，可是在战乱中遗失了……没有人再见过了……”族长的话让夏若冰有些惋惜，现在只能在图画中去想象实物的精美了。

闵先生脸色有些不自然，指了指另一段话问："这段话是什么意思？"

"大意是指故国已经没有了，他们非常痛心之类的。"夏若冰说道，"如果没有错的话，这里的记录应该是在1500年前，那时候鄯善已经在历史的记录中消失了。"

"他们就这么祖祖辈辈生活在了这里，再也没有回到楼兰？"闵先生不死心，又问道。

"是的，他们已经回不去了，楼兰的根已经断绝了。"夏若冰说道。

"不可能，楼兰还有后代，楼兰还有公主，还有皇族，他们的根不会断绝。"闵先生说道。

"这里的记录，就是这么写的。"夏若冰小心地卷起绢帛，双手奉还给了族长，再次向他道谢。

"我们也应该谢谢你，解开了我们千年的疑惑。"族长说道，"你们这次大难不死是有祖宗庇佑，下次可不会有这么好的运气，祖训几千年了，希望你们不要再来打搅我们，我们不想改变。"

"对不起……我们只是……"

"呃……那个墓室，咱们看到……"陈八岱举了举手。

闵先生拉了陈八岱一下，看到族长看了过来，笑道："我们看到了那个墓室，但是地震全毁了……只留下了碎石……什么都没有……"

"哎！"族长一声叹息，既然如此，也不能继续深究下去了。

"斯人已去，就这样吧，明天你们就离开这里。"族长说道，"不要把秘密讲出去，我们不想引来太多好奇的人。"

"对不起，我知道了。"夏若冰低下头，没想到这次探险，给别人带来了那么多的麻烦。

"那些鬼眼怎么办？"汪兴国问道。

"只要有朱砂，它们就不会靠近。"族长说道，"我们会有人去堵住洞口，它们会继续去鬼门关等着的。"

"它们怕朱砂，所以在地下你们用朱砂铺在墓室里，通道里也撒了朱砂！"汪兴国又问。

"我们只知道它们怕朱砂，至于里面什么样，我们也不知道。"族长并没有肯定或者否认，他用黄绢把东西包起来，说道，"明天你们就离开，不要再来了，也不要别人再来了，还有，不管你们在里面找到了什么东西，都不能带走……”

族长小心翼翼地把祖先留下的宝贵记录锁好，把大家带出了宗庙，这时候程子村里家家户户都在用朱砂调水，抹在门口和门框上。

夏若冰想起来，在她研究棺材山附近习俗的时候，每到夏至这天，附近的村民都有用朱砂调水涂抹大门的习俗，当时大家都认为这是为了祈福驱魔，现在她才知道，这是延续下来驱赶鬼眼的习惯。

族长让人把几个人安顿下来，就带着人上山去封虫洞，深夜的时候闵先生趁着没人注意，偷偷地翻出窗口，到河边找到了自己的小背包，伸手一摸，金覆面还在里面。

“哎……古董没了……”车子开出了程子村，陈八岱第一时间哀叹。

“你呀，财迷心窍，现在好了！”夏尔巴恼火地说道。

再一次被赶出程子村，当然又是被审问搜查了一轮，陈八岱好不容易捡到的楼兰水晶被收缴一空，不过总算也是换来了一身衣服。

穿着宝贵水晶换来的衣服，这衣服还有些不合身，陈八岱心痛不已，这衣服要是在平时，白送都不会要！

“谁能理解我现在的痛心啊……”陈八岱仰天长啸，接着转过头认真地对闵先生说，“闵先生，我相信你不是那种欠钱不还，也不是那种间歇性精神病的人，哦？”

第55章

法人代表

汪兴国和陈八岱的能力有目共睹，夏若冰的佉卢文解读能力也是自己需要的，闵先生觉得自己要好好考虑一下曾经的计划怎么调整。

如果有了他们的帮助，闵先生相信楼兰的其他秘密触手可及！所以陈八岱一路叨叨，他都似听非听，直到陈八岱捅了他一下，闵先生才回过神来，“啊”了一声，说：“没事，等会有信号了就给你转款。”

陈八岱举着手机，终于看到了一丝微弱的信号：“有信号，没网络啊……”闵先生不由得好笑。

汪兴国坐在后座，这时候终于“安全”了，他从包里掏出包裹着的两个酒瓶，这酒瓶里装着的就是那几只千辛万苦抓回来的鬼眼，这是好说歹说，族长才让他们带走化验的棺材山里唯一的东西。

隔着酒瓶玻璃，鬼眼朝他龇牙咧嘴，发出“咔咔”的威胁声，在这么近距离观察下，汪兴国终于明白了，那咔咔声是它背上两块有些类似退化的翅膀摩擦发出的，有些类似蝉的声带。

“这就是他们说的魂精？”闵先生凑过来看，副驾的夏若冰也回过头，眼看那“咔咔”声，毫无威慑力，虫子在瓶子里转圈，可是玻璃太滑，爬不上来。

陈八岱朝它竖起根中指：“喂，有本事出来咬我呀？咬我呀。”

“这虫子口器发达，肢体粗壮，善于搬重，难怪能搬动尸体。”汪兴国看了半天，也没看出是什么。

“不就是一群大一些的蚂蚁吗？”陈八岱撇撇嘴，“这可不是一个探险的好地方……”陈八岱把腿搭在一个舒服的位置上，这次可真的算是九死一生了。

“我们知道了他们是楼兰大巫师的后代，我觉得这很值得！”闵先生笑道。

“闵先生，你了解的楼兰比我想象得要多啊。”夏若冰问道。

“夏若冰，我觉得咱们可以一块追寻楼兰的秘密！”闵先生突然说道。

“闵先生，咱们先谈谈钱的问题好不好！”陈八岱打断闵先生的话。

闵先生笑了笑，拿出手机开机，短信提示音接连不断地响起，闵先生一看，有十几条那么多，很多是迪克打来的未接电话。

打开一条短信，是迪克发来的：闵，请速回话。

“闵先生生意不错啊，那么多电话找你。”陈八岱凑过来，闵先生下意识把手机往怀里一护：“哪里，都是些公司的小事。”

谈话间，车开到了镇子上，闵先生很爽快地把款给陈八岱付了，陈八岱看着手机上那条收款信息，顿时心情舒爽：“哎呀，科技改变生活啊，这世界上再也没有什么比收款更美妙的了。”

“陈八岱，这只是小钱，还有更多的……”闵先生笑道，他虽然了解，但并不是很理解陈八岱这种没收到钱的忐忑心情。

“哎！免了，有钱挣得有命花，这次小命差点玩完了，下次不知道还出什么鬼呢。”陈八岱翻脸比翻书快，钱一到手，立马不讲情谊了。

“你肯定会感兴趣的。”闵先生倒也不计较，又笑着对夏尔巴说，“你听说过禁地猎人吗？行动一次至少一百万……而且用美金结算……”

“呃？真的假的？”陈八岱听到这一串数字，把刚才的话忘得干干净净。

“陈八岱，会有一个新世界展现在你的眼前！”说罢扭头看了看夏尔巴，“你们考古需要资金吗？我想咱们真的可以一起做点事情！”

“喂！闵先生！咱们先谈谈那一百万……美金的事儿呗……”陈八岱嚷道，这闵先生话说一半就不说了，让人真是着急。

当然现在只是一个设想，但至少夏若冰和夏尔巴非常感兴趣，汪兴国也没有提出反对，至于如何操作，那得从长计议，大家在镇子上吃了饭，各自留下了联系方式，准备各奔东西。

夏若冰有些不舍，汪兴国看到夏若冰在手机上留下自己的名字叫作“汪狗蛋”，提出了抗议：“我叫汪兴国。”

夏若冰白了他一眼：“我爱叫啥叫啥！”

汪兴国只能无语，夏尔巴开车带着夏若冰回柳城，顺路带闵先生去高铁站，大家就此道别了，夏若冰看了看汪兴国，突然上前抱了他一下。

汪兴国心里一阵悸动，尴尬地看着闵先生等人，好半天才把手轻轻地放在了夏若冰腰上。

“别乱想，这是感谢你救了我们！”夏若冰放开汪兴国，看到他浑身僵硬，故意板起脸，随即脸红了，慌忙钻进了车里。

汪兴国呆呆地看着车开走了，半天没有回过神，陈八岱捅了他一下：“老实交代，你们俩单独一块的时候是不是……”

“哪有！你别乱说！”突然被质问，汪兴国突然感到有些慌乱。

“啊？哈哈……你总算开窍了，哈哈……出租车！”陈八岱不想点破，看到远处一台出租车开过来，招手叫道。

“这里打车回去得100多呢！”汪兴国想说点什么。

“嘿，要懂得享受，哥现在有钱了！”陈八岱得意地晃了晃手机。

“闵先生你电话又响了。”夏尔巴开车，听到闵先生电话响了好几次，但他都没接。

“嗯！”闵先生拿出电话，上面是一串熟悉的号码，想了想，挂断了。

过了一会电话又响了起来。

“为什么不接？”夏若冰在副驾上回过头，闵先生好像在考虑着什么事情，一脸凝重。

“嗯，公司里的一些小事，没必要操心。”闵先生笑道。

拿到了钱，陈八岱花天酒地了一番，着实纸醉金迷了一把，和那个看上的妹子也暗送秋波，照汪兴国的估计，床单应该是滚过了，汪兴国催了他几次，是不是着手把一直梦想的公司建起来，那钱得省着点花，但都被陈八岱抛之脑后……

一眨眼，两个多月过去了，闵先生说的大家合伙干点事的事情也没有任何消息，估计人家也就是礼貌性地说上这么一句，陈八岱也算是收心了，和汪兴国商量着怎么建立户外运动公司。

夏尔巴在这期间和他们联系了两次，将棺材山的一些报告传给他，棺材山附近的地形是个大盆地，无论是南边的暖空气还是北边的冷空气过来，都在棺材山上空相撞，就形成了浓雾下沉，造成能见度极差，地下是发育不全的赤铁矿，赤铁矿干扰了仪器，难以找到方向。盆地内一片死寂，可能和鬼眼有关系，鬼眼会在夜间出来搜寻食物，所到之处连昆虫都无法幸免，当地很多禾本科植物死后腐烂发酵，形成了乙醚，他们第一次进入棺材山在雾气中闻到的甜味是轻度的乙醚的味道，乙醚是一种麻醉气体，轻度的乙醚会让人感觉头晕、头疼，至于第二次进入的时候，大家都没有头晕，那是因为天气很好，水汽没有沉降，乙醚都被挥发到了空中，达不到足够的浓度。

随后附送来的资料是夏若冰母亲提到的“埃基山幽灵”的研究报告，研究报告里认为在那个雷雨天气中，闪电扰乱了埃基山的电荷，将那场战争记录了下来，在合适的条件下，特别是湿度饱和的时候，存储在赤铁矿中的电荷释放，就会形成所谓的幽灵。

棺材山的岩层和埃基山类似，那是一个更大的自然电容，汪兴国想起几次看到阴兵过道，都是在湿度很大的情况下，潮湿的空气会导电，将赤铁矿中的电荷释放出来。

一些史料中寥寥数笔记录了一种叫噬虫的昆虫，它们在水草丰盛的楼兰曾经存在过，曾经是那里的清道夫，但随着罗布泊的消失，这种昆虫和楼兰一样默默地消失于历史的记录中，夏尔巴认为这就是巫师带走的“魂精”，后来它有了一个更可怕的名字“鬼眼”。

那些跟随大巫师一起迁徙而来的遗民本来也没有姓名，后来慢慢地融入了当地风俗中，都取了汉族的姓名，千年的民族融合，他们现在的生活习惯已经和普通人没什么两样，只是还延续着一些楼兰的习俗。

唯一的遗憾就是20年前的探险队是怎么失踪的仍旧是一个谜，从现在的情况推断，他们进入棺材山的时候气候很不好，某个队员昏迷后被鬼眼抬进了棺材山中，其他队员顺着洞穴寻找他的时候，最终失踪在了里面，但至于他们在棺材山中发生了什么，那谁也不知道了。

棺材山的事情解决了，汪兴国也长舒了一口气，听夏尔巴说，后来闵先生又去了一次程子村，他带着现金去赔偿了村民们损失的牛羊，不过当地村民仍旧觉得棺材山的秘密永远保持着比较好，他们并不太欢迎外人去打搅他们已经留传了几千年的生活方式。

花天酒地够了，陈八岱总算是把那个建公司的事情提上了日程，他打算把棺材山的事情大书特书一笔，这可是从未有人完成过的探险，仅凭这一点，他就能稳坐“户外探险十大金刚”之首的交椅！

要说现在建立公司真是太简单了，零验资，全程有人代办！注册资本随便写，陈八岱一拍脑袋就说注册资本100万，反正这也是在那营业执照上写着，没谁真的来问你是不是真的有100万！

租了间办公室，剩下的事情交给会计师事务所去办，两人就着手将一些装备之类的物品购齐，打算择个黄道吉日，公司开业大吉。

这天汪兴国和陈八岱在办公室里忙着布置，陈八岱接到了闵先生的电话，闵先生竟然又到了N城，约两人出来见面。

“啊？禁地猎人？”陈八岱脑子有些转不过弯，“呃，我和汪兴国在布置办公室，我们公司准备开张了。”

“陈八岱，禁地猎人比你开公司赚得更多！这是一个全新的世界！”闵先生卖了个关子，这倒把陈八岱的心勾了起来。

两人到了闵先生住的五星级酒店，这可是N城最好的酒店，敲开了闵先生的房门，闵先生一身T恤休闲装打扮，很随意地坐在沙发上，面前的茶几摆放着一些文件。

寒暄几句，闵先生直接进入了正题：“我希望大家一起能做点事情，为了表现我的诚意，我最近在忙这个。”说罢，把一份股东变更协议递给了陈八岱和汪兴国。

“这……”陈八岱没明白。

“禁地猎人是一个特殊的职业，这世界上有很多人想去探险，也有很多宝藏埋藏在人类的禁地里，我一直在找合适的合伙人，我不在乎将股权分配出去，只要签了这份协议，你们就占了公司30%的股权，一切收益，刨除成本之后，年终按30%分红，每个月我还会给你们每个人这个数的保底工资。”闵先生做了一个8的手势。

“8万？”陈八岱两眼放光。

“8000，在S城，这个数字可以让你们有个不错的生活，关于工作的一切开销你们都不需要担心，我会给你们解决，有没有兴趣？”闵先生笑着问道。

陈八岱听到这种好事，赶紧鸡啄米般点头，闵先生又笑了，扭头看着汪兴国：“我们要去的地方，并不会比棺材山轻松到哪里去，汪兴国，你的特长不要埋没了。”

“那请问，我们的业务是什么呢？”汪兴国倒很冷静地问道。

“有人会给我们提供资料，然后我们去把东西找到，费用有些会由客人提供，收益分成，有些我们自己解决……你可以理解成一个特殊的探险公司。”闵先生很认真地说道。

“合法吗？”

“当然，否则我也不能成立公司啊！”闵先生笑道。

这让汪兴国有一种天上掉下馅饼砸到了脑袋的感觉，实话说，以汪兴国这么冷静的头脑，一下子也没反应过来，他踌躇了一下，说道：“我考虑考虑。”

“哎……这么好的事情，还需要考虑？”陈八岱捅了捅汪兴国。

闵先生倒是不着急，又递过一份资料：“眼前就有个富豪想去探险，至少100万的收益。”说罢有意无意看了陈八岱一眼。

陈八岱抢过单子一看，上面只标注了一个47号岛屿和一些简单的介绍，陈八岱问：“100万人民币？”

“美金！”闵先生很惬意地往沙发上一靠。

“美金？！”陈八岱眼睛瞪得比铜铃还大。

“是的，美金。我可不是唯一一个花钱找刺激的人。”闵先生得意地笑了笑。

汪兴国还在犹豫，闵先生又笑道：“汪兴国，人这一生，并没有多少次改变命运的机会。”

“你可以好好地考虑。”闵先生很有礼貌地说道。

闵先生话音刚落，放在桌子上的手机响起了，闵先生拿起来一看，皱了皱眉头，挂断了电话。

“那我们先告辞。”汪兴国站起来说道。

“考虑好了可以随时找我，我会给你们安排好一切。”闵先生朝他伸出了手，汪兴国迟疑了一下，伸手和他握了一下，闵先生笑道：“合作愉快……”

“呃……祝你愉快。”汪兴国有些尴尬。

“这……真的要走啊狗蛋儿，不再谈谈？”陈八岱似乎看到一张张美钞飘走了，有些急了。

“陈八岱，这里随时为你们打开大门。”闵先生笑道，“你们真的是非常好的禁地猎人！”

闵先生的电话又响了起来，汪兴国趁机告辞。

“卧槽，狗蛋儿你脑子呢？S城啊，国际大都市啊，卧槽，就算在那里随便做个拓展活动，都能日进斗金啊！那可不是咱们N城这种小破地方，搞个活动十几个俱乐部打个头破血流！”还在酒店走廊上陈八岱就急了，喋喋不休，“30%的股份啊，100万美金的订单啊……狗蛋儿，你是不是傻？！咱们现在就是野外农民工，有活干才有饭吃，禁地猎人可是活儿不缺，收入又很高的买卖！干一次比我们干一辈子户外教练赚得还多啊！”

“你没想过闵先生为什么对楼兰那么有兴趣？”汪兴国反问道。

“那有什么关系，和咱们有关系的是钱啊！”陈八岱说道。

“禁地猎人，要去的地方可不是普通的山林，这一次咱们运气好从棺材山里出来了，可是下一次呢？”汪兴国说道。

“也不全是运气，狗蛋儿，我们就是吃这碗饭的，天生就是吃这碗饭的！探险就是你的饭碗，现在饭碗捧到你面前，你不干！社会很现实，你看咱们都混成啥样了？若不是这一次闵先生的两次进棺材山，咱们已经被赶出出租房当流浪狗了，狗蛋儿！咱们不能老这样过了，人生没有几次改变命运的机会！”陈八岱一阵连珠炮，轰得汪兴国哑口无言。

陈八岱说得没错，离开了部队，一切就靠自己了，他自己也形容自己是野狼找食，可这么一大块肉喂到自己嘴边，却犹豫了。

“既然闵先生保证是合法的，我们还有什么好担心的，查一下底细不就行了！”陈八岱又一阵轰。

汪兴国有些动摇了。

闵先生回到了S城，独自开着车路过了灯红酒绿的街道，驶向一栋大楼，夜间的大楼里空无一人，闵先生坐上电梯来到了一个独立楼层，刷指纹打开了厚重的保险库大门，保险库里的灯光依次亮起，一层层的防弹玻璃里，存放的是一些古董。

闵先生拿起了电话，站在一扇防弹玻璃外，拨通了一个号码：“迪克。”

“闵，以为你死在了棺材山里。”电话那头是一个玩世不恭的声音，“为什么一直不接电话。”

“我在忙着别的一些事情。”

“有什么收获？”

“你指哪方面？”

“那方面，你懂的。”迪克笑道。

闵先生看着防弹玻璃里的玻璃台，修复好的金覆面静静地覆盖在人头模特上，事后他偷偷回去了一趟程子村，把藏好的金覆面带了回来，覆面上精美的花纹和雕饰，证明它的确是楼兰的遗物。

“哦，那可能让你失望了，那里的确是一个地下的太阳葬墓群，一千年前发生了一场地震，早就废弃了，什么都没有……”闵先生在电话里说道。

“什么都没有？！一点陪葬品都没有吗？”电话那一头是不死心的声音。

“别忘了，是你的祖先驱逐了大巫师，他们除了带走了噬虫，好像就没带走什么值钱的东西，他们能在那里活下来已经不错了。”

“可是我的祖先允许他带走那个金面具，那可是楼兰的圣物，无价之宝，难道也消失了？”

“迪克，专业名词，那个面具叫覆面，是祭祀时才能用的礼器，是巫师权力的象征。”闵先生纠正道。

“哈……算了吧，难怪我的祖先要驱逐他们，就是一些装神弄鬼的神棍！闵，这个神棍的覆面是没戏了，但国王头顶上的王冠可很有希望……”

“你确认它在蒂尼安蒂岛吗？”闵先生提起了精神。

“干我们这一行的，如果一切都确认的话，就轮不到我们赚钱了。不过沙迦让信誓旦旦地保证，那个皇冠的确曾经在那艘船上。”

“好吧，其实这一次也并不是一点收获都没有，我们寻找楼兰宝藏的脚步可以加快了，我找到了绝对称职的探险专家，嗯……还有一个佉卢文的专家。”闵先生觉得可以向迪克透露点信息。

“佉卢文专家？20年前不是死在了棺材山里吗？”迪克又提起了一点兴趣。

“他们的女儿还在研究楼兰，她需要我的帮助，而她手里有我们需要的佉卢文对照表，还有两个探险专家，一流的！”

“哈哈……闵，你总是会给我惊喜，我们的确可以加快寻找楼兰宝藏的步伐了，不过……他们可靠吗？”

“至少会比你找的人可靠，我是为了帮你追寻先祖的足迹。”闵先生笑道。

“不！我在追索他们给我留下的财富。”电话中的迪克停了下来，他在思考，过了一会说道，“闵，你的探险队什么时候可以出发？还有那个专家的女儿，但愿她是一个大美人儿……”

“给我点时间，我不会让你失望的。”闵先生说道，挂断了电话，把脸凑到了玻璃面前仔细地看着那个精美的金覆面。

金覆面后的人头模特闭着眼睛，毫无生气，闵先生仔细地端详着金覆面上的纹路，覆面的顶部是一只展翅的雄鹰，鹰头伸出额头，两翼正好将额头上方护住，翅膀下是花草等装饰物，就好像雄鹰保护着它们，额头正中是一轮明媚的太阳散发着光芒，高挺的鼻梁两旁的花纹繁复却不杂乱，从两边眼眶延伸下来的泪纹是楼兰的两条母亲河——塔里木河和孔雀河，圆张的嘴是孕育了楼兰辉煌的罗布泊。脸庞上点缀着一些动物的图案，整个覆面的造型和其他常见的巫师面具并不一样，一点都不狰狞恐怖，反而让人觉得很安详。

旁边的两个玻璃台上，一个玻璃台上是一个人头模特，另一个是一只伸出的手，但头上和手上都空空如也。

闵先生退后几步坐在办公椅上，从衣领上取下泊尔塞福涅的徽章，仔细地用绒布擦拭着，直到一尘不染，桌子上一副照相框里的相片静静地看着闵先生，照片中一个年轻的女孩头戴着雪山护目镜，穿着橘色的雪山防寒服依偎在闵先生怀里，朝镜头举起胜利的手势，两人衣领上的白金徽章在阳光下闪耀着，照片的背景是一座巍峨的雪山。

闵先生轻轻地把徽章放在相片前，相片中的自己曾经是那么年轻和自信，白金徽章在灯光的照射下映衬着金覆面的光芒，投射在闵先生的眼睛里，他凝视着照片里那个年轻的女孩，慢慢把相框转向防弹玻璃保护着的金覆面，低声说道：“我为你拿到了巫师的覆面，亲爱的，我一定会把楼兰的秘密解开，我保证！”